W0280126

anagramma

1250

Questo romanzo contiene la trattazione di tematiche delicate e la descrizione di scene esplicite. Se ne consiglia la lettura a un pubblico maturo e consapevole.

Seconda edizione: gennaio 2025
© 2025 Newton Compton editori s.r.l., Roma

ISBN 978-88-227-8740-8

www.newtoncompton.com

Realizzazione a cura di The Bookmakers Studio Editoriale s.r.l.s.
Stampato nel gennaio 2025 presso Puntoweb s.r.l., Ariccia (Roma)

Lily Red

Be Unstoppable

Cuori di ghiaccio

Newton Compton editori

Alla mia famiglia.
Mi avete sempre insegnato ad affrontare ogni partita, superando le sconfitte e rialzandomi dopo le cadute. Stavolta, però, gioco per la vittoria.

L'hockey non è per i fighetti.

Tecnicamente, è definito come uno sport.

Parole come gioco e partita vengono usate per nascondere la sua vera natura: l'hockey è una guerra.

In pista, hai oltre duemila libbre di forza bruta che si scontrano con mazze spigolose, un disco di gomma che potrebbe rompere una laringe e lame attaccate ai piedi. Smettiamola di fingere che ci sia qualcosa di civilizzato in questo sport.

KATE MEADER

Prologo

L'hockey deve avere sempre e solo un vincitore. Non esistono vie di mezzo.

C'è chi perde e c'è chi vince. Fine della discussione.

Però stamattina mi sono svegliato polemico e poetico allo stesso tempo, quindi per spiegare l'hockey userò una semplice metafora.

L'hockey è come l'amore.

E io, Matthew Leblanc, per la prima volta, ho ceduto anima e cuore a qualcuno.

Il mio mantra è sempre stato: non farti distrarre da nessuno, continua dritto verso il tuo obiettivo.

Poi è arrivata *lei*.

E ho perso la testa.

Mio padre mi ha sempre ribadito, sin da quando ero piccolo: «Matt, la più grande condanna per un giocatore di hockey è trovare qualcosa che lo faccia penare più della sconfitta in una partita».

«Impossibile, la sconfitta è inequivocabile».

«Ed è qui che ti sbagli, c'è qualcosa di più potente della sconfitta, in grado di logorarti, di farti impazzire».

«Di che parli, papà?»

«Dell'amore».

Ed era vero.

L'amore è in grado di farti soffrire più di tutto.

E io lo avevo provato sulla mia pelle.

Lei era stata la mia più grande vittoria, ma sapevo che prima o poi si sarebbe trasformata in un'eterna sconfitta.

Capitolo 1

Kelsey

«Ma non è che intendevano Montréal in Francia?», domando speranzosa.

Fino a quarantotto ore fa, ero una ragazza californiana, di Eureka per la precisione. Sono nata e cresciuta lì, tra sole, mare, surf, feste sulla spiaggia e passeggiate nel rinomato parco di Redwood, che ospita le più grandi sequoie al mondo.

Invece ora mi sono trasferita a Montréal, in Canada.

È una tragedia.

Una catastrofe.

Una follia.

Non sono di certo adatta a un clima così freddo e glaciale.

Però non ho avuto altra scelta.

Mio padre mi lancia un'occhiataccia e continua a guidare.

Marcus Cooper è un bell'uomo, se avessi quarantacinque anni e fossi una donna single sarebbe il mio tipo, per intenderci. Capelli scuri e brizzolati, occhi color nocciola, naso sottile, sopracciglia sempre corrucciate e labbra sottili. È alto, muscoli appena definiti e un accenno di barba sul mento.

A Eureka molte donne cercavano di avvicinarsi a lui, ma senza successo.

Mi volto con un sospiro e guardo fuori dal finestrino. Sto ancora sperando in un colpo di scena sconvolgente, magari mi sveglio e scopro che è tutto un incubo. Ma suppongo che certe cose succedano solo nei film.

«Sul serio, secondo me è quello in Francia», insisto e scrollo le spalle.

«Non credo ci sia un errore, insomma tra il Canada e la Francia c'è molta differenza», risponde per nulla divertito.

«Papà?», lo chiamo.

«Mmh?», mugugna lui.

«Sto scherzando», dico e lui mi sorride.

Stiamo percorrendo una strada dritta, circondata da negozi e piccole case dai colori aranciati e giallognoli. Le persone sul marciapiede sono tutte vestite con cappotti pesanti, sciarpe attorno al collo e dei ridicoli cappelli di lana.

Recupero il cellulare dalla borsa e vado su internet per informarmi meglio sulla città in cui ci siamo trasferiti ieri. Perché mio padre, Marcus Cooper, sarà il nuovo rettore del Montréal College, uno degli istituti più prestigiosi e famosi di tutto il Canada. Ottimo piano di studi, meravigliose lezioni e bla bla bla. In teoria l'ideale per chi, come me, sta iniziando il suo primo anno di università; in pratica, è un dramma.

Abbasso l'aletta parasole e mi guardo nello specchietto. I capelli lunghi e castani mi ricadono sulle spalle, gli occhi scuri sono leggermente truccati con un po' di mascara, ho labbra piene e un nasino all'insù, di cui vado molto fiera.

In breve, sono bella e soprattutto, so di esserlo.

La bellezza è soggettiva, lo so, ma sinceramente ho una grandissima dose di autostima. Abbasso gli occhi sulla divisa che ho indossato poco fa, nell'hotel in cui abbiamo soggiornato in attesa che la nostra casa fosse pronta oggi, e già la odio. È composta da una gonnellina a balze scozzese e una camicia bianca con il logo del college in alto. Per fortuna ci ho abbinato i miei stivali di Prada neri e caldi.

«Ti sta bene la divisa», ridacchia, come se mi avesse letto nel pensiero.

«Mi prendi in giro?», aggrotto la fronte e incrocio le braccia al petto.

«No, ti sta bene davvero», conferma.

Sbuffo in risposta e mi raddrizzo sul sedile, guardando di nuovo fuori dal finestrino.

«Dove ti lascio?», domanda papà e mi volto notando sul navigatore che mancano pochi minuti al nostro arrivo a destinazione.

«Al college! Dove mi vuoi lasciare? In aeroporto? Hai cambiato idea e torniamo a Eureka?», domando e me ne pento un istante dopo, quando mio padre si volta con espressione assassina.

Oddio, Marcus Cooper sta per uccidermi.

Sono troppo giovane per morire.

«Intendevo altro e lo sai. Vuoi che ti faccia scendere fuori dal college? Qualche isolato prima?», replica, seccato.

Sto per rispondere di sì, ma poi ci ripenso: essere la figlia del nuovo rettore potrebbe portare i suoi frutti. Insomma, nessuno potrà mai essere così tanto stupido da mettersi contro di me, giusto?

«No», rispondo con decisione.

«Hai appena detto di no?», chiede lui, che mi guarda con la coda dell'occhio, sbalordito.

«Hai bisogno di una visita dall'otorino? Non è che stai invecchiando?», cerco di sdrammatizzare.

Mio padre scuote il capo. «Sono solo sorpreso».

«È inutile nascondersi, si verrebbe a sapere in ogni caso che sono la figlia del nuovo rettore», replico, strofinandomi i palmi sudati sulle cosce.

Okay, forse sono un po' nervosa.

No, sono molto nervosa, lo ammetto.

«Hai ragione, e poi ha i suoi vantaggi, no?», mi fa un occhiolino di sfuggita e riprende a guidare l'auto che ci hanno fatto trovare al nostro arrivo in aeroporto, una berlina rossa fiammante.

Manca un minuto alla destinazione.

Oddio.

Sto tremando. Devo calmarmi, dannazione. Respiri profondi.

«Tanti vantaggi», commento, usando l'arma del sarcasmo.

«Potrei darti la chiave per la macchinetta del caffè», mi risponde con tono scherzoso.

«Allora sei proprio un ragazzaccio», ribatto, scuotendo la testa.

Lui, però, torna serio all'improvviso. «Mi creerà problemi, signorina Cooper?».

Mio padre è un Golden Retriever giocherellone che a volte si trasforma in un Pitbull arrabbiato.

«Mmh, definisci il termine problemi», replico.

«Appiccherai un incendio in classe?», domanda.

«È stato un incidente!», protesto mettendo il broncio. Volevo solamente bruciare con un accendino un filo di lana che mi usciva dalla maglia, ma qualcosa è chiaramente andato storto e hanno preso fuoco anche i libri. Così, l'allarme antincendio è partito e ho fatto fare una bella doccia a tutta la scuola. È stata la giornata più sensazionale e divertente di tutta la mia vita.

«Un incidente che ti è costato la sospensione», specifica lui, marcando l'ultima parola.

«Grazie alla sospensione ho evitato la verifica di matematica in cui molto probabilmente avrei preso un'insufficienza». Mi abbasso leggermente gli occhiali per fargli un occhiolino a effetto.

Porto gli occhiali da quando ero piccola, pian piano ho imparato a conviverci e ora mi sento persino bella, quando li indosso.

«Okay, quindi mi creerai problemi», borbotta infastidito.

«Non appiccherò nessun incendio, papà, puoi stare tranquillo», soffoco una risata.

«Eccoci arrivati», annuncia lui.

Finalmente svolta verso l'entrata principale del college, attraversando un grande cancello argentato. Vicino c'è un cartello con su scritto WELCOME TO MONTRÉAL COLLEGE.

Welcome un cazzo. Voglio tornare in California. Ma purtroppo non è possibile.

Imbocchiamo un lungo viale di ghiaia, costeggiato da alberi altissimi e da un prato ben curato che si estende a perdita d'occhio.

Lo percorriamo tutto fino a un edificio mastodontico di mattoncini bianchi verniciati alla perfezione. Davanti al portone, noto una fontana enorme con due giganteschi squali di pietra all'interno.

Mio padre parcheggia la macchina nel posto riservato al rettore.
I Cooper sono arrivati.
Papà spegne il motore e si volta a guardarmi. «Sei sicura?», mi domanda.
«Prendiamo il toro per le corna», affermo uscendo dalla macchina sotto gli occhi di tutti.
Scendiamo fieri e a testa alta dall'auto, dirigendoci verso l'entrata del college.
In realtà, l'ansia mi sta letteralmente mangiando viva.
E poi noto con orrore un dettaglio. Sono l'unica a indossare la divisa. Gli altri ragazzi sono tutti vestiti normalmente, in jeans strappati e maglietta.
Mi tiro un po' giù la gonna e continuo a camminare. D'un tratto, sento un fischio provenire proprio da un gruppo di ragazzi seduti sulla fontana, allora mi giro e alzo il dito medio sorridendo beffarda.
«Papà, potevi dirmelo che la divisa non serviva», bisbiglio.
«Non lo sapevo, Kels», sussurra lui.
Scrollo le spalle rassegnata.
«Salve», ci saluta una voce squillante dietro di noi.
Io e mio padre sussultiamo e ci voltiamo.
Davanti a noi c'è una donna con un paio di occhiali tondi e spessi, un completo nero che le fascia tutto il corpo, composto da un pantalone a zampa di elefante stretto e una giacca abbinata. Ha i capelli scuri raccolti in uno chignon, gli occhi azzurri e le labbra carnose. Non passa decisamente inosservata. Anzi, è bellissima.
«Può avvertire la prossima volta? Ci ha fatto prendere un infarto», sbotto, prima di riuscire a trattenermi.
Lei mi guarda storto e si rivolge a mio padre con un tono autoritario. «Signor Cooper, la stavamo aspettando, sono tutti in palestra per ascoltarla».
«Lei sarebbe?», domando, con espressione scortese e una mano sul fianco destro.
Mio padre mi fulmina e mi tira una gomitata. «La scusi, mia figlia è... particolare».
«Forse volevi dire fantastica? Sensazionale? Fenomenale? Spettacolare?», intervengo con il mio miglior sorriso. Potrei essere descritta in mille modi ma "particolare" assolutamente no. Non mi si addice. «Kelsey», mi ammonisce lui, severo, poi torna a rivolgersi alla nuova arrivata. «Stava dicendo, signorina...?»
«Oh mi scusi, sono Harper Turner, la sua segretaria».
Allunga la mano verso mio padre, ma io lo anticipo e gliela stringo per prima.
«Io sono Kelsey, sua figlia. È vero che potrò avere del caffè gratis dalle macchinette?»
«Ehm, non... non ne sono sicura», risponde la signorina Turner, incerta.

«Mia figlia sta scherzando, signorina».
Ormai ho perso il conto delle occhiatacce che mi ha rifilato.
«Sì, sono una giocherellona», concordo, onde evitare l'ira di mio padre.
«Come le stavo dicendo, tutti gli studenti la stanno aspettando in palestra per il suo discorso. Da questa parte». La signorina Turner ci fa cenno di seguirla.
Imbocchiamo un corridoio dopo l'altro e mi sembra di non arrivare mai. «Ma dove si trova questa palestra? A New York? Sono cinque minuti che camminiamo», sbuffo cercando di stare al loro passo, veloce e spedito.
«Kels?». Mio padre si ferma e si gira verso di me.
«Mi dica, signor Cooper», replico, incrociando le braccia al petto.
«Vuoi essere sospesa il primo giorno di scuola?», domanda con un sopracciglio inarcato.
«Siamo di pessimo umore, eh?», borbotto, quando mio padre riprende a camminare.
«Ti ho sentita, Kels», ribatte lui, seccato.
Devo parlare più piano la prossima volta.
Però, riflettendoci, se mi faccio sospendere il mio primo giorno di college, gli altri mi crederanno una dura. Una di quelle da temere.
Devo prendere in considerazione quest'idea.
Finalmente, dopo minuti interminabili, arriviamo in palestra. Appena entriamo, veniamo accolti dal brusio delle voci degli studenti seduti sugli spalti.
La signorina Turner, invece, ci conduce sul campo da basket. Al centro, c'è una piccola piattaforma rialzata con un microfono e delle sedie affiancate dove sono seduti i docenti.
Mio padre fa per prendere il suo posto e io gli alzo i pollici in segno di incoraggiamento. Dopo avermi rivolto un sorriso, sale sulla piattaforma e tocca con l'indice il microfono per controllare che funzioni e per attirare l'attenzione degli studenti, che ammutoliscono.
Si vede che questo incarico lo rende felice. E se lui è felice, allora lo sono anche io.
«Sono Marcus Cooper, il vostro nuovo rettore. Il signor Johnson si è dovuto dimettere per motivi personali e ha chiesto a me di prendere le redini di questo college».
Aspettate, ha detto davvero "prendere le redini di questo college"?
Oddio, poveri noi.
«Tuttavia, sono stato informato dal signor Johnson della cattiva condotta che si tiene qui dentro. Per questo motivo mi sembra opportuno elencarvi delle regole affinché si possa vivere in totale armonia».
Okay, mio padre aveva omesso questa piccola informazione.
Già adoro questo college.

Un vociare si leva dagli spalti. «Silenzio», urla lui.
Tutti si zittiscono all'improvviso.
Bravo, papà, così si fa.
«Le regole si applicheranno da domani stesso. Innanzitutto, vorrei reintrodurre l'obbligo della divisa, è fondamentale che in un college prestigioso come questo si indossi un abbigliamento consono».
Uno strano cigolio mi distrae dalle sue parole.
Aggrotto la fronte e i miei occhi diventano due saette impazzite alla ricerca della fonte di quel rumore.
Alzo la testa verso l'alto e noto che appeso al soffitto c'è un secchio.
Un momento, perché c'è un secchio appeso al soffitto?
Quando mi accorgo che il secchio pian piano si sta inclinando, salgo sulla piattaforma di legno e spingo via mio padre.
Succede tutto troppo in fretta.
Una secchiata d'acqua fredda mi si rovescia addosso, bagnandomi dalla testa ai piedi.
Sono sconvolta.
I docenti si sono tutti alzati, alcuni hanno la mano davanti alla bocca e altri gli occhi sbarrati dallo stupore.
La faccia di mio padre, invece, è ben diversa.
Un misto di rabbia e shock.
Nella palestra cala un silenzio glaciale.
Poi parte una risata generale.
Chiaramente, l'obiettivo di questo scherzo di cattivo gusto era mio padre ma io ho agito d'astuzia, evitandogli una possibile figuraccia nel suo primo giorno da rettore.
Non avevo calcolato però che mi sarei beccata io quel secchio pieno d'acqua.
Ho la camicia appiccicata al petto e sono completamente fradicia.
Chiunque abbia ideato questo scherzo non può passarla liscia.
Mi viene in mente un'idea geniale, forse molto sconsiderata, ma pur sempre geniale.
Sorrido e guardo verso l'alto: ci sono sensori antincendio dappertutto.
Senza riflettere, agguanto la borsa, prendo un accendino e dei fogli di carta. Poi appicco il fuoco.
«Kels!», urla mio padre.
Ma ormai è troppo tardi. L'allarme antincendio scatta.
Subito dopo nella palestra regna un altro tipo di caos.
L'acqua comincia a piovere dal soffitto e gli spalti magicamente si svuotano.
Fradici quasi quanto me, gli studenti corrono urlando verso l'uscita mentre io mi sto sbellicando dalle risate.

Sorrido soddisfatta e mi avvicino al microfono. «Seconda regola, mai mettersi contro un Cooper», declamo.

Dopodiché butto a terra quel che resta dei fogli. Ora sì che sono soddisfatta.

«Kelsey Cooper, nel mio ufficio. Ora», ordina mio padre furioso.

«Sì, signor Capitano», ridacchio spostandomi una ciocca di capelli dietro l'orecchio. Sono pronta ad affrontare il mio destino.

Capitolo 2

Kelsey

Dopo aver parlottato con la sua nuova segretaria, mio padre mi intima di seguirlo fuori. Appena usciamo dalla palestra, abbiamo tutti gli occhi puntati addosso. Non me ne frega niente di cosa pensano i presenti, nessuno può prendersi gioco dei Cooper.

«Cambio di programma, parleremo dopo. Ora vatti a cambiare e vai in classe», sentenzia mio padre.

«Vado a prendermi un cambio in macchina», borbotto.

«Ti accompagna la signorina Turner, così non combini altri guai», sospira e mi lancia le chiavi dell'auto, mentre la sua segretaria si materializza accanto a noi come un fantasma sexy. «Potreste gentilmente recuperare il mio borsone nero nel bagagliaio della macchina? Devo assolutamente cambiarmi», aggiunge, prima di voltarsi e allontanarsi, con il completo di Armani zuppo che gli si appiccica addosso.

«Andiamo», mi esorta la signorina Turner.

Sbuffo e la seguo fuori dal college. Appena arriviamo di fronte all'auto parcheggiata, apro il baule e comincio a rovistare all'interno della valigia. Trovo una tuta nera e decido di optare per quella.

«Per quale diavolo di motivo c'era un secchio pieno d'acqua appeso al soffitto?», domando d'un tratto.

«Se stai pensando che io ne sappia qualcosa…», dice la signorina Turner tirando fuori dal baule il borsone nero di cui parlava mio padre e posizionandoselo sulla spalla.

«No di certo. Ma qualcuno lo ha messo lì, no? Voglio sapere chi». Chiudo il baule con forza per la rabbia che sta montando dentro di me.

«Vatti a cambiare e poi vai in classe. Sei iscritta alla facoltà di cinema e arti dello spettacolo, giusto?», legge il foglio che ha appena tolto dalla tasca.

Annuisco e glielo prendo dalle mani. «Grazie, Horper».

«È Harper», mi corregge lei, seccata.

«Come vuole», borbotto tra i denti, mentre me ne vado.

Dopo aver vagato per un po', finalmente trovo il bagno delle femmine. Mi asciugo i capelli sotto il getto dell'aria calda dell'asciugamano elettrico appeso alla parete e poi mi cambio.

Quando esco dal bagno, il corridoio è vuoto: tutti gli studenti probabilmente sono in classe.

Muovo qualche passo e mi fermo non appena leggo una targhetta accanto a una porta: SALA MUSICA. Sorrido e mi affaccio nella stanza.

La classe però è vuota. Qualche strumento musicale giace inutilizzato e ci sono sedie rotte buttate qua e là.

Appena vedo un microfono abbandonato, su un tavolo lì vicino, gli occhi mi si riempiono di lacrime.

Da quando mia madre è morta, cantare è off-limits per me. O meglio, lo faccio, ma con le palpebre serrate e non in pubblico. Appena mio padre mi ha comunicato che in questo college ci sarebbero stati moltissimi corsi di canto, mi sono imposta di non frequentarli proprio per questo.

Però quando sono da sola, amo suonare e cantare. Mi aiuta a non pensare.

Afferro una vecchia chitarra da terra e ne sfioro le corde con le dita.

Le prime note di *Rolling in the Deep* si levano nell'aria. Comincio a cantare a occhi chiusi, quasi contro la mia volontà.

Più vado avanti e più mi sento svenire.

Devo essere forte.

Non devo pensare al resto del mondo. Non devo pensare a lei.

Quando però sento un rumore, sobbalzo e apro gli occhi di scatto. Mi guardo intorno e poso la chitarra a terra, proprio dove l'avevo trovata.

E se fosse un topo? Non riuscirei a sopportarlo.

E se fosse un topo enorme? *Oddio, no.*

«Chiunque tu sia, non ti hanno mai insegnato che è maleducazione spiare la gente?», urlo.

Uno strano cigolio mi fa sussultare e d'istinto mi poso una mano all'altezza del cuore.

Noto una porta che non avevo visto prima.

C'è qualcuno? Forse un assassino pronto a uccidermi?

Oddio no, queste cose succedono solo nei film.

Mi avvicino con estrema cautela e la porta si apre all'improvviso e per poco non mi colpisce in faccia.

Davanti a me appare un colosso. Io, dal mio metro e sessantacinque scarso, riesco solo a vedere un petto muscoloso e ampio. Faccio un passo indietro e alzo la testa. Un ragazzo mi sta fissando incuriosito. È alto all'incirca un metro e novanta. Ha dei meravigliosi occhi verde smeraldo e i capelli castani sono tirati all'indietro con un po' di gel, ma alcune ciocche ribelli gli ricadono sulla fronte. Ha un naso affilato e ben delineato, le labbra carnose e piene. Accanto a lui c'è una ragazza con un chilo di gloss sulle labbra. Ha dei lunghi capelli biondi che le arrivano fino ai fianchi, degli occhi azzurri chiari, un naso perfettamente dritto e delle labbra piene. Indossa un top rosa scollato sul seno e si vede che se l'è infilato alla svelta perché è al contrario. Le sue gambe lunghe sono fasciate da dei jeans stretti a vita alta e ai piedi porta delle semplici sneakers bianche. «Avete visto un fantasma?», domando infastidita.

«Hai una voce sensazionale», cinguetta la bionda.

«Grazie ma… hai la maglietta al contrario», mi schiarisco la voce e le indico l'etichetta.

Il ragazzo si limita a fissarmi. Non accenna la minima espressione.

«Oddio, che figuraccia», esclama togliendosi di scatto la maglietta.

Si è appena spogliata davanti a me o mi sbaglio? No, non mi sbaglio.

«Non volevo disturbare la vostra…», li osservo in cerca della parola giusta, «scopata…». No, parola sbagliata.

Il ragazzo sbatte le palpebre e continua a fissarmi. I suoi occhi sembrano incupirsi per un attimo e le labbra si arricciano in una smorfia.

«Hai appena detto scopata?», si prende finalmente la briga di dire.

«Preferisci sesso? Scappatella?». Incrocio le braccia al petto guardandolo col mento ben alzato.

«No, credo che scopata vada più che bene», sogghigna con un sorrisetto sghembo.

«Bene, stavo cercando l'aula del corso di sociologia dei media, gentilmente potreste indicarmela? Sono iscritta al primo anno di cinema e arti dello spettacolo», sorrido e mi stringo in spalla la borsa che pesa un po' troppo per i miei gusti dopo il carico di roba bagnata che ho messo al suo interno.

Tra i molteplici corsi che offre il Montréal College, questo indirizzo nello specifico ha da subito catturato la mia attenzione. Storia e arte contemporanea, sociologia dei media e della comunicazione, musica e spettacolo. Sono fermamente convinta che sia la strada giusta da percorrere. Ma, a quanto pare, la biondina non la pensa come me.

«Perché fai cinema e arti dello spettacolo? Hai una voce bellissima, dovresti iscriverti al corso di canto. È veramente eccezionale e poi la professoressa Petrova è una donna con tanto carisma», mi dice sistemandosi i capelli lunghissimi dietro la schiena.

Io apro la bocca per parlare, ma poi la richiudo perché non so esattamente cosa dire.

Io non canto, o almeno, non posso.

Sposto lo sguardo sul ragazzo e lo studio.

Indossa una semplice tuta nera che mette in risalto la sua muscolatura, sulla felpa c'è un logo con su scritto SHARKS STRUTTMAN e accanto uno squalo che mostra i suoi denti ben affilati.

Oddio, è un giocatore di hockey. Quello è il simbolo della squadra dell'università.

Sapevo che qui in Canada questo sport è molto popolare, ma non so minimamente come si giochi.

«Perché sei bagnata?», domanda lui d'un tratto.

«Non eravate in palestra prima? Ah no, giusto. Eravate impegnati in altro…». Faccio una pausa a effetto e continuo. «Ve la farò breve: qualcuno ha appeso un secchio pieno d'acqua fredda al soffitto della palestra, proprio sulla testa del nuovo rettore. Per evitare una tragedia, l'ho spinto e mi sono messa al suo posto».

Loro si scambiano un'occhiata perplessa. Però, dalle loro espressioni, ho come l'impressione che già sapessero dello scherzetto a mio padre, anche se non erano presenti in palestra. E il sorrisetto mascherato sulle labbra del ragazzo me lo conferma.

«Non è finita qua», continuo. «Per vendicarmi ho dato fuoco a dei fogli che avevo nella borsa e ho fatto scattare l'allarme antincendio, così ho bagnato tutti gli studenti che erano in palestra, tranne voi ovviamente. Risultato? Ora tutto il college mi odia».

La biondina e il ragazzo mi fissano con la bocca aperta.

Credo di averli sorpresi.

«Ci stai prendendo per il culo, quattrocchi?», domanda lui passandosi una mano tra i capelli in un modo che… *santo cielo.*

Santo cielo, ripeto.

Oddio, ma perché deve essere così attraente?

Stop.

Mi ha appena chiamata quattrocchi o mi sbaglio?

No, non mi sbaglio. Non posso lasciarmi distrarre dal suo fascino.

«Senti, sottospecie di Grizzly, purtroppo non vi sto prendendo per il culo. Se troverò chi ha avuto la brillante idea di escogitare questo scherzo, allora lo strozzerò con le mie stesse manine».

Sfoggio un sorriso inquietante per concludere.

«Aspettate», comincio a frugare nella borsa alla ricerca del mio telefono. «Posso farvi una foto? Dovreste proprio vedere le vostre facce», proseguo, sconvolgendoli ancora di più.

Il ragazzo mi si avvicina tanto che devo inclinare il collo per guardarlo.

«Non so chi tu sia, ragazzina, ma ti do un consiglio da amico. Sfottere il re del college non è una cosa molto saggia», mi dice, minaccioso.

Re del college?

Ma dove sono finita?

«Chi sarebbe il re di tutto il college? Tu?», ridacchio. «Oddio, ti prego è troppo divertente, se tu sei il re del college, io allora sono Paris Hilton», sbotto sotto i suoi occhi attenti e minatori.

«Non fai ridere», mi indica con le labbra serrate in una linea retta.

«Stavo solo scherzando, rilassati, uomo delle caverne», scrollo le spalle.

«Be', lasciatelo dire, fai proprio delle battute di merda», replica, infastidito. Poi inarca un sopracciglio, come se mi stesse sfidando a ribattere.

E quando si tratta di sfide, Kelsey Cooper non si tira mai indietro.

«Ah sì? Mi scusi, re del college». Faccio un inchino per prenderlo in giro.

«Ma chi diavolo sei?», ringhia avvicinandosi ancora di più.

«No, la vera domanda è: chi cazzo sei tu», replico seccata, puntandogli l'indice sul petto.

«Ragazzi, dai, basta. Piacere io sono Alison e questo è il mio ragazzo, Matthew», interviene la biondina che viene subito circondata da un braccio possente, non appena fa un passo avanti.

Matthew, persino il nome mi dà sui nervi. È bello quanto antipatico e arrogante.

Figurarsi se non incontravo subito il più stronzo. La sfiga non ha mai fine.

«Bene, tu invece chi cazzo sei, ragazzina?», domanda Matthew ignorando totalmente Alison.

«Qualcuno che ti potrebbe creare tanti problemi se non la smetti subito di chiamarmi ragazzina», ribatto, cercando di non fare caso al suo aspetto.

Non solo è bello, è quel tipo di ragazzo che ti lascia a bocca aperta appena lo vedi.

«Continui a provocarmi? Mossa veramente stupida», scuote la testa mettendosi le mani in tasca e continuando a fissarmi come se fossi il suo prossimo obiettivo da demolire.

«Matt, dobbiamo andare, il nuovo rettore sarà già furioso per quello che è successo. Se arriviamo tardi a lezione, diventerà una furia», cinguetta la biondina.

«Prima voglio sapere chi cazzo è questa qui», insiste, indicandomi.

«Abbassa questo dito, punto uno», glielo sposto con la mano. «Punto due, chi sono o non sono non credo siano affari tuoi».

Matthew mi rivolge uno sguardo pieno di astio. «Ti conviene guardarti le spalle, ragazzina, quello che è successo al rettore è solo l'inizio».

Quando pronuncia le ultime parole, mi scocca uno di quei sorrisetti provocatori e maligni. Scommetto cinquanta dollari che c'è lui dietro lo scherzo, ne sono certa, anche se non ne ho la conferma. Il mio istinto è infallibile.

«È una minaccia?», chiedo.

«Prendilo come un avvertimento», mi rivolge un occhiolino e stringe la presa sul fianco della sua ragazza, dirigendosi spedito verso la porta d'uscita.

«Sai, Matthew, non è saggio minacciare la figlia del nuovo rettore», cantileno e li sorpasso per tagliargli la strada. «Ora se mi volete scusare», sorrido beffarda e mi godo le loro espressioni sconvolte, mentre lascio l'aula.

Sta davvero minacciando Kelsey Cooper?

Mossa veramente sbagliata.

Caro Matthew, non sai contro chi ti stai mettendo.

Capitolo 3

Kelsey

La giornata si rivela, con mio grande stupore, sopportabile… più o meno.

Ho girovagato nei corridoi del college come un'anima in pena, destreggiandomi tra una lezione e l'altra. Devo ammettere che optare per questo indirizzo alla fine è stata la scelta giusta. Le lezioni le ho trovate interessanti e i professori, anche se severi, disposti a darti una mano.

Gli studenti, però, mi hanno evitata come la peste, scoccandomi occhiatacce truci e sussurrando la parola «piromane» appena passavo.

Odio i miei compagni, dannazione. E odio quel Matthew ancora di più. Il pensiero del nostro incontro ancora mi irrita. Preferirei stare da sola per il resto dei miei giorni in questa scuola invece che essere amica di quel ragazzaccio tutto muscoli e niente cervello.

Il re del college, ma chi crede di essere esattamente?

Lo odio.

Di persone irritanti ne ho incontrate nei miei diciannove anni di vita, ma lui, senza ombra di dubbio, le batte tutte dieci a zero.

D'un tratto, un filo di nervosismo si fa strada dentro di me. Una marea di domande mi assilla, lasciando trapelare tutta la mia insicurezza.

Riuscirò mai ad ambientarmi, in questo college immenso? Probabilmente no. Riuscirò a farmi degli amici? Assolutamente no, non dopo quello che ho fatto in palestra.

Mi rendo conto che ho bisogno di prendere una boccata d'aria. Esco all'aperto, il vento fresco mi colpisce in pieno viso, proprio come uno schiaffo violento. Ammiro il giardino immenso che circonda tutto il college e gli altri edifici sulla proprietà dello stesso. Oltre alla palestra di basket, a cui ho rischiato di dare fuoco, ci sono la piscina e lo stadio del ghiaccio.

Stringendomi la borsa in spalla e sistemandomi gli occhiali sul naso, supero la fontana con gli squali e svolto a destra, in un sentiero di cemento bianco costeggiato da altissimi alberi di pino e qualche cespuglio.

Gli studenti sono tutti radunati a gruppi, alcuni sono seduti a chiacchierare su delle panchine lì attorno e altri, invece, sono distesi sul prato a studiare.

Mi siedo sulla prima panchina che trovo libera e prendo il telefono dalla borsa per cercare di ignorare le persone che continuano a fissarmi manco fossi un serial killer appena scappato da una prigione.

«Vengo in pace, mi darai fuoco?», mi chiede una voce sconosciuta.

Alzo gli occhi e la ragazza che ha appena parlato alza le mani al cielo in segno di resa. La osservo con un sopracciglio inarcato: indossa dei jeans neri strappati, una t-shirt bianca con su scritto FUCK THE POLICE e degli stivaletti grigi con delle borchie ai lati. I capelli le arrivano fino a sotto le spalle e sono di un biondo cenere molto chiaro, tendente al platino. Ma la cosa che mi colpisce di più sono i suoi occhi, di un azzurro cristallino.

Rimetto il telefono in borsa. «Hai appeso tu quel secchio d'acqua fredda al soffitto della palestra?», le domando.

Sono una persona molto diretta.

«No», scuote la testa più volte.

«Allora non c'è pericolo», replico, poi mi tolgo gli occhiali da vista dal naso, prendo una salviettina dalla borsa e comincio a pulirli delicatamente.

«Ho visto che te ne stavi tutta da sola e sono venuta a parlarti. Sei forte, sorella!», dice lei eccitata.

Troppo entusiasmo per i miei gusti.

Ma un attimo: mi ha appena chiamata sorella?

Oddio.

«Be', grazie, potresti evitare di chiamarmi "sorella" però? È un po' strano», finisco di pulire gli occhiali e me li rimetto sul naso, poi ripongo la salvietta nella borsa.

«Afferrato, io sono Janette». Con un sorriso smagliante, la bionda allunga la sua mano esile verso di me.

Gliela stringo ricambiando il sorriso. «Kelsey».

Questa ragazza non mi sembra affatto male. È una versione ribelle e 2.0 di Paris Hilton.

«Senti, ma è vero?», sussurra, mentre i suoi occhi continuano a saettare a destra e a sinistra per controllare che nessuno ci stia ascoltando.

«Sì, ho appiccato il fuoco in palestra», annuisco soddisfatta.

Era il minimo che potessi fare dopo che qualcuno ha cercato di far fare una bella doccia fredda di prima mattina a mio padre. Okay, alla fine Marcus Cooper si è bagnato lo stesso ma almeno è stata colpa mia e non di qualche bambino frustrato.

«Non mi riferivo a quello, anche se è stato molto esilarante. Comunque, intendevo se è vero che sei la figlia del nuovo rettore», bisbiglia sedendosi di fianco a me.

«Perché parli a bassa voce?». Aggrotto la fronte confusa, girandomi verso di lei.

Janette ridacchia e posa la sua borsa sulla panchina. «Chiederlo sussurrando mi sembrava più a effetto, ma ora che me lo hai fatto notare, mi sento un po' stupida», dice lei, in imbarazzo.

«Sì, sono la figlia del nuovo rettore e no, purtroppo non posso prendere del caffè gratuito dalle macchinette». Scrollo le spalle e metto il broncio.

Comunque, questa cosa del caffè devo risolverla, anche perché non posso mica spendere ogni giorno soldi.

Forse potrei rubare la chiave delle macchinette a mio padre…

Ci penserò su.

«E ora come farò? Volevo diventare tua amica soltanto per il caffè gratis alle macchinette», sbuffa portandosi le braccia al petto come una bambina.

Scoppio in una risata. «Sei forte, Janette, possiamo ufficialmente diventare amiche».

Questa ragazza mi piace, è spiritosa, frizzante e, soprattutto, non ha per nulla la puzza sotto al naso, a differenza degli altri studenti.

«Basta che non dai fuoco al college. Vorrei non essere costretta a cambiare università già al primo anno», scherza lei. Allora è una matricola, come me.

«Non posso prometterlo», replico amara.

Darò fuoco anche all'intera città se qualcuno si azzarderà di nuovo a prendersi gioco di mio padre.

«Allora, Kelsey Cooper, dove vivevi prima di trasferirti qui?», mi domanda e prende dalla borsa un pacchetto di sigarette. Delle Rothmans.

«Eureka», rispondo malinconica, guardando altrove.

«È in Egitto?», chiede lei.

Aggrotto la fronte e mi volto di scatto. «Egitto? È in California».

Questa ragazza è proprio suonata.

Senti da chi viene la predica, dalla più suonata delle suonate, cioè io.

«Eureka», ripete guardando un punto fisso. «Be', dal nome sembrava un posto in Egitto».

«Invece è in California», puntualizzo con un pizzico di sarcasmo nella voce.

«Comunque ti posso assicurare che i ragazzi canadesi sono molto meglio di quelli californiani», mi tira una spallata sul braccio e sfila una sigaretta dal pacchetto per poi accendersela con un accendino nero.

«Buono a sapersi, me ne dai una?», chiedo indicando il pacchetto che tiene ancora in mano.

Dopo tutto quello che è successo, ho proprio bisogno di una sigaretta per rilassarmi.

«Finirò dal rettore se permetto a sua figlia di fumare?», mi chiede tenendo il pacchetto di Rothmans stretto tra le mani.

«No, se non lo viene a sapere», le strizzo l'occhio e Janette in risposta mi offre una sigaretta.

Me la posiziono tra le labbra e la biondina mi aiuta ad accenderla.

«È tutto così diverso qui», borbotto dando voce ai miei pensieri.

«Be', questo è poco ma sicuro, infatti ho una proposta per te. Molto allettante. Per aiutarti ad ambientarti». Rimette il pacchetto dentro la borsa, si alza dalla panchina e fa un tiro a pieni polmoni per poi liberare il fumo verso il cielo.

«Spara», sorrido e aspiro a mia volta una boccata di fumo che però mi va di traverso facendomi tossire sonoramente.

«Stasera c'è una festa nella villetta della squadra di hockey, è una sorta di rito prima dell'inizio dell'anno e della stagione», spiega lei, che sembra sapere un sacco di cose per essere solo una matricola.

Squadra di hockey? Questo significa che ci sarà anche il Grizzly.

Se andassi alla festa, potrei prenderlo a schiaffi per come si è comportato… Ci penserò su.

«Continua», la incalzo.

Janette sorride e getta la sigaretta a terra spegnendola con il piede. «Quindi mi chiedevo se ti andasse di venire con me, sarà divertente».

«Mmh, ci sarà la tequila?», chiedo, interessata.

«Tequila? Certo che sì. Qui in Canada ci sappiamo divertire, Kels, anche troppo direi. Per chi ci hai preso?», sbotta lei fingendosi offesa.

«Va bene, ci penso». Le mie labbra si arricciano in una smorfia e getto anche io la sigaretta a terra. La biondina la spegne subito con il suo stivale.

Janette raccoglie dalla panchina la sua borsa, mettendosela sulla spalla.

«Ti convinco io a venire. Seguimi», mi fa un cenno col capo.

Mi alzo, guardando Janette con la fronte leggermente aggrottata.

«Mi avevi già convinta con la tequila», la prendo in giro, mentre ci incamminiamo verso chissà dove.

Percorriamo il sentiero e arriviamo allo stadio del ghiaccio. Janette si ferma davanti a una porta nera, la apre e ci si fionda dentro. Entro a mia volta e sento un forte tonfo che mi fa sobbalzare sul posto.

«Non si vede niente, Janette», sbuffo e mi aggrappo al suo braccio per non perdermi.

«Vieni», mi esorta lei, trascinandomi nell'oscurità più totale.

Finalmente, quando apre un'altra porta, mi accorgo che siamo sotto degli spalti.

«Ma perché siamo qui?», chiedo cercando di intravedere qualcosa tra le sedute.

«Allenamento a porte chiuse degli Sharks Struttman», risponde elettrizzata.

Oh no… la squadra del Grizzly.

Mi fermo vicino a lei e, dopo una manciata di secondi, dei ragazzi entrano nel mio campo visivo sfrecciando su dei pattini taglienti.

Indossano una divisa blu super imbottita che li fa sembrare il triplo di quello che sono e un casco con una visiera trasparente. Tengono tutti quanti un bastone in mano e cercano di colpire un minuscolo dischetto che va a una velocità sovrumana.

«Non ci capisco niente dell'hockey», sussurro a Janette avvicinandomi il più possibile a lei per non farmi sentire dai giocatori sul campo.

«Neanche io», ridacchia lei.

Ci sarà anche Matthew? Certo che sì.
Non che muoia dalla voglia di rivederlo…
Il nostro primo incontro mi è bastato e meno lo vedo, meglio è.
Continuo a osservare i giocatori che pattinano da una parte all'altra del campo e una domanda mi sorge spontanea: come diavolo riescono anche soltanto a muoversi con tutta quella roba super imbottita?
Mamma mia, io al posto loro sarei svenuta dal caldo.
«Leblanc, sembri una femminuccia, muovi quel culo, cazzo!», grida qualcuno.
«Chiunque abbia parlato è il mio nuovo idolo», ridacchio posandomi una mano davanti alla bocca.
«È il coach Smithy», bisbiglia Janette.
«Senders, hai una mazza nel sedere? Veloce su quei pattini o non riusciremo mai a vincere il campionato quest'anno», urla ancora il coach Smithy che, ripeto, è diventato il mio nuovo idolo.
«Okay, perché questo dovrebbe convincermi a venire alla festa di stasera?», domando con un sopracciglio inarcato.
Un botto improvviso, proveniente dal campo, mi fa sussultare. Due ragazzi si stanno azzuffando mentre altri due stanno cercando di dividerli.
«Senders, Croix. Basta così, cazzo, o vi appendo al soffitto!», urla Smithy a squarciagola.
«Ha cominciato lui!», sbraita uno dei ragazzi.
«Non me ne frega un cazzo di chi ha cominciato, andate a farvi una doccia invece di rompere i coglioni. Leblanc, vai anche tu, così ti schiarisci le idee, sembri un bisonte in preda a un attacco di nervi».
Gli insulti del coach Smithy mi fanno quasi venire voglia di irrompere sul campo e stringergli la mano per congratularmi per l'originalità.
Bisonte in preda a un attacco di nervi? Neanche la mia testolina sarebbe riuscita a partorire una cosa così.
I tre ragazzi nominati si appoggiano alla balaustra di legno che circonda tutto il campo da hockey. Bevono un po' d'acqua, si levano i caschi e si asciugano il sudore con il lembo della maglietta. Hanno tutti e tre i capelli arruffati e appiccicati alla fronte mentre continuano a parlottare tra di loro, ma non obbediscono al coach andando a farsi la doccia.
Uno dei tre si volta.
Matthew. È proprio lui.
«Che faccia da schiaffi», sbuffo allontanandomi di qualche passo per non farmi vedere.
«Cosa?», mi chiede Janette.
«Quello… Matthew, ha una faccia da schiaffi», ripeto mordendomi il labbro inferiore dal nervoso.
«Matthew Leblanc? Be', ha una gran bella faccia da schiaffi, vorrai dire», ammicca lei.

«L'ho conosciuto e non è stato piacevole», ribatto.
«Però ha un gran bel didietro», borbotta Janette, guardandolo meglio.
Mi riavvicino anche io e, dannazione, Janette ha ragione.
Matthew è girato di schiena ora e ci sta offrendo una bellissima visuale del suo fondoschiena tondo e perfetto.
«Però è anche uno stronzo», puntualizzo.
«Se hai un fondoschiena così, ti si perdona tutto. Ci deve essere un motivo se è il re di tutto il college», replica.
Oddio, ora anche lei con questa storia?
«Re del college. Quello?», chiedo a voce un po' troppo alta.
Infatti Matthew e gli altri due si voltano di scatto verso di noi. D'istinto io e Janette ci abbassiamo.
«Andiamo», bisbiglia lei facendomi cenno di seguirla.
Quando finalmente usciamo dallo stadio del ghiaccio, posso finalmente ricominciare a respirare regolarmente.
«Ci hai quasi fatte beccare, Kels! E comunque come mai detesti così tanto Leblanc?», domanda, mentre ci allontaniamo.
«Sono finita nell'aula sbagliata e lui era lì che si stava scopando la sua ragazza. Si è infastidito perché li ho interrotti e ha cominciato a dichiararsi il re del college e via dicendo».
Janette si ferma e mi guarda sconvolta. «Hai beccato Matthew e Alison mentre scopavano?»
«Oddio no, li ho visti dopo. Lei aveva la maglietta al contrario», dico a mo' di spiegazione.
«E dopo che è successo?». Janette prende un'altra sigaretta dal pacchetto e se l'accende.
Fuma peggio di una ciminiera.
«Be' abbiamo tipo discusso», rispondo, vaga.
«In che senso?», chiede Janette con la fronte aggrottata.
«Abbiamo battibeccato per un po' e gli ho detto che non è saggio minacciare la figlia del rettore», le faccio un occhiolino maligno.
«Ahia», commenta lei sgranando gli occhi.
«Che c'è?», mi sistemo una ciocca di capelli dietro l'orecchio.
«Be' hai appena sfidato il re del college, amica, non vorrei essere al tuo posto in questo momento». Finisce di fumare la sua sigaretta per poi gettarla a terra.
«Oddio, mi vuoi spiegare per quale motivo quel Matthew Leblanc si crede un dio sceso in Terra?», sbotto infastidita. «Insomma, perché è considerato da tutti il re del college?».
Janette mi fissa interdetta scuotendo la testa.
«A me sembra soltanto un grande Grizzly pieno di sé e con un ego che arriva a toccare le stelle. Secondo te, poi, mi lascio intimorire da uno che sem-

bra l'omino Michelin con quella divisa imbottita da hockey?», ridacchio ma appena noto l'espressione seria di Janette capisco che c'è qualcosa che non va. Se ne sta lì con gli occhi sbarrati e continua ad alzare il mento verso l'alto.

Cazzo, credo proprio che Matthew Leblanc sia alle mie spalle.

«È dietro di me, vero?», domando incerta.

Janette annuisce appena.

Sospiro e mi volto andando a sbattere contro un petto di marmo.

«Oddio, però omino Michelin è originale», ridacchia un ragazzo dietro di lui.

«Senders? Sta' zitto o la prossima partita la guardi da una cazzo di panchina», gli intima il Grizzly.

«Tutto bene, Matthew? Da quanto tempo eh», sdrammatizzo io.

«Che problemi hai, Kelsey Cooper?». Il mio nome sulle sue labbra è pura poesia.

Ma che dico? Matthew Leblanc è tutto tranne una poesia.

Anzi, è l'incubo fatto persona.

«Ah allora hai scoperto come mi chiamo, complimenti, Leblanc», comincio ad applaudire per prendermi gioco di lui.

«E tu hai scoperto il mio cognome, brava, hai fatto i compiti a casa», mi sbeffeggia con un sopracciglio inarcato verso l'alto.

«Io... io...», balbetto accorgendomi che non so come replicare.

Be', siamo pari.

«Io... io... cosa, Cooper?», mi fa il verso lui. Si è rimesso la stessa tuta con cui l'ho visto stamattina e ha i capelli ancora un po' umidi.

«Senti, Leblanc...», esordisco, ma lui mi interrompe.

«No, ascoltami tu, Cooper. Non so se tu sia soltanto molto furba oppure molto stupida, ma ti do un consiglio da amico: non parlare male di me in questo college. Hai capito?». Matthew si passa una mano tra i capelli dal nervoso.

Ma chi si crede di essere questo?

«No, ascoltami tu, brutto pallone gonfiato. Scommetto cinquanta dollari che sei stato a tu fare quello scherzetto a mio padre, perciò, ti do un consiglio *da amica*», marco le ultime due parole e faccio le virgolette con le dita. «Pattina un po' più in là e non rompermi i coglioni».

«Wow, ti ha distrutto, Leblanc», borbotta il suo amico.

«Senders?». Matthew si volta verso l'altro ragazzo. «Sarà elettrizzante, secondo te, guardare la partita da una sudicia panchina senza poter giocare?»

«Leblanc, dai», protesta lui sbuffando.

«In quanto a te, Cooper, se hai fegato, e credo tu ce l'abbia, vieni stasera alla nostra festa. Forse avrai un assaggio di come la tua vita si potrebbe trasformare in un vero e proprio inferno se non stai al tuo posto», ringhia tra i denti.

Alzo il mento, battagliera. «È una sfida, Leblanc?»

«Accetti, Cooper?», sorride soffiando sul mio viso.
«A stasera».
Mi volto e me ne vado, senza aspettare che risponda.
Ma Janette è ancora imbambolata a fissare Matthew e i suoi amici. Torno indietro, la afferro per un braccio e la trascino via.
Quando sono sicura che siano abbastanza lontani, sospiro e do voce ai miei pensieri.
«Hai visto che stronzo?», sbotto in preda a una crisi di nervi.
Alcuni studenti si girano a guardarci e io li fulmino.
Marcus Cooper si è impossessato di me.
«Temevo che da un momento all'altro vi sareste strappati i vestiti di dosso», commenta Janette.
«Vestiti di dosso? Gli piacerebbe a quella sottospecie di... oddio ho finito i dispregiativi», batto un piede a terra irritata.
«C'era molta tensione nell'aria», insiste lei.
«Preferirei pulire il fondoschiena a una scimmia pur di non andare a letto con lui», ribatto acida e, con l'indice, mi sistemo gli occhiali.
«Okay, tigre, allora ci vediamo davanti al college per le dieci e mezza? Aspetta, ti lascio il mio numero», cambia discorso lei.
Recupero il cellulare dalla borsa e, dopo averlo sbloccato, scrivo il numero che mi sta dettando. La salvo come Biondina, le si addice.
«Io devo aspettare mio padre, ha in serbo per me uno dei suoi discorsetti. Ci vediamo stasera», la saluto.
Janette si allontana e io vado a sedermi sul cofano della berlina di mio padre.
Dovrei essere preoccupata per lui, eppure pensieri su pensieri continuano a tormentarmi.
Quel cretino di Matthew Leblanc sarà la mia rovina.
Ma chi pensa di essere per parlarmi in quel modo? Nessuno in questo college gli ha mai insegnato le buone maniere?
All'improvviso si levano delle urla. Sono i giocatori della squadra di hockey che stanno sfilando davanti ad alcuni studenti.
Appena mi vede, Matthew mi scocca un occhiolino furtivo per poi continuare a camminare a testa alta come se fosse il padrone del mondo.
Ma chi si crede di essere?

Capitolo 4

Kelsey

Mio padre esce dalla porta principale del college e si dirige verso di me con indosso un altro completo di Armani, stavolta asciutto.

Coraggio, Kelsey, ora ti aspetta un bel discorsetto.

Dovrò solo scusarmi e poi potrò andare a quella dannata festa della squadra di hockey e prendere a calci nel didietro quel Matthew Leblanc.

«Non una parola», mi intima, quando mi raggiunge. «In macchina».

Obbedisco.

Mio padre si accomoda al posto di guida, si allaccia la cintura di sicurezza, mette in moto e parte sgommando.

«Papà, posso spiegarti…», comincio io.

«Questi erano i problemi che volevo evitare, soprattutto il primo giorno di college», mi interrompe lui.

«Papà, c'era un secchio d'acqua sul soffitto, se non…».

«Mi hai salvato da una possibile figuraccia, Kelsey, e ti ringrazio, ma non dovevi comunque appiccare un dannato incendio. I docenti sono tutti furiosi con te», sbuffa sonoramente scuotendo la testa.

«Lo so, a lezione mi guardavano tutti come se fossi una serial killer».

«E come biasimarli?», replica lui.

«Vabbè. Ma chi è stato a fare quello scherzo?», domando anche se già so perfettamente chi è stato.

Un nome e un cognome: Matthew Leblanc.

«Gli insegnanti hanno le loro opinioni ma, con certezza, non lo sapremo mai».

Matthew Leblanc, ecco chi è stato, papà.

«Okay, quindi cosa farai?»

«Niente», risponde secco.

«Niente?», aggrotto la fronte e lo guardo con gli occhi sgranati.

«Esatto, a quanto ho capito, gli studenti non sono molto favorevoli a rispettare le regole o a indossare la divisa, questo college è molto più impegnativo di quello che credevo».

Marcus Cooper che si arrende? Oddio, allora vuol dire che la situazione è grave.

«Papà, sono certa che ce la farai», appoggio la mano sulla sua coscia e lo accarezzo dolcemente.

«E a te? Come è andata? Hai appiccato altri incendi?»
«Mmh no, anche se mi chiamano "piromane". Che ne dici di questo soprannome? A me piace, mi fa sembrare una dura», affermo.
Lui sbuffa. «Dura? Non credo sia proprio questo l'effetto».
«Vabbè, almeno mi staranno tutti lontani, in questo college sono tutti così pieni di sé», alzo gli occhi al cielo.
«Gli insegnanti mi hanno riferito che parte tutto dalla squadra di hockey, sai che sono i campioni in carica da due anni?», lo dice con un misto di irritazione e… soddisfazione. Non ci credo.
Anche mio padre è stato plagiato dall'hockey.
«Non avevo dubbi che partisse tutto da loro», commento con una smorfia di disprezzo.
«Che vuoi dire?», mi chiede con la fronte aggrottata.
«Niente, non fare caso a me», borbotto distogliendo lo sguardo.
«Eccoci arrivati a casa, finalmente».
Mio padre parcheggia l'auto di fronte a una villetta a due piani a qualche minuto dal college.
È piccola ma accogliente, di un arancione scuro e sbiadito.
Ancora non ci credo che abbiamo fatto questo passo, così importante e difficile allo stesso tempo.
Avevamo sempre vissuto a Eureka e ora invece ci ritroviamo a migliaia di chilometri di distanza.
È surreale.
«La nostra nuova casa», sussurra lui e mi circonda il collo con il suo braccio possente, stringendomi a sé, non appena scendiamo dall'auto.
«Se mamma fosse qui, sarebbe fiera di noi», bisbiglio con voce strozzata.
«Sarebbe un po' meno fiera dell'incendio», ridacchia.
«Mi direbbe che ho fatto bene», ribatto.
«Andiamo, piromane», scherza lui.
Dopo aver recuperato le nostre valigie dal bagagliaio, siamo pronti per esplorare la villetta.
Percorriamo un piccolo vialetto di cemento, circondato da un giardino rigoglioso e verde.
Papà cerca la chiave giusta e, dopo averla trovata, entriamo. Di fronte a noi, nell'ingresso, c'è una scalinata. A destra si trova un salottino confortevole con un camino, un divano e una televisione. Invece a sinistra c'è una cucina in stile moderno, con un tavolo centrale e l'angolo cottura a parete.
«Carina, non trovi?», domanda papà.
Non rispondo, mordendomi il labbro inferiore.
«Che hai, Kels?», domanda ancora, poggiando le valigie a terra.
Ora o mai più, Kels, forza chiedoglielo.
«Stasera…», comincio a dire e poso la mia valigia a terra.

Mio padre mi batte sul tempo. «No».
«Non hai neanche sentito cosa stavo per chiederti», sbuffo e lo guardo in cagnesco.
«La risposta è no», ripete, deciso.
«Stasera c'è una festicciola qua vicino e Janette mi ha chiesto di andarci insieme», dico d'un fiato, sperando di impietosirlo.
«Chi diavolo è Janette?», domanda seccato.
«La mia nuova amica, è una tipa a posto», rispondo veloce.
«Di questo ne sono sicuro, se ha fatto colpo su di te...». Alza gli occhi al cielo.
«Che vorrebbe dire, signor Cooper?», inarco un sopracciglio.
«Sono il rettore Cooper, ora». Si stringe la cravatta del completo.
«Va bene, ho il suo permesso quindi, rettore Cooper?»
«Dov'è la festa?», si informa, scrutandomi da cima a fondo.
«Grazie, papà», urlo gettandomi tra le sue braccia.
«Non ho detto di sì, piromane. Dov'è questa festa?», scandisce lentamente.
Okay, questo potrebbe essere un problema.
Se rivelassi a mio padre che la festa si farà nella villetta della squadra di hockey, non mi lascerebbe mai andare, quindi dovrò mentirgli.
«A casa di amiche di Janette», replico cercando di essere il più convincente possibile.
Tuttavia, il labbro mi trema. Il mio corpo mi tradisce.
«Come mai non ti credo, Kels?», incrocia le braccia al petto.
«È la verità», protesto.
«Come no. Ogni volta che dici una bugia, ti trema il labbro, proprio qui». Mi tocca il punto incriminato, ridendo di gusto.
«Non è vero», ribatto scostandomi dalla sua mano.
«Invece sì, comunque farò finta di crederti e ti lascerò uscire, ma a una condizione...». Solleva un indice.
«Non rientrerò per mezzanotte», lo anticipo.
Mio padre apre la bocca ma poi la richiude, accorgendosi che era proprio quello che stava per dire.
«Tornerò a un orario ragionevole, però, puoi stare tranquillo», lo rassicuro.
«Sarà meglio, domani hai lezione alle otto e mezza».
«Oddio, come fai a sapere sempre tutto?», scherzo.
Lui sogghigna, ma non risponde.
«Vado in camera mia», taglio corto e recupero le mie valigie da terra.
Salgo al piano di sopra e individuo subito la mia stanza. È un sogno: al centro c'è un letto matrimoniale, affiancato da un comodino. Contro la parete, c'è un armadio a quattro ante con degli specchi. Una finestra illumina l'ambiente e proprio sotto di essa si trova una scrivania in legno.

Dopo che ci siamo sistemati, io e papà ordiniamo del buon cibo cinese. Una volta finita la cena, torno in camera mia per prepararmi.

Mi faccio una bella doccia, asciugo i capelli lasciandoli mossi al naturale e poi prendo un vestitino blu elettrico. Arriva al ginocchio ed è scollato sul seno. Decido di mandare una foto a Janette.

Kelsey: Questo vestito secondo te urla Sei super sexy oppure Sei una figa da paura?
Biondina: Secondo me, urla Guardatemi.
Kelsey: Allora sono proprio sexy, grazie, Biondina.

Janette mi manda a sua volta una foto. Indossa un tubino rosso glitterato da paura che le arriva fino alle cosce e dei tacchi bassi del medesimo colore.

Biondina: Questo vestito invece urla Fate di me ciò che volete oppure Sharks apritemi in due come una cozza?
Kelsey: Apritemi come una cozza?
Biondina: Sì, hai presente? Le cozze si aprono in due, ecco quello che vorrei farmi fare da uno di quei ragazzacci.
Kelsey: Oddio, stiamo facendo sexting?
Biondina: Ti piacerebbe, sto uscendo ci vediamo tra poco.

Sono pronta ad andare nella tana dello squalo.

«Sto uscendo», urlo, una volta scesa al piano di sotto.

«Torna presto e fai la brava», mi grida papà dal salotto.

«Come sempre», scherzo ed esco nell'aria fredda della sera.

Mi incammino verso il college che, per fortuna, è vicinissimo a casa mia e ad aspettarmi davanti ai cancelli chiusi c'è Janette con il suo fantastico tubino rosso glitterato e la sua solita sigaretta tra le dita.

«Ma quanto fumi?», le dico a mo' di saluto.

Janette scrolla le spalle e per tutta risposta mi sbuffa il fumo in faccia. «Quanto basta, tanto moriremo comunque».

«Sei proprio una squilibrata», commento con un sorriso.

«Andiamo, piromane», ribatte Janette, prendendomi a braccetto.

Dopo qualche istante, ci ritroviamo davanti alla villa della squadra di hockey. Vicino alla porta principale c'è lo stesso logo che ho visto stamattina sulla tuta di Matthew, cioè uno squalo con la scritta SHARKS STRUTTMAN.

Fuori c'è un silenzio tombale.

«Non si dovrebbe sentire della musica?», chiedo.

«In teoria, aspetta e vedrai», replica lei.

Janette bussa e attende che qualcuno ci apra.

La porta, d'un tratto, si spalanca e una musica da discoteca assordante mi fa indietreggiare.

«Benvenute, pollastrelle!», urla il ragazzo che era con Matthew oggi. L'avevo notato di sfuggita, ma ora mi accorgo che ha i capelli lunghi di un biondo molto scuro, gli occhi azzurri, ed è muscoloso e slanciato.

«Pollastrelle?», bisbiglio a Janette.

«Ignoralo, Axel Croix è un idiota», sussurra lei facendomi ridere.

Entriamo nella villetta alle spalle di Axel. C'è gente dappertutto, che ride, beve, balla e canta. A un tavolo poco distante, qualcuno si sfida a beer pong.

«Tequila?», domando alzando la voce per cercare di sovrastare la musica.

Janette afferra la mia mano e mi guida tra la folla.

«Eccola!», esclama Janette appena la scorge su un tavolo rettangolare, in salotto.

«Oddio, mi dovrò tappare il naso, sarà un secolo che non bevo uno shot», ridacchio.

«Preparati perché stasera ci ubriacheremo», mi urla Janette all'orecchio per poi prendere un sorso direttamente dalla bottiglia.

Si volta verso di me e mi fa cenno di aprire le labbra. Obbedisco e Janette mi versa la tequila direttamente in bocca. In quel momento, con la coda dell'occhio, noto che qualcuno mi sta fissando.

Mi accorgo che Matthew è a qualche metro di distanza da noi, appoggiato al muro.

Si passa una mano tra i capelli sistemandoseli all'indietro, prende un sorso del suo drink in un bicchierone rosso e si lecca le labbra in un modo estremamente sexy.

«Ma in teoria i giocatori di hockey non dovrebbero evitare di bere?»

«Se ne fregano, fanno sempre quello che vogliono», risponde lei.

«E il vecchio rettore gli permetteva di fare quello che volevano?», domando.

«Ovvio, Leblanc è la promessa dell'hockey canadese. Ha portato gli Sharks alla vittoria per due anni consecutivi», mi spiega lei entusiasta.

«Quindi è al terzo anno?»

«Sì, ha due anni più di noi, non è eccitante?»

«Non lo trovo eccitante, lo trovo fastidioso», sbuffo.

«Dai, piantala. Siamo venute qua per divertirci, o no?», mi rimprovera, con un piccolo broncio.

«E va bene», la accontento.

«Allora balliamo un po'». Janette mi trascina in mezzo alla folla senza aggiungere altro.

Ci buttiamo nella mischia sulle note di una canzone reggaeton. Le mosse di alcuni dei ragazzi mi fanno scoppiare a ridere.

«Guarda quello», dico nell'orecchio di Janette facendole un cenno col capo in direzione di un ballerino alquanto ridicolo.

«Oddio, secondo te crede di essere attraente muovendosi in quel modo?», ridacchia lei e prende un altro sorso dalla bottiglia di tequila che ormai è diventata di nostra proprietà.

«A quanto pare sì, dovremmo dirglielo che è assurdo?»

«No, è divertente, lasciamolo fare». Mi afferra una mano, mi fa fare una giravolta su me stessa.

Ma poi mi blocco all'improvviso.

«Sei pronta a giocare Cooper?», mi sussurra una voce roca e suadente all'orecchio.

Matthew Leblanc è fin troppo vicino, il suo corpo muscoloso è premuto contro il mio.

Vuole sapere se sono pronta a giocare? Sono nata pronta.

Capitolo 5

Kelsey

Matthew Leblanc mi ha appena sfidata.

In questo momento, però, mi è un po' difficile anche solo pensare, dato che ho il suo petto premuto contro la schiena.

Potrà anche essere antipatico e pieno di sé, ma questa improvvisa vicinanza mi fa vacillare.

Devo riprendermi, sto facendo la figura della stupida.

Janette, di fronte a me, è pietrificata dalla visione di Leblanc. Non posso contare su di lei.

«Allora? Tic tac. Il tempo scorre, Cooper», sussurra lui nel mio orecchio e dei brividi salgono impetuosi sulla mia pelle.

È come se i piedi mi si fossero incollati al pavimento.

«In cosa consiste questo gioco?», chiedo e mi volto verso di lui per guardarlo in faccia.

Matthew mi risponde con un ghigno provocatorio. «Accetti o no?»

«No, se non mi dici che tipo di gioco vuoi fare», ribatto.

Lui si avvicina pericolosamente e mi sposta una ciocca di capelli dietro l'orecchio. «Che gusto c'è se te lo dico ora?»

«Ho paura che tu abbia in serbo per me qualche giochino sadomaso alla *Cinquanta sfumature di grigio*», scherzo e mi sistemo gli occhiali sul naso.

Perché non ho messo le lenti a contatto?

Ah sì, perché una volta per sbaglio ne ho ingoiata una. È stato un incidente, mi è caduta nelle patatine fritte e me la sono mangiata. Per fortuna sono ancora viva.

«Sai una cosa, Cooper? In questo college capirai ben presto che le tue battutine te le puoi risparmiare», ringhia, avvicinandosi. Il suo petto è premuto contro il mio e io devo racimolare tutto il mio autocontrollo rimasto per non spingerlo via con forza.

«Mi stai minacciando ancora?», chiedo beffarda.

«Ti sto avvertendo, tesoro», soffia sulle mie labbra.

Tesoro? Ma che dice? Probabilmente nel cervello ha una scimmietta che batte i piatti, altrimenti non si spiega.

«Allora giochiamo», rispondo secca, anche se lui fa tremare ogni singola fibra del mio corpo.

«Sei proprio una ragazzina insolente», borbotta e si volta rivolgendomi un lieve cenno con la mano.

Non dovrei andare con lui.

Non dovrei assecondare i suoi stupidi giochetti da bambino viziato.

Non dovrei. Eppure, una parte di me si sta eccitando all'idea di batterlo.

«Kels, sei sicura?», bisbiglia Janette afferrandomi un braccio per non perdersi in mezzo alla folla, mentre seguiamo Matthew.

«No, però ormai che posso fare? Gliela do vinta così da gonfiare ancora di più il suo ego smisurato? Assolutamente no», scuoto la testa, cercando di stare al passo di Matthew.

«Se sei sicura, allora sono con te», dichiara Janette.

D'un tratto, Matthew si ferma davanti a una porta nera nascosta, vicino alla cucina, e mi rivolge uno sguardo cupo.

Pensa di farmi paura? Non è così. È soltanto l'ennesimo ragazzo che crede di poter comandare il mondo intero.

«Cos'è? La tua stanza dei giochi?», lo prendo in giro. Dalla sua espressione quasi divertita, ha colto la citazione.

Peccato che lui non sia Christian Grey.

«Ti piacerebbe, Cooper», replica.

«Piacerebbe di più a te, Leblanc», lo rimbecco.

Lui ridacchia sottovoce e apre la porta. I miei occhi si illuminano quando scorgo un biliardo al centro dell'ambiente.

Non riesco a credere a questo colpo di fortuna.

«Kels», sussurra Janette preoccupata mentre entriamo dentro la stanza e Matthew richiude la porta con un tonfo.

«Che c'è?», domando voltandomi verso di lei con la fronte aggrottata.

«Sai almeno come si gioca?», si informa, mentre si morde il labbro inferiore.

Chiede a me se so come si gioca a biliardo? Lei non lo sa, ma sono formidabile.

Però sarà divertente far credere a tutti che non conosco nessuna regola e sarà ancora più esilarante vedere la faccia sconvolta di quel pallone gonfiato, quando l'avrò stracciato.

«Devo colpire le palline con la stecca, no?», chiedo con aria fintamente ingenua.

Questo è il giorno più bello della mia vita, sapevo che prima o poi il mio talento a biliardo sarebbe servito a qualcosa.

«No, il loro biliardo è un po' diverso», mi dice Janette a bassa voce.

«E tu come lo sai?», domando, confusa.

«Voci di corridoio», risponde in fretta.

«Cooper, ti do un'ultima chance per ritirarti, poi non si torna più indietro», sogghigna Matthew.

Sta dicendo a me di tirarmi indietro? Oddio, come potrei?

Ancora non sa con chi ha a che fare. Devo preparare il telefono per fare delle foto alla sua faccia così le farò vedere a mio padre. Sarà fiero di me sapendo che ho stracciato il capitano della squadra di hockey.
«Non ci penso proprio», scuoto la testa.
«In che guaio ti stai cacciando, bambolina?», ridacchia Axel Croix che ci ha appena raggiunti. Prima mi ha chiamato pollastrella, ora bambolina. Solo lui può pensare di chiamare ancora le ragazze così.
«Ancora non lo sa, Ax. Lasciamo che lo scopra», interviene Senders, che ormai riconosco. È la fotocopia di Axel, si potrebbe persino pensare che siano fratelli. Anche lui ha capelli lunghi e biondi chiarissimi, occhi azzurri, labbra carnose e sopracciglia folte.
«Perché parlate come se non ci fossi?», sbotto infastidita e tutti e tre mi guardano stupefatti per il mio tono.
«Sei il mio nuovo idolo, Cooper». Senders mi fa un occhiolino.
«Ryan, è ufficiale, te ne starai in panchina per le prossime tre partite», decreta Matthew.
Quindi Senders ha un nome, menomale.
«Matt, ma è divertente vedere che finalmente qualcuna ti dà del filo da torcere», commenta lui, facendomi un occhiolino di nascosto.
«Non ci trovo niente di divertente», ribatte il diretto interessato.
«Sei una lagna, Matt. Che c'è? Alison non te la dà più?», lo prende in giro Axel tirandogli un pugnetto sulla spalla.
«Sta' zitto», ringhia Matthew spingendolo via.
«Allora? Giochiamo oppure volete continuare a bisticciare?», li interrompo.
Matthew mi fulmina e prende il triangolo, posizionandolo sul tavolo da gioco. Inserisce al suo interno tutte le palle colorate e poi lo leva lasciandole lì.
Posiziona poi la biglia bianca, preparando la partita.
«Le regole sono semplici», dice Matt mentre prende due stecche appese alla parete.
Me ne allunga una e io la afferro. Janette, intanto, per qualche strana ragione continua a farmi segno di lasciar perdere.
Ma oramai è troppo tardi, non posso tirarmi indietro proprio adesso.
E poi voglio davvero quelle foto da mostrare a mio padre per ringraziarlo dei suoi preziosi insegnamenti.
«Non è il classico biliardo, ragazzina. Sicura di voler ancora giocare?», mi chiede Matthew ancora una volta.
«Sicurissima», rispondo, decisa.
Matthew ridacchia e alza le mani in segno di resa. «Poi non dire che non ti avevo avvertita».
«Non c'è pericolo», lo rassicuro con un sorriso finto.
«Forza, Ryan, falle vedere come giocano gli Sharks», lo esorta Matthew.

Ryan avanza e prende la stecca dalle mani di Matthew sorridendo come un bambino al parco giochi.

Poverino. Si vede che si diverte con poco.

«Che c'è? Il re del college ha così tanta paura che lascia che sia il suo amico a giocare?», lo sbeffeggio acida. Mi aspettavo che fosse lui a sfidarmi.

«Alla fine della partita non avrai tutta questa voglia di scherzare, Cooper», ribatte.

«Pensi di potermi mettere a tacere con una partitina a biliardo?», replico.

«Prima regola di questo biliardo, ogni volta che si imbuca una biglia, l'avversario deve rispondere a una domanda», comincia a spiegare Matthew. «Si vince soltanto quando l'altra persona non è in grado o si rifiuta di rispondere».

Che diavolo vuol dire? «Che genere di domande, Leblanc?», mi informo, e non so se essere preoccupata oppure no.

«Sono domande un po'... intime», mi spiega, tronfio.

Cosa vuole sapere? Quante volte vado al bagno durante il giorno?

«Intime? Del tipo da quanto non fai sesso? Questi giochi li facevo quando avevo dodici anni. Puoi fare di meglio, dai».

Matthew non nasconde il fastidio per le mie parole.

«Sta' zitta, Cooper, e gioca». Con un cenno del mento, dà inizio a questo giochetto per ragazzini frustrati.

«Non capisco, Leblanc, di cosa dovrei avere paura?», chiedo seccata, facendo anche un lungo sbadiglio per prendermi gioco di lui.

«Se perdi dovrai fare tutto quello che voglio, senza obiettare». Il suo ghigno mi fa rabbrividire.

Questo non può assolutamente succedere. Non posso perdere.

Anche se è impossibile che io perda. *Impossibile.*

Tuttavia, mi fingo così spaventata da non riuscire a chiedere quale sia la posta in gioco in caso di vittoria mia.

«Bambolina, sei sicura? Non che mi dispiaccia sapere i tuoi segreti più oscuri...», interviene Ryan, ma lo interrompo.

«Senti, Senders, vogliamo iniziare oppure te la fai sotto come il tuo amichetto?», inclino la testa da un lato e indico Matthew accanto a lui.

Ryan mi guarda male e si posiziona al bordo del tavolo, proprio davanti alla pallina bianca.

Ryan si china e allunga la stecca in avanti. La muove avanti e indietro sul pollice e poi, con un colpo secco, tira. Le biglie si disperdono in tutto il campo e Ryan imbuca subito le mezze, ovvero quelle bianche con la fascia colorata, lasciando a me le piene, ossia quelle senza fascia.

Prevedibile. Chissà perché, tutti hanno paura delle piene. Però è bravino, non me l'aspettavo.

«Vediamo. Il posto più strano in cui l'hai fatto», sogghigna Ryan.

«Capiremo se menti, Cooper», mi dice Matthew che se ne sta appoggiato al muro con le mani nelle tasche dei jeans.

«Oltre ad avere il super potere della stronzaggine, hai anche quello di smascherare i bugiardi?», sorrido.

«Rispondi», mi intima.

«Dentro un armadio».

«Veramente?». Axel scoppia in una risata.

«Sì. E il padre del ragazzo stava dormendo sul letto proprio di fronte all'armadio», aggiungo.

Ovviamente è una bugia.

Ma questo loro non lo sapranno mai.

«Stai mentendo». Matthew socchiude gli occhi e avanza verso di me. «Di' la verità».

«L'ho detta», scrollo le spalle sostenendo il suo sguardo.

«Che ragazzaccia», mi sbeffeggia e torna ad appoggiarsi al muro.

«Non immagini quanto, Leblanc», insinuo con un occhiolino malizioso.

Lui non risponde e continua a starsene lì, a fissarmi.

Mi sta studiando. Sa che sto mentendo.

Come diavolo fa a saperlo, dannazione?

«Pronta a perdere, Cooper?», domanda Ryan passandosi una mano tra i capelli.

«Prontissima», ridacchio.

Ryan si posiziona davanti a un'altra biglia per poi imbucarla con un sonoro colpo di stecca.

Chissà che mi chiederanno. Devo mentire.

«Mmm vediamo...». Ryan si fa pensieroso. «Ho trovato, ti sei mai masturbata?».

Quasi mi strozzo con la mia stessa saliva. «Ma che razza di domanda è?»

«Non vuoi rispondere?», mi prende in giro Matthew.

«Tu sta' zitto», lo brucio vivo con lo sguardo.

«Sennò?», mi sfida lui.

«Avanti, rispondi. Le regole sono queste», ci interrompe Ryan.

«Tic tac, Cooper», rincara la dose Matthew, con quella sua voce che mi fa rabbrividire.

Sospiro e decido che è arrivato il momento di giocare sporco.

Devo riuscire a distrarre Ryan onde evitare altre domande scomode e imbarazzanti.

Ma in che modo?

«Lo faccio sempre», ammetto con voce suadente. «Credo sia una cosa naturale toccarsi sotto le lenzuola e raggiungere l'apice del piacere. Ma sapete una cosa triste? Noi donne riusciamo a raggiungere l'orgasmo soltanto da sole, voi uomini siete talmente incompetenti che non ce la fate neanche a farci godere, ecco perché spesso siamo costrette a fingere. Io devo ancora trovare un uomo all'altezza della situazione».

Appena finisco il mio monologo, nella stanza cala un silenzio tombale.

Matthew mi fissa con gli occhi ridotti a due fessure e le labbra serrate in una linea retta.

Perché mi sta guardando in quel modo?

Ho soltanto detto la verità.

Però ho raggiunto il mio scopo. Ryan non sembra più concentrato come prima. «Forza, Senders, non mi dire che ti sei distratto? Il mio discorso ti ha toccato nel profondo?», lo sbeffeggio.

«Ryan», lo ammonisce Matthew, mentre mi studia.

Ha capito che questa volta non ho mentito.

Non ho mai trovato un uomo che sia stato in grado di farmi avere un vero e proprio orgasmo. Uno di quelli travolgenti e indimenticabili.

Chiedo forse la luna?

A ogni modo, ora devo solo sperare che il mio piano abbia funzionato. Sto persino sudando. Non riuscirei a sopportare un'altra domanda scomoda.

Ma non posso perdere. Non a biliardo. *No.*

Ryan si riprende, poi si china e posiziona la stecca davanti a una biglia abbastanza facile da imbucare.

Peccato però che la sbagli.

«Mi prendi per il culo, Ryan? Era facile», sbotta Matthew.

«Matt, ma che cazzo vuoi? Ha parlato di orgasmi e via dicendo. L'hai sentita anche tu», si giustifica Ryan allargando le braccia.

«Sì, l'ho sentita», sussurra lui a bassa voce, leccandosi il labbro inferiore.

Quelle labbra.

«Allora, ragazzina? Vuoi imbucare qualche biglia o rinunci?», mi chiede Matthew con un sorrisetto maligno.

«Rinunciare io? Si vede proprio che non mi conosci, Leblanc».

Con la stecca in mano, valuto in che modo battere il povero Ryan Senders.

«Tic tac», cantilena Matthew ancora una volta.

«Puoi lasciarmi fare?», lo fulmino, voltandomi verso di lui.

Matthew fa un passo indietro con le mani alzate, imitato da Ryan.

Mi chino in avanti e faccio finta di essere inesperta, posizionando la stecca in modo sbagliato.

«Cristo santo, Cooper», interviene Matthew.

«Che vuoi?», sbotto.

Sospira e si avvicina a me. «Posso almeno farti vedere come tenere la stecca?».

È troppo vicino e ho paura che il mio cuore cessi di battere da un momento all'altro. La mia concentrazione svanisce quando lui prende l'iniziativa senza aspettare una mia risposta.

«Così». Matthew mi posa una mano sul fianco, mentre con l'altra mi afferra delicatamente le dita, mettendole nella posizione giusta.
«Così, brava», sussurra nel mio orecchio con il suo corpo premuto contro il mio.
«Ora ti puoi spostare?», gli dico cercando di risultare il più tranquilla possibile. Matthew ridacchia e si allontana lasciando la sua scia di profumo di caffè nell'aria.
Chiudo un occhio e prendo la mira, per poi colpire in pieno la biglia bianca.
«E brava la bambolina», commenta Axel quando imbuco.
«Mi vuoi far perdere, Matt? Perché le hai dato una mano?», si lamenta Ryan.
«Poverina, mi faceva pena», ribatte divertito.
«Allora, Ryan, dimmi un po'... quanto duri a letto?», domando spietata.
Ryan sbarra gli occhi e rimane in silenzio.
«Troppo difficile rispondere?», lo prendo in giro.
«Cooper, potevi fare di meglio, dai. Queste domande le facevo quando ero ancora nella pancia di mia madre», brontola Matthew.
Lo fulmino. «Perché le vostre sono domande profonde e filosofiche, vero?»
«Un'ora», risponde Ryan per interrompere il nostro ennesimo battibecco.
Annuisco soddisfatta, poi vado dall'altra parte del biliardo. Mi chino un'altra volta, prendo la mira e mi concentro sulla prossima buca.
Vincerò.
Ne sono sicura. Io e mio padre a Eureka avevamo un biliardo a casa, uno di quelli professionali. Mi ha insegnato a giocarci all'età di dieci anni e non ho più smesso.
Risultato? Sono diventata imbattibile, sono persino la campionessa della California, ma per me in fin dei conti questo gioco è sempre stato solo un hobby.
Con un colpo secco imbuco un'altra biglia, senza alcuna difficoltà.
Ryan impreca.
«La fortuna del principiante», mi sminuisce Matt.
«Non dovevi aiutarla», si lagna ancora Ryan.
Per zittirli imbuco un'altra biglia.
Mi sono veramente rotta.
«Bambolina, sicura di non aver mai giocato? Se così fosse, hai un talento nascosto», dice Axel, che ridacchia, beccandosi un pugno sulla spalla da parte di Ryan.
«Non ho mai detto di non averci mai giocato», replico e gli faccio un occhiolino.
«Sei per caso un fenomeno del biliardo?», domanda Matthew incuriosito.
«No, solo la campionessa in carica della California», rispondo e mi godo le loro espressioni sbalordite.

«Ti sei presa gioco di noi?», chiede lui.

«E ci siete cascati in pieno», sorrido beffarda.

«Cazzo, ma avete visto che roba ha fatto con quella stecca?», interviene Axel, troppo colpito per tenere la bocca chiusa come vorrebbero i suoi amici.

«Quindi?», domando.

«Quindi cosa?», sbuffa Ryan.

«Che cosa ho vinto?», mi informo finalmente.

Janette si accende una sigaretta. «Già, cosa ha vinto?», mi dà manforte la mia nuova amica.

«Non hai vinto proprio un cazzo, Cooper. Ci hai presi in giro e poi neanche hai rispettato le regole», interviene Matthew, lanciandomi uno sguardo di fuoco.

«Ti rode solo perché so giocare», lo rimbecco.

«Hai infranto le regole, a ogni biglia che imbucavi dovevi fare una domanda, cosa che tu non hai fatto», ribadisce, poi si avvicina e mi punta un dito contro il petto.

«Lo sai qual è la verità, Leblanc? Stai trovando solo delle scuse per non concedermi la vittoria», lo sfido a testa alta. Per un attimo mi fissa senza dire nulla.

«Facciamo così, Cooper, se giuri di non romperci più le palle, ti lasceremo vivere in santa pace», cambia strategia e mi porge la mano.

«Facciamo così, Leblanc, stammi lontano, punto e basta. Mi fai venire l'orticaria». Spingo via la sua mano e prendo la scossa. Dannazione, che fastidio.

«Va bene, grazie della partita, ragazzi. Ora io e Kelsey ci andiamo a divertire». Janette mi trascina via per un braccio e usciamo dalla porta, tornando alla festa vera e propria.

«Sei stata assurda, Kels. Perché non mi hai detto che eri una campionessa di biliardo?», mi dice lei, ammirata.

«Perché era divertente, hai visto la faccia di Matthew?». Scoppio a ridere senza ritegno.

«Eccome se l'ho vista», risponde lei, ridendo a sua volta.

«Lo sai che ci vuole per festeggiare? Altra tequila», urlo euforica.

Ora sì che la festa può cominciare.

Capitolo 6

Kelsey

Ho bevuto decisamente troppo.

Dopo un'ora e mezza di tequila e balli sfrenati, sono totalmente ubriaca. Io e Janette non ci reggiamo neanche in piedi.

Infatti, stiamo letteralmente barcollando verso casa.

Ma dov'è casa mia? Non lo ricordo più.

Forse è di là. No, forse è dall'altra parte. Boh, non ne ho idea.

«Lo so che ti piace, dai. Te lo vorresti fare», mi prende in giro Janette per l'ennesima volta, tirandomi una spallata.

Da mezz'ora Janette insiste a dire che io abbia una cotta per Matthew che maschero meravigliosamente.

«Preferirei pulire il culo a un elefante piuttosto. Oddio, sto per vomitare», ribatto e mi piego in avanti.

Però la tequila non si ripresenta.

«Aspetta, ti aiuto», biascica Janette tirandomi su i capelli e levandomi gli occhiali.

«Oddio, non dovevo bere così tanto», realizzo con il famoso senno del poi.

«Volete una mano, bellissime?», chiede qualcuno.

Alzo di poco la testa e mi rendo conto che siamo state affiancate da una macchina con tre ragazzi.

«No», riesco a dire flebilmente.

«Sicure? Sembra proprio che vi serva una mano», insiste uno di loro.

Non ci sto capendo niente. Non voglio il loro aiuto…

«Andatevene», intima una voce.

Matthew?

Oddio, ma che succede? È tutto così confuso.

«Scusaci, Leblanc, non sapevamo che fossero tue. Non…», balbetta un altro.

«Andate via, ci pensiamo noi qui», rincara la dose Ryan.

Non ci capisco niente.

Sembra che mi siano passati sopra quaranta camion.

Anzi, cinquanta.

«Non si sente bene, abbiamo bevuto troppa tequila», spiega Janette, che ha ancora una parvenza di lucidità.

Improvvisamente due braccia possenti mi sollevano e il viso di Matthew appare davanti a me in tutta la sua bellezza.
Oddio, quanto è bello.
Okay, sono decisamente ubriaca. Devo ricordare a me stessa che Matthew Leblanc non è bello, ma uno stronzo mastodontico.
Forse, però, è carino. No, è bellissimo.
Ma che sto dicendo?
«Perché mi guardi così, Cooper?», chiede con voce gentile scostandomi una ciocca di capelli dietro l'orecchio. La sua dolcezza mi lascia senza fiato.
«Non… non…», balbetto impacciata.
«Dove abiti?», sussurra a pochi centimetri dal mio viso.
«A casa mia», rispondo, come se fosse ovvio.
«Sai essere complicata anche da ubriaca, è incredibile», commenta Matthew e mi accarezza con delicatezza la guancia.
«Matt accompagno Janette a casa. Ti serve una mano con Kelsey?», gli chiede Ryan.
«Mi occupo io di lei», risponde, deciso.
Bastano quelle parole a farmi tremare.
«Kels, sicura che per te vada bene tornare con lui?», domanda la mia amica, un po' preoccupata.
«Credo di sì», la rassicuro con voce un po' confusa.
Mi sta davvero bene farmi riaccompagnare a casa da Matthew? No, però non ho altra scelta.
Janette mi restituisce gli occhiali e se ne va con Ryan.
«Dai andiamo», mi esorta Matt, dopo che a fatica sono riuscita a dargli il mio indirizzo. Si mette il mio braccio attorno alle spalle, e mi sorregge dalla vita per aiutarmi a camminare.
Lezione del giorno: mai esagerare con la tequila.
Però non tutti i mali vengono per nuocere: vengo scortata a casa dal capitano degli Sharks nonché re del college.
Be'… *che fortuna.*
Ehi, ma che dico?
«Questa sarà l'unica volta in cui ti permetterò di toccarmi, goditela, Leblanc», dico con voce strozzata.
«Quella lingua la usi soltanto per dire cazzate oppure sai farci qualcos'altro?», mi provoca accarezzandomi il fianco.
Oh, mio Dio.
«Non ti risponderò perché non ne ho le forze», ribatto, scuotendo la testa.
«Che dirai al paparino?», domanda mentre mi trascina di peso verso casa.
«Starà dormendo, almeno spero», rispondo un po' preoccupata.
Il pensiero mi distrae e per poco non inciampo in una buca, ma per fortuna Matthew mi sorregge. Mi tiene fin troppo stretta.

«Attenta, Kels», sussurra nel mio orecchio e il mio cuore accelera.

Gli appoggio la mano sulla pancia e rimango di sasso appena sento i suoi addominali scolpiti e duri. Mi viene un'inspiegabile voglia di tracciarli con un dito e decido di assecondarla.

Matthew trattiene il respiro e mi blocca il polso.

«No», mi ordina categorico.

«Scusa, è che... sono perfetti», mi sfugge.

Oddio, ma che cosa ho detto?

«Puoi ripeterlo?», ridacchia.

«Goditi il tuo momento di gloria, da domani ricomincerò a odiarti. So che sei stato tu a fare quello scherzo a mio padre», ribatto, senza riuscire a trattenermi e mi divincolo da lui continuando a camminare da sola.

Lui mi afferra il polso e mi fa voltare verso di lui. «A me piace da impazzire quando fai la parte di quella che mi odia», confessa con voce suadente.

«Non è una parte, ti odio per davvero», replico, ma non decisa come vorrei. Un attimo dopo, abbasso gli occhi e comincio a giocherellare con l'orlo del mio vestitino.

Matthew mi prende il mento tra l'indice e il pollice, costringendomi a guardarlo. «Ripetilo».

«Ti. Odio», scandisco.

«Ripetilo», mi ordina, con sguardo duro.

«Ti. Odio», lo assecondo con forza.

«Continua a ripeterlo, magari finirai per crederci davvero, tesoro».

Me lo ha fatto ripetere soltanto per dirmi questa battutina?

«Non ti sopporto, Leblanc», sbotto, irritata come non mai. L'alcol non fa che peggiorare la situazione.

«Lo sai che ti dico, Cooper?», domanda accarezzandomi il mento, ancora stretto tra le sue dita.

«Cosa?», riesco a malapena a parlare. I suoi occhi sono una calamita.

«Mi fai diventare matto». Il suo tono non è più scherzoso, si morde il labbro inferiore. La tensione tra noi si potrebbe tagliare con un coltello.

«E lo sai che ti dico io, Leblanc?», mi avvicino al suo volto. È un gioco pericoloso, eppure mi attira da morire.

«Dimmi, Cooper». Le sue labbra si curvano e mi ipnotizzano.

Voglio baciarlo.

Il pensiero mi colpisce come un fulmine e mi fa venire la pelle d'oca. «Che vedo casa mia ora. Puoi andartene». Lo spintono e mi allontano barcollando in direzione della porta.

Per fortuna, sono riuscita a riprendere in mano la situazione, per un momento ho temuto il peggio. Le sue labbra erano lì a pochi centimetri dal mio viso... No, *niente*.

Imbocco il vialetto di casa, stando attenta a non inciampare. Mi gira la testa e l'ennesimo scontro con Matthew non ha aiutato. Sento i suoi occhi addosso e la sua presenza alle mie spalle.

Arrivata alla porta, non resisto alla tentazione e mi volto: Matthew se n'è già andato.

Capitolo 7

Kelsey

Entro in casa e sto attenta a ogni singolo passo falso che potrebbe far svegliare mio padre dal suo sonno profondo. In punta di piedi, arrivo alla mia stanza, apro la porta, mi fiondo dentro e la richiudo con estrema delicatezza.

Appena accendo la luce, però, sobbalzo e per poco non urlo dallo spavento. Mio padre è seduto sul mio letto, con il suo amato pigiama di flanella addosso, e ha gli occhi puntati su di me.

«Sono troppo giovane per morire, papà», esclamo, portandomi una mano all'altezza del cuore.

«Sei ubriaca marcia», scuote la testa lui, contrariato e deluso.

Mentire non serve a niente. «Ho esagerato», ammetto, con espressione colpevole.

«Oh ma non sono arrabbiato perché ti sei ubriacata, Kels», mi informa, battendo una mano sul copriletto con nervosismo. «Voglio sapere per quale assurdo motivo Matthew Leblanc ti ha riaccompagnata a casa», ordina a denti stretti.

Ah, mi ha vista.

«Stavo male e Matthew mi ha accompagnato a casa», confesso e mi siedo a fianco a lui.

«Non mi piace quel tipo», borbotta lui, con espressione preoccupata.

«Neanche a me», gli rivelo e gli lascio un delicato bacio sulla guancia.

Lui sospira. Forse mi crede, forse no. «Dormi». Mi bacia la testa e poi esce dalla stanza senza dire altro.

Crollo sul letto, sprofondando nel sonno e sognando gli occhi verdi di Matthew Leblanc che prima mi ha sussurrato parole che non avrebbe dovuto.

D'un tratto, sento il viso inspiegabilmente bagnato. Apro di scatto gli occhi e mio padre mi sta spruzzando dell'acqua fredda direttamente in faccia.

Ho la testa che mi gira e la tequila ancora in circolo.

Bene, buon secondo giorno di college, Kelsey.

«Papà, smettila!», protesto coprendomi la faccia con le mani.

«Muoviti o mi farai fare tardi», mi intima lui, sbuffando.

«Dio, ma che ore sono?», borbotto accendendo il telefono.

Lo schermo mi dice che sono le sette e venti, questo vuol dire che ho soltanto mezz'ora per rendermi presentabile.

«È tardissimo, sbrigati», sbotta, spruzzandomi ancora un po' di acqua in faccia.

«Papà, sono sveglia!», urlo asciugandomi con la manica della maglietta.

«Volevo esserne certo, datti una ripulita che sembri uno zombie», conclude e se ne va lasciandomi sola.

Faccio un grande sbadiglio e mi alzo dal letto, stiracchiandomi le braccia. Esco dalla mia stanza, vado in bagno e, appena mi guardo allo specchio, per poco non ho un infarto. Ho tutto il trucco colato, i capelli hanno vita propria e la mia faccia è cadaverica.

Prendo delle salviette struccanti e mi do una sistemata.

Mi faccio una doccia fredda alla velocità della luce e indosso la divisa del college per far contento mio padre. Mi metto un po' di correttore e un filo di mascara per rendermi decente.

Infilo il cellulare nella borsa, inforco gli occhiali e scendo al piano di sotto.

«Forza, andiamo», borbotta mio padre, senza neanche darmi il tempo di prendere qualcosa per colazione.

«Papà!», lo richiamo ma lui è già uscito.

Mi tocca rincorrerlo fino all'auto e salire al volo.

«Tu e quel Leblanc non me la raccontate giusta», borbotta tra i denti, stringendo il volante, dopo aver messo in moto.

«Papà, ma che dici? Non voglio avere a che fare con Matthew Leblanc», dichiaro, decisa.

«Sarà meglio», ribatte, ma continua a stringere il volante come se volesse staccarlo da un momento all'altro, mentre usciamo dal vialetto.

«Alla festa ho giocato a biliardo», gli dico, per cambiare discorso.

«E…?», mi incalza, guardandomi con la coda dell'occhio.

«Vuoi sapere se ho stracciato il mio avversario?», domando, già trionfante.

«Dimmi che ti sei dimostrata degna di portare il cognome Cooper», afferma, con un sorriso.

«Lui ha imbucato due biglie. Gli ho fatto credere di non saper giocare e poi l'ho stracciato», gli racconto, orgogliosa di me.

«E brava la mia campionessa, chi era il tizio che hai stracciato?», si informa curioso.

«Ryan Senders, squadra di hockey», rispondo con un sorriso.

«Sono fiero di te», mi annuncia, trionfante.

Mentre ci dirigiamo al college, mi rendo conto che dalla serata di ieri ho imparato due cose fondamentali.

Numero uno: mai esagerare con la tequila.

Numero due: stare lontana da Matthew Leblanc.

Nella mia mente affiora il ricordo di quando gli ho toccato gli addominali scolpiti.

Oddio, vorrei morire.

Per distrarmi dall'imbarazzo, prendo il telefonino e leggo i messaggi che mi ha mandato Janette.

Biondina: Buongiorno, ubriacona. Ma che fine hai fatto?
Biondina: Matthew Leblanc ce l'ha così grosso come dicono?
Biondina: Oddio, ho paura per te, amica mia…
Biondina: Finirà per spezzarti, quello lì è un colosso in confronto a te.

Kelsey: Sono viva e sto per vomitare.
Kelsey: E non è colpa dell'alcol, ma dei tuoi messaggi su Leblanc.
Kelsey: Bleah!

Sollevo la testa e mi accorgo che papà sta parcheggiando nel suo posto riservato. D'un tratto si sente un rumore di ferraglia e l'auto sobbalza.
«Che succede?», domando con la fronte aggrottata.
«Non lo so», risponde lui spegnendo il motore.
Scendiamo dall'auto e controlliamo il danno.
«Hai bucato, papà», gli faccio notare, come se non fosse ovvio.
«Strano, tutte e quattro le ruote?», replica. E poi li vediamo: dei piccoli chiodi sparsi dappertutto.
«Chi diavolo è stato?», urlo agli studenti che ci stanno guardando con dei sorrisetti.
Chi ci stava osservando divertito ora se ne va intimorito. E io capisco subito chi è il colpevole, sempre lo stesso.
«Papà, devi fare qualcosa, non puoi permettergli di fare quello che vogliono», mi infurio e sbatto un piede a terra dal nervoso.
«Ci penso io, Kels, vai in classe», mi ordina, poi, con un sospiro, si sistema la cravatta del completo e si allontana, fulminando tutti quanti.
Mi occuperò dopo del colpevole, adesso devo andare a lezione. Guardo il mio orario. Alla prima ora ho il corso di canto. Ieri, dopo averci riflettuto, ho deciso di darmi una possibilità e ho modificato il piano di studi online, includendo anche quella materia come facoltativa.
Non sono sicura che sia la scelta giusta. Infatti, mentre mi trascino lungo il corridoio del college come uno zombie, un senso di nostalgia mi travolge perché ogni volta che finisco col pensare a lei, mi tornano in mente tutti quei momenti in cui cantavamo insieme.
Entro in classe e vado a sedermi in ultima fila, posando la borsa a terra.
«Pss», sussurra qualcuno davanti a me.
Prendo un quaderno dalla borsa e una penna, ignorando chiunque stia cercando di attirare la mia attenzione.
«Pss», bisbiglia ancora.
Ma chi è lo scocciatore?
Alzo la testa per dirgli di smetterla e vedo un ragazzo girato di fronte a me.

«La risposta è no», dico, senza neanche starlo a sentire. Prendo il telefonino per scrivere un messaggio veloce a Janette avvertendola che qualcuno ha bucato le ruote della macchina di mio padre.

«Non sai neanche cosa stavo per dirti», borbotta lui, risentito.

«Non mi interessa», lo liquido e rimetto il telefono nella borsa. Ma lui non capisce che deve lasciarmi in pace.

«Non ti conviene sederti agli ultimi banchi, la professoressa Petrova ti prenderà di mira», mi spiega lui, come se non mi avesse sentito.

Lo guardo meglio: ha i capelli ricci arruffati, due bellissimi occhi marroni chiari con delle sfumature ambrate e porta gli occhiali come me. Indossa una polo bianca aderente e un paio di jeans.

«Grazie dell'avvertimento. Se questa Petrova deciderà di prendermi di mira, allora dovrò aprire il fuoco», ribatto, sempre più pentita di essermi iscritta al corso.

«Buongiorno!», trilla una voce con un forte accento russo.

Il ragazzo si rigira di scatto. La professoressa è appena entrata. È alta, con i capelli biondi raccolti in una coda perfetta, uno sguardo penetrante e le labbra serrate in una linea retta. Indossa un tailleur nero attillato, che la rende bella e inquietante.

Forse il ragazzo aveva ragione. Non dovevo sedermi qui. La professoressa Petrova mi sta guardando come un leone con la sua preda.

«Tu all'ultimo banco», dice subito.

Di prima mattina, reduce da una sbornia catastrofica, non tollero proprio che una donna vestita da funerale e che parla come un dittatore mi rompa le scatole.

«Non voglio perdere tempo. Sai cantare?», domanda provocatoria.

«Mi dispiace, sono stonata come una campana», ribatto, insolente.

La classe scoppia in una risata.

«Questo lo vedremo, signorina...?»

«Cooper», rispondo. Nella classe si leva un mormorio. «Eh sì, sono la figlia del nuovo rettore», aggiungo, come se ci fosse bisogno di levare ogni dubbio.

«Grazie dell'informazione non richiesta, signorina Cooper, ora vieni qui di fronte alla classe», ordina, senza battere ciglio.

«Sono stonata, non mi va di rompere i timpani a nessuno», ribadisco con una scrollata di spalle.

«Questo lo deciderò io, se me lo permetti», insiste, aspra.

Non so se il mio cuore reggerà. Farò sicuramente una brutta figura.

Non ho il coraggio di cantare davanti a tutta la classe, perché finirei per pensare a mia madre per poi scoppiare a piangere. Sono nervosa, lo ammetto.

Cantare per me è un modo per tenere sempre vivo il suo ricordo ma farlo davanti a tutti? È un'altra storia.

E poi, non mi sono neanche riscaldata, come riuscirò a cantare così, a freddo?

«Voi non ridete, canterete tutti. Tutti! Figli del rettore o meno», aggiunge la Petrova fulminando con lo sguardo alcuni ragazzi che se la stavano spassando dalle risate.

Devo dire che la Petrova mi piace.

Determinata, astuta, inquietante.

Si merita il mio più sincero appoggio, anche se in questo momento la detesto.

Vado alla cattedra sbuffando e rimango immobile con i piedi incollati al pavimento.

«Non ho tutto il giorno, Cooper», mi incalza la Petrova.

Prendo un profondo respiro. Non ho scelta. Devo cantare o questa tortura non finirà mai. Così, raccolgo il coraggio e intono *Someone Like You*, di Adele.

La voce mi esce incerta, strozzata, e mi metto una mano attorno alla gola.

La classe scoppia a ridere per l'ennesima volta.

Lo sapevo di non potercela fare.

«Ehi voi!», urla la Petrova indicando dei ragazzi ai penultimi banchi. «Vi conviene smetterla se non volete un'insufficienza».

Quelli tornano seri all'istante. La Petrova si volta verso di me e mi studia con attenzione. «Non devi cantare per gli altri ma per te stessa, signorina Cooper. Potrai anche essere la persona più stonata del mondo ma questo non importa a nessuno, capito?». Mi guarda fisso negli occhi.

Be', questa donna sa come incoraggiare una persona, questo è poco ma sicuro.

Annuisco.

Ce la posso fare.

Inspiro, chiudo gli occhi e riparto.

Stavolta mi concentro solo sulla canzone e mi sento come se il resto del mondo sparisse.

Mi sento come una farfalla, libera di poter volare ovunque voglia andare.

Adele è sempre stata la mia musa ispiratrice, l'unica che con le sue canzoni riuscisse a far uscire la parte migliore di me.

Al ritornello, mi rendo conto che le lacrime mi bagnano le guance.

Mi blocco e apro gli occhi.

Tutti mi fissano a bocca aperta. D'un tratto, nell'aula parte un applauso.

«Questo è quello che intendevo, signorina Cooper, proprio questo». La professoressa Petrova mi dà una pacca sulla spalla.

Annuisco, incapace di spiccicare parola.

A testa bassa, torno al mio banco, con gli occhi di tutti puntati addosso.

«Chi è il prossimo?», domanda la Petrova.

La lezione va avanti, tra studenti che scelgono canzoni di Eminem e altri che invece cantano Justin Bieber.

Il suono della campanella è una salvezza. Raccolgo le mie cose e mi dirigo verso l'uscita.

«Signorina Cooper», mi richiama la Petrova.

Mi volto verso di lei. «Sì?»

«Vorrei scambiare quattro chiacchiere con te dopo che ha terminato i corsi di oggi. Ci vediamo qui più tardi».

Non le rispondo e lei mi fa cenno con la mano di andarmene.

In corridoio, mi sento confusa.

Cosa vorrà? Cantare per me è off-limits. L'ho fatto soltanto perché mi ha obbligata.

Punto. Nessuna discussione.

Non è riuscito a convincermi neanche mio padre a ricominciare a cantare, figuriamoci se ci riesce questa Petrova.

Sono una persona testarda, del resto. E adesso ho una missione da portare a termine.

Capitolo 8

Kelsey

Il mio obiettivo è uno solo: Matthew Leblanc.

Sono sicura che abbia bucato lui le gomme a papà.

Vuole la guerra?

Guerra sia.

Non ho paura di lui, e gliel'ho già dimostrato. Mi dirigo a passo deciso fino allo stadio del ghiaccio, dove sono certa di trovarlo.

La scritta SHARKS STRUTTMAN campeggia sull'edificio e appare quasi minacciosa. Non mi faccio di certo intimorire.

Apro la porta e avanzo.

Sul campo da hockey non c'è nessuno, l'allenamento deve essere finito.

Nel silenzio, però, riecheggiano delle voci lontane. Come mi aspettavo, i giocatori sono ancora nei paraggi. Negli spogliatoi, credo.

Imbocco il corridoio e seguo il brusio. Mi fermo davanti a una porta e, senza pensarci due volte, la spalanco.

Un odore di bagnoschiuma e deodorante maschile mi travolge in pieno.

Ovunque ci sono ragazzi mezzi nudi o in mutande… Non credo che entrare qui dentro sia stata una buona idea.

Arrossisco, ma non scappo a gambe levate.

Proseguo in cerca del mio obiettivo.

«Che cazzo, tesoro? Il parrucchiere non sta qui», commenta un ragazzo, con un asciugamano in vita.

«Fanculo», sbotto.

«Ehi vattene!», urla un altro.

«Dov'è Matthew Leblanc?», domando, in preda a un attacco di nervi.

Silenzio.

Poi lo sento.

«Se volevi vedermi nudo, dovevi solo chiedere. Ti avrei accontentata».

Mi volto e per poco non mi prende un infarto.

Matthew Leblanc è davanti a me, completamente nudo e con una mano poggiata sul suo amichetto che ha in mezzo alle gambe.

Mi sento andare a fuoco, vorrei seppellirmi dall'imbarazzo.

Anzi, no. Ho bisogno di un'altra secchiata d'acqua fredda per riprendermi da questo meraviglioso spettacolo della natura.

Capitolo 9

Matthew

Pensavo di averle viste tutte nella mia vita.

Pensavo che questo sarebbe stato l'ennesimo anno noioso e deludente.

Una cosa, però, non avevo calcolato: *Lei*.

Kelsey Cooper.

Una ragazzina insolente che crede di potermi sfidare.

Povera illusa.

Anche se devo ammettere che ha coraggio. Entrare negli spogliatoi è una mossa che non mi aspettavo da lei.

In questo momento, mi trovo infatti nudo con la mano appoggiata sull'uccello, mentre proprio Kelsey Cooper se ne sta lì a fissarmi imbambolata come se stesse guardando l'ottava meraviglia del mondo.

Sono bello, ragazzina, lo so.

In effetti, è colpa mia se ci troviamo in questa situazione.

Ho messo un secchio di acqua gelida sopra suo padre il primo giorno di college.

E stamattina ho mandato Axel e Ryan a mettere dei chiodi appuntiti nel parcheggio del rettore, così da bucargli tutte le ruote.

Sono scherzi idioti, lo so, però mi diverto troppo a tormentare i nuovi rettori che arrivano e credono di poter comandare.

L'unico che comanda qui dentro sono io.

E poi infastidire Kelsey Cooper è il mio nuovo passatempo preferito.

È proprio uno spasso.

Mi diverte vedere le sue reazioni assurde.

«Sei stato tu?», domanda, tentando di ricomporsi.

«Non so di cosa stai parlando, ragazzina, sii più esplicita». Le mie labbra si incurvano in un ghigno.

Quanto mi piace provocarla.

«Le ruote della macchina di mio padre sono tutte e quattro da buttare», sbotta, avvicinandosi.

Maledetta quella lingua irriverente che si ritrova.

Perché non sta mai zitta? Perché deve rendere le cose così difficili?

«Perché dovrei saperne qualcosa?», domando toccandomi il mento, pensieroso.

«Perché sei stato tu!», mi punta un dito contro per poi ritrarlo. «Quei chiodi non sono finiti lì per magia».

«Be', è proprio una strana coincidenza, sì», annuisco guardandomi intorno mentre i miei compagni di squadra ridacchiano.

Tutti sanno dei miei scherzi, oramai è una cosa risaputa in tutto il college. Nessuno, però, si è mai permesso di ostacolarmi, tranne Kelsey.

«Confessa che sei stato tu e facciamola finita, Leblanc», mi ordina, ma poi si morde il labbro e mi permette di cogliere il suo imbarazzo.

Prima sostiene di aver fatto sesso in un armadio e ora si vergogna di avermi nudo qui davanti a lei?

Ovviamente la sua era una bugia.

Pensa davvero che me la sia bevuta?

All'improvviso, viene a me la voglia di sbatterla dentro un armadio...

«Hai due opzioni, Cooper», dico, tentando di non far trasparire i miei pensieri. «O finisci di rompermi le palle e fai la brava bambina, oppure le cose si metteranno davvero molto male per te», le accarezzo i capelli sorridendo.

Kelsey mi spintona all'indietro e la mia mano involontariamente si toglie dal mio amichetto là sotto.

«Copri quel coso!», mi urla contro, mettendosi i palmi sugli occhi.

«Che c'è? Non ne hai mai visto uno di queste dimensioni, tesoro?», la provoco.

«Sei un pervertito», ribatte.

«La pervertita sei tu, dato che sei appena entrata nella tana degli Sharks Struttman. Fossi in te, me ne andrei prima che qualcuno ti morda», mormoro divertito.

«Stai lontano da me e da mio padre», mi minaccia tra i denti, continuando a tenere la mano davanti agli occhi.

«Sennò?», la incalzo.

Lei finalmente smette di nascondere il viso e mi fissa. «Ti ho detto di coprirti».

«In uno spogliatoio maschile sono libero di stare con l'uccello all'aria, non credi?», la derido e inarco un sopracciglio.

«Vaffanculo, Leblanc!», urla e se ne va, spintonando chiunque intralci il suo cammino.

Quando esce sbattendo la porta, nello spogliatoio si leva una risata generale.

Quanto mi sto divertendo. Quest'anno mi regalerà molte soddisfazioni.

«Che hai combinato, Leblanc? Le hai spezzato il cuore?», mi chiede Trent Davis, tirandomi una spallata.

È alto all'incirca un metro e ottanta scarso, ha i capelli castani più lunghi sul ciuffo e corti ai lati, le sopracciglia folte, gli occhi di un marrone molto scuro e il fisico scolpito. Ma non può competere con me.

Mi riavvicino alla panca e prendo dal borsone un asciugamano per avvolgermelo in vita.

Ragazzina insolente. La voglio da morire.

Il pensiero mi travolge come uno tsunami e il senso di colpa mi invade.

Non posso, ho una ragazza fantastica. Non posso.

«Quella lì ti sta dando proprio del filo da torcere», commenta Ryan infilandosi i pantaloni della tuta.

Scrollo le spalle. «Parla quello che è stato battuto a biliardo».

«Femminuccia», tossisce Axel prendendolo in giro.

«Vai a quel paese, Croix, è una campionessa di biliardo», si difende Ry.

«Cooper ci creerà molti problemi», dico prendendo dal borsone dei boxer puliti di Calvin Klein per poi infilarmeli. I miei amici si girano verso di me e mi fissano cercando di capire cosa ho in mente.

«Che facciamo quindi?», chiede Ryan infilandosi la felpa nera della nostra squadra dove il logo degli Sharks è ben visibile.

«Niente, per ora. Spero sia abbastanza intelligente da intuire che non mi deve più rompere», rispondo, mentre mi rivesto.

«E con il rettore come ci comportiamo?», domanda Axel sottovoce, per accertarsi che nessuno ci ascolti.

Mi guardo intorno. «Il nuovo rettore non ci disturberà, ho un piano».

«Matt…», mi ammonisce Ryan scuotendo la testa.

«Non vi preoccupate, non finirò nei guai. Abbiamo un campionato da vincere o no?», li rassicuro.

Axel annuisce, dandomi una pacca sulla spalla.

Mi asciugo velocemente i capelli ed esco dallo spogliatoio insieme ai miei amici.

Io sono il dannato capitano degli Sharks Struttman, i campioni in carica da due anni consecutivi. Niente e nessuno può ostacolarmi.

Giocare a hockey mi ha fatto capire di essere invincibile.

Ti metti contro di me? Perdi.

Provi a prendermi per il culo? Perdi.

Cominci a rompermi il cazzo? Perdi.

Questa è la mia politica.

«Che lezione hai?», chiede Ryan mentre ci incamminiamo verso l'entrata del college.

«Medicina generale, ci vediamo dopo a casa», li saluto e mi allontano in fretta.

Ho un bisogno disperato di distrarmi. Mi incammino verso l'aula di medicina e penso soltanto a una cosa.

Anzi, a una persona.

Kelsey Cooper è un problema, uno di quelli da risolvere il più in fretta possibile.

Capitolo 10

Matthew

Sto camminando sovrappensiero, quando improvvisamente una mano mi strattona e in due secondi mi ritrovo delle labbra piene premute sulle mie.

Mi ci vuole un secondo per riconoscerle. Afferro per i fianchi la ragazza che mi ha assalito e la bacio con veemenza.

«Mi sei mancato», sussurra Alison sulla mia bocca.

La relazione con Alison è sempre stata piuttosto complicata; dopo vari tira e molla, però, abbiamo trovato un nostro equilibrio: ci siamo dati l'esclusiva – non andiamo a letto con altre persone – però abbiamo abolito ogni tipo di scenata dal nostro rapporto, più o meno.

Non sono mai stato un ragazzo geloso, per fortuna. Ma Alison a volte lo è.

«Questo ti è mancato?», chiedo in un sussurro, baciandole il collo.

Lo succhio, lo mordo, lo lecco.

Alison geme e mi tira i capelli.

«Mmh mmh», ansima nel mio orecchio leccandolo con avidità.

Mamma mia.

«Secondo me, ti è mancato più questo», mormoro a voce bassa e le prendo i capelli in un pugno facendole inclinare la testa all'indietro. Le lecco la guancia fino all'orecchio. La mia mano si muove in automatico lungo tutto il suo corpo.

In questo momento ho bisogno di lei.

Per dimenticare.

Per rilassarmi.

«Matt», ansima Alison.

La faccio voltare contro la parete alle sue spalle e le tiro i capelli con forza. Alison si volta e mi guarda con sguardo bramoso.

«Cazzo, ti voglio scopare qui», ringhio e premo di nuovo le mie labbra sulle sue. Il bacio è qualcosa di impuro, dannato e sbagliato.

Le nostre lingue si intrecciano, si vogliono, si desiderano.

Mi morde il labbro inferiore e io non posso fare a meno di tirarle ancora di più i capelli, facendola gemere sulla mia bocca.

Le piace quando le tiro i capelli.

«Matt, ci vedranno. Oddio», ansima, in estasi.

Devo fermarmi.

Non possiamo farlo qui.

Eppure non riesco a staccarmi da lei.
«Brava, fai sentire a tutto il college e al nuovo rettore quanto cazzo ti eccito», sussurro nel suo orecchio e, senza darle neanche il tempo di pensare, le infilo la mano sotto la gonnellina striminzita. Sposto il tessuto delle sue mutandine di pizzo e le accarezzo il clitoride.
«Matt, ci…», si interrompe, quando il movimento delle mie dita la fa gemere ancora.
C'è qualcosa che non va in me oggi, lo sento.
Non ho mai perso il controllo così.
«Ssshh», le poso un dito sulle labbra. «Riuscirai a fare silenzio oppure ti farò godere così tanto che non ce la farai a trattenerti?», la stuzzico. «Sei bagnata», borbotto e le lecco le labbra. Aumento la velocità del mio tocco e, dopo un attimo, infilo un dito dentro di lei. Lei mugugna e io continuo a tirarle i capelli per farla eccitare ancora di più.
«Matt, oddio!», urla e le premo una mano sulla bocca, continuando a spingere le dita dentro di lei.
Poi però la magia sparisce.
Nella mia mente appaiono due occhi castani incorniciati da un paio di occhiali.
Kelsey Cooper.
Dannazione.
Come posso pensare a lei in un momento simile? Ma che mi succede?
Mi stacco brutalmente da Alison. «Merda».
«Che c'è? Che ti prende?», mi chiede ancora ansimante.
«Mi sono ricordato che ho un test, devo scappare», mi volto senza neanche salutarla.
Quella dannata ragazzina mi sta fottendo il cervello.
«Ci vediamo dopo?», mi grida dietro.
«Non lo so», le rispondo senza guardarla.
Salgo le scale che portano al secondo piano e mi passo una mano tra i capelli ancora umidi.
Devo trovare una soluzione.
L'unica cosa che riesce a distrarmi, però, è sfrecciare sui pattini e colpire un dischetto con tutta la forza che ho.
L'hockey per me è una valvola di sfogo perché non è uno sport per deboli di cuore. È una guerra sul ghiaccio, dove la vittoria è un trionfo e la sconfitta è devastante. Tuttavia, nonostante questo sport per me sia una grande passione, non sogno di diventare un professionista. In realtà, ho sempre desiderato studiare medicina, aiutare le persone e salvare vite, sin da quando ero piccolo. È sempre stato mio padre a spingermi verso l'hockey e a spronarmi a diventare il migliore.
Sono molto combattuto sul mio futuro e Alison è l'unica a saperlo, l'unica

che mi è rimasta accanto in questi due anni. Devo togliermi Kelsey dalla testa in ogni modo.

Mi fiondo nell'aula di medicina generale e vado a sedermi all'ultimo banco. Il professore è già in cattedra e mi lancia un'occhiataccia per il ritardo. All'apparenza sembro un lavativo, uno studente menefreghista. Infatti, non porto mai nessun quaderno, nessun libro. Ma ho una memoria di ferro e riesco a ricordare tutto. Ogni singolo argomento, dettaglio e parola.

«Buongiorno, ragazzi, ora che ci siete tutti...», borbotta il professor Clark mandandomi una chiara frecciatina, «possiamo finalmente cominciare la lezione. Oggi parleremo di soffocamento. Dopo una breve spiegazione teorica, faremo anche una prova pratica».

A quindici anni ho salvato un bambino da un possibile soffocamento dandogli una botta fortissima sulla schiena.

Ho rischiato di rompergli una costola, ma almeno non ha perso la vita.

So benissimo di cosa sta parlando il professor Clark.

«Che cos'è il soffocamento?», domanda il professore.

Silenzio.

Ovviamente nessuno osa rispondere.

«È un'ingestione o inalazione di corpi estranei, come piccoli oggetti o alimenti, che ostruiscono poi le vie aeree», spiego io rimanendo con la testa bassa sul banco.

Alzo il capo e tutti mi stanno fissando un po' confusi.

«Esatto, e non è da sottovalutare, ragazzi. Ora veniamo a noi, come salvare una persona che sta soffocando?», domanda ancora il professor Clark.

«Una bella botta sulla schiena e il gioco è fatto», ridacchia un ragazzo all'ultimo banco.

Coglione.

Tutta la classe ride, io invece scuoto la testa, inorridito.

Alcuni prendono questo corso alla leggera, non rendendosi conto di quanto sia importante.

«Bella risposta, purtroppo mi duole ammetterlo ma sì, è il modo più pratico per salvare la vita di una persona. Qualcos'altro?», chiede il professore posizionandosi proprio di fronte al mio banco.

Sa che so la risposta. Ovviamente.

«Manovra di Heimlich», rispondo e faccio spallucce.

«Esatto, Leblanc, manovra di Heimlich e no, signor Jensen», aggiunge rivolto a un ragazzo a due banchi da me, «non è un giocatore di hockey, mi spiace».

Ridacchio sottovoce. Il professor Clark è un tipo a posto e forse è l'unico insegnante che non ho mai tormentato con i miei pessimi scherzi.

A lui piaccio in fondo. *Molto in fondo.*

«Il signor Leblanc è richiesto nell'ufficio del rettore», dice la segretaria di Cooper, appena apparsa nell'aula.

Bene.
Sono proprio curioso di conoscere di persona il nostro caro rettore.
«Vai, Leblanc, puoi tornare dopo, così posso darti gli appunti del resto della lezione», mi dice il professor Clark.
Secondo giorno di college e vengo già convocato dal rettore. Un record.
Ovviamente gli saranno arrivate voci che gli Sharks Struttman amano fare degli scherzi e probabilmente la ragazzina insolente è andata anche a fare la spia al paparino.
Esco dall'aula e, scortato dalla segretaria che non dice una parola, mi dirigo al primo piano, indispettito e incuriosito allo stesso tempo. Una volta sul posto, lei mi fa cenno di procedere. Busso alla porta dell'ufficio e una voce rauca mi invita a entrare.
«Salve», saluto, facendo il mio ingresso nella stanza.
Il rettore Cooper è seduto sulla sua sedia girevole proprio di fronte a una grande cattedra. I capelli scuri gli ricadono sulla fronte, ha uno sguardo privo di espressione e le labbra serrate in una perfetta linea retta. Si arrotola le maniche della camicia e alza la testa, lanciandomi un'occhiata indecifrabile.
«Signor Leblanc, finalmente ti conosco», mi accoglie. Si alza e viene verso di me, porgendomi la mano.
Gliela stringo e annuisco. «È un piacere anche per me».
Sto facendo il gradasso, almeno gli è chiaro che la sua presenza non è gradita.
«Stai attento, Leblanc», replica con un sorrisetto. «Non ho detto che è un piacere conoscerti ma che, finalmente, ti conosco».
A giudicare dalla sua espressione di sfida, quasi sicuramente sa dello scherzo del secchio e delle ruote della macchina.
Ma cosa può fare? Se dovesse cacciarmi, ci sarebbe una vera e propria rivolta al Montréal College.
Io sono il re dell'istituto, non può spodestarmi.
«Se è per la divisa che sono qui, nessuno di noi ha la benché minima intenzione di indossarla. Il vecchio rettore era d'accordo», cambio strategia e gli racconto una balla.
Mentire.
So bene cosa significa mentire, l'ho sempre fatto. E in questo sono bravo.
Eppure, il rettore Cooper ha tutta l'aria di non credere minimamente alle mie parole.
«Non è per la divisa», mi fulmina con lo sguardo. «Stanotte credo di averti visto con mia figlia, o mi sbaglio?».
Ah, ora si spiega tutto.
«Non si sbaglia», confesso.
«Bene, almeno sei sincero. Volevo chiederti, come mai eri con lei?», inarca un sopracciglio e mi studia.

«Non mi sembrava il caso di lasciarla tornare da sola a casa a quell'ora della notte, non crede?», replico.

«Concordo, Leblanc, mia figlia mi ha già raccontato tutto». Mi guarda dritto negli occhi.

Lo sapevo. Kelsey ha fatto la spia.

Deglutisco. «Tutto?»

«Già, ho parlato anche con il coach Smithy e mi ha riferito che voi giocatori di hockey siete costantemente sottoposti a test antidroga e anti alcol». Si mette a camminare da un lato all'altro della stanza, toccandosi l'accenno di barba che ha sul mento.

«Sì, di solito sempre prima di una partita», borbotto seguendo ogni suo movimento.

«Bene, quindi non hai problemi a sottoporti a un test adesso, giusto?», domanda, con espressione di sfida.

Quest'uomo è diabolico. Forse l'ho sottovalutato.

Se il coach Smithy scoprisse che ieri abbiamo bevuto alcolici, ci caccerebbe tutti dalla squadra, o peggio ci ucciderebbe. Non posso permetterlo.

«Adesso?», chiedo cercando di restare calmo.

«Non ci prendiamo in giro, Leblanc. So della festa di ieri...», sorride sornione. «Ma se non hai bevuto nulla dovresti essere tranquillo, giusto?»

«Rettore Cooper...», comincio, ma poi mi interrompo.

Mi ha appena messo con le spalle al muro. Marcus Cooper è tosto ed è un grandissimo stronzo. Ora capisco da chi ha preso quella ragazzina. Lui deve leggermi la sconfitta negli occhi, perché sorride trionfante.

«Però oggi mi sento molto gentile, quindi voglio darti una seconda chance. Io non ti sottoporrò a nessun test, ma tu devi fare una cosa per me», mi dice minaccioso.

«Cosa vuole?», chiedo brusco.

«Sai, Leblanc, purtroppo sono venuto a conoscenza degli innumerevoli scherzi che si verificano in questo college. Non posso provare che il colpevole sei tu, anche se è evidente. Mi limiterò soltanto a chiederti di smetterla», scrolla le spalle e si sistema la cravatta.

No, questo non posso farlo.

Sono pur sempre Matthew Leblanc.

E i Leblanc non si fermano davanti a niente e, soprattutto, a nessuno.

«No», rispondo secco.

«No?», domanda Cooper, quasi divertito.

«Già, ho detto no. Rettore Cooper, forse non le è chiara una cosa. Il coach Smithy ha bisogno di me per continuare a vincere, quindi non mi butterà fuori perché glielo dice l'ennesimo rettore che crede di poter controllare questo college. E lei ha bisogno di me sennò questa baracca da quattro soldi cadrebbe a pezzi e lei non vuole che succeda, giusto?», lo sfido, con durezza.

Devo assolutamente trovare qualcosa su di lui come ho fatto con gli altri rettori. Devo scoprire i suoi segreti per ricattarlo.

«Grazie dell'avvertimento, Leblanc», ribatte lui, per nulla intimidito. «Ora, se non ti dispiace, hai delle lezioni da seguire, quindi esci dal mio ufficio. Questo incontro si è dimostrato piuttosto… illuminante», mi congeda con una semplice alzata di mano, risedendosi sulla sua sedia girevole.

Mi volto e sto per aprire la porta quando Cooper parla di nuovo.

«Un'ultima cosa, Leblanc», mi richiama.

Mi giro verso di lui attendendo con ansia quello che ha da dirmi.

Crede davvero di poter comandare il college? *Povero illuso.*

«Stai in allerta, non mi lascio di certo intimorire per così poco. Tu, quel test, lo farai».

Me ne vado sbattendo la porta, senza neanche salutarlo.

Sono nella merda fino al collo.

Capitolo 11

Matthew

Sono passato dal professor Clark per farmi dare gli appunti della lezione che ho perso a causa del colloquio con il nuovo rettore e poi ho seguito altri due corsi che si sono rivelati piuttosto interessanti. Dovrò mettermi sotto a studiare se voglio ottenere un buon punteggio, così da entrare tra le grazie dei professori anche quest'anno.

Ora però devo andare ad allenarmi sodo. Tra una settimana ci sarà la partita contro i Parks Montréal, la seconda squadra della città, e sono rinomati in tutto il campionato per non essere molto "amichevoli".

Okay, diciamo che sono dei tipi molto violenti e fisici.

Si divertono a rompere ginocchia, clavicole e nasi.

Li batteremo come abbiamo sempre fatto, ma sarà una partita durissima. L'anno scorso hanno dovuto persino interrompere il gioco perché il capitano dei Parks ha perso la testa.

La cosa però non mi intimorisce affatto, non vedo l'ora di affrontare quei bulli. E sono contento che il coach ci abbia assegnato dei doppi allenamenti per prepararci.

Arrivato nello spogliatoio, saluto i miei compagni, prendo il borsone dall'armadietto e vado verso una panca dove ci sono già Ryan e Axel che stanno parlottando tra loro.

«Ma che cazzo? Gli ha spaccato il naso?», sta dicendo Axel.

«Ma come ha fatto quel piccoletto a rompergli il naso?», gli chiede Ryan guardando il cellulare del biondo.

Mi spoglio, levando sia i pantaloni della tuta che la felpa. «Di chi state parlando?».

I due sobbalzano, spaventati. «Oddio che infarto, Matt, che ci fai qui, nascosto come un serial killer?», ridacchia Axel dandomi una pacca sulla spalla.

«Secondo te che sto facendo, genio?». Allargo le braccia e scuoto la testa, infilandomi i pantaloni termici e imbottiti della divisa.

«Alison, dai esci!», urla Ryan prendendomi in giro.

«Non c'è, idioti», sbotto.

«Ma che ti prende? Hai litigato con Alison?», chiede Axel togliendosi la felpa e i pantaloni della tuta, rimanendo solo in mutande.

Scrollo le spalle e mi infilo la maglietta termica. «Tutto bene, allora? Chi ha spaccato il naso a chi?»

«Hai presente il piccoletto dei Parks?», domanda Ryan cominciando a indossare tutte le protezioni che siamo obbligati a utilizzare anche negli allenamenti.

Come ho già detto, l'hockey non è uno sport per deboli di cuore e le protezioni sono fondamentali.

«Ma chi? Quel tipetto alto un metro e cinquanta?». Aggrotto la fronte e mi siedo sulla panca, per indossare la divisa da allenamento blu.

Mi fa sempre pensare all'hockey come a un grande oceano.

Lì ci sono lo squalo e le sue prede.

Io, ovviamente, sono lo squalo.

Insaziabile, libero e indomabile. Un predatore imbattibile.

«Sì, Young, o come si chiama, ha rotto il naso al suo coach. È stata una scena epica, il video è in tendenza su TikTok, non lo hai visto?», mi racconta Ryan.

«Guarda», interviene Axel. Appena mi passa il telefono, faccio partire il video e... wow.

Si vede chiaramente un ragazzo bassino che tira una testata a un uomo.

«Porca puttana», commento, riguardando il video più volte con la bocca spalancata.

«Roba da non credere, vero? Io ci tengo al mio naso, ragazzi», aggiunge Ryan toccandosi la parte incriminata.

Sbuffo. «Smettetela, dobbiamo andare ad allenarci sennò ve lo rompo io, il naso», replico.

«È troppo bello il mio naso, non ci provare», bofonchia Axel mentre si veste a sua volta.

Dopo essermi infilato le gomitiere, i parastinchi, i guanti, il paracollo e infine la conchiglia, recupero il casco, i pattini, il bastone e mi dirigo fuori dagli spogliatoi.

Ho bisogno di distrarmi. La conversazione con il rettore mi ha scombussolato più del dovuto.

Axel e Ryan mi seguono e andiamo a sederci a bordo campo. Mi allaccio i pattini, stringendoli come si deve. L'intera squadra entra subito dopo e si raduna di fronte a me.

D'un tratto, mi accorgo che Trent Davis mi sta guardando in un modo piuttosto strano.

«Che vuoi, Trent?», sbotto infastidito alzandomi dalla sediolina.

«Ehm, non lo sai?», domanda lui intimorito facendo un passo indietro. Mi accorgo in quel momento che tutti i miei compagni sembrano sconvolti e titubanti.

Guardo Ryan e Axel, che paiono perplessi quanto me.

«Che cosa dovrei sapere?», domando con le braccia incrociate al petto.

«Matt...». Ryan comincia a picchiettare con l'indice sulla mia spalla.

«Che hai pure tu?», sbotto, di fronte alla sua espressione di puro shock.

«Dovresti ehm… dovresti guardare il campo, Matt», mormora Axel, che, a differenza degli altri, appare divertito.
Appena mi giro, rimango di sasso.
Sul plexiglass che protegge gli spettatori dai puck volanti campeggia una scritta, fatta con una bomboletta spray rossa.
LEBLANC OMINO MICHELIN.
Kelsey Cooper.
Io la disintegro. È ufficiale.
La rabbia comincia a diffondersi lenta in tutto il mio corpo.
Io la distruggo.
«Be', sarà stata una ragazza a cui hai spezzato il cuore», dice Trent mentre il resto della squadra sta guardando la scritta con timore.
«Io la rovino», sibilo a denti stretti.
«Credi che sia stata…», bisbiglia Ryan.
«Certo che è stata lei, chi sennò?», lo fulmino con lo sguardo.
«Ma quando… quando lo ha fatto?», chiede Axel un po' confuso.
«Ma dove cazzo l'ha presa poi, una bomboletta spray?», chiedo, come se fosse quello il punto.
«Che ne so, Matt», risponde Ryan.
«Sapete cosa vuol dire?», indico la scritta sul plexiglass, fumante di rabbia.
«Che ha fegato?», tenta Axel, ammirato.
Sbagliato.
Gli lancio un'occhiataccia.
«No, che questa è una dichiarazione di guerra in piena regola», affermo, con un ghigno.
Se quella ragazzina vuole giocare con il fuoco, si accomodi pure. Io sono un incendio e Kelsey Cooper lo capirà ben presto. Ho provato a essere gentile ma a quanto pare dovrò usare le maniere forti.
«Però ha una bella scrittura, molto fine…». Axel si interrompe di fronte al mio sguardo letale.
«Kelsey Cooper capirà che è meglio non mettersi contro gli Sharks Struttman», sorrido e continuo a osservare quella dannata scritta.
In quel momento, il coach fa il suo ingresso sul campo.
«Che cazzo state facendo? Vi volete pettinare i capelli a vicenda? Forza, in campo. Sharks!», urla vedendoci tutti ancora sugli spalti.
«Sì, coach!», diciamo tutti all'unisono.
«Ma che cazzo!», borbotta il coach appena vede la scritta sul vetro.
«Secondo lei sembriamo davvero degli omini Michelin, coach?», ridacchia Axel per abbassare la tensione.
«Leblanc? Puoi per favore tenere l'uccello dentro i pantaloni ed evitare di far incazzare le studentesse di questo fottuto college?», sbotta il coach indicando la scritta sul vetro.

«Ho una ragazza, coach, tiro il mio uccello fuori soltanto quando c'è lei», bofonchio frustrato.

«Perché stiamo parlando di uccelli?», domanda Axel grattandosi la nuca.

Il coach lo fulmina con lo sguardo e decide di tagliare corto. «Volete un caffè? Un bicchiere di champagne? Forza, tutti in campo!», urla Smithy battendo le mani.

Mentre i miei compagni si infilano i pattini, sono il primo a entrare in campo. Comincio a pattinare sul ghiaccio e sembra quasi che il resto del mondo per un attimo sparisca.

Pattinare mi è sempre venuto naturale: da quando mio padre mi ha infilato per la prima volta i pattini ai piedi, il mio destino era già segnato.

Sarei diventato il capitano della squadra di hockey al liceo e al college e, con la mia abilità sul ghiaccio, sarei riuscito a entrare nella *National Hockey League* (NHL).

Mio padre però ha tralasciato un piccolo dettaglio.

Quello è il suo sogno, che non ha mai realizzato. George Leblanc è stato, infatti, un ex giocatore di hockey, il più promettente della sua epoca. La sua carriera, però, è stata troncata da un infortunio e quindi ha optato per la professione di imprenditore.

Io adoro pattinare e giocare a hockey, ma non così tanto da sacrificarmi per questo dannato sport. Voglio diventare medico, anche se mio padre ripete che è una cosa da femminucce.

Io e papà non facciamo che litigare per questo. Ma una cosa è certa. Se lui vuole una cosa, la ottiene. Se lui decide una cosa, quella deve essere, senza discussioni.

«Leblanc, ma dove hai la testa?», urla il coach Smithy.

Sempre molto delicato, eh.

«Cosa c'è, coach?», domando pattinando nella sua direzione.

Il coach Smithy mi guarda mentre se ne sta appoggiato al plexiglass con le mani. «Che cazzo ti prende?»

«Niente, coach», replico e mi alzo la visiera del casco per guardarlo.

«Voglio il Leblanc che ci ha portato alla vittoria per due anni consecutivi, sono stato chiaro?», mi intima.

Annuisco. «Chiarissimo».

«E fai sparire quella scritta, sono stato chiaro?», aggiunge.

«Chiarissimo», ripeto.

«Ora fammi vedere quello che sai fare, sennò vedi dove finisce il tuo bastone da hockey…».

Mi riabbasso la visiera e ricomincio a pattinare per scaldarmi un po'.

«Simulazione, ora!», ordina il coach Smithy dopo qualche minuto.

«Sì, coach», diciamo tutti all'unisono.

Metà della squadra esce dal campo e rimaniamo solo in dodici.

La simulazione è una vera e propria partita di hockey per allenarci sugli schemi, sui piani d'attacco e di difesa. Per sessanta minuti, giochiamo senza tregua, senza neanche fare la solita pausa di quindici minuti concessa a ogni partita.

«Face-off!», urla il coach lanciando il dischetto in campo.

Trent lo colpisce, scivolando verso destra. Appena me lo passa, lo lancio con così tanta violenza da prendere in pieno la balaustra di legno dietro la porta.

«Che cazzo, Leblanc, svegliati!».

La voce del coach Smithy ormai è lontana e ce l'ho con me stesso: sono così infuriato con quella ragazzina che non riesco nemmeno a fare un passaggio decente.

«Che ti prende, Matt?», chiede Ryan pattinando verso di me.

«È incazzato con la Cooper, non lo vedi?», mi sbeffeggia Axel, che mi conosce più di chiunque altro.

«Di nuovo, forza! Face-off!».

Il coach Smithy lancia nuovamente il dischetto al centro del campo dando di nuovo inizio alla partita.

Stavolta però opto per una tecnica diversa.

Pattino verso Gary e gli tiro una leggera spallata che lo fa barcollare. Con la mazza, colpisco il dischetto e vado verso la porta. Olsen, il nostro portiere, allarga le braccia per cercare di parare il colpo che gli arriverà a breve.

Ma ormai sono una furia inarrestabile, supero un altro mio compagno con una finta in grande stile e sparo il dischetto in porta, bucando la rete.

Fingere che sul dischetto ci fosse la faccia di Kelsey Cooper come tattica ha funzionato alla perfezione.

Davvero non ha mai trovato un ragazzo che fosse in grado di farle avere un orgasmo?

No, non devo pensarci.

Ho una ragazza, santo cielo.

Kelsey è off-limits.

«Così, Leblanc! È proprio questo che intendevo!», esulta il coach sbattendo una mano contro il plexiglass.

Il resto della simulazione continua in armonia: io continuo a giocare pensando alla rabbia che provo verso Kelsey Cooper, e Ryan e Axel mi assecondano a ogni tiro.

«Bella partita, ragazzi!», si complimenta Trent allungando la mano verso di me e io gliela stringo.

Andiamo tutti verso il coach Smithy che è a bordo campo, oltre la balaustra, con le mani poggiate sui fianchi.

«Ci vediamo domani mattina prima delle lezioni, sarà un allenamento tosto quindi vi conviene dormire invece di ubriacarvi, idioti!», sbatte una mano sulla balaustra, facendoci sobbalzare dallo spavento.

Cosa?

Tutti ci guardiamo un po' sconvolti, poiché, quasi sicuramente, il coach Smithy ha scoperto della festa di ieri sera tramite quel dannato rettore.

Tra Kelsey Cooper e suo padre non so chi mi dia più sui nervi. Forse Kelsey un po' di più.

«Pensavate che non lo sapessi, eh? Per chi mi avete preso? Per un vecchio rincoglionito? Andate a fanculo adesso, ci vediamo domani». Il coach ci congeda con un'alzata di mano e si volta, smanettando con il cellulare.

Sto per andare verso gli spogliatoi con il resto della squadra, quando il coach mi richiama.

«Leblanc, tu rimani», borbotta rimettendosi il telefono in tasca.

«Sì, coach?». Esco dal campo, togliendomi subito i pattini prima di dirigermi verso di lui.

«Voglio più serietà da parte tua, Matthew, non è da te ubriacarti a una festa del cazzo. Per fortuna sono riuscito a convincere il rettore e non ti farà nessun test sennò lo sai che figura di merda mi avresti fatto fare? Se scopro di un'altra festa organizzata alle mie spalle, non sarò così clemente e non ti proteggerò, sono stato chiaro?».

Annuisco. «Sì, coach».

«Ora vatti a fare una doccia, puzzi come una capra». Mi fa cenno di allontanarmi e si gira dandomi le spalle.

Ridacchio tra me e me ed entro negli spogliatoi.

Ho veramente bisogno di fare una doccia, prima, e di trovare Kelsey Cooper per fargliela pagare, poi.

«Sono più forti quest'anno», sta dicendo Trent, quando entro nello spogliatoio.

Allungo l'orecchio e rimango in ascolto togliendomi tutte le protezioni.

«Ho sentito che i Parks sono determinati a soffiarci il titolo», aggiunge Olsen, il nostro miglior portiere. È un tipo a posto ed è anche un cazzo di genio.

Solo lui può aiutarmi con il rettore e già ci sta lavorando.

«Ragazzi?», li richiamo.

Olsen e Trent si girano verso di me.

«Gli faremo il culo», gli faccio un occhiolino.

«Allora, cosa si fa?», domanda Ryan, appena apparso dalle docce, con un asciugamano avvolto attorno ai fianchi.

«Io non vorrei essere la Cooper in questo momento», commenta Axel che ha addosso soltanto dei boxer e si sta passando un asciugamano su tutto il corpo.

«Già, neanche io vorrei essere lei in questo momento», sogghigno e mi dirigo verso le docce con il bagnoschiuma, lo shampoo e un asciugamano pulito in mano.

Appena sono sotto il getto, lascio che l'acqua mi scorra addosso, meditando vendetta contro la mia nemica.

Dopo che mi sono accertato di non puzzare più come una capra, prendo l'asciugamano appeso fuori e me lo lego in vita, uscendo dalle docce.

«Matt, non ci lasciare più così, sono eccitato soltanto all'idea di sapere quello che farai a Kelsey Cooper», protesta Axel.

«Avete presente l'inferno?», chiedo e prendo dei boxer puliti di Calvin Klein dal borsone.

Loro annuiscono in risposta.

«L'inferno non è minimamente paragonabile a quello che le farò passare».

Ha voluto la guerra? L'avrà.

Eccome se l'avrà.

Capitolo 12

Kelsey

«Tu hai fatto cosa?». Janette di fronte a me sgrana gli occhi scandendo ogni singola parola, dopo che le ho raccontato sia dell'incursione nello spogliatoio che della scritta sul campo.

Okay, potrei aver fatto qualcosa di molto stupido, lo ammetto.

Vostro onore, sono colpevole.

Scrollo le spalle. «Ha bucato le ruote della macchina di mio padre, J. Cosa avrei dovuto fare? Dargliela vinta?».

Okay, forse ho esagerato ora che ci penso.

Però non avevo scelta.

Quindi appena sono uscita dagli spogliatoi della squadra di hockey, ho preso una bomboletta spray da uno sgabuzzino della palestra e sono andata nel campo per lasciare un bellissimo regalo a quel pallone gonfiato di Matthew Leblanc.

«Qualcuno sa che sei stata tu?», sussurra Janette alzandosi da quella che ormai abbiamo soprannominato la nostra panchina personale nel giardino del college.

«Certo, sennò perché lo avrei fatto?», ribatto.

È una teoria un po' contorta la mia, lo so. Però volevo che Leblanc sapesse senza ombra di dubbio che è stata Kelsey Cooper a provocarlo.

Janette tossisce sia per il tiro di sigaretta che le è andato di traverso, sia per la mia risposta scioccante. «Ti sei rivelata di proposito?», domanda.

«Ovvio, genio». Mi tocco la tempia con un dito. «Così Matthew Leblanc verrà a cercarmi per farmi uno di quei discorsetti e allora io potrò dargli un calcio dritto nel…».

«Tu hai degli istinti suicidi», commenta Janette.

Non ho alcun istinto suicida, ma voglio proprio vedere la faccia infuriata di Matthew dopo quello che ho fatto.

Se avrò fortuna, potrò fargli persino una foto stavolta.

La guerra ormai è cominciata e mi domando che abbia in serbo per me stavolta. Spero qualcosa di più originale del bucare le ruote di una macchina.

Santo cielo, facevo quegli scherzi a quattordici anni.

«Strano, gli allenamenti della squadra dovrebbero essere già finiti, giusto? Mi aspettavo che fosse già qui», dico, guardando verso lo stadio del ghiaccio sperando che dalle porte esca un Leblanc furioso.

Le porte però rimangono chiuse.

Molto strano.

«In teoria, sì». Janette segue la direzione del mio sguardo.

Mi sistemo gli occhiali da vista sul naso. Devo ricordarmi di comprare le lenti a contatto, questi affari non li sopporto più.

«Allora spero che Leblanc mi stia cercando in giro per il college per strozzarmi e io… non vedo l'ora», sogghigno e mi alzo dalla panchina.

«Perché non lasci perdere, Kels?», propone lei con voce sottile.

«Mai e poi mai, ha cominciato lui con tutte quelle cazzate del re del college. Perché dovrei lasciar stare?», esplodo come una furia alzando la voce.

«Okay», solleva le mani in segno di resa. «Ho capito, Tigre del Bengala, non voglio che ti faccia male, tutto qui», dice con dolcezza.

«Perché mi dovrei fare del male?», chiedo all'improvviso sospettosa.

«Perché è già successo», mormora.

«In che senso?», la incalzo a continuare.

«L'anno scorso una ragazza ha dovuto cambiare college per colpa di Leblanc», mi spiega lei.

Questa è una follia.

«Stai parlando di Matthew Leblanc? L'omino Michelin? L'uomo delle caverne? Il pallone gonfiato per eccellenza di tutto il college? Non può avere un tale potere», replico.

«Sì, sto parlando di lui. Quanti altri Leblanc conosci?», mi prende in giro Janette, tirandomi una spallata sul braccio.

«Per fortuna solo uno», commento, ironica.

«A ogni modo, Matthew e la sua gang hanno preso di mira questa ragazza e lei se n'è andata. Lo stesso è successo con esattamente venticinque insegnanti. I rettori invece…», si interrompe e mi guarda preoccupata.

«Rettori? Se ne sono andati pure loro per colpa sua?», domando, pensando a papà.

Janette si schiarisce la voce. «Sì, da quando lui è capitano della squadra di hockey, cioè da due anni, il college ha cambiato rettore per ben dieci volte».

Dieci?

Cristo santo.

«Questo sarà il record massimo che potrà ottenere quell'uomo delle caverne, perché mio padre non è come gli altri e soprattutto io non sono come quella poveretta che ha dovuto cambiare scuola», sbotto, nervosa.

Leblanc sembra intimorire tutti ma con me ha trovato di certo pane per i suoi denti.

È come se sotto il suo aspetto da sogno – occhi verdissimi, viso perfetto e aria da cattivo ragazzo sempre corrucciato – si nascondesse un demonio. Ma perché?

«Kels, so che tu sei diversa, ma ti prego di stare attenta, okay?». Si alza dalla panchina e mi poggia una mano sulla spalla.

«Che c'è? Vuoi un bacetto, J.?», la prendo in giro.

«Sei una figa da paura, K., ma mi spiace informarti che sono etero», mi schiocca un occhiolino.

«E io che volevo provare cose nuove...», ridacchio tirandole un pugnetto giocoso sulla coscia.

«Comunque mi devi assolutamente insegnare a giocare in quel modo a biliardo, è stato troppo divertente vedere le loro facce sconvolte ieri sera», cambia discorso Janette, accendendosi un'altra sigaretta.

«Quando vuoi, J. La faccia di Leblanc ieri sera è stata meglio di un orgasmo».

Dei ricordi pian piano riaffiorano. La nostra vicinanza improvvisa. Il suo respiro sulle mie labbra. La sua stretta ferrea sui miei fianchi.

Janette mi guarda con la fronte aggrottata. «Meglio di un orgasmo?»

«È una metafora, ovviamente non c'è cosa migliore che possa mai battere un orgasmo».

«Come siamo passate dal biliardo agli orgasmi?». Janette sbuffa nell'aria una nuvola di fumo grigiastro.

Se fumassi così tanto, mi sentirei male e comincerei a tossire come una vecchietta decrepita.

«Vabbè, non importa, ora il punto è trovare un modo di spodestare sua maestà dal suo trono di ghiaccio. Suggerimenti?», domando inarcando il sopracciglio.

Janette continua a fumare pensierosa come se stesse riflettendo su una questione di vita o di morte.

«Vi siete dati la scossa!», grida facendo sobbalzare me e alcuni studenti che stanno passeggiando.

«Sssshhh», mi poso un dito sulle labbra «Che hai da urlare?»

«Vi siete dati la scossa», bisbiglia.

«Ti sei drogata? Sei un'elettricista, J.?», chiedo.

«Non sono né drogata né sono tantomeno un'elettricista», replica. «Ieri sera tu e Leblanc vi siete dati la scossa e questo vuol dire soltanto una cosa a livello scientifico: tra voi c'è forte energia e una forma di attrazione così potente da sprigionare una scarica elettrica, capisci?». Janette mi fissa e butta la sigaretta a terra schiacciandola con il piede.

Sbatto le palpebre sconcertata. «Okay, che cosa hai preso nello specifico? Funghetti? Ti prego, dimmelo, perché è proprio roba forte, J.».

«No, Kels, cerca su internet. Non sono solo io a dirlo», insiste.

Scossa? Attrazione?

Sì, ha fumato decisamente roba forte.

«Dimentichi un piccolo dettaglio», ribatto. «Io. Odio. Matthew. Leblanc», scandisco ogni singola parola con una voce meccanica.

«Sarà», scrolla le spalle.

«Non sarà, è così», protesto io.
«Sarà», ripete ancora. «Ora devo andare, Kels, ci vediamo domani», mi schiocca un bacio per poi incamminarsi verso l'uscita del college.
«Non sarà, è così», urlo beccandomi un bel dito medio alzato da parte sua mentre continua a camminare verso l'uscita.

Capitolo 13

Kelsey

Ancora confusa dall'incontro con Janette, mi sistemo la borsa su una spalla, abbasso la gonna della divisa scolastica e mi incammino verso l'aula di canto della professoressa Petrova.

Busso e una voce dall'altra parte mi invita a entrare.

Con i capelli sciolti che le ricadono fin sotto il seno, la Petrova è seduta davanti a un MacBook e digita qualcosa in fretta.

«Signorina Cooper, avanti, non mordo mica», mi dice, chiudendo il MacBook di scatto. «Come sono andate le tue lezioni?», chiede, con un sorriso.

Mi guardo intorno spaesata. «Suppongo bene».

«Supponi, bene?», si informa lei passandosi una mano tra i capelli e legandoli poi in uno chignon con una penna.

«Mi voleva vedere giusto? Di cosa voleva parlarmi?», le domando per arrivare al sodo.

«Hai una voce magnifica, Kelsey. Perché la sprechi?». Si alza dalla sua sedia e viene verso di me, con i tacchi che picchiettano sul pavimento. Gli occhi della Petrova mi fissano guardinghi aspettando che io dica qualcosa.

Ma esattamente cosa dovrei dire?

Non posso raccontare alla Petrova del motivo per cui non voglio più cantare. *Non adesso. Non a lei.*

Un giorno forse ce la farò, ma ora ho paura che, se cominciassi a raccontarle di mia madre, scoppierei in un fiume di lacrime.

«Io non canto, almeno non più», rispondo e mi mordo il labbro inferiore, nervosa.

«Capisco», dice e mi fissa dalla testa ai piedi per poi girarsi per tornare alla cattedra.

«Capisce? Tutto qui?», le chiedo, sbalordita.

La Petrova si risiede di fronte al computer. «Tutto qui».

«Questo non è il momento dove lei cerca di convincermi a fare sul serio con il canto e io alla fine cedo?»

«No, mi spiace, non sono proprio tipa da implorare e supplicare i miei studenti. Ora vai, ho tanto lavoro da sbrigare», mi congeda alzando una mano e non degnandomi neanche di un'occhiata.

Scrollo le spalle e mi volto andando verso la porta.

«Un'ultima cosa, signorina Cooper».

La voce della Petrova mi fa fermare davanti alla porta.

«Semmai dovessi cambiare idea, sai dove trovarmi», conclude e poi borbotta qualcosa sottovoce.

Ignorandola, esco dalla sua aula e mi dirigo verso l'ufficio di mio padre. Spero sia pronto per andare perché non voglio restare un minuto di più in questa scuola.

Capitolo 14

Kelsey

Dopo aver girato in lungo e in largo, trovo finalmente l'ufficio con tanto di targhetta.

Busso sulla porta e, senza attendere il permesso, la apro.

Mio padre e Harper stanno discutendo, ma appena mi vedono si zittiscono all'istante.

«Ho interrotto qualcosa?», ammicco.

Mio padre alza gli occhi al cielo. «Kels, abbiamo un problema».

«Perché parli al plurale? Io non ho nessun problema», ribatto e mi indico, scuotendo la testa.

«Ignorala, Harper», borbotta lui guardando la sua segretaria.

«Già, ignorami, Harper», lo scimmiotto, mentre lei assume un'espressione perplessa.

«A ogni modo, il carro attrezzi sarà qui tra qualche ora e poi dovrò andare in officina per cambiare le ruote. Se vuoi puoi andare a casa, tanto non è lontana. Ieri sera la passeggiata non mi è sembrata un problema in effetti…», commenta lui, insinuante.

Mi doveva proprio ricordare il piccolo dettaglio della serata di ieri? Ora gliela faccio vedere io…

«Certo. Ma non è che invece stai trovando una scusa per passare del tempo con la tua segretaria?», ribatto, con un sorriso mellifluo.

«Kelsey!», mi riprende papà, che arrossisce. Harper ha l'aria di una che vorrebbe uccidermi.

«Ci vediamo dopo», li saluto, angelica, mentre lui sospira, disperato.

Senza degnarli di uno sguardo ulteriore, mi dileguo.

Ora che diavolo faccio?

Di andare a casa non ne ho proprio voglia. Quella non è casa mia e ancora la sento estranea. È come se una parte di me fosse rimasta a Eureka e, nonostante i drammi e la guerra con Leblanc, senta ancora la mancanza della sua vecchia vita.

Esco dal college, decisa a fare un giro nei dintorni per farmi passare la nostalgia.

Ricordo che poco distante ci sono caffetterie, bar, negozietti. Potrei farci un salto. Montréal sembra così cupa e fredda, dovrò farci l'abitudine e imparare a convivere con questo clima, che in inverno sarà persino peggio. Mentre passeggio con il vento fresco che mi scompiglia i capelli, ripenso a tutto ciò che è accaduto oggi.

Una domanda continua a tormentarmi: per quale motivo Matthew Leblanc non è ancora venuto a cercarmi?

E io che volevo una foto di lui arrabbiato che sbraitava contro di me.

Una ventata gelida più forte delle altre mi investe e tremo da capo a piedi.

È tutta colpa di questa dannata divisa, è troppo leggera.

Da domani non la indosserò più, tanto non è così importante. Infreddolita, finalmente raggiungo la via che cercavo e mi infilo nel primo locale che trovo.

L'insegna luminosa mi informa che sono dentro il George's.

Dopo un attimo, mi rendo conto che ho commesso un errore fatale.

Non è possibile. No.

A un tavolo poco distante, c'è Matthew Leblanc insieme alla sua gang e alla biondina dalla maglietta al contrario. Se mi vede, verrà qui e darà di matto davanti a tutti, facendomi fare una figuraccia.

Quanta probabilità c'era di ritrovarmi nel suo stesso posto? Nessuna.

Il destino mi sta giocando dei brutti scherzi.

Se fino a mezz'ora fa non vedevo l'ora di vederlo inveire contro di me, adesso vorrei solo starmene per conto mio. La passeggiata fino a qui mi ha riempita di malinconia e non ho per niente voglia di affrontare il mio nemico.

Così, in fretta e furia, prendo un menù da un tavolo e me lo poso davanti alla faccia andando verso il bancone.

Controllo che Leblanc non mi abbia vista e per fortuna è così.

«Ehm ciao», dice una voce femminile, con un piccolo colpo di tosse.

Sempre coperta dal menù, mi volto verso il bancone del bar. Una ragazza dai lunghi capelli ramati mi sta fissando con la fronte aggrottata.

Ovviamente si starà chiedendo perché me ne sto con un menù spiaccicato davanti alla faccia.

Domanda piuttosto lecita, devo dire.

«Ciao, ti sembrerà molto strano ma devo nascondermi», bisbiglio con il menù che continua a coprirmi.

Lei mi guarda con gli occhi appena socchiusi. «Non ti preoccupare. Le stranezze qui capitano tutti i giorni».

A quanto pare non sono la tizia più folle che ha conosciuto, sono sollevata.

Sorrido e mi prendo un secondo per osservarla meglio: indossa un'uniforme da cameriera nera, con grembiule incluso. Il naso è perfettamente lineare e all'insù, la bocca carnosa colorata di un lucidalabbra aranciato, lo sguardo smeraldino.

«Dove posso sedermi per far sì che quelli laggiù non mi vedano?», sussurro a bassa voce e faccio un cenno verso il tavolo di Leblanc.

«Lì dietro andrà benissimo», ridacchia lei indicando un tavolino isolato proprio dall'altra parte della sala e vicino alla vetrata del bar.

«Perfetto. Potresti portarmi un frappuccino al caramello con panna extra?», le chiedo, senza abbassare il menù.
«Arrivo subito», replica lei.
Vado a sedermi al posto che mi ha indicato e finalmente mi scopro il viso. Guardo fuori dalla vetrata: la strada pullula di gente, un viavai continuo che mi ipnotizza.
La cameriera mi serve il mio amato frappuccino al caramello con doppia panna, ma non si allontana. Forse non se ne va perché aspetta che io saldi il conto.
«Devo pagare subito?», chiedo recuperando la borsa che avevo poggiato sulla sedia di fronte.
«No, va bene anche dopo. Senti, non voglio sembrare invadente ma perché vuoi nasconderti da quelli lì?», domanda, curiosa.
Non so se dovrei confessare a questa perfetta sconosciuta del mio odio a prima vista nei confronti di Matthew Leblanc e della sua gang di falliti, però mi ispira fiducia.
«Lo vedi quello con l'aria da bello e dannato?», sussurro.
Lei annuisce.
«Quello è un pallone gonfiato mega galattico. Si crede un dio sceso in Terra soltanto perché è un ammasso di muscoli senza cervello e tutte le ragazze gli corrono dietro», dico d'un fiato.
«Tutto chiaro», commenta e sorride ampiamente.
«Lo conosci?», domando sorseggiando un po' di frappuccino.
«Sì, è mio fratello».
Sputo il frappuccino sul tavolo e comincio a tossire.
Che figuraccia.
Parlare male del nemico con sua sorella, ottima mossa.
«Scusa, non sapevo...», tento di dire, tra un colpo di tosse e l'altro.
«Non preoccuparti, lo odio anche io in un certo senso, credimi», mi rassicura.
«È così stronzo anche a casa?»
«È anche peggio se ci si impegna», risponde con una risata.
Ovviamente.
Come potrebbe essere diverso?
«Io sono Kelsey, comunque», mi presento e le porgo la mano.
Lei la stringe. «Rosie».
«Bene, Rosie, odiamo tutte e due quell'omino Michelin con i capelli perfetti e lucenti. Che ne dici se ci uniamo per combatterlo?».
La nostra conversazione viene interrotta da un fischio. Un ragazzo qualche tavolo più in là sta chiamando Rosie in modo davvero maleducato.
E io mi trovo a ribollire di rabbia. Mi dimentico di dovermi nascondere da Leblanc, mi dimentico di tutto. Mi importa solo di farla pagare a questo tizio.
Mi alzo e mi avvicino a lui.

«Ciao ragazzi, come va?», domando sfoderando il mio miglior sorriso, mentre lui e i suoi amici mi fissano.

«Tu non sei la figlia del rettore? Quella che ha dato quasi fuoco alla palestra ieri?», domanda uno di loro.

«Sì è vero, è proprio lei!», risponde un altro.

«Piromane, cosa posso fare per te?», mi prende in giro il ragazzo che stava fischiando.

«Ti sembra un cane, coglione?», sbotto contro di lui indicando Rosie che mi sta facendo segno di lasciar stare.

«Scusami?», domanda lui, con la fronte aggrottata.

«Te lo ripeto…», mi piego e avvicino il mio viso al suo. «Ti sembra un cane, coglione?».

Lui mi guarda esterrefatto e mi accorgo che il mio piano di passare inosservata è fallito. Nel locale ci stanno fissando tutti.

«Soltanto perché sei la figlia del rettore, pensi di poter fare come ti pare?», mi rimbecca lui.

«Ti sbagli: io faccio quello che mi pare sempre. Con o senza mio padre. Ora chiedile scusa», ribatto implacabile e, solo quando lui mugugna delle scuse, io mi allontano.

Rosie mi segue fino al bancone del bar. «Sei proprio forte», mi dice, quasi orgogliosa.

Le faccio un occhiolino e mi siedo sullo sgabello di fronte a lei, che ora è tornata dietro al bancone.

«Ehm credo che la tua copertura sia saltata», bisbiglia lei.

Dannazione.

Ma in fin dei conti, è stato giusto così. Difendere Rosie era una priorità. «Leblanc sta venendo qui?», domando.

«No, è troppo impegnato a ficcare la lingua in bocca ad Alison Grent», sbuffa lei cominciando a pulire il bancone con una pezza.

«Tu non frequenti il Montréal College? Non ti ho mai vista in giro», chiedo, per cambiare discorso.

«No, infatti, sono iscritta in un altro college», risponde, mentre continua a pulire il bancone spruzzandoci sopra un detersivo verde.

«Come mai non sei iscritta alla stessa scuola di tuo fratello?», mi informo.

Lei sbianca e comincia a lavare i bicchieri sporchi, senza proferire parola.

«Sono la solita invadente, scusami», le dico, appena mi rendo conto del suo disagio. Per lasciarle tempo da sola, vado verso il mio tavolino di prima, prendo il frappuccino e la borsa, e poi mi accomodo nuovamente sullo sgabello di fronte al bancone.

«Non preoccuparti, anzi, sei fin troppo simpatica. Sei davvero la figlia del rettore? Quel coglione di Trent aveva ragione?», si informa lei continuando a sciacquare i piatti sporchi per poi riporli nella lavastoviglie.

«Sì, sono la figlia del rettore e no, non posso prendere il caffè gratis alle macchinette, in caso te lo stessi chiedendo. Ma che razza di nome è Trent?», aggrotto la fronte.

«E ora come farò? È la prima cosa a cui ho pensato quando ho saputo di tuo padre. A parte gli scherzi, Trent non ha un brutto nome, dai. Ovviamente gioca nella squadra di Matt», replica lei.

«Ora si spiega tutto», alzo gli occhi al cielo.

«Mio fratello ti sta fissando», sussurra lei, attenta a non farsi vedere.

«Bene, ora devo proprio andare, ma prometto di ripassare, anche perché questo frappuccino è stato la fine del mondo», mi lecco le labbra, assaporando il sapore del caramello.

Lascio una banconota da dieci dollari sul bancone, ma Rosie scuote la testa.

«Offre la casa», mi dice.

«Grazie, ma il proprietario non si arrabbierà?», chiedo, poi mi alzo dallo sgabello e prendo la borsa posizionandomela in spalla.

«Mio padre? Macché! È quasi sempre in giro per lavoro», scrolla le spalle.

Quindi questo bar è dei Leblanc. Contrordine: vorrà dire che non ci metterò più piede.

«Ci si vede in giro, Rosie», le faccio un occhiolino e le lascio comunque la banconota da dieci dollari.

Appena fuori, mi incammino verso casa lentamente.

Quando però mi accorgo che qualcuno mi sta seguendo, mi irrigidisco e aumento il passo.

Una macchina mi si affianca e rallenta. È una jeep bianca che non ho mai visto prima.

Oddio. Sono troppo giovane per morire.

Ora l'assassino che mi sta seguendo con la sua macchina mi rapirà e mi butterà chissà dove dopo avermi sventrata.

Finirò su tutti i giornali, in televisione e persino su qualche serie True Crime di Netflix.

Sono la solita esagerata, però devo lo stesso togliermi da questa situazione.

Svolto nella prima via che mi capita sottomano e mi rendo conto troppo tardi che è a fondo chiuso.

I fari della macchina dietro di me illuminano il vicolo sul fondo del quale ci sono alcuni cassonetti.

Non ho via d'uscita. Sono in trappola.

Mi volto lentamente, pronta ad andare incontro al mio destino.

La portiera si apre e rimango a bocca aperta. Ora sono davvero nei guai.

Capitolo 15

Kelsey

Di fronte a me c'è Matthew Leblanc.

Indossa dei pantaloni larghi, una felpa con il cappuccio e delle Nike bianche. I capelli sono arruffati in un ciuffo disordinato, gli occhi appena socchiusi sotto le sopracciglia folte, le labbra curvate in un sorriso sprezzante e maligno.

Insieme a lui ci sono anche Ryan e Axel che scendono dalla jeep un secondo dopo di lui.

Bene, e ora che faccio?

La guerra è ormai iniziata e io non posso fare niente per evitarla.

Potrei arrendermi ma… no, non posso proprio farlo.

«Chi abbiamo qui? L'omino Michelin coi suoi aiutanti?», mi porto una mano sul fianco e li osservo con un sorriso sfacciato.

«Sono venuto a farti capire una cosa, ragazzina», replica Matthew avvicinandosi a me.

Più avanza e più io indietreggio. Matthew Leblanc è una vera e propria scarica di adrenalina vivente. Quando lui è nei paraggi, vorrei soltanto spingerlo via anche se una parte di me si domanda invece come sarebbe baciarlo.

No, non posso pensarci in questo momento.

«Avanti, parla», lo sfido.

«Non mi è piaciuto lo scherzetto nel campo da hockey. Devi imparare che ogni azione ha una conseguenza», mi spiega, duro.

«Ah sì? E cosa ti fa credere che sia stata io?», domando, inarcando un sopracciglio.

«So fare due più due, Cooper», ringhia tra i denti passandosi una mano tra i capelli.

«Non sei in uno spot pubblicitario per un balsamo miracoloso, Leblanc, puoi anche evitare di toccarti i capelli ogni tre secondi», lo prendo in giro, imitandolo.

Uno a zero per Kelsey.

«Ti ci vedo in uno spot pubblicitario, Matt», ridacchia Ryan dietro di lui.

«Senders, vuoi fare il panchinaro a vita, eh?», lo fulmina lui, prima di tornare su di me.

«Non so per quale motivo ti diverti così tanto a rompermi le palle, Cooper, ma ascoltami bene…».

Ovviamente smetto subito di ascoltarlo.

Che lagna, sempre la stessa storia.

Non mi va proprio di sentire un'altra volta la sua storiella sul re del college e bla bla bla.

«Non ascolto proprio niente, guarda il cielo, caro Matthew», gli dico e lui assume un'espressione sbalordita.

«Che vuol dire guarda il cielo?», sbotta Axel dietro di lui, a sua volta stupito dalle mie parole.

Lo ignoro e continuo a rivolgermi a Matthew. «Non vedi quanto è grigio? Vuoi sapere perché? È in arrivo una tempesta e faresti meglio a non essere nei paraggi quando si abbatterà».

«Sei meteorologa oltre che campionessa di biliardo?», mi prende in giro Ryan tirando una spallata giocosa ad Axel.

«Matthew sa bene cosa intendo», lo provoco continuando a guardarlo negli occhi.

«La tempesta arriva quando lo dico io», afferma lui, mentre avanza di un altro passo.

Arretro finché mi ritrovo sul fondo del vicolo e in due secondi lui torreggia su di me.

«Io non credo proprio. Non le fai tu le regole in questo caso», scandisco ogni singola parola.

So che sto giocando con il fuoco.

«Non funziona così. Non ti hanno detto cosa capita a chi continua a sfidarmi?». Inclina la testa da un lato e tende la mano per spostarmi la coda di cavallo dietro la schiena.

Mi ritraggo e deglutisco a fatica. La gola è così secca che sembra un deserto. Le cosce mi tremano quando sento le sue dita sulla pelle. I brividi si espandono quando mi guarda in quel modo così provocatorio. Non riesco a smettere di ammirarlo.

Sarà anche un perfetto idiota, ma è sexy da morire e su questo non ci piove.

«Ti sei incantata, tesoro? Mi dispiace informarti che ho una ragazza e non mi piacciono proprio le mocciosette come te», sussurra a pochi centimetri dalle mie labbra e prende ad accarezzarmi il collo scoperto.

La rabbia mi travolge, ma è più verso me stessa, perché non sopporto l'effetto che mi fa.

«Levami. Le. Mani. Di. Dosso», gli ordino.

«A me non sembra ti dispiacciano, ma come vuoi, ragazzina», replica e mi lascia andare all'istante. Sento subito la mancanza del suo tocco e mi odio. «E ricorda: a me non frega un cazzo se sei figlia del rettore».

In questo momento vorrei soltanto tirargli un pugno in faccia, ma decido di tenermelo per me.

Per ora.

«Puoi anche aver fatto scappare i rettori, gli insegnanti, gli studenti, ma io vivrò la mia vita alla grande». Mi avvicino al suo viso, a tal punto che i nostri nasi si toccano. «E invece lo sai tu che farai? Continuerai a fare questi stupidi scherzi da quattordicenne in preda agli ormoni e ti divertirai perché hai un cervello pari a quello di una nocciolina. Notizia flash? Nessuno ride a parte te, stronzo».

Silenzio.

I suoi amici che prima parlottavano si zittiscono all'improvviso.

Gli occhi di Matthew si riducono a due fessure, sento i suoi muscoli tendersi, le labbra si socchiudono leggermente e la mascella si serra all'improvviso.

«Tesoro, mi lusinghi, sono così tanto importante per te che mi dedichi un discorso simile?», mi sfotte.

«A dire il vero, ti ho riempito di insulti», lo sbeffeggio con una risata amara.

Matthew scoppia in una fragorosa risata. «Non sei la prima che mi sfida e non sarai neanche l'ultima, ma la verità è che qui comando io e non puoi fare assolutamente nulla a riguardo, mi dispiace. Certo, puoi provarci, ma vuoi che succeda qualcosa al tuo dolce paparino?», chiede, allusivo. Vorrei sostenere il suo sguardo ma l'oscurità che trovo nei suoi occhi è così intensa che sono costretta ad abbassare la testa.

«Guardami, ragazzina». Mi prende il mento tra l'indice e il pollice per costringermi a rialzare il capo.

«Stai cercando di spaventarmi usando mio padre?», mormoro.

Il suo sorriso si allarga e lui si avvicina al mio orecchio. «Mi hai dichiarato guerra, Cooper, e queste sono le conseguenze, mi spiace».

Deglutisco a fatica. «Lascerai in pace mio padre se mi farò i fatti miei?».

Papà è la persona a cui tengo di più al mondo, farei di tutto per lui, compreso rinunciare a sfidare questo pallone gonfiato.

«Ti arrendi così presto, Cooper? Mi deludi, ti credevo una combattente», prosegue, soffiando sul mio orecchio. Il suo profumo di muschio bianco e caffè mi inonda le narici.

«Stai minacciando mio padre, cosa dovrei fare?», domando in un sussurro appena udibile.

«Credi che io smetta di tormentare tuo padre soltanto perché me lo stai chiedendo tu? Non funzionano così le cose, ragazzina. Comincia a comportarti come si deve e comincerò a valutare di rendere la vita di tuo padre in questo college il meno straziante possibile, ci stai?».

Leblanc è davvero un essere spregevole. La mia resa non è sufficiente a fargli lasciare in pace mio padre. Sarà tutto inutile. *Be', allora preferisco lottare.*

«Non se ne parla», sbotto allontanandolo da me, posando entrambe le mani sul suo petto massiccio. «Da te di sicuro non prendo ordini».

«Questo lo vedremo, Cooper», ringhia a denti stretti.

«Mi sembri piuttosto frustrato oggi, Leblanc. Non è che Alison non te l'ha data e te la stai prendendo con me?», lo sbeffeggio allontanando le mani dal suo petto.

I suoi amici dietro di lui scoppiano a ridere beccandosi un'occhiataccia da parte sua.

«Che carina, sei interessata alla mia vita sessuale, ragazzina?»

«Non direi proprio», ribatto, con una smorfia schifata.

«Sicura di non voler sapere cosa ho fatto stamattina con Alison?», domanda avvicinandosi di nuovo a me.

Lo fronteggio alzando il mento. «In realtà no, ma mi pare che tu abbia bisogno di sfogarti per il bene del tuo ego».

«Lo sai qual è il tuo problema, Cooper?», ribatte lui, cambiando strategia d'attacco. «Non hai ancora trovato un ragazzo che ti scopi come si deve». La sua mano si tende per accarezzarmi il collo. «Non hai ancora trovato un ragazzo che ti prenda talmente forte da farti chiudere quella boccuccia innocente e sprovveduta», sussurra a pochi centimetri dal mio viso.

«Mi dispiace ma non sarà una scopata a farmi chiudere questa boccuccia», sorrido malevola e mi accarezzo le labbra con il pollice.

Lui sospira, subito dopo allontana le dita dal mio collo per passarle sul mio labbro inferiore.

«Ah no? Ora ne ho proprio la conferma, non hai ancora trovato un ragazzo che ti scopi fino a lasciarti senza parole. Senza respiro. Senza anima». Ogni parola è come una pugnalata.

«E tu saresti quel tipo di ragazzo, Leblanc? Quello che dopo avermi scopata mi lascia senza anima?», replico, ma non c'è più traccia della mia spavalderia.

Lui interrompe il contatto tra noi. «Chiedi ad Alison».

«Nah che schifo, potrei vomitare. Cosa succederà se si verrà a sapere in tutto il college che a letto non sei niente di che?», ribatto con una smorfia.

Matthew mi scruta per un secondo per poi scoppiare in una risata. «Vuoi provare, ragazzina?».

Non ho sentito bene.

«Cosa?», mormoro agitata mentre la sua mano prende di nuovo ad accarezzarmi il collo e alcune ciocche di capelli che fuoriescono dalla mia coda di cavallo.

Cristo santo.

«Stai parlando con il capitano di una squadra di hockey, tesoro. Riesco a colpire un maledettissimo dischetto a una velocità di centosessanta chilometri orari. Pensa cosa posso fare con una ragazza, Cooper. Riesci a immaginarlo?», domanda, togliendomi il fiato. Scende ad accarezzarmi le braccia e il suo tocco si riverbera in ogni dove. La sua bocca è talmente vicina che il terreno sotto di me sembra sgretolarsi pian piano.

«Li senti i brividi, Cooper? La gola ti si secca proprio qui, vero?». Le sue dita salgono fino al punto in questione, accarezzandolo. «Le gambe si fanno sempre più molli, il respiro è pesante. Puoi continuare a resistermi, a respingermi, ma non servirà, e vuoi sapere perché?», chiede lui, implacabile.

Mi mordo il labbro inferiore. «Smettila», quasi lo imploro.

Che qualcuno mi aiuti.

«Risposta sbagliata. Perché sei attratta da me, ma hai paura perché nessun altro ragazzo ti ha mai fatta sentire così».

Ha ragione, nessun ragazzo mi ha mai fatta sentire così.

Devo riprendermi.

Kelsey, sveglia. È Matthew Leblanc.

«Hai ragione, Leblanc. Sono attratta da te», gli butto le braccia al collo e mi stringo a lui. «Però la vuoi sapere un'altra cosa?», sussurro nel suo orecchio.

«Illuminami, Cooper», ridacchia stringendomi per i fianchi con le sue mani possenti.

«Se sul pianeta Terra ci dovessimo ritrovare io, te e una scimmia, vuoi sapere cosa farei?», sorrido e gli sposto un ciuffo di capelli che gli era ricaduto sulla fronte. Lui sembra perplesso dalle mie parole, ma ha l'aria curiosa. «Preferirei pulire il culo alla scimmia piuttosto che fare sesso con te».

Lo sorpasso con una spallata e me ne vado mentre i suoi amici non sanno se ridere o preoccuparsi. Con le guance in fiamme, le gambe tremanti e la fronte sudata continuo ad allontanarmi a testa alta, senza guardarmi indietro.

Quando sento la voce di Matthew tuonare dietro di me, capisco di essere davvero nei guai.

«Che la partita abbia inizio allora, ma ti avverto: come nell'hockey, soltanto uno di noi verrà proclamato vincitore. Soltanto uno e, dannazione, sarò io», urla a squarciagola.

«Questi non sono gli Hunger Games, Leblanc, fatti una vita!», grido di rimando per poi svoltare a destra e dirigermi verso casa.

La partita è cominciata e non so se avrò il coraggio e la determinazione per vincerla, soprattutto se a uscirne ferito sarà mio padre. Ma una cosa è certa: ci proverò.

Capitolo 16

Matthew

Quella ragazzina insolente sta mettendo a dura prova la mia pazienza.
Il modo in cui mi guardava in quel vicolo senza uscita. Il modo in cui il suo corpo reagiva al mio tocco. Il modo in cui le sue labbra si permettevano di rispondermi. Il modo in cui teneva quella dannata testa alta in segno di sfida.
Quella ragazza è una scarica di adrenalina vivente.
Lei è una ribelle, proprio come me. Le regole sicuramente non le piacciono, per questo tende a infrangerle.
Quest'anno mi divertirò un mondo a romperle le scatole con i miei scherzi. Sarà un vero piacere vederla piangere e fuggire via da questa città dopo l'inferno che le avrò fatto passare.
All'inizio mi sono detto: *Dai, Matt, risparmiala, è la figlia del nuovo rettore.*
Poi, però, ho cambiato idea.
La verità è che non ho la benché minima intenzione di lasciarla stare, ogni volta che si arrabbia e mi sfida, vorrei soltanto sbatterla contro il muro e baciarla.
Maledetta Cooper.
Stamattina mi sono svegliato alle sei del mattino per fare una corsa all'aria aperta. Correre è l'unico modo che ho per sfogarmi e schiarirmi le idee.
Tra una settimana ci sarà la prima partita di campionato e non ci poteva capitare squadra peggiore dei Parks. Sono degli attaccabrighe e tendono a essere squalificati a ogni partita per le loro azioni, non del tutto corrette. Insomma, amano rompere le ossa agli avversari. L'anno scorso hanno persino dovuto sospendere una partita perché la rissa era sfuggita di mano.
Corro fino a sentirmi bruciare i muscoli e, quando finalmente rientro in casa, posso riprendere fiato.
Mi piace vivere nella villa degli Sharks, come la chiamano tutti.
Vi alloggia esclusivamente la squadra di hockey, come indica il logo degli Sharks Struttman appeso alla porta.
È di proprietà di mio padre, che l'ha comprata affinché fossimo tutti insieme e potessimo essere una vera e propria famiglia anche fuori dal campo.
Salgo al piano di sopra e busso alle camere di Axel e Ryan per svegliarli.
«Ma chi è?», brontola la voce di Axel dall'altra parte della porta.

«Il lupo cattivo, chi è secondo te?», ribatto alzando gli occhi al cielo.

Mi passo una mano tra i capelli sudati, ho un disperato bisogno di farmi una doccia.

«Be', come lupo cattivo ti ci vedo», ridacchia Ryan dalla sua stanza, ancora con la voce un po' impastata dal sonno.

«Se non volete essere mangiati, vi conviene essere pronti tra mezz'ora», intimo con un ultimo colpo sulle loro porte per essere certo che mi abbiano sentito. In risposta ricevo solo un caloroso: «Vai a quel paese».

Buongiorno anche a voi, ragazzi.

Sin dal primo anno di college, Ryan e Axel sono sempre stati al mio fianco. Noi tre siamo una squadra al di là dell'hockey e ognuno di noi c'è sempre stato per l'altro. Sempre.

Però sono pur sempre il loro capitano e quei due sanno che non mi piace aspettare, quindi sono certo di trovarli pronti tra mezz'ora.

Del resto, nessuno osa contraddirmi: ho portato gli Sharks Struttman alla vittoria per due anni consecutivi.

Gli sponsor ne sono entusiasti, così finalmente riuscirò a realizzare il mio, anzi il *suo* sogno.

Quello per cui mio padre mi ha preparato per anni interi.

George Leblanc è talmente frustrato per la sua nuova vita lontano dall'hockey da rompere le scatole a suo figlio per tutto.

Invece a Rosie? Niente.

Le ha permesso di studiare dove voleva, a patto che rimanesse lontana dal Montréal College e dalla squadra di hockey. Il rapporto con mia sorella è sempre stato un po' travagliato, ci sono volte in cui litighiamo e altre in cui ci consoliamo a vicenda, ma in fondo ci vogliamo bene. Quanto a mia madre, cerca di sopravvivere senza badare troppo a mio padre.

Per questo lui punta tutto su di me. Il nuovo Leblanc, destinato a diventare un campione dell'hockey canadese.

Cercando di dissipare questi pensieri foschi, entro in camera mia e mi spoglio, gettando gli indumenti sudati nel cesto dei panni sporchi. Prendo dall'armadio dei jeans neri strappati, una t-shirt bianca larga, dei boxer puliti e mi dirigo verso il bagno.

Dopo essere stato per dieci minuti sotto il getto d'acqua calda, esco dal box doccia e mi circondo la vita con un asciugamano pulito. Mi guardo dritto allo specchio e ringrazio mio padre per avermi donato questo aspetto.

Non sono tipo da finta modestia, so che tutte le ragazze mi vorrebbero, ma io sono ancorato ad Alison Grent, bella da morire ed erede di una delle famiglie più ricche del Canada, nonché l'unica che mio padre approverebbe.

Scuoto la testa per togliere un po' di acqua dai capelli e, dopo essermi vestito, metto le mie amate Jordan bianche ai piedi. Esco dalla camera e, come prevedibile, mi imbatto nei miei amici che mi stanno aspettando con le braccia incrociate al petto.

«Allora che si fa? Neanche le galline si svegliano così presto», mi dice Axel con i capelli ancora arruffati.

«Certo che una pettinata te la potevi anche dare, sembra che hai preso la scossa», commento e gli passo una mano tra i capelli, scompigliandoli ancora di più.

«Levami le mani di dosso, non siamo tutti modelli da spot pubblicitario come te», mi canzona citando la Cooper.

«Quale sarà il prossimo spot capitano?», mi prende in giro Ryan, a sua volta.

«Chiudete quella bocca e andiamo». Faccio un cenno ai miei amici di seguirmi.

Scendiamo le scale e usciamo diretti verso il garage privato della villa. Lo apro con il telecomando e sorrido vedendo la mia Mercedes grigia opaca che mi sta aspettando.

Non la guido quasi mai, dato che il college si trova a neanche cinque minuti di camminata, e la uso solo per le occasioni speciali.

Lo scherzo che farò a Kelsey Cooper ne vale assolutamente la pena.

Chiamarlo scherzo è ingiusto, diciamo che è più un mio personale regalo di benvenuto, dopo tutti gli screzi che abbiamo avuto.

«Allora è qualcosa di grosso se prendi questo gioiellino», riflette Axel accarezzando la fiancata della macchina.

«Giù le mani», ringhio, schiaffeggiandogli le dita.

«Sei geloso, Matt?», mi prende in giro Ryan aprendo la portiera.

«Muoviamoci», sbuffo.

Mi siedo al volante, mentre Ryan si accomoda sul sedile del passeggero e Axel dietro.

«Non ci hai ancora detto che diavolo dobbiamo fare», brontola Ryan allacciandosi la cintura di sicurezza.

Premo il pulsante di accensione e il motore della Mercedes romba.

«Lo capirete», replico evasivo e mi allaccio anche io la cintura.

«Scommetto cinquanta dollari che dobbiamo fare qualche cazzata», dice Axel.

«E quando mai non facciamo cazzate noi?», concorda Ryan.

«E indovinate chi altro c'entra con la cazzata che faremo?», domando ed esco dal garage sfrecciando sulle strade ancora deserte di Montréal.

«La Cooper?», chiede Axel.

«Come ci sei arrivato? Era una domanda difficile, Ax», ironizzo, pensando alla faccia che farà Kelsey appena vedrà il nostro piccolo regalo di benvenuto.

A quanto pare serve qualcosa di più forte per metterla a tacere una volta per tutte. La secchiata e le ruote bucate non sono state sufficienti.

Passiamo all'artiglieria pesante.

«Cos'altro vuoi fare? Le ruote bucate mi sembravano abbastanza», si informa Ryan aprendo il finestrino per bearsi un po' dell'aria fresca che questa città ha da offrirci.

«Vediamo se mi conoscete. Secondo voi qual è il piano?», replico, stringendo la presa sul volante.

«Le buttiamo la carta igienica intorno a tutta la casa?», prova Axel.

«Ma che siamo? Ragazzini di cinque anni?», alzo gli occhi al cielo.

Lo scherzo della carta igienica è veramente infantile, ma dopotutto Axel è pur sempre… Axel.

«Disegniamo un uccello sulla faccia del rettore con il pennarello indelebile?», interviene Ryan, eccitato.

Ma che…?

È un'idea geniale ma credo sia troppo, *almeno per ora.*

Dobbiamo andarci piano con questo nuovo rettore, soprattutto fin quando non posso ricattarlo.

Solo così potrò piegarlo al mio volere. Se solo riuscissi a trovare qualcosa su di lui.

Tempo al tempo, ci riuscirò.

«Un pene disegnato sulla faccia, Ry? Sul serio? Ti prego, Matt, dimmi che non è quello lo scherzo a cui avevi pensato», brontola Ax tirando un pugnetto sulla spalla di Ryan.

«Sarebbe divertente, ma no», ridacchio.

«Peccato», sbuffa il biondo.

«Se vuoi te lo disegno io stanotte un pene sulla faccia, se ci tieni così tanto», scherza Ax, dando un pizzicotto sul braccio a Ryan.

«Giù le mani». Ryan scaccia Ax che invece si sta divertendo da matti.

Il loro battibecco passa in secondo piano quando finalmente intravedo da lontano la casa dei Cooper. Accosto la Mercedes al marciapiede dall'altra parte della strada.

Ci potrebbero vedere, questo è vero, ma il brivido di essere scoperti è troppo forte per tirarsi indietro adesso.

Kelsey Cooper è il mio bersaglio. Voglio rovinarla. Voglio renderle la permanenza qui a Montréal così estenuante da costringerla a tornare da dove è venuta. Voglio farle chiudere per sempre quelle labbra invitanti che si ritrova.

Fin troppo invitanti. Vorrei morderle. Vorrei farle così tante cose.

Vorrei essere il suo primo pensiero ogni mattina…

«Casa del nuovo rettore, eh? Ancora non hai trovato niente?», mi domanda Ax.

Spengo il motore e mi volto verso i miei amici.

«Niente. Questo nuovo rettore sembra un cazzo di fantasma a quanto mi ha detto Olsen».

Olsen Queman, oltre a essere il nostro miglior portiere, è anche una sorta di hacker.

Lui trova sempre tutto e tutti, tranne qualche informazione riservata sul vecchio Marcus Cooper a quanto pare.

«Quindi? Ci romperà le scatole per il resto dell'anno?», sbuffa Ryan passandosi una mano tra i capelli.

«Non succederà, Olsen ce la farà», lo rassicuro.

«Quindi cosa ci facciamo qui Matt?», domanda Axel sporgendosi con la testa verso di noi.

«Metodo Sharks», sorrido.

I loro volti si illuminano e i due si battono il cinque, eccitati.

Il metodo Sharks è un codice che sta per: *Facciamo quello che ci pare senza tener conto di nulla.*

«E se ci vede?», chiede un po' preoccupato Ryan.

«Siamo fuori dal college, il rettore non ha nessuna autorità qui», commento, spavaldo.

«Dammi le chiavi della macchina», ordina Ax.

Gliele passo e lui me le strappa dalle mani scendendo dall'auto, seguito da me e da Ryan.

Appena arriviamo davanti alla casa dei Cooper, sono contento di vedere tutte le luci spente.

«Muoviamoci», li esorto sottovoce.

Il primo ad agire è Ryan che comincia a prendere a calci dei vasi di fiori sul vialetto facendo un rumore assordante. Il secondo è Axel che va dritto verso la berlina parcheggiata rigando tutta la fiancata e prendendo a calci gli specchietti.

Nel momento in cui sto per fare la mia mossa, mi accorgo che Ryan e Axel stanno facendo fin troppo rumore. Una luce si accende al piano di sopra. È il momento di filarcela.

«Basta così, andiamo», sbotto prima di dirigermi a grandi falcate verso la Mercedes.

Loro mi seguono e in due secondi sfrecciamo via, lasciandoci quel disastro alle spalle.

Cara Kelsey, non sai proprio con chi hai a che fare.

Gli Sharks sono indomabili e questa ne è la prova.

Due a zero per me. Puck al centro.

«Cazzo è stato meglio di una scopata», esclama Axel, battendo una mano sul sedile.

«Con chi hai scopato per dire certe stronzate?», gli domando, scettico.

«Poverino il nuovo rettore, gli è capitato proprio il college sbagliato», sogghigna Ryan lanciandomi un'occhiata divertita.

Scrollo le spalle. «Questo è il prezzo da pagare se mi minacci».

«Cristo santo, ho l'adrenalina alle stelle, in campo oggi farò il culo a tutti quanti». Axel si sporge fuori dal finestrino aperto e urla a pieni polmoni.

«Rimetti quella testa dentro la macchina, che cosa sei? Un cane?», ringhio a denti stretti.

«Sì, mamma», borbotta Ax in risposta.

«Mamma? Sul serio, Ax?». Ryan alza gli occhi al cielo.

«Andiamo ad allenarci forza, dobbiamo dare il meglio di noi se vogliamo vincere contro i Parks».

Capitolo 17

Matthew

Gli allenamenti mattutini della squadra si svolgono alle sette e mezza. Per quell'ora dobbiamo essere già pronti sugli spalti. Il coach Smithy non accetta nessun tipo di ritardo.

Una volta un ragazzo del primo anno ha osato fare un minuto di ritardo ed è stato cacciato.

O meglio, è stato prima brutalmente insultato e poi se ne è andato di sua spontanea volontà.

Ricordo ancora le parole del coach Smithy. «Brutto scarto umano, fuori dalla mia palestra e già che ci sei ficcati anche quella stecca su per il...».

Poveretto.

Insomma, diciamo che il coach non è un tipo molto tranquillo. Del resto, per essere l'allenatore degli Sharks devi avere le palle e lui ce le ha, e anche belle grosse a mio avviso.

«Muovete quel culo o il coach si incazzerà di brutto», ringhio, mentre ci fiondiamo a tutta velocità allo stadio del ghiaccio, dopo aver lasciato la macchina alla nostra villa.

«Abbiamo appena devastato un vialetto e una macchina, dacci tregua, Matt», replica Ryan con uno sbuffo.

«Vuoi che ti porti in braccio, femminuccia?», lo sbeffeggia Axel.

«Fanculo, Croix», risponde Ryan.

«Invece di fare le fighette, datevi una mossa». Alzo gli occhi al cielo e me li trascino dietro.

«Comunque voglio chiedere alla Cooper una rivincita a biliardo, non è possibile che mi abbia battuto», sbuffa Ryan che non ha ancora superato la sconfitta.

«È una campionessa, sai cosa vuol dire? Ti farà il culo a strisce in ogni caso», gli ricorda Axel quasi con rispetto. Kelsey Cooper ha coraggio da vendere, questo è innegabile, ma dovrà imparare a stare al suo posto. Se lei è una tempesta, io sono un uragano.

«Ci voglio provare comunque... E poi continua a provocarti, ha proprio le palle quella ragazza», borbotta Ryan.

Lo fulmino tirandogli una spallata. «Che c'è? Te la vuoi scopare?»

«Troppo ribelle per i miei gusti, non riuscirei a sopportarla come fai te con Alison», risponde, diretto.

«Alison ha una cotta per Matthew da una vita. E poi a lei va bene tutto quello che dici tu, giusto?», mi chiede Axel.

«Alison è a posto, sa che può ottenere da me una buona scopata e un fidanzatino da cui tornare», scrollo le spalle.

A proposito di Alison… prendo il telefono dalla borsa e le mando un messaggio veloce.

Matthew: Ci vediamo dopo gli allenamenti di questo pomeriggio?

Matthew: Mi dispiace se in questi giorni sono un po' stronzo, cioè più del solito, ma sono stressato per la partita contro i Parks.

In realtà sono stressato perché Kelsey Cooper mi sta dando del filo da torcere ma questo ad Alison non lo dirò, ci manca solo che la mia ragazza si indispettisca.

Ryan mi tira una pacca sulla spalla. «Quanto ti invidio, io non trovo nessuna che mi piaccia».

«Sei troppo selettivo, Ry», replica Ax.

«Non sono selettivo, è che non posso scoparmi la prima che passa», scrolla le spalle.

«Perché no? Io lo faccio», ribatte l'altro. Classico di Axel.

«Perché tu sei un coglione, Ax», ridacchio.

«Grazie, capitano», risponde, un po' infastidito.

Appena arriviamo negli spogliatoi, prendo il borsone dall'armadietto poggiandolo sulla panca. Mi tolgo tutti i vestiti e mi cambio.

Appena sono pronto, prendo i pattini, il casco e il bastone, ed esco dagli spogliatoi. Quando faccio il mio ingresso sul campo da hockey, constato soddisfatto che la scritta non c'è più. Ho obbligato due matricole a pulirla al posto mio.

Mi siedo sugli spalti e comincio ad allacciarmi i pattini ben stretti.

«Io sono un tipo molto esigente, non mi scopo proprio tutte», borbotta Ax, riprendendo il discorso di prima e ritrattando. Evidentemente, ci è rimasto male per quello che gli abbiamo detto.

«Oddio, Ax, ancora con questa storia?», replica Ryan.

Axel e Ryan sono molto diversi caratterialmente, anche se spesso vengono scambiati per fratelli – entrambi sono biondi, alti e con gli occhi azzurri. Tuttavia, Ryan è quello più pacato del gruppo, sebbene, quando si tratta di fare baldoria, sia il peggiore.

Axel, invece, è una testa calda pronta a esplodere in ogni momento possibile della giornata, seppure con un lato sensibile che emerge a tratti.

«Sì, ancora con questa storia perché anche io sono esigente», borbotta Ax, che non ha intenzione di mollare l'osso.

«Ricordi quella che ti sei fatto l'anno scorso? Com'è che si chiamava? Lizzie?», intervengo io girandomi verso di lui.

«Lindsay», mi corregge con un dito alzato. «Sì, e allora?»

«E allora? Era bellissima e bionda, ma non ci si poteva fare un discorso, una volta al compito di fisica quantistica mi ha chiesto quanto facesse due più due», gli rammento con un sopracciglio inarcato.

«Lo sai che ho un debole per le bionde, cosa posso farci?».

Ci rinuncio.

In quel momento, tutta la squadra comincia a uscire dagli spogliatoi e si siede sugli spalti per prepararsi agli allenamenti.

«Fighette mosce del cazzo, muovetevi ad allacciarvi quei pattini e portate il vostro culo floscio in pista!». Le urla mattutine del coach non sono esattamente quello che desideravo dopo essermi svegliato all'alba.

«Sì, coach», diciamo tutti all'unisono. Mi metto il casco, prendo il bastone da hockey e mi dirigo in pista.

Appena i pattini strisciano sul ghiaccio posso finalmente respirare. Nonostante tutto e nonostante le pressioni di mio padre, questo sport mi fa sentire vivo e senza alcun pensiero dentro la testa.

«Ragazzi, tutti qui!». Il coach Smithy ci fa cenno di avvicinarci alla balaustra, nel punto in cui si trova lui.

«Vuole farci un discorsetto di incoraggiamento oppure uno di quei cazziatoni storici?», scherza Davis, il nostro migliore difensore.

«Secondo me, una ramanzina di quelle storiche, amico», si intromette Wells, un altro difensore.

«Zitti, tutti e due, o vi faccio pulire l'intera pista con la lingua per i prossimi mesi!», li riprende il coach. «Tra una settimana ci sarà la partita di inizio stagione contro i Parks, quelle teste di cazzo credono di avere già il campionato in pugno ma noi gli faremo capire che non è così. O mi sbaglio?», urla Smithy.

«Gli faremo vedere di che pasta sono fatti gli Sharks», rispondo con un ghigno.

«Così ti voglio, capitano. In questo allenamento non voglio vedere rammolliti. Fatemi vedere cosa possono fare dei veri giocatori di hockey», grida il coach e batte una mano sul plexiglass.

Vuole vedere cosa sono disposto a fare? Glielo farò vedere.

Oggi mi sento proprio in vena di travolgere tutto quello che mi circonda.

L'hockey è velocità, leggerezza, brutalità. È uno sport animalesco quanto il pugilato.

Comincio a pattinare sulla pista e faccio oscillare il bastone a destra e a sinistra.

Ryan mi indica Trent di fronte a me che sta pattinando proprio nella mia direzione.

Bene, oggi ho proprio voglia di sfogarmi un po'.

Scatto verso di lui con una pattinata fulminea e gli tiro una spallata così forte da farlo atterrare con il culo sul ghiaccio.

Ryan e Axel ridacchiano mentre osservano Trent sdraiato per terra, dolorante.

«Che diavolo, Leblanc?», sbotta lui alzandosi la visiera per guardarmi.

«Credo proprio che ti abbia insultato, Matt, l'ho sentito prima», interviene Ryan guardando Trent disteso sul ghiaccio.

«Non è vero, Senders, che cazzo dici?», sbotta Trent cercando di rialzarsi.

Con il pattino lo spingo di nuovo a terra. «L'ho sentito anche io, hai detto che vorresti scoparti mia sorella, vero?».

Ovviamente Trent non ha detto niente ma a volte io, Ryan e Axel ci divertiamo a prenderci gioco della squadra. È esilarante.

«Non l'ho mai detto», ribadisce Trent massaggiandosi la spalla.

«Io invece ho sentito che si vuole scopare tua madre», peggiora la situazione Axel.

«Ah sì? È vero, Trent? Chi preferisci delle due?», lo sbeffeggio.

«Ma che ti sei fumato, Matt?», ringhia tra i denti.

Gli tendo la mano che lui afferra, rialzandosi dalla pista con facilità.

«Stiamo scherzando, Trent, rilassati». Alzo gli occhi al cielo e mi abbasso la visiera.

«Che scherzi cretini, Leblanc», sbuffa.

«Chiudi la bocca e gioca come sai fare, sennò non riusciremo mai a vincere contro i Parks», ribatto.

Ci battiamo il guanto a vicenda con un sonoro colpo. Trent sorride e si abbassa la visiera prima di ricominciare a pattinare.

«Non lo sopporto quello lì», borbotta Axel.

«Nemmeno io, però è il difensore migliore che abbiamo, quindi meglio tenercelo buono», dichiaro, ricominciando a pattinare prima che il coach Smithy ci rifili qualche nuovo insulto originale.

Il mio obiettivo, da attaccante, è spedire in porta il dischetto a una velocità superiore ai centosettanta chilometri orari, battendo ogni record.

«Oggi niente simulazione, voglio vedervi sudare anche l'acqua del vostro santissimo battesimo e puzzare come capre in una giornata di sole», sbraita Smithy.

Il coach mantiene le sue promesse e ci fa pattinare così tanto da non sentire più i piedi. Il fischio che segna la fine dell'allenamento è una benedizione.

«Fighette, sono molto soddisfatto e non ho nessun insulto in canna, quindi andatevi a cambiare e a darvi una lavata, puzzate da morire. Ci vediamo dopo le lezioni nella palestra del college per fare un po' di esercizi. Quei muscoli si devono allenare a sollevare pesi, non birre di pessima qualità». Il coach Smithy ci congeda, andandosene chissà dove e a fare chissà cosa.

«Quanto puzzi», cantilena Ryan ad Axel.

Mi dirigo verso gli spogliatoi e prendo il borsone dall'armadietto posandolo sulla panca. D'un tratto, sento qualcuno urlare fuori dallo stadio del ghiaccio e un sorrisetto si fa spazio sulle mie labbra.

Mi sa che la piccoletta ha scoperto quello che abbiamo fatto.

«Ma chi è?», sbotta una delle matricole, confuso.

«Ahia... mi sa che alla Cooper non è proprio piaciuto il nostro regalo di benvenuto, eh?», commento sottovoce facendomi sentire solo da Axel e Ryan.

«Capitano, che facciamo? C'è una pazza che urla qua fuori», mi informa Olsen.

«Lasciala urlare e stavolta chiudi a chiave lo spogliatoio», gli faccio un occhiolino e lui obbedisce.

«Leblanc, ma che vuole quella?», mi chiede Trent.

«Trent, ci penso io a lei», lo rassicuro.

«Ieri mi ha fatto fare una figuraccia di fronte a tutto il bar, vorrei vendicarmi», insiste.

«Alla Cooper ci penso io. Mi hai capito, Trent, o te lo devo ripetere?», lo guardo minaccioso e finalmente lui coglie l'antifona.

Non risponde e se ne va senza aggiungere altro.

«Secondo me, ti ucciderà, Matt», sussurra Ryan di fianco a me.

«Me ne frego», scrollo le spalle e mi dirigo verso le docce.

Appena il getto d'acqua calda mi colpisce sul viso, una voce mi chiama.

«Matthew!», urla Olsen.

Oddio, neanche in doccia posso stare tranquillo.

«Che vuoi?», sbotto e verso un po' di shampoo sui capelli massaggiando per bene.

«Quella pazza continua a urlare e sta attirando l'attenzione di tutti», risponde Olsen.

Okay, è arrivato il momento di agire.

Sbuffo e dopo essermi risciacquato per bene esco dalla doccia e mi rivesto al volo.

Esco dagli spogliatoi come una furia e davanti a me c'è Kelsey, che sta dando spettacolo.

«Se Leblanc non esce subito da quel cazzo di spogliatoio, giuro che...», sta gridando, con le spalle rivolte allo stadio. Guarda come gesticola. Che *carina*.

«Sai, Cooper, dovresti trovare altre occasioni per urlare così», la sbeffeggio avvicinandomi a lei.

Kelsey si volta verso di me guardandomi con quei dannati occhi meravigliosi. «Io urlo quanto mi pare, brutto pallone gonfiato che non sei altro!».

«Che noia, Cooper, dici sempre le stesse cose», la prendo in giro.

Kelsey si sistema sul seno il maglioncino scollato che le scopre leggermente l'ombelico. Lo indossa abbinato a dei jeans stretti blu chiaro a vita alta e a delle sneakers bianche.

«Ah sì, e di cosa vorresti parlare?», mi sfida.

Mi avvicino ancora di più, pronto a metterla in imbarazzo davanti a tutti. «È vero che ti masturbi tutti i giorni sotto le lenzuola?».
Gli studenti attorno a noi ridacchiano di gusto.
Kelsey sbarra gli occhi e mi spintona poggiando le sue esili mani sul mio petto. «Sei un porco, giuro che… ti giuro che ti rovino con le mie stesse mani».
Smetto di ascoltarla, sono troppo concentrato sulle sue labbra piene e delineate. Poi, però, mi riprendo, perché devo fermare questa sceneggiata.
«Non c'è bisogno di scaldarsi così tanto. Comunque non ho altra scelta a quanto pare…», scrollo le spalle e mi avvicino ancora di più a lei.
«Stammi lontano, razza di…».
Non fa in tempo a finire la frase che la prendo per le gambe, caricandomela come un sacco di patate sulla spalla.
«Stai dando spettacolo, riesci a stare un po' zitta?», la ammonisco.
Lei si dimena prendendomi a pugni sulla schiena. Pugni per modo di dire, è come se mi stesse accarezzando.
«Lasciami subito, Leblanc», mi ordina continuando a scalciare e a dimenarsi.
«Stai un po' ferma, cazzo», ringhio, senza smettere di camminare.
«Se non mi lasci subito, giuro che…».
«Giuri cosa, piccoletta? Da lassù non riesco proprio a sentirti, mi spiace», la interrompo.
Rientro nello stadio del ghiaccio, in cerca di un posto più appartato dove placarla. «Mettimi subito giù, Matthew», ripete lei, che non accenna a calmarsi.
«Ti devo sculacciare per farti stare zitta, Cooper?», domando implacabile. E questo sembra zittirla.
Con la mano libera, apro la porta del ripostiglio e la metto a terra, beccandomi subito uno spintone che però non mi smuove di un centimetro.
«Cosa posso fare per te, tesoro?», le chiedo, come se nulla fosse.
Kelsey sbatte le palpebre, la bomba sta per esplodere.
Tre.
Due.
Uno.
«Mi dici che cazzo di problemi hai? Da piccolo non hai preso abbastanza sculacciate, eh?», sbotta.
«Perché stiamo parlando di sculacciate?», aggrotto la fronte.
«No, fanculo, Leblanc. So che sei stato tu», sbotta portandosi i capelli dietro le spalle e scoprendosi il collo.
«Sono stato io? Devi essere più chiara, Cooper». Le mie labbra si incurvano in un ghigno beffardo.
«Ah sì? Da dove comincio…», si tocca il mento con l'indice guardando

verso l'alto per poi ritornare di scatto con gli occhi su di me. «Ho trovato. Qualcuno ha vandalizzato la macchina di mio padre e devastato il vialetto di casa nostra».

Le mie labbra si arricciano. «E allora?»

«E allora? Oddio, sei incredibile! Chi sarà mai stato, Leblanc?». Si porta le braccia al petto incrociandole.

«Non lo so, non sono un poliziotto», la prendo in giro.

Kelsey si avvicina a me. «Qualcosa mi dice che c'entri qualcosa in tutta questa storia, anzi, ne sono sicura».

«Mi dispiace, tesoro, ma non so di cosa parli. Ora, se mi vuoi scusare, ho delle lezioni da seguire». Cerco di andarmene ma lei come una furia poggia una mano sul mio petto spingendomi all'indietro con una forza che non credevo avesse.

Kelsey mi inchioda con i suoi occhi dalla forma allungata. «So che sei stato tu, Leblanc, è inutile che fai il finto tonto».

«Mi dispiace, Sherlock, ma risponderò solo in presenza del mio avvocato», la scimmiotto e le tolgo la mano dal mio petto.

«Sei veramente… sei…», si allontana perché non sa neanche lei che aggettivo usare per insultarmi.

«Bellissimo? Sexy? Sensazionale? Incredibile?», sparo a raffica.

«Odioso, stronzo, un pallone gonfiato, la peggior specie mai conosciuta», mi sputa in faccia tutto il suo disprezzo.

In un lampo di lucidità, mi rendo conto di una cosa.

Non potrei mai stare con una tipa del genere, troppo ribelle e troppo difficile da gestire.

Passo, grazie.

Alison è molto meglio, è calma e pacata. E soprattutto mi fa fare quello che voglio senza mettermi delle sudicie manette ai polsi.

«E che altro?», domando inclinando la testa da un lato.

«Non ci sto ai tuoi giochetti da bambino frustrato, Leblanc, ammetti che sei stato tu e basta», ringhia mordendosi il labbro inferiore.

«Perché dovrei? Guarda che lo so che stai registrando tutto con il telefono», ribatto, beffardo.

Pensava davvero che fossi così stupido da non accorgermene?

«Io… non sto registrando», sbuffa.

«Ah no? E questo che cos'è?», le rubo il telefono dalla tasca e scopro di aver ragione. Stava registrando ogni cosa tramite un video.

«Ridammelo subito!». Tenta di strapparmi il telefono dalla mano.

Alzo il braccio tenendolo più in alto possibile per impedirglielo. «Vieni a prenderlo».

«Sei un colosso di due metri, come pretendi che ci arrivi?». Il suo petto sbatte ripetutamente contro il mio mentre lei saltella.

«Non è un mio problema se sei così… *piccola*», scandisco bene l'ultima parola sussurrandola a pochi centimetri dalle sue labbra.

«Ridammi il telefono», mi ordina lei, senza smettere di saltare.

Questa ragazza sarà insopportabile ma, dannazione, è di una bellezza unica. Lunghi capelli ramati e lucenti che le ricadono sulle spalle, occhi da cerbiatta di un colore simile al caramello dolce e infine labbra carnose e così invitanti che vorrei soltanto morderle per scoprire che sapore hanno.

«Nah, questo me lo terrò io. Se verrai alla mia festa di sabato sera e ti comporterai da brava bambina, forse lo riavrai indietro», le blocco i polsi per poi avvicinarmi al suo orecchio. «Forse», sussurro.

«Forse niente, la festa è tra due giorni, come faccio senza il telefono?», sbotta e con uno strattone riesce a liberarsi i polsi dalla mia presa.

«Non lo so, trovati un passatempo che non sia rompermi», le faccio un occhiolino.

«Sei veramente incredibile, veramente incredibile», mi dice con disprezzo.

«Grazie», mormoro soddisfatto. Adoro farla infuriare.

«Non era un complimento».

Per un attimo i nostri occhi entrano in una collisione perfetta. Sembra quasi che quel suo sguardo indifeso e arrabbiato riesca a ipnotizzarmi. Le sue labbra continuano a chiamarmi e più lei si avvicina, più mi viene voglia di passare dall'odio a qualcos'altro…

Con uno scatto fulmineo, cerca un'ultima volta di riprendersi il telefono. La afferro per le spalle e la faccio appoggiare al ripiano che era dietro di me. Le accarezzo le guance e lambisco qualche ciocca dei suoi capelli mossi.

«Com'era quel detto, Cooper?», sussurro nel suo orecchio, quasi incapace di resistere all'attrazione che si è impossessata di me.

La sento irrigidirsi. «Quale dei tanti? Ah forse intendi chi si fa gli affari suoi campa cent'anni?»

«Se continui così, neanche arrivi ai trent'anni, tesoro», ribatto.

«Allora forse intendevi l'altro detto: non rompere le scatole al prossimo?», ritenta osservandomi con un sopracciglio appena inarcato.

«Mmh no, non è nemmeno quello. E poi sei tu che mi stai rompendo le scatole da quando sei arrivata…», scrollo le spalle.

Kelsey osserva ogni mio movimento. «Forse allora…».

«Te lo dico io dato che non ci arrivi», sospiro e le catturo il mento tra le dita facendola avvicinare di più al mio viso. «Scopiamo invece di farci la guerra».

Ma che sto dicendo? Devo essere impazzito. Io sto con Alison.

«Questo detto non lo ricordavo…», mi sbeffeggia lei, ma il rossore sulle sue guance la tradisce.

«Vieni alla mia festa di sabato sera e forse riavrai il tuo preziosissimo telefono», ribatto duro, lasciandola lì perplessa e confusa.

La sento imprecare ma non mi importa.

La sua vicinanza non mi fa bene. Mi fa male. Mi fa impazzire. E devo recuperare un minimo di autocontrollo.

Non riesco a trattenermi ogni volta che c'è lei nei paraggi. Vorrei farle rimpiangere di essere venuta in questo college, però allo stesso tempo vorrei farle urlare il mio nome fino a farle perdere la voce.

È ufficiale: Kelsey Cooper è la mia nuova spina nel fianco preferita.

Capitolo 18

Kelsey

Se l'inferno avesse un volto, sarebbe quello di Matthew Leblanc.

Non solo ha distrutto l'auto di mio padre e devastato il giardino di casa nostra, mi ha anche confiscato il telefono.

Finalmente è arrivato sabato e, dopo aver studiato tutta la mattina per il test di storia del cinema, me ne sto appollaiata sul divano, aspettando che scocchino le quattro di pomeriggio per incontrarmi con Janette al George's per tramare prima della festa di stasera. Non avendo il telefono, ci siamo date appuntamento ieri e spero vivamente che si ricordi sennò mi ritroverei nel bar del nemico, da sola.

In questi due giorni ho provato a riprendermi il cellulare in ogni modo possibile.

Ho tirato uno schiaffo a Matthew e lui mi ha fermata.

Mi sono intrufolata negli spogliatoi maschili per cercarlo e mi hanno beccata e cacciata fuori.

Le ho tentate tutte quindi ora non mi rimane che andare a quella dannata festa sperando di recuperare il telefono.

«Kels!», mi chiama mio padre rientrando a casa.

Oggi è dovuto andare al college per sbrigare le ultime pratiche per il suo trasferimento ufficiale.

«Sono qui», sbuffo sistemandomi meglio gli occhiali sul naso.

«Ho provato a chiamarti, hai il silenzioso o sei sorda?». Mio padre si appoggia allo stipite della porta del salotto levandosi la giacca del completo.

Maledizione, mio padre non mi chiama mai, figurarsi se doveva farlo oggi. Ora che mi invento?

«L'ho lasciato in camera», rispondo, sperando che se la beva.

«Kelsey Cooper che lascia il telefono in camera? Ti senti bene? Hai la febbre?», domanda lui con la fronte aggrottata.

Be', in effetti è un evento più unico che raro, ma se gli dicessi che lo ha Leblanc, peggiorerebbe solo la situazione. Questa è una partita che dobbiamo giocare io e lui, senza nessun ostacolo di mezzo.

E poi Matthew non piace a mio padre, quindi come spiegherei che il mio telefono lo ha lui?

Sicuramente comincerebbe a farsi strane idee.

Che schifo. Io e Leblanc?

Sto per vomitare.

«Mica sono dipendente dal telefono», ribatto alzando gli occhi al cielo, nella speranza di risultare convincente.

Papà non commenta, o quantomeno finge di crederci. Come si è convinto che a devastarci il vialetto e l'auto sia stato qualche delinquente del quartiere.

Invece no, io ne sono certa: il responsabile lo conosco.

E ha un nome e un cognome: Matthew Leblanc.

Stasera, alla festa, attuerò la mia vendetta.

«Stai uscendo?», chiede continuando a studiarmi.

«Sì e, papà, sei inquietante. Te ne stai lì a fissarmi come un serial killer», ribatto.

«Calmiamoci, eh, qualcuno si è svegliato male stamattina?». I suoi occhi socchiusi mi stanno analizzando cercando di capire cosa c'è che non va.

Vorrei urlargli che, certo, c'è proprio qualcosa che non va. Leblanc. È lui il mio problema più grande adesso.

«Ti ricordi che stasera ho una festa?», domando alzandomi dal divano. Cambiare discorso è meglio.

«Mmh, no. Non ricordo», risponde confuso lui, toccandosi l'accenno di barba sul mento.

«Sono due giorni che te ne parlo», sbuffo.

«Non riesco proprio a ricordarmelo, sarà la vecchiaia», scrolla le spalle.

«La vecchiaia ce l'hai sempre quando ti pare», replico.

«Dovresti assistere il tuo vecchio, non uscire», scherza.

«Vecchio? Oddio, parli come se avessi novant'anni», ribatto con una risata.

«Dammi una buona motivazione per cui dovrei mandarti alla festa di stasera», dichiara, all'improvviso serio.

Be', ora sì che sono nei guai. Cosa rispondo adesso? Non posso dirgli la verità quindi mi toccherà mentirgli, di nuovo.

«Perché… sono un'adolescente e ho bisogno di divertirmi come tutti gli adolescenti», sorrido.

Lui aggrotta la fronte. «Ma non ha senso questa motivazione».

«Fattela bastare, nonnetto», dico e gli do un caloroso bacio sulla guancia, poi prendo la borsa che avevo appoggiato sul divano e vado all'uscita.

«Mi hai appena chiamato nonnetto?», mi domanda, sconvolto.

Per tutta risposta, chiudo la porta con un tonfo e percorro il vialetto che è ancora un po' una scena di guerra. Poveri fiori devastati.

Mi incammino verso il George's e mi ritrovo a pensare di nuovo a Matthew.

È come se questo ragazzo avesse preso un biglietto di sola andata per la mia testa. Non riesco a smettere di pensare a lui e mi continuo a chiedere in che modo recupererò il telefono. Sono molto preoccupata e continuo a rimuginare.

Dopo una decina di minuti, arrivo finalmente di fronte al George's, spalanco la porta e appena entro, comincio a guardarmi intorno spaesata.

Dove diamine è Janette?

I miei occhi sembrano delle saette impazzite, mentre vagano a destra e sinistra in cerca di una chioma bionda.

«Kelsey!». Una voce squillante mi fa sobbalzare.

Mi poggio una mano sul cuore. «Mi hai fatto prendere un infarto, Rosie».

«Scusami, cerchi qualcuno?», domanda lei con la fronte aggrottata.

«Di sicuro non tuo fratello. Per oggi lo risparmio», ribatto con un sorriso.

«Per quanto mi riguarda puoi farci quello che vuoi con lui», replica ridendo.

Devo ammetterlo, Matthew e Rosie si somigliano parecchio. Come ho fatto a non farci caso? Hanno gli stessi occhi e gli stessi tratti.

«Lo terrò presente», dico con un occhiolino.

«Solito frappuccino al caramello con doppia panna?», chiede lei.

«Ordino dopo. Sto aspettando un'amica, l'hai vista? Capelli biondo platino, una parlantina che ti stordisce e ha tutta l'aria di essere un po' suonata», mi tocco la tempia con un dito facendola ridere.

«Mmh, per ora l'unica suonata qui dentro sei tu, ma ti farò sapere». Rosie si allontana in fretta quando un tavolo attira la sua attenzione.

Punto al tavolino appartato dell'altro giorno, quando sento una voce risuonare alle mie spalle.

Oddio, no.

Non lei.

Tutti ma non lei.

Alison.

«Ciao, Kelsey», cinguetta.

Mi volto verso di lei e mi sforzo di sorridere. «Alison, come mai da queste parti?».

Come mai da queste parti?

Di tutte le cose che potevo dirle, ho dovuto scegliere la più cretina?

«Mi vedo con Matthew e gli altri ma ancora non sono arrivati», scrolla le spalle. I suoi capelli fastidiosamente perfetti sono lisci e le ricadono sulle spalle, le labbra sono dipinte di un rossetto rosa scuro, l'eyeliner è impeccabile. Le gambe toniche e snelle sono fasciate da dei jeans bianchi a vita alta abbinati a un cortissimo top nero che le copre a malapena il seno.

«Capisco», mi limito a rispondere e continuo a guardarmi intorno.

Janette, dove diavolo sei?

«Senti, Kels... posso chiamarti così o ti dà fastidio?». Alison mi guarda un po' intimorita e mi sorride nervosamente.

«Credo vada bene», rispondo e continuo a guardarmi intorno alla ricerca di un aiuto.

«Allora, Kels, ti va di farmi compagnia mentre aspetto Matt e gli altri? Tu sei da sola o stai aspettando qualcuno?».

E ora?

Se le rispondo che non ho voglia di ascoltare lei e la sua voce squillante, penserà che sono una di quelle antipatiche con la puzza sotto al naso.

E poi mi viene un'idea: potrei scoprire qualcosa in più su Matthew per batterlo nella nostra partita.

Fraternizzare con il nemico.

«Va bene, ma ti avverto», socchiudo gli occhi. «Se c'è lo zampino di Matthew…».

«Perché dovrebbe esserci?», domanda lei con la fronte aggrottata.

Lei non sa niente della nostra rivalità? Be', meglio così.

«Niente niente, stavo scherzando», minimizzo.

Quindi Alison non è a conoscenza del fatto che il suo ragazzo mi tormenta dal primo giorno?

Come fa a non saperlo?

Mentre mi siedo con Alison, un unico pensiero mi vortica in testa: *Cosa diavolo sto facendo?*

Se dovesse entrare Matthew, chissà cosa penserebbe. Non importa, Leblanc non ha nessun tipo di controllo sulla mia vita, io posso continuare a fare quello che voglio e quando voglio.

«Kels?».

Alzo la testa e Alison mi sta sventolando una mano davanti alla faccia.

«Oh scusami, oggi sono un po' distratta», rispondo.

«Certo che sei proprio strana, in senso buono», mi dice e tira fuori dalla borsa un rossetto.

«Strana in senso buono?», chiedo confusa.

«Sì, del tipo che sei forte, capisci?». Alison prende il suo telefono e apre la fotocamera per sistemarsi il rossetto.

«Da quanto stai con Matthew?», domando, cominciando ad attuare il mio piano.

O la va o la spacca.

Alison finisce di mettersi il rossetto e, dopo aver controllato a fondo che non ci siano sbavature, lo ripone nella borsa. «Mmh, chi lo sa? Qualche mese, un anno».

Dice sul serio?

«Non sai da quanto state insieme?», le domando con gli occhi sbarrati.

Alison scrolla le spalle. «Con Matthew è tutto un'incognita».

«Non dovrebbe essere una cosa importante da ricordare?».

Per me è pura follia.

Quel ragazzo sembra avere una fortezza attorno che lo protegge da tutto e da tutti. Nessuno sa niente sul suo conto, se non le informazioni che lui si degna di rivelare. Ovvero che è capitano della squadra di hockey a tempo pieno e, a quanto pare, fidanzato di Alison a tempo perso.

«Non per Matthew, con tutti questi allenamenti di hockey abbiamo pochissimo tempo per vederci e quando lo facciamo è soltanto per…». Alison si interrompe, ma il suo sguardo allusivo è più che eloquente.

«Niente dettagli sulla vostra vita sessuale, grazie», intervengo, prima che lei possa dire di più.

«Ti sei mai sentita sbagliata?», domanda così di punto in bianco.

«Il novantanove per cento del tempo, Alison», replico con un sorriso.

«Sai che ho pensato quando ti ho vista la prima volta in quell'aula?», chiede lei con un sorriso raggiante dipinto sulle labbra.

«Che mi ero fatta di marijuana?», ironizzo.

«No, ho pensato che fossi forte. Hai risposto a Matthew con una strafottenza unica per poi andartene come se niente fosse, è stato epico!», si complimenta Alison appoggiando il mento sul palmo della mano aperta.

«Ho appena fatto una scoperta sconcertante», sussurro.

«Scoperta?», mi chiede confusa.

«Pensavo tu fossi la classica bionda dei film che cerca di ostacolare la nuova arrivata. Una sorta di Regina George, hai presente? E invece credo che tu mi stia simpatica anche se… le tue scelte sentimentali sono un po' da rivedere».

Alison mi fissa per qualche secondo e poi scoppia a ridere. «Mi dispiace deluderti, Kels, ma stavolta non sono io la cattiva della storia».

«Il cattivo della storia è quello stronzo del tuo ragazzo», sbotto. «Scusa», aggiungo per non offenderla.

«Tranquilla, credo che mi sia scelta il più stronzo di tutto il Canada».

Il più stronzo del pianeta Terra, Alison.

«Come fai a stare con un tipo del genere?», chiedo, curiosa.

«È… complicato», risponde lei evasiva.

«Credo tu possa trovare di meglio, Alison», le dico.

Mi mordo il labbro inferiore e mi trattengo dal continuare. Non sono fatti miei e poi non devo far saltare la mia copertura con commenti inopportuni.

«Ti dirò una cosa, Kels», bisbiglia e mi fa cenno con la mano di avvicinarmi a lei. La accontento e mi sporgo in avanti. «C'è un motivo se Matthew è considerato da tutti il re del college. Quando è entrato in questa scuola, è diventato praticamente subito il capitano degli Sharks Struttman. È un vero e proprio portento, ha la stoffa per fare il leader. Sin dal primo anno di college, però, si è sempre divertito a fare scherzi a tutti, persino al corpo docenti. All'inizio erano del tutto innocui ma poi sono… peggiorati. In due anni ha fatto scappare dieci rettori diversi e ho perso il conto degli insegnanti». La voce di Alison è così bassa che a stento riesco a sentirla.

Le parole di Alison mi rimbombano in testa come una canzone in loop.

Le stesse parole di Janette.

Allora è vero.

Se Alison sta dicendo la verità e Matthew ha davvero fatto scappare rettori e insegnanti, allora mio padre è davvero a rischio. Probabilmente quello che ha fatto finora è solo l'inizio.

«Ma come ci è riuscito?», domando scuotendo la testa.

«Pensaci, Kels», risponde fredda.

«Con i suoi scherzi, ho capito ma...».

Alison mi interrompe. «Non per gli scherzi, quelli li fa soltanto per divertirsi».

«E allora come?»

«Non sono la persona adatta per dirtelo e, poi, Matthew mi ucciderebbe».

Sono perplessa e anche un po' spaventata, forse.

«Ti posso dare un consiglio, Kelsey?», sussurra ancora.

Annuisco in risposta.

«Guardati bene le spalle perché se Matthew decide una cosa, niente e nessuno lo può fermare».

Soffoco una risata.

Ma chi si crede di essere, questo qui?

È soltanto il capitano della squadra di hockey del college e basta. Nient'altro.

«Non sto scherzando, Kels», insiste Alison.

«Perché mi stai avvertendo?», domando io.

«Perché mi sembri una tipa in gamba e non voglio che ti faccia del male».

Le parole di Alison sono sempre più inquietanti.

Qui c'è sotto qualcosa di più di qualche scherzo da idiota. Tuttavia, non devo farmi abbattere, continuerò a giocare questa partita a testa alta.

Non posso permettere a Leblanc di far scappare anche mio padre. Non succederà.

«Alison, scusa se mi permetto...».

«Eccoti qui», una voce mi fa sobbalzare all'indietro.

Grazie, Janette, questa conversazione stava diventando più strana del previsto.

«Pensavo ti avessero rapita», sbuffo.

Janette si avvicina, guarda prima me e poi Alison, con la fronte aggrottata e gli occhi socchiusi.

Si starà chiedendo cosa ci faccio con la reginetta del college?

Bella domanda, J., non lo so neanche io.

«Alison, ora devo andare», sorrido e mi alzo dal divanetto.

«Verrai alla festa di stasera?», cinguetta lei con un sorriso smagliante.

Annuisco e sto per andarmene quando Alison mi prende per un polso. «Ricordati quello che ti ho detto, Kels».

Annuisco ancora senza risponderle e mi allontano con Janette che mi sta alle calcagna. Sicuramente vuole sapere per quale dannato motivo ero con Alison, la fidanzata del ragazzo che mi sta tormentando da una settimana.

«Ti spiego fuori», bisbiglio tra i denti, prima che lei possa formulare una domanda ad alta voce.

Apro la porta del George's e vado a sbattere contro un petto duro come la pietra.

Ormai lo riconosco dal suo maledetto profumo.

Profumo di proibito, di peccato e di… *dannazione*.

Alzo la testa e lo guardo dal basso. «Vuoi stare più attento, Leblanc?».

Lui mi posa una mano sulla spalla per spostarmi. «Sei tu che mi sei venuta addosso, Cooper, non riesci a starmi lontana?»

«Solo a starti vicino mi viene l'orticaria», rispondo seccata.

«Certo, continua a ripeterlo, forse finirai per crederci davvero, tesoro», mi fa un occhiolino e senza aggiungere altro mi sorpassa.

Questa battuta me l'ha rifilata per due volte. *Che originalità.*

D'un tratto, avverto il suo respiro sulla nuca.

Mi sposta i capelli e avvicina le labbra alla mia pelle scoperta, provocandomi una scarica di brividi su tutto il corpo. «Ricorda, stasera forse riavrai il tuo amato telefono».

«Stronzo», borbotto e mi allontano da lui mentre i suoi amici ci raggiungono.

In un secondo, Janette si mette a chiacchierare con Ryan Senders.

«Janette?», la richiamo ad alta voce.

Lei li saluta e mi si avvicina in fretta, accendendosi una sigaretta.

«Non lo sopporto, vorrei strozzarlo con le mie stesse mani», sbotto.

«Sai che è un reato e potresti finire in prigione, vero?», chiede lei timorosa.

«È un reato se mi scoprono», puntualizzo.

Sto davvero valutando l'opzione di strozzare quel pallone gonfiato? Assolutamente sì. Anche se probabilmente non ce la farei…

«Mi fai paura, Kels, hai proprio la faccia di uno di quei serial killer che si vedono nei documentari True Crime», scherza Janette e mi prende sottobraccio.

«Quando si tratta di Leblanc, potrei davvero trasformarmi in un assassino».

Lei sbatte le palpebre e si allontana. «Ho decisamente paura adesso».

«Mi stai simpatica, J., tranquilla, non sarai la mia prossima vittima», le faccio un occhiolino.

Janette sospira posandosi una mano sul cuore. «Menomale, avevi gli occhi assetati di sangue e ho davvero temuto per la mia vita».

«Mi sfotte anche, capisci? Devo assolutamente riavere il telefono, J.», sbotto, frustrata.

«Stasera potremmo distrarlo in qualche modo e poi tu, zitta zitta, vai in camera sua e cerchi il telefono», propone e fa un tiro dalla sua sigaretta già quasi finita.

«Certo, e come lo distraiamo?», incrocio le braccia al petto.

«Che ne so, poi ci pensiamo…».

Sbarro gli occhi e la osservo, pensierosa.

«È un'opzione decisamente percorribile», dico, risoluta.

«Forse, non lo so, Kels. Perché non lasci stare?», domanda lei, un po' infastidita.

«È lui che mi tormenta, io sto rispondendo al fuoco. Mi sta rendendo la vita un inferno da quando sono arrivata, mi sono stufata», borbotto, anche se mi rendo conto che questa lotta è infantile.

«Sì, ma tu non sai fin dove può arrivare Matthew…».

Perché tutti continuano ad avvertirmi su quello stronzo?

«Da che parte stai? Prima Alison e ora tu. Che cos'ha questo Matthew Leblanc che spaventa tutti quanti?».

Da quando sono arrivata al Montréal College, ho subito capito che Matthew è temuto da tutti.

Ma la vera domanda è: *perché?*

A quanto pare sono l'unica che lo affronta. Non amo farmi mettere i piedi in testa, figuriamoci se mi faccio prendere in giro dal capitano di una squadra di hockey. Ma perché nessun altro lo rimette al suo posto?

«Che ti ha detto Alison? E come mai eri con lei?», chiede Janette.

«Tu eri in ritardo. Alison era lì e mi ha chiesto di farle compagnia», scrollo le spalle, evitando di rispondere alla sua prima domanda.

«Ti ho mandato un messaggio per avvisarti», si giustifica lei e getta la sigaretta a terra spegnendola con il piede.

«Ceeerto, hai dimenticato un minuscolo dettaglio. Non ho il telefono», scuoto la testa posandomi una mano sulla fronte, esausta.

«Oddio, mi ero dimenticata», esclama Janette, come se non stessimo architettando un piano per recuperarlo.

Sbarro gli occhi e dentro la mia testa si accende una lampadina.

Ma quale lampadina, nella mia testa sta lampeggiando un allarme vero e proprio.

«Non mi piace quella faccia», scuote la testa lei, appena nota la mia espressione diabolica.

«Quale faccia?». Sulle mie labbra si dipinge un sorrisetto maligno.

«Quella che non promette niente di buono», risponde.

«Il mio telefono ce l'ha Leblanc, no?», dico, ignorando volutamente il suo commento.

Ho avuto un'idea geniale.

«Quindi?», mi incalza lei.

«Questo vuol dire che legge i messaggi che mi arrivano, no?», proseguo, cercando di spiegare via via il piano.

«Che hai in mente? Ti prego, dimmi che non lo strozzerai», mi prende per le spalle, all'improvviso molto preoccupata.

«No, mi voglio solo divertire un po'», sorrido sorniona.

«Promettimi che non lo ucciderai, non voglio venirti a trovare in prigione», insiste ancora Janette, come se quella fosse davvero un'eventualità. Janette è proprio matta.

«Scappo a casa, devo cominciare a prepararmi», mi informa d'un tratto, prendendo il telefono per rispondere a qualcuno. Ma che dice? È appena arrivata e pure con un sacco di ritardo.

«Ma sono solo le cinque e mezza», scuoto la testa, incredula.

«Devo essere una figa spaziale stasera e ci vorrà del tempo. Ora vado, ci vediamo davanti all'entrata del college alle dieci e mezza. Ciao, piromane», mi saluta, allontanandosi in fretta e furia. Rimango lì impalata, cercando di metabolizzare la stranezza della mia amica.

Capitolo 19

Kelsey

A volte ripenso a Eureka e un senso di nostalgia mi travolge. I Cooper non sono mai stati molto amati in città, ma ce ne siamo sempre fregati, nonostante le voci che giravano sul nostro conto. Soprattutto dopo la morte di mamma…

Le lacrime arrivano senza alcun preavviso. Ripensare a lei mi fa male. Ripensare ai momenti passati insieme mi devasta. Ripensare a quella fatidica notte e alle urla strazianti di mio padre…

Vorrei confessare a mamma che papà ancora piange quando è sicuro che non lo veda. Vorrei confessarle che sua figlia è diventata una tipa forte e con la testa sulle spalle.

Non posso, però. Lei non c'è più.

Arrivo di fronte a casa e mi ricompongo. Papà non può vedermi in questo stato, devo essere forte.

Quando sono calma a sufficienza, prendo un respiro e varco la porta.

«Che vuol dire che le telecamere non erano attive?», sta dicendo papà, in salotto.

Aggrotto la fronte e lo raggiungo.

Mio padre è in piedi di fronte alla finestra e sta parlando con qualcuno al telefono.

«Lo sa che c'è? Se ne vada a quel paese!», urla all'improvviso e lancia il telefono sul divano.

«Che paura, vecchietto», lo prendo in giro.

Lui mi fulmina e va a sedersi sul divano. «Non sono in vena di scherzare, Kels».

Vado a sedermi di fianco a lui. «Che è successo?»

«Ho chiesto i filmati delle telecamere di sorveglianza della strada ma hanno detto che quella sera erano inattive», risponde lui.

«Papà, così ti verranno i capelli bianchi, devi stare più tranquillo», lo rincuoro posandogli una mano sulla spalla.

«Prima gli scherzi al college, ora il disastro a casa nostra. C'è qualcuno che ce l'ha con noi…», deduce preoccupato.

Matthew Leblanc, papà, ecco chi è che ce l'ha tanto con noi.

«Papà, che dici? Sei paranoico. Siamo appena arrivati, non ci conosce ancora nessuno», lo smentisco e continuo ad accarezzargli la spalla.

«Allora siamo soltanto sfigati, dovrò chiamare di nuovo quella signora per farci togliere il malocchio».

Mio padre è molto superstizioso. Se qualcosa nella sua vita va male, è convinto sia colpa del fato.

«Ma quale malocchio, papà! Ti prego, non chiamare di nuovo quella signora inquietante con il turbante», lo supplico.

«Va bene, ma se succede qualcos'altro allora la chiamerò, stanne certa». Si alza e sparisce in cucina.

Mi rendo conto che devo assolutamente risolvere la questione Leblanc.

Mio padre è esausto e non ha bisogno di ulteriore stress. È venuto in questo college perché era una grande opportunità e non lascerò che il capitano di una stupida squadra di hockey rovini tutto.

«Papà», lo chiamo, raggiungendolo.

«Kelsey, io apprezzo moltissimo gli sforzi che stai facendo, so che per te è stato difficile lasciare Eureka…».

«Fermo, fermo. Mi stai per fare uno di quei discorsetti strappalacrime, vero? Fammi almeno prendere i fazzoletti», sorrido inclinando la testa da un lato.

Mio padre ride e mi posa una mano sulla spalla, accarezzandola. «La mamma sarebbe fiera di te se fosse qui».

«Ma lei non è qui», puntualizzo con le lacrime agli occhi. Credevo che il momento di sconforto di prima fosse passato, invece mi piomba addosso di nuovo.

«È sempre qui», mi posa una mano sul cuore.

«Sempre», sussurro.

«Ordiniamo cinese stasera?», mi chiede con dolcezza, per allentare la tensione e il momento di commozione.

Lei amava il cinese.

Annuisco. «Sì, vado a farmi una doccia».

«Non così in fretta, piromane», socchiude gli occhi e continua a osservarmi come se volesse leggermi nel pensiero.

«Oddio, ora invece comincerai con i tuoi discorsetti minatori? Non ti sto dietro, vecchio», lo provoco e inarco un sopracciglio.

«Stai attenta», mi redarguisce. «E stai lontana da Leblanc», mi ricorda.

«Oddio, papà, sei estenuante. Il discorso era già chiuso». Alzo gli occhi al cielo.

«Se rivedo Leblanc che ti accompagna a casa, lo prenderò per le palle», replica lui, facendomi capire che il discorso non era chiuso per niente.

«Ricevuto», gli do una pacca su una spalla e mi volto, salendo le scale per andare al piano di sopra.

«Stai lontana da Leblanc».

Alzo gli occhi al cielo e, appena sono in camera, tiro un sospiro di sollievo. Ma dura poco.

Mi servirà tutta la forza necessaria per la festa di stasera.
Matthew verrà spodestato dal suo trono di ghiaccio e io mi godrò lo spettacolo in prima fila.

Sono le dieci e un quarto.
Ho indossato dei pantaloni parachute neri con i lacci ai lati, un top bianco scollato sul seno e senza maniche e infine dei tacchi bianchi a spillo che mi faranno male da morire per il resto della serata.
Chi bella vuole apparire, un po' deve soffrire.
Ho lasciato i capelli al naturale, mossi e ondulati, mi sono truccata leggermente gli occhi, ho messo le lenti a contatto e steso il mio rossetto preferito di un colore nude molto soft sulle labbra.
Scendo al piano di sotto e mio padre è seduto sul divano a guardare la televisione. Appena mi vede, sbarra gli occhi e si alza.
«Fermo lì, non mi cambierò, perciò mettiti l'anima in pace», scrollo le spalle.
«Sei bellissima, fin troppo. Che intenzioni ha, signorina Cooper?», indaga mio padre con un tono inquisitorio.
«Ubriacarmi», rispondo secca.
«Ubriacati quanto vuoi ma stai lo…».
«Lontana da Leblanc. Ho capito, papà, non sono mica sorda», sbuffo e vado ad abbracciarlo.
«Ma non hai freddo?», mi chiede guardandomi dalla testa ai piedi.
«L'importante è essere figa, il freddo passa in secondo piano», replico.
«Non quando potresti morire congelata», ribatte scettico.
«Sei il solito esagerato e ora me ne andrò prima che tu possa aggiungere altro». Vado alla porta senza fermarmi.
Sento mio padre ridacchiare, ma non mi volto. Una volta fuori, mi incammino verso il college con un unico obiettivo: distruggere Matthew Leblanc. E al diavolo il mio cellulare, sono disposta a perderlo.
Ho escogitato tutto nei minimi dettagli per rovinargli la festa. Dato che Matthew legge tutti i messaggi sul mio telefono, durante la festa improvvisamente ne arriverà uno dove ci saranno scritte testuali parole: *Signorina Cooper, la polizia sta arrivando.*
Okay, forse è una mossa molto azzardata, però a mia discolpa posso dire che se l'è cercata.
La faccia di Leblanc sarà pura poesia per i miei occhi nell'istante in cui scoprirà che degli agenti stanno per fare irruzione nella sua festa e mettere a repentaglio la sua carriera.
Quando si accorgerà che non sta arrivando nessuna pattuglia di polizia, forse mi verrà a cercare ma io ormai sarò andata via già da un pezzo.
Intravedo Janette davanti al college con un vestitino nero aderente sul busto

e morbido sulla gonna, che le arriva alle ginocchia. Ha i capelli biondi sciolti e ondulati, gli occhi truccati di nero e un magnifico rossetto rosso color ciliegia sulle labbra.

«Chi sono le più fighe della festa?», urlo nella sua direzione.

Janette si volta e mi viene incontro. «Che razza di domanda è? Ovviamente noi».

«Io sono più figa però», la correggo ridendo.

Janette mi tira un pugnetto sulla spalla. «Ti piacerebbe, piromane».

«Dovreste smetterla tu e mio padre di chiamarmi così, mi fate sembrare più folle di quello che sono», scherzo e cominciamo a camminare verso la villetta della squadra di hockey.

«Ma tu sei una folle, Kels! Senza offesa, eh», puntualizza e tira fuori dalla sua borsetta un pacchetto di sigarette.

«Sì, ma folle o no ho un piano geniale per distruggere Leblanc una volta per tutte», la aggiorno eccitata.

«Dimmi che il tuo piano geniale non è ucciderlo e nascondere il suo corpo», afferma Janette, preoccupata, mentre si accende una sigaretta e una nube di fumo si libera nell'aria.

«Leblanc ha il mio telefono, no?», le dico.

Lei annuisce.

«Magicamente durante la festa arriverà un messaggio sul mio telefono nel quale qualcuno mi avvertirà che sta arrivando la polizia». Un ghigno si fa spazio sulle mie labbra.

Mi spiace, Leblanc, sembra che tu ti sia messo contro la persona sbagliata.

«E quindi?», chiede J. con la fronte aggrottata.

Mi fermo. «Telefono, polizia, festa?», dico, sperando che Janette colga. In effetti, il suo scarso entusiasmo non mi aiuta granché. Pensavo che il mio piano fosse geniale, ma ora ho parecchi dubbi. Del resto, non ho di meglio in serbo per Leblanc…

«Aaah, ho capito, quindi farai credere a Leblanc che sta arrivando la polizia quando non è vero?», domanda, ma non sprizza eccitazione da tutti i pori.

«E io che ho detto?», ribatto, come se fosse ovvio.

«Non l'hai spiegata così», puntualizza lei, ancora perplessa.

«Ci rinuncio con te», scuoto la testa, mentre ci affrettiamo verso la nostra destinazione.

«E con cosa lo mandi il messaggio se non hai il telefono?», chiede a quel punto.

Domanda più che lecita.

«Con questo», rispondo e tiro fuori dal reggiseno un telefono minuscolo e rovinato, che mi sono portata da Eureka insieme ad altre cianfrusaglie.

«Che cattiva ragazza, nel reggiseno, proprio un buon nascondiglio», commenta Janette.

In quel momento, arriviamo davanti alla villa degli Sharks Struttman e ci fermiamo per un attimo davanti alla porta come se ci fossimo imbambolate.
«Che cosa ti fa credere che Leblanc abbia il tuo cellulare sotto mano?», domanda Janette in un sussurro.
«Non lo lascerebbe mai sapendo che ci sono io nei paraggi. Credo», replico. E all'improvviso mi rendo conto che il mio piano geniale in realtà fa acqua da tutte le parti.
E se Leblanc non avesse il telefono?
E se lo tenesse da qualche parte?
Potrebbe non vedere il messaggio e a quel punto non succederebbe nulla.
La porta della villa improvvisamente si apre ed esce un ragazzo barcollando. Questo serve a riscuotermi e a darmi coraggio. Sia quel che sia.
Afferro la mano di Janette per non perderla e ci addentriamo nella villa. La musica mi colpisce subito in pieno, attorno a noi è pieno di gente che beve e balla.
«Tequila?», urlo nell'orecchio di Janette, che scoppia a ridere.
«Per carità!», ribatte lei e a stento riesco a sentirla dato che c'è fin troppo casino qua dentro.
«Vodka Lemon?», domando io.
«Mmh già va meglio», risponde e mi trascina per la mano verso il tavolo degli alcolici.
«Sai che cosa ho sentito? Il coach Smithy si è incazzato di brutto per l'ultima festa e ha proibito a tutta la squadra di bere». Janette prende dal tavolo due bicchieri, porgendomene uno.
«Non mi sembra che freghi qualcosa a qualcuno qua dentro», borbotto.
Janette alza le spalle e versa un po' di vodka prima nel mio bicchiere e poi nel suo, riempiendolo a metà. Subito dopo prende la Schweppes Lemon dal tavolo e versa anche quella.
«Facciamo un brindisi», le propongo avvicinandomi per far sì che mi senta. «Brindiamo alla sconfitta di Matthew Leblanc!».
Janette esulta e cominciamo a bere il nostro cocktail.
«Ma quanta vodka ci hai messo?», chiedo mentre la mia gola sta chiedendo pietà.
«Quanto basta», mi fa un occhiolino.
«Kels», urla una voce familiare.
«Alison», la saluto mentre ancheggia verso di me con un vestitino bianco striminzito e così stretto che il suo seno sta fuoriuscendo dalla scollatura.
«Preferireste puzzare come un pesce o somigliare a un pesce?», domanda lei con nonchalance.
Io la fisso sbattendo le palpebre e lancio un'occhiata a Janette che la sta guardando come se fosse un alieno.
«Scusate, sono un po' brilla. Quello stronzo del mio ragazzo super sexy se

ne è andato con i suoi amichetti chissà dove e sono rimasta da sola». Si morde il labbro inferiore e si sistema l'estremità del vestito, abbassandolo.

«Perché Alison Grent è qui con noi?», bisbiglia Janette nel mio orecchio.

Se avessi una risposta, gliela darei. Ma non so proprio che dire.

«Andiamo a ballare, dai!», suggerisco per rompere il ghiaccio e trascino Janette in pista.

Alison ci segue e comincia a muoversi a ritmo. Lei ha tutte le curve al punto giusto, non c'è ragazzo che non la osservi con desiderio. Il suo unico problema è essere ancorata a quel pallone gonfiato tutto muscoli e niente cervello.

Comincio a far ondeggiare i fianchi. Siamo solo noi tre e la musica. *Tutto sembra perfetto.*

Fin quando non intravedo un'ombra imponente avvicinarsi ad Alison.

Matthew Leblanc.

Allarme rosso.

Matthew Leblanc in camicia.

Allarme super rosso.

Continuo a ballare, cercando di ignorare la figura mastodontica di Leblanc. È divino, con i capelli tirati indietro col gel, la camicia bianca sbottonata e dei jeans neri a sigaretta.

Sorseggio un altro po' di vodka Lemon e mi mordo il labbro inferiore per la frustrazione. Tengo lo sguardo su Janette per ignorare Alison e Matthew.

Tuttavia, quei due per me sono come una calamita. Mi volto e boccheggio. Matthew è dietro Alison, le sue mani possenti strette sui fianchi di lei che continua a ballare senza tregua.

Cosa c'è di strano? Leblanc è concentrato su di me, non sulla sua ragazza.

Le sue mani si spostano lentamente su tutto il corpo snello di Alison fermandosi sul suo collo. Quando le sue dita prendono ad accarezzare ogni centimetro della pelle scoperta, le gambe mi tremano. Gli occhi verdissimi di Leblanc non mi abbandonano un secondo.

Le labbra di Matthew si abbassano sul collo della sua ragazza e prendono a baciarlo delicatamente.

Non riesco a distogliere lo sguardo. Non voglio. Mi sento accaldata.

«Terra chiama Kels». La mano di Janette sulla mia spalla mi fa tornare alla realtà.

Impreco a bassa voce, ma non riesco a evitare di guardare di nuovo Matthew. E per poco non mi sciolgo come un gelato al sole. La sua lingua sta scivolando sul collo di Alison, ma lui sembra interessato soltanto a me.

Lecca e intanto guarda me.

Lecca, lecca e lecca ancora. Senza tregua, facendo vibrare ogni centimetro del mio corpo. La mia gola diventa secca quanto il deserto e il sudore mi bagna la fronte.

Tutto questo è sbagliato.

Eppure, per un singolo istante, desidero essere al posto di Alison.
«Ooookay, basta con i porno gratuiti. Che schifo», commenta Ryan arrivando tra noi.
«Sei geloso, Senders?», lo canzona Alison sistemandosi il vestito.
«Senders è in astinenza e tende a rompere i coglioni», interviene Axel poggiando il braccio sulle spalle del suo amico.
«Non hai qualcun altro da infastidire, Ax?», sbuffa Ryan.
«No, amo vederti incazzato», gli manda un bacetto per prenderlo in giro.
«Vado in bagno, J.», informo la bionda che si è incantata a guardare Ryan con occhi sognanti. «J.?», sventolo la mano davanti al suo viso.
Janette si ricompone e annuisce. «Ho capito, non sono mica sorda».
«Stai sbavando», la avviso e le accarezzo l'angolo della bocca.
«Vai a quel paese, Kels», mi liquida in risposta.
«Già te ne vai?», mi chiede Alison.
«Vado solo in bagno», le rispondo, stupita che le freghi qualcosa.
«Sai almeno dov'è?», chiede a quel punto Matthew che ha il suo braccio possente ancorato al fianco di Alison.
«Lo troverò, non ci vuole mica una laurea per trovare un bagno», ribatto pungente.
«Come ti pare», risponde lui seccato beccandosi un'occhiataccia dalla sua ragazza.
«Quello sempre, Leblanc», gli ricordo e punto verso destra ma la sua voce rauca mi ferma.
«È dall'altra parte», urla.
Sbuffo e mi volto seguendo la sua indicazione.
Okay, ora devo soltanto trovare un posto appartato per attuare il mio fantastico piano di vendetta. Forse più assurdo che fantastico, ma non importa.
Evito la gente che beve e balla. Trovo finalmente il bagno ma c'è una fila chilometrica di ragazze che stanno aspettando il loro turno.
Io però non posso proprio aspettare.
Devo adottare il metodo Cooper.
«Scusate, devo vomitare», urlo posandomi una mano sulla bocca.
Le ragazze in fila si scostano per lasciarmi passare, mentre io simulo persino dei conati per essere più credibile.
Una ragazza esce in fretta e furia dal bagno per farmi posto e, appena sono dentro, continuo la mia sceneggiata per essere più credibile.
Nel frattempo, tolgo il telefono dal reggiseno e scrivo il messaggio previsto.
Signorina Cooper, sta arrivando la polizia.
Potrebbe essere una mossa molto azzardata, Matthew sicuramente penserà che sia stata io a chiamare la polizia e potrebbe vendicarsi.
Ne vale assolutamente la pena. Gli rovinerò la sua bella festa e in più mi riterrà completamente folle.

Caro Leblanc, ora chi è in vantaggio?

Invio il messaggio ed esco dal bagno ringraziando tutte le ragazze presenti. Barcollo un po' per mantenere l'apparenza e torno verso la pista da ballo. Rimango un po' interdetta quando noto Janette parlare animatamente con Ryan vicino alla porta. Axel sta limonando con una biondina. Invece di Alison e Matt nessuna traccia.

Improvvisamente però la musica cessa e in quel momento capisco che è ora di andare, e che il mio piano ha funzionato contro ogni previsione.

«Sta arrivando la polizia», urla una voce e mi volto scoprendo che appartiene a quell'idiota di Trent.

Ridacchio e mi metto in punta di piedi per cercare Janette, ma è sparita.

Ma dov'è finita?

Devo andare via prima che sia troppo tardi. Corro fuori dalla villa e, quando sono abbastanza lontana, scoppio in una fragorosa risata.

Ben ti sta, Matthew Leblanc.

Mi tolgo i tacchi e comincio a camminare scalza. Poco igienico ma i miei piedi stavano chiedendo pietà, poverini. Ci metto un po' per tornare a casa a causa della troppa vodka nel cocktail killer che mi ha preparato Janette, ma sono euforica per la buona riuscita del mio piano. Potevo fare un buco nell'acqua, invece ho fregato Leblanc. Come temevo, non ho recuperato il mio telefono, ma posso sempre trovare un altro modo per riprenderlo...

Apro la porta di casa e cammino in punta di piedi per non svegliare il rettore Cooper. Salgo le scale e apro di soppiatto la porta della stanza di mio padre. Per fortuna, almeno per stanotte, se ne sta beato nel suo letto a dormire e non mi spia dalla finestra.

Vado in camera mia silenziosa come un ninja. Chiudo piano la porta, mi volto e i tacchi mi cadono dalle mani con un sonoro tonfo. Mi poggio una mano sul cuore e sgrano gli occhi.

Matthew Leblanc è seduto sul mio letto. Il suo sguardo è indecifrabile. Si alza lentamente e viene verso di me. La camicia sbottonata fino al petto fa intravedere i pettorali che mi fanno arrossire di colpo. Con la mano si scosta i capelli dal viso e poi mi intrappola il mento tra l'indice e il pollice.

«Non hai proprio idea del guaio in cui ti sei andata a cacciare, vero, tesoro?», sussurra a pochi centimetri dal mio viso.

Già, non ne ho proprio idea.

Se questo è l'inferno, però, lasciatemi qui.

Capitolo 20

Matthew

Vorrei soltanto sbatterla contro ogni superficie possibile di questa fottutissima camera.

Ecco quello che vorrei fare in questo momento.

Vorrei baciarla con così tanta brutalità da toglierle il fiato.

La vorrei sotto di me, mentre mi prega di spingere più a fondo fino a farle perdere la ragione.

Vorrei leccare ogni centimetro del suo corpo.

Forse così riuscirebbe a stare zitta e a comportarsi come si deve?

«Che cazzo ci fai in camera mia?», domanda.

«Mmh vediamo», mi sposto dietro di lei. «Cosa devo fare con te, tesoro?».

Il suo respiro è irregolare e sta tremando.

Se adesso la baciassi, mi tirerebbe un pugno oppure mi lascerebbe fare?

I suoi brividi parlano chiaro.

«Che vuoi, Leblanc?», mormora con voce flebile per non farsi sentire dal paparino che dorme.

«Voglio che tu la smetta di rompermi le scatole, ma a quanto pare è troppo difficile per te, quindi devo escogitare qualcosa», sussurro nel suo orecchio stringendole il fianco.

La sento deglutire. «Di… di che stai parlando?»

«Sarebbe veramente un peccato se adesso tuo padre mi trovasse qui, in questa stanza, con la sua figlia perfetta, vero?», domando scostandole i capelli da un lato.

«Non oseresti…», comincia a dire, ma poi si interrompe.

Già trema e neanche l'ho minimamente toccata nel modo in cui vorrei farlo.

«Oh sì, invece. Stai provocando lo stronzo sbagliato, Kelsey Cooper», la avverto. Le mie dita passano in rassegna ogni centimetro della sua pelle scoperta. Il collo, le braccia, la pancia. Voglio sentirla.

«Non toccarmi», sussurra lei, ma il suo tono non è convincente. Soprattutto quando si aggrappa a me, e questa cosa mi eccita come mai prima d'ora.

Forse sarà l'alcol o forse il fatto che mi ha mandato in fumo la scopata con Alison alla festa, ma in questo momento è come se il mondo fosse svanito all'improvviso. Ci siamo solo io e lei.

Ma che mi prende? Ho bevuto ma non così tanto da avere certi pensieri.

«Mi hai rovinato la festa, ragazzina», le accarezzo il braccio scoperto soffiandole sull'orecchio.

La sento irrigidirsi. Il mio tocco lascia una scia di brividi sulla sua pelle.

«Cose che capitano, Leblanc», mi liquida, sempre spavalda. Kelsey non molla proprio mai.

La prendo per le spalle facendola girare verso di me.

«Cose che capitano? Non credo proprio, sei soltanto stata fortunata che il messaggio che hai inviato al tuo telefono lo abbia letto quel coglione di Trent. Io non ci avrei mai creduto alla storia della polizia».

In quel momento, io ero occupato. Ero in camera con Alison ed eravamo proprio in procinto di farlo. Ho lasciato il telefono a Trent, minacciandolo di non darlo a nessuno e di tenerlo d'occhio. Lo avrei consegnato a Ryan o ad Axel, ma erano spariti entrambi. Appena è arrivato il messaggio, lui ha cominciato a urlare come un pazzo isterico scatenando il caos più totale in tutta la casa.

«Che ci facevi con Trent?». Le sue labbra si piegano in un ghigno provocatorio e si scrolla di dosso le mie mani. «Eravate insieme?», chiede insinuante.

Questa ragazza mi farà uscire fuori di testa un giorno di questi, dannazione.

«Non che siano affari tuoi, ma ero con Alison. Ma torniamo al punto. Non ci sto ai tuoi giochetti ragazzina. Fammi indovinare... hai trovato un vecchio telefono e lo hai usato per farmi questo scherzetto, giusto?». So di aver ragione.

Kelsey, infatti, sbianca diventando più pallida di un fantasma. «Forse il piano non era granché», borbotta tra sé.

Si allontana da me e va a sedersi sul letto abbassando la testa.

Mi avvicino e mi inginocchio di fronte a lei per guardarla dritta negli occhi. Lei continua a tenere la testa abbassata, perciò decido di rimediare facendole sollevare il viso.

«Non sono nato ieri, Cooper», le dico quasi con dolcezza.

«Che cosa vuoi da me, Leblanc?», domanda, tra lo sfinito e il rassegnato.

Tante cose, Cooper.

«Niente, voglio soltanto che continui dritta sulla tua strada e la smetta di fare la paladina della giustizia», rispondo, con un sorriso crudele.

«Mi spiace, ma non posso», replica avvicinando il volto al mio. «I palloni gonfiati pieni di sé sono il mio passatempo preferito. Come potrei sopravvivere in questa città senza tormentarti?»

«Sono così importante?», ribatto e metto il broncio.

«Importantissimo, Leblanc, tanto che in questo momento ho una voglia matta di tirarti uno schiaffo per levarti quel sorrisetto fastidioso che hai stampato sulle labbra», afferma derisoria, alzandosi dal letto.

L'ho avvertita. Ho cercato di tenerla lontana da me, ma a quanto pare non è servito a niente.

«Vuoi sapere di cosa ho voglia io, invece?», domando, alzandomi a mia volta.
«No, grazie, non ho proprio voglia di vomitare con le porcate che ti escono dalla bocca», replica e cerca di superarmi, ma la afferro per il polso delicatamente. Kelsey sussulta e va sbattere contro il mio petto. Istintivamente le sue mani vanno a finire sui miei pettorali.
«Quindi?», mi chiede lei con voce sottile mentre continua a fissarmi con quegli occhi che… *Cristo santo, mi tolgono il respiro.*
«Che c'è? Hai detto che non volevi sapere le mie porcate e ora hai cambiato idea?», mi informo, accarezzandole le dita.
«Infatti non le voglio sapere, maschione alpha», sbuffa.
È proprio una bambina. Eppure, per qualche ragione, la trovo irresistibile.
«Maschione alpha?», ripeto sbalordito.
«Preferisci omino Michelin?», mi istiga ancora, con un gran sorriso.
«Preferisco re del college», dichiaro.
Kelsey alza gli occhi al cielo. «Ancora con questa storia? Non comandi neanche a casa tua, Leblanc, rassegnati».
«Che noia, Cooper, parliamo di cose più interessanti», cambio argomento, stufo dell'ennesimo battibecco tra noi.
«Se mi chiedi un'altra volta se mi sono mai masturbata giuro che…».
Lei e le sue minacce. Così piccola e così ribelle. E adorabile.
«No, voglio sapere dove ce l'hai». Le mie labbra si piegano da un lato.
Lei sbatte le palpebre e aggrotta la fronte. «Dove ce l'ho? Ma di che stai parlando?»
«Del telefono», le spiego e continuo ad accarezzarle le mani.
Kelsey mi lascia fare. *Perché?* Dovrebbe odiarmi, respingermi, urlarmi contro. Invece si sta lasciando accarezzare dal ripugnante Matthew Leblanc, senza fare nessuna obiezione. Risponde al mio tocco e alle mie parole come nessuna ha mai fatto prima.
«Quale telefono?», chiede, fingendosi sorpresa.
Non mi bevo la sua innocenza artefatta. Sono un Leblanc e sin da piccolo ho imparato a riconoscere le menzogne di mio padre. Sapevo benissimo che le sue partite di hockey con gli amici in realtà erano ben altro.
«Dove ce l'hai, ragazzina? La mia pazienza ha un limite e tu stai proprio giocando con il fuoco».
Si scotterà.
«Non ho nessun telefono», ribatte tra i denti.
«Chi vuoi prendere in giro, Cooper? So che hai un telefono con cui hai scritto il messaggio». Mi costringo a suonare duro e impassibile, ma in realtà sono distratto dalle sue esili mani ancora appoggiate sul mio petto.
«Non so di cosa stai parlando. Ti stai facendo un film», mi sfida ancora lei.
«Smettiamola con le cazzate, dove ce l'hai quel dannato telefono? O me lo

dici oppure mi metto a urlare come un pazzo. Il rettore Cooper non sarebbe molto contento di vedermi qui in camera con sua figlia», la minaccio.

Kelsey irrigidisce la mascella e si morde il labbro inferiore.

«Tic tac, tesoro», la incalzo.

«Okay». Si allontana togliendo le mani dal mio petto e io già sento la mancanza del suo tocco. «Ho mandato io il messaggio, va bene? Ero arrabbiata per quello che avevi fatto e quindi…».

«E quindi hai pensato bene di rovinarmi la festa, capisco. Ora dov'è il telefono?», domando esasperato.

Da quando è arrivata, non ha fatto altro che creare problemi ovunque andasse come una mina vagante.

«No, io non…», comincia a balbettare.

«Allora non credi che dovremmo chiamare il tuo paparino?», chiedo, alzando gradualmente il tono di voce.

Con uno scatto fulmineo, mi poggia una mano sulla bocca. «Zitto, zitto, ti prego».

«Dov'è?», insisto, dopo che mi sono liberato della sua mano.

I suoi occhi color caramello mi fissano per un istante e poi la piccoletta abbassa la testa.

La mia pazienza ormai è appesa a un filo. «Mi sto veramente incazzando, Cooper, dov'è?»

«Perché lo vuoi sapere? Che ti cambia?», ribatte, anziché rispondere.

«Semplice curiosità, tesoro», affermo.

«Ce l'ho in un posto… *sicuro*». L'ultima parola le esce come un bisbiglio appena udibile.

Aggrotto la fronte, preoccupato.

«Ah sì? Che concezione hai di posto sicuro, Cooper?», la studio, curioso.

Kelsey sbarra gli occhi.

La mina sta per esplodere.

Tre.

Due.

Uno.

«Se fossi il mio tipo, lo troveresti in un secondo», dice poi, lasciandomi senza fiato. La osservo da capo a piedi e solo allora mi accorgo che all'altezza del seno si intravede un piccolo telefono.

«Per fortuna, tu non sei il mio», la rimbecco con cattiveria, dandomi mentalmente del bugiardo.

Kelsey avvampa, chiaramente frustrata. «Sei soltanto il classico uomo delle caverne che ha appena scoperto il fuoco. Sei il nulla per me, Leblanc, il nulla cosmico».

«Hai finito?», la liquido. Per essere una che mi considera il nulla, si sta scaldando davvero troppo.

«No, avrei una lista infinita di insulti da rifilarti e alcuni sono persino più originali di quelli del coach Smithy, ma per ora li terrò per me. Ma dimmi, come ci si sente ad aver trovato finalmente una ragazza che ti dà del filo da torcere?», si vanta lei.

Quel maledetto visetto da doppiogiochista. Quelle labbra. Quegli occhi.

«Guardati bene le spalle, Cooper», sorrido e le scosto una ciocca di capelli.

«Non ti azzardare a entrare più in casa mia. La prossima volta chiamo la polizia», ringhia a denti stretti.

«Aggressiva. Mi *piace*», soffio sulle sue labbra.

«Vattene. Subito», sibila, fissandomi dritto negli occhi.

«Come vuoi», alzo le mani al cielo in segno di resa. «Stai attenta, Cooper, oppure dovrò ricorrere ad altri modi per farti stare zitta una volta per tutte».

«Io parlo quanto mi pare. Ora sparisci», serra le labbra e mi prende per un braccio, accompagnandomi alla porta.

«Che noia che sei», faccio un grande sbadiglio. «E chiudi bene la finestra la prossima volta».

«Sei entrato dalla finestra? Sul serio?»

«Tranquilla, tigre, sono entrato dalla porta d'ingresso. Ti stavo solamente prendendo in giro. Non siamo in un film d'amore e io non sono il principe azzurro che si arrampica in camera tua», ridacchio, mentre lei tenta di spingermi via.

«Infatti, siamo più in un film horror e tu sembri un serial killer». Mi blocco sul posto e la fermo.

«Lasciami oppure mi metto a urlare, sai che ne sono capace», mi sfida e con uno strattone riesce a liberarsi dalla mia presa.

Sospiro e la guardo con gli occhi socchiusi, senza riuscire a nascondere l'attrazione che provo.

«Smettila di guardarmi così, sei inquietante», replica, mordendosi il labbro e arrossendo di nuovo.

«Inquietante eh? Eppure a me non sembra ti dispiaccia», la provoco.

Kelsey arrossisce persino di più. «Con me non attacca, Leblanc. Se stai cercando di farmi cadere ai tuoi piedi, non funzionerà».

Fuoco. Puro fuoco.

«Ti ricordo che ho una ragazza, Cooper, non mi interessano le ragazzine viziate che credono di poter spaccare il mondo. Preferisco le donne, sono molto meglio. Farti cadere ai miei piedi è l'ultima cosa che voglio», la gelo e il suo volto sembra incupirsi a ogni parola.

«Allora smettila di farmi scherzi, smettila di rendermi la vita un inferno. Devi starmi lontano», scandisce bene le ultime parole.

«Io la smetterò solamente quando imparerai a tenere la bocca chiusa», la minaccio ancora, ma il divertimento sul mio viso è evidente. Dopodiché le lancio il suo amato iPhone sul letto.

«Potevi rompermi il telefono. E se fosse caduto a terra?», domanda a denti stretti.

«Non è successo, Cooper. Non fare la melodrammatica», taglio corto.

«Ma se…», ritenta lei.

«Ora basta, meglio che me ne vada», la interrompo.

Apro la porta e sto per uscire di soppiatto ma la voce di Kelsey risuona alle mie spalle. Mi volto e la trovo davanti alla porta aperta con un sorrisetto sghembo dipinto su quelle sue labbra carnose.

«Era questo il telefono di cui chiedevi prima?». Le sue mani scivolano morbide dentro il suo top bianco, tirando fuori dal reggiseno il telefonino piccolo e scassato che avevo intravisto prima.

Rimango per un attimo a bocca aperta, non mi aspettavo che mi provocasse così.

«Buonanotte, re di questo grandissimo cazzo», sorride per poi chiudermi delicatamente la porta in faccia.

Oh tesoro, non hai proprio idea di quello che ti farò. Non ne hai proprio idea.

Capitolo 21

Matthew

Maledetta Kelsey Cooper.

Questo è il mio primo pensiero appena mi sveglio.

Mi guardo attorno, mettendo a fuoco l'ambiente circostante. La mia è la stanza più grande della villa che affaccia sulla strada. Contiene un letto a due piazze e mezzo con un comodino bianco di lato, un imponente armadio a quattro ante e il bagno in camera.

Faccio un grande sbadiglio e prendo il telefono. Per fortuna oggi niente allenamenti e niente lezioni, è domenica e questo vuol dire soltanto una cosa: relax.

Appena vedo la notifica sul display, però, alzo subito gli occhi al cielo.

1 chiamata persa da Sergente Leblanc

Se mio padre mi chiama, possono essere due le motivazioni: o mi vuole fare il classico discorsetto di inizio anno oppure mi vuole rimproverare sul fatto che non controllo abbastanza mia sorella.

In questo momento, non sono proprio in vena di ascoltare il sergente Leblanc, perciò, prima mi farò una bella doccia e poi andrò a pranzo con Ryan e Axel come faccio ogni domenica.

Mi spoglio, giro la manopola dell'acqua calda in bagno e aspetto che arrivi alla temperatura giusta.

Mi guardo per un attimo allo specchio. Occhiaie, capelli arruffati e viso stanco. Non sono più il Matt di un tempo.

L'insonnia sta peggiorando. Prima dormivo regolarmente, poi con tutto lo stress delle lezioni e degli allenamenti ho smesso pian piano di farlo. Il coach Smithy sa del mio problema e mi dà delle pillole leggere per farmi riposare qualche ora, ma non funzionano sempre neppure quelle.

Entro in doccia e, dopo aver finito, esco avvolgendomi un asciugamano in vita. Apro l'armadio e decido di indossare dei semplici jeans neri, una felpa del medesimo colore e delle Jordan grigie.

Mi tampono un po' i capelli con un asciugamano pulito e poi indosso un bomber nero della Nike uscendo dalla stanza. Busso alle porte dei miei amici che mi aprono subito.

«Buongiorno, cazzone», mi saluta Axel che indossa soltanto dei pantaloncini sportivi.
«Copriti o ti vomiterò sui piedi», commento, mentre lo squadro.
«Siamo di ottimo umore come sempre, Matt», mi prende in giro Ryan che se ne sta appoggiato allo stipite della porta aperta. Indossa un maglione bianco a collo alto, jeans neri e degli stivaletti bassi.
«Andiamo a pranzo, sto morendo di fame», dichiaro mettendomi le mani in tasca.
«Che palle, volevo dormire per altre due ore», sbadiglia Axel mettendosi una mano davanti alla bocca. Si lamenta sempre, ma anche lui apprezza la tradizione del pranzo della domenica.
«Muoviti, ti aspettiamo giù», gli ordino.
Axel borbotta qualcosa ma non riesco a sentirlo. Subito dopo, chiude la porta con un tonfo.
«Ieri sera sei sparito, che fine hai fatto? Alison ti cercava», mi dice Ryan mentre scendiamo le scale della villa deserta.
Di domenica la squadra ne approfitta per dormire tutto il giorno e per ricaricarsi in vista degli allenamenti della settimana. Venerdì ci sarà la prima partita contro i Parks e io non vedo l'ora di stracciarli.
«Ho dovuto risolvere un… *problema*», mormoro in risposta.
Definire la Cooper un problema è un eufemismo. Lei è un incubo da cui non riesci a svegliarti.
Eppure, ieri sera quando teneva le sue mani sul mio petto per un attimo ho sentito qualcosa. *Non so spiegarlo.*
Sicuramente è l'odio che provo nei suoi confronti, non può essere altro.
«Il *problema* è sempre lo stesso? La Cooper che rompe?», domanda Ryan aprendo la porta d'ingresso della villa per uscire.
Alzo la testa e lascio che il vento mi scompigli i capelli umidi.
«È stata lei a mandare a monte la festa ieri sera», rispondo secco.
«Ma che diavolo stai dicendo?», chiede Ryan voltandosi verso di me, incredulo.
«Era uno scherzo, non stava realmente venendo la polizia. L'ha fatto apposta», gli racconto.
Ryan mi fissa per poi scoppiare in una grossa risata. «Cazzo, quella ragazza mi piace sempre di più».
Gli do una pacca sulla spalla facendolo barcollare. «Ti sei innamorato, Ry?»
«Oddio no, la Cooper mi mette paura. I suoi ex come hanno fatto a stare con lei? Insomma, devi avere una tale energia per essere il suo ragazzo». Ryan scuote la testa.
«Energia? Devi essere più matto di lei per starci insieme».
Ryan mi fissa toccandosi il mento con l'indice. «Credo tu sia l'unico che…».
«Ti conviene non finire la frase», lo interrompo. Ryan mi conosce benissimo

e sono certo che sappia che Kelsey mi affascina più di quanto sono disposto ad ammettere.

«Quindi che si fa?», devia il discorso lui. È un uomo saggio, gliene do atto.

«Niente, attaccheremo quando meno se lo aspetta e la botta che le arriverà sarà così forte che smetterà finalmente di mettersi contro di noi», replico nervoso.

«Cazzoni!», urla Axel uscendo dalla porta.

«Era ora!», commento.

Axel si abbassa gli occhiali da sole per osservarmi. «Non ho dormito stanotte, Linds se n'è andata alle quattro».

«Oddio, ancora con quella?», domanda Ryan alzando gli occhi al cielo.

«Non sei mio padre, Ry, sei soltanto geloso perché tu non combini nulla da mesi», ribatte.

Sospiro e li fisso. «Avete finito? Ho una fame da... squali».

Ci incamminiamo verso il George's. È l'una di pomeriggio e ho proprio bisogno di un hamburger con bacon e formaggio fuso. La domenica per fortuna il coach Smithy ci ha dato via libera per sgarrare con qualsiasi pietanza vogliamo.

«Ho sentito Trent, ha detto che non è arrivata la polizia alla fine. Era abbastanza incazzato», ci informa Axel.

«È stata la Cooper», interviene Ryan.

«Ma che stai dicendo?», chiede Axel fermandosi, incredulo.

«Ha avuto la sua vendetta, d'altronde le abbiamo distrutto la macchina e il giardino», spiego, mentre lui riprende a camminare.

«Che facciamo con Trent?», mi chiede Axel.

«Trent deve stare al suo posto», affermo, duro.

Se Trent si azzarda a intromettersi nella partita che si sta disputando tra me e Kelsey, lo distruggo.

Quando arriviamo di fronte al George's, il mio telefono comincia a squillare.

«Entrate, vi raggiungo», dico ai miei amici prima di allontanarmi per rispondere.

Apro la chiamata e mi porto il cellulare all'orecchio, rassegnato a subirmi Leblanc Senior.

«Oh menomale, pensavo fossi morto», tuona mio padre. Non mi è mancato per niente.

«Buongiorno anche a te, papà», replico, appoggiandomi al muro del palazzo di fronte al bar.

«Posso sapere per quale motivo mio figlio non si è fatto sentire per un'intera settimana?», domanda, senza tanti giri di parole.

«Ho avuto da fare», rispondo seccato.

«Il coach Smithy mi ha chiamato ieri mattina, mi ha riferito del nuovo rettore e di tutte le cazzate che fai», dice, scontento.

«Quindi?», lo incalzo.
«Quindi? Ti sei già occupato del nuovo rettore oppure no?»
«Ci sto lavorando», sospiro passandomi una mano tra i capelli.
«Matt, devi concentrarti. Per due anni consecutivi hai portato la squadra alla vittoria e se sarai fortunato…».
Oddio, di nuovo. Sempre la stessa storia. Ogni volta che mi chiama è soltanto per dirmi di restare concentrato, di allenarmi e bla bla bla.
«Mi hai capito, Matthew?», sbraita, visto che non do cenni di vita.
«Ho capito, dov'è la mamma?», domando.
«Margaret!», grida mio padre.
Mi vuole proprio rompere un timpano oggi.
«Matthew, amore mio, come stai?». La voce calda e gentile di mia madre riesce a rincuorarmi.
«Come sempre, invece tu?»
«Al solito», risponde piano.
«È peggiorato?», domando riferendomi a papà.
«Mmh, diciamo che non è migliorato», replica lei, evasiva.
«Andiamo?», sento papà dire in lontananza. Mamma sospira.
«Ci sentiamo, mamma», le dico, capendo che deve riattaccare, e le mando un bacio attraverso il telefono.
«Stai attento, Matt», si raccomanda lei, prima di chiudere.
Attraverso la strada per mangiare finalmente quel maledetto hamburger che sto sognando da una settimana intera. Il locale mi accoglie subito con i suoi divanetti neri, i tavolini rettangolari e le lucine al neon appese al soffitto che illuminano tutto l'ambiente. Le pareti a mattoncini marroni e il parquet nero per me sanno di casa.
Vado subito verso mia sorella che sta sparecchiando dei tavoli.
«Perché non te ne vai da questo posto, Ros?», domando, senza neanche salutarla.
Lei si volta verso di me e incrocia le braccia al petto. «Che vuoi, Matt?»
«Che cosa vuoi dimostrare lavorando qui?», sibilo. Abbiamo avuto mille discussioni in merito, eppure lei non mi ascolta e si ostina a servire qui ai tavoli.
«Non voglio dimostrare niente, ho bisogno di lavorare», scrolla le spalle.
«Papà potrebbe darti…», comincio, ma lei mi interrompe all'istante.
«Io voglio lavorare, Matt, avere una mia indipendenza», replica con forza. «E poi non siamo tutti promesse dell'hockey come te», mi punta un dito contro il petto.
«Sai che a me non frega nulla di essere la nuova promessa dell'hockey», le ricordo sottovoce. Mia sorella è una delle poche persone che conosce le mie ambizioni.
«Allora abbi le palle di dirlo a papà», ribatte, severa.
«Sai che non posso», scuoto la testa sconsolato.

«Questo è il suo sogno, non il tuo», dice lei. E la sua espressione non nasconde quanto sia delusa da me.

Tuttavia, ha ragione. Giocare a hockey non è il mio sogno, non l'ho mai voluto. Però mio padre è così fiero dei miei risultati che non posso proprio mollare tutto per diventare medico, come vorrei.

Quando non rispondo alla sua affermazione, mi supera per rimettersi al lavoro. Impreco sottovoce e mi dirigo con due falcate al tavolo dove ci sono già Axel e Ryan ad aspettarmi, seduti sul divanetto.

«Ha delle tette stratosferiche, secondo me sono rifatte».

Il solito, Axel Croix.

«Perché si sta parlando di tette?», domando sedendomi di fianco a Ryan.

«Lindsay, secondo te ha le tette rifatte?», mi interroga Axel, che si trova di fronte a noi.

«Che ne so, Ax? Non gliel'ho viste», scuoto la testa.

«Secondo me, Ax ha ragione», commenta Ryan.

Grandi conversazioni stamattina.

«Tette rifatte o no, scopiamo come due conigli», sorride Axel levandosi finalmente gli occhiali da sole.

«Conigli? Sul serio?», domanda Ryan.

«Rosie!», richiamo mia sorella per interrompere il discorso.

Mia sorella viene da noi con un sorriso, la discussione di prima apparentemente archiviata.

«Hamburger e patatine fritte per Matt, fish and chips per Axel e sandwich con salmone grigliato per Ryan. Infine, Coca Cola per tutti quanti», ci anticipa.

Mia sorella ormai ci conosce meglio delle sue tasche.

«E brava la piccola Leblanc», si complimenta Ax.

«Coglione», borbotta Rosie prima di dirigersi verso la cucina.

«Mi adora», ci dice Axel con un sorriso.

«Certo, come no», commenta Ryan con una risata.

«Allora, partita contro i Parks venerdì. Siamo carichi oppure no?», domando per evitare che continuino a parlare di mia sorella.

«Carico? Sono eccitato soltanto all'idea di travolgerli», dichiara Ryan.

«Speriamo che i nostri nasi siano al sicuro», borbotta Ax, riferendosi a quello che è successo al loro coach.

«Pensa se uno di noi provasse a tirare una testata al coach Smithy», ridacchia Ryan.

«Finirebbe all'obitorio», rispondo con sicurezza. «Nella partita di venerdì, nessuna pietà. Capito? Li dobbiamo annientare», affermo.

«Sì, signor capitano», dice Axel, facendomi il saluto militare.

In quel momento, veniamo distratti da Rosie che torna con le nostre ordinazioni. Ci sorride e se ne va, e so che non ce l'ha più con me per prima. Più sereno, comincio a tagliare l'hamburger e, appena ne mangio un pezzettino, mi sembra di essere entrato in paradiso.

Peccato che la sensazione duri poco: nel bar ha appena fatto la sua comparsa una chioma castana.

Dal paradiso all'inferno è un attimo.

Kelsey Cooper.

«Mi segue, secondo voi? È una stalker?», sbotto infastidito bevendo un po' di Coca Cola e indicando la nuova arrivata con un cenno del capo.

«Un po' ce l'ha la faccia da stalker», risponde Ryan.

«Quella lì è proprio matta, ve lo dico io. È totalmente fuori controllo», bisbiglia Axel addentando una patatina.

«Perché sta parlando con tua sorella?», mi chiede Ryan.

I miei occhi in due secondi saettano in direzione di Kelsey e Rosie.

«La conosce?», domanda Ax.

«Non lo so», scrollo le spalle e continuo a mangiare. Devo fare qualsiasi cosa pur di non guardare Kelsey.

È comunque di una bellezza... *disarmante*. Chiunque si girerebbe a guardarla. Improvvisamente, al pensiero degli occhi di qualcuno su di lei, il mio cuore comincia a battere all'impazzata e la mascella si serra all'improvviso.

Ma che mi prende?

Riprenditi, Matt.

«Matt si è incantato», mi canzona Axel.

«Ma che dici?», sbotto irritato, concentrandomi sull'hamburger.

«Sai come la penso, Matt. Tutto questo odio tra di voi secondo me è soltanto...», comincia a dire Ryan.

«Soltanto odio, ecco che cos'è», taglio corto.

«Maschione Alpha», mi chiama una voce fastidiosa.

Sospiro. Kelsey è di fronte al nostro tavolino con un sorrisetto inquietante dipinto sulle labbra.

«Mi devi rovinare anche il pranzo domenicale, Cooper?», chiedo, irritato.

«Cose che capitano, Leblanc. Ti devo parlare», prosegue imperterrita lei.

Che stress, questa ragazza.

«No», dico seccato continuando beatamente a mangiare.

«Mi stavo chiedendo, dato che...».

Noia mortale.

«No», la interrompo.

«Fammi finire, Leblanc, o ti verso la Coca-Cola in testa», mi minaccia, mentre Ryan e Axel trattengono a stento le risate.

Lo farebbe davvero? Ovviamente sì.

Per evitare figuracce, mi rassegno a concederle la mia attenzione.

«Che vuoi?», sbotto alzando un sopracciglio.

«Stasera c'è la serata karaoke allo Snowflakes», mi informa.

«E perché dovrebbe interessarmi?», sorrido beffardo.

«Ho chiesto a tua sorella di accompagnarmi ma lo sai cosa mi ha risposto?»

«Che cosa?», la sbeffeggio.

«Che dovevo chiedere a te se può. Dove siamo? Nel Medioevo?», chiede, contrariata.

«Decisamente no. Rosie vuole solo che io la copra nel caso nostro padre faccia domande. È un uomo un po'… difficile», rispondo con una scrollata di spalle.

«Quindi? Può venire?», mi incalza lei, come se non avessi parlato, ma con un'insolita gentilezza nel tono.

L'opzione è una sola.

Rosie può andare, se ci sono anche io.

«Certo», sorrido.

«Perfetto, allora…», sta per liquidarmi Kelsey.

La interrompo. «Solo se verrò anche io però».

«Sul serio, Leblanc?», sospira e si sistema la camicetta oversize semiaperta che mette in risalto il suo seno, abbinata a dei jeans attillati e a un paio di scarponcini beige.

«Non so se mi va di venire, ci devo pensare. Ti farò sapere, ora puoi toglierti dalla mia vista una volta per tutte? Ieri mi hai rovinato la festa e oggi il pranzo», la tormento, fissandola dritto negli occhi.

«Vai all'inferno», sbotta e fa per allontanarsi.

«Cooper», la richiamo.

«Che altro vuoi?», si volta di nuovo verso di me.

«Dieci e mezza allo Snowflakes. Ora vattene, la tua presenza mi fa venire il voltastomaco», alzo una mano per mandarla via.

«La tua presenza invece mi fa vomitare il pranzo di Natale dell'anno scorso», sbuffa e finalmente se ne va sbattendo la porta del bar.

Rosie in due secondi è di fronte al nostro tavolino. «Che le hai detto?»

«Che andremo anche noi alla serata karaoke», rispondo, coinvolgendo automaticamente Ryan e Axel.

«Ma a te non piace il karaoke, lo detesti», puntualizza lei.

«Sì, lo detesto, ma non voglio neanche dire cazzate a papà, quindi verrò», replico, riprendendo a mangiare.

«Verranno anche questi due?», chiede Rosie riferendosi ai miei amici.

«Sai che siamo qui, piccola Leblanc?», domanda Ax tra un boccone e l'altro.

«Ovvio che verranno», rispondo e Rosie se ne va, stizzita, ignorando Ax.

«Karaoke? Sul serio?», domanda Ryan disgustato.

«Karaoke con la Cooper? Che hai in mente?», mi interroga Axel con gli occhi socchiusi.

«Per ora niente», ribatto e sorseggio un altro po' di Coca Cola.

«Ti ci vedo a cantare, Ax», lo prende in giro Ryan mandandogli un bacetto scherzoso.

Mi isolo dalle loro frecciatine, prendo il cellulare dalla tasca e mando un messaggio ad Alison.

Matthew: Stasera andiamo allo Snowflakes, vieni?
Alison: Snowflakes? Il posto dove fanno il karaoke?
Matthew: Già, mia sorella vuole andarci e mi tocca accompagnarla.
Alison: Ceniamo insieme e andiamo?
Matthew: Va bene, vieni da me tra un'ora. Metti quelle mutandine di pizzo che mi piacciono tanto.
Alison: Quali delle tante?
Matthew: Quelle rosse.
Alison: Mmh qualcuno ha voglia…
Matthew: Ho sempre voglia di te, Ali.
Alison: In questi ultimi giorni non sembrava…
Matthew: Ali, te l'ho detto, sono un po' nervoso per la partita di venerdì.
Alison: Allora dovrò farti rilassare parecchio stasera.

Oggi ho proprio bisogno di Alison, delle sue premure e delle sue carezze dolci che mi fanno sentire per un istante una persona buona.

Il problema è che non c'è niente di buono in me.

Il mio cuore è di ghiaccio e nessuno riesce a scioglierlo.

Però, Alison allevia un po' il dolore che mi strazia.

«Forza, andiamo», borbotto, alzandomi dal divanetto, quando tutti e tre abbiamo finito il pranzo.

Vado verso Rosie e le allungo una banconota da cinquanta dollari che lei guarda un po' interdetta.

Il bar è della mia famiglia, ma io mi ostino a voler pagare. Se non lo facessi, mi sentirei tremendamente in colpa. Tutto sommato, devo ammettere che io e Rosie non siamo poi molto diversi: entrambi cerchiamo di mettere una certa distanza da nostro padre, anche se ognuno lo fa a modo suo.

«Davvero? Cinquanta dollari?», domanda Rosie, un po' stupita.

«Ci vediamo stasera», taglio corto.

«Grazie», sussurra lei come se le pesasse dirlo.

«Nessun problema».

Detto questo, me ne vado e i miei amici mi seguono fuori dal bar. La brezza canadese mi colpisce in pieno, sul viso, come uno schiaffo violento.

«Che palle, Lindsay è da tutto il giorno che mi messaggia», sbuffa Axel camminando con le mani nelle tasche.

«Non la sai la regola delle tre volte?», domanda Ryan.

«Che regola?», si informa Ax.

«Se scopi con una ragazza per più di tre volte, allora è una cosa seria», rispondo io, secco.

Ax è rimasto l'unico sulla faccia della terra a non conoscere questa regola, ma Ax è Ax, vive su un pianeta tutto suo.

«Cazzo», impreca Axel fermandosi di colpo.

Mi volto verso di lui. «Che ti prende?»

«Ieri sera è stata la terza volta», mormora a bassa voce.

«Sei fregato, amico», ridacchia Ry tirandogli una pacca sulla spalla.

«Hai le manette, Ax», lo prendo in giro, pizzicandogli la guancia.

«No, niente manette per Axel Croix», sbotta.

«Comunque, puoi sempre invitarla stasera al karaoke», rincara la dose Ryan.

«Non se ne parla proprio, poi quella si fa strane idee», commenta Axel, sconsolato.

Arriviamo alla villa e, quando apro la porta, mi trovo davanti la faccia arrabbiata di Trent.

«Dobbiamo parlare», esordisce, a un palmo dal mio naso.

«Trent, non è giornata», sospiro sorpassandolo.

Lui mi afferra per la spalla fermandomi. «Non me ne frega un cazzo. È vero?»

«È vero cosa?», sbuffo fissandolo nei suoi occhi marrone scuro. Dovrei essere intimorito da lui, visto che ha il fisico di un giocatore di hockey che si rispetti, ma non è così.

«La Cooper ieri ha chiamato la polizia ma indovina un po'? Era tutta una cazzata», sibila, passandosi una mano nei capelli scuri, che porta sempre di lato.

Alzo gli occhi al cielo. «E allora?»

«Quella ragazzina deve stare al suo posto, Matt», risponde, nervoso.

«Me ne sto occupando», ribatto cercando di mantenere la calma.

«Non mi sembra, dato che continua a fare ciò che le pare. Se continua così giuro che...».

A quelle parole perdo la testa. Lo prendo per il colletto della t-shirt e lo fisso dritto negli occhi. «Cosa, Trent?».

Lui mi guarda impaurito e ammutolisce.

«Non. La. Devi. Toccare», scandisco ogni parola a pochi centimetri dal suo volto. «Sono stato chiaro?», sibilo, furente.

Lui annuisce, terrorizzato.

Lo lascio andare e mi allontano a grandi falcate, salendo al piano di sopra.

«Matt, ma che diavolo?», interviene Ryan che mi ha seguito.

«Deve stare al suo posto», sbotto.

«C'era bisogno di aggredirlo così?», mi rimprovera Axel.

Mi volto verso di loro con gli occhi infuocati. «Sì, Kelsey Cooper non si tocca».

«Se continua a immischiarsi, non credo che gli Sharks...», tenta di dire Ryan.

«Se qualcuno di voi si azzarda a toccarla, se la dovrà vedere con me. Questa è la nostra partita, non la vostra».

Ed è vero.

La partita che si sta disputando è soltanto tra me e lei, senza nessun ostacolo di mezzo.

Nessuno si deve azzardare a toccare la Cooper perché l'unico che la rovinerà sarò io *e basta*. «Chiaro, Matt», risponde Axel annuendo.

«Studio un po' e mi vedo con Ali, ci vediamo dopo», li saluto.

Li lascio lì senza aggiungere altro e percorro il corridoio del piano di sopra che pullula di stanze.

Arrivo davanti a quella di Olsen e busso. Un secondo dopo, mi apre e mi fa accomodare.

«Allora?», domando all'istante.

«Ancora niente, Marcus Cooper sembra un fantasma», borbotta Olsen sedendosi sul letto e prendendo il suo portatile.

«Un fantasma? Com'è possibile?», scuoto la testa sedendomi vicino a lui.

«Non lo so, Matt, ma non ho ancora trovato niente», comincia a digitare qualcosa.

«Continua a cercare», gli ordino, con la preoccupazione che mi avvelena.

Se Olsen non riesce a trovare niente sul rettore allora sono proprio… *fottuto*.

Deve trovare assolutamente qualcosa. *Qualsiasi cosa.*

Capitolo 22

Matthew

Mi rintano nella mia camera e mi siedo davanti alla scrivania. Prendo gli appunti dal cassetto e mi metto a trascriverli sul mio MacBook portatile, in attesa dell'ora di incontrare Alison. L'ultima lezione di medicina generale è stata parecchio interessante e ne voglio sapere di più facendo delle ricerche in merito.

Dopo aver finito, mi metto a studiare gli appunti di biologia e fisica applicata per la lezione di domani mattina. Ogni volta che mi metto qui seduto a studiare medicina rimango affascinato dalla quantità di cose da sapere.

Dopo qualche ora di studio, sento finalmente bussare alla porta.

Quando la apro, di fronte a me c'è la mia fantastica ragazza. Come ho potuto trascurarla per Kelsey Cooper? Devo proprio essere impazzito.

«Mi sei mancato», mi dice lei prima di buttarmi le braccia attorno al collo.

La sollevo dai fianchi e con un calcio chiudo la porta. Comincio a baciarla togliendole il respiro.

Le catturo i capelli in un pugno facendole inclinare la testa e le bacio il collo con avidità. La sento gemere mentre io continuo a leccarla. I suoi ansiti si uniscono ai miei. La connessione tra noi è immediata.

Le afferro le natiche, avvicinandola a me per farle sentire la mia erezione. Alison spinge la sua intimità su di me per farmi sentire quanto è eccitata.

«Voglio farti rilassare», mormora lei per poi lasciarmi un delicato bacio all'angolo delle labbra.

«Mmh e come?», sorrido, mentre la rimetto a terra.

Alison sorride e mi trascina sul letto. Mi siedo e la osservo mentre si toglie il vestitino striminzito che indossa. Le mutandine di pizzo rosso mi fanno brillare gli occhi.

Lei si inginocchia e mi guarda dal basso, con un sorrisetto eloquente.

«Ottima idea».

Alison mi fa un occhiolino e mi abbassa delicatamente i jeans e i boxer. Mi accarezza l'erezione mordendosi il labbro inferiore.

«Brava ragazza», sussurro, infilandole le dita tra i capelli.

Mi bacia con dolcezza sulla punta e mi sfiora con le dita tutta la lunghezza.

«Ti piace, capitano?», mi domanda, seducente.

Alison accoglie la mia erezione nella sua bocca e mi manda in estasi. Comincia a muovere la testa e il piacere monta dentro di me come un'onda. La sento gemere quando le tocco le mutandine.

«Prendilo tutto», le ordino e Alison obbedisce. Sa esattamente quello che mi piace.

Nel frattempo, le scosto le mutandine scoprendo che è completamente bagnata. Comincio ad accarezzarle il clitoride con le dita di una mano mentre tengo l'altra tra i suoi capelli, seguendo i suoi movimenti veloci e decisi.

«Sei fradicia, Ali», sussurro, mentre lei si bea delle mie carezze gentili sulla sua intimità.

Infilo due dita dentro di lei, che sussulta. Poi, le muovo dentro e fuori, strappandole altri gemiti.

«Quanto ti piace prenderlo tutto, Ali? Ti piace proprio», mormoro senza interrompere la dolce tortura delle mie dita. Dopo un po', mi rendo conto che sta per venire. Non rallento e l'orgasmo la travolge. Nonostante ciò, non smette di darmi piacere.

«Brava così, prendilo tutto». Butto la testa all'indietro e mi godo il momento. Dopo qualche minuto, il mio seme esplode nella sua bocca. Appena mi sfilo dalle sue labbra, Alison si alza e si mette a cavalcioni su di me.

«Senti che buon sapore hai». Avvicino le dita alle sue labbra e lei mi asseconda.

Dopodiché, cerca di baciarmi ma io la scanso.

«Eddai, Matt, ancora con queste stronzate?», sbotta lei alzandosi e sistemandosi i capelli sfatti.

«Le conosci le regole», mormoro scrollando le spalle.

Lei sbuffa e si dirige verso il bagno.

Rimasto solo, mi ritrovo a pensare a una ragazzina ribelle che non dovrebbe assolutamente stare nella mia testa in questo momento.

Kelsey Cooper.

Ancora lei, un dannato chiodo fisso.

Non so come comportarmi. La odio, eppure è inutile che io menta a me stesso: la voglio.

Tuttavia, ho una ragazza fantastica al mio fianco e non posso. *Non posso.*

Quando Alison riappare, cerco di nascondere i miei pensieri. «Vado a farmi una doccia», le dico con un sorriso falso e decido di chiudermi in bagno.

Mentre il getto d'acqua mi avvolge, il senso di colpa mi travolge. Perché la verità è che al posto di Alison avrei voluto Kelsey Cooper.

Devo togliermela dalla testa.

Ma se fosse troppo tardi per questo?

Capitolo 23

Kelsey

L'impossibile a volte può diventare possibile.

Se mi avessero chiesto qualche giorno fa quanta probabilità c'era di ritrovarmi a uscire con Matthew, avrei risposto zero. Anzi, meno di zero.

E invece il destino ha deciso di sorprendermi. Lancio un'ultima occhiata al volantino della serata. *Serata Karaoke allo Snowflakes Pub! Affrontiamo questo inverno cantando una canzone.*

Ho sempre amato il karaoke, mia madre da piccola mi ci portava molto spesso e cantavamo sempre la nostra canzone. Lo facevamo con tutta la voce che avevamo in corpo, le emozioni che trapelavano a ogni singola strofa.

Quella canzone.

Non l'ho mai più ascoltata da quel fatidico giorno. Il giorno in cui la mia vita è andata in mille pezzi. Il giorno in cui ho udito le urla strazianti di mia madre e il pianto angosciante di mio padre.

Un attimo prima ridevamo felici e l'attimo dopo…

«Non credo di aver capito, con chi vai al karaoke?», mi chiede mio padre riportandomi alla realtà.

Okay, potrei avergli appena detto che sto andando allo Snowflakes con Leblanc e la sua gang.

Risultato? Mio padre mi sta guardando come se volesse uccidermi.

Lo farebbe? Forse. Lui odia Matthew. Come me, d'altronde.

«Leblanc», tossisco posandomi una mano sulla bocca per non farmi sentire.

Mio padre socchiude gli occhi e morde il suo trancio di pizza come se l'avesse offeso. «Il Leblanc che dici di odiare con tutta te stessa?».

Be', in effetti… è strano. Se odi qualcuno, lo eviti.

«In realtà sto uscendo con sua sorella, Rosie, è lui a essersi messo in mezzo». Scrollo le spalle e bevo un po' d'acqua fresca, seduta di fronte a lui. Il mio trancio è quasi terminato.

Stasera abbiamo ordinato la pizza, dopotutto mio padre non è molto pratico ai fornelli. Una volta ha provato a cucinare un dannato hamburger e ha incenerito metà padella. Ovviamente, non tocca più un fornello da quella volta.

«Ma quanti Leblanc ci sono in questa dannata città?», sbuffa.

Per fortuna di rompicoglioni solo uno ed è Matthew.

«Non saprei, forse un centinaio», rispondo, come se la sua non fosse una domanda retorica.

«Non mi piace che tu esca con Leblanc». Scuote la testa più volte come se volesse svegliarsi da un brutto sogno.

«Sto uscendo con la sorella, papà», lo correggo mordicchiando l'ultimo pezzetto della pizza con il salame piccante, la mia preferita.

«Sempre una Leblanc è», rimarca.

«Ci andrò comunque, che tu lo voglia o no. Dimostrerò a quel pallone gonfiato che i tempi in cui lui era il re del college sono finiti», dichiaro determinata.

Sì, ma come?

Ogni cosa che faccio sembra non scalfirlo minimamente, anzi, sembra incuriosirlo sempre di più.

Dannato Leblanc, perché deve essere così imperscrutabile?

Non so più come devo comportarmi con lui. Ogni cosa che faccio riesce a ribaltarla a suo favore. Sempre.

«Vacci piano, piromane, i Leblanc sono intoccabili qui, a Montréal», borbotta.

Oddio, ora anche lui?

«Che intendi?», domando incuriosita.

«Harper mi…», inizia lui.

Lo interrompo, ammiccando. «La tua segretaria super sexy, eh?»

«Sexy? Ma che…? No, non parlerò dell'aspetto della mia segretaria con te. A ogni modo, mi ha riferito che i Leblanc sono una sorta di istituzione in città», mi spiega e si alza dalla sedia cominciando a sparecchiare.

Mi alzo per sparecchiare a mia volta il mio lato del tavolo. «Istituzione? Tipo presidenti?»

«Peggio, Kels, George Leblanc, il padre di Matthew, tiene in pugno la città e comanda indisturbato», sospira caricando la lavastoviglie.

Mi appoggio al ripiano accanto a papà. «Secondo me lui e suo padre hanno un delirio di onnipotenza».

Brutta roba.

«Mi prometti una cosa?», domanda avvicinandosi e prendendomi il viso tra le mani.

Annuisco. Da quattro anni a questa parte, siamo sempre stati io e lui. Posso non essere la figlia perfetta ma farei di tutto pur di renderlo felice.

«Non ti immischiare e lascia in pace…».

«Lascia in pace Leblanc, lo so», lo interrompo.

«Ci stai uscendo, quindi suppongo che tu non lo sappia». Mi dà un buffetto sulla guancia.

«Oddio, detta così sembra che io abbia un appuntamento romantico con Leblanc. Ti garantisco che non è così», lo rassicuro.

«Ti prego, dimmi che non vi innamorerete come in un film». Chiude gli occhi per poi riaprirli di scatto.

«Non succederà mai», gli garantisco.

«Domani hai scuola, vedi di non bere. Ieri sera hai fatto un casino quando sei rientrata a casa», si lamenta, girandosi verso la lavastoviglie per azionarla.

Leblanc ha fatto un casino, papà.

Ma ovviamente questo lui non lo sa.

«Domani ho un test. Non farò tardi, non ti preoccupare», vado verso di lui e gli lascio un bacio sulla guancia.

«Che test hai?», domanda lui.

«Storia del cinema, la prof ha detto che è soltanto per vedere a che punto siamo», scrollo le spalle.

«Vedrai che andrà bene», mi incoraggia lui.

Non ne sono così sicura, ma mi sto impegnando per superare quel dannato test.

«Fino a due giorni fa ero convinta che Reynaud fosse un detersivo per i piatti», scherzo.

«Adesso sai che non lo è, giusto?», domanda, preoccupato.

«Vado a ripassare prima di uscire, forse è meglio», replico, dirigendomi al piano di sopra.

«Kels, mi raccomando, se nel test ti verrà chiesto chi è Pierrot, non rispondere che è una marca di alta moda francese», mi urla dietro mio padre.

Be', sarebbe una risposta molto buffa, dieci punti per l'originalità.

«Ma certo che no, risponderò che è uno spray per le zanzare», ribatto prima di salire le scale e chiudere la porta della mia camera.

Mi metto a studiare, ma ci sono davvero troppi nomi da ricordare. Forse sarebbe meglio non presentarmi per non fare una figuraccia. L'unica cosa che scriverò di giusto su quel foglio sarà il mio nome.

Dopo un'oretta passata sul libro, mi alzo dalla sedia e apro l'armadio. Recupero dei jeans neri a vita alta, una felpa bianca larga, un top corto da metterci sotto. Mi vesto e calzo ai piedi i miei amati stivaletti di Prada.

Metto un po' di mascara sulle ciglia, infilo le lenti a contatto, stendo un velo di gloss sulle labbra e infine un po' di blush per darmi un pizzico di colore.

Prendo il cellulare dal comodino e noto che ho dei nuovi messaggi.

Biondina: Che palle, volevo esserci.

Biondina: Tu e Leblanc che uscite insieme poi… io te l'avevo detto che c'è qualcosa.

Biondina: Fammi sapere se le sue labbra sono così morbide come si dice in giro ♥

Kelsey: Morbide? Sul serio, J.?

Kelsey: Quelle labbra saranno velenose, altro che morbide.

Biondina: Così mi hanno detto, comunque domani dopo le lezioni voglio sapere tutto.

Biondina: Tutto.
Kelsey: Non ci sarà niente da sapere, J.
Biondina: Sì come no, torno a studiare, latin lover.
Kelsey: Latin lover? Torna a studiare, secchiona.
Biondina: Xoxo
Kelsey: Gossip girl.

Stasera sentirò sicuramente la sua mancanza, ne sono certa.

«Sto uscendo», annuncio mentre scendo le scale.

«Se arrivi tardi, ti faccio trovare la porta chiusa», ribatte papà dal salotto.

Aggrotto la fronte e mi affaccio nella stanza. «Porta chiusa? Sul serio?»

«Buona serata», taglia corto beffardo.

Sbuffo e me ne vado chiudendomi la porta alle spalle.

Appena esco, però, mi paralizzo. Mi pietrifico. Mi manca l'aria.

Anzi, forse sto per vomitare.

Ho le allucinazioni? C'è davvero Matthew Leblanc davanti a casa mia?

Sbatto più volte le palpebre e lui continua a essere lì.

Matthew Leblanc è di fronte a casa mia insieme ad Alison, la gang di scemi e Rosie.

Gang di scemi è molto carino, aggiudicato!

«Che ci fate qua?», domando andandogli incontro.

«Ciao anche a te, Kelsey», mi risponde proprio lui, passandosi una mano tra i capelli dannatamente perfetti.

Alison è avvinghiata a lui come una cozza. «Ciao, Kels».

«Ehi, Ali, il tuo ragazzo è uno stronzo», sorrido.

«Lo sa», ribatte Matt al posto suo.

Lo odio.

«Scusa se siamo piombati così ma al bar avevi detto che saresti venuta a piedi e non mi piaceva l'idea che fossi sola», si intromette Rosie. Indossa un piumino bianco, dei semplici jeans blu chiari e degli stivali alti di camoscio.

«Non mi dai fastidio tu, ma quello che hai di fianco», indico Matthew vicino a lei.

«Sempre molto gentile», sogghigna Axel.

«Le piaccio ma non vuole ammetterlo», bisbiglia Leblanc, ma lo sentiamo tutti.

«Come no?», stiletto.

«Oddio, voi due mi farete venire una cazzo di emicrania», sospira Ryan posandosi una mano sulla fronte.

«Allora facciamo così, Leblanc, questa sera fai finta che io non esista, che ne dici?», propongo tenendo il mento ben alzato.

«Per me non esisti in ogni caso, Cooper». Il tono con cui lo dice mi fa rabbrividire.

D'un tratto, con la coda dell'occhio mi accorgo che mio padre è alla finestra, con uno sguardo assassino.

Matthew alza una mano per salutarlo e io gliela schiaffeggio.

«Che fai?», sibilo.

Matthew scrolla le spalle. «Saluto il paparino».

«Meglio che andiamo», ribatto e faccio un cenno a mio padre, che non nasconde affatto quanto è contrariato.

Ci incamminiamo tutti insieme verso il locale e io mi sforzo di non pensare alla ramanzina che mi toccherà una volta a casa.

«Non è venuta la tua amica?», domanda Rosie di fianco a me.

«No, doveva studiare. Tecnicamente anche io domani avrei un test». Che sarà un disastro, ma dettagli.

«Che strazio, ogni volta Matt è super agitato per i test anche se alla fine prende sempre il massimo dei voti», commenta lei alzando le spalle.

Osservo Matthew camminare di fronte a me, affiancato dai suoi amici e dalla sua ragazza perfetta, e mi domando: davvero supera i test con il massimo dei voti?

Sotto quella corazza da duro forse si nasconde… *altro.*

Ma che dico?

Sotto quella corazza da duro si nasconde un pallone gonfiato e basta.

«Massimo dei voti? Quello lì? Parliamo dello stesso Leblanc? Il grattacielo qui davanti?», ribatto, facendola ridere.

«Guarda che ti sento, tesoro, smettila di guardarmi o finirò per credere di piacerti».

Gli faccio il dito medio e sbuffo, anche se non mi è sfuggito il sussulto di Alison.

«Matt può sembrare un po' complicato e stronzo ma in realtà è un genio. Prende sempre il massimo in tutte le materie senza sforzarsi neanche un po'», continua lei.

Allora la sua è tutta apparenza. Cerca di far credere alle altre persone di essere il cattivo e invece sotto sotto è un secchione.

«Mi stupisce il fatto che sia venuto, lui odia il karaoke», continua lei, pensierosa.

«È venuto solo per infastidirmi, te lo dico io», ribatto, mettendomi le mani nelle tasche dei jeans.

«È venuto perché non vuole dire bugie al vecchio per coprirmi, perché poi si sentirebbe troppo in colpa», mi corregge Rosie.

Matthew afferra Alison per un fianco, stringendola a sé. Per un attimo, ho un leggero vuoto dentro lo stomaco.

«Vostro padre è così… tosto?», domando incerta. Oggi al bar Rosie non ha voluto approfondire, ma mi pare chiaro che Leblanc Senior sia un osso molto duro.

«Non immagini nemmeno quanto», replica evasiva.
Vorrei chiederle di più, ma arriviamo allo Snowflakes. All'entrata c'è una fila interminabile. Matthew, però, va dal buttafuori e gli sussurra qualcosa. Un attimo dopo, l'omone ci fa cenno di avvicinarci.
«Lo ha corrotto?», bisbiglio a Rosie.
«I Leblanc sono abbastanza conosciuti in città», risponde lei.
Be', ogni tanto qualche vantaggio nell'avere attorno Leblanc c'è.
Appena entriamo nel locale, vengo rapita dall'atmosfera del karaoke. Mi trovo in una grande stanza rettangolare, con un palco sul quale c'è persino una band di accompagnamento, un bancone e al centro innumerevoli tavoli e sedie.
«Ti muovi, Cooper?», mi incalza Matt vedendomi incantata a guardarmi attorno.
Questo per me è un sogno. Adoro il karaoke.
Mi ricorda lei.
Matt va a sedersi a un tavolo proprio di fronte al palco. Ryan e Axel si accomodano sulle sedie e Rosie su un'altra poltroncina. Alison e Matthew invece sono sul divanetto.
E mi rendo conto che c'è solo un posto in cui posso sistemarmi io.
Oddio no.
«Che c'è? Mi odi così tanto che non riesci a starmi vicino?», mi sbeffeggia Matt.
Lo guardo dritto negli occhi. «Figurati, ho soltanto paura di contrarre qualche malattia».
«E allora trovati un altro posto», scrolla le spalle, beccandosi una spallata da parte di Alison.
«Smettila», lo ammonisce la bionda.
Sbuffo e, senza fare tante storie, vado a sedermi alla sua sinistra.
«Visto? Ce la puoi fare a starmi vicino», bisbiglia nel mio orecchio.
Lo ignoro e mi volto verso Rosie. «Indovina chi verrà bocciata nel suo primo test?»
«Mmh… tu?», prova a indovinare.
«Cento punti per te», ironizzo.
Si ride per non piangere.
«Di che si tratta?», si intromette Alison.
«Storia del cinema», rispondo scrollando le spalle.
«Tosta», dice Ryan arricciando le labbra.
«Perché?», replico, muovendomi a disagio e cercando di allontanarmi un po' da Matthew.
«Perché la prof è una vecchiaccia frustrata», mi risponde Matthew e per un attimo la sua gamba sfiora la mia sotto al tavolo. Rabbrividisco.
«E tu come fai a saperlo? Frequenti un altro indirizzo», lo rimbecco.
Lui si volta verso di me e sorride. «Io so sempre tutto, Cooper».

Vero. Ma come è possibile? «Tranquilla, Kels, vedrai che andrà bene», mi rassicura Rosie posandomi una mano sulla spalla.

«Non sei la figlia del rettore? Tuo padre può darti un aiutino», insinua Axel.

«È il rettore, non Gesù Cristo», aggiunge Matthew.

«E questo cosa vorrebbe dire?», aggrotto la fronte, confusa.

«Che non può fare miracoli», mi gela lui.

Lo odio.

Mi volto verso di lui per incenerirlo con lo sguardo e non posso trattenermi dall'ammirarlo. Indossa dei jeans neri classici e a sigaretta, una semplice t-shirt bianca e ai piedi porta delle fantastiche Alexander McQueen. I capelli sono sempre perfetti e portati all'indietro con qualche ciuffo ribelle che gli ricade sulla fronte.

«Per chi mi hai presa? Voglio guadagnarmeli i miei voti, non posso di certo farmi aiutare da mio padre soltanto perché è il rettore», rimarco.

«Perché no?», domanda Ryan.

«Perché significherebbe barare», scandisco bene l'ultima parola.

«Be', tecnicamente non è barare, ti darebbe soltanto un piccolo aiuto», puntualizza Axel.

«Ma che dite? Lasciali stare, Kels», si intromette Alison fulminandoli con lo sguardo.

«Giocano a hockey, per loro barare è tutto», commenta Rosie, indignata.

«Che ne vuoi sapere tu di hockey, piccola Rosie?», la sfida Axel posando il mento sul palmo della mano aperta.

«Niente, e menomale aggiungerei», ribatte lei distogliendo lo sguardo e levandosi finalmente il giubbotto.

Okay, ora fa decisamente caldo.

Mi sfilo anche io la felpa larga. Nel farlo, però, rimango incastrata e ho bisogno di un piccolo aiuto di Rosie.

«Sei un disastro», bofonchia Matt, con un sogghigno mentre i suoi occhi imperscrutabili percorrono tutto il mio corpo.

«Kels, tu sai cantare giusto? Vai a segnarti per il karaoke!», propone Alison battendo le mani.

«Non credo che...», sussurro.

«La tigre sa cantare?», si intromette Axel.

«Non potete capire che voce che ha. L'abbiamo sentita ed è fenomenale, vero, Matt?». Alison sorride e guarda il suo ragazzo, aspettando una risposta.

«Sì, è bravina», scrolla le spalle.

Bravina? Lo ha detto sul serio?

«"Bravina" non è sufficiente per questo posto», ridacchia Ryan.

«Secondo me è stonata come una campana». Axel si abbandona allo schienale della sua sedia e guarda verso il palco dove una ragazza sta cantando una canzone di Ariana Grande.

«Ma lasciatela stare», sbotta Rosie.

Mi alzo dal divanetto e vado verso il bancone del bar. Mentre aspetto che arrivi il mio turno per ordinare qualcosa da bere, ripenso all'ultima volta che sono stata a una serata karaoke. Eravamo io, mamma e papà, e abbiamo cantato. Quando ho visto il volantino di questa serata, ho deciso di venirci perché volevo recuperare un po' della magia di quella sera e godermi l'atmosfera. Mai, in nessun istante, ho pensato di esibirmi.

«Kels», mi chiama una voce.

Voltandomi, trovo davanti a me Alison e Rosie che sorridono.

«Lasciali perdere, sono…». La frase di Alison si interrompe a metà.

«Imbecilli?», conclude Rosie guardandola male.

«Già, comunque cambieranno idea quando salirai su quel palco», mi rassicura Alison. E a me si gela il sangue nelle vene.

«Per una volta sono d'accordo con Barbie», concorda Rosie.

«Io… io non posso», sussurro scuotendo la testa.

Non potrei mai salire su quel palco. Troppi ricordi. Troppo dolore.

Non posso. Soprattutto non posso mostrarmi fragile davanti a uno come Leblanc. Ne trarrebbe vantaggio e io voglio che continui a vedermi come una ribelle imprevedibile.

«Perché? Hai una voce stupenda e…».

«Non posso», taglio corto con forza e Alison sussulta.

«Scusa, Alison, non volevo usare certi toni, però io non posso cantare, non qui», mormoro con un filo di voce.

«Tranquilla, Kels, non sei obbligata». Rosie mi posa una mano sulla spalla.

Ordiniamo da bere senza tornare sul discorso canto e parlando d'altro.

«Oddio, questa non me la voglio proprio perdere», dice d'un tratto Rosie tirandomi per un braccio verso il tavolo dei ragazzi.

Appena vedo Axel sul palco, un sorriso mi spunta sulle labbra.

«Ma che sta facendo?», domanda Alison sedendosi di nuovo vicino a Matt.

«Il coglione», risponde Ryan scuotendo la testa.

«Ma quello lo fa sempre», puntualizza Rosie, mentre riprendiamo i nostri posti al tavolo.

«Cosa ci canti, Axel Croix?», gli chiede il presentatore.

«*Uptown Funk*», risponde Axel con sicurezza.

«Preparate i tappi per le orecchie», ci suggerisce Ryan.

La musica parte e Axel prende il microfono in mano. Comincia a cantare leggendo le parole sullo schermino in alto, appeso al soffitto.

L'esibizione è da brividi, e non in senso positivo. «Sembra un gatto che si sta per strozzare», ridacchio.

Axel canta con convinzione, anche se nella sala tutti i presenti ridono e lo prendono in giro per la sua performance.

«A me sembra una cornacchia». Matthew si posa una mano sulla fronte.

«Mio Dio, che strazio», sospira Rosie accanto a me, ipnotizzata dal palco.
«Basta!», urla Ryan lanciando sul palco un tovagliolo.
«Ci stai spaccando i timpani, fratello!», grida Matthew.
Axel arriva all'acuto e mi fa venire voglia di tapparmi le orecchie. A quel punto, anche il presentatore deve averne abbastanza perché gli strappa il microfono dalle mani.
«Grazie della tua esibizione, Axel, ma noi ancora ci teniamo ai nostri timpani», gli dice.
Il biondo fa un inchino e torna al nostro tavolo, sedendosi sulla sedia di fianco a Ryan.
«Allora?», domanda Ax allargando le braccia.
«È stato terribile, peggio di una pugnalata al cuore», risponde Rosie.
«Cooper, perché non vai a cantare?», domanda Matthew, che a quanto pare non vuole mollare l'osso. Si volta verso di me e le nostre spalle si toccano.
«No, Matt, non vuole cantare», bisbiglia Alison.
«Perché no?». Sulle sue labbra si dipinge un ghigno provocatorio. «Troppa paura, tesoro?»
«Io non canto», dichiaro, guardando ovunque tranne che lui.
«Perché?», mi incalza.
«Perché non mi va», replico in fretta.
«Cazzate», ribatte lui.
Lo ignoro e fisso il palco.
Mi manca cantare davanti a un pubblico e mi manca lei. Se mamma fosse qui, cosa mi direbbe di fare? Probabilmente, mi sgriderebbe e mi spronerebbe a prendere coraggio. Vorrebbe che agguantassi il microfono e facessi vedere a tutti chi sono. Ma lei non è qui.
«Il palco è lì se vuoi andare», sussurra Matt nel mio orecchio provocandomi una scarica di brividi su tutto il corpo.
«No», rispondo seccata.
«Perché?», chiede di nuovo.
«Oddio, Leblanc, voglio passare una serata in santa pace, è chiedere troppo?», sbuffo.
Lui mi fissa per un istante e poi si volta dall'altra parte per parlare con i suoi amici. Io ripenso a mia madre. Ho la nausea e sono dilaniata da un conflitto interiore.
«Kels? Tutto bene?», mi chiede Rosie, che mi scruta preoccupata.
Annuisco, tremante. E all'improvviso sento la mano di Matt posarsi sulla mia coscia. Mi giro di scatto. Lui sta parlando con Ryan, Axel e Alison, tuttavia non smette di toccarmi.
Dovrei cacciarlo via, o quantomeno sottrarmi al suo tocco, ma non ci riesco. Sono paralizzata. Quando le sue dita prendono a muoversi, una vampata di calore mi colora le guance di rosso. L'eccitazione sale dentro di me.

Mi sta accarezzando la coscia come se gli piacessi e provasse qualcosa per me.

Ma che dico?

È impossibile, lui non ha altro che un cuore di ghiaccio.

«Se qualcun altro vuole cantarci qualcosa, noi siamo qui, ma, vi prego, che sia almeno intonato», dice il presentatore.

«Lei», urla Axel indicandomi.

Oddio no.

«Lei», grida anche Ryan.

No.

Il presentatore scende dal palco venendo verso di noi. «Ciao, vuoi cantare?».

Tutti gli occhi sono puntati su di me.

Vorrei scappare. Vorrei rispondere che non voglio. Ma poi il viso di mamma mi esplode nella testa e capisco che lo devo fare per lei.

Non sono una codarda. Non lo sono. E lei non vorrebbe che mi sottraessi a questa sfida.

Annuisco e mi alzo dal divanetto. Appena la mano di Matt si scosta dalla mia coscia un senso di vuoto mi travolge all'improvviso, però tento di non farci caso.

«Come ti chiami?», domanda avvicinando il microfono.

«Kelsey», rispondo con voce incerta.

Me la sto facendo sotto.

«Che cosa ci canti, Kelsey?», chiede lui mentre mi accompagna al palco.

«*Skyfall* di Adele», replico.

«Spero vivamente che tu sia intonata, sennò dovremo abbandonare il locale», scherza lui.

E a me viene da vomitare. Cosa mi è saltato in testa? «Con *Skyfall* di Adele, ecco a voi Kelsey», mi annuncia il tizio, prima di sparire non appena parte la base.

Devo farcela.

Mi basta tenere gli occhi chiusi e il gioco è fatto.

Serro le palpebre e avvicino il microfono alle labbra, cantando le prime parole. La melodia pian piano si fa spazio nel mio cuore. Il dolore mi travolge, lo incanalo e lo restituisco al pubblico. Il risultato per me è struggente, mentre interpreto questo pezzo come se fosse la mia storia.

La musica permea ogni mia cellula, il mio battito è impazzito e le lacrime rischiano di scendere da un momento all'altro. Il ritornello è come un'onda che mi sommerge, ma poi è il momento della seconda strofa, quella che mi strazia. Non riesco a trattenere le lacrime, le sento che mi bagnano le guance, eppure non stono neppure una nota.

È come se mi stessi distruggendo e dilaniando.

Non esiste più nulla attorno a me: non c'è il pubblico, non c'è il tempo, esiste solo quello che provo.

Immagino mia madre seduta tra gli spettatori ad ascoltarmi. In un certo senso, so che lei è lì. Mi sta applaudendo ed è fiera di me. È orgogliosa che io sia riuscita a compiere questo passo.

Ce l'ho fatta, mamma.

Quando la canzone finisce, per un attimo nel locale cala il silenzio. E poi, esplode un boato di grida e applausi. Apro gli occhi e sono sbalordita, vedendo la gente in piedi che mi acclama.

Guardo Matthew e sembra… commosso? Non ho tempo di verificare. Lascio il microfono e scappo via.

Capitolo 24

Kelsey

Uscita dallo Snowflakes, una vampata di gelo mi fa rabbrividire.
Ho scordato la felpa dentro al locale, dannazione.
Ma non importa. Ho troppa adrenalina in corpo per preoccuparmi del freddo. Cammino, cammino e cammino senza una meta, mentre altre lacrime mi scendono sulle guance. Adele è sempre una scarica di emozioni per me e stavolta lo è stata persino più del solito.
Quando ritorno in me, mi rendo conto che non so dove mi trovo. E che qualcuno mi sta seguendo. Mi lancio in un vicolo alla mia destra e mi guardo attorno in cerca di una possibile arma. Lì accanto c'è un cassonetto e, per qualche motivo, qualcuno ci ha abbandonato contro un bastone. Quando i passi si avvicinano, stringo il bastone di legno e aspetto. Il tizio avanza e mi sta chiaramente cercando. Una volta che mi è arrivato di fronte, mi avvento su di lui con il bastone. Lo colpisco a una spalla, ma lui si gira e mi disarma.
«Ma che cazzo fai?», sbotta.
Matthew.
Perché mi seguiva?
«Pensavo fossi un killer», rispondo, sentendomi un po' in colpa.
«E mi tiri una bastonata?», si tocca la spalla scaraventando il bastone a terra.
«Che vuoi, Leblanc?», sbotto, insofferente.
Matthew sospira e in quel momento noto che in mano ha la mia felpa. «Se mi hai rotto una spalla, ti denuncio, Cooper», mi dice, mentre me la lancia.
«Esagerato», sbuffo e la infilo, anche se non vorrei farlo solo per puntiglio.
«Ripeto la domanda, che vuoi, Leblanc?», domando, senza ringraziarlo della gentilezza.
Matthew si passa una mano tra i capelli e i suoi occhi verdi si scontrano con i miei.
«Sono venuto a ridarti la felpa», risponde, stranamente senza mostrarsi scontroso.
«Bene, puoi andartene adesso», lo liquido, anche se non vorrei che se ne andasse. Non so perché, ma una parte di me vorrebbe parlare di quanto accaduto allo Snowflakes. Devo essere impazzita.

«Perfetto», replica e fa per andarsene.
Cerco di nascondere la delusione e mi incammino nella direzione opposta.
«Casa tua è dall'altra parte», mi suggerisce Matt. «Ti accompagno, Cooper», propone.
«Non ce n'è bisogno», ribatto fingendomi seccata, dato che in realtà sono felice che lui sia qui.
«Non era una domanda», replica.
«Posso tornare da sola, non voglio la tua pietà», insisto.
«Taci e cammina», mi intima. «Tanto non preoccuparti, non ti rapisce nessuno. E anche se fosse, ti lascerebbero subito andare con quella boccaccia che ti ritrovi», mi dice, mentre ci incamminiamo insieme.
«La mia boccaccia è molto apprezzata, grazie tante. Di sicuro sa cantare», mi vanto un po'.
Matthew ridacchia. «Sa fare anche qualcos'altro? Non mi sembra».
«Scommettiamo?», domando.
Oddio, ho detto davvero scommettiamo?
«Non provocarmi, ragazzina, e muoviti, non ho tutta la sera».
Le sue gambe sono troppo lunghe e, a ogni passo, si allontana sempre di più da me, che arranco per stargli dietro.
«Puoi rallentare?», sbotto.
Matthew si ferma di colpo e io gli vado a sbattere contro nella foga di raggiungerlo. Le sue braccia possenti e muscolose mi sorreggono dai fianchi per evitarmi di cadere.
«Attenta», sussurra a un centimetro dal mio viso.
Rimango senza parole e trattengo il fiato.
«Senti, ragazzina...», per un attimo i nostri nasi si toccano, «mi hai rovinato la giornata. Avevo in programma una bellissima scopata con la mia ragazza, ma devo accompagnare una rompicoglioni a casa per non avercela sulla coscienza, quindi, muovi quel bel culo e stai zitta per favore».
Come può dire certe cose con quel tono ammaliante?
Fumante di rabbia, lo spingo via da me. «Non sei costretto a stare qui, posso farcela da sola».
«Ma se prima stavi andando dalla parte sbagliata», mi fa notare.
«Non importa, da qui conosco la strada», lo sfido a testa alta. «Quindi puoi anche andartene a fare la tua scopata».
Cerco di sorpassarlo ma lui mi ferma e mi ritrovo di nuovo contro il suo petto. Respiro contro respiro. Naso contro naso.
«Perché piangevi?», mi domanda così di punto in bianco, con voce gentile.
«Non sono affari tuoi», lo rimbecco.
«Che cosa nascondi dietro questa corazza da dura?», mormora strofinando il suo naso contro il mio.
«E tu, Leblanc? Cosa nascondi?», sussurro piano.

«Nessuno lo sa», risponde serio. Non sta scherzando, in questo momento è sincero.

«Matthew Leblanc, l'uomo del mistero», lo sbeffeggio, per stemperare la tensione. Non posso permettermi di abbassare la guardia con lui.

Lui ridacchia e cattura una ciocca dei miei capelli tra le dita. «Kelsey Cooper, la rompicoglioni. Però prima non ti dispiaceva che ti accarezzassi la coscia, eh?», mi schernisce.

«Che cosa vuoi dimostrare?», ringhio tra i denti.

«Che c'è? Non è forse vero?». Le sue labbra sono a pochi centimetri dalle mie. Basterebbe sporgermi in avanti per baciarlo. E quanto vorrei farlo…

«Scommetto che in quel momento ti sei bagnata. Mi sbaglio?», domanda inclinando la testa da un lato.

«Ti sbagli», replico secca.

Mi fissa negli occhi e intanto le sue dita si posano sulla mia coscia. «Ah, mi sbaglio?».

Deglutisco e annuisco, incapace di rispondere.

«Certo, Cooper, certo», commenta e risale con le dita su tutta la coscia per arrivare sino alla pancia.

«Smettila», lo ammonisco.

«Di fare cosa?», mormora divertito.

«Smettila», ripeto quando sento le sue dita tracciare dei cerchi sulla mia pancia coperta dalla felpa, ma il mio tono sembra chiedergli il contrario.

«Non capisco, Cooper, di fare cosa? Parlami». La sua voce provocatoria ed eccitante mi fa rabbrividire.

«Di toccarmi», sussurro, senza fiato.

«A me non sembra che ti dispiaccia», bisbiglia, aumentando i miei brividi.

«Basta», riesco ad allontanarmi con uno sforzo di grande volontà.

«La verità fa male, eh?», dice, provocatorio.

«L'unica verità è che non sopporti l'idea che io non cada ai tuoi piedi, quindi ci provi con me soltanto per gonfiare il tuo ego gigantesco», lo rimbecco.

Matthew scoppia in una fragorosa risata. «Questa è bella, ci provo con te? Notizia flash, mi piace provocarti e prendermi gioco di te, ma se pensi che possa mai interessarmi una ragazzina frustrata, ti sbagli. Ho una ragazza fantastica al mio fianco, perché dovrei perdere tempo con te?»

«Altra notizia flash, stammi alla larga, io per te non esisto», scandisco bene l'ultima parola.

«Per me sei come un fantasma, invisibile. Puoi ingannare tutti ma con me non attacca: so che sotto questa corazza da dura in realtà si nasconde una bambina capricciosa e piagnucolona. Che c'è? La mammina non ti ha insegnato che bisogna stare lontano dai ragazzi come me?».

E all'improvviso, Matthew riesce a dire l'unica cosa davvero in grado di ferirmi e mandarmi in pezzi.

Dolore.

Solo dolore.

Le sue parole mi trafiggono, peggio di una pugnalata.

«Sei uno stronzo», lo spintono e metto un po' di distanza tra noi. «Mia madre è morta», gli sputo in faccia e mi giro senza voltarmi mai indietro, neanche per una volta.

La mammina non ti ha insegnato che bisogna stare lontano dai ragazzi come me?

Le sue parole mi rimbombano nella testa.

Mi incammino verso casa e, quando finalmente ci arrivo, entro come una furia. Mi appoggio alla porta e scoppio in un pianto silenzioso.

La canzone e le parole crude di Matthew mi hanno devastata.

Salgo in camera mia e per fortuna non trovo nessuno, né mio padre, né tantomeno Matthew.

Vado verso la scrivania e apro il cassetto.

Ho bisogno di vederla.

Appena trovo la foto, mi metto a osservarla per non so quanto tempo. Ritrae me e mia madre sul palco di un locale a Eureka mentre cantiamo la nostra canzone: *Skyfall* di Adele, appunto.

Dopo un tempo infinito, ripongo la foto nel cassetto, mi spoglio e indosso il mio pigiama di flanella rosa. Mi butto sul letto con le guance bagnate e il cuore che continua a battere all'impazzata.

Dopodiché, mi addormento con un dolore lancinante al petto e gli occhi di Matthew impressi nella mente.

Capitolo 25

Kelsey

Mi sveglio di soprassalto appena sento la sveglia del telefono risuonare per tutta la stanza.

Che diavolo? Perché l'ho messa così alta?

Ah giusto, perché sennò non riuscirebbe a svegliarmi neanche una cannonata.

Mi alzo controvoglia dal letto, stropicciandomi gli occhi, e faccio un grande sbadiglio. Vado al piano di sotto e trovo mio padre appoggiato al tavolo della cucina con una tazza di caffè fumante e lo sguardo assassino.

«C'è una ramanzina nell'aria, vero?», domando con un sorriso, tentando di rabbonirlo.

«Mi sarei aspettato di tutto, tranne di trovare Matthew Leblanc davanti casa nostra», replica, sbattendo un piede a terra, nervoso.

«Lui e i suoi amici mi sono venuti a prendere per non farmi andare da sola fino al karaoke», mi giustifico e vado a versarmi un po' di caffè nella mia tazza preferita.

«Come è andata?», domanda incerto.

Scrollo le spalle. «Ho cantato», confesso.

«Davvero?», domanda lui sbarrando gli occhi. Mi studia cauto, come fossi una bomba a orologeria.

«Davvero», annuisco bevendo un gran sorso di caffè.

I suoi occhi brillano. «Cosa hai cantato?», chiede piano.

«*Skyfall* di Adele».

La mammina non ti ha insegnato che bisogna stare lontani dai ragazzi come me?

Le parole di Leblanc ancora mi rimbombano in testa, ma cerco di scacciarle.

«Ricordo ancora quando la cantavi con tua madre», sussurra pensieroso.

«Mi ha aiutato a ricordarla. Sono riuscita ad arrivare alla fine, poi però sono scoppiata a piangere e sono scappata», mormoro.

«Sono felice che tu abbia cantato tutta la canzone», mi rincuora stringendomi in un abbraccio.

«Anche io», replico, aggrappandomi a lui.

I ricordi riaffiorano e il dolore torna più forte che mai.

Cantare per me è un'arma a doppio taglio, da una parte mi uccide e dall'altra mi fa stare bene.

Mi stacco dall'abbraccio finendo la mia tazza di caffè, prima di prepararmi per uscire.

Dopo essermi cambiata e truccata per non sembrare uno zombie, indosso una tuta nera, infilo i quaderni nella borsa e corro al piano di sotto. Io e papà usciamo di casa e per fortuna la nostra macchina sta bene ed è intatta. Già è una vittoria e dall'espressione di papà deve pensarla allo stesso modo.

Mi immergo nei miei pensieri e tiro fuori dalla borsa il telefono per controllare i nuovi messaggi.

5 nuovi messaggi da Biondina
1 messaggio da numero sconosciuto

Leggo prima i messaggi di Janette che mi starà maledicendo in tutte le lingue per non essermi fatta sentire.

Biondina: Buongiorno anche a te.
Biondina: Allora? Avete limonato tu e Leblanc?
Biondina: Non rispondi, ti ha rapita?
Biondina: Mi sto arrabbiando, devo chiamare la polizia?
Biondina: Okay, finalmente hai scoperto se i giocatori di hockey sono così dotati come si dice in giro?

Kelsey: Perché di prima mattina mi devi far sempre vomitare?
Kelsey: Comunque dopo ti racconto xoxo.

Scuoto la testa e apro il messaggio dal numero sconosciuto.

Numero sconosciuto: Mi dispiace.
Kelsey: Chi sei? Credo tu abbia sbagliato numero.

«Kelsey?», mi richiama mio padre.

«Eh?», domando, tornando in me.

«Dicevo, allora? Sei pronta per il test?», chiede.

«Sì certo, come no», ironizzo.

«Andiamo bene», borbotta, mentre percorriamo il lungo viale del college.

Appena parcheggia, scendo per assicurarmi che non ci abbiano fatto qualche scherzo.

«Per ora tutto okay, puoi uscire, papà», lo informo.

«Vada, signorina Cooper, ha un test da svolgere», mi esorta, mentre ci giriamo per entrare nell'edificio.

Ed è allora che lo vedo e per poco non mi prende un infarto.

«Oh mio Dio», mi porto una mano sulla bocca.

Proprio sopra l'entrata principale del college c'è una scritta fatta con una bomboletta spray.

MARCUS COOPER CLOWN.

Io lo ammazzo.
Lo uccido.
Lo distruggo.
«Papà», sussurro.
«Vai in classe, Kelsey, ci penso io e non ti immischiare, ti prego», replica con un filo di voce prima di incamminarsi furioso verso l'entrata fulminando ogni singolo studente che incontra.
Non appena sparisce oltre la porta, passo all'azione. «Chi cazzo è stato?», sbraito.
Silenzio.
«Kelsey, ti amo», urla uno studente tra la folla riunita sotto l'entrata.
«Io no», rispondo ed entro nel college sotto gli occhi di tutti.
«Ciao, Kelsey», mi saluta un ragazzo che non credo di aver mai visto prima.
Aggrotto la fronte e continuo a camminare verso la classe dove si terrà il test di storia del cinema.
Ma che hanno tutti oggi?
Il telefono mi vibra.
Lo prendo dalla tasca e lo sblocco trovando un nuovo messaggio.

Numero sconosciuto: Mi dispiace, Cooper.
Kelsey: Ripeto, chi sei?
Numero sconosciuto: Lo sai.
Kelsey: No, non credo.
Numero sconosciuto: Addio.
Kelsey: Aspetta, come hai avuto il mio numero? Chi te lo ha dato?
Numero sconosciuto: Hai letto quello che ti ho scritto, oppure no?
Kelsey: Sì l'ho letto ma lo sai il tuo dispiacere dove te lo puoi ficcare?
Numero sconosciuto: No, dove, tesoro?
Kelsey: Impossibile inviare il messaggio.
Numero sconosciuto: Cooper.
Kelsey: Impossibile inviare il messaggio.
Numero sconosciuto: Hai le due spunte, Cooper, so che non mi hai bloccato.
Kelsey: Impossibile inviare il messaggio.
Numero sconosciuto: Fanculo.

Fanculo anche a te, Matthew Leblanc.
«Ciao, Kels», mi saluta una ragazza sorridendo.
Oggi è in corso ufficialmente una follia.
«Ti conosco?», le domando con la fronte aggrottata.
«No, ma sei diventata una leggenda nel college», replica eccitata.
Decido di non approfondire e mi allontano, un po' sconvolta.

Dopo aver sopportato altri saluti e altri complimenti assurdi, arrivo finalmente nell'aula del test dove ci sono tavoli singoli, disposti in tre file orizzontali.

Sbuffo e mi siedo. Un attimo dopo, arriva la professoressa.

«Bene, ragazzi. Spero che abbiate studiato a fondo perché il test sarà tosto questa volta. Vi auguro buona fortuna, distribuite le copie». La professoressa passa dei fogli ai ragazzi seduti ai primi banchi per farli scorrere nelle file successive.

«Sono tutti diversi quindi non vi conviene copiare», ci ammonisce lei con sguardo truce.

Quando finalmente sono stati consegnati tutti i compiti, la professoressa ci dà il via per cominciare.

Leggo la prima domanda.

Niente.

La seconda.

Niente.

Neppure la terza, neppure la quarta.

Non so neanche una risposta, dannazione.

E sì che pensavo di essermi impegnata.

«La signorina Cooper è richiesta dal rettore», borbotta una voce dall'altoparlante.

Alzo la testa di scatto con la fronte aggrottata.

Ora che diavolo vuole mio padre?

Non interromperebbe mai il test, deve essere successo qualcosa di grave.

«Cooper, farai il test domani», mi ammonisce la prof con un'occhiataccia malefica.

Annuisco, saluto al volo ed esco dall'aula.

Poi improvvisamente una mano mi afferra e vengo catapultata dentro un piccolo sgabuzzino buio. Tasto per cercare la luce ma le mie mani vanno a finire su un petto duro c massiccio.

«Ho detto che mi dispiace», dice una voce roca, troppo troppo vicina.

Trovo l'interruttore della luce e finalmente lo vedo. Matthew Leblanc. Vengo attraversata da una scarica di rabbia improvvisa e gli tiro uno schiaffo così violento da fargli girare la testa da un lato.

Lui si volta con espressione furibonda. No, non è contento. In meno di due secondi, il suo corpo è appiccicato al mio e mi ritrovo con la schiena premuta contro uno scaffale.

Le sue labbra sono a un soffio dalle mie.

Non so cosa fare.

Il suo sguardo comunica soltanto una cosa.

Matthew Leblanc sta per baciarmi.

Capitolo 26

Matthew

Un millimetro.

Un millimetro di distanza dalle sue labbra carnose.

Un solo e insulso millimetro ci separa in questo momento.

Potrei avvicinarmi e schiantare la mia bocca sulla sua ma… non posso.

Una cosa però non l'avevo minimamente calcolata.

«Sono stato un idiota, mi dispiace per tua madre», sussurro.

Le mie sono parole sincere. Se avessi saputo di sua madre, sicuramente non avrei fatto quella stupida battuta. Forse, quello schiaffo un po' me lo sono meritato.

«Smettila di compatirmi, non serve», ribatte e mi spinge all'indietro.

«Non sono un pezzo di merda, Cooper», affermo con onestà. «Mi dispiace davvero per quello che ho detto ieri sera», ripeto affinché il messaggio passi, con una smorfia.

Io che chiedo scusa a qualcuno?

Un evento molto raro.

«Ti costa proprio dire che ti dispiace, eh?», mi sbeffeggia.

«Sì, non te lo ripeterò un'altra volta», replico.

«Ti senti meglio dopo avermi chiesto scusa?», domanda con un'espressione curiosa, come se le interessasse davvero.

«Non è questione di sentirsi meglio, Cooper. Non immaginavo che tua madre fosse…», lascio la frase in sospeso, come se temessi di concludere. Non l'ideale per uno che sogna di fare il medico.

«Morta? Puoi dirlo, sai», replica con determinazione, anche se ha gli occhi lucidi.

La studio e mi viene voglia di… *no.*

Stavo veramente per dire abbracciarla?

«Scuse accettate, Leblanc, ma aspetta. Sei stato tu?», sgrana gli occhi e assume un'espressione che mi fa quasi paura.

«A fare cosa?», domando, preoccupato.

«A farmi chiamare dall'altoparlante», risponde.

«Può darsi», replico, evasivo.

«Mio padre si arrabbierà», afferma, non molto contenta.

«Tuo padre non è un mio grande fan in ogni caso», sogghigno.

«A proposito di mio padre, la scritta sopra l'entrata della scuola è opera tua?», aggiunge, sospettosa e furibonda.

La Kelsey combattiva è tornata più forte di prima.

«Non sono stato io», le dico, fissandola dritto negli occhi.

Ed è vero.

Per una volta Matthew Leblanc non c'entra niente con questo scherzo. Anzi, mi fa infuriare che qualcuno si sia permesso di fare una cosa del genere sotto al mio naso.

Devo assolutamente scoprire chi diavolo è stato.

«Dimmi la verità, Leblanc», mi esorta, severa.

«Non sono stato io, Cooper, non avrei problemi ad ammetterlo, ormai dovresti conoscermi, no?», ribadisco.

«Allora chi diavolo è stato?», si interroga, con una smorfia

«Scoprirò chi ha fatto quella scritta, tesoro», le assicuro, deciso.

Lei mi punta un dito contro il petto. «Sempre che non sia stato tu…», insinua ancora, non convinta dalle mie affermazioni.

«Sarà, però ogni scusa è buona per toccarmi», ribatto, catturando il suo indice nella mia mano. «Non è che sotto sotto comincio a piacerti?»

«Mi fai ribrezzo, Leblanc», mi sfida a testa alta.

«Certo, i brividi che hai in questo momento sono perché ti faccio ribrezzo, giusto?», soffio a un millimetro dal suo viso di nuovo.

«Sì, ovvio», ribatte decisa.

Lei però sa che non è vero. Odio e tentazione, questo è ciò che prova Kelsey Cooper nei miei confronti. È questo l'effetto che le faccio. Lei non ne è contenta, ma non può farci nulla.

«Certo, è chiaro», sogghigno e le accarezzo il collo, vedendo la scia di pelle d'oca che le provoco.

«Leblanc, giuro che ti tiro un pugno nello stomaco», mi minaccia.

Lo farebbe davvero? Credo proprio di sì.

«Non sono stato io», ripeto, tornando al punto. Qualcosa nella mia espressione deve finalmente persuaderla, perché abbassa lo sguardo con un sospiro.

«Okay, forse non sei stato tu…», dice, pensierosa.

«Senti, puoi fare una cosa per me?», domando prendendole il mento per incontrare i suoi occhi.

«Che vuoi?», sbuffa.

«Voglio che tieni questa tua bella boccuccia chiusa, lo puoi fare?». È importante che mi ascolti, ma con lei è sempre una lotta.

«Non è possibile, mi spiace. Tu non mi dici quello che devo fare», mi rimbecca, come previsto.

«Poverino il ragazzo che si metterà con te, Cooper», scuoto la testa, stremato.

Chiunque lui sarà, dovrà combattere con questa bomba a orologeria.

«Forse volevi dire fortunato. Se mai troverò un ragazzo disposto a sopportarmi, allora me lo sposerò», replica, sottraendosi al mio tocco.

«Non credo esista qualcuno sul pianeta Terra con così tanta capacità di sopportazione», la sbeffeggio.

«Tu fatti gli affari tuoi», sbotta, dandomi uno spintone.

«Sei esilarante», ridacchio.

«Matthew Leblanc, nell'ufficio del rettore», ci interrompe l'altoparlante.

Santo cielo, datemi un attimo di tregua.

«Qualcuno è nei guai», mi canzona lei.

La fulmino con lo sguardo.

«Sarà per la scritta, papà avrà visto qualche telecamera», sorride lei soddisfatta.

«Cazzo, le telecamere», dico d'un tratto.

«Sei così stupido da non sapere che ci sono le telecamere all'entrata?», mi prende in giro.

«Dalle telecamere si vedrà che non sono stato io, genio», ribatto, stizzito.

«È meglio che vai. A papà Cooper non piace aspettare», mi suggerisce, beffarda.

Sto per aprire la porta dello stanzino, ma Kelsey mi blocca per un braccio. «Esci prima tu e poi tra un po' esco io, va bene?»

«Questa sì che è bella. Ti vergogni di me?», chiedo incredulo. È la prima volta che mi capita una cosa del genere.

«Non voglio essere collegata a te», mi spiega. «E se qualcuno ci vedesse uscire insieme da qui penserebbe che abbiamo…».

«Scopato? Fidati, tesoro, se avessi scopato con me, usciresti da questo ripostiglio in altre condizioni». Le faccio un occhiolino ed esco dallo sgabuzzino lasciandola lì, imbambolata.

Dopodiché, vado verso l'ufficio del rettore. In due settimane, ci sono andato già due volte, credo sia un record assoluto.

Se Olsen non si muove a trovare qualcosa, giuro che gli spacco il naso.

«Leblanc», mi sento chiamare.

Oddio ancora lei.

Proprio non riesco a liberarmene.

«Che altro vuoi, Cooper?», sbotto infastidito.

Lei mi raggiunge nel corridoio, inciampando nei suoi stessi piedi. «Se non sei stato tu a fare quella scritta, diglielo con sincerità e lui ti crederà».

«Ti preoccupi per me, Cooper?», domando, dandole un buffetto sulla guancia.

«No, direi di no», risponde lei, disgustata al solo pensiero.

«Allora lascia fare a me e stanne fuori», taglio corto.

«Ma se non sei stato tu, allora…». Si interrompe, incerta su come continuare.

«Non lo so», intervengo. «Ma troverò il colpevole».

Le do le spalle e mi incammino verso l'ufficio del rettore, ma Kelsey non ha ancora finito di tormentarmi. Comincia a seguirmi, sento i suoi passi alle mie spalle.

«Perché mi stai seguendo?», domando infastidito.

«Voglio sapere che cosa dirai a mio padre», mi dice, come se fossi tenuto a farlo.

Alzo gli occhi al cielo, ignorandola completamente e proseguendo per la mia strada.

«Leblanc», mi richiama e io perdo la pazienza.

«Fatti i fatti tuoi, Cooper», la liquido e il mio tono che non ammette repliche deve zittirla. Finalmente.

Capitolo 27

Matthew

Quando arrivo all'ufficio del rettore, la sua onnipresente segretaria mi fa cenno di entrare. «Rettore Cooper», borbotto a mo' di saluto e mi richiudo la porta alle spalle.

«Leblanc, che grandissimo dispiacere», replica seduto alla scrivania dandomi le spalle.

«Cosa posso fare per lei?», domando.

Lui con uno scatto rotea con la sedia, girandosi verso di me. «Prego, siediti».

Obbedisco. Non ha senso sfidarlo subito.

«Credevo di essere stato chiaro, Leblanc, niente più scherzi. E invece cosa mi ritrovo stamattina? Una scritta indecente sopra l'entrata principale del college», scuote la testa.

«Rettore…».

«Sto parlando io», alza un dito per ammonirmi. «Ho il video delle telecamere che ti inchioda».

Gira verso di me il monitor del computer e rimango a bocca aperta. Nel video si vede chiaramente il mio clone: è alto quanto me, indossa la mia felpa della squadra di hockey e persino le mie stesse scarpe.

Insomma, è identico a me. Il problema è che non sono io.

Leggo l'orario della ripresa: mezzanotte e venti. Io ero con Kelsey in quel momento, ma se glielo dicessi probabilmente peggiorerei soltanto la situazione.

«Allora? Qualcosa da dire, Leblanc?», mi incalza con un sopracciglio inarcato.

«Il video è stato fatto a mezzanotte e venti, io mi trovavo da un'altra parte», replico.

«Non prendiamoci in giro, Leblanc, le telecamere parlano chiaro», sbuffa.

«Io non ero lì in quel momento», ribatto con tono fermo.

«E allora dov'eri?», domanda fulminandomi con lo sguardo.

Silenzio.

Dovrei dare Kelsey in pasto a suo padre per giustificarmi, ma così facendo se la prenderebbe con lei e questo non posso proprio permetterlo.

Sto davvero proteggendo quella ragazzina insolente?

A quanto pare…

«Come pensavo, ho già parlato con il coach Smithy e non giocherai la partita di venerdì contro i Parks», mi informa.

«Cosa? Lei non può…», comincio a dire con gli occhi sgranati.

«Invece sì, posso».

«Era con me», interviene una voce alle mie spalle.

Kelsey Cooper.

Che cosa ci fa qui? Figurarsi se mi dava retta e se ne stava fuori.

«Kels… che cosa dici?», domanda il rettore con espressione assassina.

«Matt… Leblanc era con me», ripete.

Mi volto verso di lei lentamente e la guardo dritta negli occhi.

Perché mi stai proteggendo, Kels?

«Era con te?», replica lui con voce tremante.

Kelsey annuisce. «A mezzanotte e venti era con me, mi ha riportato la felpa che mi ero dimenticata al locale di karaoke e mi ha accompagnata a casa».

«Lo stai coprendo, Kels? Quanto ti ha dato per inventarti questa scusa?», sbotta il rettore, alzandosi dalla sedia.

«Secondo te mi lascio corrompere, papà? Io?», ribatte lei indignata.

«A quanto pare, sei libero, Leblanc, puoi andare», mi dice il rettore, a denti stretti. Chiaramente vuole rimanere solo con sua figlia.

Mi alzo dalla sedia e, senza aggiungere altro, mi allontano.

«Kels, tu resta», aggiunge il rettore com'era prevedibile.

Lei si blocca, mi rivolge uno sguardo annoiato e torna sui suoi passi.

«Buona giornata, rettore Cooper», mi congedo.

Detto questo chiudo la porta e rimango lì a fissarla per qualche istante.

Kelsey mi ha appena salvato il culo con suo padre. *Perché*?

Scuoto la testa e guardo l'orario dal telefono, notando che sono le nove in punto. A quest'ora ho lezione di farmacologia e mi devo sbrigare o rischierò di fare tardi. Ci manca solo questo oggi.

Raggiungo il secondo piano ed entro nella classe di farmacologia, sedendomi agli ultimi banchi.

Prendo il cellulare dalla tasca e ci sono dei nuovi messaggi sul gruppo mio, di Ryan e di Axel.

GANG HOCKEY

Ryan: Matt? Abbiamo sentito che il rettore ti ha convocato. Che è successo?

Axel: È per la scritta, sei andato senza di noi stanotte? Roba da non credere. Le cazzate le facciamo sempre insieme.

Ryan: Sta' zitto, Ax.

Axel: Ti spacco il naso, Ry.

Matthew: Vi racconto dopo.

Apro subito dopo il messaggio di Alison.

Alison: Matt? Tutto a posto?
Matthew: Sì, piccola, ci vediamo dopo l'allenamento.

Rimetto il telefono in tasca e, dopo qualche secondo, entra il prof di farmacologia.

Mentre lui comincia a spiegare, mi sento gli occhi di tutti addosso. È come se l'atmosfera fosse cambiata e il rispetto che mi hanno sempre riservato fosse diminuito. Ed è tutta colpa di Kelsey, perché è l'unica che reagisce ai miei scherzi, dimostrando di potermi sfidare.

«Leblanc», bisbiglia un ragazzo di fronte a me. «Ma è vero che la Cooper ti ha lanciato una bottiglia di pipì in testa?».

Ma che diavolo?

«Chi cazzo te lo ha detto?», sussurro a denti stretti.

«Nessuno, nessuno», replica in fretta lui e torna a seguire la lezione del professore.

Prendo il cellulare e, tenendolo sotto il banco per non farmi vedere, le mando un messaggio. Mi sfugge un sorriso quando noto che l'ho salvata come "Rompicoglioni".

Matthew: Allora? Sei in punizione Cooper?

Rimetto il cellulare in tasca e continuo a seguire la lezione.

«In base al tipo di azione farmacologica indotta, i farmaci si classificano in questi gruppi», sta dicendo il prof.

«Sintomatici. Qualcuno sa di cosa parlo?», chiede.

Ovviamente tutti tacciono.

«Sono farmaci che agiscono sui sintomi della malattia quindi, ad esempio, degli antinfluenzali», rispondo e lui annuisce, soddisfatto.

Lo sanno anche i bambini di quattro anni, prof.

«Poi abbiamo i causali o eziologici», continua a spiegare, «che agiscono sulla causa della malattia, ad esempio, come fanno gli antibiotici».

Noia.

Noia.

E ancora noia.

Queste cose io già le so…

Il mio cellulare vibra e lo tiro fuori dalla tasca in mezzo secondo.

Rompicoglioni: Punizione? Peggio.
Matthew: Cioè?
Rompicoglioni: Ora mio padre crede che io e te abbiamo una sorta di storia. Bleah!
Matthew: Sei l'unica a pensarla in questo modo.
Rompicoglioni: Sono l'unica a non cadere ai tuoi piedi, Leblanc.
Matthew: Perché mi hai salvato il culo?

Rompicoglioni: Era giusto così.
Matthew: Che vuoi in cambio?
Rompicoglioni: Niente, tu a quell'ora eri con me e non mi sembrava giusto che non giocassi la partita di venerdì per una cosa che non hai fatto.
Matthew: Non ti ringrazierò.
Rompicoglioni: Vaffanculo.

«Leblanc?», la voce del professore mi fa sobbalzare.

«Sì?», replico rimettendomi il telefono in tasca.

«Stavamo parlando dei farmaci sostitutivi, mi sai dire a cosa si rivolgono nello specifico?», mi domanda il prof inarcando un sopracciglio.

«Si occupano di ripristinare le funzioni dell'organismo alterate dalla malattia», rispondo stravaccandomi sulla sedia.

«Ad esempio?», mi incalza lui.

«Insulina», replico, pronto. Il prof mi fissa di sottecchi per poi ricominciare con la spiegazione.

Quando finalmente la lezione finisce, mi alzo in fretta e furia.

«Leblanc», mi blocca il prof, prima che io possa svignarmela.

«Sì?», domando stizzito.

«Sai già dove svolgere il tirocinio?», chiede sistemando i fogli della lezione dentro la sua borsa.

«In realtà no, già devo decidere?», rispondo, sentendomi preso in contropiede. Pensavo di avere ancora un po' per riflettere.

«No, c'è ancora un po' di tempo, ma volevo solo sapere se avessi già un'idea».

E per la prima volta, esprimo il mio desiderio ad alta voce. «Mi piacerebbe farlo in ospedale», rispondo con un filo di voce.

Se il prof è stupito, non lo dimostra. A me sembra di avere appena fatto una confessione segretissima. Forse il prof se ne rende conto perché mi sorride, indulgente. Che non fossi il tipico giocatore di hockey gli era già chiaro dal mio rendimento, ma adesso si è tolto ogni dubbio. Lavorare nell'ambito ospedaliero è da sempre il mio sogno, l'ho tenuto nascosto per anni perché delle volte mi sono sentito persino in colpa, dato che per intraprenderlo dovrei abbandonare definitivamente l'hockey.

Ma a volte vorrei soltanto avere la possibilità di decidere io per me stesso, e invece sono ancorato a questo sport. Sotto sotto mi piace come l'hockey riesca a far uscire la parte competitiva e cruenta di me ma... vorrei fare altro.

All'improvviso, mi sento vulnerabile come mai prima d'ora. Lo saluto in fretta e furia ed esco dall'aula, ben consapevole che un tirocinio in ospedale mal si concilia con una stagione di hockey a livello quasi professionistico.

Finite le lezioni, esco dal college e alzo la testa verso l'entrata principale.

Per fortuna quella ridicola scritta è sparita.

Ho riflettuto molto su quanto accaduto oggi.

La persona nel video aveva i miei stessi vestiti, le mie stesse scarpe, deve essere un mio compagno di squadra. *Per forza.*

Se scoprirò chi è stato, gli renderò la vita un inferno.

Se Kelsey non si fosse messa in mezzo, avrei saltato la prima partita del campionato, dannazione.

Devo assolutamente ricambiarle il favore in qualche modo.

«Cazzone», mi saluta Ryan scompigliandomi i capelli con il dorso della mano, quando raggiungo lui e Axel.

«Siamo curiosi, Matt, che è successo con il rettore Cooper?», domanda Ax.

«Non qui», sussurro in risposta facendogli cenno di seguirmi.

Percorriamo il vialetto esterno del college e ci nascondiamo dietro a un albero di pino proprio di fronte allo stadio degli Sharks. Dopo cinque minuti di spiegazione dettagliata su quello che è successo, Axel e Ryan mi fissano interdetti.

«No, aspetta, non credo di aver capito. Qualcuno stanotte si è travestito da te per metterti nei guai?», ripete Ryan sbattendo le palpebre.

Già, Ryan, non posso crederci neanche io.

«E Cooper Junior ti ha salvato il culo?», esclama Axel esterrefatto.

«Sì e sì», annuisco alle loro domande guardandomi intorno per accertarmi che nessuno stia origliando.

«E chi è stato allora a fare quella scritta?», interviene Ry, irritato.

«Non lo so, nel video si vedono soltanto la tuta degli Sharks e delle Jordan bianche ai piedi», scrollo le spalle.

«Quindi è uno di noi?», sussurra Ax.

«Perché bisbigli?», aggrotta la fronte Ryan.

«Be', abbiamo un traditore negli Sharks, per quanto mi riguarda potresti essere tu», ribatte puntandogli un dito contro.

«No, dato che ero con te ieri sera, te ne sei dimenticato?», lo rimbecca Ry con aria di sufficienza.

Axel è sempre il solito Axel.

«Ah, giusto, allora, Matt? Idee su chi sia stato?», mi domanda Ax come nulla fosse.

«Non lo so, ma lo scoprirò», dico, determinato.

Non vedo l'ora di scoprire chi è stato così stupido da cercare di incastrarmi. Gliela farò pagare, poco ma sicuro.

«Andiamo, sennò chi lo sente il coach», interviene Ry, che ha sempre la testa sulle spalle.

Appena entro negli spogliatoi, però, cala un silenzio agghiacciante e tutti i miei compagni di squadra si zittiscono distogliendo lo sguardo. Aggrotto la fronte e prendo dall'armadietto il mio borsone.

Mi infilo dei semplici pantaloncini neri e indosso una t-shirt bianca, pronto ad andare in palestra a rafforzare i muscoli.

«Ma che cazzo hanno tutti?», domanda infastidito Ryan tirandomi una spallata.

«Non lo so, scopriamolo», borbotto. Mi infilo le sneakers ai piedi, prendo giusto una bottiglietta d'acqua, un asciugamano e chiudo il borsone all'interno dell'armadietto.

«Si può sapere che avete tutti quanti?», mi informo girandomi verso la mia squadra che si sta preparando per l'allenamento.

«Abbiamo sentito che non giocherai venerdì», sussurra Bill, la nostra matricola.

«Chi ve l'ha detta questa cazzata?», chiedo inclinando la testa da un lato.

«Il coach ha detto...», comincia Olsen.

«Il coach si è sbagliato, giocherò venerdì. Qualcun altro ha qualcosa da dire a riguardo?», li sfido squadrandoli dalla testa ai piedi.

Nello spogliatoio cala il silenzio. Il terrore serpeggia tra i miei compagni, che sanno di non dovermi fare incazzare.

Dal canto mio, sto per lanciare una bomba e l'impatto sarà così violento da far tremare chiunque si trovi in questo spogliatoio.

«Curioso», continuo. «Il rettore mi ha mostrato il video di ieri sera e ad aver imbrattato l'entrata del college è stato uno di noi. Indossava una tuta della squadra di hockey e delle Jordan bianche, identiche alle mie».

Ancora silenzio.

«Qualcuno di voi ha provato a incastrarmi. Questa è la vostra opportunità di uscire allo scoperto. Chi è stato?», domando osservandoli uno per uno.

Silenzio.

Solo silenzio.

«Nessuno? Sappiate che quando scoprirò chi è stato – e state certi che lo scoprirò –, il colpevole la pagherà cara», ringhio per poi voltarmi e uscire dagli spogliatoi seguito dai miei amici.

«Matt, che diavolo? Ora ti metti a fare lo Sherlock della situazione?», sbuffa Ryan dietro di me.

Mi volto di scatto. «Ti rendi conto di cosa è successo? Se la Cooper non si fosse messa in mezzo, non avrei giocato quella dannata partita».

Mi allontano perché in questo momento non sopporto nemmeno Ryan e Axel. Arrivato alla palestra, poggio l'asciugamano e la bottiglietta per terra e mi siedo su una panca per fare qualche addominale. L'intera squadra entra poco dopo e si mette al lavoro. Osservo di sottecchi ognuno di loro e noto che soltanto una persona non mi sta guardando in faccia.

La matricola, Bill. Lui sa qualcosa.

«Ax, dopo l'allenamento porta la matricola nello sgabuzzino», bisbiglio e mi porto le braccia al petto, per continuare con gli addominali.

«La matricola? Quel cagasotto? Perché?», ribatte Ax.

«Che hai in mente?», domanda Ryan, che mi sta bloccando le ginocchia per non farle alzare durante l'esercizio.

«Lui sa qualcosa», affermo, convinto.
«Fighette mosce mestruate, buongiorno!», mi interrompe una voce tonante.
Ci mancava solo il coach.
«Che diamine fate? Quegli esercizi li sa fare anche mia nonna e ha novant'anni. In piedi! Un giro di suicidi per tutti», urla come un forsennato.
I ragazzi obbediscono all'istante.
«Leblanc, qui», mi intima il coach Smithy, sistemandosi gli occhiali da sole sulla testa. Sarebbe un tipo buffo – robusto, baffi marroni, nasone a patata –, se non sapessi quanto può essere stronzo.
Mi alzo dalla panca e vado verso di lui.
«Il rettore mi ha appena riferito che giocherai venerdì. Ti hanno fatto proprio un brutto scherzo, eh? Qualcuno è rimasto infilzato sulla sua stessa lama». La sua risata corposa risuona per tutta la palestra. «Tutto sommato, sono contento. Se non avessi giocato venerdì, ti avrei staccato le palle e le avrei messe in esposizione nella teca dei trofei del college. Niente cazzate, Leblanc, questo campionato sarà decisivo per la tua carriera».
Annuisco e lui mi congeda con un sonoro: «Vai al diavolo».
Sempre molto gentile, coach.
Torno alla panca e trovo Axel che si sta lamentando di Ryan. Prendo la bottiglietta d'acqua e ne bevo un grande sorso per idratarmi.
«Mi devi tenere meglio le gambe, Ry, sennò a che servi?», sbuffa Ax continuando ad alzarsi e ad abbassarsi per fare gli addominali.
«Ti sto tenendo fermo per i piedi, coglione», sbotta il biondo.
«Riuscite a battibeccare anche per degli addominali. È incredibile», alzo gli occhi al cielo posando di nuovo la bottiglietta a terra.
«Matt», mi chiama Olsen, che mi fa cenno di seguirlo lontano da orecchie indiscrete. «Vieni».
Ci spostiamo sul fondo della palestra e mi appoggio al muro. «Allora?»
«Credo di aver trovato qualcosa», sussurra per non farsi sentire.
Finalmente.
«Cosa?», domando secco.
«Non ne sono sicuro», bisbiglia, mordendosi il labbro.
«Puoi essere più chiaro, Olsen?», lo incalzo.
«Potrebbe essere tutto o potrebbe essere… niente», risponde evasivo.
Poi, di fronte al mio sguardo scocciato, estrae il cellulare. Sul display, c'è un articolo di giornale.
Una volta finito di leggerlo, sgrano gli occhi.
Non è possibile.
«Cazzo», impreco ridandogli il telefono.
«Non sono certo che sia proprio il rettore Cooper ma, se così fosse, è roba grossa, Matt».
Se quell'articolo di giornale si riferisce al rettore, sarà in un bel guaio.

«Come l'hai trovato?», domando.

«È proprio questo il punto. Era nascosto in un server che sono riuscito a decriptare».

«Puoi spiegarti meglio?», lo interrompo.

«Lo hanno nascosto apposta, Matt», puntualizza.

«Dobbiamo capire se parla davvero del rettore», dichiaro.

«Proverò a scavare più a fondo», mi assicura lui.

«Mi servono prove concrete, non supposizioni», ribadisco.

Olsen annuisce e se ne va.

Se quell'articolo dice la verità allora... *Santo cielo.*

Che storia è mai questa?

Torno da Ryan e Axel che stanno ancora litigando per degli addominali.

«Allora? Che succede?», domanda Ry.

«Niente, niente», rispondo in fretta. Forse per la prima volta in vita mia, non mi fido a confidarmi con i miei amici. Innanzitutto vorrei delle prove.

«Guarda un po' chi c'è!». La voce fastidiosissima di Trent rimbomba nella palestra.

Mi volto e rimango incantato da Kelsey Cooper che sta venendo proprio verso di me. Indossa una tuta super attillata che la rende troppo attraente per il mio bene, ha i capelli in uno chignon disordinato e un viso pulito che per qualche motivo mi risulta irresistibile.

Questa ragazza mi fa impazzire, l'ho già detto? Lei guarda Trent e fischia per prenderlo in giro.

«Fanculo», borbotta Davis, ricominciando ad allenarsi.

Bravo, Trent, levati dai coglioni o ti tiro un pugno in faccia.

«Cooper, ti ho già vista fin troppe volte oggi, puoi sparire? Mi sto allenando», le dico incrociando le braccia al petto, quando mi arriva vicino.

«Dobbiamo parlare», dichiara.

«Non ora», replico e mi volto verso i miei amici che stanno cominciando con le flessioni. Ci manca solo un'altra ramanzina del coach.

Mi accovaccio a terra e comincio a flettermi sulle braccia per fare dei piegamenti. Improvvisamente però noto che lei sta facendo dei piegamenti di fianco a me.

«Ma che fai?», sbotto guardandola con la coda dell'occhio.

«Dobbiamo parlare», ansima mentre cerca di piegarsi, con scarsi risultati, dato che ha delle braccia piccole e fragili.

«E come, se non riesci neanche a respirare?», la prendo in giro.

«Sei uno stronzo», sbuffa e continua con i piegamenti.

Oddio, chiamarli piegamenti è un insulto. Diciamo che sembra più un barboncino toy che cerca di salire su un divano.

«Lo so», concordo, con un sorrisetto.

«Ti devo parlare, uomo delle caverne», ripete senza fiato mentre cerca di tirarsi su con le braccia.

«Cooper», la chiamo fermandomi con le braccia tese e lo sguardo fisso sul pavimento.
«Che c'è?», chiede, confusa. Kelsey Cooper è una spina nel fianco, eppure tutti le stanno guardando il culo. Come ha fatto a non accorgersene?
«Alzati, stai dando spettacolo», le suggerisco.
Kelsey si alza di scatto, capendo subito cosa intendevo. Fulmina i miei compagni di squadra e mi implora con lo sguardo di darle retta.
Mi alzo da terra e la fronteggio. «Che vuoi?»
«Non qui», sussurra.
Ma che hanno tutti? Perché sussurrano?
«Vedi? Anche lei parla a bassa voce», interviene Axel che deve aver avuto il mio stesso pensiero.
Kelsey alza gli occhi al cielo, non entusiasta all'idea di avere a pochi passi Ryan e Axel. «Vediamoci al George's che è meglio», propone, sconfitta.
«Perché dovrei incontrarti?», la stuzzico con un sorriso. Questo gioco tra noi è sempre molto divertente.
«Ti ho salvato il culo con mio padre, dovresti essere più gentile con la sottoscritta», ribatte portandosi le mani sui fianchi.
Anche questo è vero.
«Gentile? Che parola è?», la sbeffeggio lanciando un'occhiata ai miei amici che se la stanno spassando dalle risate.
«Dovevo lasciare che mio padre ti punisse, lo sapevo», ringhia e si gira per andarsene ma io faccio in tempo ad afferrarla per un polso.
«Di cosa mi vuoi parlare, ragazzina?», le domando, mentre il contatto con la sua pelle mi rende difficile concentrarmi.
«Dello scherzetto che ti hanno fatto», risponde lei, lanciando un'occhiata alle mie dita che la stringono. «Credo di sapere chi è stato», sussurra.
«Che cazzo vuol dire?», le chiedo, lasciandola andare.
«Vieni al George's e lo scoprirai», si congeda lei, poi si volta e se ne va, ancheggiando sotto gli occhi di tutti.
Maledetta ragazzina.
«Credi che lo sappia davvero?», si informa Ax.
«Non ne ho idea», replico, dubbioso. Kelsey Cooper è sempre piena di sorprese.

Finite le due ore di palestra, torniamo negli spogliatoi. Guardo Axel e Ryan che annuiscono andando verso la matricola. Io, invece, mi posiziono nello sgabuzzino in attesa.
Dopo un po', la porta si apre e la matricola entra, scortata dai miei amici.
Ryan gli impedisce ogni via di fuga.
Axel si mette accanto a me e guarda la matricola come se fosse un buon bocconcino da mangiare.

«Allora… Bill, giusto?», esordisco con un sorrisetto malefico, scrocchiando le dita.

«Io non. Non so niente…», balbetta lui spaventato.

«Non ho neanche parlato e già sei sulla difensiva?».

Esilarante.

«Matt…», mormora intimorito.

«Hai qualcosa da dire al capitano?», lo incalza Axel incrociando le braccia al petto.

«Io ho sentito qualcuno uscire questa notte dalla villa», bisbiglia con un filo di voce il poveretto.

Mi fa quasi pena.

«Chi?», chiedo, visibilmente irritato.

«Non lo so, era vicino però… vicino alla mia stanza», risponde tremante.

«Hai visto chi era, marmocchio?». Axel si avvicina a lui con fare minaccioso.

Il volto di Bill è una maschera di terrore e in quel momento mi rendo conto che è sincero.

«Sta dicendo la verità», affermo.

«Come lo sai?», ribatte Axel.

«Lo so e basta. Lasciatelo andare, ci ha detto tutto quello che sa», affermo ed esco dallo sgabuzzino.

Non so per quale motivo, ma sin da piccolo ho imparato a riconoscere quando qualcuno mi mente. E Bill sta dicendo la verità, mi è chiarissimo. I segnali c'erano tutti e non ha senso che io continui a torturarlo.

Prendo l'occorrente per farmi la doccia e, quando i miei amici mi raggiungono, sono lapidario: «Andiamo ad ascoltare cosa ha da dire quella ragazzina». Sbuffo e vado verso le docce senza voltarmi indietro.

Quando ritorno avvolto solo dall'asciugamano, Ryan e Axel si stanno già rivestendo e sono tutto meno che contenti alla prospettiva di rivedere Kelsey.

«Ora ti fidi di quella?», borbotta Ryan, scontento.

«Non mi fido, dobbiamo solo ascoltare che vuole dirci», scrollo le spalle.

«Come fa a sapere chi è stato?», domanda lui asciugandosi i capelli.

Mi infilo i boxer puliti di Calvin Klein, riponendo l'asciugamano dentro il borsone. «Non lo so, ti sembro un dannato indovino?», sbotto.

«Chi è un indovino?», domanda Axel che si era distratto con il cellulare.

«Matthew, a quanto pare», mi prende in giro Ryan.

Decido di non replicare e mi infilo i pantaloni della tuta, una felpa pulita e le mie sneakers bianche della Nike.

Appena metto piede fuori dagli spogliatoi, vengo letteralmente assalito da Alison, che mi stava aspettando.

«Matt, ho provato a chiamarti», dice prima di buttarmi le braccia al collo. La bacio con trasporto.

«Prendetevi una stanza», tossisce Ax.

Mi stacco da lei e fulmino con lo sguardo i miei amici. «Piccola, ci vediamo dopo, okay?», le dico.

«Ma avevi detto che…», comincia lei, ma io non ho tempo di darle retta. Devo risolvere la questione Kelsey al più presto.

«Ci vediamo per cena, va bene?», domando accarezzandole una guancia. La settimana scorsa l'ho trascurata e devo assolutamente rimediare, ma ora ho bisogno di parlare in santa pace con la Cooper.

«Va bene», sussurra e mi lascia un delicato bacio sulle labbra per poi girarsi e andarsene, sparendo oltre la porta.

«Vicino alla stanza del moccioso chi c'è?», domando di punto in bianco, uscendo dalla palestra.

«E io che ne so, Matt?», sbotta Ax.

Usciamo dal college e ci dirigiamo verso il George's.

«Secondo me la Cooper ti farà un bello scherzetto e io riderò», mi sfotte Ryan.

«Era sincera, sa qualcosa», replico autoritario.

«Sarà, secondo me appena entrerai al George's ti lancerà una bella secchiata d'acqua fredda», ironizza Axel.

«Lo scopriremo», scrollo le spalle continuando a camminare.

«Con la bionda come va, Ax?», cambia discorso Ry.

«Scopiamo», risponde secco.

«Ma dai? Sento le sue urla dalla mia stanza», ribatte Ryan, un po' contrariato.

«Che vuoi? Sei geloso?». Ax gli butta un braccio attorno al collo in modo giocoso.

«No, strilla come una gallina, non riuscirei a sopportarlo», risponde Ryan spintonandolo.

«Be', scusami tanto se io so come far urlare una ragazza», ridacchia Ax.

«Grandi conversazioni», brontolo scuotendo la testa.

Finalmente arriviamo al George's e, appena entro, sono sollevato nel vedere che non c'è nessun secchio d'acqua fredda ad aspettarmi.

Be'… me lo sarei meritato.

«Matt?», mi chiama Rosie venendo verso di me. Indossa la sua solita divisa da cameriera e ha i capelli legati in una coda disordinata.

«Ma quanto ti fa lavorare il vecchio?», domando. Non dovrebbe essere qui oggi, ma a lezione.

«Mery era malata, ho dovuto sostituirla», risponde lei con una scrollata di spalle.

«Omino Michelin!».

La voce fastidiosa di Kelsey Cooper mi fa sospirare.

È seduta al nostro solito tavolo insieme a Janette, la biondina che fuma cinquecento sigarette al giorno.

«Portaci qualcosa per favore, Ros», chiedo con gentilezza e vado verso il tavolo.

Mi siedo di fianco a Kelsey.

«Sei enorme, occupi tutto lo spazio», protesta lei cercando di non farsi schiacciare nello spazio tra me e Janette. «Mi farai diventare una sardina», sbuffa poi.

«Pazienza», commento, anche se ha ragione.

Siamo spalla contro spalla, coscia contro coscia. Sento ogni singolo suo respiro. E vorrei non sentirne l'effetto, ma purtroppo non è così.

La presenza di Kelsey è deleteria per me, la sua vicinanza mi fa letteralmente impazzire. Ogni volta che sono con lei il mio cervello si sconnette da tutto il resto.

«Ciao J.». Ryan saluta la biondina con un cenno del capo.

«Ciao J.», lo canzona Axel beccandosi un'occhiataccia da tutti e due.

«Allora, dato che voi siete donne…», esordisce Axel sedendosi vicino a Ryan.

Oddio. Qui si mette male.

«Stai per fare un'affermazione sessista?», si inalbera subito Janette.

La risposta potrebbe non piacerle, ma nessuno di noi può fermare Axel, quando è partito in quarta.

«Se una ragazza urla come una pazza mentre la scopo, vuol dire che le sta piacendo, no?», domanda Ax sorridendo.

Dio santo.

Janette sbarra gli occhi, invece Kelsey scuote la testa.

«Chiudi quella bocca, Ax», sospiro annoiato.

«Non hanno risposto», puntualizza lui stravaccandosi sul divanetto.

«Se sentissi una ragazza urlare come una pazza, chiamerei subito la polizia», replica la Cooper.

Sì come no.

«E se fossero urla di… *piacere*?», sussurro nel suo orecchio.

«Vomiterei», risponde seccata.

Decido di abbandonare questo discorso e passare al motivo per cui siamo qui. «Allora? Che cosa volevi dirmi?», domando.

«Chi cazzo è stato, Cooper?», mi dà manforte Ryan.

«Innanzitutto abbassiamo i toni», la difende Janette.

«Sennò?», la sfida lui poggiando gli avambracci sul tavolo.

Li osservo bene per la prima volta e noto una strana tensione tra Ryan e Janette.

Questi due non me la raccontano giusta. Dovrò torchiare Ryan dopo.

«Smettetela di litigare. Forza, Kelsey, sputa il rospo», intervengo puntando gli occhi su di lei.

«Non funziona così, Leblanc, prima tu mi dai qualcosa in cambio e poi ti dirò quello che vuoi sapere», mi sfida subito, pronta come sempre all'attacco.

Se solo sapesse cosa ho in serbo per lei.

«Che vuoi, ragazzina? Mi stai soltanto facendo perdere tempo», ribatto, allungando il braccio dietro di lei, sul divanetto.

«Voglio che la smetti di tormentare mio padre», borbotta.

Be', sarebbe giusto ma... *non ci penso proprio.*

«Ti concederò una tregua, niente di più», acconsento e le accarezzo la coda di cavallo.

Lei si scosta da me cercando di allontanare il mio braccio. «Affare fatto», accetta.

«Allora?», chiedo, ormai esasperato.

«È stato Trent».

Come ho fatto a non pensarci?

Era infuriato con lei per lo scherzetto della festa, quindi è molto probabile che sia stato lui.

«E tu che ne sai, bambolina?», domanda Axel.

«Bambolina? Sul serio?», si indigna Kelsey.

«Rispondi», asserisco con voce dispotica.

«Non prendo ordini da te, Leblanc», mi rimbecca subito lei, ma io sono stanco delle sue sceneggiate.

Sto per dirgliene quattro, quando Rosie appare al nostro tavolo. «Ecco a voi, ragazzi». Rosie ci consegna dei fantastici frappuccini.

«Grazie, Ros, mi ci voleva proprio un frappuccino per sopportare quello stronzo di tuo fratello», interviene Kelsey prendendosi il suo e bevendone subito dopo un gran sorso.

«Sai che sono qui, vero?», domando, corrucciato.

«Kels, sono contenta di averti visto oggi. Il proprietario dello Snowflakes vuole parlarti. Ha detto di passare quando vuoi», interviene Rosie, facendo ammutolire entrambi.

Kelsey rimane a bocca aperta e si volta verso di me. «Cosa vorrà?», mi chiede, come se dovessi saperlo.

«Ma per chi mi avete preso oggi? Per un veggente?», alzo gli occhi al cielo.

«Possiamo tornare al fatto che Trent ha cercato di incastrarti?», domanda Ryan.

«Infatti, Cooper, che cosa sai?», la incalza Axel appoggiando il mento sul palmo della mano aperta.

«Io e J. eravamo nascoste sotto gli spalti della palestra», si blocca a metà frase.

Nascoste sotto gli spalti?

«Oh, ma davvero?», sogghigno con un'occhiata maliziosa.

«Non so cosa stia pensando la tua mente perversa, ma volevo farti uno scherzetto innocente», sorride colpevole.

La fulmino con lo sguardo. «In cosa consisteva questo scherzetto innocente?»
«Volevamo togliere le viti delle seggioline dei giocatori così da farti cadere con il culo per terra», rivela senza timore.
«Sarebbe stato esilarante, se Trent non ci avesse interrotte», interviene la biondina battendo il cinque alla sua amica.
Idea molto originale, devo ammetterlo.
«Sarebbe finita molto male per voi, Janette», dice Ryan, guardandola un po'… affascinato?
Janette sostiene il suo sguardo ma non risponde.
«Che cosa hai sentito?», chiedo a Kelsey, ignorando gli altri due.
Lei si volta verso di me con un sorrisetto. «Trent si vantava di aver incastrato il re del college e bla bla bla».
«Bla bla bla? Sii più specifica», ordina Ryan.
«Niente, ha insultato mio padre e poi ha blaterato qualcosa sul fatto che sarebbe diventato il capitano della squadra nella partita di venerdì», scrolla le spalle.
«Io lo ammazzo», mi alzo dal divanetto, ma la minuscola mano di Kelsey mi afferra per impedirmelo.
«Non ammazzi proprio nessuno. Sii più furbo», mi suggerisce lei.
Mi siedo, più nervoso che mai.
«Dobbiamo collaborare», propone poi Kelsey.
Non credo di aver sentito bene.
«Scusa?», domando incredulo.
Lei incrocia le braccia al petto e sbuffa risentita.
Sorrido e poggio la mia mano sulla sua coscia coperta dal tessuto della tuta. La accarezzo come allo Snowflakes e lei… me lo lascia fare. Il suo corpo trema e scommetto che una distesa di brividi si sta espandendo sulla sua pelle.
Le traccio dei cerchi immaginari con le dita sulla sua coscia.
«Dobbiamo collaborare, voglio proprio dare una bella lezione a Trent», dice, ma il suo tono lascia trapelare l'effetto che le fa il mio tocco.
Le stringo la coscia facendola sussultare e mi avvicino al suo orecchio. «Che hai in mente?»
«Potresti… spostarti?», sbotta schiaffeggiandomi la mano.
Ridacchio e obbedisco. «Quindi?»
«Io ho un'idea», interviene Janette.
Ci voltiamo tutti verso di lei.
Ryan si lecca le labbra e continua a fissarla come se volesse mangiarla da un momento all'altro. Ma poi si mette all'ascolto, come noialtri, mentre Janette elabora un piano geniale.

Dopo una mezz'oretta, la nostra vendetta nei confronti di Trent è architettata. Kelsey Cooper, stavolta, mi è stata di grande aiuto anche se non lo ammetterei mai. Questi però sono… *dettagli.*

Ci alziamo dal tavolo dopo aver finito i nostri rispettivi frappuccini e usciamo dal George's.

«Devo passare allo Snowflakes, J.», dice Kelsey alla sua amica.

«Ti accompagno io a casa, andiamo», si offre Ryan, prendendo Janette sottobraccio e allontanandosi, dopo un saluto veloce a me, Axel e Kelsey.

«Quei due nascondono qualcosa», commento guardando J. e Ryan.

«Già», concorda Kelsey sospettosa quanto me.

«Me ne vado anche io, ragazzi», ci saluta Axel avviandosi verso il campus.

«Io vengo dalla tua parte», dico a Kelsey.

«Che altro vuoi? Solo perché ora siamo in un periodo di tregua, non vuol dire che siamo amici», sbuffa, mentre ci incamminiamo verso lo Snowflakes che è a pochi metri di distanza dal George's.

«Non ti fare strane idee, tesoro, devo andare a prendere Alison che abita proprio da quella parte», indico la strada di fronte a me.

Alison abita davvero su questa strada? Ovviamente no.

Ma stare in compagnia di Kelsey mi fa infuriare. E mi fa sentire vivo.

A proposito di Alison, prendo il cellulare e scorro i suoi messaggi.

Alison: Matt?
Alison: Dove sei?
Alison: Quando ci vediamo?
Matthew: Che cazzo è? Un interrogatorio, piccola?
Matthew: Tra mezz'ora a casa mia.
Alison: Restiamo a casa anche stasera?
Matthew: Decidi tu, per me è uguale.

«"Decidi tu, per me è uguale", uomini», cantilena Kelsey, sbirciando lo schermo del mio telefono.

Mi volto di scatto e lei si allontana subito.

«Che c'è? Sei così ossessionata da me a tal punto da controllarmi i messaggi?», domando guardandola di sottecchi.

Lei non risponde e continua a camminare.

«Cosa ha che non va il mio messaggio?», domando mio malgrado. Sono curioso di sentire il suo parere.

«Quando voi ragazzi ci dite che per voi è uguale ci fate infuriare, rispondete alla domanda e basta».

Ridacchio e scuoto la testa. Qualche istante dopo, arriviamo davanti allo Snowflakes. «Allora? Quando attueremo la nostra vendetta?», mi chiede, mettendosi le mani sui fianchi.

«Decidi tu, per me è uguale», la provoco con un ghigno, per poi girarmi e andarmene.

La sento imprecare a bassa voce e inveirmi contro, ma non mi fermo.

Dopo qualche attimo, il senso di colpa mi travolge e mi fa sentire meschino.

Perché l'unica cosa a cui riesco a pensare mentre mi sto dirigendo dalla mia ragazza è alle labbra di Kelsey Cooper.

Quella ragazza è una condanna.

Lei e quella sua bocca impertinente.

Sono fottuto.

Letteralmente fottuto.

E se quell'articolo di giornale che mi ha fatto vedere Olsen dicesse… la verità?

L'articolo parlava chiaro.

Deve esserci qualcosa sotto. Forse, un segreto.

E io scoprirò di che si tratta.

Capitolo 28

Kelsey

Ho constatato una cosa: i miracoli esistono.

Io e Matthew Leblanc uniti per combattere lo stesso nemico? Assurdo, a tratti impossibile. Eppure, è così. Abbiamo stabilito una tregua, a quanto pare. Chissà quanto durerà…

Sospiro e vado in bagno per asciugarmi i capelli con il phon. Li lascio sciolti e mossi facendoli ricadere dietro la schiena. Mi metto un velo di correttore sotto le occhiaie, un pizzico di mascara sulle ciglia ed esco dal bagno, tornando nella mia camera. Pronta ad affrontare la giornata.

«Kels!», urla mio padre dal piano di sotto.

Sono in ritardo, come ogni mattina d'altronde.

«Sto scendendo!», grido in risposta.

E cerco di velocizzarmi. Ieri ero così immersa in mille pensieri che sono rimasta sveglia fino alle tre del mattino. Apro l'armadio e frugo in cerca di qualcosa da mettermi per l'ennesimo giorno al Montréal College. Oramai sono considerata una sorta di eroina in tutto l'istituto, l'unica ad aver sfidato il re, quindi devo vestirmi adeguatamente. O forse no. Infilo dei semplicissimi jeans neri e un maglioncino bianco a collo alto, prendo il giubbotto e la borsa, e sono pronta.

Anzi, quasi pronta. Inforco gli occhiali per ultimi e scendo.

La vocina del Bianconiglio dentro la mia testa sta urlando: *È tardi, è tardi, è tardi.* Mio padre mi ammazzerà.

Appena gli arrivo davanti, lui mi fulmina e mi spinge fuori dalla porta.

Una volta fuori, controllo che sia tutto a posto.

Anche questa volta la macchina, il giardino e tutto il resto sono salvi.

Magari questa sorta di tregua sta dando i suoi frutti.

«La macchina è a posto, anche oggi», commento con un sorriso.

«Tu e quel Leblanc non me la raccontate giusta», borbotta tra sé e sé.

«Ancora con questa storia? Preferirei pulire le chiappe a una capra che è stata per ore sotto al sole piuttosto che mettermi con Matthew Leblanc», replico e mi siedo sul sedile del passeggero.

«E come lo spieghi quello che è successo nel mio ufficio? Io di certo non ti ho convocata, ma tu sei venuta a difenderlo». Il suo tono inquisitorio mi fa sgranare gli occhi.

Dannazione, è vero. E ieri, dopo che Leblanc se n'è andato, mi ha rimproverata parecchio, facendomi il terzo grado sul perché fossi con quel pallone gonfiato e su cosa avessimo fatto.

«Papà, non mi sembrava giusto che Leblanc venisse punito senza motivo, anche se lo detesto», scrollo le spalle cercando di essere il più convincente possibile.

Lui non mi crede.

Sono sempre stata una pessima bugiarda.

Lui mi fulmina con lo sguardo. «Non sono un vecchio rimbambito, ti dirò come stanno le cose secondo me. Hai una storia con quel Leblanc ed è stato lui a chiamarti dall'altoparlante, prima che io lo convocassi».

L'intuito di mio padre è sempre infallibile, tranne in questo caso, ovviamente.

«Ti fai troppi film mentali, papà», ribatto, alzando gli occhi al cielo, e mi appoggio con la testa al finestrino, mentre lui si dirige al campus.

«Ti piace Leblanc?», domanda di getto.

Oddio, neanche se fosse l'ultimo uomo sulla faccia della terra.

«Ti prego, basta con questa storia. Non mi piace», sbuffo.

«Meglio, quel tipo proprio non mi va a genio». Il suo tono autoritario mi fa alzare nuovamente gli occhi al cielo.

Percorriamo le strade di Montréal e all'improvviso mi rendo conto che cominciano a essermi familiari. Eureka mi manca sempre, ma questa città non è così male.

Lancio un'occhiata a papà, che è ancora corrucciato.

Vorrei parlargli dello Snowflakes, ma non so se approverebbe; quindi, per ora dovrò tenermi questo piccolo segreto per me.

Ieri il proprietario del locale mi ha proposto di cantare ogni sabato sera. Mi ha anche chiesto come mai avessi tenuto gli occhi chiusi per tutta la durata della canzone e ho risposto con sincerità: posso esibirmi solo così.

Lui non ha fatto troppe domande e mi ha chiesto di fare una prova sabato cantando una canzone molto più allegra di Adele.

Ti credo, il sabato sera le persone vogliono ballare e non piangere fiumi di lacrime.

«Non sarà il solito cliché in cui la protagonista si innamora del cattivo ragazzo della situazione, vero? Come in quel film che mi hai obbligato a vedere... Come si chiamava? Aster?», chiede papà all'improvviso mentre si addentra nel college. Non molla proprio mai, eh?

«*After*, papà, e mi avevi detto che ti era piaciuto», esclamo indignata, girandomi di scatto verso di lui.

«Il film mi è piaciuto, ma se si parla di te invece è ben diverso. Leblanc ha tutta l'aria di essere un cattivo ragazzo, no?», ribatte fermando la macchina al suo parcheggio privato.

«Mi dispiace ma non succederà nulla di tutto ciò, io odio Matthew Leblanc ficcatelo in quella testolina», sbuffo, raccogliendo la borsa per scendere.

«Certo e io sono Brad Pitt», mormora divertito.

Aggrotto la fronte. «Questo cosa vorrebbe dire?»

«Niente, vedremo se ho ragione», conclude. «Ci vediamo dopo a casa». Una volta che siamo scesi, mi lascia un delicato bacio sulla guancia prima di avviarsi verso il suo ufficio.

Okay, mio padre sta decisamente viaggiando un po' troppo con la fantasia. Io non mi innamorerò mai di quel cretino arrogante, eppure… ogni volta che gli sono vicino sento come se il mondo si sgretolasse pian piano sotto i miei piedi.

Tuttavia, le probabilità che io perda la testa per un individuo del suo calibro sono veramente scarse.

Mi stringo la borsa in spalla ed entro nel college, sotto gli sguardi curiosi di tutti. Dopo aver salutato all'incirca dieci persone che non conosco, arrivo finalmente nell'aula della professoressa di storia del cinema per fare il fatidico test che ieri mi ero risparmiata.

Sono pronta per prendere un'insufficienza ed essere bocciata nel mio primo test? No.

Mi prenderò una bella sgridata da mio padre? Ovviamente sì.

Odio Matthew Leblanc? Centomila volte sì.

Tanto per essere sicure.

Meglio che mi ricordi quanto non lo sopporto, non sia mai che cominci davvero a starmi simpatico. Anche se adesso siamo in un periodo di tregua, in cuor mio so che non durerà per molto.

«Signorina Cooper, quale onore», mi prende in giro la professoressa appena mi vede entrare nella sua aula, oggi deserta.

«Sono qui per…», comincio a dire.

La prof mi interrompe dandomi un foglio. «Il test, eccolo. Hai un'ora di tempo».

Mi sorride in un modo inquietante, quindi vado a sedermi parecchio preoccupata. La prof comincia a digitare qualcosa sul suo computer e io la osservo incuriosita. Non so perché ma mi sembra strana.

Meglio che mi dedichi al mio test.

Prima domanda. *Cosa è il manifesto di Oberhausen?*

Vorrei rispondere: "E io che diavolo ne so" ma decido di saltarla per il momento.

Seconda domanda. *Parlate delle caratteristiche del cinema Peplum degli anni Sessanta.*

Questa la so.

No, non è vero.

Terza domanda. *Qual è il rapporto tra il terzo Reich e il cinema?*

Dopo un'ora di farneticamenti e dopo aver quasi rischiato un attacco di panico, scarabocchio delle frasi su qualche argomento che ricordo e consegno il compito. Praticamente ho scritto soltanto due righe e ho risposto a sei domande totali su quindici.

Sono fottuta.

Consegno il foglio alla prof e lei mi fa un gran sorriso. Ma si sente bene?

«Aspettami fuori, te lo correggo subito», mi congeda indicandomi l'uscita con un braccio.

Annuisco e vado fuori, appoggiandomi al muro accanto alla porta, in attesa del mio primo brutto voto.

Dopo venti minuti, la prof esce riconsegnandomi il foglio. Lo guardo rassegnata alla bocciatura e, quando vedo il voto, rimango a bocca aperta.

A+.

Ma è impossibile.

È umanamente impossibile che io abbia preso una A con tanto di più.

«Professoressa, scusi, crede che… Insomma, ne è sicura?», domando indicandole il mio voto scritto in rosso sul foglio.

«Più che sicura», annuisce.

«No, è che… Credevo di non… Ma è sicura?», domando ancora, con un tono confuso.

«Signorina Cooper, non farmi domande di cui non vuoi sapere la risposta».

La prof se ne va senza battere ciglio e me ne sto lì, perplessa.

Dovrei essere felice, questo è vero, ma come potrei?

Non è possibile che io sia riuscita a prendere la sufficienza; quindi, ci deve essere lo zampino di mio padre.

Sbuffo e decido di andare a chiedergli spiegazioni. Arrivo al suo ufficio, supero Harper senza salutarla e piombo da mio papà.

«Kels? È successo qualcosa?», domanda, seduto di fronte alla sua scrivania con dei fogli in mano.

«Sì, ho preso una A nel test di storia del cinema. Ecco cosa è successo», esclamo in preda a una crisi di nervi.

Mio padre si blocca e mi guarda dritto negli occhi. «E quindi?»

«Quindi è impossibile, ho risposto a metà delle domande. È fuori discussione che abbia preso una A», mormoro sconclusionata.

«Continuo a non capire il problema». Si gratta la testa con l'indice, alzandosi dalla sua sedia.

Be', in effetti il problema non esiste.

«C'è il tuo zampino?», sbraito, incapace di mantenere la calma un secondo di più.

«Il mio zampino? Credi che abbia costretto la prof di storia del cinema a metterti una A?», domanda un po' confuso.

Okay, ora non sono più così tanto sicura che sia stato lui. D'altronde perché lo avrebbe fatto?

Non avrebbe alcun senso.
Ho preso davvero una A così dal nulla senza neanche meritarla? Oppure magari la prof ha paura di mettermi un brutto voto dato che sono la figlia del rettore? Non so proprio che pensare.
«Esatto», sbuffo.
«Non ho corrotto nessuna insegnante, Kels. Te la sei semplicemente meritata. C'è altro, signorina Cooper? Mi sta disturbando mentre lavoro», indica i fogli sulla scrivania.
«Me ne vado, ma non è finita qui», dichiaro ed esco dall'ufficio con la risata di mio padre nelle orecchie.
Mi guardo intorno spaesata, pronta ad andare alle mie prossime lezioni. Non finisce qua.
Quella A non mi convince affatto.

Dopo aver seguito la lezione di storia del teatro e dello spettacolo e aver partecipato a discipline storico-artistiche che a detta mia lo rendono uno dei corsi più noiosi di tutti quelli a cui ho preso parte finora, vado a incontrare Janette.
Mi sento il cervello scoppiare, dovrò sicuramente farmi aiutare da qualcuno se voglio cominciare a prendere voti alti grazie al mio merito e non a quello di mio padre. Anche se ha detto di non essere stato lui, non gli credo affatto.
Mi dirigo verso la nostra panchina e noto che J. è già lì con una sigaretta accesa. *Ovviamente.*
Ho scoperto che fuma un pacchetto al giorno e non so come faccia sinceramente, a me verrebbe la tosse soltanto con una.
«Piromane», mi saluta lei con un cenno del capo.
«Ho preso una dannatissima A nel test», le dico sconsolata, sedendomi sulla panchina senza nemmeno salutarla.
«E quindi?», domanda confusa.
«Non meritavo una A, meritavo di essere bocciata. Com'è possibile?», mi dispero e le mie labbra si arricciano in una smorfia.
«E chi se ne frega, Kels? Hai preso una A, festeggiamo», scrolla le spalle.
Be', in teoria questa sarebbe la reazione normale, ma non sono convinta.
«Ti devo dire una cosa, J.». La guardo dritta negli occhi levandomi gli occhiali da vista per pulirli.
«Tu e Leblanc avete una storia? Lo sapevo che prima o poi...».
«Oddio, sto per vomitare. Ma che dici?», sbotto scuotendo la testa. Prima papà, ora lei. Ma che hanno tutti oggi?
«Peccato, c'è una tensione...», insiste lei.
«Janette», la ammonisco con lo sguardo.
Lei alza le mani in segno di resa. «Va bene, che cosa mi devi dire?»

«Il proprietario dello Snowflakes mi ha proposto di cantare ogni sabato nel suo locale», sorrido, riposizionando gli occhiali sul naso.
«Davvero?», esclama lei tossendo un po' per poi gettare la sigaretta a terra, schiacciandola subito dopo con il piede.
«Mi ha detto di cantare cose più allegre però, Adele non gli piace», mormoro dispiaciuta.
Adele è la mia vita, ho sempre cantato solo e soltanto le sue canzoni.
Lei la adorava.
«E menomale. Niente da togliere a Adele ma non è esattamente l'allegria in persona», replica Janette.
Be', in effetti, non ha tutti i torti.
«Chi non è l'allegria fatta persona?», domanda una voce. Mi volto ritrovandomi faccia a faccia con Ryan e Axel che stanno camminando verso la nostra panchina.
«Adele. Kels non la può cantare il sabato sera», interviene Janette, scrollando le spalle.
«Sarai la cantante dello Snowflakes?», domanda Axel, sedendosi accanto a me.
«A quanto pare», rispondo pensierosa.
L'idea di cantare in quel locale mi terrorizza. Sono felice ma allo stesso tempo vorrei strapparmi i capelli per quanto sono nervosa. Però devo farlo, devo salire su quel palco.
A lei piacerebbe. Lo faccio per lei.
«Senti, Cooper, vuoi ancora fare quello scherzetto a Matthew?», domanda Axel con un sorrisetto diabolico, poggiandomi il braccio sulle spalle.
«Te lo taglio questo braccio, Ax», ringhio tra i denti, schiaffeggiandogli la mano.
«È una trappola, secondo me», mormora J., fissando Ryan di fianco a sé.
«Nessuna trappola. Quello scherzetto che volevate fargli ieri è troppo divertente per essere sprecato», ghigna lui.
«E perché mai dovrei fidarmi di voi? Siete i suoi migliori amici». Incrocio le braccia al petto.
«Appunto, vogliamo proprio vedere la sua faccia quando cadrà con il culo per terra», ridacchia Axel alzandosi dalla panchina.
Io non sono molto convinta, anche se l'idea è allettante. «Perfetto, gli allenamenti cominciano tra poco», ci comunica Ryan facendoci un occhiolino prima di allontanarsi con Axel verso lo stadio del ghiaccio.
«Quei due non me la raccontano giusta», mormoro.
«Neanche a me, Ryan è un doppiogiochista», commenta Janette, accendendosi l'ennesima sigaretta della giornata. E all'improvviso non sono così sicura che stia parlando solo della conversazione di poco fa.
«Non è che c'è qualcosa tra te e Senders?», domando dubbiosa.

Janette sgrana gli occhi e arrossisce di colpo. «Ma che dici? No, no e no». *Ma chi vuole prendere in giro?*

«E io sono stonata», sussurro per non farmi sentire.

«Cosa?», domanda lei, sprigionando una nube di fumo nell'aria.

«Niente, niente, parlo da sola», replico in fretta.

«Dai andiamo, voglio vedere proprio la faccia di Leblanc appena si ritroverà con il culo per terra», ridacchia J., tirandomi per un braccio.

«Oddio, ho creato un mostro», la guardo sbalordita, mi metto la borsa in spalla e mi faccio trascinare verso lo stadio.

Capitolo 29

Kelsey

Come avevo già predetto, la tregua con Leblanc non è durata a lungo.
In mia difesa posso dire che sono stati i suoi stessi amici a tradirlo.

Sono innocente, questa volta.

«Dobbiamo prima trovare qualcosa per svitare le seggioline», borbotto tra me e me toccandomi il mento con l'indice, appena arriviamo alla porta.

Janette si ferma e mi guarda. «Possiamo sempre prendere il cacciavite di ieri nello sgabuzzino», suggerisce. L'avevamo recuperato prima di dovercela dare a gambe.

«È rischioso», dico, incerta.

Se qualcuno mi vedesse, salterebbe tutto il nostro piano diabolico.

«Allora che facciamo?», insiste J.

«Lascia fare a me, tu aspettami sotto gli spalti», le faccio un occhiolino.

«Mi fai sempre più paura», afferma per poi sparire oltre la porta che conduce al campo.

Okay, ora devo fare attenzione a non farmi vedere.

Sarò una spia in incognito.

Apro piano la porta che porta agli spogliatoi e alla palestra, e controllo che non ci sia nessuno.

Via libera.

Sgattaiolo dentro e, con passi silenziosi, imbocco il corridoio degli spogliatoi. Lo sgabuzzino che cerco è poco distante. Faccio il più piano possibile e arrivo a destinazione.

Recupero il cacciavite sullo scaffale in cui l'avevo lasciato ieri e me lo infilo nella borsa.

Apro lentamente la porta ma qualcuno la tira e io finisco a terra.

Faccio per rialzarmi, sollevo la testa e mi ritrovo faccia a faccia con il demonio.

Intendo Matthew Leblanc.

Chi sennò?

Sorrido come se non fossi a quattro zampe in un corridoio e lui mi fissa, scettico.

«Non mi guardare così, Cooper, soprattutto da questa posizione molto discutibile», commenta con un sorrisetto.

Pallone gonfiato.

«Ehm. Mi sono… Ho perso una lente a contatto…», butto lì la prima cosa che mi viene in mente e comincio a tastare il pavimento con le mani.

«Cooper», mi chiama lui.

«Non riesco proprio a trovarla», sbuffo.

«Cooper», mi richiama ancora.

«Che diavolo vuoi?», sbotto.

«Hai gli occhiali», sospira portandosi le braccia al petto per sistemarsi la pettorina della divisa da allenamento.

«E quindi?», ribatto. «Io porto sia gli occhiali che le lenti a contatto, per vederci meglio, capisci?», cerco di essere il più convincente possibile.

Ovviamente non mi crede.

«Certo come no, e il fatto che stai cercando questa presunta lente a contatto in questo sgabuzzino come lo spieghi?», domanda, aggrottando la fronte.

«Che c'è? Solo tu puoi scopare con la tua ragazza dentro gli sgabuzzini?», lo provoco.

Okay, forse ho esagerato.

«Ah è questo che facevi? Chi è lo sfortunato? E soprattutto dove si è cacciato? In un secchio?», inclina la testa da un lato. Chiaramente non se la beve. Sono sola e su questo non ci sono dubbi.

Matthew Leblanc non è solo l'odioso capitano della squadra di hockey ma è anche molto intelligente.

«Non sono affari tuoi. Lui se n'è andato», ribatto piccata.

Lui fa un gran sorriso, contento di avermi smascherata. Mi rendo conto che Matthew Leblanc è una vera e propria tentazione vivente. È odioso, ma è impossibile resistergli.

Mi alzo in piedi in fretta, così la smette almeno di torreggiare su di me. La situazione non cambia più di tanto, gli arrivo al petto e sono costretta a inclinare la testa per guardarlo.

«Sentiamo, come ti saresti fatta scopare da questo presunto ragazzo, tesoro?», domanda all'improvviso, leccandosi le labbra avidamente.

Matthew Leblanc è peccato allo stato puro.

«Cosa?»

«Ti saresti fatta scopare contro il ripiano oppure addosso al muro?», mi stuzzica e a me manca il respiro.

Perché deve essere così attraente mentre dice certe cose?

Non poteva essere brutto, con i denti storti e il naso curvo?

No, doveva essere dannatamente sexy.

«Addosso al ripiano», rispondo convinta.

«Interessante», sussurra a pochi centimetri dal mio volto.

«Vuoi sapere altri dettagli sulle mie scopate, Leblanc?», lo provoco con un ghigno divertito.

«Peccato che tu abbia detto soltanto cazzate fino a ora, tesoro», sussurra scostandomi una ciocca di capelli dietro l'orecchio.

«O forse ti brucia perché sai che non sarai mai al posto di quel ragazzo?», dico, senza pensare.

Nell'aria c'è una tensione palpabile.

Matthew trattiene il fiato. «Perché dovrebbe bruciarmi per un ragazzo che neanche esiste?»

«Invece sì», gli poggio una mano sul petto e cerco di superarlo ma con scarsi risultati.

«Ripeto la domanda, perché eri qui?», chiede con un sospiro.

«Ripeto, mi andava di essere scopata contro questo ripiano». Indico il punto incriminato.

«Attenta, tesoro», avvicina le labbra al mio orecchio. «Potrei prendere queste parole come un invito».

«Nei tuoi sogni, Leblanc», ribatto.

«Vattene», ordina spostandosi per farmi passare.

Non rispondo e lo supero, allontanandomi il più veloce possibile.

«Smettila di guardarmi il culo, Leblanc!», lo rimprovero e continuo a camminare.

Lo sento ridacchiare e, appena sono fuori, posso finalmente ricominciare a respirare regolarmente.

Leblanc ha davvero uno strano effetto su di me, questo non lo posso negare a me stessa.

Faccio un respiro profondo per calmarmi e, senza farmi vedere, faccio il giro dell'edificio e apro la porta che dovrebbe condurmi direttamente sotto gli spalti, come il primo giorno di college.

«Ma quanto ci hai messo?», sbuffa Janette venendomi incontro con i capelli disordinati.

«Ho avuto un incontro poco piacevole», replico, seccata.

«Matthew sono-un-figo-da-paura Leblanc?», domanda lei trasognata.

«No, Matthew sono-un-coglione Leblanc», la correggo.

Lei ridacchia. «Vieni, stanno per cominciare».

Annuisco e tiro fuori dalla borsa il cacciavite, andando verso la seggiolina su cui si siede sempre quel pallone gonfiato per allacciarsi i pattini prima di entrare in campo.

«Muoviti», mi incita lei.

Comincio a svitare, stando attenta a non farmi sentire da nessuno.

Dopo un attimo, la prima vite è andata.

«Dai, Kels», mi incita J.

«Non faccio il meccanico, J., dammi tregua», sbuffo e continuo a svitare.

Dopo aver concluso il mio lavoro spettacolare, poggio tutte le viti a terra e mi nascondo. La squadra di hockey entra dopo qualche secondo nella palestra.

«Speriamo che funzioni», bisbiglia Janette.

Appena vedo Leblanc e la sua gang camminare verso gli spalti, sogghigno.

Non vedo l'ora.

«Matt, devi smetterla di scopare come un animale, non ci fai dormire», si lamenta Ryan infastidito.

Guardo Janette e simulo un conato di vomito che la fa ridere.

«A lei piace così», risponde con sufficienza Matt.

«Sembra che la stai uccidendo, non che te la stia facendo», ridacchia Axel sedendosi sulla seggiolina di fianco a quella che abbiamo svitato.

«Compratevi dei tappi per le orecchie», sbuffa Matt.

Perché non si siede?

«Prenota una camera di hotel», rincara la dose Ryan sedendosi sull'altra seggiolina.

Rimane solo quella di mezzo. Matt però rimane in piedi con i pattini in mano a fissare chissà cosa.

È impossibile che mi veda, qui sotto è tutto così buio.

«Che ti prende, Matt?», domanda Axel che intanto si sta allacciando i pattini.

«Forse mi sbaglio...», sussurra lui.

Che vuol dire?

«Razza di incapaci, cosa ci fate ancora lì? Volete per caso un po' di champagne? Alzatevi e andate a pattinare che oggi vi farò sudare come maiali al sole», sbraita il coach Smithy.

«Leblanc, che cazzo fai? Vuoi un aiutino con i pattini, femminuccia di un capitano?», lo sbeffeggia il coach.

«Arrivo, coach», risponde Matt sedendosi sulla seggiolina dall'altro lato di Ryan.

Perché non si è seduto in mezzo a loro?

«Tesoro, dovrai ingegnarti di più la prossima volta. Non te l'hanno detto? Sono io il re degli scherzi in questo college», sibila Matt, rivolto verso la zona buia in cui siamo nascoste io e Janette.

La sua voce mi fa pietrificare.

Come diavolo fa a sapere che la seggiolina era stata manomessa?

«Ma come fa a saperlo?», bisbiglio verso Janette.

«Tu non sarai una meccanica, ma io non sono un'indovina», risponde.

«Ma con chi parli, cazzone?», domanda Ryan alzandosi dalla seggiolina dopo aver finito di allacciarsi i pattini.

«Voi lo sapevate, eh? I miei stessi amici che tramano contro di me». Lo intravedo scuotere la testa e, appena finisce con i pattini, si alza guardandoli con aria minacciosa.

«Ma di che parli?», chiede Axel ancora seduto.

«So dello scherzo, teste di cazzo, ora vogliamo andare ad allenarci?», domanda Matt e, subito dopo, si dirige verso il campo.

«Merda, ma come ha fatto?», chiede Ryan rivolgendosi al suo amico.

«Che ne so, io l'ho sempre detto che quello lì ha qualche super potere nascosto», ridacchia Axel.

«Ma come è possibile?», sbuffo.

«Magari si è insospettito prima», risponde J., storcendo le labbra in una smorfia.

«E come? Era un piano perfetto…».

«Kels», dice la bionda terrorizzata, con gli occhi puntati sullo spiraglio degli spalti.

«Che c'è?», chiedo e mi volto.

E a quel punto, raggelo.

Il coach Smithy viene verso di noi.

No.

«Che avete oggi? Muovete quel culo floscio sennò vi infilo quel dischetto in bocca e vi faccio fare la fine del maiale con la mela», sbraita il coach diretto proprio verso la seggiolina che abbiamo svitato.

Il coach si siede sull'estremità della sedia e si sbilancia cadendo con le chiappe a terra.

Soffoco una risata mentre l'intera squadra di hockey si ferma di colpo, sul ghiaccio.

«Maledetti figli di una buona donna, voglio sapere chi cazzo…».

L'intera squadra comincia a ridere a crepapelle, prendendo in giro il coach, ancora a terra, che borbotta parolacce.

«Dobbiamo andare, Kels». Janette mi trascina via prima di essere scoperte.

Apriamo la porta e cominciamo ad allontanarci in fretta e furia, ridendo come pazze.

«Oddio, credo di non aver mai riso così tanto in vita mia», dico posandomi una mano sulla pancia.

«È stato anche meglio di vedere Leblanc con il culo per terra», aggiunge Janette asciugandosi le lacrime per le troppe risate.

«Poverino, però, il coach mi sta pure simpatico», dico, mentre continuiamo a camminare.

«Ehi ragazze», ci saluta Alison ancheggiando verso di noi.

«Ali, meglio che non vai adesso in palestra, il coach è…», comincia a raccontare Janette.

Le tiro una spallata. «Abbiamo sentito delle urla».

Ancora non mi fido di Alison, quindi per ora è meglio tenerla fuori dalle nostre marachelle.

«Il coach è sempre molto… simpatico», ironizza.

«Noi stavamo andando…», la informo con un sorriso tirato. Dobbiamo filarcela da qui.

«Aspettate!». Ci blocca la strada, mettendosi davanti a noi.

Che cosa vorrà? «Stasera andiamo tutti al bowling, vi va di unirvi a noi?», chiede con un gran sorriso.

«Non credo che...», inizio a dire.

«Certo», accetta Janette.

Come?

Andare al bowling con pallone gonfiato, biondo numero uno, biondissimo numero due e la reginetta del ballo?

Non se ne parla proprio.

«Perfetto, lasciatemi il numero, così poi ci organizziamo», risponde eccitata.

Le dettiamo i nostri numeri, Alison li trascrive sul suo cellulare per poi salutarci e avviarsi verso la palestra dove si sentono ancora le urla del coach Smithy.

Poverino il coach, chissà chi starà insultando in questo momento.

«Ma che diavolo? Al bowling con quelli?», sbuffo fulminando Janette con lo sguardo mentre ci allontaniamo.

«E allora? Preferisci stare a casa? E poi fraternizzare con il nemico è importante», replica, scrollando le spalle.

«Di sicuro ci sarà una rappresaglia per lo scherzo della seggiolina...», sbuffo e mi stringo la borsa in spalla.

«Probabile», concorda.

«Chi se ne frega, questa tregua già mi stava stufando», commento e faccio un grande sbadiglio mettendomi la mano davanti alla bocca.

«Sarà», interviene Janette sibillina.

«Che c'è?», domando innervosita.

«Dico solo che vi mangiate con gli occhi, ma io non sono nessuno per giudicarti, amica. Matthew è un figo mega galattico», si mette una mano sul cuore.

«Lo sapevo, sto per vomitare, spostati. Soltanto l'idea di uscire con Leblanc mi dà il voltastomaco», affermo, decisa.

«Si vede», ridacchia lei, mentre usciamo dal college.

«Janette», ringhio tra i denti.

«Va bene, non c'è bisogno di agitarsi tanto», sbuffa lei accendendosi una sigaretta.

In quel momento, entrambi i nostri telefoni segnalano l'arrivo di una notifica. Prendo il mio e controllo.

Numero sconosciuto: Ciao Kels, sono Ali! Alle nove al Darling Bowling, avete una macchina oppure veniamo noi a prendervi?

«Ciao J., sono Ali», comincia a leggere la mia amica.

«Stesso messaggio», ridacchio.

J. mi fissa per poi scoppiare a ridere. «Il Darling è a venti minuti da qua in macchina, quindi credo che dovranno venirci a prendere».

«In macchina con Alison e Leblanc?», scuoto la testa.
Alison è simpatica, il problema è il suo fidanzato, ovviamente.
«Credo che non abbiamo altra scelta», si morde il labbro inferiore, nervosa.
«Be', chiedi a Ryan se possiamo andare con lui», propongo.
«Perché dovrei chiederglielo io?», ribatte.
«Perché tra te e lui è nata un'amicizia speciale», replico.
«Amicizia speciale?». La biondina aggrotta la fronte.
«Non fare la finta tonta con me. Chiedi a Ryan se possiamo andare con loro e facciamola finita». Mi sembra la soluzione più sensata.
«Non lo sopporto, è troppo pieno di sé», puntualizza J.
«Certo, come no», alzo gli occhi al cielo. È una pessima bugiarda, si vede lontano un miglio che le piace.
«Guarda che se non la pianti…». Non saprò mai cosa stava per dirmi perché mio padre ci affianca.
«Rettore Cooper», lo saluta Janette, abbassando il capo, all'improvviso docile come un agnellino.
«Puoi invitare Janette da noi, se vuoi», propone mio padre.
«J., ti va?», le chiedo.
«Va bene», annuisce, spegne la sigaretta a terra con il piede e poi saliamo tutte e due in macchina.
Dopo un momento di silenzio tombale, mio padre stringe la presa sul volante schiarendosi la voce.
«Janette, dimmi la verità, mia figlia se la fa con Leblanc?», chiede sfrontato.
Ancora con questa storia?
«Papà», lo rimprovero, fulminandolo.
«Che c'è? Le ho solo fatto una domanda…», scrolla le spalle.
«Domanda non richiesta», lo correggo.
Janette ridacchia. «Non vuole ammetterlo, ma secondo me è cotta», mi tradisce.
«Oddio», alzo gli occhi al cielo.
«Mia figlia con un giocatore di hockey, un film dell'orrore». Mio padre scuote la testa per togliersi il pensiero di me e Leblanc insieme.
«Non c'è nessuna figlia con nessun giocatore di hockey, dimenticate? Io detesto Matthew Leblanc», sbuffo portandomi le braccia al petto.
«Sì, certo», bofonchiano all'unisono J. e mio padre.
Li guardo male senza rispondere e per fortuna la conversazione finisce là poiché arriviamo di fronte a casa. Mio padre parcheggia l'auto e io mi limito a scendere, stringendomi la borsa sulla spalla.
«Papà, stasera andiamo al bowling e mi chiedevo se potessi prestarmi questo gioiellino», accarezzo la fiancata della macchina.
«Nei tuoi sogni, Kels», borbotta lui in risposta.

«Allora dovrò chiedere un passaggio a Leblanc», ribatto avviandomi verso la porta d'entrata.

«Cos'è un ricatto, signorina Cooper?», chiede lui con un tono autoritario da vero rettore, facendo ridacchiare Janette.

«Nah perché? Chiederò a Leblanc un passaggio e poi chissà, magari...», insinuo.

Mio padre mi interrompe prima che possa finire la frase. «Prendi la mia macchina».

«Come pensavo», replico vittoriosa.

«Stronzetta», tossisce lui.

«Ti ho sentito, eh», lo rimbecco.

«Oggi vi preparo una bella cenetta», dice mio padre con voce trionfante, quando entriamo in casa.

No, per carità, sono ancora troppo giovane per morire.

«Oddio», mormoro alla bionda di fianco a me.

«Cosa?», bisbiglia.

«Ci conviene mangiare qualcosa fuori, l'ultima volta che ha provato a cucinare ha bruciato una padella», scuoto la testa facendola ridere.

«Guarda che ti sento e poi non è vero, non ho bruciato nessuna padella», risponde mio padre offeso.

Mi volto verso di lui incrociando le braccia al petto. «Hai bruciato una padella, papà, te ne sei dimenticato? Quella volta che volevi cucinarmi un hamburger...».

«In mia difesa, posso dire che il fuoco era troppo alto», puntualizza lui alzando un dito.

«Certo, e chi lo regola il fuoco? Tu», ribatto.

«Okay, allora ordineremo qualcosa da asporto, forse è meglio», conclude lui levandosi la giacca del solito completo.

«Poi sono io la piromane», borbotto.

«Andate, fate cose da ragazze», ci congeda andando verso il salotto.

«E cosa dovremmo fare?», domando a Janette.

Lei ride sconvolta e insieme saliamo al piano di sopra. Janette osserva tutta la mia stanza soffermandosi su una foto in particolare, che papà ha appeso qualche giorno fa.

Siamo io, lui e la mamma.

Quanto mi manca.

«È tua madre?», domanda lei osservando la cornice.

Sapevo che era una cattiva idea appendere quella foto, non ho le forze di guardarla ogni volta e non ho le forze di raccontare di mamma a Janette. Nonostante siano passati quattro anni, il dolore ancora naviga dentro di me. È come se non riuscissi a darmi pace, *perché*?

«Già», sussurro abbassando la testa.

«È morta quattro anni fa», dico secca per togliermi il pensiero.

Silenzio.

Ripensare a lei, alla sua morte, mi provoca un magone allucinante. Non capirò mai perché mia madre ha fatto quello che ha fatto, ma una cosa è certa, il suo segreto rimarrà con lei per sempre. Qualsiasi cosa l'abbia spinta a quel gesto, sono convinta che avrebbe potuto parlarmene.

«Mi dispiace», sussurra lei venendo a sedersi di fianco a me, sul letto.

«Non ti preoccupare, J., non potevi saperlo», la conforto, con il viso che tradisce tutto il mio dolore.

«Kels, cosa è… insomma…».

La interrompo. «Non me la sento ancora di parlarne, scusami, J.».

«Oh ma non preoccuparti», risponde nervosa posandomi una mano sulla coscia.

Non sono ancora psicologicamente pronta per parlarle di mia madre. Janette la conosco da neanche due settimane e, se le rivelassi tutto, si complicherebbero le cose perché poi dovrei raccontarle anche di tutto il casino che è successo dopo.

«Kels». J. mi scuote la spalla, riportandomi alla realtà.

«Scusa, nonostante siano passati quattro anni, penso spesso a lei, alla sua morte. Cantare per me è un modo per ricordarla», sussurro con un filo di voce.

«Non ne devi parlare se non ti va, K., quando sarai pronta, io sarò qui». La sua voce gentile mi fa venire le lacrime agli occhi.

«Grazie, J.», le stringo la mano. «Ora basta con questa tristezza infinita, che facciamo per ammazzare il tempo?», le domando.

«Ho un'idea», esclama. La biondina tira fuori dalla tasca dei suoi jeans neri il telefonino e comincia a smanettare un po'.

«Che stai combinando?», le chiedo guardando lo schermo del suo iPhone.

«Ora ti faccio vedere un video, poi mi dirai cosa ne pensi», dice, mettendosi comoda sul letto.

«Ti prego, dimmi che non è un video por…».

«Pervertita», ridacchia lei, selezionando la schermata.

Il video comincia.

È una partita di hockey.

«Perché stiamo vedendo una partita di hockey?», domando con la fronte aggrottata.

«Ma chi se ne frega della partita, io guardo quei bei maschioni che pattinano», ribatte lei.

«Ma sono i Parks?», domando leggendo il nome sulla divisa di un ragazzo che è stato appena inquadrato.

J. annuisce. «Già, gli stessi Parks della partita di venerdì».

«E perché mai…?». Mi becco uno schiaffo di ammonimento sulla spalla.

«Zitta e guarda, questa partita è dell'anno scorso», insiste.

Guardo le immagini e sussulto quando vedo il capitano dei Parks avventarsi su un giocatore della squadra avversaria.
I secondi di filmato successivi sono anche peggio. Mi tocca assistere a una rissa in piena regola.
Il video finisce e Janette si volta verso di me. «Eccitante, no?»
«Eccitante? Si stavano ammazzando», la rimbecco scuotendo la testa.
La violenza non mi è mai piaciuta e la condanno sempre.
«Hanno dovuto interrompere la partita, infatti. Quel tipo ha rotto il naso al suo coach una settimana fa durante gli allenamenti. Il video è diventato virale su tutti i social», spiega Janette e smanetta un po' con il telefono per poi mostrarmi il video di cui sta parlando.
«Ahia», sussulto portandomi la mano sul naso appena vedo le immagini in questione.
«Però il nostro college è fortunato», mi fa un occhiolino riponendo il telefonino in tasca.
«Perché?», domando senza capire.
Janette mi sorride. «Be', punto uno. Il coach Smithy non si farebbe rompere il naso da nessuno. Punto due. Gli Sharks Struttman sono una delle più irruente e pericolose tra tutte le squadre del campionato».
Bene, e questa cosa dovrebbe farmi sentire meglio?
Improvvisamente mi si forma uno strano nodo nello stomaco: il pensiero di Matthew che viene travolto e picchiato mi fa uno strano effetto.
«Irruente e pericolose in che senso?», le chiedo, un po' in ansia.
«Nel senso che l'anno scorso hanno dovuto interrompere la maggior parte delle partite perché gli Sharks non riuscivano a giocare per più di cinque minuti senza fare a botte», risponde con un sorrisetto.
Quindi praticamente è una sorta di incontro di pugilato sul ghiaccio?
«Quindi la partita di venerdì finirà dopo cinque minuti? Buono a sapersi, io non sopporto l'hockey soprattutto se a giocare è l'omino Michelin», commento, rigirandomi una ciocca di capelli sul dito.
«Cinque minuti? Una volta non è neanche iniziata, o almeno così mi hanno detto. Negli spogliatoi è partita una mega rissa e hanno sospeso tutto, difatti gli Sharks l'altro anno passavano più tempo negli spogliatoi che in campo», continua a spiegare J.
«Okay, ma il coach non dice niente?», mi indigno.
«Il coach faceva peggio di loro. A una partita ha insultato l'arbitro chiamandolo sacco di patate ambulante», ridacchia.
«L'ho sempre detto, io amo quell'uomo, anche se oggi è finito col culo per terra per colpa nostra», replico ed entrambe scoppiamo a ridere come pazze.
«Però è stato troppo divertente», scherza J., tra una risata e l'altra.
«Prossimo scherzo per Leblanc?», domando di getto toccandomi il mento con l'indice.

«Tu sei completamente matta», ribatte lei.

«Sei tu che stasera hai avuto la brillante idea di andare al bowling con la gang dei falliti del college quindi, ora, come minimo mi aiuti a escogitare un bello scherzetto», mi impunto.

«Sai almeno come si gioca a bowling? Sei una campionessa anche in quello? Dimmi di sì, ti prego». Janette mi prende per le spalle e mi fissa dritto negli occhi.

«A dodici anni per sbaglio ho rotto il piede a mio padre perché invece di lanciare la palla in avanti mi è scivolata all'indietro», replico fiera di me.

«Siamo fregate», afferma.

Papà ha ordinato da McDonald's e ci siamo rimpinzate fino a scoppiare. Dopodiché sono salita in camera per prepararmi, mentre Janette è rimasta in salotto a chiacchierare con mio padre. Ho optato per dei jeans cargo neri e un maglioncino bianco di lana che mi scopre leggermente la pancia, abbinato a delle Nike bianche.

Esco dal bagno e vado in camera, prendo la borsa che avevo appoggiato sul comodino e poi mi infilo il mio amato giubbotto caldo.

Improvvisamente il cellulare mi vibra e lo tiro fuori dalla tasca dei jeans.

Appena leggo quel nome, alzo gli occhi al cielo e per poco non scaravento il cellulare addosso al muro.

Omino Michelin: Alison chiede se ti dobbiamo venire a prendere.
Kelsey: No.
Omino Michelin: Non dirmi che vieni a piedi.
Kelsey: Ho la macchina.
Omino Michelin: Ah sì?
Kelsey: Che vuoi, Leblanc? Sei un poliziotto per caso?
Omino Michelin: L'hai trovata la lente a contatto alla fine, tesoro?
Kelsey: Vai al diavolo.

Mandare a quel paese Matthew è diventato il mio nuovo passatempo preferito, tanto che vorrei farlo giorno e notte, dannazione. L'adrenalina che mi mette addosso non me la dà nient'altro, tranne forse il canto.

Arrivo al piano di sotto e mi appoggio allo stipite della porta. Osservo mio padre e Janette chiacchierare beatamente sul divano come se fossero amici da una vita.

«Che cosa state confabulando voi due?», domando con un sopracciglio inarcato.

Mio padre si schiarisce la voce. «Niente».

«Andiamo?», domando alla biondina.

Lei annuisce, si avvicina a mio padre per sussurrargli qualcosa di nascosto e poi si alza venendo verso di me.

«Voi due non mi piacete», dico, mentre li scruto.

«Ho scommesso cinquanta dollari con Janette che finirai per metterti con Leblanc», sghignazza mio padre.

«Ah ah, divertente, ora le chiavi», allungo la mano verso di lui.

Lui borbotta qualcosa e poi sfila dalla tasca del suo completo elegante il mazzo di chiavi della sua macchina. Me le lancia e io le afferro al volo, sventolandogliele in faccia.

«Signorina Cooper», mi ammonisce guardandomi con un'espressione omicida. «Se dovessi trovare anche solo un graffio giuro che…».

«Tornerà sana e salva, papà, dimentichi che io sono bravissima a guidare», dico fiera di me.

«E quella volta che sono venuto a prenderti perché non riuscivi a uscire da un parcheggio?», chiede con espressione compiaciuta.

«Be', quel parcheggio era stretto», mi difendo io.

«Avevi scordato il freno a mano, in realtà», puntualizza lui.

«Ero alle prime armi, papà, avevo preso la patente da meno di un mese», sbuffo.

«Neanche un graffio, capito?», ripete lui.

Annuisco e gli mando un bacio da lontano per poi dirigermi fuori casa. Apro lo sportello e mi siedo dalla parte del guidatore. Janette mi segue, posizionandosi accanto a me e mettendosi subito la cintura di sicurezza come se ne andasse della sua vita.

«J., non ti sembra di esagerare?», domando un po' offesa.

«La sicurezza non è mai troppa», risponde con un sorriso.

Okay, non guido da un po'… me la sto facendo sotto, ma questo lei non deve saperlo.

«Devi premere quel pulsante lì», mi informa J., indicandomi un pulsante vicino al cambio automatico.

Faccio come mi ha detto ma niente, la macchina non parte.

Sono riuscita a romperla senza nemmeno accenderla?

«Perché non parte? Lo sapevo, mio padre mi ucciderà e mi darà in pasto…», comincio a blaterare e mi tolgo la borsa dalla spalla per metterla sulle cosce di J.

«Kels», mi richiama lei.

«Ma come diavolo si accende? Ci deve essere un altro pulsante da qualche parte», sbuffo e ispeziono il quadro.

«Kels!», mi richiama J., stavolta con più decisione.

«Che c'è?», le chiedo girandomi verso di lei.

«Credo che tu debba infilare la chiave lì», mi indica un buco dove effettivamente va inserita la chiave.

«Certo, lo sapevo, eh». Infilo la chiave, premo il pulsante e finalmente la macchina si accende.

«Oddio, sono troppo giovane per morire», mormora J., sistemandosi meglio sul sedile con la schiena dritta.

«Esagerata». Alzo gli occhi al cielo e metto anche io la cintura di sicurezza.

Mi posiziono meglio gli occhiali sul naso e, con qualche difficoltà, riesco a partire.

«Dove devo andare?», chiedo stringendo il volante.

«Sei troppo tesa, K., molla un po' la presa o ti verrà un infarto», mi suggerisce, prendendo il cellulare dalla tasca per rispondere a qualche messaggio.

«Non guidavo da un po'. Con chi parli?», domando sporgendomi un po' per controllare con chi sta parlando.

«Guarda la strada, imbranata», mi allontana con una spallata. «Comunque con Alison, mi stava chiedendo se alla fine avessimo trovato il passaggio per andare».

«E cosa le hai risposto?», le chiedo.

«Che stai guidando tu e che se non arriviamo tra dieci minuti deve chiamare la polizia».

«Traditrice, guarda quanto sono brava a guidare», stringo ancora la presa sul volante concentrandomi solo sulla strada.

«Stai andando a trenta all'ora, Kels», sospira, posando il telefono in tasca.

«Chi va piano, va sano e va lontano», cantileno io.

«Vabbè mettiamo un po' di musica almeno», sbuffa e accende la radio.

Bring Me to Life comincia a uscire dalle casse.

Oddio, adoro questa canzone.

«Alza, J.!», le dico emozionata.

«Subito», grida lei alzando il volume.

«Pronta?», le chiedo un attimo prima del ritornello.

«Prontissima», esclama lei.

Cominciamo a cantare a squarciagola ed è come se il resto del mondo svanisse. Janette fa finta che il suo telefono sia un microfono e lo posiziona davanti alle mie labbra. Muoviamo i capelli in sincronia scatenandoci sulle note degli Evanescence.

Stiamo facendo le sceme, ma ci stiamo anche divertendo come mai prima.

Janette si avvicina a me e mi urla nell'orecchio alcune parole della canzone che non ricordo neanche. Io le do corda cantando a squarciagola.

Chi va con lo zoppo, impara a zoppicare.

«Kelsey, frena», urla Janette all'improvviso.

Socchiudo gli occhi per guardare meglio la strada e, appena capisco il motivo per cui J. mi ha appena urlato di frenare, rabbrividisco. Il mio piede va sul freno così a fondo che ho quasi paura che la macchina possa perdere aderenza sulla strada.

Il problema, però, è che non frena.

Capitolo 30

Matthew

Maledetta ragazzina, riesce a farmi infuriare persino al di fuori del college.

Come diavolo è possibile? Dove si è cacciata?

Alison ha mandato un messaggio a Janette esattamente venticinque minuti fa; quindi, in teoria, lei e Kelsey dovevano essere già qui.

Di loro, però, nessuna traccia.

«Forse è successo qualcosa», dice Alison preoccupata con gli occhi puntati sul telefonino.

Mi metto le mani nelle tasche dei jeans e osservo la mia ragazza; è bellissima, come sempre. Indossa dei jeans bianchi a vita alta, un maglione nero stretto, degli stivali neri imbottiti e un cappellino di lana sulla testa.

«Richiamala», borbotto.

«Magari non trovano parcheggio», ipotizza Axel, ma neanche lui sembra tranquillo.

Guardo il posteggio enorme del Darling, inutile dire che di martedì sera ci siamo soltanto noi e pochissimi altri. Di spazio ce n'è.

«Sei un idiota, Ax, non lo vedi che ci siamo solo noi?», domanda Ryan.

«Dovresti scopare un po' di più, Ry, sei veramente insopportabile in questi giorni», lo rimbecca Axel, senza smettere di muoversi nervosamente.

Scuoto la testa, tirando fuori dalla tasca dei jeans il mio telefonino, dove spero di trovare un messaggio da parte di quella ragazzina.

Niente.

Sbuffo e rimetto il telefono in tasca.

«Magari hanno avuto un contrattempo», mormora Alison, poco convinta.

Potevano avvertirci che non sarebbero più venute. Dannazione.

«Che contrattempo? Ti avevano scritto che erano in macchina e stavano arrivando, no?», chiedo chiaramente infastidito.

Ma il mio sesto senso mi ha messo in allarme appena le due hanno smesso di farsi sentire.

È successo qualcosa, ne sono sicuro.

E la conferma arriva quando il telefono di Alison squilla.

«Janette? Ehi… stai calma…», dice Alison, con il viso più pallido che mai.

Lo sapevo, il mio sesto senso non sbaglia mai.

Sapevo che era capitato qualcosa.

«Va bene, dove siete? Che cos'ha Kels? State ferme dove siete. Arriviamo J., tranquilla, falla uscire dall'auto», la rassicura Alison, cominciando a camminare verso la mia auto.

Che cosa è successo a Kelsey?

È ferita?

Sta male?

Ha fatto un incidente?

Sta bene?

«Che cosa è successo?», domando brusco.

Alison mi fissa scuotendo la testa. «Non ho ben capito, Janette era un po' spaventata».

«Dove sono?», interviene Ryan piombando alla velocità della luce di fianco a me.

«Mi ha appena mandato la posizione», ci riferisce Alison guardando il suo cellulare.

«Andiamo, cazzo», borbotto tra i denti dirigendomi a grandi falcate verso la mia Mercedes.

«Seguiteci», dico a Ryan che stasera ha deciso di prendere la sua jeep.

In un secondo, io e Alison siamo sulla mia Mercedes. Parto sgommando e sfreccio via a tutta velocità.

Starà bene?

Perché ora mi preoccupo così tanto per lei?

«Ti ha detto qualcos'altro?», chiedo ad Alison.

Lei scuote la testa. «Ha solo accennato a un incidente e mi ha detto che Kelsey era parecchio sconvolta».

Premo sull'acceleratore a fondo. Alison appoggia la sua esile mano sulla mia coscia accarezzandola.

«Rallenta, Matt», mi rimprovera con dolcezza.

«No», rispondo secco.

Lei ammutolisce e io continuo a guidare, sperando di arrivare il prima possibile nel punto indicato.

«Eccola lì», esclama Alison, indicandomi l'auto rossa che è parcheggiata proprio al bordo della strada che stiamo percorrendo.

Mi fermo di colpo, seguito subito dopo dalla jeep di Ryan. Mi slaccio la cintura di sicurezza, apro lo sportello e mi dirigo verso la macchina osservandola con cautela. Okay, non c'è nessun danno, quindi presumo che stiano bene.

«Ragazzi!», urla Janette venendo verso di noi con gli occhi lucidi e i capelli scompigliati.

«Si può sapere cosa cazzo è successo?», domando passandomi una mano tra i capelli dal nervoso.

«Stavamo cantando *Bring Me to Life*, avete presente? Quella canzone degli...», comincia a blaterare.

La interrompo. «Non me ne frega un cazzo della canzone, che è successo?».
Lei deglutisce e poi si prende il viso tra le mani. «C'era un cane in mezzo alla strada e Kels per evitarlo ha provato a frenare…».
Janette scoppia a piangere a dirotto. Ryan si avvicina e le accarezza dolcemente i capelli, stringendola a sé in un abbraccio caloroso. Non ho tempo di analizzare lo strano comportamento del mio amico, devo pensare alla ragazzina.
«Dov'è Kels?», domando preoccupato.
«In macchina, credo sia sotto shock. Non vuole uscire da lì», sussurra Janette, reprimendo un singhiozzo.
Sgrano gli occhi e corro da lei.
Mi affaccio nell'auto e in quel momento la vedo: capelli arruffati, sguardo perso nel vuoto e lacrime che le rigano il viso pallido. Le sue mani sono ferme sulle cosce e continua a guardare un punto fisso di fronte a lei. Seguo la direzione del suo sguardo e lo vedo.
C'è un cane davanti alla macchina.
Busso sul finestrino cercando di ottenere la sua attenzione. Il suo viso, però, rimane pietrificato e lei non si gira.
Busso un'altra volta, con più forza, e lei, dopo qualche istante, si volta lentamente verso di me con il panico dipinto in volto. Le faccio cenno con la mano di abbassare il finestrino e, dopo attimi interminabili, Kelsey mi asseconda.
«Cosa è successo, tesoro?», chiedo cauto per non spaventarla.
Vederla così mi fa rabbrividire, dato che ho sempre conosciuto una versione di Kelsey completamente diversa: ribelle e combattiva.
Lei non risponde, si limita a fissarmi con gli occhi pieni di lacrime.
«Cooper, permettimi di aiutarti», sussurro con dolcezza, prendendole il viso tra le mani.
«Io… Io…», balbetta con voce ovattata e confusa.
«Piano, tesoro. Prenditi il tuo tempo», mormoro ancora, accarezzandole il mento con il pollice.
Lei sbatte le palpebre guardandomi dritto negli occhi. «Stavamo cantando e all'improvviso è sbucato quel cane dal nulla. L'ho preso. Credo sia…». Un singhiozzo interrompe il suo racconto.
«Ehi. Calma, va bene? Vado a controllare», la rassicuro.
Mi faccio forza e valuto la situazione. Appena vedo il cane a terra, deglutisco. È un Labrador Husky. Ne avevo uno uguale da piccolo. Mi accovaccio a terra e tocco il petto del cane.
Respira.
Respira ancora.
Corro verso Kelsey per riferirglielo.
«Tranquilla tesoro, il cane respira ancora», le dico con un piccolo sorriso.
«Davvero?», esclama lei.

Annuisco. «Sì, ma ha bisogno di un veterinario, conosco una clinica qua vicino. Ti porto a casa e poi lo vado a far visitare».

Sto per andare ad avvertire i miei amici quando la sua mano si stringe attorno al mio polso.

«Vengo con te», sussurra con un filo di voce.

La guardo e scuoto subito la testa. «Sei sotto shock, Cooper, è meglio che vai a casa».

«Voglio venire anche io», protesta.

Sospiro e mi rendo conto che non posso dirle di no.

«Guido io, però, spostati», sorrido e le accarezzo dolcemente la mano che è ancora stretta attorno al mio polso. Dopodiché, mi libero dalla sua presa e vado verso i miei amici.

«Il cane è ancora vivo, lo portiamo alla clinica del dottor Queer», li informo, poi mi avvicino ad Alison e le accarezzo una guancia. «Puoi guidare la mia macchina, piccola? Aspettami in camera mia».

Alison annuisce lievemente. «Non vuoi che venga con te?», chiede.

«Meglio di no, piccola. Axel, puoi andare con lei?», domando.

«Certo, posso guidare io se…», si offre lui.

«Di lei mi fido, di te un po' meno con tutto il dovuto rispetto, Ax», replico.

Lui sbuffa e mi obbedisce. Alison mi lascia un delicato bacio sulle labbra per poi salire sulla Mercedes.

«Accompagno J.», asserisce Ryan.

Annuisco e saluto i miei amici al volo. Poi, vado verso il cane ancora disteso a terra. Lo prendo in braccio e Kelsey, che si è un po' ripresa, mi apre il bagagliaio. Lo sistemo con delicatezza, poi io e Kelsey saliamo in auto.

«Devi… devi… inserire la chiave», balbetta lei ancora un po' intontita, prima di passarmi le chiavi.

«So come accendere un'auto, tesoro», le assicuro, prima di mettere in moto e partire.

«Stai bene?», domando, dopo qualche attimo.

«Che te ne importa?», ribatte lei guardando fuori dal finestrino.

Eccola qui, è tornata la Kelsey di sempre.

«Cooper, non mi va proprio di litigare, possiamo farlo domani o quando ti pare, ma questo non è proprio il momento, quindi rispondi alla mia domanda. Come stai?», chiedo ancora cercando di rimanere il più calmo possibile.

La vedo scrollare le spalle. «Ho appena investito un cane, come vuoi che stia?»

«Di merda», rispondo io per lei.

«Ecco appunto, tu sì che sai come risollevare il morale a una persona», sbuffa, con la testa appoggiata al finestrino.

«Grazie», rispondo ridacchiando.

«Si può sapere perché stai venendo con me?», mi interroga un po' indispettita.

«Quando avevo dieci anni, mio padre mi regalò un cane... Era un Labrador Husky. Questa razza non è mai stata riconosciuta da nessun allevamento, essendo un incrocio», racconto, mentre ricordo il mio vecchio cane.

«Cosa è successo?», domanda lei con gli occhi puntati su di me.

«Eravamo diventati inseparabili, dove andavo io, veniva anche lui. Lo portavo a passeggio ogni santissimo giorno al parco di Mont Royal e rimanevamo fino al tramonto. Un pomeriggio, però, decisi di portarlo in montagna a fare una passeggiata. All'improvviso, un rumore lo spaventò, il guinzaglio si ruppe e lui scappò. Lo cercai per ore, alla fine mi arresi e tornai a casa a notte fonda. Trovai mio padre in salotto disperato che parlava al telefono con la polizia e mia madre in lacrime. Mio padre mi tirò uno schiaffo così forte che mi è difficile dimenticarlo anche adesso. Sai cosa mi disse appena gli raccontai cosa era successo?», le riferisco con le lacrime agli occhi.

Non devo piangere.

«Cosa ti disse?», domanda turbata.

«Figliolo, i cani sono come le persone, scappano quando ne hanno più bisogno e tornano quando ormai è troppo tardi», recito a memoria le parole di mio padre.

«Cosa vuol dire?», chiede con un filo di voce.

«Non lo so. Ma il mio cane non è mai più tornato», scuoto la testa e stringo il volante tra le mani.

«Matt, fai schifo a consolare le persone. Cosa credevi di ottenere con questa storia?», si informa con voce strozzata e solo in questo momento mi accorgo che sta piangendo.

«Avevo bisogno di raccontartela», rispondo con semplicità.

La storia di quel cane non l'ho mai raccontata a nessuno, neppure ad Alison e ai miei migliori amici. Perché mi è venuto così spontaneo dirla alla ragazza che odio? Ho paura a rispondere a questa domanda perché, così facendo, dovrei essere sincero con me stesso. Nell'abitacolo cala il silenzio e io sono perso in mille pensieri.

Una volta alla clinica, parcheggio al volo. Esco dalla macchina, apro il portabagagli e prendo il cane tra le braccia. Mi dirigo a grandi falcate verso l'entrata e Kelsey, dietro di me, mi sta dietro a fatica.

«Leblanc», mi chiama lei d'un tratto.

«Che c'è, Cooper?», le chiedo, mentre comincio a vagare per la struttura alla ricerca di qualcuno che possa soccorrere questo povero animale.

«Credi che questo cane...».

«Cooper, è impossibile, sono passati undici anni».

Lei ammutolisce all'istante e io mi rivolgo al dottor Queer che è appena apparso in corridoio, informandolo su quanto accaduto. Lui mi ascolta con attenzione, prende il cane con sé e sparisce in una stanza.

Mi siedo in sala d'attesa e Kelsey rimane in piedi, guardando dritto di fronte a sé.

«Cooper, sarà una lunga notte, ti conviene sederti», la avverto passandomi una mano tra i capelli.

Ero convinto di trascorrere una serata tranquilla e invece mi sono ritrovato in una clinica veterinaria con Kelsey Cooper.

Questa ragazza riesce a combinarne di tutti i colori, si caccia costantemente nei guai.

Una calamita per i guai vivente.

Lei si volta verso di me. «Sai che non sei obbligato a rimanere qui, vero?»

«E tu sai che non prendo ordini da te, vero?», la punzecchio, alzando un sopracciglio.

La sento sbuffare e poi finalmente si siede di fianco a me. Tira fuori il telefono digitando qualcosa. La osservo e vedendola così, con gli occhi colmi di lacrime, le labbra screpolate e i capelli arruffati mi sta venendo una strana voglia.

Una strana voglia irrefrenabile di abbracciarla.

Che mi prende?

«Leblanc».

«Sì?», rispondo, studiandola di nascosto.

«Come si chiamava il tuo cane?», domanda un po' intimorita.

«Zeus, si chiamava Zeus».

I ricordi pian piano riaffiorano nella mia mente e stavolta non sono in grado di scacciarli via.

Le passeggiate, gli ululati, le corse. Io e Zeus eravamo una cosa unica, a dieci anni quel cane era diventato il mio migliore amico.

Però, Zeus non c'è più.

Ed è solo colpa mia.

Sono le due del mattino.

Kelsey sta dormendo rannicchiata sulla sedia e per una volta sembra una bambina innocente. La osservo e un sorriso si dipinge sulle mie labbra senza volerlo.

D'un tratto, il dottor Queer, il direttore della clinica, torna da noi e io mi alzo di scatto andando verso di lui.

«Allora?», domando all'improvviso teso.

«L'intervento è andato bene, tu e la tua ragazza potete andare a riposare», mi dice con un sorriso, prima di congedarsi e sparire di nuovo oltre un'altra porta.

Ragazza?

Kelsey sembra davvero la mia ragazza agli occhi del dottor Queer?

Mi volto verso di lei, senza sapere bene cosa fare. Dovrei svegliarla, ma vorrei anche godermi l'attimo di pace dai nostri battibecchi.

Dopo un po', la scuoto, ma nulla.

Sbuffo e continuo a muoverle la spalla.

Niente.

«Devo anche farti da babysitter?», domando e la prendo in braccio stringendola delicatamente al mio petto e sorreggendola dalle gambe.

So che non sta dormendo.

Dannata ragazzina.

«Se volevi che ti portassi in braccio, dovevi solo chiedere, tesoro», sussurro tra i suoi capelli e il suo profumo di cocco mi stordisce mandando in subbuglio ogni singola parte del mio corpo.

«Ho sonno», mormora lei con voce impastata.

«Rimane il fatto che ti stai lasciando portare in braccio dalla persona che dici di odiare con tutta te stessa», la prendo in giro ed esco fuori dalla clinica.

«Solo perché sento freddo e tu sei caldo», sussurra. È sotto shock e sicuramente sta dicendo queste cose perché è sconvolta.

«Cooper, smettila di parlare», le intimo all'orecchio.

Lei trema tra le mie braccia e fa dei versi appena comprensibili.

«Leblanc», borbotta.

La guardo mentre proseguo verso la sua auto. «Dormi, Cooper».

«Il cane sta bene?», mi chiede con dolcezza.

Sorrido per la sua espressione candida. «Sta bene», confermo.

«Voglio venire a trovarlo domani», mi dice accoccolandosi meglio al mio petto.

Perché continua a parlarmi in questo modo?

Come se io e lei fossimo qualcosa e non ci odiassimo da quando ci siamo conosciuti.

«Leblanc», ripete ancora e il mio cognome sulle sue labbra ha tutto un altro effetto.

«Che altro vuoi, ragazzina?», ribatto con voce scherzosa aprendo lo sportello della sua auto per posarla delicatamente sul sedile.

«La storia che mi hai raccontato…», comincia a dire.

«Dimenticala», la interrompo.

«Perché?». Mi guarda dal basso, sistemandosi meglio sul sedile.

«Perché ormai è acqua passata, è meglio lasciarci alle spalle i ricordi che ci fanno del male se non vuoi che ti trascinino a fondo con loro», borbotto chiudendo lo sportello.

Salgo in auto e metto in moto. Tra noi cala un silenzio assordante.

Mi rendo conto che Kelsey ha un effetto su di me che mai avrei immaginato. Ma non devo farci caso.

Ho tutto quello che un ragazzo della mia età può desiderare: una bella vita, una ragazza fantastica e un futuro che mi aspetta a braccia aperte.

Niente distrazioni, Matthew.

Appena arrivo di fronte a casa sua, parcheggio e spengo la macchina. Mi giro e osservo Kelsey che sembra spaesata e confusa.

«Siamo arrivati», la avverto levando le chiavi dal quadro.

«Lo so», replica lei intontita.

«Cooper, non ti porterò in braccio fino in camera tua, non credo che tuo padre ne sarebbe molto felice, perciò...», lascio la frase in sospeso sperando che intuisca quello che voglio dirle.

«Davanti c'è qualche segno? Tipo, una botta? Un'ammaccatura?», domanda lei scattando con gli occhi verso di me.

«È tutto a posto, almeno credo», le dico con un sorriso.

Usciamo dalla macchina e Kelsey comincia a controllare se ci sia qualche segno visibile sulla parte anteriore dell'auto.

«Puoi sempre dirgli che sono stato io», ironizzo.

«Non sembra esserci niente», mormora lei accendendo la torcia del telefono per controllare meglio.

«Bene», mi avvicino e le porgo le chiavi della macchina. Kelsey le agguanta mettendosele nella borsa e sistemandosi meglio gli occhiali sul naso.

«Ci si vede in giro, Cooper», la saluto con un cenno del capo e mi avvio per tornare in villa.

«Matthew», mi chiama in un sussurro. E noto che stavolta non mi ha chiamato per cognome. È seria.

«Che c'è?», mi volto in attesa che continui.

«Grazie», bofonchia a bassa voce prima di girarsi ed entrare in casa.

Un sorriso mi si dipinge subito sulle labbra. Non ho voglia di interpretarlo o di riflettere sul significato.

Mentre cammino verso la villa, controllo i messaggi sul telefono e sono tutti da parte di Alison che mi chiede tra quanto torno.

Appena arrivo davanti alla villa, i miei piedi si inchiodano a terra. So che Alison mi sta aspettando dentro, ma proprio non ho voglia di stare con lei. Prendo tempo e osservo il cielo sopra di me.

Ho sempre amato guardare le stelle. Stanotte però sono diverse, luccicano più del solito. È come se il destino stesse cercando di mandarmi un segno.

Sì, ma quale?

Devo dormire.

Sto delirando.

Scuoto la testa ed entro nella villa, stando attento a non fare rumore. In camera mia, trovo Alison distesa sul mio letto, completamente addormentata. In due secondi mi libero dei vestiti, rimanendo soltanto in boxer, e mi infilo sotto le coperte insieme a lei.

Il sonno però non arriva.

La notifica del telefono mi fa sobbalzare. Lo prendo da sopra il comodino e apro il messaggio senza troppi indugi.

Rompicoglioni: Dormi?
Matthew: Sì.
Rompicoglioni: E allora mi stai rispondendo mentre dormi?
Matthew: Che vuoi?
Rompicoglioni: Niente, ho paura.
Matthew: Di cosa, stupida?
Rompicoglioni: E se il cane non ce la dovesse fare?
Matthew: Il dottor Queer è il miglior veterinario di tutta Montréal, il cane si riprenderà.
Rompicoglioni: Sì, ma se non ce la dovesse fare?
Matthew: Dormi, Cooper.
Rompicoglioni: Grazie.
Matthew: Lo hai già detto.
Rompicoglioni: Non ci fare l'abitudine, domani tornerà tutto come prima.
Matthew: Non è cambiato niente tra di noi, tesoro.
Rompicoglioni: Già, non è cambiato niente.

Poggio di nuovo il telefono sul comodino e chiudo gli occhi ripensando all'ultimo messaggio di Kelsey.

Non è cambiato niente.

E se invece fosse già cambiato tutto?

Capitolo 31

Matthew

È mercoledì e questo vuol dire che mancano esattamente due giorni alla prima partita del nostro campionato contro quei rammolliti dei Parks.

Gli Sharks Struttman giocano nella lega del Québec assieme ad altre squadre che sono residenti in questa provincia, e sono tutte molto agguerrite.

Oltre la nostra lega, ci sono la Western Hockey League e l'Ontario Hockey League.

I vincitori delle singole leghe parteciperanno alla Memorial Cup, un torneo all'ultimo sangue dove si disputano partite di hockey per quattro giorni consecutivi. E io già non vedo l'ora. Ma il primo step sono i Parks.

Mi alzo dal letto e scuoto la spalla di Alison, che bofonchia qualcosa per poi mettersi a sedere sul letto con la schiena appoggiata al cuscino.

«Buongiorno», la saluto, andando verso l'armadio per cercare qualcosa da mettere per l'ennesima giornata di allenamenti faticosi e lezioni estenuanti.

«Vai ad allenarti così presto?», mi chiede dolcemente.

«Mancano due giorni alla partita, piccola», rispondo e prendo dei pantaloni della tuta grigi con una felpa abbinata.

«Sei nervoso?». La sua voce è gentile e vellutata.

Mi giro a guardarla e scuoto la testa. «Per niente».

«Come sta, Kels?», chiede poi.

«Piccola, non mi va di parlare di lei già di prima mattina», replico, mentre mi vesto.

«Che hai sempre contro di lei?», mi interroga con sguardo attento.

Sbuffo, già nervoso. «Risponderò soltanto in presenza del mio avvocato».

«Come vuoi», ribatte per poi crollare a peso morto sul letto.

La guardo con un sorriso, poi mi infilo delle Jordan grigie.

Prendo il cellulare dal comodino e lascio un delicato bacio sulla testa ad Alison che mugugna qualcosa in risposta.

Esco dalla stanza e vado a bussare alle porte dei miei amici che aprono solo dopo qualche secondo.

Ryan fa un grosso sbadiglio. «Che nottataccia».

Axel alza un sopracciglio guardandolo di sottecchi. «Sì, proprio una nottataccia».

Il biondo lo fulmina subito con lo sguardo. «Questo cosa vorrebbe dire?»

«Niente, niente», risponde in fretta Ax chiudendo la porta della sua stanza.

«Che succede?», mi informo innervosito dal loro atteggiamento evasivo.

«Axel che fa il coglione», commenta Ryan e in quel preciso istante, alle sue spalle, intravedo qualcuno di molto familiare che sta dormendo proprio sul suo letto.

«Ma quella è…?». Non faccio in tempo a finire la frase che Ryan chiude la porta con un tonfo che rimbomba per tutto il corridoio.

«Proprio lei», afferma Axel con una risatina.

«Ma che cazzo, Ry?», sussurro a denti stretti.

«Che c'è?», mi rimbecca lui, come se la migliore amica di Kelsey non fosse in camera sua.

Scuoto la testa e mi avvio fuori.

«Cosa cazzo ci fa Janette nel tuo letto?», gli domando, mentre ci incamminiamo verso il college.

«Era sconvolta, le ho soltanto proposto di rimanere a dormire da me. Tutto qui», scrolla le spalle.

«Certo… dormire», lo canzona Axel mettendosi le mani nelle tasche della tuta.

«Sta' zitto tu». Ryan gli lancia un'occhiataccia truce.

«Quindi avete… dormito?», chiedo con espressione scettica.

«Solo dormito», conferma lui annuendo.

«Ax? Secondo te hanno solo dormito?», chiedo con un ghigno stampato sulle labbra.

«Dormito è sinonimo di scopare?», sta al gioco lui.

«Nessuno ha scopato con nessuno», chiarisce Ryan che prende a camminare più in fretta, probabilmente per allontanarsi da noi.

«E tu con la Cooper?», domanda Ax tirandomi una spallata.

«Abbiamo portato il cane in clinica, sembra che si riprenderà», rispondo.

Ripenso per un attimo a quel povero cane, vederlo lì disteso sull'asfalto mi ha fatto tornare in mente brutti ricordi. Ripensare a Zeus mi fa male anche a distanza di anni.

«Mancano due giorni alla partita, qualche dritta da darci, capitano?», chiede Axel cambiando discorso. Per fortuna.

Lo spintono, facendolo barcollare. «Evitiamo le risse, l'anno scorso per poco non ci buttavano fuori dalla lega».

«Mi stai dicendo che non posso tirare un pugno in faccia al capitano dei Parks?», domanda Ax accanto a me.

«No», sbotto io.

«Una testata?», riprova.

«Nemmeno», sbuffo mettendomi il cappuccio della felpa in testa per coprirmi dal freddo.

«Un calcio?», tenta di nuovo.

«Ax, sono le sette del mattino», brontola Ryan di fronte a noi.

«Siamo nervosi stamattina, eh?», lo prende in giro Ax.
«Non ha scopato», bisbiglio io nel suo orecchio.
«Che novità», ridacchia lui in risposta.
«Coglioni», bofonchia Ryan di fronte a noi.
Superiamo il lungo vialetto ed entriamo allo stadio del ghiaccio. Giunto negli spogliatoi, apro il mio armadietto e prendo il borsone posandolo sulla panca.
Il resto della squadra entra dopo qualche minuto salutandomi con rispetto.
Tutti tranne Trent, ovviamente.
Me la pagherà, molto cara.
Credeva davvero di potersi mettere contro di me e uscirne indenne?
«Ehi, Trent», lo chiamo, mentre finisco di prepararmi.
Lo vedo irrigidirsi, poi si volta verso di me lentamente. «Capitano?»
«Belle quelle Jordan, dove le hai prese?», domando socchiudendo gli occhi.
Lui sbianca per un istante, guarda le scarpe che sta indossando, identiche alle mie, e si passa nervosamente una mano tra i capelli. «In un negozio qui in centro».
«Ce le ho identiche», commento.
Trent non risponde ed esce dallo spogliatoio. Chissà se ha capito che so tutto.
Sogghigno e prendo i pattini, la stecca e il casco per poi riporre il borsone all'interno dell'armadietto.
Mi avvio verso il campo seguito dai miei amici. Ci sediamo tutti e tre sugli spalti e cominciamo ad allacciarci i pattini.
«Che cos'era quello, Matt?», sussurra Ryan per non farsi sentire.
«Un piccolo avvertimento», replico e un sorrisetto diabolico mi si dipinge sulle labbra.
Trent me la pagherà.
«Sa che noi sappiamo?», bisbiglia Ax finendo di allacciarsi i pattini.
«Come potrebbe? Trent è un idiota». Mi alzo in piedi per controllare se ho stretto i pattini al meglio.
Nell'hockey è importante verificare se è tutto perfetto prima di scendere in campo.
Un secondo dopo, l'intera squadra si siede sugli spalti per allacciarsi i pattini.
«Bruttissimi maiali puzzolenti, mancano soltanto due giorni alla partita contro quelle palle mosce dei Parks, quindi oggi vi voglio far morire. Fin quando non sentirò i vostri cuori fermarsi, dovrete continuare a pattinare. Sono stato chiaro?», urla il coach Smithy entrando in palestra con la sua tuta nera, un fischietto legato al collo e un cappellino con la visiera.
Sempre di ottimo umore, il coach.
«Sì, coach», urliamo tutti in risposta.

«Sono. Stato. Chiaro?», sbraita.

«Sì, coach», gridiamo stavolta più forte.

«Andate a pattinare allora», ci congeda con un sonoro dito medio.

Mi infilo il casco, prendo la mia stecca da hockey e sfreccio in campo come una saetta. Appena i pattini entrano in collisione con il ghiaccio, mi viene da sorridere. Le gambe si muovono da sole, a destra e a sinistra, con movimenti fluidi e precisi. Vado da una parte all'altra del campo e sento già i capelli appiccicati alla fronte. Faccio ondeggiare il bastone avanti e indietro contro ogni singolo puck che si trova sul mio cammino.

«Così ti voglio, capitano!», urla il coach fischiando per farmi sentire tutto il suo appoggio.

«Matt», mi chiama Ax pattinando verso di me.

Mi fermo, alzandomi la visiera del casco per guardarlo. «Che vuoi?»

«Trent a ore due», mi avverte sottovoce.

Mi volto velocemente. Trent sta venendo dritto verso di me e sembra non avere la benché minima intenzione di fermarsi.

Ma io sono pronto.

Lo lascio avvicinare il più possibile e mi scosto all'ultimo, così Trent perde l'equilibrio cascando a terra come una pera cotta.

«Tutto bene, Trent?», domando.

Lo sento grugnire, poi si rialza e fila dalla parte opposta.

Quel tipo ha dei seri problemi.

Ricomincio a pattinare, il ghiaccio si frantuma leggermente sotto di me e delle schegge partono a destra e a sinistra. Il rumore della lama che scivola è musica per le mie orecchie.

L'allenamento continua in tranquillità, con le solite sfuriate del coach e con Trent che mi evita come la peste. Il nostro piano di vendetta gli farà fare una grandissima figuraccia davanti a tutto il college.

Non vedo l'ora.

«Basta così per oggi, tutti qui», urla il coach fischiando.

Quel dannato fischietto un giorno di questi glielo ficco in quel posto, lo prometto.

«Bene, sono molto soddisfatto. Ho dei piccoli suggerimenti, però. Croix, devi allenare le gambe, ogni volta che pattini sembra che stai per cadere da un momento all'altro. Olsen, devi allargare di più le braccia così da chiudere la visuale all'avversario. Hill, no, per te niente, solo che puzzi come un tacchino andato a male nel giorno del Ringraziamento. Ora andate, brutti caproni, tutti tranne Leblanc», conclude il coach Smithy facendomi cenno di seguirlo sugli spalti.

Mi tolgo il casco e i guanti, e seguo il coach.

«Sì, coach?», chiedo sedendomi sulla seggiolina accanto alla sua.

«Per te una piccola accortezza in privato», sussurra asciugandosi il sudore dalla fronte.

Poi, punta i suoi occhi assetati di vittoria contro di me. «Niente pugni, calci, testate, stecche nello stomaco… devo continuare?»
«Sì, coach», annuisco con un sorrisetto.
«Leblanc, sono serio, niente risse. Intesi?», insiste.
«Intesi», annuisco ancora.
«Al massimo un pugno, fatto bene e dritto sul naso», aggiunge tirandomi una spallata giocosa.
Ridacchio e torno nello spogliatoio.
Ripongo le protezioni nel borsone e mi spoglio.
In quel momento, Olsen mi passa accanto e gli faccio cenno di fermarsi.
«Capitano», mi saluta lui avvicinandosi a me.
Rimango in boxer e lo conduco nelle docce, ormai deserte, per potergli parlare con calma.
«Allora?», domando appoggiandomi al muro.
Olsen si passa una mano tra i capelli. «Niente, cazzo. Il rettore Cooper è un fantasma in tutti i server possibili. Sembra quasi che abbia volutamente nascosto tutte le sue tracce e quell'articolo di giornale che abbiamo trovato ne è la prova schiacciante. Oltre a quello, ce n'è solo un altro, di articolo».
«Com'è possibile? Ci sei sempre riuscito», domando, nervoso.
«Cercando il suo nome non si trova assolutamente nulla, si vede che ha ingaggiato un hacker per eliminare tutte le sue tracce, o perlomeno per nasconderle molto bene», mi spiega Olsen.
«Non riesci ad avere quelle informazioni nascoste?», chiedo.
«Ci posso provare, ma ci vorrà del tempo», risponde, prima di andarsene con la coda tra le gambe, visto il mio disappunto.
Infastidito, mi faccio la doccia e torno al mio armadietto.
«Che si fa dopo le lezioni?», mi chiede Ryan, scrollandosi l'acqua dai capelli.
«Vado alla clinica», rispondo.
«Ryan ha da fare dopo», interviene Axel dandogli una sonora pacca sulla spalla.
«Sta' zitto, coglione», lo fulmina con lo sguardo Ry.
«Che c'è? Finalmente scopi, dobbiamo festeggiare», infierisce Ax.
«Continuate pure a litigare, io sono di fretta».
Mi vesto e mi dirigo verso la struttura principale del college. Appena faccio il mio ingresso, sento gli occhi di tutti puntati addosso. Ho sempre sognato di diventare il re di questo college e già dal primo anno sono riuscito a farmi conoscere da ogni singolo studente.
Il solo problema è che io non voglio più niente di tutto ciò.
L'unica cosa che desidero è diventare un medico. Ma ovviamente George Leblanc non approva.
Entro nell'aula di fisiologia umana, sedendomi agli ultimi banchi. Nell'atte-

sa, mi chiedo come starà Kelsey dopo l'incidente di ieri. Chissà se si è ripresa, se oggi è a lezione...

Per fortuna la professoressa interrompe i miei pensieri.

La lezione comincia, ma io sono troppo distratto per prestare ascolto.

Mentre lei scrive sulla lavagna, prendo il telefono dalla tasca. Trovo un messaggio da parte di Alison.

Alison: Amorino, mio padre mi ha chiesto se vogliamo andare tutti quanti a cena sabato.

Alison: Ci sei?

Matthew: Certo, piccola.

Il padre di Alison è un miliardario con un'impresa che porta avanti da generazioni. Appena ha scoperto che stavo frequentando proprio la figlia del signor Arthur Grent, mio papà era al settimo cielo.

Da lì è iniziata la mia condanna.

Però Alison io non me la merito. Può sembrare la classica ape regina crudele, ma non lo è affatto. È dolce, gentile, altruista.

E allora perché desidero soltanto avere notizie di Kelsey?

Reprimo il desiderio di scriverle un messaggio per accertarmi che stia bene e infilo il cellulare in tasca.

Mancano ancora tre ore di lezione.

Dopo una mattinata infinita, finalmente le lezioni finiscono e posso uscire dal college.

Non appena arrivo nel giardino, scorgo Ryan che sta discutendo con quella pazzoide di Janette.

Mi avvicino ad Axel, che li sta osservando da qualche metro di distanza.

«Fanno sul serio, quei due», commenta.

«Certo, come no, ce lo vedi Ryan insieme a qualcuna?», ribatto, scettico. Ryan è troppo attaccato alla sua libertà per legarsi a una ragazza.

«Per niente», concorda Ax, che lo conosce persino meglio di me.

«Zitto, sta arrivando. Se ci sente, temo che possa ucciderci sul serio stavolta», mi avverte il biondo e prende il telefono in mano cominciando a messaggiare con quella Linda... no, forse era Loren?

Non ricordo, dannazione.

«Andiamo ad allenarci?», domanda Ryan con uno strano sorrisetto stampato sulle labbra, appena ci raggiunge.

«Muoviamoci, abbiamo una partita da vincere tra due giorni», li sprono, evitando di fare commenti a Ryan. Non mi sembra abbia voglia di parlare dei fatti suoi.

«Si può sapere con chi messaggi?», domanda Ry, un po' infastidito dal fatto che Ax lo stia considerando a malapena. Che controsenso. A Ryan piace che Ax gli rompa le scatole...

Ax gli schiaffeggia la mano, quando Ryan cerca di rubargli il telefono. «Con Lindsay, è peggio di una piattola, cazzo».

Ecco come si chiamava.

«Noi te l'avevamo detto, hai presente la regola delle tre volte?», lo canzono.

«J. mi ha detto che Kelsey non è venuta oggi e non risponde ai suoi messaggi. È preoccupata», ci racconta Ryan.

«E quindi?», chiedo io, fingendo indifferenza. In realtà, è tutto il giorno che vorrei avere sue notizie.

«Niente era solo per dire», risponde Ryan, un po' risentito.

Ci incamminiamo verso lo stadio ma il pensiero di Kelsey è una sorta di martello pneumatico nella mia testa.

Cosa le è successo? Perché non è a scuola?

«Chiamala», mi suggerisce Ryan, come se mi leggesse nella mente.

«No, non mi importa. Si farà viva lei», ribatto, per tenere il punto.

Entriamo negli spogliatoi e nessuno dei miei due amici osa aprire bocca, visto che sono scontroso come pochi. In quel momento, il mio telefono suona all'improvviso. Numero sconosciuto.

Accetto la chiamata e scopro che a chiamarmi è il dottor Queer.

«È successo qualcosa?», gli domando subito.

«In realtà sì», risponde lui con una voce strana.

«Il cane sta bene?», mi informo un po' spaventato.

«Il cane sta più che bene. Il problema, ecco… Il problema è la tua ragazza», sussurra come se non volesse farsi sentire.

Mi blocco all'istante. «La mia ragazza?».

I miei amici mi guardano perplessi.

Ora capisco tutto.

«Da quando abbiamo aperto stamattina, non si è mossa di qui, ha detto che non se ne andrà finché non vedrà che il cane sta bene. Ci sta intralciando», continua a spiegare il dottor Queer.

Quella ragazzina insolente.

«In che senso?», chiedo, temendo la risposta.

«Be'… come lo spiego… per caso puoi venire qui?». Il suo tono titubante mi mette in allarme.

«Arrivo», sospiro attaccando la chiamata e buttando il telefono nella tasca della felpa.

«Che succede?», mi interroga Ryan che ha già indossato tutto il necessario per cominciare l'allenamento.

«Kelsey», rispondo, come se fosse ovvio.

«Le è capitato qualcosa?», interviene Axel.

«Non lo so, ci vediamo dopo», li liquido.

«E gli allenamenti? Abbiamo una partita tra due giorni», mi ricorda Ryan, che mi sta alle calcagna, mentre esco dallo spogliatoio.

«Inventatevi qualcosa», ordino, allontanandomi in fretta.
«Matt», mi richiama Ry.
Mi giro verso di lui. «Che vuoi?»
«Tu non hai mai saltato un allenamento», asserisce con un sopracciglio inarcato.
«Stavolta è necessario», ribatto e corro via.

Recuperata la mia Mercedes, sfreccio per le strade di Montréal per andare a riprendere la ragazzina.
Dannazione, sto veramente saltando gli allenamenti per Kelsey?
Se qualcuno mi avesse detto una cosa del genere, gli avrei riso in faccia.
Parcheggio la macchina proprio davanti all'entrata della clinica e scendo al volo.
Vado in sala d'attesa, ma non c'è nessuno. Forse hanno già cacciato Kelsey?
E poi sento delle urla. Mi dirigo verso una porta che dà accesso a un'area riservata al personale. Nonostante il divieto, mi intrufolo nel corridoio su cui affacciano diverse stanze.
Fatto qualche passo, mi imbatto nel dottor Queer, con l'aria stralunata e i pochi capelli che ha ritti.
«Menomale che sei arrivato!», esordisce subito e mi fa cenno di seguirlo.
Provo a chiedergli spiegazioni, ma lui mi precede di corsa, ignorando le mie domande.
E poi la vedo. Kelsey è di fronte a una vetrata e cerca di attirare l'attenzione di qualcuno all'interno di una stanza.
«Che sta facendo?», sussurro.
«Sta disturbando delle persone che lavorano», mi risponde asciugandosi il sudore dalla fronte.
«Ci penso io, dottor Queer», lo rassicuro e lui si limita a borbottare qualcosa per poi andarsene.
Mi avvicino cauto a Kelsey, osservando ogni singolo dettaglio del suo viso. Le labbra sono screpolate e serrate in una linea retta, gli occhi sono spalancati e concentrati e gli occhiali sono leggermente appannati. I capelli le ricadono mossi dietro la schiena.
È… *stavo per dire bellissima? Devo essere impazzito.*
«Cooper», cerco di richiamare la sua attenzione.
«Dirò a te quello che ho detto a tutti gli altri, resterò qui finché non mi faranno accarezzare quel maledetto cane», sbotta innervosita, continuando a guardare fisso davanti a lei.
«Perfetto», affermo e, quando la affianco, vedo il cane disteso su un tavolino di metallo.
«Che stai facendo?», domanda lei, senza voltarsi.
«Resto con te», rispondo.

«Ma… tu… non puoi, dannazione», si volta verso di me incrociando le braccia al petto. «Chi ti ha detto di venire qui? Qui ci sto io e basta, non di certo un pallone gonfiato, arrogante e presuntuoso».

Tutto mi aspettavo meno questo. «Hai finito?»

«No, dimmi per quale motivo sei qui», sbraita, attirando l'attenzione di alcuni veterinari di passaggio.

«Quanto hai dormito?», le chiedo inarcando un sopracciglio.

«E questo cosa c'entra?», mi rimbecca lei, tornando a girarsi verso il cane.

Le prendo il mento tra le dita per farla voltare di nuovo verso di me. «Rispondimi, tesoro».

«Ho dormito due ore, e allora?», sbuffa alzando il mento.

«Questo spiega perché sei così nervosa», borbotto.

«Ripeto, cosa diavolo vuoi?». Si libera dalla mia presa e si allontana di un pochino.

«Voglio sapere come sta il cane, perciò, stai a vedere, tesoro», sussurro a pochi centimetri dal suo viso per poi sorpassarla. Busso sulla porta della stanza dove si trova il nostro amichetto a quattro zampe e, dopo qualche secondo, un signore con un camice bianco mi apre, un po' contrariato.

«Salve, sono Matthew Leblanc», lo saluto.

E, come ogni volta, capita la magia. «Oh salve! Ero un grande fan di tuo padre un tempo. Piacere di averti qui…».

Aspetto che finiscano le solite ovvietà.

Quanto era bravo tuo padre.

Peccato per l'incidente.

Dicono tutti che sei anche più bravo di lui a hockey.

Sempre le solite cose.

E finalmente, arriva il momento. «Come posso esserti utile?»

«Io e la mia *ragazza*», enfatizzo l'ultima parola guardando di sottecchi Kelsey, che diventa rossa come un peperone, «volevamo assicurarci che il cane stesse bene, ieri sera è stato investito e siamo stati noi a portarlo qui».

«È in ottima forma, si riprenderà tra qualche giorno. Volete entrare?», ci fa cenno di seguirlo all'interno della stanza.

«Visto?», sussurro a Kelsey.

«La tua ragazza? Sul serio?», bisbiglia.

«Sta' zitta, stavo per vomitare quando l'ho detto e comunque era l'unico modo per entrare».

«Tranquillo, Leblanc, è più probabile che gli asini volino prima che io diventi la tua ragazza», sbotta innervosita.

«E come mai sei diventata rossa proprio qui?», la punzecchio toccandole la guancia con l'indice.

«Non è vero», ribatte scostandosi dal mio tocco e sistemandosi gli occhiali sul naso.

Ridacchio sottovoce ed entro nella stanza, seguito da Kelsey. Mi avvicino cauto al cane, lo accarezzo dolcemente e lui mi guarda dritto negli occhi.

Mi volto verso Kelsey che se ne sta in piedi a fissarmi, un po' intimorita e spaventata.

«Vieni, non ti fa niente», la incoraggio.

Lei si avvicina e io mi accovaccio accanto al tavolo di metallo, continuando ad accarezzare il dorso del cane. Poi, le prendo la mano e la avvicino, sentendo una scarica di brividi farsi spazio in tutto il mio corpo.

«Che fai?», domanda con un filo di voce venendo vicino a me.

«Ti aiuto», rispondo e la sua mano entra in contatto con il pelo morbido.

Quando vedo che ha preso confidenza, tolgo la mano, ancora appoggiata sopra la sua, ma Kelsey mi blocca il polso, impedendomelo.

Le faccio un sorrisetto. «Cooper, attenta, potrei quasi pensare che hai una sorta di cotta per me».

«Nei tuoi sogni, Leblanc», mi tira una spallata giocosa. «Ho soltanto paura che mi morda».

Appena il cane si abitua al nostro tocco, la sua coda comincia a muoversi a destra e a sinistra dalla felicità.

Ora che gli sono vicino alla luce del giorno, posso vederlo meglio. Lo trovo bellissimo. È bianco con delle sfumature grigiastre sul dorso, sulla pancia e sotto gli occhi, che sono di un azzurro chiarissimo, sembrano quasi di ghiaccio.

«C'è soltanto un problema», dice il veterinario che ci ha fatto entrare, un po' dispiaciuto.

«Che problema?». Mi alzo in piedi sistemandomi la felpa.

«Non ha un padrone, abbiamo controllato e sembra essere un randagio. Se non gli troviamo un posto in cui stare, dovremo portarlo al canile», ci informa il veterinario, rammaricato.

«Vedremo cosa…», sto per dire.

Ma Kelsey mi interrompe. «Verrà con me».

Mi giro a guardarla con la fronte aggrottata. «Con te?»

«Sì. Va bene per lei, dottore?», chiede con sguardo risoluto.

Scuoto la testa. «E tuo padre?», le chiedo.

«A lui ci penso io», replica diretta.

«Bene, allora mi serviranno tutti i tuoi dati. E poi mi dovrai dire il nome che vuoi dare a questo magnifico cane, così lo possiamo registrare nei nostri fascicoli», ci spiega il dottore aprendo il cassetto di un mobile lì vicino. Porge a Kelsey una serie di fogli e una penna, e lei per poco non glieli strappa.

«Vi lascio, torno tra poco a ritirare i fogli». Il dottore si congeda chiudendosi la porta alle spalle.

«Cooper, sei sicura? Tuo padre si incazzerà di brutto», domando avvicinandomi a lei che sta già compilando i fogli.

«Be', quando mai gli do retta?», mi rimbecca.

Colpito e affondato.

«E per cosa non gli avresti dato retta?», le chiedo, curioso.

«Be', mi ha detto di stare lontana da te, ma a quanto pare sei peggio di una cozza», risponde continuando a scrivere.

«Mi dispiace, Cooper, ma sono qui soltanto perché il dottor Queer mi ha chiamato disperato dicendomi che bloccavi il lavoro delle persone», alzo gli occhi al cielo.

«Come ti pare», sbuffa sonoramente.

«Come lo chiamerai?», domando, quando arriva alla riga in cui va inserito il nome del cane.

«Zeus», risponde, come se non avesse ombra di dubbio.

Appena pronuncia quel nome il tempo si ferma, proprio come il mio cuore.

«Zeus?», chiedo confuso.

«Sì, Leblanc, Zeus. Non fare domande per favore», mi gela, come se non avesse fatto niente di che. Ben sapendo ciò che significa per me.

Ha deciso di chiamare quel cane Zeus.

Per la storia che le ho raccontato.

Lo ha fatto. Per *me*?

La testa mi gira, non so più cosa pensare.

Non è soltanto una ragazzina insolente, c'è qualcos'altro in lei.

È una brava persona ed è il motivo per cui devo assolutamente tenerla lontana da me.

Ma forse, per questo, è oramai troppo tardi.

Capitolo 32

Kelsey

Domani ci sarà la prima partita del campionano della squadra di hockey e tutto il college sembra in fermento.

Le persone girano con le magliette della squadra, cantando «Forza Sharks», a squarciagola.

Tutti sono eccitati e non fanno che ripetere che l'hockey è un incontro di boxe su pattini.

Quindi domani vedrò Leblanc che viene gonfiato di botte?

Be', allora adoro l'hockey, anche se non ho mai assistito a una partita prima.

Mentre sono assorta nei miei pensieri e vago per i corridoi del college come un vero e proprio fantasma, mi imbatto in Janette.

«Dobbiamo parlare», mi dice e mi trascina fuori dall'edificio. Ha i capelli leggermente scompigliati, le guance rosse ed è visibilmente accaldata.

Avrei avuto lezione, ma okay, la mia amica è sicuramente più importante.

«Stai calma, biondina», affermo mentre mi strattona brutalmente per il polso.

Forse è arrabbiata con me perché ieri non mi sono fatta sentire e ho ignorato i mille messaggi che mi ha scritto.

Però ero confusa e preoccupata, un po' per Zeus, un po' per Matthew.

Ieri è stato… *diverso.*

Non so spiegarlo ma per un attimo ho creduto che, forse, sotto quella corazza da stronzo ci fosse qualcos'altro. Una persona vera e che potrebbe persino piacermi.

Cosa mi direbbe di fare mia madre?

Di seguire il mio istinto e buttarmi?

«Sto impazzendo, capisci?», dichiara Janette, appena usciamo.

Prende una sigaretta dal suo solito pacchetto e se la mette tra le labbra. Noto che le tremano un po' le mani.

«J., mi stai facendo preoccupare. Mi spieghi che succede?», le chiedo.

«HodormitoconRyan», dice tutto d'un fiato per poi accendersi la sigaretta che ha tra le labbra.

Cosa?

No, ho sicuramente capito male.

«Puoi ripetere?», domando e vado a sedermi sulla nostra panchina, prendendo una bottiglietta d'acqua dalla borsa.

«Ho dormito con Ryan», scandisce.

Alle sue parole, sputo la poca acqua che sono riuscita a bere. «Cosa?», domando esterrefatta, asciugandomi la bocca con un fazzoletto.

«La sera dell'incidente…», comincia lei, poi si interrompe come se avesse perso il coraggio. Fa un respiro profondo, si siede accanto a me e poi continua. «La sera dell'incidente, Ryan mi ha chiesto se volessi fermarmi a dormire da lui, dato che ero abbastanza sconvolta».

«Avete scopato?», domando ad alta voce facendo girare persino degli studenti che stavano passando di lì.

«Abbassa il tono, comunque no, Kels», risponde in un sussurro.

«Avete solo… dormito?», chiedo.

«Solo dormito», conferma lei.

Sapevo che c'era qualcosa tra di loro, l'ho capito da come si guardavano e stuzzicavano ogni giorno. Ryan sembra il più carino e decente della gang dei falliti ma non bisogna dimenticarsi che è pur sempre amico di Matthew Leblanc.

Questo vuol dire che o è stronzo quanto lui oppure è mille volte peggio.

«Scontato», sbuffo sorseggiando un altro po' di acqua.

«Cosa?», mi incalza lei, perplessa.

«Be', vi guardavate proprio come due che vogliono scopare, quindi era scontato che tra di voi sarebbe successo qualcosa prima o poi», le dico, come se fosse ovvio.

«Non è vero», replica, tirandomi un pugnetto giocoso sulla spalla.

«Certo come no, comunque parliamo di cose serie. Ce l'ha grosso?», le chiedo inarcando un sopracciglio.

Janette sbarra gli occhi. «Kels!».

«Che c'è? Mi informo», ribatto.

«Non ci siamo neanche baciati, secondo te so se ce l'ha grosso?», mi chiede incrociando le braccia al petto.

«Non che mi interessi sapere se Ryan Senders ha un pitone nascosto nei pantaloni, sia chiaro, dicevo per dire», ironizzo.

«Pitone? Sul serio?», ribatte Janette toccandosi la fronte con la mano come se fosse sul punto di svenire.

«Preferivi caz…».

J. mi poggia una mano sulla bocca. «Okay, la situazione sta degenerando. Vado!», mi liquida, prima di allontanarsi. Ma come? Mi ha fatto perdere una lezione per fuggire subito?

«Non è finita qui!», le grido, alzandomi dalla panchina.

La bionda, però, è già lontana e mi rifila un dito medio.

Be', questa è veramente bella.

La mia unica amica ha una tresca con il migliore amico del ragazzo che odio?

Al destino piace proprio giocarmi brutti scherzi sennò non si spiega tutta questa sfiga.

Varco le porte del college e vado al distributore per prendermi qualcosa da mangiare, intanto ripenso a tutto quello che mi è accaduto ieri.

Mi è parso di conoscere di più il misterioso Matthew Leblanc.

Non dimenticherò mai la sua faccia quando gli ho detto che avrei chiamato quel cane Zeus.

Be', mi è sembrata la cosa giusta da fare.

Il fato mi ha mandato un segnale e io l'ho afferrato al volo.

D'un tratto, mi accorgo che il distributore mi ha appena fregato cinque dollari. Impreco ad alta voce facendo girare persino degli studenti che stavano passando lì accanto.

Tiro un calcio a quell'affare.

Niente.

Cinque dollari spariti.

Ormai però è una questione di principio.

«Fanculo», sbotto ancora, tirando un pugno sul vetro sperando che si sblocchi.

Niente.

«Ora ti faccio vedere io», mi arrabbio e mi accovaccio a terra. Stacco la spina per poi riattaccarla, ma appena lo faccio prendo la scossa.

Sono proprio un'imbranata.

All'improvviso sento qualcuno dietro di me schiarirsi la voce.

«La macchinetta mi ha fregato cinque dollari, credo che la spina non funzioni», borbotto cercando di capire quale sia il problema e nel frattempo di liberarmi dello scocciatore.

La persona dietro di me si schiarisce nuovamente la voce.

A quel punto mi volto, pronta a mandare al diavolo chiunque mi si pari davanti.

L'insulto mi muore sulle labbra, appena vedo mio padre di fronte a me, con la fronte aggrottata e le braccia incrociate al petto.

«Ehi papà», lo saluto con un gran sorriso sperando che non abbia notato che non sono a lezione.

«Quando ho sentito dei rumori, mi sarei immaginato di tutto, tranne di vedere mia figlia che lotta contro un distributore», afferma mio padre scuotendo la testa più volte.

«Be', mi ha fregato cinque dollari», mi giustifico, alzandomi da terra.

«Stai facendo tutto questo casino per cinque dollari?», mi chiede, sbalordito.

«È una questione di principio, papà», mi difendo, battendo un piede a terra dal nervoso.

«Signorina Cooper, nel mio ufficio. Ora», sibila a denti stretti facendomi cenno di seguirlo.

Si volta incamminandosi verso il suo ufficio, io mi limito a seguirlo, sventolando la mano ancora indolenzita per colpa della scossa.

Mio padre apre la porta del suo ufficio e aspetta che entri anche io, prima di richiuderla con un tonfo che mi fa sobbalzare dallo spavento.

«Perché non sei a lezione?», domanda sedendosi sulla sedia girevole dietro la sua scrivania di legno scuro.

«J. ha avuto un'emergenza, cose da donne», spiego e prego che non faccia altre domande.

«Devi seguire le lezioni, Kels, hai detto che questo corso di studi era il tuo sogno», mi rimprovera lui, digitando qualcosa al computer.

«Papà, ho saltato soltanto una lezione», dichiaro.

«Non importa, non puoi fare come ti pare soltanto perché sei la figlia del rettore», mi riprende ancora.

Alzo gli occhi al cielo. «Quindi non avrò la chiave per i distributori?».

Mio padre mi fulmina. «Cosa c'entra adesso?»

«Quel dannato distributore mi ha fregato cinque dollari», mi lagno.

«Io con te non so proprio cosa fare. Sei tutta matta», ribatte, trattenendo a stento le risate.

Mio padre non riesce a essere serio per più di cinque minuti quando si tratta di me.

«L'hai sempre saputo. Già che ci sono, ti devo dire una cosa», cambio argomento, con un gran sorriso.

Okay, devo farmi coraggio.

Ora gli dirò che sarò la nuova cantante dello Snowflakes. Di Zeus gli dirò poi, non serve che lo sappia ora. Una cosa per volta.

«Hai una storia con Leblanc?», mi domanda secco, mentre si mette a scrivere qualcosa sul computer.

«Ma che diavolo? Ancora?», mi lamento, mettendomi le mani nei capelli.

«Allora cosa devi dirmi?», chiede tirando un sospiro di sollievo.

«Ti ricordi della serata karaoke di qualche giorno fa?».

Sono nervosa. Come la prenderà? Lui si accorge della mia agitazione e solleva la testa di scatto.

Smette di digitare al computer.

«Ecco, il proprietario mi ha chiesto se mi andasse di cantare ogni sabato nel suo locale», dico tutto d'un fiato.

Mio padre sbatte le palpebre più volte, si alza dalla sedia e viene verso di me, stringendomi in un caloroso abbraccio.

«Sono fiero di te, Kels, tua madre direbbe la stessa cosa», sussurra tra i miei capelli con tono emozionato.

«La gente che penserà quando mi vedrà cantare con gli occhi chiusi?», domando staccandomi dall'abbraccio.

«Da quando in qua ti importa di quello che pensano gli altri?», mi risponde pizzicandomi la guancia.

Sorrido. «Infatti, non me ne frega proprio niente. Hai ragione».

«Appunto, allora…». Mio padre viene interrotto da un trambusto allucinante che proviene dal corridoio.

Lui corre alla porta e vede un corteo di studenti che urla una canzoncina di incoraggiamento per gli Sharks Struttman.

Lo affianco sulla porta e rimaniamo pietrificati a fissare la scia di persone dirette fuori dal college.

Harper viene verso di noi con i capelli scompigliati, gli occhi sbarrati e l'espressione stremata.

«Harper, che succede?», domanda mio padre.

«Domani c'è la prima partita del campionato, sono tutti molto emozionati», spiega lei con un sorriso incerto.

«Quindi capita sempre?», ringhia papà. Ma dove è stato negli ultimi giorni? I cori partivano dappertutto…

«Be'… sì», risponde lei intimorita.

«Tutti in classe!», urla a squarciagola mio padre, a quel punto.

Ovviamente gli studenti non se lo filano di striscio, continuano a parlottare tra di loro e a gridare come forsennati.

«Papà, non credo che…», provo a dirgli ma appena i suoi occhi incrociano i miei, richiudo subito la bocca per non rischiare di essere fucilata seduta stante.

«Meglio che vada, buona fortuna, Hope», saluto la segretaria con un ghigno malefico stampato sulle labbra.

«È Harper!», mi urla lei ma io sono già lontana.

Seguo la scia di studenti fuori dal college e noto che stanno andando tutti verso lo stadio del ghiaccio.

«Kels!», urla qualcuno alle mie spalle. Riconoscerei quella voce tra mille.

«Alison», la saluto con un cenno del capo.

Lei mi spiazza stringendomi in un caloroso abbraccio. Rimango per un po' con gli occhi sbarrati guardandomi intorno spaesata e lei, appena si stacca, mi rivolge un dolcissimo sorriso.

«Visto? Ogni anno è sempre la stessa storia, la prima partita del campionato è sempre la più emozionante», batte le mani eccitata.

«Mi sembra tutto molto… esagerato», marco l'ultima parola.

«Be', perché non sei abituata all'hockey, qui è una specie di istituzione», mi spiega.

«Non ci capisco niente di hockey, Ali», ammetto.

«Oh non ti preoccupare, neanche io. Ormai sono anni che vado a vedere Matt giocare e l'unica cosa che ho capito è che deve segnare in porta», risponde, grattandosi la nuca imbarazzata.

«Io non sapevo neanche quello», la rincuoro con una risata.

«Vieni, andiamo a vedere gli allenamenti, tanto le lezioni di oggi saranno annullate con tutto questo macello». La mano di Alison afferra la mia trascinandomi verso l'edificio.

Arrivate davanti allo stadio, entriamo chiudendoci la porta alle spalle. Alison mi porta sugli spalti e ci sediamo rivolte verso il campo da hockey sotto di noi, ancora deserto.
Mi prendo un attimo per mandare un messaggio volante a Janette per avvertirla che sono nella tana dello squalo.
Lo squalo in questione è Leblanc, in caso non si fosse capito.

Kelsey: Allarme rosso.
Kelsey: Il pesciolino è entrato nella tana dello squalo.
Kelsey: SOS.
Biondina: Pesciolino? Tana dello squalo? Hai bevuto senza di me, Kels?
Kelsey: Sono con Alison a guardare gli allenamenti degli Sharks, sto sognando?
Biondina: Arrivo, pesciolino.

Rimetto il telefono in tasca e osservo il campo da hockey sotto di noi. È la prima volta che non sono qui per fare uno scherzo o litigare con Leblanc.
«Mi dispiace per quello che è successo l'altra sera, comunque». Alison decide di rompere il silenzio sceso tra noi nel peggiore dei modi.
Quella sera la voglio dimenticare.
Tra qualche giorno dovrò andare a prendere Zeus alla clinica per portarlo a casa. La litigata con mio padre sarà epica.
La prenderà malissimo.
Stavolta mi uccide per davvero.
«Grazie, per fortuna il cane sta bene», rispondo continuando a guardare dritta di fronte a me verso il campo.
«Be', menomale, Matt era sconvolto», sussurra come se mi stesse raccontando un segreto.
«Sconvolto?», domando con la fronte aggrottata.
«Sì, parecchio, non l'ho mai visto così… preoccupato», l'ultima parola è appena udibile.
Matthew Leblanc preoccupato? Impossibile.
La conversazione finisce lì perché la squadra di hockey fa il suo ingresso in campo e comincia a radunarsi sugli spalti sotto di noi per allacciarsi i pattini. Non ho mai assistito a un allenamento di hockey, tantomeno a una partita.
«Ma guarda un po' chi si vede», bofonchia Trent.
È a qualche seggiolina di distanza e mi guarda con le braccia incrociate al petto.
«Che vuoi, coglione?», sbotto seccata.
«Attenta a come parli, Cooper», mi intima e poggia il casco che teneva sottobraccio sulla seggiolina di fronte.
«Sennò?», lo sfido alzando il mento.
«Tuo padre ha vita breve qui dentro, Cooper». Il sorrisetto che mi rifila è diabolico, da doppiogiochista.

«Mi stai minacciando?», ribatto a denti stretti alzandomi.

«Ti sto solo avvertendo, dolcezza». Mi manda un bacio che mi fa venire il voltastomaco.

«Dolcezza? Sul serio? Le tue tattiche di rimorchio sono veramente pessime», lo sminuisco con espressione cattiva.

«Cooper, perché non fai un favore a tutti quanti e chiudi quella fogna di bocca?», rincara la dose. La squadra attorno a lui ridacchia e Trent si gode il suo attimo di gloria.

«E se ti tiro un pugno in faccia, Trent?», sbotto scendendo le scale degli spalti per andare da lui.

«Non fai paura neppure a una mosca», mi sbeffeggia, come se fossi uno zero.

«Mi hai proprio stufato. Che problemi hai? Notizia del giorno, rincorri un dischetto proprio come un cane rincorre la sua pallina. Non mi pare che tu faccia niente di che…», lo pungo sul vivo. Il suo ego.

Trent serra le labbra e si avvicina a me a grandi falcate, ma qualcuno gli sbarra il passaggio.

«Che vuoi, Leblanc?», sbotta Trent, pronto alla guerra.

«Basta così, dobbiamo allenarci, Trent, non litigare con delle ragazzine insolenti», lo rimprovera Matthew con voce autoritaria.

«Fanculo», ringhia a denti stretti Trent per poi sparire dalla nostra vista.

«Ragazzina insolente?», chiedo a Matthew incrociando le braccia al petto.

Lui si gira lentamente verso di me sorridendomi. «Molto insolente».

«Tieni a bada quell'idiota», ribatto con rabbia.

«Tranquilla, con la nostra vendetta imparerà a stare al suo posto», mi fa un occhiolino prima di salutare Alison e voltarsi per andare ad allacciarsi i pattini anche lui.

Impreco sottovoce e ritorno a sedermi vicino alla ragazza di Leblanc.

Il nostro piano di vendetta si attuerà domani, sarà lento e doloroso.

«Trent è un idiota», dice Alison e riesce a essere gentile persino esternando una cattiveria.

«Lo voglio strozzare», serro le labbra e mi sistemo meglio gli occhiali sul naso.

«Se vuoi, ti aiuto», si offre lei, accavallando le gambe.

«Comunque mi dispiace per l'altra sera, sarei voluta venire al bowling», confesso a bassa voce.

«Ma non scherzare, hai avuto un incidente, Kels», mi rincuora lei poggiandomi una mano sulla spalla.

All'improvviso la porta si apre e Janette entra nell'edificio con i capelli disordinati e un viso così sconvolto che sembra aver visto un fantasma.

«J.!», la chiamo alzando una mano per attirare la sua attenzione.

Lei corre da me. «Lì fuori è un inferno!».

«Ho notato, per fortuna Alison mi ha salvata», faccio un cenno verso la bionda seduta accanto a me.

«Ho dovuto lottare per entrare, un tizio non mi lasciava passare, gli ho tirato una gomitata», ridacchia Janette.

«Ogni anno è sempre la stessa storia», sbuffa Ali, sistemandosi la coda di cavallo.

«Tuo padre ne sarà contento», mi stuzzica Janette sedendosi vicino a me.

«Molto contento», la correggo con sarcasmo.

«Non ti preoccupare, Kels, tuo padre si abituerà», scrolla le spalle Ali.

«Non credo, mio padre odia ogni tipo di sport presente sulla faccia della terra», spiego, pulendomi al volo gli occhiali.

«Eccoli, i miei campioni. Buongiorno, Sharks Struttman!», urla il coach Smithy alla squadra di hockey che è tutta radunata sugli spalti.

«Buongiorno, coach!», tuona all'unisono la squadra.

«Per passare ho dovuto insultare all'incirca cinquanta studenti, sono tutti qui fuori per sostenerci, perciò, non dobbiamo deluderli. So che la partita di domani sarà tosta, ma so anche che voi farete del vostro meglio per stracciare i Parks. Mi sbaglio?», grida minaccioso.

«No, coach», rispondono tutti in coro.

«Bene, pattinate in campo come se dovesse essere l'ultima volta che lo fate». Il coach congeda gli Sharks con un dito medio alzato per poi fischiare.

«Sono emozionata e non posso neanche fumare!», si lamenta Janette torturandosi le pellicine sulle dita.

«Ne capisci qualcosa di hockey?», le chiedo girandomi verso di lei.

«Mmh… no», risponde con un gran sorriso.

«Bene, quindi nessuna di noi capisce un tubo di hockey. Perfetto», ironizzo prendendo dalla borsa il burrocacao per passarmelo sulle labbra screpolate.

«Muovi quel culo moscio, Senders!», urla il coach con così tanta foga da farci sobbalzare sulla seggiolina.

Guardo i giocatori. Stare così in equilibrio sui pattini è un'impresa secondo me, le loro gambe si muovono a destra e a sinistra con una tale facilità che è impressionante.

Improvvisamente intravedo Matthew sfrecciare dalla parte opposta del campo per poi colpire come una furia il dischetto nero presente a pochi centimetri da lui.

In meno di mezzo secondo entra nella porta infrangendosi contro la rete, per poi rimbalzare all'indietro. Matthew fa il giro del campo e va verso Ryan facendogli un cenno con la mano.

«Leblanc, ti ricordo che stai giocando a hockey e non a ruba bandiera», strepita il coach Smithy.

«Ma non gli va mai via la voce a questo qui? Urla come un pazzo», scuoto la testa continuando a guardare gli allenamenti.

«Secondo me ha tipo la voce infinita, sennò non si spiega», risponde J., che è letteralmente incantata a guardare Ryan.

«Qualcuno qui si è innamorato», la prendo in giro, seguendo la direzione del suo sguardo.

«Non è vero», replica.

«Ti piace qualcuno, J.?», si intromette Alison.

«Come? Non lo sai? Janette se la fa con Ryan», la smaschero.

«Matt non mi ha detto niente, che stronzo», commenta la bionda incrociando le braccia al petto.

Sulla parte dello stronzo siamo d'accordo, Ali.

«Io non me la faccio con Ryan», mi corregge J. muovendosi agitata sulla seggiolina.

«Non ci sarebbe niente di male comunque», la rassicura Alison con una scrollata di spalle.

All'improvviso scorgo in lontananza Matthew fare nuovamente il giro del campo. Si ferma davanti alla porta per poi cominciare a pattinare dritto di fronte a lui. Quando la sua spalla entra in collisione con quella di un altro giocatore mi alzo dalla seggiolina per lo spavento.

Tento di calmarmi. Posso essere in ansia per Leblanc? No, certo che no.

Eppure ho chiamato il cane Zeus… Vabbè, mi sembrava una bella cosa da fare.

«Che diavolo, Leblanc?», sbotta Trent alzandosi la visiera del casco.

«Non ti ho visto», replica Matthew ricominciando a pattinare come nulla fosse.

«Che coglione che è Trent», sbuffo risedendomi.

«Domani avremo la nostra vendetta», sussurra J. al mio orecchio.

«Puoi giurarci», dico determinata.

Dopo un'ora, gli allenamenti finiscono e la squadra di hockey si raduna davanti al plexiglass che circonda tutto il campo.

Il coach Smithy si mette di fronte ai ragazzi e li osserva, per poi esplodere come una bomba. «Teste di cazzo, andate a farvi una doccia che puzzate come dei maiali. Per oggi abbiamo finito, non voglio torturarvi perché domani vi aspetta una partita difficile, perciò, basta così. Vi voglio carichi, Sharks!».

La squadra di hockey esce dal campo e si toglie i pattini. Sono tutti sudati dalla testa ai piedi e sono decisamente sfiniti. D'un tratto, vedo Matthew levarsi il casco e guardare nella mia direzione. Mi paralizzo. Lui mi rivolge un sorrisetto sghembo per poi avviarsi verso gli spogliatoi seguito da Axel e Ryan.

Io, Alison e J. usciamo dallo stadio e mi accorgo che non c'è più nessuno, la folla di studenti sarà sicuramente tornata a lezione.

«Dove sono tutti?», chiede J., accendendosi in fretta e furia la sua solita sigaretta.

All'improvviso però sentiamo uno strano trambusto proveniente dal college. Ho un brutto presentimento, perciò seguo il rumore.

Arrivata davanti all'entrata, mi accorgo che l'insegnante di storia del cinema è di fronte alla folla e sta urlando.

Davanti a lei c'è mio padre, che ha un'espressione furiosa. Harper, dietro di lui, lo guarda un po' intimorita.

«Non è ammissibile, signor Cooper, è inaccettabile», sta sbraitando la professoressa, con i capelli scompigliati e gli occhi sbarrati.

«Lo so e verrà punito per questo», risponde mio padre cercando di rassicurarla.

«Ma di cosa stanno parlando?», bisbiglia Janette dietro di me.

«Non lo so», rispondo in un sussurro, scuotendo la testa.

«Do le dimissioni, rettore Cooper, mi sono stancata di quel ragazzo. Stancata», sbotta la professoressa.

«Verrà punito, glielo garantisco», cerca di rincuorarla mio padre.

«Non verrà punito e vuole sapere perché? Per il suo cognome. È una condanna per tutta Montréal. Vuole sapere che cosa ha fatto?», chiede la prof con le braccia in aria.

La folla di studenti ammutolisce all'istante, in attesa della bomba che sta per essere sganciata.

«Mi ha minacciata affinché mettessi una A a sua figlia, mi ha letteralmente minacciata».

Oddio.

Capitolo 33

Kelsey

È stato Leblanc a farmi mettere una A?

Smetto di ascoltare all'istante e i miei piedi si muovono da soli verso lo stadio del ghiaccio.

Janette e Alison cercano di richiamarmi, ma io sono più veloce di loro. Apro la porta degli spogliatoi e ignoro tutte le occhiatacce che mi sta rifilando la squadra.

Questa scena mi è molto familiare, ma non posso fermarmi.

«Dov'è Matthew Leblanc?», urlo furiosa.

«Che vuoi, Cooper? Esci di qui», grida Trent con un asciugamano legato in vita e gli addominali in bella vista.

Mi rivolge un sorrisetto malizioso e io sono costretta a girarmi per non fargli vedere che sono arrossita come un peperone.

«Leblanc!», urlo ancora.

«Tesoro, ci stai prendendo l'abitudine. Se vuoi vedermi nudo devi solo chiedere, lo sai», la voce di Matthew tuona in tutto lo spogliatoio.

«Sei. Stato. Tu?», scandisco ogni parola, girandomi di scatto nella sua direzione. Anche lui ha un asciugamano in vita. Menomale.

Lui aggrotta la fronte e si gratta la nuca con l'indice. «Di che stai parlando?»

«Della A che ho preso a storia del cinema», spiego.

«E allora? Qual è il problema?», domanda scrollando le spalle.

«Quindi sei stato tu?», chiedo di nuovo, passandomi una mano tra i capelli dal nervoso. «Sei incredibile, hai minacciato la professoressa affinché mi mettesse una A? Sei senza ritegno, Leblanc».

«Stai alzando un polverone per niente, dovresti ringraziarmi». Un angolo della sua bocca si alza in un ghigno provocatorio.

«Dovrei ringraziarti? Non ne avevi nessun diritto», gli urlo in faccia.

«Ti ho soltanto ricambiato un favore, sei troppo polemica», sbuffa incrociando le braccia al petto. Le pieghe dei suoi addominali sono troppo definite e mi fanno arrossire all'istante.

«Non ne avevi il diritto, l'hai minacciata e ora la prof ha dato le dimissioni e se ne sta andando dal college», gli riferisco.

«Bene, mi sembrava strano che nessun professore fosse ancora scappato a gambe levate», ribatte, facendo ridere tutta la squadra di hockey che si sta godendo lo spettacolo attorno a noi.

«Ah già, quasi dimenticavo», mi tocco la tempia con un dito. «Il grande Matthew Leblanc che ha fatto scappare cinquanta docenti e dieci rettori. Ti dirò una cosa: non sei nessuno. Sei soltanto un ragazzino frustrato che prova piacere nel fare del male agli altri. Non sei potente, Leblanc. Sei soltanto un grandissimo coglione», urlo per poi girarmi e uscire dagli spogliatoi alla velocità della luce.

Esco dall'edificio e mi dirigo verso il college.

Janette e Alison, che mi hanno aspettato, cercano di fermarmi ma ormai sono già troppo lontana.

Come se la giornata non fosse già terribile, mi tocca un altro supplizio: la professoressa Petrova. Mi ci voleva proprio una lezione di canto in questo momento per distrarmi un po'.

Entrata nell'aula, mi siedo agli ultimi banchi e poso la borsa a terra. Mi sistemo meglio gli occhiali sul naso e ignoro i messaggi che Janette e Alison stanno continuando a mandarmi.

Credevo che dopo ieri si fosse creato qualcosa di speciale tra me e Matthew ma, evidentemente, mi sbagliavo.

«Buongiorno, ragazzi!», ci saluta la professoressa Petrova con il suo inconfondibile accento russo. Ha i capelli legati in una coda bassa, indossa un completo elegante composto da una gonna lunga e una camicetta bianca di raso. È algida e maestosa, come sempre.

«Oggi parleremo di quella che io chiamo...», si volta verso la lavagna e comincia a scriverci qualcosa con un pennarello nero, «tecnica del canto».

Sbuffo e mi sistemo meglio sulla sedia.

«La tecnica del canto è un insieme di suggerimenti che sono necessari per evitare danni alla vostra povera laringe», spiega, dittatoriale come sempre. Sono cose che so già, quindi mi disconnetto.

Prendo il cellulare dalla tasca, decido di farmi forza e leggo i messaggi di Janette.

Biondina: Mi hai lasciato da sola con Barbie girl.

Biondina: Leblanc è appena uscito dagli spogliatoi con soltanto un asciugamano legato in vita.

Biondina: Ti cercava.

Biondina: Dove sei?

Biondina: Kels?

Kelsey: Sono a lezione, ci vediamo dopo al George's.

«Signorina Cooper, mi duole informarti che io non mi faccio minacciare come la docente di storia del cinema». La voce della professoressa Petrova mi riporta alla realtà.

Lancio il telefono nella borsa e porto tutta la mia attenzione su di lei.

«Vuoi spiegare alla classe cosa intendiamo con "Registro di petto"?», domanda la professoressa con un sopracciglio leggermente inarcato.

Le parole di mia madre rimbombano nella mia testa come un'eco assordante.

«*Kels, deve risuonare la cassa toracica*».

«Quando cantiamo, in particolare delle note di frequenza molto bassa, e la cassa toracica risuona allora si dice in registro di petto», rispondo a voce bassa, travolta dai ricordi.

«E perché è così importante far risuonare la cassa toracica?», mi incalza.

Ancora le parole di mia madre.

«*Kels, è importante, quando imparerai a usarla, allora potrai considerarti una vera cantante*».

Le rispondo, intimorita, e quello che dico deve piacerle.

«Segui la lezione, signorina Cooper, invece di messaggiare con il fidanzatino», mi rimprovera aspra prima di rimettersi a spiegare.

Tiro un sospiro di sollievo e la lezione continua, ma stavolta la ascolto.

Quando il tempo finisce, prima che io possa raggiungere la porta, la Petrova mi ferma con un brusco: «Signorina Cooper».

«Cosa posso fare per lei?», chiedo gentile.

«Quest'anno sono stata incaricata dal coach Smithy di scegliere uno dei miei migliori studenti per farlo esibire prima di ogni partita di hockey», mi dice la prof con la testa china su alcuni fogli poggiati sulla cattedra.

«Ehm okay», rispondo evasiva.

«Ho chiesto al rettore Cooper e lui non ha avuto obiezioni, perciò dalla prossima partita, che si terrà tra due settimane, un mio studente canterà prima del fischio di inizio». Mi punta addosso i suoi occhi maligni.

«Mi scusi, ma non credo di capire», sussurro.

In realtà ho già capito cosa vuole chiedermi, ma sto sperando di scamparla.

Gli occhi della Petrova si riducono a due piccole fessure e si alza dalla sedia, piantando i palmi sulla cattedra. «Vorrei che cantassi tu».

«No», rispondo secca.

La Petrova serra le labbra. «No?»

«Non mi sembra il caso», ribadisco con un po' più di calma.

«Puoi andare», mi congeda con un cenno della mano, indicandomi la porta.

Tutto qui? Non prova nemmeno a convincermi? Be', meglio così. Almeno una battaglia l'ho vinta.

Esco dalla stanza, dopo averla salutata di fretta.

Non ho la benché minima intenzione di cantare prima di ogni partita della squadra di hockey.

Soprattutto dopo quello che mi ha fatto passare Leblanc.

Decido di passare un attimo da mio padre per chiedergli come sta, ma nel suo ufficio non c'è nessuno.

Forse è andato a convincere la prof di storia del cinema a tornare? Non saprei.

Lo vedrò a casa.

Mi dirigo fuori dal college, lasciandomi cullare dal vento gelido di Montréal. Gli alberi mostrano i segnali dell'autunno imminente e l'erba è di un verde chiarissimo, che mi rilassa.

Al George's, incontro come sempre Rosie. Sembra che viva qui.

«Ehi, Rosie, ma quanto ti fanno lavorare?», chiedo.

Lei scrolla le spalle. «Il mio turno è finito da poco, per fortuna».

«Allora ti fermi a prendere un frappuccino con me? Sta arrivando anche Janette», sorrido tirandomi su gli occhiali sul naso con l'indice.

Rosie annuisce e si porta i capelli ramati dietro la schiena. «Certo, mi ci vuole proprio un frappuccino alla Kelsey».

«Frappuccino alla Kelsey?», chiedo mentre ci sediamo su uno dei divanetti del bar.

Lei si siede di fronte a me. «Frappuccino al caramello con doppia panna», risponde Rosie, ordinando a una delle cameriere.

È incredibile che abbia dato il mio nome a uno dei frappuccini sul menù. Amo questa ragazza.

«Allora? Mio fratello è ancora tanto stronzo con te?», domanda, stravaccandosi sul divanetto.

«Sì, ha minacciato una professoressa per farmi mettere una A», le racconto, stringendo i pugni sotto al tavolo.

«Scusa? Fammi capire, Kels, ha minacciato una prof affinché ti mettesse una A?», ripete lei sconcertata.

E io che ho detto?

«Già, ha ribadito che doveva ricambiare un favore. Pallone gonfiato», sospiro arrabbiata.

«Be', però non è una cosa propriamente da stronzi», mi dice a voce bassa.

Alzo la testa per guardarla. «Non è un gesto carino, Ros, quella A me la sarei dovuta meritare e non prenderla grazie a lui e alle sue minacce».

«Però lo ha fatto per… te», l'ultima parola le esce come un sussurro appena udibile.

«Non per me, per ricambiare un favore», puntualizzo.

«Vabbè, cambiamo discorso che è meglio, domani ci sarai alla partita? Io ogni volta mi ritrovo da sola», sbuffa.

«Sì, sono obbligata a venire perché a quanto pare Janette se la spassa con Ryan», rivelo.

Lei sbatte le palpebre. «Con Senders? Be' questa è una novità».

In quel momento, la cameriera ci porta i nostri frappuccini, posandoli sul tavolino. Prendo il cucchiaino e comincio a gustarmi la panna, leccandomi persino le labbra dal piacere.

L'estasi da zuccheri dura poco: la porta del George's si apre e appare Janette, seguita da Ryan, Axel e… il demonio.

Mi alzo dal divanetto con uno scatto. «Che ci fa lui qui?», le chiedo, ignorandolo.

«Ti ricordo che il bar è di mio padre, Cooper», mi canzona lui, alzando un sopracciglio.

«Allora me ne vado». Sto per andarmene, ma lui me lo impedisce.

«Non fare la bambina, siediti», alza gli occhi al cielo e con la spalla mi spinge delicatamente sul divanetto.

«Non faccio la bambina, sono incazzata con te», lo informo, rimettendomi a sedere rassegnata.

«Per quanto sarai incazzata con me?», chiede con un tono sarcastico.

«Per sempre», ringhio seccata.

«Mmh… per sempre è un periodo molto lungo», sussurra nel mio orecchio.

Mi scosto da lui spostandomi un po' più in là, dedicandomi al mio frappuccino.

Devo ignorarlo, far finta che non esista e tutto andrà bene.

«Domani attueremo la nostra vendetta contro Trent, sapete tutti cosa fare, giusto?», domanda J. poggiando i gomiti sopra il tavolo.

«Trent esce dagli spogliatoi e bum, secchiata di pittura rosa in testa», ripete a memoria Axel rubando un po' di panna dal frappuccino di Rosie.

«Come mai?», chiede Ros schiaffeggiando la mano del biondo.

«Vendetta», ripete Ryan, stringendo a sé J. Vedo che fanno proprio sul serio, quei due…

«Sei ancora arrabbiata?», mormora Matt.

«Smettila», sibilo, guardandolo di sottecchi.

«Okay, sei arrabbiata ma non devi esserlo. Ti ho fatto prendere una A, Cooper», dice fiero di sé.

Mi volto di scatto. «Ho preso una A grazie alle tue minacce, brutto cavernicolo».

Lui sbuffa e decide di non continuare la conversazione, cominciando a parlare con Axel della partita di domani.

«I Parks sono forti», interviene Rosie.

«Noi di più», dice Ryan con decisione, mentre accarezza il braccio di Janette.

«Ne vedremo delle belle», ridacchia Axel.

«Niente risse, ragazzi, lo sapete», mugugna Matt annoiato.

«Io un calcio, dopo la partita, glielo tiro», ribatte Ryan.

Per un attimo, mi sembra tutto normale. Da fuori, siamo solamente degli amici che stanno chiacchierando, che ridono e scherzano. Ma la verità è che io ne ho abbastanza e voglio solo andarmene. Sono insofferente e vorrei parlare con papà di quanto è accaduto. Sarà furioso con Matthew, e forse anche con me.

D'un tratto, ho bisogno di spazio, così mi alzo, saluto tutti e me ne vado.

Appena sono per strada, mi volto verso il bar sperando di trovare Matthew dietro di me.

Lui, però, non c'è.

Non mi ha seguita.

La delusione la dice lunga su ciò che provo nei suoi confronti. È vero, lo detesto, ma una parte di me è abituata alla sua presenza e… la desidera.

Mi incammino verso casa e all'improvviso un clacson mi fa sobbalzare.

Mi volto verso la strada e vedo una jeep nera che mi sta seguendo. Il finestrino si abbassa piano e, appena vedo chi c'è al volante, alzo gli occhi al cielo.

«Ehi, Cooper», mi chiama Trent continuando a seguirmi.

«Che vuoi, Trent?», sbotto.

«Voglio che ti fermi, soltanto un minuto», dice lui.

«Ti do trenta secondi». Mi blocco e mi volto verso di lui, pronta a fronteggiarlo.

Trent mi fissa e mi rivolge uno strano sorriso. Lo studio e mi rendo conto che sarebbe anche un bel ragazzo – capelli castano scuro tutti da un lato e rasati ai bordi, occhi marrone scuro, naso stretto e affilato e mascella appena pronunciata –, se non fosse peggio di Leblanc quanto ad atteggiamento.

«Allora?», lo incalzo.

«Leblanc è uno stronzo», risponde.

«E su questo siamo d'accordo, tralasci un piccolo dettaglio però…», mi tocco il mento con l'indice facendo finta di pensarci su.

«Quale dettaglio?», aggrotta la fronte.

«Tu sei più stronzo di lui», rispondo con un sorriso falso. «E stammi bene a sentire: non hai nessun diritto di fermarmi per strada. Guardati bene le spalle, però, perché non la passerai liscia dopo quello che hai fatto a mio padre».

«A tuo padre?», sbarra gli occhi appena sente quelle parole.

«Già, ti ho sentito Trent l'altro giorno mentre confessavi di aver fatto tu la scritta sopra l'entrata. Sei soltanto un bulletto capriccioso che vorrebbe a tutti i costi il posto di capitano della squadra di hockey. Notizia del giorno? Non lo avrai mai». Mi volto e riprendo a camminare, mentre lui se ne va sgommando.

Non appena metto un piede in casa, mio padre è pronto ad assalirmi.

«Kelsey Cooper», mi chiama severo.

Mi affaccio nel salotto, appoggiandomi allo stipite della porta. «Marcus Cooper».

«Non sono in vena di scherzi, Kelsey. Lo sapevi di Leblanc?», mi chiede alzandosi dal divano.

«No che non lo sapevo, l'ho saputo prima… proprio come te», spiego con sincerità.

«È una cosa grave, Kelsey. Tanto più che la professoressa ha dato le dimissioni perché si è sentita minacciata», dice lui, furibondo.

«Papà, io non c'entro niente in tutta questa storia. Io sono la vittima», mi metto una mano sul cuore.

«Non ti credo», scuote la testa.

«Capiresti se mento», lo rimbecco.

«Non ne sono più tanto sicuro», ribatte, deluso.

«Mi dispiace». Vorrei abbracciarlo, ma in questo momento non me lo permetterebbe.

«Lasciami solo», replica, prendendo il telefono per chiamare qualcuno.

Salgo in camera mia e mi butto sul materasso a peso morto, poi prendo il cellulare dalla tasca dei pantaloni.

Non trovo nessun messaggio. E ci rimango davvero male.

Perché Matthew non mi ha seguita?

Mi ha lasciata andare via senza dirmi nulla?

Perché prima si comporta in un modo e subito dopo in un altro?

Poso il telefono sul comodino e mi prendo il viso tra le mani, triste e confusa.

Penso a mia madre.

Lei cosa mi direbbe di fare in un momento del genere?

Riprendo il telefono dal comodino.

Nessun messaggio.

Neanche uno.

Devo smetterla di controllare il telefono come una sedicenne alle prese con la sua prima cotta mentre aspetta che il ragazzo che le piace le scriva.

Matthew Leblanc non mi piace.

Tutt'altro, lo detesto.

Per scrollarmi di dosso il pensiero di Matthew, chiamo al volo il dottor Queer per sapere di Zeus. Dopo che mi ha aggiornato e detto che è tutto okay, poso il cellulare sul comodino e decido di studiare un po'.

Prendo dalla scrivania il quaderno di storia del cinema. Stavolta, se prenderò una A, sarà perché me la merito e non grazie a Matthew Leblanc.

Mentre sto facendo una bellissima mappa concettuale, il "Din" del mio iPhone mi distrae.

Scatto verso il comodino e afferro il telefonino in fretta e furia, facendolo quasi cadere.

Appena leggo il suo nome, automaticamente sulle labbra mi si dipinge un sorriso soddisfatto.

1 nuovo messaggio da Omino Michelin

Inspiro.
Espiro.
Subito dopo apro il messaggio.

Omino Michelin: Smettila.
Kelsey: Di fare cosa esattamente?
Omino Michelin: Lo sai.
Kelsey: No, non lo so.
Omino Michelin: Smettila di controllare ogni due secondi il telefono per vedere se ti ho scritto.

Sbarro gli occhi e con la testa comincio a guardarmi intorno.
Non è possibile.
Deve essere qui, nascosto da qualche parte.
Come diavolo ha fatto?

Kelsey: Non sto controllando il telefono, pallone gonfiato che non sei altro.
Omino Michelin: Quante volte hai controllato il telefono nell'ultima ora?
Kelsey: Nemmeno una.
Omino Michelin: Bugiarda.
Kelsey: È la verità.
Omino Michelin: Sei ancora arrabbiata?
Kelsey: Sì, per sempre.
Omino Michelin: Mmh… posso fare qualcosa a riguardo?
Kelsey: Ad esempio starmi lontano?
Omino Michelin: Lo vuoi davvero?
Kelsey: Sì, Leblanc.
Omino Michelin: Come vuoi, Cooper.
Kelsey: Tutto qui?
Omino Michelin: Che vuoi, Cooper?
Omino Michelin: Mi hai detto di starti lontano, no?
Omino Michelin: Lo farò, dannazione.
Kelsey: Bene.
Omino Michelin: Bene.
Kelsey: Non avrai l'ultima parola con me, Leblanc.
Omino Michelin: La partita finisce quando lo dico io, tesoro.

Sbatto il telefono sul comodino fregandomene se si possa rompere o meno.
Matthew Leblanc per me è un capitolo chiuso.
Chiusissimo, dannazione. Peccato che non ci creda nemmeno io…

La giornata successiva comincia subito malissimo. Mi sveglio tardi e scopro che papà è uscito prima, senza aspettarmi. Sicuramente ce l'ha ancora con me e l'impegno che ha usato come scusa non esiste.

Mi preparo in fretta e furia, e mi incammino verso il college. Nel frattempo, leggo i messaggi che mi sta inviando quella pazza di Janette.

Biondina: Buongiorno, piromane.
Biondina: La partita è alle 18:00 e noi saremo in prima fila per fare il tifo.
Biondina: Ma dove sei?
Biondina: Qui al college c'è un cazzo di casino per la partita.
Biondina: Devo chiamare la polizia?
Biondina: Okay, la sto chiamando.
Kelsey: Niente polizia, sono viva.
Kelsey: Sto arrivando, dammi cinque minuti.
Biondina: Ti aspetto all'entrata xoxo.
Kelsey: Gossip girl.

Aumento il passo e in meno di cinque minuti sono di fronte al Montréal College.

È pieno zeppo di gente ovunque che urla cori e incitamenti, tutti gli studenti indossano una maglietta da hockey blu con il logo degli Sharks Struttman sul petto.

Aggrotto la fronte e cerco di farmi spazio tra la folla.

Quando vedo Janette, tiro un sospiro di sollievo e la vado a salutare.

«Hai visto che casino?», dice incredula.

«Tutto per una partita di hockey», sbuffo.

«Ryan!», urla Janette all'improvviso facendomi sobbalzare.

«I miei timpani», protesto poggiandomi le mani sulle orecchie.

Ryan si passa una mano tra i capelli biondi lucenti e viene verso di noi con una maglietta da hockey blu in mano.

«Avete visto che macello?», domanda, guardandosi intorno spaesato.

«Non ci sei abituato?», gli chiede J. un po' stupita.

«Be', non proprio… avete visto Ax o Matt?», chiede, quasi ansioso.

«Qualcuno qui se la sta facendo sotto», lo prendo in giro.

Ryan mi lancia un'occhiataccia truce. «Non è vero».

«Sì, invece», lo punzecchia J., tirandogli una spallata.

Lui la guarda con dolcezza. «Questa è per te, se vuoi indossarla durante la partita», mormora premuroso Ryan, prima di porgerle la maglietta da hockey che ha in mano.

«C'è il tuo cognome», sussurra J. emozionata, appena legge SENDERS sul retro.

«Vi prego, sto per vomitare», scherzo con un sorriso.

Sono veramente carini insieme e sono contenta per loro.

Il sorriso, però, mi muore sulle labbra quando vedo Trent venire verso di me.

Ci mancava solo lui.

Cerco di non guardarlo, sperando che devii da un'altra parte. Le mie speranze si infrangono in fretta.

«Cooper, verrai alla partita?», mi domanda con un sorrisetto.
«Che te ne frega, Trent?», ribatto annoiata e infastidita.
«Così piccola e così combattiva», sogghigna Trent scostandomi una ciocca di capelli che mi era ricaduta davanti agli occhi.
«Non toccarmi», gli intimo, allontanando la sua mano di colpo.
«Tutto bene, Kels?», domanda Janette affiancandomi.
«Trent, che vuoi?», interviene Ryan.
«Oh sono arrivati i rinforzi, tranquilli che non le stavo facendo niente», borbotta Trent.
«Non sembrava dato che ti ha detto di non toccarla», rimarca Ryan, innervosito.
Lui sta per replicare, ma si blocca appena sente una voce risuonare dietro di lui come un tuono.
«Ehi, Trent». Matthew ha un'espressione inferocita e non gli stacca gli occhi di dosso neanche per un attimo.
«Leblanc, che...?», tenta di dire Trent voltandosi. Il pugno di Matthew entra in collisione contro la sua guancia, facendolo barcollare all'indietro.
«Quale parte di "Non toccarmi" non hai capito, coglione?», domanda furibondo.
Matthew Leblanc ha davvero tirato un pugno a Trent o me lo sono sognato?
E soprattutto lo ha fatto per me?
Queste domande rimangono sospese nella mia mente.
Nei secondi a venire, infatti, si scatena un vero e proprio inferno. Uno di quelli impossibili da placare.

Capitolo 34

Matthew

Una cosa è certa. Volevo tirare quel pugno in faccia a Trent Davis da quando è entrato a far parte della squadra.

Finalmente mi sono tolto lo sfizio.

Non l'ho fatto assolutamente per Kelsey Cooper. Che poi, l'avrei fatto per qualunque ragazza, se lui l'avesse trattata male.

«Ma che cazzo ti prende, Leblanc?», esplode Trent e si avvicina a me come una furia e con una mano poggiata sulla guancia rossa.

Gli verrà proprio un bel livido viola, quanto mi dispiace.

«La stavi infastidendo», rispondo seccato, indicando Kelsey con un cenno del capo.

«Oh, per fortuna che è arrivato il suo eroe a salvarla... È così che stanno le cose?», sbotta l'idiota strizzando gli occhi.

«Le cose stanno così, Trent. Tu smettila di rompere i coglioni e fai l'unica cosa che ti riesce nella vita, ovvero giocare a hockey», lo punzecchio.

Trent fa un passo verso di me e sta per tirarmi un pugno dritto in faccia, ma lo evito scostandomi di lato.

«Troppo lento», lo sbeffeggio.

«Che diavolo succede qui?», domanda il coach Smithy e tutti gli studenti si spostano per lasciarlo passare.

Un brivido mi corre lungo la schiena. Il coach fa paura sempre, ma quando è infuriato persino di più.

«Mi ha tirato un pugno», si lagna Trent, indicandomi.

«Leblanc, che diavolo fai? Tieniti i pugni per i Parks, non per i giocatori della tua stessa squadra. Filate tutti e due in palestra, prima che il rettore vi veda e vi faccia il culo a strisce!», ci rimprovera il coach facendoci un cenno veloce col capo.

«Non è finita qui, Leblanc», sibila a denti stretti Trent, mentre mi supera.

Fingo di tirargli un altro pugno e lui si scosta bruscamente, spaventato.

«Paura, femminuccia?», lo prendo in giro.

Senza rispondere, Trent si volta e se ne va.

Sbuffo rumorosamente e sto per andarmene, quando Kelsey mi ferma.

«Dove credi di andare?», domanda parandosi davanti a me per bloccarmi il passaggio.

«Cooper, ho la riunione con la squadra prima della partita perciò...», le dico irritato.

Kelsey, però, non è tipo da farsi scoraggiare dal mio tono brusco. «Che diavolo era quello?», insiste.

«Ti stava infastidendo e sono intervenuto», taglio corto.

«Era il caso di tirargli un pugno?», mi incalza, poggiando entrambe le mani sui fianchi. Noto che indossa un maglione bianco largo che le arriva fino alle cosce, dei leggings neri che le fasciano perfettamente le gambe snelle e i suoi soliti stivali di Prada.

È bellissima.

Sveglia, Matthew. Che pensieri fai?

«Sì, se è l'unico modo per farlo stare al suo posto», rispondo distogliendo lo sguardo da lei.

Non riesco a sostenere i suoi occhi.

Da quel fatidico giorno alla clinica qualcosa tra di noi è cambiato.

Lo sento.

Ma... che cosa?

«Non avevo bisogno del tuo aiuto, so difendere il mio onore anche da sola», si impunta.

Questa discussione, come al solito, non ci porterà da nessuna parte. Le volto le spalle e mi allontano senza degnarla di considerazione. «Ti stavo parlando!», grida lei, ma non le do retta.

Ormai sono lontano.

Per me Kelsey Cooper è come un dannato sassolino nella scarpa di cui non riesci a liberarti, nonostante ci provi ininterrottamente.

Eppure devo riuscirci. Ho una ragazza, non posso lasciarmi coinvolgere da lei e dai suoi drammi. Anche se forse è troppo tardi...

D'un tratto, vedo Alison correre verso di me.

«Amorino, che è successo? Ho visto Trent e il coach e dicevano...».

«Ho tirato un pugno a Trent», la interrompo, mentre lei mi affianca verso lo stadio del ghiaccio.

«Cosa? Perché?», domanda un po' sconcertata.

«Stava infastidendo Kelsey», ammetto con una scrollata di spalle.

«Infastidendo in che senso?». Alison aggrotta la fronte.

«La stava toccando... cioè le rompeva le scatole», spiego in modo sconnesso. Non ci sto facendo una gran figura con la mia ragazza.

«Hai picchiato Trent perché stava infastidendo Kelsey?», chiede, ferita. E il senso di colpa mi travolge. Alison dovrebbe essere al centro del mio mondo, invece difendo le altre.

«Ehm, sì. Senti, piccola, ho la riunione con la squadra. Ci vediamo dopo la partita». Le do un delicato bacio sulla guancia che la spiazza e poi entro nello stadio, richiudendomi la porta alle spalle.

Un bacio sulla guancia?

Mi sono rammollito?

Tuttavia, adesso devo concentrarmi. Sono il capitano della squadra, devo pensare a vincere la partita, non pensare ad Alison o a... Kelsey.

Quando la raggiungo, la squadra è già tutta riunita sugli spalti e il coach è davanti ai ragazzi con una grossa lavagna di legno e un gessetto bianco in mano.

«Oh eccolo, il nostro capitano, scusatelo... Leblanc oggi si sente un cazzo di pugile. Rocky Balboa vieni qua vicino a me prima che ti cacci dalla mia squadra a calci nel culo», mi accoglie il coach prendendosi gioco di me. Noto che per l'occasione è andato a mettersi la divisa da allenatore: una tuta blu e bianca con il logo degli Sharks.

«Ora che ci siamo tutti possiamo cominciare la nostra riunione che durerà esattamente», il coach guarda l'orologio, «un minuto. Sul campo oggi voglio vedere degli squali affamati, non dei pesci rossi smarriti nella loro boccia di vetro. Ricordatevi il gioco di squadra, non voglio più vedere risse tra di voi. Andiamo a fare il culo a quelle fighette mosce!».

La squadra si alza dalle seggiole e comincia a esultare e a gridare: «Forza Sharks!».

Intravedo Trent con una borsa del ghiaccio sulla guancia che mi guarda in cagnesco.

Non sa cosa lo aspetta, questo è soltanto l'inizio.

Se riprova a toccare Kelsey giuro che... *lasciamo stare*. Meglio non pensarci.

Usciamo tutti insieme dallo stadio per caricare la folla di studenti che è fuori ad aspettarci.

«Vinceremo questa dannatissima partita!», urlo alzando entrambe le braccia al cielo.

Gli studenti ci incitano e ci osannano, mi sento davvero un re.

L'entusiasmo, però, si spegne quando il rettore Cooper viene verso di me con un'aria non proprio amichevole.

Sono nei guai.

«Leblanc, nel mio ufficio. Quanto a voi invece vi conviene andare a lezione se non volete essere espulsi. Oggi stesso», ordina il signor Cooper con espressione feroce.

Gli studenti spariscono nel giro di qualche secondo e io invece sono costretto a seguirlo nel suo ufficio.

Quante volte ci sarò stato da quando è cominciato l'anno scolastico?

Ho perso il conto. Sono sicuramente troppe.

Appena arriviamo nel suo ufficio, lui parte con la sua tirata.

«Io non so più cosa fare con te, Leblanc. Non posso espellerti perché tuo padre è uno dei più grandi benefattori del college. Non posso punirti perché non servirebbe a niente. Quindi lo chiedo a te: cosa devo fare?», domanda, appoggiandosi alla cattedra.

«Non può fare niente, rettore, non finché vinco a hockey. Prima se ne fa una ragione e meglio sarà per lei», scrollo le spalle.
Cooper batte un piede sul pavimento, nervoso. «Quindi è così che stanno le cose».
Non ribatto, non serve.
«Bene. Se hai intenzione di divertirti e di continuare a fare quello che vuoi in questo college, potrai farlo, non ti metterò più i bastoni tra le ruote», dichiara con un'espressione diabolica che non mi piace affatto.
«Ma?», lo incalzo.
«Ma d'ora in poi dovrai stare lontano da mia figlia. Se la vedi, cambi strada, se lei ti parla, la ignori. Questo è il prezzo da pagare per agire indisturbato», risponde maligno.
Vorrei soltanto rispondergli con un caloroso "Vaffanculo".
Mi sta ricattando.
Lui che ricatta… me? Roba da non credere.
«Tutto qui?», domando alzando un sopracciglio.
«Tutto qui, allora ci stai?», chiede sornione.
«No», rispondo secco.
Come posso starle lontano? Per me ormai è impossibile.
«No?», ripete, sconcertato.
«Non posso farlo», ammetto piano.
È troppo tardi.
«E perché mai?», mi prende in giro.
«Non posso farlo e basta. Posso andare adesso? Avrei delle lezioni da seguire e una partita da giocare», ribatto in segno di sfida.
Il rettore chiude gli occhi, sfinito. «Esci dal mio ufficio», mi intima.
Non me lo faccio ripetere due volte e filo via. Ma faccio soltanto qualche passo, prima di andare a sbattere dritto dritto su Kelsey.
«Ma che cazzo, Cooper? Sei talmente ossessionata da me che ora mi segui ovunque?», la sbeffeggio.
«Non sono ossessionata da te, volevo solo sapere cosa voleva mio padre», dice e sembra… preoccupata.
«Ne possiamo parlare dopo la lezione? Avrei immunologia adesso», ribatto.
«Sei proprio un secchione», mi punzecchia.
«Non è vero», replico alzando gli occhi al cielo.
«Certo, come no, dimmi la verità, Leblanc. Hai mai saltato una lezione in questi anni?», mi provoca.
«Nessuna, questo però non fa di me un secchione», puntualizzo.
Lei ridacchia e io mi spazientisco.
«Cooper, che diavolo vuoi?», sbotto un po' indispettito.
«Oggi ti farò provare il brivido di saltare una lezione, non sei contento?», dice con uno strano entusiasmo.

Questa ragazza è una condanna.

«Dammi un valido motivo per farlo», pretendo, incrociando le braccia al petto.

Lei mi fa un gran sorriso e sbatte le ciglia. «Perché te lo chiedo io», ribatte. «Non avere paura, facciamo solo due chiacchiere insieme».

E come posso resisterle? Questa ragazza ha un potere enorme su di me, non le riesco a dire di no. Sbuffo e alzo gli occhi al cielo, ma lei batte le mani perché sa di aver vinto. Le lezioni nel Montréal College sono molto interessanti ed è importante parteciparvi, per questo non ne ho mai saltata una. Per Kelsey, però, posso fare una piccola eccezione e poi mi ci vuole proprio un po' di distrazione prima della partita contro i Parks.

Capitolo 35

Matthew

Appena siamo fuori dal college, guardo il cielo grigio sopra di noi. Le nuvole sono cariche di pioggia e il temporale è imminente. Eppure, il tempo non rispecchia il mio stato d'animo. Per qualche ragione, sono felice di essere qui con Kelsey.

«Quando andrai a prendere Zeus?», domando, mentre l'emozione mi travolge pronunciando quel nome.

«Il dottor Queer mi ha detto che posso passare lunedì», risponde, incamminandosi verso il giardino che circonda l'intero college.

«A tuo padre lo hai detto?».

Lei sospira. «Ancora no».

«Alla fine è solo un cane, non un leone», cerco di rassicurarla.

La sto rassicurando? Sul serio, Leblanc?

Oddio, sono completamente andato.

«Forse era meglio portargli un leone, ora che ci penso», confessa con una fragorosa risata.

«A proposito, si può sapere che ti ha detto?», domanda lei e si ferma, appoggiandosi con la schiena al tronco di un albero del giardino.

«Che mi farà fare quello che voglio soltanto se...», mi interrompo a metà frase.

«Se?», mi incalza.

«Se starò lontano da te», ammetto.

«Stai scherzando?», domanda sconcertata.

«No, ti sembra che stia scherzando?», replico stanco, passandomi una mano tra i capelli.

«Non ci posso credere», commenta, scuotendo la testa.

«Tranquilla, gli ho risposto di no», le dico, accarezzandomi la nocca arrossata dopo il pugno a Trent.

«Che significa?», domanda perplessa.

«Gli ho detto che non posso starti lontano», rivelo, guardandola negli occhi.

Si irrigidisce contro l'albero dietro di lei e si tocca nervosamente l'orlo del maglione. «Ed è vero?»

«Che vuoi dire?», chiedo e faccio un passo verso di lei.

«Che non puoi starmi lontano?». I nostri sguardi si incatenano e il tempo pare fermarsi. Dovrei andarmene, correre da Alison, invece sembro incollato a terra.

«Non ci riesco proprio a stare cinque minuti senza farti incazzare, è diventato il mio hobby preferito», sorrido e le scosto una ciocca di capelli dietro l'orecchio.

Lei giocherella con l'orlo del maglione senza guardarmi in faccia. «A quanto pare ci riesci alla grande».

«Trent se lo meritava, tesoro», dico con voce gentile.

«Sì, ma glielo volevo tirare io il pugno, tu mi hai soltanto anticipata», sbuffa rivolgendomi un sorrisetto timido.

«Sei più lenta di una lumaca e sicuramente Trent lo avrebbe schivato il tuo misero pugnetto da quattro soldi», la prendo in giro, pizzicandole una guancia.

«Prima o poi il pugno in faccia glielo tirerò comunque», dichiara, arrabbiata.

«Voglio essere in prima fila in quel momento», le dico sinceramente.

«Mi accompagni a prendere Zeus lunedì?», domanda con un po' di timore.

«Certo, quel cane mi adora», mi vanto.

«La padrona ti adora un po' meno, però», mi ricorda con un sorriso.

Mi avvicino ancora di più e le scosto i capelli, accostando le labbra al suo orecchio. «Mi adora anche la padrona, ma non vuole ammetterlo perché è troppo orgogliosa».

«Non sono orgogliosa», protesta appoggiando entrambe le mani sul mio petto per allontanarmi.

Le intrappolo i polsi in una presa delicata e la attiro piano contro il mio petto. Una strana vibrazione nasce pian piano tra di noi.

Siamo cuore contro cuore. Respiro contro respiro.

Non mi fa affatto bene averla così vicino, dannazione.

«Orgogliosa e anche bugiarda», la prendo in giro accarezzandole il dorso della mano con il pollice.

«E perché sarei una bugiarda? Sentiamo», mi sfida, sostenendo il mio sguardo.

«Quante volte hai controllato il telefono ieri prima che ti scrivessi?», le domando con dolcezza.

So che avrà controllato il suo amato iPhone come minimo venti volte.

«Neanche una», risponde decisa.

«Bugiarda», soffio sulle sue labbra.

Il suo profumo di vaniglia e cocco mi inonda le narici stordendomi per un attimo. Lei chiude gli occhi e poi li riapre piano per guardarmi intensamente.

«Okay l'ho controllato, ma non di certo per vedere se mi scrivessi tu», puntualizza serrando le labbra.

Certo, come no.

«Non ci credi neanche tu», ridacchio.

«È la verità», insiste cercando di liberarsi dalla mia presa.

Io, però, non ho la benché minima intenzione di lasciarla andare.
Dovrei, questo è vero, ma non posso.
«Allora ripetilo, ma stavolta devi convincermi che sia così», sogghigno per provocarla.
«Ieri ho controllato il telefono, ma non per vedere se tu mi scrivessi oppure no», ripete a macchinetta.
Cazzate.
«Mmh… eri quasi credibile, riprova», ghigno.
«Io… ho controllato il telefono, ma soltanto per vedere se avevo qualche nuovo messaggio, non di certo per controllare se mi scrivessi proprio tu», ripete una terza volta.
«Come attrice fai schifo», ironizzo.
«È la verità», replica, distogliendo lo sguardo.
«Come vuoi, Cooper, sappi che io non ti giudico però. È difficile resistere al mio fascino», mi pavoneggio.
«Pallone gonfiato», sbuffa liberandosi dalla mia presa.
«Un insulto più originale?», la punzecchio mettendomi le mani nelle tasche dei pantaloni della tuta.
«Oh ne ho una ventina pronti, vuoi sentirli tutti adesso?», mi chiede incrociando le braccia al petto e battendo un piede a terra.
«Nah, risparmiateli per quando ti farò incazzare di nuovo», le faccio un occhiolino.
«Oh, allora accadrà molto presto», constata, rassegnata. «O smetterai di rompermi?», tenta.
«No, è diventato il mio passatempo preferito», sorrido.
Delle urla in lontananza ci distraggono. Qualcuno ha già finito la lezione, il che vuol dire che non mi rimane molto tempo prima della partita per prepararmi. A malincuore, sono costretto a salutare Kelsey.
«Devo andare, Cooper, dobbiamo fare il nostro rito pre-partita», le scompiglio i capelli con fare giocoso.
Lei mi allontana bruscamente con la mano. «Che rito pre-partita?»
«Non posso dirlo, tesoro, è una cosa scaramantica che facciamo ogni anno», rispondo misterioso.
«Sono ancora più curiosa adesso, non dirmi che fate le zozzerie negli spogliatoi», scherza.
«No, peggio», sussurro a pochi centimetri dal suo viso.
«Non voglio sapere niente allora», mi spintona con una risata.
«Avverti Janette che lo scherzo della pittura a Trent è annullato», tiro fuori il telefono dalla tasca per controllare l'orario.
«Perché?», domanda lei.
«Il coach è stato chiaro: se dovessi fare quello scherzo, molto probabilmente tuo padre stavolta mi espellerebbe sul serio, quindi… meglio evitare. Per

ora la mia vendetta l'ho avuta tirandogli quel pugno in faccia», le rivolgo un cenno del capo e mi giro cominciando a camminare verso l'uscita del college. Devo incontrare i miei amici al George's prima del rito pre-partita.

«Aspetta, Leblanc», mi afferra la mano ma un attimo dopo si pente del suo gesto. Mi lascia andare, mi saluta in fretta e corre via.

Questa ragazza è matta da legare, ora che diavolo le è preso?

Perplesso, vado a incontrare Ryan e Axel.

Improvvisamente il telefono comincia a squillare. Appena leggo il nome del Sergente Leblanc, mi paralizzo.

Rispondo, non ho altra scelta. È sempre la solita storia.

«Forza Sharks!», urla mio padre, appena apro la chiamata.

«Ciao anche a te, papà, io tutto bene e tu?», chiedo ironicamente.

«Sei pronto per la partita? Farai il culo ai Parks, ne sono certo».

Smetto di ascoltarlo perché i suoi discorsetti pre-partita sono sempre gli stessi e francamente mi hanno stufato.

«Hai capito?», dice dopo una tirata di almeno due minuti.

«Sì, papà», concordo.

«Io e tua madre saremo in prima fila a sostenerti come sempre», mi avverte. Dovrei esserne felice, ma non lo sono affatto.

Quando si tratta di hockey mio padre è sempre pronto a "sostenermi". Quando invece si tratta di me come persona allora non gliene importa proprio nulla. Mia mamma, invece, è completamente diversa.

Lui non lo sa, ma a volte mamma mi chiama per sapere come stanno andando gli studi di medicina e per chiedermi di Alison. A lei importa di me come persona, mio padre invece vede solo il mezzo per realizzare il sogno che lui non ha potuto raggiungere.

Arrivato al George's, cerco di farmi passare il malumore.

Prendo un respiro profondo ed entro. Rosie viene subito verso di me vestita con una maglietta extralarge blu della nostra squadra e dei leggings di pelle abbinati. Sta divinamente, ma se me ne sono reso conto io, se ne renderanno conto anche tutti i ragazzi alla partita.

«Dove credi di andare vestita così?», domando.

«Proprio adesso vuoi fare il fratellone geloso?», sbuffa. E io mi accorgo subito di quanto sono ridicolo.

«No, direi di no», replico e vado a sedermi su uno dei divanetti di pelle.

«Aspetti gli altri?», mi domanda accomodandosi di fronte a me.

«Già, dovrebbero essere qui a momenti», replico.

«Hai sentito, papà? È da stamattina che mi tartassa di chiamate», sospira, mettendo i gomiti sul tavolo.

«Sì, sarà in prima fila a fare il tifo. Che bello», ironizzo. Mia sorella è l'unica persona al mondo che sa davvero cosa vuol dire sopportare mio padre.

Prendo a giocherellare con i lacci della felpa, guardando verso l'entrata del bar.

«Tra poco mi vedo con Kels», mi informa mia sorella dal nulla.
«E quindi?», ribatto, cercando di mostrarmi indifferente.
«Volevo solo dirtelo», replica, come se stesse cercando di mandarmi un messaggio nascosto. Non ho davvero tempo per questo.
«Che cosa c'è, Ros? Parla», chiedo frustrato.
«Lo vedo come la guardi», mormora un po' intimorita.
«E come la guardo?», la rimbecco, scocciato.
«Ti brillano gli occhi quando la vedi».
«Non è vero», la smentisco con forza.
«Sì, invece», protesta lei appoggiando il mento sul palmo.
«Ho una ragazza, Ros», le ricordo, come se non fosse ovvio.
«Certo, come ho fatto a dimenticarmelo? Alison Grent, la fantastica ragazza con cui sei costretto a stare per far felice papà», ribatte lei, scontenta.
«Rosie, basta», la ammonisco, chiudendo gli occhi.
«Continua pure a fare lo schiavetto di papà, visto che ti piace tanto», sbuffa.
«Io non sono lo schiavetto di papà», replico offeso fulminandola con lo sguardo.
«Giochi a hockey soltanto per lui, stai con Alison soltanto per lui e infine…».
«Okay, ho capito», la interrompo.
Rosie purtroppo ha ragione e sta dicendo la verità ma… cosa posso fare?
Non voglio deluderlo. Sin da piccolo mi ha preparato duramente affinché diventassi un campione e potessi entrare nella National Hockey League. Ha sempre creduto che quello fosse il mio sogno nel cassetto e io per anni e anni gliel'ho lasciato credere senza obiettare.
Ma più crescevo e più aumentava in me la voglia di aiutare il prossimo, di prendermi cura delle persone in difficoltà. In passato, ne ho parlato con mia madre e le ho confessato che volevo studiare medicina. Papà era contrario perché è una facoltà impegnativa, ma in qualche modo siamo riusciti a convincerlo.
«Sono arrivati i tuoi amici idioti, ci vediamo dopo». Rosie si alza in fretta e furia e si mette sullo sgabello di fronte al bancone del bar per parlare con una sua collega.
«Eccoci», esclama ad alta voce Axel sedendosi di fronte.
«Che delirio al college», dice Ryan stravaccandosi sul divanetto vicino a me.
«Non vedo l'ora di giocare», annuncia Ax, sbattendo il palmo della mano sul tavolo e facendo sobbalzare alcune persone poco distanti da noi.
«Stai calmo, coglione», lo riprende Ryan, pacato. Non ci era mai capitato di vederlo così prima di una partita importante.
«Ormai lo abbiamo perso. Ry, un po' di entusiasmo. Questa è l'influenza di Janette», lo prende in giro il biondo, afferrandolo dalle spalle per scuoterlo.
Ryan si scosta. «Smettila, e non parlare di Janette».

«Qualcuno qui fa sul serio, eh?», lo sbeffeggio.
«Janette mi piace», risponde sincero, guardandomi dritto negli occhi.
«Lo so», affermo, felice per lui.
«Le ragazze vi fanno uscire di testa. Matt, anche tu sei impazzito oggi. Trent ha tutta la guancia viola», commenta Axel.
«A proposito di Trent, lo scherzo della pittura è annullato», li informo stringendo i pugni sotto il tavolo.
«Cosa? Perché?», domanda Ryan.
«Problemi con il rettore. Se mi becca a fare casini, mi espelle», confesso scrollando le spalle.
«Che palle, e io che volevo vedere Trent ricoperto di pittura rosa», sbuffa Ax.
«Invece di parlare di Trent, pensiamo alla partita! Siamo carichi?», chiedo ai miei amici.
«Gli faremo mangiare la polvere», sogghigna Ryan.
«Al massimo gli faremo mangiare il ghiaccio, Ry», lo corregge Ax.
«Siete degli idioti», scuoto la testa e tutti e tre scoppiamo in una fragorosa risata.
Mai come ora, mi rendo conto che sono davvero i miei migliori amici e voglio loro bene nonostante le stranezze.
Siamo una squadra.
E le squadre rimangono sempre unite.
Sempre.

Dopo aver trascorso un po' di tempo insieme al George's, io e i miei amici torniamo al college. Agli occhi degli altri appaio sempre sicuro di me, senza preoccupazioni, ma in realtà prima di ogni partita ho un po' d'ansia anche io. Però devo mostrarmi forte per tutta la squadra, questo è quello che fa un vero capitano. Soprattutto durante il nostro rito pre-partita.
Siamo negli spogliatoi e tutta la squadra è riunita. Prendo allora la bottiglia di vodka liscia che mi procuro sempre per l'occasione e Ryan si avvicina con dei bicchierini, che riempio con un goccio di alcol. Giusto un goccio, nessuno di noi entrerebbe mai in campo ubriaco marcio.
«Forza!», urla Axel alzando il suo bicchierino.
«Agli Sharks Struttman!», urlo e bevo, seguito a ruota da tutti i miei compagni, Trent incluso. Non ha un'aria felice, ma questo non è il momento di pensare ai nostri dissapori.
Dopo il rito, comincio a vestirmi. Con tutte le protezioni che dobbiamo indossare, sembriamo dei guerrieri pronti alla lotta. Tuttavia, è necessario o rischiamo degli infortuni, anche gravi. «Sembra che ci stiamo preparando per una guerra, non per una partita di hockey», dice Axel come se mi avesse letto nel pensiero. O forse, in questo momento, ci sentiamo allo stesso modo.

«L'hockey è una guerra, in effetti», concordo.
«Faremo il culo ai Parks», ridacchia Ryan mentre prende dal suo borsone il casco.
«Dovranno uscire da quel dannatissimo campo e chiedere come si chiamano perché non riusciranno a ricordarselo per quello che gli faremo passare durante la partita», ribatto, deciso.
Come ultimo step di preparazione, prendo la mia maglietta da gioco.
È una maglia a maniche lunghe con lo scollo a V, con due strisce bianche spesse sia sulle maniche e sia sull'orlo finale. Sul davanti, proprio al centro, si trova lo squalo, simbolo della squadra.
Proprio vicino allo squalo, c'è una C che indica che io sono il capitano della squadra. Sul retro, in basso c'è il mio cognome, scritto in bianco, e sopra campeggia il mio numero, il nove.
Per me questo numero ha un significato molto importante. Un significato unico. Inestimabile.
Da due anni a questa parte non l'ho mai cambiato.
Sì, forse sono un po' scaramantico, ma d'altronde… come biasimarmi?
È il numero con cui ho sempre portato la squadra alla vittoria.
«Tutti qui!», urlo facendo cenno ai miei compagni di raggiungermi. «Il coach è stato chiaro, niente risse», comunico, infilandomi i guanti.
«Niente risse», annuisce Olsen con il casco sottobraccio.
«Niente risse», ripeto io con un sorrisetto diabolico stampato sulle labbra.
Non ci credo neanche io. E comunque, il capitano dei Parks potrebbe pur sempre essere un'eccezione.
«Andiamo», ordino e conduco la squadra fuori dagli spogliatoi, dopo aver recuperato casco, pattini e bastone.
«Niente risse eh?», mi punzecchia Axel tirandomi una spallata.
«Neanche con Trent?», mi chiede Ryan infilandosi la sua maglia da gioco con il numero ventotto stampato a caratteri cubitali sul retro.
«Il pugno credo che basterà… per adesso», replico.
«Dobbiamo stare attenti, i Parks hanno due difensori forti, quest'anno, mentre il portiere è il loro punto debole», spiego ai miei amici.
Noi siamo i tre attaccanti di punta degli Sharks Struttman. Io gioco in centro, Ryan e Axel sono le due ali. Trent e Wells, invece, sono i due difensori e infine c'è Olsen, il nostro portiere infallibile.
«Che ha il portiere?», domanda Ryan prendendo dal suo borsone i pattini.
«È più lento di una lumaca, quindi sarà un gioco da ragazzi superarlo», rispondo.
«Dove cazzo è Leblanc?», domanda il coach che è appena entrato negli spogliatoi come una furia.
«Sono qui, coach», gli dico.
«Che stavi facendo? Ti stavi pettinando? Porta in campo la tua squadra!»,

urla e, per un attimo, lo immagino da giocatore, mentre affrontava gli avversari in modo spietato.
La reputazione di Smithy non è delle migliori.
Le partite le passava più fuori dal campo che dentro. Ogni volta lo spedivano fuori, dopo aver commesso fallo.
«Leblanc, sveglia!». Il coach mi sventola una mano davanti alla faccia riportandomi alla realtà.
Basta distrarmi con pensieri inutili.
Ora andrò lì fuori e farò del mio meglio per portare a casa la vittoria.
E poi ci sarà Kelsey in prima fila.
Ci sarà lei.
Che cazzo mi prende?
Kelsey, vattene via dalla mia testa, ora.
Faccio un respiro profondo e io e la mia squadra scendiamo in campo. Appena faccio il mio ingresso, alzo lo sguardo e il cuore prende a battermi all'impazzata.
Kelsey è seduta proprio in prima fila, vicino a Rosie, Alison e Janette.
Indossa la maglia della nostra squadra. Il logo degli Sharks al centro del petto.
Questa potrebbe essere una distrazione.
Saluto le ragazze con un cenno e poi lo vedo. Il Sergente Leblanc. Mi agito all'istante, sentendo il peso delle sue aspettative su di me.
Accanto a lui, mia madre mi guarda, rivolgendomi uno dei suoi migliori sorrisi rassicuranti, e mi tranquillizzo subito.
Comincio a concentrarmi a dovere. Mi infilo i pattini con destrezza e, dopo essermi assicurato di averli stretti come si deve, entro in campo.
Dopo il riscaldamento, torniamo tutti alla panchina e ci sediamo.
Con la coda dell'occhio osservo Trent che è girato verso gli spalti.
Seguo la direzione del suo sguardo.
Sta fissando Kelsey.
Allora il pugno in faccia non gli è bastato.
D'un tratto, il tabellone sopra di noi si accende e una sirena si diffonde per lo stadio.
Sharks Struttman-Parks Montréal.
La partita sta per cominciare.
Manca poco.
Pochissimo.
«Brutti sacchi di patate ambulanti che non siete altro, non voglio opprimervi quindi non vi dirò un bel niente così da non farvi innervosire troppo. Non mi fate fare brutte figure o stavolta vi renderò davvero la vita un inferno. Intesi?», urla il coach, come se non fosse accanto a noi ma a tre chilometri.
Annuiamo, ma io sono distratto: Trent sta ancora fissando Kelsey.

«Matt». Ryan mi sventola la mano davanti alla faccia.
«Ma che ha da guardare quell'idiota?», sussurro tra i denti, stringendo il bastone da hockey.
«Secondo me Trent ha un debole per Kelsey», bisbiglia Axel indossando il casco.
«E tu che ne sai?», gli chiedo brusco.
Ryan si infila entrambi i guanti da gioco. «Lascialo stare, Matt, non sa quello che dice».
«Ax, rispondi», gli intimo.
«Te lo dico dopo la partita, Matt», replica e distoglie lo sguardo.
«No, adesso», ringhio in risposta.
«Ax, no», lo implora Ryan.
«Cosa? Adesso voi due mi dite tutto», mi infurio.
«Ho sentito Trent parlare con Wells prima», comincia a spiegare Ax con voce talmente bassa che a stento è udibile.
«Cosa hai sentito?», domando socchiudendo gli occhi.
«Diceva che voleva chiedere a Kelsey di uscire e poi ha aggiunto anche che se la farebbe molto volentieri», risponde con una semplice scrollata di spalle.
Stringo la presa sul bastone tanto che potrei spezzarlo.
Sono furioso? Sì, cazzo.
Voglio picchiare Trent in questo momento? No.
Voglio ucciderlo, che è ben diverso.
«Matt?», mi chiama Ryan.
«Che c'è?», sbotto infastidito.
Niente risse, Matthew, soprattutto con i compagni di squadra.
«Non so, appena ti abbiamo detto della Cooper, sei…», esordisce Ryan ma si interrompe appena gli lancio una delle mie occhiatacce truci.
«Non me ne frega un cazzo, ora voglio pensare alla partita. Oppure vogliamo continuare a fare gossip come dodicenni arrapati?», sbraito, nervosissimo.
I miei amici non rispondono, annuiscono soltanto. Mi infilo il casco e abbasso la visiera per mascherare la mia faccia.
Mancano pochi minuti.
La partita sta per cominciare.
E io vorrei solo sbranare Trent.
«Capitani!». La voce dell'arbitro rimbomba nella mia testa riportandomi sul pianeta Terra.
Sto per giocare la prima partita del campionato.
Niente distrazioni, Matthew.
Mi volto verso l'arbitro, un uomo snello e alto, con una maglietta a righe bianche e nere e un pantalone della tuta nero. Ci fa cenno di avvicinarci all'ingresso sul campo.

Il capitano dei Parks, il famoso distruttore di nasi, si avvicina alla piccola porta e mi fissa come un serial killer.

«Leblanc, da quanto tempo», borbotta ironico, abbassandosi la visiera del casco. La differenza di altezza tra noi è impressionante. Non mi arriva alla spalla.

«Non ci si vede da quando vi abbiamo stracciato nella finale, no?», lo schernisco.

Anche se ha la visiera abbassata, vedo benissimo che si è incazzato.

«Farai la fine del mio vecchio coach se non chiudi quella bocca», sibila a denti stretti.

«Sarà un piacere batterti un'altra volta», ribatto.

L'arbitro ci fa cenno di entrare in campo con una mano alzata. Scivolo sul ghiaccio e capisco che non si torna più indietro. Adesso si gioca per vincere.

L'hockey è rischio, velocità, pericolo. Una combinazione perfetta che per me è adrenalina allo stato puro. E brivido.

Il brivido di non sapere se uscirai sano e salvo dopo sessanta minuti di partita.

Il brivido di sfrecciare sui pattini sentendoti invincibile.

Il brivido di scontrarti brutalmente con gli avversari, sperando di non fare fallo.

Mi posiziono all'interno del cerchio blu al centro del campo, seguito dal capitano dei Parks che è davanti a me con le ginocchia flesse e con il bastone saldamente stretto in una mano.

Ryan è alla mia destra e Axel alla mia sinistra. Stiamo aspettando che l'arbitro metta in gioco il puck, dando ufficialmente inizio alla partita.

Mi volto verso gli spalti, Kelsey mi sta fissando un po' confusa e a tratti anche preoccupata. Sorrido sotto al casco appena la vedo appoggiarsi con il mento sul palmo aperto della mano.

Credo proprio che le piaccia ciò che vede.

E anche a me.

Me la scoperei volentieri con quella maglietta addosso.

Il pensiero è un fulmine a ciel sereno. Mi colpisce con forza e mi lascia interdetto. E dopo un secondo, arriva, come al solito, il senso di colpa. Perché Alison, lì accanto a lei, io nemmeno la vedo.

Cerco di tornare in me e alla partita. Kelsey Cooper non deve interessarmi.

In quel momento, l'arbitro, dopo essersi accertato che sia tutto a posto, dà inizio al gioco lanciando il dischetto in mezzo e urlando un sonoro: «Face-off».

Colpisco subito il puck a tutta velocità, passandolo a Ryan che cerca subito di avvicinarsi alla porta avversaria. Viene placcato, però, dal difensore dei Parks che, con un movimento fluido e veloce del braccio, riesce a contrattaccare spostando il puck nella zona centrale del campo.

Cambio direzione come una furia per andare a bloccare l'avanzata del capitano dei Parks.

Lui passa il dischetto a un suo compagno, che tenta di segnare ma Olsen blocca il tiro. Il gioco riparte con Trent che passa il dischetto a Wells.

Dopo un rimbalzo sulla balaustra che fa tremare il plexiglass protettivo, Axel prende con destrezza il puck e finalmente lo passa a me.

Controllo il puck per un po', supero il difensore lanciandogli una lieve spallata e vado verso la porta dei Parks.

«Vai, Leblanc!», urla il coach che riuscirebbe a forarmi un timpano persino da questa distanza.

Pattino verso la porta distribuendo il peso su entrambe le gambe. Mi fletto un po' e con un colpo deciso e brutale spedisco il puck verso la porta.

Il portiere però para, e manda verso il suo difensore.

Impreco, infastidito.

Il gioco ricomincia e stavolta sono i Parks ad attaccare. Appena superano la zona neutra, entrando in quella d'attacco, vengono fermati da Trent che poi riparte verso la porta avversaria.

Ma che diavolo fa? Non è il suo compito.

«Trent, che fai?», urla il coach dalla panchina.

Aggrotto la fronte e capisco cosa sta per succedere un attimo prima di Trent. È in *offside*, ovvero in fuori gioco.

Si verifica quando un giocatore della propria squadra si trova nella zona di attacco prima che il puck attraversi la linea blu di centro campo.

L'arbitro, infatti, fischia e io in due secondi mi scaravento su Trent.

«Si può sapere che diavolo fai?», domando alzandomi la visiera per fulminarlo con lo sguardo.

I primi venti minuti di partita sono quasi finiti e siamo già riusciti a fare un fuorigioco, che si poteva evitare rispettando gli schemi stabiliti dal coach.

«Pensavo di farcela, non credevo che...», comincia a dire Trent, ma io non ho voglia di starlo a sentire.

«È questo il problema, non devi pensare», sbotto, poi mi abbasso nuovamente la visiera e pattino verso il cerchio di ingaggio centrale.

Fronteggio il capitano dei Parks e, appena l'arbitro rimette in gioco il puck, cerco di recuperarlo.

Ma non riusciamo a svoltare. E la fine del primo terzo di gioco ci lascia ammaccati.

Siamo nella merda.

I Parks sono migliorati dall'anno scorso, dannazione.

La loro linea difensiva è molto più potente e veloce, e persino il portiere è di buon livello.

Sbuffo e mi levo il casco, pattinando verso la nostra panchina dove il coach Smithy ci sta aspettando con le mani poggiate sui fianchi e la fronte sudata.

«Tutti qui, cazzo!», sbraita il coach facendoci cenno di sederci sulla panca.

Tutti e sei ci sediamo e prendiamo una bottiglietta d'acqua per rinfrescarci.

«Ragazzi, so che è difficile, i Parks hanno migliorato la loro linea difensiva e il capitano a quanto pare è diventato all'improvviso un campione di hockey, quindi…», si interrompe un istante e mi fissa dritto negli occhi. «Dobbiamo adottare un altro metodo».

L'altro metodo sarebbe usare la forza bruta cercando di non commettere un fallo. Finalmente sorrido.

«Piccole spallate, piccole», bisbiglia il coach battendo le mani.

«Forza, cazzo!», urlo sorseggiando un altro po' d'acqua e sputandola a terra subito dopo.

Mi passo l'asciugamano sulla fronte e osservo di sottecchi Kelsey sugli spalti che sta parlando animatamente con Rosie. Lei indica il campo, forse per spiegarle le regole dell'hockey.

Il problema è che questo sport non è un gioco facile da capire, soprattutto se non sei un vero e proprio intenditore. La scena mi strappa un sorriso, perché Kelsey è davvero buffa, mentre ascolta con un sorriso mia sorella.

Dopo l'intervallo, l'arbitro ci invita a rientrare in campo con una mano alzata. Mi infilo il casco, abbasso la visiera e pattino verso il centro del campo. Il secondo tempo sta per iniziare.

Mi posiziono nel solito cerchio in mezzo al campo e vengo fronteggiato in due secondi dal capitano dei Parks che ha il suo solito sguardo da assassino.

Ora ti faccio vedere io.

«Face-off!», urla l'arbitro gettando il puck in mezzo a noi. Riesco a prenderne possesso e a spazzarlo verso Ryan.

Il biondo avanza verso la porta avversaria e viene contrattaccato dal difensore dei Parks che, con uno spintone, lo manda addosso al plexiglass. Axel e io lo raggiungiamo e cerchiamo di riprendere il controllo del puck.

Un difensore dei Parks, però, riesce a rubare il dischetto lanciandolo dall'altra parte del campo verso il capitano che avanza verso la nostra zona di difesa.

Prova il goal ma il puck rimbalza addosso al muro dietro la porta.

Trent lo riprende e lo colpisce in direzione di Wells che pattina nella zona centrale del campo cercando di liberarsi dei giocatori avversari che lo stanno placcando.

Quando Wells mi passa il puck, mi volto in direzione della porta. In quell'istante, mi accorgo che il capitano avversario sta venendo verso di me.

Con una spallata disinvolta, lo travolgo facendolo barcollare verso sinistra e creandomi un varco per tirare dritto in porta.

Stringo la presa sul bastone e colpisco il puck così velocemente che a stento riesco a vederlo. Il portiere però lo blocca grazie ai suoi gambali.

Per un soffio.

«Porca puttana!», urlo, nervoso.

Il gioco continua e stavolta ad attaccare sono proprio i Parks.

Cazzo, cazzo e ancora cazzo.

Non posso perdere questa partita.

I Parks sono una delle squadre più forti del campionato e dobbiamo portarci a casa questa vittoria.

Pattino dall'altra parte del campo e cerco di riprendere il possesso del dischetto, ma per aiutarmi Axel commette un fallo ed è costretto a uscire dal campo per i restanti due minuti del secondo tempo.

Ora siamo in cinque contro sei.

Per fortuna riusciamo a non prendere goal, prima della fine del secondo tempo.

Dobbiamo assolutamente segnare nel terzo tempo o andremo ai tempi supplementari.

Nell'hockey non esiste il pareggio.

Dal campo uscirà soltanto un vincitore.

Dobbiamo essere noi, costi quel che costi.

Mi siedo in panchina e mi levo il casco, versandomi un po' d'acqua in faccia per rinfrescarmi.

«Che diavolo avete oggi, ragazzi?», sbotta il coach, più sudato di noi.

«Sono più forti, coach, lo ha detto anche lei», ansima Olsen sorseggiando un po' d'acqua.

«Sì ma noi siamo i cazzo di Sharks Struttman!», urla Smithy per incitarci.

«Sì, coach!», rispondiamo.

Mi volto a prendere un asciugamano e mi accorgo che Trent sta guardando ancora Kelsey.

«Che hai che non va oggi, Trent?», sbotto alzandomi dalla panca per fronteggiarlo.

Lui si alza a sua volta e mi guarda dalla testa ai piedi. «Niente, che vuoi che abbia?»

«Allora datti una svegliata, anzi datevela tutti o perderemo la partita», li rimprovero.

Trent annuisce e si risiede sulla panca.

«Matt!», mi chiama mio padre. Ci mancava solo lui.

Mi volto e a separarci per fortuna c'è il plexiglass sennò me la prenderei con lui.

«Colpisci col bastone sulle gambe del capitano dei Parks», bisbiglia mio padre.

«Così verrò cacciato», replico a denti stretti.

«No, ma...», comincia a replicare.

«Papà, lasciami giocare in santa pace, cazzo», sbotto infilandomi il casco.

Mio padre ritorna a sedersi e in quel momento i miei occhi incrociano quelli di Kelsey.

Le sue labbra si muovono e mimano la parola "Vinci", e il resto dello stadio sembra sparire.
Ci siamo solo io e lei.
Annuisco e abbasso la visiera andando verso la pista. Sono più agguerrito che mai.
Kelsey mi ha detto di vincere ed è quello che farò.
Mi posiziono nuovamente nel cerchio centrale del campo e aspetto che l'arbitro dia inizio al terzo tempo.
Appena il puck viene lanciato, tiro una spallata al capitano e riesco a mettere a segno un passaggio verso Ryan che si dirige alla fine del campo aggirando la porta avversaria.
Axel, alla sua destra, prende il possesso del dischetto, lanciandolo a Wells che si trova in centro campo. Sto andando verso di loro, quando il capitano, con una mossa bruta, mi travolge facendomi barcollare all'indietro.
Grugnisco dal fastidio e cerco di riprendere stabilità sui pattini. Lui, intanto, si avvicina alla nostra porta e prova il goal. Trent riesce a fermarlo spazzando il disco in direzione di Wells.
Sbuffo e continuo a pattinare senza sosta a una velocità che non ricordavo neppure di avere.
Wells colpisce il puck mandandolo in direzione di Axel che, senza neanche trattenerlo, lo passa direttamente a Ryan.
Il difensore dei Parks si scaglia contro il biondo e, preso da un attacco di rabbia improvviso, gli fa uno sgambetto con il bastone. L'arbitro, però, non fischia.
«È fallo!», urlo alzando le mani al cielo e nello stadio si leva un boato.
L'arbitro, però, fa continuare il gioco e allora decido di fare sul serio.
Con la coda dell'occhio osservo il tabellone.
Mancano cinque minuti.
Colpisco il puck superando la linea blu di centro campo ed entro nella zona d'attacco. Quando intravedo il portiere in una posizione del tutto sbagliata, capisco che è il momento di segnare.
Colpisco il dischetto con una forza sovrumana e faccio goal.
Goal, cazzo.
Lo stadio esplode, riesco a sentire soltanto le urla degli studenti e le imprecazioni dei giocatori avversari che mi staranno mandando le peggiori maledizioni possibili.
Alzo le braccia al cielo e guardo verso Kelsey che è in piedi ad applaudirmi. Accanto a lei, c'è Alison con una strana espressione.
Non ho tempo di rifletterci.
La partita ricomincia e l'arbitro rimette in gioco il puck ma ormai è troppo tardi.
La partita finisce con la nostra vittoria.

Urlo a squarciagola e vengo travolto dai miei compagni, mentre il coach sta saltellando sul posto gridando parole incomprensibili.

Appena Kelsey mi ha detto: “Vinci”, ho ritrovato la determinazione.

Dovevo vincere.

Per lei.

Nel momento in cui sto salutando i giocatori dell’altra squadra, il capitano dei Parks si avvicina e allunga una mano verso di me. I nostri guanti entrano in collisione, io a quel punto mi alzo la visiera per guardarlo dritto negli occhi.

«Non parli più? Fa male perdere la prima partita del campionato, eh?», lo provoco con un ghigno stampato sul volto.

Senza aspettare che risponda, pattino verso la panchina, mi tolgo il casco e mi accovaccio prendendo la bottiglietta d’acqua per bere.

«Matt!», mi chiama Kelsey disperata, avvicinandosi al plexiglass.

Aggrotto la fronte, cercando di capire cosa vuole.

«Matt, attento!», urla.

Sbarro gli occhi e, nel momento in cui mi volto, il capitano dei Parks si scaglia contro di me e mi spacca, letteralmente, il bastone da hockey sulla testa.

Cado a terra, mi tocco il capo e, appena vedo la mia mano interamente ricoperta di sangue, rabbrividisco.

Sollevo lo sguardo e Kelsey ha un’espressione spaventata e gli occhi di chi sta per piangere.

Cerco di rimanere lucido, ma il capitano dei Parks è sopra di me.

E mi sta picchiando.

Capitolo 36

Kelsey

Nella mia vita non ho mai avuto così tanta paura come in questo momento.

Un silenzio assordante è sceso su tutto lo stadio. Il capitano dei Parks è stato allontanato da Matt, che però è ancora a terra.

Il cuore mi batte all'impazzata e le gambe mi tremano.

Alison mi sta stritolando il braccio così forte che temo persino che me lo possa rompere. Rosie, invece, si è avvicinata al plexiglass per controllare il fratello.

Mi metto in punta di piedi e, appena vedo Matthew rialzarsi da terra, tiro un sospiro di sollievo.

«Cazzo», impreca Janette.

«Sta bene? Lo vedete?», domanda Alison preoccupata.

«Non riesco a vederlo», rispondo.

Sta bene?

È ferito?

Rosie torna verso di noi con i capelli scompigliati e gli occhi colmi di lacrime. «Tutto a posto, ragazze, gli basterà una medicazione».

«Oddio, menomale», sospira Alison staccandosi dal mio braccio per avvicinarsi al plexiglass.

«C'è solo un problema», sussurra Rosie.

«Cioè?», domanda J., confusa.

«Matthew è...». Rosie viene interrotta da un rumore così assordante da farci sussultare dallo spavento.

Mi volto di scatto e capisco subito quale sia il problema.

Matt esce dal campo da hockey, alza il bastone e lo scaglia contro il muro. Poi si avvia furioso verso gli spogliatoi.

«Ecco, appunto», bofonchia Rosie alzando gli occhi al cielo.

«Perché è arrabbiato? Hanno vinto», commento perplessa.

«Perché voleva picchiare il capitano dei Parks ma l'hanno portato via giusto in tempo», ci spiega Rosie legandosi i capelli in una coda alta.

«E c'era bisogno di lanciare il bastone?», chiede J. sconcertata.

«Lo scorso anno ne spaccava uno a partita, quindi tutto nella norma».

L'hockey è uno sport fisico sotto ogni punto di vista. Durante tutta la partita si sono presi a spallate tra di loro quindi non mi sconvolgo per un bastone gettato contro il muro.

D'un tratto, ci accorgiamo che Ryan sta pattinando verso di noi. Esce sugli spalti e cammina goffo fino al nostro posto.

«Oddio, che cosa ti è successo?», esclama preoccupata Janette appena vede il sopracciglio tagliato di Ryan, che sta sanguinando.

«Per togliere quello stronzo da Matt mi è arrivato un pattino in faccia», risponde Ryan tirando un pugno al plexiglass.

«Calmati, dai», gli dice J. dolcemente, appoggiandogli una mano sulla spalla.

«Non mi calmo, quello avrebbe potuto fargli male sul serio», replica il biondo.

«Matt, dov'è andato?», chiede a quel punto Rosie asciugandosi il sudore dalla fronte.

«Negli spogliatoi forse, chi lo sa... era fuori di sé», scuote la testa Ry.

«Dov'è il capitano dei Parks?», domando, stringendo i pugni.

«Sarà già andato via, non conviene stare nei paraggi quando si scatena lo Shark killer», risponde lui.

Shark killer? È così che chiamano Matt?

Non posso crederci. Mentre Alison va a controllare come sta Matt, io decido di uscire a prendere una boccata d'aria. Il prato è pieno di studenti, quindi mi allontano verso una zona più tranquilla.

Non so come, mi ritrovo a un metro dal pullman dei Parks. Il capitano si è cambiato e ha un'aria soddisfatta. E all'improvviso, non ci vedo più.

«Ehi, idiota», urlo avvicinandomi alla squadra.

I Parks si voltano di scatto.

«Dico a te, capitano da due soldi!», sbraito, senza freni.

Il diretto interessato si gira verso di me e scoppia in una risata. «Tu chi cazzo sei?».

Gli faccio un gran sorriso. Non sa cosa lo aspetta.

«Sappi che a me non piace la violenza», gli dico tutta allegra.

«Strano modo per rimorchiare un ragazzo, bambola», replica pavoneggiandosi coi suoi amici.

Bambola?

«Nel tuo caso, è necessaria», lo informo, sempre più vicina.

Poi, serro il pugno e lo colpisco con forza sulla guancia. Lui barcolla all'indietro e preme la mano sul punto dove l'ho colpito.

«Anche questo lo consideri uno strano modo di rimorchiare?», lo prendo in giro, trionfante.

In un attimo, la sua espressione diventa furibonda e lui cerca di avanzare verso di me, ma i suoi compagni lo portano via e se lo caricano sul pullman. Persino loro si sono resi conto che stasera ha esagerato.

In quel momento, vengo raggiunta da Janette e Ryan, che finalmente si è tolto i pattini.

«Gli hai tirato un pugno o me lo sono immaginato?», chiede J. sconvolta. Lei e Ryan mi costringono ad allontanarmi dall'autobus.

Solo quando sono lontana e l'adrenalina è scesa, mi rendo conto che ho un dolore atroce alla mano.

«Ragazzi, ma che fine avevate fatto?», domanda Alison venendoci incontro.

«C'e stato un problema tecnico, che succede?», risponde Ryan evasivo.

Io prendo ad accarezzarmi le nocche. *Non è che mi sono rotta una mano?*

«Matt è fuori di sé, me ne vado», ci informa Alison, con le lacrime agli occhi.

Mi dispiace vederla così e tutto per colpa di quel pallone gonfiato. Vorrei fare qualcosa per lei, ma non so cosa.

«È un classico di Matt quando è incazzato. Ci vediamo stasera alla festa sperando che si sia calmato», dice, prima di andare verso l'uscita del college.

Io, Janette e Ryan non sappiamo che dire. «Meglio che ti fai controllare la mano, si sta gonfiando», osserva Ryan preoccupato.

In effetti, ora mi sta uscendo anche un livido…

«Ci mancava solo questa», commento e li saluto per andare in infermeria. Possibile che ho sempre delle idee folli? Ma cosa mi è saltato in testa di tirare un pugno al capitano dei Parks? Potevo risparmiarmela, però come al solito perdo la testa.

Qualche minuto dopo, busso alla porta dell'infermeria e una voce dall'altra parte mi invita a entrare. Una signora con un camice bianco stirato alla perfezione, i capelli biondi legati in una coda disordinata e degli occhiali spessi sul naso mi accoglie con un sorriso.

«Signorina Cooper, cosa posso fare per te?», mi chiede mettendosi le mani nelle tasche del camice.

«Ho preso una botta durante la partita e ora mi fa male la mano, ecco», spiego un po' impacciata.

Mi fa cenno di sedermi su un lettino che affaccia direttamente sull'uscita del college.

Lei mi ispeziona la mano, ormai rossa e gonfia, con espressione indecifrabile. Il suo silenzio mi mette angoscia.

«Che c'è? Sto per perdere la mano, vero? Me l'amputerà?», domando sconcertata.

«Assolutamente no. Aspetta un secondo, torno subito», mi dice lei uscendo dalla sala visite per andare a prendere qualcosa in una stanza adiacente.

Nell'attesa, non riesco proprio a stare ferma, perciò mi alzo e vado alla finestra. Poco distante dall'uscita del college, sul marciapiede, c'è Alison. Ha l'aria di una che sta aspettando qualcuno.

D'un tratto, una jeep nera si ferma davanti a lei.

Ma di chi è? E perché ha un'aria familiare?
Una cosa è certa: non è la Mercedes di Matthew.
Chiunque ci sia alla guida parte sgommando a tutta velocità.
Non faccio in tempo a pensarci meglio che la porta dell'infermeria si apre.
Ma non è l'infermiera.

Capitolo 37

Kelsey

Nella stanza appare Matthew Leblanc, con un taglio sul labbro, del sangue sotto il naso e una borsa del ghiaccio legata sulla testa.

«Oh mio Dio», esclamo dallo stupore.

Lui non dice nulla, si limita ad avvicinarsi.

«Matt, che ci fai qui?», domando, sedendomi sul lettino.

«Che cosa devo fare con te, tesoro?», chiede, sfinito.

Abbasso la testa osservando il pavimento bianco sotto di me.

Lui arriva di fronte a me e si accovaccia, afferrando la mia mano gonfia per analizzarla.

«Se l'è meritato», dico solamente.

«Gli hai tirato davvero un pugno?», si informa con un sorriso.

«E anche bello forte», aggiungo.

Lo sento ridacchiare e poi, con la mano libera, mi cattura il mento tra l'indice e il pollice costringendomi a guardarlo dritto negli occhi.

«Perché?», domanda inclinando la testa da un lato.

Averlo così vicino, di nuovo, non mi fa affatto bene.

«Cosa?», faccio la finta tonta.

«Perché gli hai tirato un pugno?». Le sue dita prendono ad accarezzarmi il mento.

«Perché è… un idiota, ecco», scrollo le spalle.

Lui mi fa un sorriso aperto, vero, e il suo viso si illumina completamente. Su una cosa non c'è dubbio: Matthew Leblanc è bellissimo e… irresistibile. «Capisco. Dimmi una cosa, Cooper. Se adesso volessi baciarti, come reagiresti?».

Mi si mozza il respiro. Il cuore comincia a battermi all'impazzata e ho paura che possa fuoriuscirmi dal petto.

Inspiro.

Espiro.

Niente, non riesco a controllarmi.

«Ti beccheresti un bel pugno in faccia», gli dico, ma il mio tono lascia intendere tutt'altro. E lui se ne accorge.

«Un pugno in faccia, sei sicura?», sussurra a pochi centimetri dalle mie labbra.

Quando si è avvicinato così tanto?

«Sicurissima», annuisco, sostenendo il suo sguardo.

«Sei una bugiarda. Te lo dico io cosa succederebbe, se volessi baciarti», la sua voce è un sussurro appena udibile. «Mi lasceresti fare, tesoro, assecondando ogni mio movimento. Ti lasceresti baciare qui», le sue dita mi accarezzano le labbra. «E anche qui». Mi tocca il collo in una carezza leggera.

«Smettila, Leblanc», borbotto, deglutendo a fatica.

«Perché? È così divertente metterti in imbarazzo», replica, allontanandosi da me e poggiando sullo scaffale la borsa di ghiaccio che poco prima aveva sulla testa.

«Grazie per il pugno», mormora a voce bassa, evitando il mio sguardo.

«Non l'ho fatto per te», rispondo infastidita.

«Lo so, ma sapere che qualcuno l'ha picchiato al posto mio, mi fa sentire leggermente meglio», mi spiega.

«Perché ti ha picchiato?», domando curiosa.

«Perché non sa perdere», scrolla le spalle.

«Nell'hockey risolvete tutto con la violenza?», ribatto, mentre scendo dal lettino.

«L'hockey è violenza, tesoro», mi corregge, con espressione ferina.

In questo momento in cui è ancora così su di giri, non credo che sia una buona idea rivelargli che ho appena visto la sua ragazza salire in macchina con un altro perciò, per ora, decido di tenermelo per me.

«Non potete risolvere le cose parlando?», scuoto la testa, incredula.

«No. L'hockey non è solo uno sport, Cooper, è una guerra», la sua voce rauca risuona per tutta la stanza, mentre si rimette in piedi. «E si sa, nelle guerre c'è soltanto un vincitore».

«Secondo me, hai visto troppe volte *Hunger Games*», lo prendo in giro.

«Che diavolo c'entra *Hunger Games*, adesso?», aggrotta la fronte.

Non faccio in tempo a rispondere che la porta dell'infermeria si apre con uno scatto e l'infermiera rientra con una benda in mano.

«Leblanc, quale onore, ricominciamo come l'anno scorso?», chiede sospirando tra sé e sé.

«Come l'anno scorso?», ripeto, guardando dall'una all'altro, confusa.

«L'anno scorso, a ogni santissima partita, mi toccava rimetterlo a nuovo. Sembra un pugile, non un giocatore di hockey», sbuffa lei venendo verso di me.

«Ti ci vedo come pugile», commento, guardandolo di sottecchi.

«Finisco con Cooper e poi vengo da te», sbuffa l'infermiera e comincia ad arrotolare una benda attorno alle nocche rosse e gonfie della mia mano destra.

«La prossima volta, se vuoi tirare un pugno a qualcuno, assicurati di non far male a te stessa», mi consiglia Matthew.

«Pugno?», domanda l'infermiera, alzando la testa di scatto verso di me.

«Sta scherzando», dico in fretta, fulminando Matt con lo sguardo.

«Ecco fatto», mi dice lei, dopo aver fissato la benda.

Osservo la mia mano completamente fasciata e rifletto su cosa rivelare a mio padre.

Come faccio a raccontargli una bugia senza farmi scoprire?

«Grazie», sussurro un po' impacciata, poi mi avvio alla porta.

«Bella maglietta, comunque», sogghigna il pallone gonfiato.

«Sono stata obbligata a metterla», ribatto, tirando l'orlo della maglietta degli Sharks.

«Sì, certo, come no», borbotta Matt soffocando una risata.

«Meglio che vada, a mai più, Leblanc. Grazie mille per la medicazione, infermiera», apro la porta e sto per uscire, ma la voce di Matt mi fa bloccare sul posto.

«Ci vediamo alla festa di stasera, Cooper», mi saluta Matt.

«Non ci vengo», sbuffo.

«Non era una domanda», ribatte lui, con un sopracciglio inarcato.

Me ne vado senza replicare ed esco dal college.

Maledetto Leblanc.

Maledetto college.

Maledetti tutti.

«Kels!», mi sento chiamare davanti all'entrata dell'istituto.

Rosie viene verso di me seguita da una donna con una graziosa camicetta nera infilata dentro dei pantaloni a zampa di elefante eleganti. Accanto a loro c'è un uomo con dei jeans neri e una camicia bianca leggermente sbottonata. La somiglianza con Matthew è impressionante.

Devono essere i suoi genitori.

Finalmente conosco il grande George Leblanc, il padre del ragazzo più stronzo dell'intero pianeta.

Quale onore.

«Rosie», la saluto con un cenno del capo.

«Oddio, che hai fatto alla mano?», mi chiede subito, prendendomi la mano fasciata per analizzarla.

«Oh un piccolo incidente, niente di che», rispondo sperando che non mi chieda altro.

«Non ci presenti la tua amica, Ros?», domanda la donna squadrandomi da cima a fondo. Mi sento alquanto a disagio.

«Lei è Kelsey», mi presenta Rosie con un gran sorriso. «Questi sono i miei genitori: Margaret e George».

«Che bella che sei, Kelsey. Hai dei capelli meravigliosi», mormora Margaret prendendo tra le dita delle ciocche.

Io mi ritraggo un po' confusa.

«Mamma», la riprende Rosie.

«Che c'è? La tua amica è bellissima», si giustifica la signora Leblanc con una scrollata di spalle.

«Kels, scusala, mia madre è un po'… bizzarra», sospira, imbarazzata.
«Margaret, si è fatto tardi. Dobbiamo andare», interviene con un tono dittatoriale l'uomo dietro di lei, che non aveva proferito parola sino a quel momento.
«Certo, certo». Margaret abbassa la testa e gli si avvicina.
«È stato un piacere, Kelsey…?». Il signor Leblanc aspetta che io gli dica il mio cognome.
«Cooper», completo la frase con un leggero tremito nella voce.
Lui mi lancia uno sguardo minaccioso. «Cooper».
Mi studia senza aggiungere nulla, poi si volta e se ne va, facendo segno a Margaret di seguirlo.
«Okay, è stato…». Rosie si interrompe.
«Inquietante?», provo a concludere per lei.
«Già, decisamente inquietante», replica, un po' contrariata. «Ora è meglio andare, la festa ci aspetta».
«Io non vengo», ribatto.
«Come non vieni? Dopo ogni vittoria si va a festeggiare nella villa degli Sharks», spiega lei.
«E tuo padre ti lascia andare?», domando cauta.
«Certo, sono lì con Matthew».
«Va bene, ci vengo per un po', ma se tuo fratello fa lo stronzo gli tiro un pugno in faccia».
«Affare fatto», replica lei, prendendomi a braccetto.
Ci avviamo verso la villa degli Sharks, facendoci largo tra gli studenti con le maglie della squadra che urlano come forsennati.
Be', a quanto pare Alison aveva ragione, l'hockey è un'istituzione qui a Montréal.
A proposito, cosa ci faceva con…?
Non riesco proprio a capire, e più ci ripenso, più mi sembra tutto molto sospetto.
«Comunque, dopo aver conosciuto tuo padre, capisco da chi ha preso Matt», commento, mentre camminiamo fianco a fianco.
«Ha imparato dal migliore. Il vecchio George Leblanc quando eravamo piccoli ci faceva credere che Babbo Natale in realtà fosse una sorta di mostro senza testa, così ci rifiutavamo di ricevere regali per paura di essere mangiati». Appena finisce il suo racconto, la mia paura nei confronti di Leblanc Senior è cresciuta a dismisura.
Babbo Natale un mostro senza testa? Ma quale padre racconta una cosa del genere ai suoi figli?
Be', a quanto pare, George Leblanc.
«È una cosa orribile, Rosie», le dico.
«Oh dopo un po' a George ci si abitua. Il fatto è che con Matt è severissimo», borbotta con voce persa e rammaricata.

Avevo intuito che George Leblanc non fosse esattamente il padre dell'anno, ma deve esserci dell'altro.

«Come mai?», domando.

Lei scrolla le spalle. «Ha paura che abbandoni l'hockey e infranga per sempre il suo più grande sogno».

«Il suo?», chiedo un po' confusa.

«Già, mio padre voleva diventare un grande campione di hockey, ma ha dovuto abbandonare lo sport per un infortunio. Ora vuole che Matthew riesca dove lui ha fallito», mi racconta triste.

«Perché Matthew dovrebbe abbandonare l'hockey?»

«A Matt l'hockey piace, ma non è la sua missione di vita. Solo che non vuole deludere il vecchio», spiega Rosie.

Io non so che dire. Tra noi cala il silenzio ed entrambe ci smarriamo nei nostri pensieri. Matthew è una continua sorpresa ed è un rompicapo impossibile da risolvere.

«Mangiamo qualcosa al George's, prima della festa, sto morendo di fame», propone Rosie dopo un po', forse per allentare la tensione, quando siamo poco distanti dal locale.

«Ho proprio voglia di un bell'hamburger con patatine fritte», affermo.

Arriviamo sul posto, entriamo e Rosie va verso un tavolino rotondo nero, un po' appartato.

Mi siedo e provo a indagare ancora su Matthew. «E quindi il capitano della squadra di hockey non è interessato a diventare un professionista?»

«Sembri abbastanza interessata, menomale che dici di odiare mio fratello...», replica, insinuante, mentre attira l'attenzione di una delle cameriere.

«È pura curiosità», mi giustifico.

«Ti ho già detto troppo, Kels. Se dovessi spiegarti la vita frustrante di mio fratello, staremmo qui per un mese», commenta Rosie.

La cameriera si avvicina a noi e prende le nostre ordinazioni: hamburger e patatine fritte per me mentre per Rosie un sandwich con del salmone affumicato e dell'avocado.

D'un tratto, mi arriva una scarica di messaggi di Janette, che attira la mia attenzione. Il mio schermo lampeggia così tante volte che lo guardo con gli occhi sbarrati.

Biondina: Okay, lo so.
Biondina: Sono una cattiva amica.
Biondina: Ryan mi ha chiesto di andare a mangiare qualcosa con lui.
Biondina: Mi perdoni?
Biondina: Vieni alla festa di stasera?
Biondina: Ti prego dimmi che vieni.
Kelsey: Ci vengo.
Kelsey: Non ti preoccupare, sono con Rosie.

Kelsey: Ci vediamo alla festa.
Kelsey: PS: goditi la cena con il tuo pitone.
Biondina: KELSEY!

Ridacchio tra me e me, rimettendo il telefono in borsa. Poco dopo, veloce come un fulmine, arriva la nostra ordinazione e ci lanciamo sul cibo.

«Un lato positivo di questa festa c'è», dice lei, dopo che abbiamo mangiato per un po' in silenzio.

«Che potrò finalmente tirare un pugno a tuo fratello senza essere scoperta? Con tutti quei lividi che avrà, il mio pugno non si vedrà nemmeno», replico con uno scintillio malizioso negli occhi.

«Ehm no», ridacchia. «È l'alcol gratis».

«Oddio, l'ultima volta io e J. abbiamo bevuto così tanta tequila che tuo fratello si è sentito costretto a riaccompagnarmi a casa. Camminavo come un dinosauro», mi poggio una mano sulla fronte ricordando quella sera.

«Io voglio proprio divertirmi, sono pochissime le volte che posso venire a una festa dato che sono sempre sommersa di studio e lavoro». Rosie sorride e addenta poi un altro pezzo del suo sandwich da cui cade un po' di salmone affumicato, che finisce sul piatto.

«Allora ti farò vedere come ci si diverte seguendo il metodo Kelsey Cooper».

«Metodo Kelsey Cooper?», chiede perplessa.

«BFNV», le faccio un occhiolino.

«Che diavolo vuol dire?», scuote la testa.

«Bevi finché non vomiti», spiego.

«Oddio, tu sei tutta matta», replica con una risata.

«Tutti i migliori sono matti», le rispondo, citando il Cappellaio Matto di *Alice nel Paese delle Meraviglie*.

Finiamo di mangiare e decidiamo di avviarci alla festa. Faccio per pagare il conto alla cameriera, ma Rosie mi ferma.

«Ma che fai, Kels?», mi domanda.

Rimango ferma con una banconota da cinquanta dollari in mano. «Pago?»

«Oh non ti preoccupare, ci ha già pensato il signor Leblanc», risponde la cameriera avviandosi verso dei tavoli che l'avevano chiamata per ordinare.

Mi volto e vedo George Leblanc poco distante, intento a fissarmi con uno sguardo indecifrabile.

È come se fosse incuriosito da me ma allo stesso tempo stesse tramando nell'ombra.

«Vedi? Non è sempre così inquietante», sussurra Rosie, fiera del gesto di suo padre.

Peccato che io non sia una che si fida per natura. Figurarsi di un Leblanc.

Quell'uomo ha in mente qualcosa, ne sono sicura. La sua gentilezza è soltanto apparenza.

«Andiamo, forza».

Ci incamminiamo verso la villa e io mi perdo nei miei pensieri. Rifletto sulla partita, sul comportamento misterioso di Alison e sull'atteggiamento ambiguo di Leblanc. Quasi non faccio caso a dove sto andando, per fortuna Rosie mi fa strada.

Arrivate alla villa, ci accorgiamo che ci sono persone ovunque, che ridono, chiacchierano e bevono, mentre *Satisfaction* esce a tutto volume dalle casse.

«Kels, di qua!», urla Rosie.

Annuisco e insieme ci dirigiamo verso il salotto, puntando il tavolo degli alcolici.

Non vedo né Janette né la gang degli idioti, il che è un bene.

Sto per versarmi da bere, ma poi parte il ritornello della canzone e non posso fare a meno di scatenarmi. Muovo i fianchi a destra e a sinistra; Rosie, davanti a me, mi prende una mano facendomi fare un giro su me stessa.

«Okay, per continuare a ballare ho proprio bisogno di una bottiglia intera di tequila», dichiaro, senza fiato, quando la canzone finisce.

Ma Rosie non prende la tequila, bensì solleva in aria un'altra bottiglia.

«Prima devi assaggiare questo», mi dice prendendo dal tavolo due bicchieri di plastica, che riempie in fretta.

«Oddio, che roba è?», le chiedo preoccupata.

«Ice», risponde e svuota il suo bicchierino d'un fiato.

«È un superalcolico, assaggia, forza», mi sprona con un gran sorriso.

Senza pensarci troppo, svuoto il bicchiere d'un fiato. Quello che provo è stranissimo: la gola non brucia, ma ho una sensazione di fresco nello stomaco.

«Oddio, che cos'è?», esclamo esterrefatta, mentre l'alcol comincia a scorrermi nelle vene.

«Davvero non conoscevi l'Ice?», sbarra gli occhi per poi versare un altro po' di quello strano superalcolico in entrambi i bicchieri.

«No, davvero», replico ridendo, mentre ne bevo ancora. È diventato il mio superalcolico preferito.

«Vacci piano, K., guarda che è...».

La ignoro e ne bevo ancora.

«Come non detto», scuote la testa lei.

«Andiamo a ballare», le afferro la mano e la trascino in pista, tenendomi stretta la bottiglia.

Low di Flo Rida è proprio adatta al mio mood da festaiola.

Io e Rosie iniziamo un ballo sensuale, le mie mani scendono sul suo corpo fino alle caviglie per poi risalire piano piano. Lei mi asseconda.

A ogni strofa e a ogni sorso di Ice, la testa comincia a girare neanche fossi sulle montagne russe.

Improvvisamente, però, mi sento osservata.

Mi volto e mi ritrovo gli occhi di Matthew puntati addosso. Le sue labbra

si piegano in un sorriso malizioso. Anche pieno di lividi e tutto ammaccato, è bellissimo.
Rimane lì, appoggiato al muro, a pochi passi da me. Mi osserva silenzioso e, come sempre, dentro di me accende qualcosa.
Lui è una sorta di calamita. Non fa altro che attrarmi e attrarmi, ogni volta che è nei paraggi.
Non posso cedere, però. Lui sta con Alison e io per lui sono solo un gioco divertente.
Distolgo lo sguardo e continuo a ballare, cercando di non guardare nella sua direzione.
I suoi occhi però bruciano, il mio corpo va in fiamme e stavolta non è colpa dell'alcol.
«Eccola, la mia piromane», mi saluta Janette, avvinghiandosi a me.
«Ah finalmente ti sei fatta viva», esclamo, abbracciandola.
«Ero con Ryan, scusa», mi indica il biondo che sta parlando con Matt.
«Già, come ho fatto a scordarmene? La mia amica se la fa con il migliore amico del mio nemico. Ci scriveranno un libro», ironizzo, alzando gli occhi al cielo.
«Farò finta di non averti sentito», mi fa un occhiolino.
«Vuoi?», le allungo la bottiglia di Ice.
Lei scuote la testa. «Per carità, l'ultima volta che ho bevuto l'Ice, la mattina dopo ero tanto rimbambita che sono dovuta stare a letto tutto il giorno per riprendermi».
Scrollo le spalle e bevo un altro sorso, non curandomi delle parole di Janette. Probabilmente sarà un errore fatale.
«Come va tra te e Ryan?», le domanda Rosie.
«Non c'è ancora nessun me e Ryan», risponde.
«Gli ha dato la maglietta da hockey con il suo cognome dietro», racconto, maliziosa.
«Allora è una roba seria», commenta Rosie.
«Che vuoi dire?», le chiediamo sia io che Janette, confuse.
«Quando un giocatore di hockey regala la sua maglietta a una ragazza, allora fa sul serio», ci spiega lei.
«Sei fregata, J.», dico e scuoto la testa.
«Ryan è dolce e gentile», sussurra nel mio orecchio.
«E come mai allora è tanto amico del pallone gonfiato?», sbuffo. Scherzo, ma non troppo.
«Intanto hai tirato un pugno al capitano dei Parks per lui», mi canzona J., tirandomi una spallata.
«Cosa?», domanda Rosie esterrefatta.
«Balliamo», urlo all'improvviso per sviare il discorso.
La canzone che parte sembra adatta al momento.

Poker Face di Lady Gaga.
Comincio a muovere i fianchi in modo estremamente sexy, sentendomi libera.
D'un tratto mi giro e mi accorgo che Janette sta ballando con Ryan. Sembra proprio che quei due stiano per fare faville.
Faccio una piroetta su me stessa e sto per prendere un altro goccio di Ice, quando una mano possente mi strappa la bottiglia dalle mani.
«Ma che...?». Mi volto all'improvviso e vado a sbattere contro un petto massiccio. Perdo l'equilibrio e sto per cadere a terra, ma per fortuna Matthew mi afferra dai fianchi giusto in tempo.
«Stai bevendo troppo, tesoro», soffia sulle mie labbra e il suo alito fresco alla menta per un attimo mi stordisce.
Credo che Janette avesse ragione.
Questo Ice è parecchio forte.
«Che carino, ti preoccupi per me?», lo schernisco.
«L'Ice non è per tutti. All'inizio ti sembra di reggerlo, ma poi la paghi cara», dice, passandosi una mano tra i capelli. Non dovrei notarlo, ma stasera è illegale. I suoi occhi verdi sono magnetici e sta benissimo con una semplice t-shirt a maniche corte, dei jeans neri classici e le Jordan bianche ai piedi.
«Chi sei? Mio padre?», lo sfido e cerco di rubargli dalle mani la bottiglia, ma lui la solleva in aria per impedirmi di afferrarla.
«E dai, Leblanc, avete vinto, no? Questa dovrebbe essere una festa, quindi dammi quella maledetta bottiglia», mi lagno, sbattendo un piede a terra come una bambina capricciosa.
«Dimentichi un piccolo dettaglio: la festa è la mia, quindi decido io», replica lui, autoritario.
«E tu dimentichi un'altra cosa: io faccio quello che voglio, come voglio e quando voglio», lo rimbecco.
«Vuoi continuare a bere, quindi?», domanda osservandomi dall'alto in basso. Dio, quanto è sexy...
«Leblanc, sei il solito guastafeste», sbuffo, cercando di non rivelare l'effetto che mi fa.
«Se vuoi bere, allora dovrai farlo seguendo le mie regole», sussurra a pochi centimetri dal mio viso.
Il resto del mondo scompare.
Ryan e Janette sono spariti e Rosie è chissà dove. Alison neanche si è vista.
Siamo solo io e lui.
«Da quando io seguo le tue regole, Leblanc?», lo sfido a testa alta.
«Se vuoi un altro po' di Ice, allora ti conviene farlo», mi fa un occhiolino avvicinandosi ancora un po'.
Arretro di un passo, prima di fare qualcosa di sconsiderato. Tipo baciarlo...
«Apri la bocca», sussurra malizioso.

«Sei impazzito?», chiedo, un po' preoccupata.
Oddio, che qualcuno mi aiuti.
«Allora niente Ice», scrolla le spalle vittorioso.
È una sfida? Non posso dargliela vinta.
Gli lancio un'occhiataccia e poi pian piano le mie labbra si schiudono. Nelle sue iridi, si accende una scintilla di stupore.
«Di più», mormora a voce bassa.
Sto per svenire, me lo sento.
Obbedisco, con gli occhi puntati nei suoi.
Matthew inclina la testa verso destra. «Brava, così».
Cristo santo.
Non sono mai stata tanto eccitata in tutta la mia vita.
Nessuno, però, mi ha mai guardata in questo modo.
Matthew avvicina la bottiglia alla mia bocca e la inclina leggermente per permettere al liquido di scendere piano tra le mie labbra.
Sto bruciando. E stavolta non è per l'alcol.
Il liquore mi bagna il mento e la maglietta, solo allora Matthew, con sguardo predatore, allontana la bottiglia.
«Contento?», chiedo, con aria saccente.
«No», risponde passandosi una mano tra i capelli.
«No?». Sono incredula. Che cosa vuole di più?
«Perché ti ostini a provocarmi, tesoro?». Sembra che voglia una risposta sincera, ma io posso rispondere solo con una provocazione.
«Perché non mi lascio mettere i piedi in testa da nessuno, figuriamoci da te», rispondo.
«Eppure ti sei fatta versare l'Ice, in bocca, da me», pronuncia l'ultima parola in modo decisamente troppo sexy. Poi mi accarezza il labbro inferiore con l'indice.
Mi scosto da lui facendo un passo indietro.
«Mi diverti, tesoro», dice lui, con espressione maliziosa. «Mi disprezzi, mi odi eppure…», lascia la frase in sospeso.
«Leblanc, smettila», lo ammonisco brusca.
«Mi stai facendo impazzire, cazzo», dice all'improvviso.
La sua voce rauca risuona come un'eco assordante nella mia testa.
Che cosa ha detto?
«Cosa?», domando sperando di aver capito male.
«Mi fai impazzire, Cooper, non in senso buono, purtroppo», sospira. Sembra rassegnato, come se stesse combattendo contro qualcosa di più grande di lui.
«Che diavolo vuol dire?», chiedo, anche se ho paura della risposta.
«Lascia perdere, me ne vado», si volta e senza aggiungere altro scompare, lasciandomi lì come un'idiota totale.

Io rimango basita, non riesco a crederci. Questo ragazzo è terribile e mi deve una spiegazione.

Prima mi dice che lo faccio impazzire e poi scappa via?

Presa da un attacco di rabbia improvviso, cerco di inseguirlo, ma lui pare svanito nel nulla.

E anche Rosie e Janette si sono volatilizzate.

Niente. Sono da sola.

Vago per la stanza e, dopo un po', mi imbatto in Trent, con il suo sorrisetto da deficiente stampato in faccia.

«Ci mancavi solo tu», affermo, scocciata.

«È veramente un controsenso. Perché una ragazza bella come te deve avere un caratterino simile?», mi dice, sorseggiando una birra dalla bottiglia.

«Perché non ti fai gli affari tuoi?», replico, cercando di superarlo.

Trent, però, mi sbarra la strada. «Sto scherzando, Cooper», dice, portandomi una ciocca di capelli dietro l'orecchio.

«Trent, si può sapere che diavolo vuoi da me?», sbotto infastidita e mi ritraggo di scatto.

«Devo per forza volere qualcosa per parlarti?», chiede, sorseggiando un altro po' di birra.

Io ne ho davvero abbastanza di lui. Dopo quello che ha fatto a mio padre, non ci voglio avere a che fare. Questo tipo non mi piace e ha l'aria di uno che crea sempre problemi.

«No, ma io devo andare», dico dura e lo supero senza tante cerimonie. Lui pare deluso, ma proprio io non lo tollero.

Salgo al piano superiore sperando di trovare un bagno il più presto possibile.

Davanti a me c'è un lungo corridoio, pieno di porte. Di sicuro, saranno le stanze dei ragazzi.

Dove diavolo è il bagno?

Apro la prima porta che mi capita a tiro ed entro in una camera. Vedo solo un letto enorme e un armadio molto grande, prima di individuare il bagno.

Tempo di entrare e chiudermi dentro, e all'improvviso la porta della stanza si apre, e non sono più sola.

Nella speranza di non venire scoperta, mi metto in ascolto.

«Sei sempre uno stronzo con me, Matthew», dice Alison arrabbiata.

Ma proprio nella stanza di Leblanc dovevo finire? La mia solita fortuna. «Il campionato è iniziato e gli esami di medicina sono alle porte. Permetti che sia un po' frustrato oppure devo essere un robot, Ali?», sbraita Matthew.

«E io che cosa c'entro? Te la devi prendere con me?», lo rimbecca lei.

Che caratterino, Alison. Pensavo fosse docile e mansueta, invece Leblanc ha pane per i suoi denti.

«Pensi che sia facile per me gestire tutto quanto?», la rimbrotta lui.

«Pensi che sia facile stare lì a guardarti flirtare con un'altra?», contrattacca lei.

Cosa?

Sbarro gli occhi e avvicino l'orecchio alla porta per sentire meglio.

«Ma che cazzo dici?», chiede Matt, piano.

«Non sono scema, Matt», mormora a bassa voce Alison.

«Ma di che diavolo stai parlando?».

Il cuore mi sta battendo all'impazzata.

«Sto parlando di come guardi Kelsey».

Kelsey? Ho sentito bene?

«E ora che cosa c'entra Kelsey?», domanda confuso.

Sì, ho sentito bene.

«Lo vedo come la guardi». La voce di Alison è un sussurro appena udibile.

«Non la guardo in nessun modo, Ali», sospira amareggiato.

«Non prendermi in giro. Non me lo merito», replica lei, affranta.

«Kelsey non è niente per me, niente», scandisce bene Matt.

Una pugnalata al cuore. Questo è quello che sento. La realtà dei fatti mi arriva addosso come una doccia gelata: Matthew Leblanc ha una ragazza stupenda e non la lascerà certo per me, nonostante mi provochi sempre.

«È una ragazzina frustrata a cui è morta la madre. Un po' mi fa pena, sai? Se ne va in giro pensando di essere la più forte quando in realtà è la più fragile di tutti».

Seconda pugnalata.

Vorrei uscire da questo bagno e fare una scenata.

«Le è morta la madre?», domanda con voce strozzata Alison.

«Perché stiamo parlando di Kelsey? Le è morta la madre e allora? Le persone muoiono tutti i giorni», replica lui, spietato.

Terza pugnalata, quella più forte.

Le è morta la madre e allora? Le persone muoiono tutti i giorni.

«Non dire così, Matt», sussurra Ali, un po' mortificata dalle sue parole brusche.

«Torniamo alla festa?», domanda seccato. Un attimo dopo, i due escono dalla stanza.

Mi accascio a terra, sconfitta e amareggiata. Le lacrime mi rigano le guance. Non mi sono mai sentita così male.

Le parole di Matt mi rimbombano nella testa, in un'eco spaventosa. Mi alzo da terra a fatica. Mi sciacquo la faccia con un po' di acqua fresca e guardo il mio riflesso attraverso lo specchio. Ho i capelli arruffati, gli occhi rossi e il viso pallido.

Inspiro.

Espiro.

Esco dalla stanza e mi dirigo al piano di sotto, stordita e delusa.

Perché ha detto quelle cose?

La villa ancora pullula di gente che si diverte e beve senza sosta.

Però in questo momento voglio soltanto tornarmene a casa.

Sgomito tra la folla per uscire da questo posto, ma infilo la porta sbagliata.

Mi ritrovo in un garage.

Gli occhi mi si illuminano appena vedo la macchina di Matthew. La sua amata Mercedes.

Ha proprio scelto la persona meno indicata con cui giocare.

Lì accanto trovo un cacciavite e, dopo essermi assicurata che nessuno stia arrivando, rigo tutta la macchina di Matthew. Non contenta, gli buco tutte e quattro le ruote che, dopo qualche secondo, cominciano a sgonfiarsi. Mi accorgo che la benda alla mano è strappata, me la levo e la getto a terra.

Poi, esco dal garage in punta di piedi e torno in salotto. In quel momento, mi rendo conto che l'alcol sta cominciando a fare effetto. Il mondo attorno a me comincia a girare, barcollo in giro e mi imbatto in Rosie che mi guarda preoccupata.

«Kels? Che succede?», mi chiede gentile, asciugandomi una lacrima dalla guancia. Sono talmente sconvolta che nemmeno mi ero accorta di stare piangendo. All'improvviso, vengo scossa dai singhiozzi.

Rosie si volta e fa cenno a qualcuno di avvicinarsi. In quell'istante, vedo Janette che viene verso di noi, seguita da Ryan. «Che succede?»

«Credo che Kels non stia bene», le spiega Rosie.

Devo essere in condizioni penose, a giudicare dallo sguardo terrorizzato di Janette. Qualcuno mi fa domande, qualcun altro parla.

Troppe parole.

Troppe voci.

Troppo rumore.

«Matt!», urla Ryan così tanto forte da far girare tutti gli studenti in salotto.

Appena intravedo Matthew farsi spazio tra la folla con Alison, indietreggio di un passo.

«Che c'è?», sbotta infastidito, appoggiando un braccio attorno alle spalle di Alison.

Ryan si avvicina al suo orecchio e gli dice qualcosa sottovoce. Gli occhi di Matthew scattano all'improvviso su di me. Lo vedo accigliarsi appena nota lo stato in cui sono ridotta.

Devo sembrare patetica.

È tutta colpa tua, Matthew.

«Kels, tutto bene?», chiede Alison ma dubito gliene freghi qualcosa dato che poco prima stava facendo una scenata di gelosia al suo ragazzo a causa mia.

Scuoto la testa e mi volto senza neanche rispondere. Mi faccio spazio tra la folla e mi precipito fuori dalla villa.

Ho l'affanno. La testa continua a girare. Le gambe si fanno sempre più deboli.

«Kelsey?», mi chiede una voce.

Mi volto un po' confusa e a pochi passi da me c'è Trent.

Di male in peggio.

«Ancora tu», alzo gli occhi al cielo.

«Sei bianca cadaverica», asserisce osservandomi con la fronte aggrottata.

«Mi sono fidata della persona sbagliata», mormoro pensierosa, giocherellando con le pellicine che ho attorno alle unghie.

«Che vuoi dire?». Trent ha l'aria di non sapere bene che fare.

Scrollo le spalle.

Sono ferita, incazzata e delusa.

Le è morta la madre e allora? Le persone muoiono tutti i giorni.

Alzo la testa e guardo Trent. Lui è perplesso, probabilmente sta cercando di capire che mi prende.

La mia irrazionalità prende il sopravvento, appena vedo con la coda dell'occhio Matthew, Ryan, Janette, Alison e Rosie uscire in giardino.

Faccio la prima cosa che mi passa per la testa.

Mi avvicino a Trent, lo afferro dalla maglietta e lo attiro a me.

Le mie labbra si schiantano sulle sue.

Sto baciando Trent.

Oddio. Che cosa ho fatto?

Capitolo 38

Matthew

È un incubo. Kelsey sta baciando Trent.

Respira, Matthew.

Respira profondamente.

Chiudo gli occhi, li riapro, ma la scena non cambia.

«Cazzo, sono ubriaco oppure Trent sta baciando davvero la Cooper?», commenta Axel, apparso dietro di noi da chissà dove, con una birra in mano.

Mi volto e lo fulmino con un solo sguardo.

«Credo sia tutto vero», mormora Alison aggrappandosi saldamente al mio braccio.

Rimaniamo tutti quanti impalati sulla porta a fissarli.

Sono finito in un film horror? Ma quanto dura questo bacio?

«Andiamocene, stiamo facendo la figura dei guardoni», borbotto tra i denti e mi volto senza guardare in faccia nessuno. Rientriamo tutti quanti in casa.

«Trent ha una storia con Kelsey? Con l'idiota che la infastidiva?», domanda Axel.

«A quanto ne so… lei odia Trent, di sicuro è ubriaca», interviene Janette, pensierosa mentre cerca di capirci qualcosa in più.

«Non credo lo odi», asserisce Ryan con un tono aspro.

Ryan non può avere ragione. Trent è un idiota di prima categoria che vuole soltanto una cosa: diventare il capitano della squadra.

Come è possibile che Kelsey lo stesse baciando?

Dopo quello che ha fatto a suo padre, dopo quello che ha fatto a me. Avevamo persino escogitato la nostra vendetta contro di lui.

E invece a quanto pare a quella ragazzina interessa Trent Davis.

«Ci deve essere qualcosa sotto, è impossibile che Kelsey lo abbia baciato di sua spontanea volontà». Janette si siede sul divano in salotto, seguita da Ryan.

«Be', l'abbiamo visto tutti, è stata lei a buttarsi addosso a Trent», le fa notare Ryan.

«Mi sembra strano», insiste lei, non convinta.

«Anche a me, ho visto che stavano discutendo prima», le dà manforte Rosie.

Però è stata lei a baciarlo, dannazione.

«Cazzo, questa sì che è bella, la tua peggior nemica insieme al tuo peggior nemico», mi dice Axel stravaccandosi sul divano accanto a Ryan e Janette.

Io e Ryan gli rifiliamo un'occhiataccia per farlo stare zitto.
«Matt, devo andare», sussurra Alison, accarezzandomi il braccio.
«Non ti fermi a dormire qui?», le chiedo distrattamente, anche se in realtà continuo a guardare verso il corridoio, nella speranza di veder apparire Kelsey.
Lei però non torna.
«No, domani arriva mio padre e voglio essere a casa. Ci vediamo domani sera allo Snowflakes, ti ricordi della cena?», mi chiede accarezzandomi i capelli.
«Certo, a domani, piccola», le lascio un delicato bacio sulle labbra.
Alison saluta tutti con un gran sorriso per poi allontanarsi verso l'uscita.
«Ora che se ne è andata, posso essere sincera, Leblanc?», sbotta Janette, alzandosi dal divano con uno scatto fulmineo.
Ora capisco perché lei e Kelsey sono amiche. Sono due matte, che non hanno paura di niente e nessuno.
«La sincerità prima di tutto», la sbeffeggio.
«Che diavolo le hai fatto?», ringhia a denti stretti e fa un passo verso di me.
«Che c'entro io?», domando, sbalordito.
«C'entri sempre tu, quando si tratta di Kelsey», le trema il labbro dal nervoso. «Da quando è arrivata, non hai fatto altro che renderle la vita un inferno», mi sputa in faccia tutto il suo disprezzo.
Sta dicendo la verità.
Rendo la vita un inferno a Kelsey perché non sopporto quel sorrisetto beffardo che ha sempre stampato sulle labbra.
Non sopporto i suoi occhi che ogni volta mi guardano come se volessero confessarmi tutti i loro segreti.
Non sopporto il modo in cui mi parla, il modo in cui mi tocca, il modo in cui mi fa sentire vulnerabile.
Non la sopporto.
«Io non le ho fatto nulla», ribatto e mi siedo sul divano di fronte al loro.
Janette si allontana stringendo i pugni, infuriata. Ryan mi scocca una delle sue occhiatacce truci per poi seguirla, sparendo nel corridoio.
Rimugino un po' su quello che è appena successo.
Kelsey ha baciato Trent. E Janette pensa sia colpa mia.
Perché non riesco a non pensarci?
«Matt», mi richiama Rosie sedendosi accanto a me, poggiandomi una mano sulla coscia. «Tutto okay?», chiede cauta.
«Perché non dovrebbe?», replico inarcando un sopracciglio.
«Perché sei cotto della Cooper», interviene Axel, esasperato. «Qualcuno doveva pur dirlo, prima o poi».
«Che diavolo dici, Ax?», sbotto, mi alzo e lo prendo per il colletto.
«Mollami», sibila a denti stretti e con uno strattone si libera dalla mia presa.

Axel può fare paura, quando si arrabbia, quindi mi allontano e torno a sedermi accanto a mia sorella.

«Smettila di sparare cazzate», lo gelo.

«Ti ho soltanto detto quello che pensano tutti», scrolla le spalle, si scola l'ultimo sorso della sua birra e se ne va barcollando.

«Ax è un coglione ma...». Rosie si interrompe, incerta se continuare o meno.

La guardo di sottecchi. «Ma?»

«Per una volta ha detto la verità», asserisce mia sorella con decisione.

«Quindi io sarei cotto della Cooper?», ripeto.

«Non proprio cotto, ma devi ammettere che ti piace, almeno un po'», dichiara.

«Non mi piace», ribatto categorico.

«Sì che ti piace», mi dà una spallata Rosie.

Questa conversazione mi ha stufato. La fulmino con lo sguardo e me ne vado senza dirle nulla. Mi affaccio dalla porta principale ma di Kelsey e Trent non c'è nessuna traccia.

Chi se ne frega.

Che baci anche tutto il college, non mi importa.

Torno dentro e cerco di godermi la festa e la vittoria.

Kelsey Cooper, però, è un insistente chiodo fisso nel mio cervello. Non riesco a smettere di pensare alle sue labbra che si muovevano contro quelle di Trent.

Irritato, abbandono il salotto e torno fuori.

Comincio a camminare, passo dopo passo.

Dove sto andando?

Non lo so.

I miei piedi si muovono da soli.

Ho bisogno di risposte.

Mi sento preso in giro.

Un minuto prima Kelsey dice di odiare Trent e il minuto dopo lo bacia?

Non funziona così.

E io che gli ho tirato un pugno in faccia perché la stava infastidendo...

Che idiota sono stato, e ora vengo a scoprire che in realtà le piace.

Cammino per minuti e minuti, finché non arrivo a destinazione. Mi fermo davanti alla casa dei Cooper. Mi aspetto di trovare tutte le luci spente e invece non è così. Kelsey è affacciata alla finestra di camera sua.

Mi nascondo dietro un albero, lei continua a osservare la strada sottostante.

Cerca qualcuno.

Forse Trent?

Alla fine, dopo un po', si rassegna e si allontana. Un attimo dopo, le luci si spengono.

Mi metto le mani in tasca e cammino verso casa con un solo pensiero.

Chi stava aspettando?
Vorrei tornare indietro, chiederglielo ma… non lo faccio.
Lei ha scelto di baciare Trent? Bene, da domani si ricomincia a combattere.
Le farò passare l'inferno.
Comincerò proprio da domani, allo Snowflakes.
Le farò passare il giorno peggiore di tutta la sua vita.

Capitolo 39

Matthew

Stamattina mi sono svegliato per miracolo, dopo varie notti insonni. Se non avessi sentito bussare ripetutamente alla mia porta, probabilmente avrei dormito fino alle quattro di pomeriggio.

L'orario sul mio iPhone segna le dieci in punto. Sbadiglio e vado ad aprire.

Davanti a me ci sono Axel e Ryan, che indossano soltanto i boxer.

«Che volete?», domando con strafottenza, appoggiandomi allo stipite.

«Dovresti vedere una cosa», mormora Axel preoccupato.

«Ancora? Ax già te l'ho detto, non mi va di guardarti l'uccello», lo prendo in giro sogghignando.

«Matt, è una cosa seria», mi dice Ryan, agitato.

La sua espressione mi mette in allarme.

«Di che si tratta?», domando ed esco, richiudendomi la porta della mia camera alle spalle.

«Vieni». Axel mi fa cenno di seguirlo.

Scendiamo le scale e andiamo verso il garage. Olsen è sulla porta, con espressione sconvolta.

Ma che sta succedendo?

«Che cazzo c'è?», sbotto a quel punto, esausto di tutto questo mistero.

«Vieni», incalza Olsen.

Appena vedo la mia Mercedes, sbarro gli occhi.

La macchina è devastata. La fiancata è rigata e tutte e quattro le ruote sono a terra.

Porca. Di. Quella. Puttana.

«Chi è stato?», sibilo a denti stretti, stringendo i pugni.

«Non lo sappiamo», risponde Olsen, distogliendo lo sguardo. Lo osservo con attenzione e mi rendo subito conto che c'è qualcosa che non mi sta dicendo.

«Ho trovato questa», mi informa Axel, mostrandomi qualcosa.

Una benda.

Kelsey.

«Interessante», borbotto prendendola dalle mani di Axel per analizzarla a fondo. La rigiro tra le dita cercando di metabolizzare il tutto.

Saranno cinquemila dollari di danni, cazzo, se non di più.

Ora sono ancora più motivato a rendere la vita di Kelsey un inferno.

Anzi, c'è qualcosa di peggio dell'inferno?
«Matt, chi è stato? Forse Trent?», domanda Axel accovacciandosi davanti alla Mercedes per valutare la gravità dei danni.
La distruggo.
«Preferirei che fosse stato quel coglione di Trent», rispondo e mi metto la benda in tasca.
«Che vuoi dire?», chiede a quel punto Ryan.
«È stata la Cooper», sibilo a denti stretti, poi mi volto ed esco dal garage.
Non posso sopportare di vedere la mia Mercedes in quelle condizioni neanche per un minuto di più.
«Che ne sai che è stata la Cooper?», chiede Ryan dietro di me.
Mi prendo la testa tra le mani e mi volto di scatto verso di lui. «Lo so e basta».
«Non hai nessuna prova...», borbotta lui.
Tiro fuori dalla tasca la benda che ha trovato Axel vicino alla macchina e gliela lancio addosso.
«Che roba è?», domanda Axel raccogliendola da terra.
«È la benda di Kelsey», mi mordo l'interno della guancia. «Ci vediamo tra dieci minuti fuori dalla villa», ordino e poi torno di sopra.
Entro nella mia camera, sbattendo la porta. Mi vesto al volo con una tuta e un paio di Jordan bianche, poi passo in bagno a darmi una sistemata. Lo specchio mi restituisce l'immagine del mio volto tumefatto. Non sono un bello spettacolo, e il capitano dei Parks me la pagherà. Prima, però, devo occuparmi di Kelsey Cooper.
Respira, Matthew.
Dopo aver fatto dei respiri profondi per calmarmi, esco.
I miei amici mi stanno già aspettando fuori. Non li guardo nemmeno e li supero, aspettandomi che mi seguano.
«Dove pensi di andare?», chiede Ryan, faticando a starmi dietro.
«Al George's», rispondo seccato.
«Magari ti stai sbagliando, Matt, e quella benda era lì per caso», cerca di farmi ragionare Ryan.
Sta tentando di proteggerla perché mi conosce.
Non è saggio farmi arrabbiare.
Ma ormai il danno è fatto.
E Kelsey la pagherà molto cara.
«Quindi, fammi capire... la benda è volata dal salotto al garage per magia?», ribatto, voltandomi verso di lui.
Ryan ammutolisce e lancia un'occhiata indecifrabile ad Axel vicino a lui.
Non ho tempo di considerare loro due. Sto cercando di capire il perché del gesto di Kelsey. Ha devastato la mia macchina per un motivo.
Ma quale? Perché si è dovuta comportare così?

«Comunque ieri sera ho davvero bevuto troppo, in un'allucinazione ho visto Kelsey e Trent che si baciavano», dice Axel con una risata.

Lo fulmino con lo sguardo mentre la rabbia si impossessa pian piano di tutto il mio corpo.

Perché mi ha dovuto ricordare quella scena da film horror?

«Kelsey e Trent si sono baciati sul serio, coglione», lo rimbecca Ryan scuotendo la testa.

Ax sta per replicare, ma Ryan gli fa cenno di stare zitto. E menomale, non sopporterei di sentirli parlare di questo.

Arriviamo al George's in volata e, una volta dentro, quasi spero di trovare Kelsey. Ma non c'è traccia della sua chioma castana.

«Matt, ti odio», borbotta Rosie venendo verso di me. È messa parecchio male: è pallidissima e ha i capelli tutti spettinati.

«Mettiti in fila», bofonchio.

«Ho mischiato birra e Ice, ora mi sento morire». Fa un grande sbadiglio portandosi la mano davanti alla bocca.

«Se non reggi l'alcol, non è un mio problema», la rimbrotto.

«La sorellina ha i postumi della sbornia di ieri?», la canzona Axel pizzicandole la guancia.

Rosie si scosta da lui tirandogli uno schiaffetto sulla mano. «Stammi lontano».

«Mi fa male la testa, portaci tre caffè lunghi per favore», mormoro a mia sorella per poi avviarmi al nostro solito posto.

Mi siedo sul divanetto e di fronte a me si accomodano Axel e Ryan che mi fissano un po' preoccupati.

«Che intenzioni hai?», domanda Ryan, studiandomi con attenzione.

«Sappiate soltanto che la partita ricomincia e stavolta l'unico che vincerà sarò io», dichiaro stravaccandomi sul divanetto.

«Matt, forse stai esagerando», tenta di farmi ragionare Ryan.

«Esagerando? Quella ragazzina mi ha devastato la macchina», esplodo come una furia facendo voltare persino alcune persone sedute ai tavoli vicini.

«E tu che ne sai? Può darsi che sia andata diversamente», scrolla le spalle Axel.

Ora la difendono?

«Chi siete? I suoi avvocati, per caso?», sbotto.

«No, stiamo soltanto dicendo che...», prova a dire Ryan.

Mi sporgo verso di lui con espressione assassina. «Stammi a sentire, Ryan. Se vuoi continuare a difendere la Cooper, fai pure, ma le cose stanno così. Mi ha devastato la macchina e ora dovrò pagare più di cinquemila dollari di danni».

«Non si può parlare con te», scuote la testa Ryan. «Sei come un muro, non ascolti niente e nessuno».

Il biondo si alza con uno scatto e se ne va sbattendo la porta del bar.

Il mio migliore amico che si rivolta contro di me?

«Te ne vuoi andare anche tu?», domando ad Axel mentre tengo gli occhi incollati alla porta d'ingresso, nella speranza che Ryan torni.

«Siamo una squadra, ricordi? Rimaniamo sempre uniti», mi dice Axel.

Mi volto verso di lui. «Per una volta hai detto una cosa intelligente, Ax, sono fiero di te».

Rosie viene verso di noi e ci passa i nostri caffè lunghi.

«Dov'è Ryan?», domanda, sorpresa.

«Se ne è andato», rispondo seccato, bevendo un grande sorso.

Rosie aggrotta la fronte e guarda Axel che scuote la testa. Rosie decide di non aggiungere altro e si allontana. Mi conosce, sa quando è il caso di fare domande e quando non lo è.

Turbato, Ax si mette a giocherellare con il telefono, mentre beve anche lui il caffè.

«Ancora quella? Laney?», domando irrequieto, tanto per rompere il silenzio imbarazzante.

«Lindsay. Stasera usciamo», mi risponde lui, senza alzare lo sguardo.

«Allora fate sul serio?», lo prendo in giro. Mi rendo conto che il mio tono è quello di un bambino petulante, ma oggi è così.

«E se fosse? È bellissima e anche molto dolce», si difende Ax.

Scoppio in una fragorosa risata. «Dolce? Prima Ryan, ora te. Ma che vi prende?»

«No, a te che cazzo ti prende, Matt», sbotta fissandomi dritto negli occhi. «Da quando è arrivata la Cooper sei cambiato». Del trio, Ryan è quello con cui talvolta mi capita di scontrarmi. Ha un carattere un po' spigoloso a volte, ma con Axel mai. Il suo tono esasperato mi prende in contropiede.

«Cambiato?», sbotto, arrabbiandomi ancora.

«Già, e prima te ne accorgerai, meglio sarà per te», mi rimbecca diretto.

«Sono sempre lo stesso, Axel».

«No, però se vuoi continuare a crederlo, io non sono nessuno per giudicarti», dichiara, sconfitto.

«Ieri sera avete bevuto tutti troppo», ribatto, scocciato.

Axel beve il caffè e si alza.

«Andiamo?»

«Dove?», domando.

«Dalla Cooper a chiedere spiegazioni», risponde, come se fosse ovvio.

«No, caro Axel, non funziona così», ribatto in tono cattivo.

«Che intendi?», chiede dubbioso e anche un po'… stufo?

«Vendetta», ribatto.

Axel sbuffa. Si vede lontano un miglio che vorrebbe dirmi di lasciare perdere, ma sa che non cambierei idea.

«Stasera la Cooper canterà allo Snowflakes, giusto? Sarò lì a cena con Alison e i nostri genitori. Mi inventerò qualcosa», continuo, pensieroso, mentre escogito un piano.

Axel sospira. «Che intenzioni hai?»

«Oh, qualcosa di piccolo, non preoccuparti», sogghigno e mi alzo per andare a pagare.

«Che diavolo, Matt? Questo bar è nostro e ti ostini a pagare», mi dice Rosie, appena le porgo il denaro.

«Tieniti i soldi per te allora», ribatto.

«Siamo un po' nervosetti oggi, eh?», commenta.

La ignoro, lascio la banconota da venti dollari sul bancone e me ne vado, seguito a ruota da Axel.

Una volta fuori, Axel se ne va e io posso finalmente godermi la solitudine.

Mi dirigo verso la villa, ripensando a quanto accaduto nelle ultime ore. La Cooper, Alison, Ryan che se la prende con me, Axel esasperato.

E se i miei amici avessero ragione? E se fossi davvero cambiato per colpa della Cooper? Da quando è arrivata, la mia attenzione è concentrata unicamente su di lei. È passato tutto in secondo piano: l'hockey, Alison. Che mi succede?

Carico di pensieri, entro in villa. Mi dirigo in camera mia, ma vengo fermato da Olsen che è appena uscito dal bagno con soltanto un asciugamano in vita e i capelli corvini umidi.

«Capitano», mi saluta con un cenno del capo. «Novità sulla macchina?»

«È stata la Cooper, ma… questo tu lo sapevi già, giusto?», lo sfido, con un sopracciglio inarcato.

Pensa che non me ne sia accorto?

«Ma si può sapere come diavolo fai, amico? Hai qualche super potere?», replica Olsen.

«So osservare le persone», ribatto duro.

«Osservi un po' troppo», tenta di scherzare lui.

«Non cambiare discorso, allora? Hai qualcosa da dirmi?», gli chiedo, portandomi una mano sul fianco.

«Ieri sera mentre ero a fare baldoria in salotto con gli altri, ho visto Kelsey salire al piano di sopra e, dopo una decina di minuti, riscendere in lacrime. Era sconvolta ed è entrata in garage, quindi ho fatto due più due», mi racconta.

«Kelsey è salita al piano di sopra?», domando.

«Sì, l'ho vista», conferma lui.

«Sei sempre una risorsa, Olsen», gli tiro una pacca sulla spalla e mi allontano.

Vado in camera mia e mi butto a peso morto sul letto.

In quel momento, il cellulare prende a squillare.

Leggo il nome "Alison" sul telefono e accetto la chiamata.
«Amorino, ti disturbo?», domanda lei cauta.
«No, dimmi», rispondo secco e mi metto seduto sul letto.
«Ehm, dobbiamo annullare la serata di stasera, amorino. Mio padre non si sente molto bene. Ti dispiace?», la sua voce è sottile e vellutata.
Svegliati, Matthew.
Hai una ragazza fantastica al tuo fianco e continui a farti fottere il cervello da quella bisbetica di Kelsey?
Sveglia, cazzo.
«Non fa niente, amore. Vieni allo Snowflakes lo stesso stasera?», le domando, gentile.
«Non posso, devo stare con mio padre. Non lo vedo da un sacco e vorrei fargli compagnia», mi risponde, premurosa, ma il suo tono mi dice che qualcosa non va.
Quando chiudo la chiamata, mi rendo conto che sono paranoico. Devo darmi una calmata. Non tutti mi mentono o mi nascondono qualcosa. Che poi, chi sono io per parlare? Non ho mai raccontato ad Alison dei momenti trascorsi con Kelsey…
Faccio un sospiro. Devo smetterla di rimuginare e pensare alla mia vendetta contro la Cooper. Stavolta sarà epica.

Capitolo 40

Matthew

Sono le otto in punto e Axel mi ha appena mandato un messaggio per avvertirmi che verrà con Lindsay direttamente al locale. Io andrò allo Snowflakes con Ryan e Olsen. Oggi pomeriggio io e il mio migliore amico ci siamo chiariti e mi ha raccontato anche che ha avuto i soliti problemi con suo padre.

Il mio, di padre, invece, non ha preso bene l'annullamento della cena e mi ha accusato di aver indispettito Alison per qualche motivo. Sempre molto simpatico il Sergente Leblanc.

«Cazzone, vogliamo andare?», mi chiede Ryan. Lancio un'ultima occhiata allo specchio e direi che sono pronto: camicia bianca sbottonata fino al petto, pantaloni neri eleganti a sigaretta e solite Jordan ai piedi. Mi sono pettinato i capelli all'indietro, lasciando ricadere delle ciocche sulla fronte. Sono sportivo ed elegante.

Dopo qualche secondo, ci raggiunge anche Olsen.

«Mi sto incazzando», dice Olsen, mentre ci avviamo.

«Quel rettore è un fantasma, ma uno di quelli impossibili da rintracciare. Ho cercato ovunque, ma sembra che i suoi dati siano protetti», sbuffa sistemandosi le maniche della camicia nera.

«Ti ostini a parlarmi di cose di cui non capisco niente, Olsen», replico divertito. «Fammi sapere se scopri qualcosa».

Stiamo per uscire dalla villa quando incrociamo Trent, che entra in casa guardandomi dritto negli occhi con aria di sfida.

Nel momento in cui gli passo accanto, mi tira una spallata.

«Vuoi un altro pugno in faccia, per caso?», sbotto.

«Che c'è, Leblanc? Ti scoccia che la Cooper abbia scelto me e non te?», mi provoca.

Serro la mascella e Ryan mi mette una mano sul braccio per farmi segno di calmarmi. «Mi scoccia che abbia scelto il più coglione di tutto il college».

«Non frignare, Leblanc», replica lui, petulante.

«Perché dovrei? Kelsey può frequentare chi vuole. Appena si accorgerà che sei il re dei coglioni scapperà via», scrollo le spalle, cercando di risultare indifferente. In realtà, non lo sono, e Trent lo sa benissimo.

«Baciava così bene ieri sera», aggiunge lui, fischiettando, mentre va verso le scale.

Lo ammazzo.
Scatto verso di lui, ma Ryan mi blocca.
«Geloso, Leblanc?», chiede Trent, con un sorrisino soddisfatto.
«Adesso basta», interviene Ryan, trascinandomi via.
«Ma che problemi ha?», chiede Olsen scuotendo la testa, appena usciamo.
«È peggio del solito quest'anno», borbotta Ryan.
«Ma dov'è Axel?», mi chiede Ryan, mentre osservo il cielo sopra di me, buio e grigio come la serata che sto per affrontare.
«Ci raggiunge allo Snowflakes», rispondo seccato.
«Ma tu non avevi quella cena col padre di Alison?», chiede ancora Ryan scalciando delle foglie rinsecchite sull'asfalto umido.
«Annullata, il padre non si sentiva bene», rispondo, pensieroso. Dopo la nostra chiamata, mi è rimasta addosso una sensazione strana, che non riesco a scrollare via.
Olsen mi studia con attenzione. «Non le credi, vero?», domanda. Quel ragazzo è una sorpresa continua. Mi chiedo di quante cose si accorga e quanta comunicazione silenziosa colga nella nostra villa.
«Mi è sembrata un po' strana al telefono, magari mi sbaglio», minimizzo.
«Quella ragazza ti sbava dietro, Matt. Pensi davvero che ti nasconda qualcosa? L'innocente Alison?», chiede Ryan scuotendo la testa più volte.
«Ripeto, magari mi sbaglio», taglio corto.
Appena arriviamo di fronte al locale, la fila fuori mi fa quasi venire voglia di fare marcia indietro. Lo Snowflakes è il posto più in voga di tutta Montréal perché unisce il divertimento, il buon cibo e il karaoke in un solo posto. Appena ci vede, Janette viene verso di noi con la sua solita sigaretta tra le dita.
«Ma quanto fuma la tua ragazza?», chiedo a Ryan.
Lui mi fulmina con lo sguardo. «Non è la mia ragazza».
«Certo, certo», alzo gli occhi al cielo.
«Finalmente siete arrivati! Qui fuori è un delirio», esordisce Janette, liberandosi della sigaretta.
«Ora ci penso io», dico e vado verso il buttafuori del locale. Lui mi riconosce e ci fa passare subito. Entriamo in un baleno. Ci dirigiamo verso il tavolo che avevo già prenotato per la cena annullata e ci sediamo.
Di fronte a noi c'è il palco, ma di Kelsey nessuna traccia.
«Mio padre è uno stronzo», se ne esce così di botto Ryan.
Cominciamo bene la serata.
«Che è successo?», domando, sistemandomi il colletto della camicia.
«È sempre occupato, gli ho chiesto di venire a vedermi alla prossima partita contro i Lions e lo sai che mi ha detto? Ho troppo lavoro da sbrigare», scuote la testa, distogliendo lo sguardo.
Il padre di Ryan è un magnate dell'immobiliare e possiede mezza Montréal. È troppo indaffarato con il lavoro per prestare attenzione al suo unico figlio.

Come ti invidio, Senders. Magari mio padre si dimenticasse che esisto.

Il padre di Ryan vorrebbe che lui si interessasse all'azienda di famiglia, ma Ryan vuole diventare un giocatore di hockey professionista.

Peccato che suo padre non sia d'accordo, anzi, considera l'hockey una perdita di tempo.

«Che lavoro fa tuo padre?», chiede Janette.

«Hai presente la Senders Company?», gli chiede Ry.

«Certo, la mia casetta l'ho affittata proprio grazie alla Senders Company… aspetta, ma è di tuo padre?», boccheggia Janette sconvolta. E comincia a bombardarlo di domande. Io distolgo l'attenzione dai due e mi guardo attorno, dato che conosco l'argomento a memoria.

«Chi diavolo è quella?», domanda Olsen, d'un tratto. Seguo la direzione del suo sguardo e noto che si sta riferendo alla ragazza in compagnia di Axel, appena arrivato.

Oddio santo.

«Lindsay», risponde Ryan.

Non si può dire che non sia appariscente: chioma bionda, viso da favola, gonna fucsia cortissima e attillata abbinata a degli stivali bianchi al ginocchio, camicetta sempre bianca che lascia intravedere il seno prosperoso.

Lei e Axel si siedono al nostro tavolo. O meglio, Axel si siede, lei gli si mette in braccio.

«Che si dice?», chiede Ax accarezzandole la coscia.

«Piacere, Lindsay», cinguetta la ragazza, salutando tutti i presenti.

«Io sono Ryan e lui invece è Matthew», dico indicando prima me e poi Ryan dall'altra parte del tavolo.

Axel mi fulmina con lo sguardo.

Lo so, è uno scherzetto infantile, ma ogni tanto mi devo togliere una soddisfazione. Axel, però, non pare contento e rettifica subito le presentazioni.

Una cameriera arriva a prendere le nostre ordinazioni e la serata comincia. Non sono molto di compagnia stasera, sono un po' nervoso, come se una tempesta fosse imminente. «Buonasera, signori e signore! Benvenuti allo Snowflakes!», saluta il proprietario del locale dal palco, vestito con un completo elegante e la sua solita spilla con il fiocco di neve appuntata sul bavero.

«Stasera ci saranno molte sorprese, prima tra tutte Kelsey Cooper, che ho scoperto sabato scorso e ha una voce fenomenale. Il palco è tutto tuo, Kelsey!», esclama, prima di scendere dal palco per dirigersi al suo tavolo in prima fila.

Kelsey appare con un fantastico tubino nero, scollato sul seno e lungo fino al ginocchio. I capelli, mossi e voluminosi, le ricadono leggeri sulle spalle. Gli occhi le scintillano.

Così però mi è difficile resisterle.

«Salve a tutti, stasera inizierò cantando *Addicted to You* di Avicii», annuncia, guardando le persone sotto di lei sedute ai tavoli.

Tutti la guardano incantati.

Kelsey fa quest'effetto.

Brilla di luce propria.

Lei è speciale.

Ma che dici, Matthew?

La Mercedes, ti ha distrutto la Mercedes.

Prima di iniziare a cantare, Kelsey fa un cenno a Janette che la saluta sventolando la mano in aria. Quando i suoi occhi incontrano i miei, però, è tutta un'altra storia. Distoglie lo sguardo e fa un cenno verso il DJ.

L'inferno, Cooper.

Ti farò passare le pene dell'inferno.

I miei propositi vanno in fumo appena apre bocca.

A volte mi domando come diavolo faccia a cantare così. Ricordo ancora la prima volta che l'ho sentita, mentre ero con Alison. Non riuscivo a credere alle mie orecchie.

Su quel palco è meravigliosa, anche se tiene gli occhi chiusi e stringe il microfono come se ne andasse della sua stessa vita.

È completamente immersa nel suo mondo. In questo momento, non me ne può fregare un cazzo della mia Mercedes rotta, ci penserò dopo. Ora voglio gustarmi questa esibizione.

La sua voce esce dolce e sottile, ma allo stesso tempo potente e combattiva. Vorrei salire su quel palco e farle aprire gli occhi per mostrarle come le persone rimangono incantate.

«Cazzo, è bravissima», sussurra Olsen vicino a me.

«Il problema è quando non canta», commento sottovoce riportando poi la mia attenzione su Kelsey.

Lei finisce di cantare e finalmente riapre gli occhi. Un applauso esplode in tutto il locale.

Rimango a fissarla come uno scemo mentre lei si gode il successo. Infine, scende dal palco e viene verso di noi.

Saluta tutti, ma non mi degna di alcuna considerazione.

Neanche uno sguardo.

«Sei stata favolosa!», esclama Janette e si alza dalla sedia per abbracciarla. «Ti siedi con noi o c'è in programma un'altra canzone?»

«Vado a prendermi qualcosa da bere e arrivo», risponde lei e se ne va dirigendosi verso il bancone.

Mi alzo dal divanetto, sto per raggiungerla, ma una mano mi blocca tirandomi il polso.

«Che cosa pensi di fare?», chiede J., preoccupata.

«Non sono affari tuoi», ribatto e mi allontano senza sentire nessuna ragione. Devo parlare con Kelsey.

Di lei, però, non c'è nessuna traccia.

È sparita.

Mi guardo attorno alla sua ricerca.

«Sei inquietante, Leblanc, perché mi hai seguita?», mi domanda lei, apparsa al mio fianco.

«Dobbiamo parlare», le dico subito.

«Mmh no, io non credo. Addio». Kelsey mi sorpassa dandomi persino una spallata.

Io la prendo per il polso e la conduco in un posto più appartato, lontano da occhi indiscreti.

Lei cerca di liberarsi mentre imbocco un corridoio ed entro nella prima stanza che mi capita a tiro. È un ufficio disordinato con una scrivania con un computer e qualche scaffale, ma quasi non lo vedo. «Sei pazzo, completamente pazzo», sbraita lei, ma intanto i suoi occhi percorrono avidi il mio corpo. «Che vuoi, Leblanc? Perché continui a tormentarmi? Perché?», mi inveisce contro come una furia.

La fisso senza dire una parola.

Averla qui con questo vestitino corto e con questo atteggiamento indisponente... *me lo fa diventare duro.*

«Perché non parli?». Si avvicina a me e mi tira dei pugnetti sul petto. «Perché ti diverti a farmi soffrire?», sbotta all'improvviso.

Mi blocco.

A quelle parole il mio cervello va in stand-by.

Le prendo il viso tra le mani e la spingo all'indietro, finché la sua schiena è contro il muro spoglio alle sue spalle. Il mio corpo preme contro il suo in una combinazione perfetta.

«Ti faccio soffrire?», sussurro.

Kelsey arriccia le labbra. «No».

«Però è quello che hai detto poco fa, o mi sbaglio?», puntualizzo con una nota di sarcasmo nella voce.

«Avrai capito male», sbotta e cerca ancora di liberarsi dalla mia presa con uno strattone.

«Dimmi una cosa, Cooper», mi avvicino pian piano al suo viso. «Ti sei divertita a rompermi la macchina, ieri sera?».

Lei sbarra gli occhi e smette di agitarsi.

Ora la piego su quella dannata scrivania se continua a guardarmi così.

«Non so di che parli», replica con voce tremante. Se il suo obiettivo era di convincermi, non ci è riuscita. Il suo respiro ansante mi si riverbera sul viso e mi manda fuori di testa.

«Cooper, Cooper... Non ti hanno mai insegnato che non si devono dire le bugie?», inclino la testa da un lato e lei chiude gli occhi, prendendo un respiro profondo.

«E che bugia avrei detto?», mi sfida, dopo aver riaperto le palpebre.

«Ho trovato la tua benda vicino alla macchina. So che sei stata tu», la accuso apertamente in un sussurro.

Le sue guance scottano e io mi sento andare a fuoco. Vorrei baciarla e al diavolo tutto.

«Sì sono stata io», ammette fiera. «E lo rifarei altre mille volte».

«Perché l'hai fatto? Eh?». Impazzirò prima di capire cosa passa per la testa a questa dannata ragazza.

Lei mi osserva un po' intimorita. «Perché sei uno stronzo».

«Be', questa non è una novità, dimmi perché l'hai fatto. Voglio la verità», la incalzo.

«Perché non avevo niente da fare e la tua Mercedes era lì», replica e un ghigno si dipinge sulle sue labbra carnose.

«Cazzate», taglio corto.

«Mollami», sussurra.

«Ascoltami bene, piccola ragazzina insolente», le mie labbra sono a pochi centimetri dalle sue. Come siano arrivate lì è un mistero. «Non so per quale motivo tu abbia devastato la mia macchina ma una cosa è certa: te la farò pagare».

«Che paura, sto tremando», mi schernisce lei.

Le lascio le guance e mi allontano da lei di un passo.

«Sembrava che avessimo trovato un equilibrio e poi che fai? Baci Trent, mi devasti la macchina. Che razza di problemi hai?».

Kelsey scoppia in una risata amara e si abbassa il vestitino. «Ah quindi ora è questo il problema? Che ho baciato Trent?».

Quel dannato vestitino. Come fa a essere così sexy?

«Ti avverto che vuole solo scoparti», le dico e non so nemmeno io perché.

«Magari anche io voglio solo scoparmelo, non ci hai pensato?», mi canzona appoggiandosi al muro.

«Fai come vuoi. Trent è un idiota e l'unica a non accorgersene, a quanto pare, sei proprio tu», sbuffo aprendomi un bottone della camicia. Sto morendo di caldo. Il pensiero che lei vada a letto con Trent mi devasta.

Kelsey guarda di sfuggita i miei pettorali scolpiti, poi torna a fissarmi dritto in faccia. «Almeno Trent non mi ferisce ogni volta che ne ha l'occasione».

«E con questo cosa vorresti dire?», aggrotto la fronte confuso.

«Ti ho sentito, Leblanc», rivela e la sofferenza nel suo tono mi spezza il cuore. «Le è morta la madre e allora? Le persone muoiono tutti i giorni», recita a memoria le stesse parole che ieri ho detto ad Alison. Non le pensavo, quelle parole. Ma lei dov'era?

«Cooper…», esordisco, ma non so come continuare. Sono stato meschino, punto e basta.

«L'hai detto, no, Leblanc?», mi inchioda, con il suo sguardo limpido.

«Sì», ammetto sconfitto.

I suoi occhi color caramello si scontrano bruscamente con i miei in un impatto letale. «Sei una persona di merda. Pensavo che tra noi ci fosse una tregua, che stessimo cominciando a tollerarci un po' di più, ma lo sai che ti dico? Non era vero niente, tu ti diverti a farmi del male e allora verrai ripagato con la stessa moneta».

Detto questo, mi supera e se ne va.

Rimango per un po' imbambolato, poi ritorno nel locale per mettere a tacere il caos dei miei pensieri.

Torno al tavolo e mi risiedo accanto a Olsen.

«Dov'eri andato, amico? Ti sei perso la performance di un tizio che cantava *Hello* di Adele. È stato esilarante», ridacchia Olsen.

«Ryan dov'è?», domando.

«Ha detto soltanto che tornava a casa insieme a Janette», risponde con una scrollata di spalle.

Non c'è nemmeno Axel.

Ma dove sono finiti tutti?

All'improvviso vedo Axel ricomparire e sedersi con noi. «Che situazione», sospira.

«Che hai combinato ora?», domando, osservandolo.

«Allora, ditemi se ho sbagliato...», esordisce Axel poggiando il mento sulla mano aperta.

Io e Olsen ci scambiamo un'occhiata perplessa.

«Io e Lindsay stavamo cercando un posticino dove darci dentro...».

Lo interrompo alzando una mano davanti al suo viso. «Non mi interessano le tue scopate, Ax, arriva al punto».

«Una ragazza... be', in effetti, una che mi sono fatto mesi fa, mi ha fermato».

«E quindi?», lo incalza Olsen.

«Mi ci sono messo a flirtare, e indovinate un po'? Lindsay si è arrabbiata ed è scappata via, ora non la trovo più e mi ha mandato un messaggio dicendomi che è finita», borbotta rubando un sorso di birra a Olsen.

«Fammi capire, Ax», lo studio con attenzione. «Hai flirtato con un'altra mentre era presente la tua attuale ragazza?», faccio le virgolette con le dita appena pronuncio la parola "ragazza".

«Esatto», sorride.

«Sei un coglione, ma come ti è venuto in mente?», sbotto.

«Ma almeno potevi non farti vedere da Lindsay, no?», si intromette Olsen strappando la birra dalle mani di Axel.

«Ma che c'è di male? Io e Lindsay mica stiamo insieme, io posso provarci con chi voglio», replica Ax.

«No, non puoi, soprattutto se… Lasciamo stare». Olsen perde le speranze, scuotendo la testa.

Mi scappa un sorriso. Ax è incorreggibile. Un attimo dopo, mi sto guardando attorno in cerca di Kelsey. Voglio vederla. Ne ho bisogno.

«Matt, alla fine com'è andata con la Cooper?», mi chiede Ax.

«Per ora le cose rimangono così», scrollo le spalle.

«E la tua Mercedes?», ribatte Olsen.

In quel momento, Kelsey risale sul palco, pronta a cantare un'altra canzone. Afferra il microfono tra le dita e osserva il pubblico sotto di lei. «Ora vi canterò una canzone per me molto importante, mi ricorda una persona a me cara che purtroppo non c'è più, ma vivrà sempre nel mio cuore».

Okay, ora mi sento una merda.

Perché ho detto quelle cose ad Alison ieri?

Volevo rassicurarla che il nostro rapporto fosse sempre lo stesso e facendolo ho ferito l'unica persona a cui non volevo fare del male… Mi faccio davvero schifo.

«Canterò *Don't You Remember* di Adele», presenta la canzone e fa un cenno al DJ che dopo qualche secondo fa partire la base.

Kelsey si schiarisce la gola e tiene stretto il microfono, accarezzandone il dorso per concentrarsi. Chiude gli occhi, inspira ed espira profondamente per poi iniziare a cantare.

Persino da questa distanza, mi rendo conto che sta tremando come una foglia.

Eppure, sono completamente immerso nella canzone. Kelsey ha il potere di portarti con sé a ogni nota. Lei sa come far emozionare le persone, le riesce così naturale.

Il pubblico è incantato da lei.

La canzone è già triste di per sé, ci manca solo che lei la interpreti in questo modo, con le lacrime che le rigano le guance.

«Matt, ma cosa le prende?», domanda Olsen, preoccupato.

«Si è emozionata, non le è successo niente», deglutisco a fatica.

«Hai gli occhi lucidi, Matt», mi fa notare Axel che mi sta guardando come se non mi riconoscesse.

«Be', con una voce come la sua, chiunque si emozionerebbe», rispondo secco, continuando a tenere lo sguardo inchiodato su Kelsey.

Quando l'ultima nota risuona, Kelsey guarda il pubblico di fronte a sé per poi scappare via in lacrime verso l'uscita.

Mi alzo all'istante e la inseguo mentre Olsen e Axel cercano di richiamarmi.

Appena sono fuori dal locale, comincio a guardarmi intorno. La vedo camminare in lontananza e mi precipito da lei.

Perché la sto seguendo?

«Cooper», la chiamo alzando la voce.

Kelsey mi ignora e continua a camminare senza neanche rispondermi.
«Cooper», urlo ancora, stavolta più forte.
Niente.
«Fermati, cazzo», grido indispettito.
Lei si ferma, ma non si volta verso di me. Rimane a guardare un punto fisso davanti a sé.
Cammino e arrivo di fronte a lei. Ha gli occhi colmi di lacrime, le guance bagnate e lo sguardo perso nel vuoto.
«Vattene», mi intima con voce sottile.
«Che ti prende?», domando cercando di essere gentile.
«E a te cosa te ne frega?», sbotta alzando la testa di scatto.
«Mi dispiace per quello che hai sentito, okay? Sei contenta?», le dico brusco.
«Quel "mi dispiace" lo sai dove te lo puoi ficcare?», replica dura.
Sbuffo. «Io ti ho chiesto scusa, poi se mi perdoni o meno non mi importa», borbotto come un bambino imbronciato.
«Perché hai tirato quel pugno a Trent?», mi chiede, spiazzandomi.
«Ti stava infastidendo, lo avrei fatto per qualsiasi altra ragazza», scrollo le spalle.
Ma che sto dicendo?
«Non l'ho fatto per te», ribadisco con forza.
Sto cercando di convincere me stesso o lei?
«No, certo», scuote la testa.
«Io ti odio», le dico piano e mi avvicino a lei.
Lei avanza di un passo a sua volta. «Io di più», sussurra.
«Ti detesto», la informo, con il mio petto che sfiora il suo.
«Io ti voglio strozzare», ribatte, trattenendo il respiro.
Mi passo una mano tra i capelli. «Ah sì? E poi?»
«Tu sei il ragazzo più odioso del pianeta Terra e il più coglione della galassia», mi dice con voce roca.
A ogni parola che esce da quella boccuccia, però, mi eccito sempre di più. Basterebbe un passo, una singola mossa, e le mie labbra si poserebbero sulle sue.
«E tu sei una ragazzina insolente, sai?», le scosto una ciocca di capelli che le era ricaduta sul viso.
«Leblanc», mi chiama, chiudendo gli occhi, ammaliata dal mio tocco.
«Dimmi tutto, tesoro», rispondo allontanandomi di un passo.
«Sono ancora arrabbiata con te», dichiara.
«Lo so», annuisco.
Kelsey fa un passo verso di me. «Ti ho rotto la macchina».
«So anche questo».
«Quindi vuoi ancora farmela pagare?», domanda avvicinandosi ancora un po'.

La osservo e cerco di mantenere la mente lucida per evitare di fare qualche sciocchezza, ad esempio… baciarla.
«La mia vendetta arriverà quando meno te lo aspetti», soffio sulle sue labbra.
«Be', in teoria siamo pari, dato che tu hai detto una cattiveria e io ho risposto con quello scherzetto innocente», ironizza con un piccolo sorriso che le illumina il volto.
Inarco un sopracciglio. «Devo riparare la Mercedes e farlo mi costerà più di cinquemila dollari, e tu mi vieni a dire che mi hai fatto uno scherzetto innocente?»
«Tanto te lo puoi permettere», mi canzona.
Forse è la sua espressione insolente, forse il suo sorrisetto, ma smetto di ragionare. Mi avvicino a lei e le prendo il viso tra le mani.
«Che fai?», sussurra.
«Ti dimostro quanto ti odio, tesoro», mormoro avvicinando il suo viso al mio.
«Leblanc», mi ammonisce.
Ma ormai sono perso. Niente e nessuno potrebbe fermarmi.
«Ti detesto», le confesso ancora.
Lei trattiene il respiro. «Anche io».
«Bene», bofonchio tra i denti.
«Aspetta», mi blocca posando una mano sul mio petto.
«Che c'è adesso, Cooper?», sbotto infastidito.
«Non girarti», mormora osservando qualcosa dietro di me.
«Che diavolo vuol dire non girarti?», chiedo confuso, corrugando le sopracciglia.
«C'è Alison», risponde.
«E allora?», la rimbecco.
«Matt», mi chiama lei con insolita dolcezza.
E allora capisco che dietro di me sta accadendo qualcosa che cambierà il corso della serata.
Appena mi volto, rimango paralizzato. Dalla nostra posizione nascosta, vedo Alison a qualche metro di distanza da noi. Non è sola.
Accanto a lei c'è un ragazzo… che conosco.

Capitolo 41

Kelsey

Questa è una di quelle mattine in cui rimarrei molto volentieri sotto le coperte.

È lunedì, e ho intenzione di passare il resto della settimana a ignorare quell'idiota di Trent Davis.

Perché l'ho baciato?

Ah sì, giusto, per fare un torto a Leblanc. A proposito di Leblanc, sabato sera abbiamo davvero rischiato di baciarci. Però meglio che non sia successo, le cose tra noi sono già abbastanza complicate. E poi lui sta con Alison… che pare che sotto sotto nasconda qualcosa.

Mi alzo dal letto e mi fiondo in doccia per schiarirmi le idee.

Prima di iniziare, metto *Edamame* di bbno$ & Rich Brian, una colonna sonora perfetta per trovare la carica giusta per affrontare quest'ennesima giornata catastrofica al Montréal College.

Dopo essermi assicurata di profumare come si deve, esco dalla doccia e mi avvolgo un asciugamano attorno al corpo. Mi asciugo i capelli, lasciandoli mossi al naturale per poi legarli in una coda alta piuttosto disordinata.

Poi indosso dei jeans neri e una felpa corta che mi lascia scoperta la pancia. Metto delle sneakers bianche ai piedi e posiziono sul naso i miei soliti occhiali. Prendo la borsa da sopra il comodino, esco dalla mia stanza e scendo le scale dirigendomi al piano di sotto.

«Papà!», lo chiamo a squarciagola.

Lui esce dalla cucina e mi fissa sospettoso.

«Ce l'hai un cappellino da baseball? Uno di quelli che ti coprono la faccia», spiego cercando di non destare sospetti.

Con mio padre, però, è impossibile.

Lui è uno che indaga sempre.

«Da chi ti devi nascondere?», domanda, aggiustandosi il colletto della camicia bianca.

«Da nessuno… sta bene con l'outfit», cerco di giustificarmi.

Mio padre incrocia le braccia al petto e picchietta il piede sul pavimento. «Sei proprio una pessima bugiarda».

«Okay, okay», alzo le mani in segno di resa. «Ti ricordi la festa di venerdì sera?»

«E come potrei dimenticarla?», commenta. Già, ehm, sono tornata a casa ubriaca e ho fatto un baccano infernale, svegliandolo.

«Ecco… potrei aver baciato un ragazzo a quella festa», rivelo.

«Oddio, non mi dire che hai… hai baciato Matthew Leblanc?», domanda sconvolto.

«No, no», ribatto in fretta e lo rassicuro.

Eppure, l'altra sera stavo proprio per farlo…

«Allora? Chi hai baciato?», mi incalza.

«Un giocatore della squadra di hockey», rispondo con una scrollata di spalle.

Mio padre sbatte le palpebre più volte cercando di metabolizzare quanto gli ho appena detto. «Era meglio se baciavi Leblanc».

«Papà!», lo rimprovero.

«Forza, andiamo, ho tante faccende da sbrigare senza preoccuparmi delle persone che baci e poi eviti», taglia corto.

Appena usciamo, però, notiamo che c'è qualcosa che non va.

La nostra auto è interamente ricoperta di carta igienica.

Stavolta lo ammazzo sul serio Leblanc, lo giuro. Io e papà ci guardiamo estenuati. Ma quando finiranno questi stupidi scherzi?

Comincio a rompere la carta igienica, un pezzo dopo l'altro, ma la macchina sembra davvero mummificata. Ne avranno usati venti rotoli per avere quest'effetto.

Leblanc mi aveva pure avvisata che la sua vendetta sarebbe arrivata quando meno me lo aspettavo.

«Andiamo, siamo già in ritardo», bofonchia mio padre con un tono rassegnato e levando soltanto la carta igienica dal parabrezza davanti e dietro.

«Non possiamo andare al college con la macchina ridotta così, papà», protesto io continuando a togliere la carta igienica dalla fiancata della macchina, alla ricerca della maniglia per entrare.

«Perché no? È all'ultimo grido», ironizza.

«Papà, giuro che stavolta lo…».

Lui posa una mano sulla mia spalla. «Tu non devi fare niente, Kelsey. Siamo in ritardo, ci penseremo dopo», sospira per poi entrare in macchina.

Sbuffo e lo imito.

«Questi scherzi li facevo quando avevo cinque anni, domani che faranno? Butteranno la carta igienica attorno a tutta la casa?», esplodo come una furia.

«Kels, fuori dal college non posso fare nulla e lo sai bene», mi rimbecca e sfreccia sull'asfalto.

Al nostro arrivo, ovviamente non passiamo inosservati. Tutti ci guardano e, quando parcheggiamo, sia io che papà temporeggiamo prima di scendere dalla macchina.

Lo sapevo che oggi dovevo rimanere a letto.

A ogni modo, ieri mi sono messa a studiare sodo dato che molto probabilmente conoscerò il nuovo professore di storia del cinema e voglio fare una buona impressione.

Tra l'altro, dopo le lezioni devo precipitarmi in clinica per prendere Zeus e a mio padre non ho ancora detto nulla.

Recupero il cellulare dalla borsa e leggo i messaggi di quella pazza di Janette.

Biondina: Allora.
Biondina: Sei nei guai.
Biondina: Trent ti sta cercando.
Biondina: Perché l'hai baciato? Non l'ho ancora capito.
Kelsey: Buongiorno anche a te.
Kelsey: Trent non mi troverà.
Kelsey: Mi nasconderò per il resto dell'anno.
Biondina: Certo, ti troverebbe anche se avessi un mantello dell'invisibilità.
Kelsey: Prima o poi dovrò affrontarlo.
Kelsey: Di lunedì però non mi sembra il caso, soprattutto dopo che la nostra povera auto è stata bullizzata ingiustamente.
Biondina: Che è successo??
Kelsey: Carta igienica, su tutta la macchina.
Biondina: Cosa?
Kelsey: Giuro, dopo ti racconto.
Kelsey: Xoxo.
Biondina: Gossip girl.

Janette è l'unica in questa dannata città che considero un'amica.

Anche se ha una tresca con il migliore amico del ragazzo che odio... *be', un difetto doveva avercelo per forza.*

Però si vede che quei due si piacciono da morire, quindi non mi intrometterò e sarò felice per lei.

«Ho conosciuto il signor Leblanc dopo la partita di venerdì, è un uomo inquietante», rivelo d'un tratto, notando Matthew in lontananza. Con tutte le cose che sono successe, quell'incontro mi era passato di mente.

Mio padre mi guarda di sottecchi e serra la mascella. «È venuto a presentarsi di persona, mi è sembrato un tipo con la testa sulle spalle».

Dal suo tono brusco e colmo di astio, non credo ne sia del tutto convinto.

«Ah e mi ha anche minacciato», aggiunge infatti.

Scatto con la testa verso di lui. «Allora le minacce sono tipo una tradizione di famiglia», commento.

«Tale padre, tale figlio», borbotta, poi fa un gran respiro e scende dall'auto.

Tutti gli studenti presenti ci stanno fissando. Alcuni ridono e altri fanno delle foto.

«Dopo ho una sorpresa per te», gli dico, per tirargli su il morale. Non so se Zeus sarà una sorpresa bella o brutta... ma vedremo.

«Che sorpresa?», chiede lui, sospettoso.

«Lo scoprirai», gli faccio un occhiolino giocoso.

«Sei crudele», borbotta, un po' risentito.
Lo saluto e mi allontano, mentre lui parte alla volta del suo ufficio. Mi incammino verso l'entrata del college, lanciando occhiate letali agli studenti che ridacchiano e mi fissano. Papà mi ha detto di non reagire e per una volta gli darò retta, ma non sono convintissima della sua strategia.
«Kels!», mi chiama Alison e mi irrigidisco.
Cazzo.
Dopo sabato, Alison era l'ultima persona che desideravo incontrare.
Matthew le avrà parlato?
L'abbiamo vista, era lei.
Parlava freneticamente con Wells, il difensore della squadra di hockey nonché il migliore amico di Trent.
Sembrava quasi che stessero litigando.
Non voglio saltare a conclusioni affrettate ma se Alison invece stesse tramando qualcosa?
Se stesse tradendo Matthew?
Non ne ho la certezza assoluta, potrebbe esserci una spiegazione. Eppure, è la seconda volta che ha un atteggiamento sospetto... Non ho dimenticato l'episodio fuori dall'infermeria.
«Ali», la saluto, appiccicandomi in faccia un sorriso.
«Mi hanno detto che sei stata favolosa allo Snowflakes sabato», si complimenta. Non posso fare a meno di notare quanto sia fantastica. Indossa un maglioncino bianco morbido a collo alto, abbinato a una gonnellina a balze nera e a delle calze trasparenti del medesimo colore. Ai piedi ha invece degli scarponcini caldi con i lacci e della pelliccia che fuoriesce all'esterno.
Una ragazza così innocente e dolce potrebbe mai agire alle spalle del suo ragazzo? Non saprei.
«Grazie, Ali, come mai non sei venuta?», indago.
«Dovevo venire, era in programma una cena con Matt, ma purtroppo mio papà non si è sentito bene. Sono rimasta con lui per assicurarmi che non fosse nulla di grave», mi spiega Alison, districandosi intanto i capelli con le dita.
«Sei rimasta con lui tutta la sera?», le chiedo cercando di non risultare invadente.
«Certo, mio padre è un tipo ipocondriaco e, se me ne fossi andata, mi avrebbe tormentata di chiamate tutta la notte», replica.
Mi sistemo meglio gli occhiali sul naso e la mia espressione deve tradirmi in qualche modo.
«Tutto bene, Kels?», domanda lei con la fronte aggrottata.
Diglielo, Kelsey.
Dille che l'hai vista.
«Sì certo, tutto bene», mento.
Non posso dirglielo.

Spetta a Matthew, non a me.

«Girano voci che la tua auto sia ricoperta di carta igienica, a volte gli studenti di questo college volano troppo con la fantasia», cinguetta divertita.

«Non è fantasia purtroppo, abbiamo davvero la macchina ricoperta di carta igienica», scuoto la testa avvilita.

«Oddio. Sai chi è stato?», domanda lei posandosi una mano davanti alla bocca.

«Mah... chi sarà mai stato, Ali?», le domando, scocciata.

«Dici che è stato... Matthew?», sussurra.

No, è stato Babbo Natale.

Sveglia, Alison.

«Il tuo ragazzo, oltre a essere uno stronzo super mega galattico, ha anche la sindrome di Peter Pan. Ha ventun anni ma ne dimostra dieci», sbotto, stringendomi la borsa in spalla.

«Kels, ma io non credo...», tenta di difenderlo lei.

«Ali, devo andare a lezione, ci vediamo in giro», taglio corto, dirigendomi verso la lezione di storia del cinema.

Mentre vado verso l'aula, rimugino su quanto è appena accaduto. Alison ha mentito riguardo a sabato sera.

Se davvero Alison tradisce Matthew, allora è una bugiarda straordinaria, una delle migliori.

Lui è un tipo che nota tutto.

Entro nell'aula di storia del cinema e vado in ultima fila. Pian piano l'aula si riempie di studenti.

Cerco di ignorare le risatine e le occhiate dei miei compagni. Oggi non sono proprio dell'umore di battagliare.

«Buongiorno», esordisce una voce tonante.

Un uomo in giacca e cravatta è appena entrato nell'aula, ha i capelli tirati indietro con un chilo di gel e porta degli occhiali spessi. È altissimo e con un viso perfetto, molto simile a...

«Sono il vostro nuovo professore di storia del cinema, mi chiamo William Leblanc», si presenta.

Un altro Leblanc?

Ma è un incubo?

Svegliatemi, per favore.

Dove sono le telecamere?

Deve essere uno scherzo.

Questi Leblanc mi perseguitano.

«Prima che qualcuno me lo chieda...». Il professore cammina da una parte all'altra dell'aula rigirandosi tra le dita una penna. «Sono il fratello di George Leblanc e lo zio di Matthew. Ora, andiamo avanti. Qualcuno mi aggiorna su quanto avete fatto finora?».

Degli studenti in prima fila spiegano al professore gli argomenti fatti e lui ascolta attento.

«La signorina Cooper è in aula?», mi chiama all'improvviso.

Tutti si girano a fissarmi mentre io mi posiziono meglio gli occhiali sul naso, fissando l'uomo di fronte a me con preoccupazione.

Okay, scoperta sconcertante.

I Leblanc ce l'hanno con me. E William non fa eccezione.

«Sì, sono io», borbotto alzando una mano.

«Bene. Ho saputo di quanto accaduto la scorsa settimana e ho deciso di metterti alla prova facendoti rifare il test. Ti va bene?», mi informa, avvicinandosi.

No, non va bene.

Però questo non posso dirglielo.

«Certo, nessun problema», rispondo.

«Bene, lo farai domani alla prima ora», mi informa, poi torna alla cattedra e si mette a spiegare un nuovo argomento.

Mi ci mancava soltanto un test in prima ora domani mattina.

Dopo due ore abbondanti, la lezione giunge al termine. Sono sempre più convinta che questo sia uno scherzo di cattivo gusto, sennò non si spiega questa persecuzione dei Leblanc nei miei confronti.

«È lui, ha recitato in quel film...», sta dicendo una ragazza, mentre esco dall'aula.

Sono troppo devastata per darle retta. Il Montréal College per me è un piccolo inferno.

Capitolo 42

Kelsey

A fine giornata, mi dirigo a grandi falcate fuori dal college e ad aspettarmi davanti alla nostra solita panchina c'è Janette, con una sigaretta tra le dita.

«Bella la macchina mummificata!», esclama appena mi vede.

«Detesto Leblanc. Quanti anni ha? Cinque?», sbuffo, scuotendo la testa.

«Be', dopo che gli hai devastato la Mercedes, che ti aspettavi?», mi domanda lei.

«Ah ora lo difendi?», ribatto, incredula.

«Non lo sto difendendo», si giustifica, posandosi una mano sul petto. «Ancora non capisco perché tu gli abbia distrutto la macchina. Cosa ti ha sconvolto tanto?», si informa, preoccupata.

Janette non lo sa quello che ho sentito e non ho intenzione di rivelarglielo.

«Niente di che. Parliamo di cose serie», cambio discorso, guardandola dritta negli occhi.

«Oddio, mi devo preparare? È qualcosa di sconvolgente?», chiede, sporgendosi verso di me.

«Hai presente sabato sera?», ribatto.

Lei annuisce in risposta e porta tutta la sua attenzione su di me.

«Ecco, dopo aver cantato la canzone di Adele sono corsa via in lacrime, Leblanc mi ha seguita e…».

«Vi siete baciati?», domanda Janette, trattenendo il fiato. Non riesco a crederci. È la seconda volta in un giorno che me lo chiedono.

«Oddio, no», scuoto la testa.

«Uffa, pensavo fosse la volta buona. Vabbè continua», replica lei, un po' meno entusiasta.

«Abbiamo visto Alison. Con un ragazzo», sussurro con voce appena udibile.

«Impossibile», risponde lei.

«L'abbiamo vista sia io che Leblanc», le assicuro.

Janette sfila nervosamente una sigaretta dal suo pacchetto per poi accendersela. «Alison tradisce Matthew?»

«Non lo so, tecnicamente lei e il tipo stavano solo parlando ma, quando stamattina ho incrociato Ali, lei ha detto che è stata tutta la sera con suo padre», le spiego.

«Quindi ha mentito…», constata J.

«Esatto», confermo, lieta che anche la mia amica la pensi come me.
«Matt che dice?», domanda curiosa.
«Non lo so, quella sera è stato molto schivo. Se n'è andato via senza commentare», scrollo le spalle.
«Per forza, ha visto la sua ragazza con un altro», mi fa notare lei.
«Però non si stavano baciando… stavano solo parlando», puntualizzo io.
Voglio credere che la dolce Alison non tradirebbe mai Matthew.
Ma si sa, nella vita ti pugnala alle spalle sempre la persona da cui non te lo aspetteresti mai.
«Ma perché mentire allora?», domanda J., centrando il punto della questione.
«Seguiamola!», propongo, pur sapendo che è una pessima idea. Non dovrei immischiarmi in questa faccenda. Riguarda soltanto Matthew e Alison. Eppure, non riesco proprio a starne fuori.
«È illegale!», replica lei, alzandosi dalla panchina e continuando a fumare avidamente la sua sigaretta, già quasi finita.
«Se ci becca, è illegale», sottolineo con un sopracciglio inarcato.
«Questa storia non mi piace, me ne tiro fuori», mi informa lei, ma io non sono tipo da desistere.
«Non puoi, ormai ci sei dentro anche tu», le tiro una pacca sulla spalla.
Janette sospira e getta la sigaretta. «Finiremo in prigione, io lo so».
«Quanto sei drammatica», ribatto, con una risata, che mi muore sulle labbra appena mi accorgo che sta venendo verso di me l'ultima persona che volevo vedere oggi.
L'unica persona che volevo evitare fino alla fine dei miei giorni in questo college.
Trent Davis.
È troppo tardi per nascondermi, provo ad alzarmi e a voltarmi di schiena, ma sono comunque riconoscibile.
«Cooper», mi saluta.
«Oddio», dico sottovoce guardando Janette. «Perché diavolo l'ho baciato?», domando a denti stretti.
«Se non lo sai tu», ridacchia lei, divertita.
«Cooper, qualcosa mi dice che mi stai evitando», deduce lui.
Sospiro profondamente e mi giro verso di lui. «Perspicace».
«Io non capisco, Cooper, prima mi baci e poi mi ignori?», chiede Trent inclinando la testa da un lato.
Distolgo lo sguardo. «Ero ubriaca, per questo ti ho baciato».
«Certo, trova un'altra scusa», replica, tronfio. E io che pensavo che Leblanc avesse un ego smisurato…
«Ero ubriaca e triste», rincaro la dose.
«Quindi se ti chiedessi di uscire con me mi diresti di no?», domanda con un sorrisetto sghembo stampato sulle labbra.

Oddio, è un incubo.
«Vuoi uscire con me?», chiedo perplessa.
Lui scrolla le spalle mettendosi le mani nelle tasche della tuta. «È quello che ho detto».
«Perché vuoi uscire con me?», chiedo ancora, incredula. Che vuole Trent da me? Ci siamo baciati per caso e lui non ha mai dimostrato di apprezzarmi particolarmente.
«Cos'è, un test?», chiede divertito.
«È solo una domanda, mi sembrava di capire che non ti andassi molto a genio», ribatto.
«Forse te l'ho fatto credere apposta soltanto perché in realtà avevo un interesse segreto nei tuoi confronti», risponde lui, passandosi una mano tra i suoi capelli castani lucenti.
«Allora? Ci esci con me?», mi incalza.
In quel momento, ci raggiungono Matthew, Ryan e Axel.
Appena Leblanc mi vede parlare con Trent, i suoi occhi si riducono a due fessure.
A volte sembra quasi che sia... *geloso*?
«Kels?», domanda Trent sventolandomi una mano davanti al viso.
«Eh?», mi ricompongo guardandolo dritto negli occhi.
«Esci con me?», chiede ancora, stavolta con più determinazione nella voce.
«Esci con me?», gli fa il verso Matthew appena gli passa accanto tirandogli anche una leggera spallata.
«Sì», rispondo in fretta.
«Sì?», ripete lui scioccato.
«Ora devo andare, ci si vede in giro, Trent». Gli rivolgo un cenno del capo e mi allontano il più velocemente possibile.
Janette, Matthew, Ryan e Axel mi raggiungono. Hanno tutti un'espressione incredula. Neanch'io credo a quello che ho appena fatto.
Perché ho detto di sì?
Già che ce l'ho a portata di mano, ne approfitto per chiedere a Leblanc dello scherzo della carta igienica.
«Sei stato tu a mummificarci la macchina?», gli domando scocciata.
«E chi altro, sennò?», scrolla le spalle lui.
«Sei proprio infantile, quanti anni hai? Cinque?», sbotto puntandogli un dito contro.
«Dovevo vendicarmi, e ti avevo anche avvertita che lo avrei fatto quando meno te lo aspettavi», risponde con una strafottenza disumana.
«Colpisci me, non mio padre».
«Sì sì, come ti pare, andiamo?», domanda Matthew.
«Non vengo da nessuna parte con te», ringhio.
«Non devi andare a prendere Zeus?», aggrotta la fronte lui.

«Io vado a prendere Zeus», rimarco. «Tu vai a quel paese!», aggiungo.
Mi avvio verso l'uscita del college. Quando sento dei passi dietro di me, accelero.
«Smettila di seguirmi», sbotto infastidita e, appena supero l'uscita, svolto a destra.
«La clinica è dall'altra parte», sbuffa Matthew.
Impreco sottovoce e mi volto, superandolo a tutta velocità.
«La smetti, Cooper?», domanda, cercando di stare al mio passo.
«Ti ho detto che ci vado da sola», rincaro la dose, senza fermarmi.
«E io ti ho detto che ti avrei accompagnata», ribatte.
È inutile discutere con lui, perciò stavolta non obietto. Mi seguirebbe in ogni caso, perciò tanto vale far finta di niente, come se lui non fosse realmente qui.
«Uscirai con Trent, quindi», mi dice, affiancandomi.
«Così pare», replico svogliata.
«Allora ti piace», conclude e sento nella sua voce un pizzico di fastidio.
«E a te cosa te ne frega?», lo rimbecco.
«Con tutti quelli che c'erano, proprio il più coglione del college ti dovevi scegliere?», mi chiede in tono di rimprovero.
Mi fermo e lo guardo dritto negli occhi. «Tu sei il più coglione del college, lui è al secondo posto».
«E vuoi uscire con uno che è al secondo posto?», mi prende in giro.
«Io esco con chi voglio», sibilo a denti stretti per poi ricominciare a camminare.
Lui non risponde.
Gli dà fastidio che esca con Trent? Ovviamente sì.
Ma non perché lui provi qualcosa per me, semplicemente perché odia Trent e non sopporta l'idea che una ragazza esca con lui.
Solo per questo, almeno credo.
«Con Alison?», mi azzardo a chiedere, anche se questi non sono davvero affari miei.
«Niente», risponde seccato.
«Non le hai detto niente?». Sono davvero confusa. Come può non affrontare la sua ragazza dopo quello che abbiamo visto? E io non gli ho raccontato dell'episodio fuori dall'infermeria…
«Non ce n'è bisogno», scrolla le spalle infastidito.
«Era con un altro, Leblanc», gli ricordo.
L'ha vista con un altro e non gliene frega niente?
«E allora? Mica si stavano baciando», afferma risoluto.
«Ma… vabbè, tu sei tutto matto. Non so come fai, ma scelta tua», mi arrendo.
«Cooper», mi chiama, dopo lunghi momenti di imbarazzo.

«Eh?», mi volto a guardarlo.
«Devo avere delle prove concrete prima di puntarle il dito contro», mi spiega con gentilezza.
L'abbiamo vista e sappiamo che ha mentito. Sicuramente ci sono gli estremi per affrontare Alison...
Vorrei insistere, ma capisco che non è il caso. Per fortuna, però, siamo arrivati alla clinica del signor Queer. Entriamo e ci stupiamo di trovarla affollata.
C'è parecchia gente, quindi ci vorrà un po', prima che ci ricevano. Mi metto seduta sulle seggioline della sala d'attesa con calma.
Leblanc mi fissa confuso. «Che fai?»
«Ehm. Aspetto il mio turno?», ribatto alzando un sopracciglio.
«Alzati, Cooper», sospira.
Perplessa, lo seguo all'interno della clinica.
Il signor Queer viene subito verso di noi con un gran sorriso. «Zeus sta arrivando», annuncia.
Sento Matthew irrigidirsi all'improvviso appena sente quel nome. Lo guardo di sottecchi e per un attimo vorrei stringergli la mano per confortarlo, ma decido di starmene buona.
Un signore con un camice bianco appare con Zeus al guinzaglio.
«Questo cane ci ha fatto esasperare, è tutto vostro». Il veterinario mi molla il guinzaglio in mano e se ne va. Zeus si strofina contro la mia gamba, contento.
«Vi saluto, ragazzi. Ma rimango sempre a disposizione». Il signor Queer stringe prima la mano a Leblanc e poi a me.
Osservo Zeus sotto di me e, appena i suoi occhi chiari come il ghiaccio si scontrano con i miei, per la prima volta nella vita mi sento... *capita.* Ho passato diverso tempo con lui in questi giorni, ma è come se in questo momento ci siamo scelti davvero.
«Andiamo, Zeus», borbotto cominciando a camminare in direzione dell'uscita della clinica. Lui mi segue docile, come se sapesse che stiamo andando a casa. Finalmente.
Appena usciamo nel parcheggio, però, è tutta un'altra storia. Con uno strattone, Zeus mi tira in avanti.
«Zeus!», urlo in preda al panico mentre lui continua a trascinarmi.
Matthew, dietro di me, comincia a ridere a crepapelle.
«Leblanc, aiutami!», urlo ancora più forte.
Matthew viene verso di me e prende il guinzaglio. Si avvicina a Zeus e comincia ad accarezzarlo dolcemente, dalla testa fino al dorso. Il cagnolone per fortuna si calma, beandosi delle coccole di Leblanc.
«Come hai fatto?», domando.
«È soltanto spaventato, cerca di rassicurarlo. Riprova», mi spiega lui nostalgico ridandomi in mano il guinzaglio.

Per fortuna, Zeus si tranquillizza e cominciamo a passeggiare tranquilli.

«Allora? Cosa dirai a tuo padre?», domanda Matt scalciando alcuni sassolini che si trovano sull'asfalto.

«Non lo so, ma ancora non sono pronta ad andare a casa, passiamo al George's?», controbatto stringendo il guinzaglio per paura che Zeus possa scappare.

«Per una che mi odia, cerchi un po' troppo la mia compagnia o mi sbaglio?», mi punzecchia.

«Allora ci vado da sola», ribatto.

«Sto scherzando, sei proprio una bambina permalosa», ridacchia, scompigliandomi i capelli.

«Non sono una bambina», protesto offesa, scansandogli la mano.

«Però sei permalosa», ribatte con un sopracciglio inarcato.

«Forse sì», sussurro a bassa voce.

Per strada, in molti si fermano ad ammirare la bellezza di Zeus. È impossibile non notarlo. Ha degli occhi quasi ipnotici, di un azzurro così chiaro che non sembrano neppure veri.

«Comunque ora siamo pari, Cooper, a te la prossima mossa», mi informa dopo un po' Matt.

«Pensavo di rasarti i capelli a zero», ridacchio, immaginando la scena dentro la mia testa.

«Sei crudele», mi lancia un'occhiataccia truce.

«Ho imparato dal migliore», gli faccio un occhiolino, prima di entrare al George's.

Janette, Ryan e Axel sono seduti al nostro solito tavolino.

Si può dire che ormai siamo diventati una... squadra?

Una parte di me pensa che siano proprio questo.

Sto per andare verso di loro, ma Zeus mi tira verso il bancone del bar nel momento in cui sente odore di pancake appena sfornati.

«Oh mio Dio, che bello», esclama Rosie, allungandosi per vederlo meglio.

«Lui è Zeus», lo presento con un gran sorriso.

L'abbaio di Zeus riempie l'aria facendo voltare tutti di scatto dallo spavento.

«Zeus?», ripete Rosie fissando il fratello di fianco a me.

«Già», borbotta Matthew.

«È proprio identico al cane che avevi tu quando eri piccolo», nota Rosie con dolcezza.

Matt ha l'aria di uno che vorrebbe sparire dalla faccia della terra, perciò decido di intervenire. «Frappuccino alla Kelsey?», domando a Rosie.

Lei annuisce e io trascino Matthew e Zeus dai miei amici.

«Frappuccino alla Kelsey?», sussurra Matthew nel mio orecchio.

Una scarica di brividi improvvisa mi travolge per la sua vicinanza, ma cerco di ignorarla.

«È una ricetta segreta», mormoro e vado a sedermi vicino ad Axel seguita da Matthew.

Di fronte a noi ci sono Ryan e Janette.

«Dallo a me, Zeus». Matthew mi prende il guinzaglio dalle mani e Zeus si mette seduto senza obiettare continuando a guardarlo come se fosse un Dio.

«Gli piaci», borbotto infastidita.

«Piaccio a tutti», replica.

Gli faccio una linguaccia e mi metto ad ascoltare la conversazione di Axel con Janette.

«Scusami, J., ma in teoria, se non stiamo insieme, io posso provarci con altre ragazze, no?», domanda Ax perplesso.

Janette scuote la testa. «Se ci devi provare con un'altra, almeno fallo di nascosto, non davanti alla ragazza con cui ti stai frequentando».

«È la stessa cosa che gli ho detto io ma tanto è inutile, lui rimane della sua idea», fa spallucce Matthew.

«Io invece la penso come Axel», intervengo.

«Grazie, Cooper», sorride soddisfatto, tirandomi un pugnetto giocoso sulla spalla.

«Quindi, se adesso cominciassi a frequentare Trent, ci proveresti con altri ragazzi del college?», mi chiede Matt socchiudendo gli occhi.

«Be', dipende dalla situazione, comunque non vedo dove sia il problema se non si è legati da una relazione vera e propria», scrollo le spalle.

«Okay… questa conversazione ha dell'assurdo», commenta divertito Ryan, circondando il fianco di J. con un braccio.

In quel momento, Rosie mi porta il mio amato frappuccino alla Kelsey. Me lo poggia davanti e succede tutto in un attimo.

Zeus poggia le zampe sul tavolo e lecca tutta la mia panna.

«Zeus!», lo sgrido e lui si agita e mi rovescia il bicchiere addosso.

Balzo dal divanetto in un lampo, mentre Janette mi passa un po' di fazzoletti per pulirmi.

«È la cosa più divertente che io abbia mai visto in tutta la mia vita», ridacchia Ax.

Io cerco di darmi un contegno e poi mi rassegno ad andare a casa. Inutile continuare a rimandare l'inevitabile.

«Se domani non mi vedete, molto probabilmente mio padre mi ha ucciso e ha nascosto il mio cadavere nello scantinato», dico, mentre Leblanc si sposta per farmi passare.

«Mandami un messaggio, Kels», si raccomanda J. mandandomi un bacetto da lontano.

Matthew mi restituisce il guinzaglio e io esco dal locale, dopo aver salutato tutti.

Appena sono fuori, Zeus mi tira come un cavallo irrequieto. Io sono alta un metro e sessanta, muscoli inesistenti e ho una corporatura minuta. Sembra quasi che sia lui a portare a spasso me.

Quando arrivo davanti a casa, trovo papà intento a togliere gli ultimi rimasugli rimasti di carta igienica e… mi sale l'ansia. Come la prenderà? E se mi dicesse che non posso tenere Zeus?

«Sorpresa!», esclamo appena arrivo di fronte a lui con un gran sorriso stampato sulle labbra.

Mio padre si volta e abbassa lo sguardo sul cane che sto tenendo stretto al guinzaglio.

«Che cos'è?», mi domanda con la fronte aggrottata e le sopracciglia corrucciate.

«Un cane?», ironizzo.

«E di chi è?», controbatte.

«Nostro!», rispondo con grande entusiasmo.

«Non credo di aver capito», replica, severo.

«Si chiama Zeus, è un Labrador Husky…».

«Ferma», mi interrompe. «Non credo di aver capito».

«Si chiama Zeus, è il nostro cane ed è un Labrador Husky!», ripeto, senza lasciarmi abbattere.

«Cosa hai detto?», sibila a denti stretti.

«Che si chiama Zeus?», faccio la finta tonta sapendo che non è quello che intende.

«No, dopo», sospira.

«Ah. Che è un Labrador Husky?», ritento. «Non potevo non prenderlo con me», scrollo le spalle. Meglio non raccontare a papà come sono andate davvero le cose.

«E non hai pensato, per esempio di… avvisarmi?», mi dice, infastidito.

«Be'… no», ammetto a voce bassa, senza guardarlo in faccia.

«Kels», mi ammonisce.

«Lo so, il cane è un impegno e bla bla bla, però ti prometto che mi occuperò di tutto io», gli assicuro.

«Sì, come no», sbuffa e si volta per togliere altra carta igienica rimasta attaccata alla macchina. Ha l'aria scontenta e non so proprio che fare.

Ci pensa Zeus a sbloccare la situazione: salta addosso a papà, che barcolla all'indietro e per poco non cade.

«Zeus, giù!», urlo. E succede il miracolo: papà sorride e si mette ad accarezzarlo. È solo un attimo di debolezza, il suo, poi si allontana da lui.

«Come ti è venuto in mente di chiamarlo Zeus?», indaga e intanto indietreggia per mantenersi a debita distanza.

«Mi sembrava carino chiamarlo come il dio del Tuono», mi invento su due piedi.

«Il nome sicuro gli si addice», commenta sottovoce.

Dopo dieci minuti, ci siamo finalmente liberati della carta igienica.

Entriamo in casa e Zeus comincia subito a girovagare per le stanze, appena gli sciolgo il guinzaglio. Mio padre lo osserva attento e lo segue a ogni passo che fa.

«Papà, lascialo un po' libero, deve esplorare».

«Se fa qualche danno, sarai tu a ripagarlo», mi lancia un'occhiata fulminea, però poi il suo sguardo si addolcisce.

Alza le mani in segno di resa e si dirige in cucina, allentandosi la cravatta del completo nera. Prende due calici e li posa sul ripiano.

«A cosa brindiamo?», domando perplessa.

«A tante cose», bofonchia prendendo poi dal frigo una bottiglia di vino bianco, versandone un po' nei calici.

Che cosa sta tramando?

«A tante cose», ripeto, dando un po' d'acqua in una tazza a Zeus e prendendo il mio calice.

Mentre io e papà facciamo tintinnare i calici, Zeus si fionda sulla sua acqua, come se brindasse anche lui.

«Indovina chi è il mio nuovo prof di storia del cinema?», chiedo, mentre sorseggio il vino. La mia è una domanda retorica, papà sa di sicuro chi è.

«William Leblanc?», chiede con una risatina.

«Questo cognome mi perseguita», commento, svuotando il bicchiere.

«Tranquilla, si sistemerà tutto», dice lui sibillino, bevendo il suo vino.

«Mi fai paura, io vado di sopra», mi congedo un po' preoccupata.

Apro la porta della mia camera e mi butto sul letto, prendendomi la testa tra le mani.

Dovrei studiare per il test di domani, ma non ho più le forze di fare nulla.

Dovrei essere felice di frequentare il college e di vivermi ogni singolo momento, ma qualcosa dentro di me lo impedisce.

Il senso di colpa? Forse.

I ricordi pian piano riaffiorano ma li scaccio subito via, non sono pronta a rivivere quel giorno…

Improvvisamente un botto al piano di sotto mi fa sussultare.

Scendo a tutta velocità e trovo mio padre di fronte a Zeus. A terra c'è un vaso rotto in mille pezzi.

«Cominciamo bene», borbotta lui, prendendo scopa e paletta per pulire.

«Si deve abituare, andiamo, Zeus», lo richiamo e lui mi segue docile.

Rientro nella mia camera e il cagnolone si va subito a sedere sul mio letto.

«Sei comodo, Zeus?», domando inclinando la testa da un lato.

Per tutta risposta, lui si sdraia e chiude gli occhi. La giornata è stata impegnativa anche per lui, con tutti questi cambiamenti.

Vado alla scrivania, apro i miei appunti di storia del cinema e comincio a studiarli.

Memorizzo nomi su nomi, date su date e numeri su numeri.
Dopo un'ora, ho proprio bisogno di una pausa.
Zeus sta riposando ancora.
Sorrido e prendo il telefono.
Nessun messaggio.
Mi rimetto a studiare e, dopo un po', appare papà. Sta andando al supermercato e vuole sapere cosa deve comprare da mangiare per Zeus. Lo sapevo: faceva tanto il sostenuto, ma sotto sotto Zeus lo apprezza. In effetti, avrei dovuto pensarci io. Per oggi è a posto, ma domani dovrà pur mangiare.
Decido di farmi un planning sul cellulare con tutte le necessità di Zeus.
Intanto, sento papà andare e tornare. Fuori ormai è buio pesto.
All'improvviso, mi arriva una notifica.
Lo afferro alla velocità della luce e apro subito il messaggio di Janette.

Biondina: Ti sembrerà folle.
Biondina: Devi venire.
Biondina: Assolutamente.
Kelsey: Che succede, J.?
Biondina: Alison a ore due.
Kelsey: Che vuol dire a ore due?
Biondina: Oddio, vuol dire che è sotto casa mia.
Kelsey: È da sola?
Biondina: No.
Kelsey: Cazzo.
Kelsey: Arrivo subito.
Kelsey: Operazione stalker: attivata.
Biondina: Tu sei pazza.
Biondina: Mi piaci.

Ho imparato una cosa da quando frequento il Montréal College.
Ogni giorno c'è un dramma.
È come stare in una telenovela e ho come l'impressione che io sia una delle protagoniste.
Mi infilo in fretta e furia una felpa nera con il cappuccio, metto degli stivali di camoscio caldi e mi avvio alla porta con Zeus alle calcagna. Appena mi sono mossa dalla sedia, si è messo sull'attenti. Non posso lasciarlo qui.
Scendo al piano di sotto e papà sta scrivendo qualcosa al PC. Alza di scatto la testa e mi guarda perplesso. «Dove vai a quest'ora?»
«A quest'ora? Saranno al massimo le otto. Sembri un vecchio», commento, per depistarlo.
«Insomma? Devi uscire con quello?», si gratta il mento con il pollice. «Com'è che si chiama? Tronk? Trav? Tris?».
Non proprio, papà.

«Trent, e comunque no, mi vedo con J.», taglio corto e mi volto dirigendomi verso l'uscita di casa.

«Salutami Leblanc, digli che domani sarà un gran giorno», urla mio padre dal salotto.

«Non sto uscendo con Leblanc», grido in risposta e intanto metto il guinzaglio a Zeus.

«Sì, come no», ribatte lui.

Una volta fuori, mi copro con il cappuccio nero e a grandi falcate mi incammino verso il monolocale di Janette che si trova a pochi metri di distanza dal college.

Zeus continua a tirare come un cane da slitta sulla neve e io devo ricorrere alla mia poca fisicità per non cadere con le chiappe per terra.

«Zeus, piano», sussurro a denti stretti, ma lui non mi ascolta.

Appena sono sulla via del college, intravedo Alison da lontano e in automatico abbasso la testa.

Improvvisamente qualcuno mi trascina in un vicolo e, nel momento in cui sto per urlare, una mano si poggia brutalmente sulle mie labbra.

Oddio.

Ora che faccio?

Mi agito contro il corpo massiccio del mio aggressore, sperando che Zeus lo sbrani, ma lui in realtà scodinzola felice.

«Non una parola, tesoro», mi sussurra Leblanc all'orecchio, mentre accarezza il mio cane con la mano libera. «Che stavi facendo qui?», mi chiede mordicchiandomi l'orecchio. «Ah vero, non puoi rispondere», ridacchia sottovoce, aumentando la presa sulla mia bocca. So che la sua non è altro che una provocazione. Si diverte a prendermi in giro perché sa che, nonostante tutto l'odio, sono attratta da lui. E infatti, mentre mi mordicchia, ho brividi dappertutto. Sento le guance farsi sempre più calde. Le gambe tremare. Il cuore esplodere.

«Buona o ci farai scoprire, tesoro», mormora con voce talmente bassa che a stento riesco a sentirlo.

Improvvisamente dei passi si fanno sempre più vicini e Matthew mi libera per condurre me e Zeus dietro un cassonetto.

Da cosa ci stiamo nascondendo? Da Alison?

«Matt», lo chiamo.

Lui posa l'indice sulle mie labbra per farmi stare zitta.

Mi ammutolisco ed entrambi rimaniamo nascosti.

In quel momento alzo la testa e vedo chiaramente Alison in compagnia di… *dannazione*.

Non si vede. Ha il cappuccio.

«Chi è?», sussurro.

Appena sentiamo i passi di Alison e quel ragazzo dileguarsi, ci alziamo tutti e due da terra.

«Aveva un cappuccio, Cooper. Come faccio a saperlo?», sbotta, passandosi nervosamente una mano tra i capelli.

«La stavi seguendo?», domando con la fronte aggrottata.

«La mia ragazza mi tradisce e io devo starmene buono?», mi rimbecca con tono seccato.

«E quando te lo dicevo io, non mi davi retta», alzo gli occhi al cielo.

«Finché non ho delle prove concrete non posso fare nulla», ribadisce con strafottenza appoggiandosi al muro.

«Sei un poliziotto sotto copertura?»

«E questo che c'entra, adesso?», domanda e il suo sguardo si fa sempre più glaciale.

«Sono tutte cazzate, Leblanc. Se credi che la tua ragazza ti tradisca, vai da lei e ci parli», gli dico, senza peli sulla lingua.

«E tu cosa ne sai, Cooper? Te lo dico io: tu non sai nulla», si avvicina a me puntandomi un dito contro il petto.

«Prima di tutto abbassa questo dito», allontano il suo indice dal mio petto. «Seconda cosa, non hai il diritto di parlarmi in questo modo soltanto perché hai scoperto che la tua ragazza perfetta in realtà ti tradisce da chissà quanto».

Qualcosa negli occhi di Matthew cambia. Le sue iridi si fanno più scure del cielo notturno sopra di noi.

«Ma tu cosa ne sai dell'amore, Cooper?». La sua risata amara invade l'aria attorno a noi. «Cosa ne sai di quello che sto provando in questo momento?», domanda aspro.

«Non lo so», sostengo il suo sguardo.

«Appunto, non sai cosa si prova quando la tua ragazza forse ti ha tradito per due anni».

«Benvenuto nel mondo reale, Leblanc, notizia dell'ultimo momento», mi metto in punta di piedi avvicinandomi al suo orecchio. «Tutti mentono, tutti hanno un segreto da custodire, *c'est la vie*».

Poi mi allontano con Zeus per andare da Janette. Lancio un'ultima occhiata a Leblanc e mi rendo conto che è rimasto nel vicolo immobile. Sta fissando il vuoto.

Capitolo 43

Kelsey

Quando sono di fronte a casa di Janette, le faccio uno squillo per avvertirla che sono arrivata.

Dopo qualche minuto scende con un fantastico pigiama di flanella rosa e una pelliccia bianca.

«Abbigliamento molto consono per pedinare qualcuno», la prendo in giro.

«Be', la prima regola è che la persona in questione non ti deve riconoscere», replica con un sopracciglio inarcato.

«E per quale motivo Alison non dovrebbe riconoscerti con un pigiama rosa e una pelliccia bianca?», domando continuando ad analizzare il suo abbigliamento.

«Be'… perché di solito mi vesto di nero», sorride.

La guardo perplessa per poi scuotere la testa. «Ti sto contagiando, sei ufficialmente diventata più matta di me».

«Bene, allora dov'è la traditrice?». Janette si guarda intorno per controllare che nessuno ci stia sentendo.

«È andata via. Non si sa con chi, lui aveva un cappuccio nero», scrollo le spalle e mi appoggio al muro del palazzo. Zeus si mette seduto e comincia a tirarmi delle delicate zampate chiedendomi di fargli le coccole. Ovviamente lo accontento.

«Cazzo», impreca Janette e sfila dal suo solito pacchetto una sigaretta per poi mettersela tra le labbra.

«Già, e a quanto pare non eravamo le uniche a spiare Alison», borbotto.

«Cioè?», domanda, accendendosi la sigaretta e liberando nell'aria una nube di fumo grigiastra.

«Matthew», sospiro.

«Matthew stava seguendo Alison?», ripete sconcertata.

«Così sembrerebbe».

«Avete litigato? Di nuovo?», chiede, gustandosi nel frattempo ogni singolo tiro di sigaretta.

«Quand'è che non litighiamo, J.?»

«Io proprio non vi capisco», ribatte lei confusa. E ha ragione a esserlo, non le ho raccontato quello che è successo venerdì sera.

«Non ti ho detto una cosa della serata di venerdì», ammetto con un po' di senso di colpa.

Lei lancia la sigaretta sul marciapiede e la spegne con lo stivale. «Cioè?»

«Ho sentito Matthew parlare con Alison», spiego. «Loro non sapevano di essere ascoltati».

«Okay… quindi?», mi sprona a continuare.

«Ha detto delle cose orribili», mi limito a dire con una scrollata di spalle.

Le è morta la mamma e allora? Le persone muoiono tutti i giorni. Anche se mi costa fatica, ripeto le parole di Matthew.

«Io lo ammazzo!», esclama, furibonda, una volta che ho concluso il mio racconto.

«Ci ho già pensato io alla vendetta», la rassicuro.

«Perché non me lo hai detto?», domanda.

«Matthew è un tipo… particolare, non credo però che sia del tutto cattivo», mormoro tra me e me dando voce ai miei pensieri.

«È stato uno stronzo, Kels», mi corregge.

«Si è comportato così solo perché Alison lo ha accusato di guardarmi in un modo strano», rivelo.

«In un modo strano?», chiede J. guardandomi di sottecchi.

«Sì, insinuava che io piacessi a Matthew», confesso.

«Finalmente Barbie girl si è svegliata!», commenta, trionfante.

«J.!», la rimprovero ridendo.

«Kels, forse tu non ti accorgi di come ti guarda ma noi sì. Ti farò una domanda e voglio che tu sia sincera con me, okay?», mi prende le mani.

Annuisco in risposta.

«Ti piace Matthew Leblanc?», sussurra a bassa voce.

«No», scuoto la testa.

«Kels», inarca un sopracciglio.

«Non mi piace, J., soprattutto dopo quello che ha detto e fatto», puntualizzo mordendomi il labbro inferiore.

«Okay, questione Leblanc chiusa, cosa facciamo ad Halloween?», cambia discorso lei.

È solo inizio ottobre. «Manca un mese», le faccio notare.

«Ho sentito dire che daranno una super festa al college», dice lei euforica.

Le lancio un'occhiataccia.

«Va bene, va bene. Ci penseremo», alza le mani in segno di resa.

«Devo andare, domani alla prima ora ho il test di storia del cinema con il nuovo professore: William Leblanc», enfatizzo il nome del prof, alzando in contemporanea gli occhi al cielo.

«William Leblanc? L'attore? Il figone? Il dio greco?», gli occhi di J. si illuminano.

«Attore?», aggrotto la fronte.

«Come, non lo sai? William Leblanc è un attore molto conosciuto qui in Canada», mi rivela.

«Per me è soltanto un Leblanc in più da aggiungere alla lista nera», ribatto e la saluto. Tiro il guinzaglio per far alzare Zeus che si era comodamente adagiato a terra.

Torniamo a casa tranquilli e per una volta Zeus non mi fa volare in giro.

Abbiamo entrambi bisogno di riposare. Domani ci sarà il test e io non posso permettermi di prendere un brutto voto.

Non pretendo una A+, ma almeno un voto nella media…

Apro la porta di casa per poi richiudermela alle spalle, levo il guinzaglio a Zeus e andiamo tutti e due a dormire.

Il mattino dopo, mi tocca svegliarmi prima del solito per portare Zeus fuori. Non sono una tipa mattutina, ma vederlo annusare qui e là mi riempie di gioia.

Quando rientriamo, gli do da mangiare e mi preparo per la straziante giornata di oggi.

Mi guardo allo specchio. Sono uno zombie con una tuta nera, delle Nike ai piedi e i capelli scompigliati.

Sbuffo, mi poggio gli occhiali sul naso, prendo la borsa, afferro il telefono dal comodino e mi dirigo al piano di sotto.

«Papà?», chiamo.

È Zeus, però, a venirmi a salutare, mi salta addosso poggiando le sue grandi zampe sulla mia coscia.

«Kelsey Cooper», la voce di mio padre proveniente dal salotto mi fa capire che c'è qualcosa che non va.

«Papà che succe…?». La domanda mi muore sulle labbra.

Il salotto è sottosopra. I cuscini del divano sono mangiucchiati e ci sono pezzi di giornale ovunque.

Guardo Zeus e noto che vicino al muso ha della carta.

«Zeus, che hai combinato?», domando con tono autoritario.

Zeus inclina la testa da un lato, confuso ma non intimorito.

Neanche il cane mi rispetta, molto bene. Come ha fatto a combinare tutti questi guai nel tempo che mi sono preparata?

«Io dovrei fidarmi di lasciare questo cane da solo mentre siamo al college?», mi domanda papà.

«Lo porto in camera, aspetta». Vado di sopra e Zeus mi segue subito. Una volta in camera, si accomoda sul letto. Lo saluto con un sorriso e torno di sotto.

«Dopo pulisci tutto», sibila a denti stretti papà, prima di uscire. Tuttavia, nemmeno il caos di Zeus riesce a scacciare il suo buon umore. Sta senz'altro tramando qualcosa e infatti…

«Oggi è un gran giorno», esordisce mio padre, appena saliamo in macchina.

Vorrei chiedere di più, ma ho paura della risposta. Così, mi limito a guardare fuori dal finestrino e ad ammirare gli alberi dai colori autunnali. Mi è sempre piaciuto il mese di ottobre.

Lo trovo uno dei mesi più divertenti di tutto l'anno. Forse per Halloween. Ricordo ancora quando insieme a mia madre, a Eureka, andavo in giro per il vicinato facendo dolcetto o scherzetto. Un senso di nostalgia mi travolge.

Lo scaccio, come sempre, per evitare di ricordare l'ultimo momento in cui l'ho vista. Lei era felice, e allora perché… l'ha fatto?

«Sei pensierosa», asserisce mio padre guardandomi con la coda dell'occhio.

«Novembre si avvicina e io… Non lo so». Scuoto la testa.

«Kels». Il mio nome lo pronuncia con un tono talmente basso che non riesco neppure a sentirlo.

«Tranquillo, papà, sto bene. A volte ci penso un po' di più ma sto bene».

Sto davvero bene? Non lo so.

Forse Matthew ha ragione. Mi ostino a essere la più forte quando in realtà sono come una lastra di ghiaccio fragile.

Appena mio padre parcheggia la macchina al suo solito posto privato, ci salutiamo.

Manca mezz'ora all'inizio del mio test e me la sto facendo sotto.

Intravedo Ryan e Janette salutarmi da lontano, mi avvicino e controllo che non ci sia nessun pallone gonfiato nei paraggi.

«Buongiorno, stalker», mi saluta Janette con un gran sorriso e con la sua solita sigaretta tra le dita.

«Stalker? Ci mancava solo che la Cooper fosse una stalker», ridacchia Ryan che è seduto sulla nostra panchina.

«Esatto, perciò, attento a quello che fai, Senders», lo guardo dritto negli occhi.

«Che paura», borbotta divertito lui.

«Vieni con noi questo venerdì?», domanda J. con un gran sorriso.

«Che succede questo venerdì?», ribatto confusa.

«Partita contro i Lions, ci tocca fare un bel viaggetto a Québec City», sospira Ryan.

«Mmh, fammici pensare… no», scandisco bene l'ultima parola.

«E dai, perché no?», replica Janette dispiaciuta.

«Perché dovrei venire?», incrocio le braccia al petto.

«Per dare sostegno alla tua unica amica?», prova a chiedere.

«Ma dov'eri, Ry?», esclama una voce alla nostra destra.

Axel arriva di fronte a noi, con il fiatone e i capelli leggermente scompigliati.

«Che succede?», si allarma Ryan alzandosi dalla panchina.

«Si tratta di Matthew», risponde Axel con espressione sconvolta.

Non l'ho mai visto così.

Che è successo a Matthew?

«Che ha combinato stavolta? Altra carta igienica?», domanda Ry beccan-

dosi una spallata da parte di Janette e un'occhiataccia malefica da parte mia.
«No», scuote la testa il suo amico, mentre cerca di riprendersi dalla corsa appena fatta.
«E allora? Parla, Ax», lo incalza Ry, ora preoccupato.
«È stato espulso, con effetto immediato».
E dopo quella frase si scatena un vero e proprio inferno.
Matthew è stato espulso?
Devo parlare con mio padre.
Forse avevo ragione, ogni giorno in questo dannato college c'è un dramma.

Capitolo 44

Matthew

Quando il rettore Cooper mi ha convocato nel suo ufficio, mi sarei aspettato di tutto: un pugno in faccia, un calcio nei coglioni, una ramanzina... A quanto pare non avevo calcolato questo: sono stato espulso per "atti vandalici".

Non pensavo che un rettore si sarebbe mai permesso di espellermi. I docenti conoscono mio padre e sanno perfettamente di cosa è capace.

Ieri, dopo la notizia, nel college non si è parlato di altro e io, rassegnato, sono tornato a casa.

Ora, sono le sette del mattino, sto guardando il soffitto della mia stanza mentre nella mia testa vagano mille pensieri differenti.

Il rettore Cooper ha deciso di infrangere la regola del "nessuno tocca un Leblanc" non sapendo che mio padre scatenerà l'inferno.

Non per me, ovviamente, ma per l'hockey.

A dire il vero, mi sto godendo questa pausa collassato sul mio letto.

All'improvviso, sento qualcuno bussare alla mia porta.

Sbuffo e vado ad aprire soltanto con dei boxer addosso, rigorosamente di Calvin Klein.

Spalanco la porta e mi ritrovo davanti i miei due migliori amici, che mi guardano un po' timorosi e incerti se farmi domande o meno.

Loro sanno che quando sono arrabbiato e nervoso è meglio lasciarmi stare.

«Cazzone, come va?», domanda Ryan analizzandomi dalla testa ai piedi.

«Ma non lo vedi, Ry? È rinato», ridacchia Ax, che come sempre è molto più perspicace di quanto vuole far credere.

«Novità? Che si dice al college?», chiedo, passandomi una mano tra i capelli per mandarli all'indietro.

«Smithy è incazzato nero», borbotta Ryan.

«Be', come biasimarlo?», lo rimbecco io allargando le braccia.

«Quando torni?», chiede Ax, facendo la domanda da un milione di dollari.

«Espellere una persona vuol dire cacciarla definitivamente dal college, lo sapete?», ricordo loro, come se fosse ovvio.

«Però tuo padre...», comincia a dire Ry.

«Mio padre non può fare miracoli», scuoto la testa, appoggiandomi allo stipite della porta.

«Vedremo, tu aggiornaci. Dobbiamo andare o il coach ci taglierà le palle». Ax mi rivolge un cenno e si dilegua. Ryan invece indugia.

«Mi devi dire qualcosa, Ry?», domando inclinando la testa di lato.

Il biondo mi rivolge uno sguardo strano. «Kelsey…».

«Che le è successo?», mi allarmo.

«Ti preoccupi per lei?», ghigna Ryan.

«Piantala. Cosa stavi dicendo?», lo incalzo.

«Appena l'ha saputo, è andata a parlare con suo padre. Neanche lei è riuscita a convincerlo a ritirare la tua espulsione», mi racconta con un sospiro, prima di salutarmi e andarsene.

Rimango per un attimo interdetto, poi rientro nella mia stanza richiudendo la porta con un tonfo.

Perché è andata a parlare con suo padre se mi odia così tanto?

Tanto vale andare a chiederglielo. È arrivato il momento di vestirsi e uscire. Indosso una tuta beige e ci abbino le mie solite Nike bianche. Mi sistemo al volo i capelli ed esco.

Ormai la squadra è già andata agli allenamenti, quindi la villa è deserta. Per fortuna. Non sopporterei le occhiate dei miei compagni.

A testa bassa, mi dirigo al George's.

Il telefono all'improvviso squilla. È mio padre. Di nuovo. Non lo posso ignorare per sempre, quindi tanto vale che lo affronti.

«Ciao, papà», borbotto, aprendo la chiamata.

«Ah ma buongiorno, Matthew, cos'è questa storia che ti hanno espulso?». L'ultima parola gli esce a metà tra un ringhio e un verso disperato.

Non sia mai che infranga tutti i suoi sogni.

«È successo ieri», rispondo secco.

«E ti sembra normale che io debba venirlo a sapere dal rettore stesso?».

Mio padre sa della mia reputazione al college. Sa che non mi faccio problemi a far scappare rettori e insegnanti, però si è sempre raccomandato prudenza.

«Papà, andrò a parlare col rettore e risolverò la questione», rispondo sbrigativo, cercando di concludere più in fretta possibile la chiamata.

«Sarà meglio, di' al tuo amico di muoversi a trovare qualcosa su questo nuovo rettore, sennò dovrò pensarci io e non sarò molto… gentile». Già, li conosco bene i suoi metodi.

La chiamata si conclude lì, per fortuna mio padre attacca senza aggiungere altro.

Mi guardo attorno e Montréal è piena del traffico dei pendolari che raggiungono gli uffici, dopo aver preso un caffè al volo.

A quest'ora dovrei essere agli allenamenti della mia squadra, non qui.

Entro al George's e vedo Rosie pulire dei tavoli sporchi.

Vado verso di lei e picchietto sulla sua spalla, facendola sobbalzare dallo spavento. «Ciao, sorellina».

«Oggi sei più famoso di zio William, si parla di te a ogni angolo», sussurra e si dirige verso il bancone del bar.

La seguo e mi siedo sullo sgabello davanti a lei, appoggiandomi con i gomiti sul ripiano. «Addirittura?»

«Avete sentito? Leblanc è stato espulso». Imita le voci che ha sentito in giro. «Comunque, hai veramente tinto di rosa i capelli del padre di Kelsey?».

La guardo perplesso, scoppiando poi in una fragorosa risata. «Gli ho soltanto ricoperto di carta igienica la macchina».

«Ti ha espulso per questo?», chiede sottovoce mentre pulisce il bancone davanti a me. «Allora il rettore precedente che doveva fare? Bandirti da Montréal?».

Be'… in effetti.

Gli abbiamo manomesso la sedia e lo scherzo ha preso una piega inaspettata: si è rotto una gamba.

«Ho bisogno di un caffè americano, Ros, devo andare a parlare con Cooper», borbotto nervoso.

Ho paura che questa sia la fine? Sì.

Però mi aveva avvertito.

Dovevo stare lontano da Kelsey così lui mi avrebbe lasciato stare.

Peccato che io non ci riesca e questo è il prezzo da pagare.

Sono pronto a mettere a repentaglio la mia carriera… *per lei*?

«Caffè americano in arrivo», risponde Rosie girandosi verso la grande macchinetta del caffè dietro di lei.

«A quanto pare, dovrò scusarmi, soltanto così il rettore mi riammetterà», affermo toccandomi il mento con il pollice.

«Mmh non credo che il rettore Cooper si lasci abbindolare da qualche scusa buttata lì», ribatte Rosie, voltandosi verso di me e poggiando sul bancone la mia tazza di caffè americano.

Caffè amaro, come la giornata che sto passando.

«E allora che dovrei fare, Ros?», domando.

«Parla con Kels, magari lei può fare qualcosa», mi suggerisce.

«Già ci ha provato, a quanto mi ha detto Ryan, e non è servito a nulla», scuoto la testa e bevo un altro sorso di caffè.

«Papà l'hai sentito?», chiede pulendo gli scaffali dietro di lei.

«Certo, lui è sempre così incoraggiante», alzo gli occhi al cielo.

«Lo sai come è fatto, coraggio. Ora il dovere mi chiama. In bocca al lupo con Cooper», mi rivolge un occhiolino, fa il giro del bancone e va verso dei tavoli.

Pensa, Matthew.

Pensa.

Ci sono.

Gli articoli potrebbero aiutarmi, quelli che ha trovato Olsen nei server nascosti che è riuscito a decriptare.

Però non è detto...

Finisco il mio caffè americano, saluto Rosie ed esco dal George's dirigendomi verso il college per parlare con il rettore Cooper.

Sono attanagliato dai dubbi. Minacciarlo forse non è una buona idea. Non è un uomo che si fa spaventare facilmente.

Guardo il college di fronte a me e rimango un attimo imbambolato a fissarlo come un completo idiota. Alla fine, mi faccio coraggio ed entro.

Appena metto piede dentro, sento gli occhi di tutti puntati addosso. Alcuni studenti parlottano tra di loro della mia espulsione e altri, invece, mi guardano spaventati per paura che possa fare qualche cazzata.

Ignoro ogni singola persona che incontro e mi dirigo all'ufficio del rettore. La sua segretaria mi fa cenno di procedere e Cooper mi invita a entrare nel suo ufficio.

Appena il rettore mi vede, chiude il portatile con uno scatto improvviso.

«Rettore Cooper», lo saluto con un cenno del capo.

«Leblanc, cosa ci fai qui?», domanda lui, socchiudendo gli occhi.

«Sono venuto a parlare della mia espulsione...», rispondo frettoloso.

«Ho ritirato oggi stesso la tua espulsione, puoi tornare al college se lo desideri. Dovresti aver ricevuto la comunicazione via email», mi risponde seccato.

«Cosa?», domando con la fronte aggrottata.

«Vedi, Leblanc», il signor Cooper si alza dalla sua poltrona girevole e si arrotola le maniche della camicia. «Una persona a me molto cara mi ha detto che anche le persone peggiori meritano una seconda possibilità. E io come un cretino mi sono fatto convincere», scuote la testa, appoggiandosi poi alla scrivania di legno dietro di lui.

Kelsey. È stata lei.

«Grazie, rettore Cooper», rispondo. Da un lato sono contento, dall'altro questa storia non mi piace affatto.

Le cose potrebbero risolversi in due secondi, se soltanto Olsen trovasse qualche cazzata concreta con cui incastrare questo ciarlatano.

Ma a quanto pare Marcus ha segreti che sono destinati a rimanere tali.

«Non lo faccio per te, Leblanc», mi fulmina con lo sguardo.

«Grazie comunque. Allora vado», scrollo le spalle, girandomi verso la porta.

«Lo faccio per mia figlia».

Mi blocco. Rimango con la mano sospesa sulla maniglia.

Kelsey, Kelsey e ancora Kelsey.

Esco, richiudendomi la porta alle spalle.

A prescindere da come, la situazione è risolta.

Ora devo soltanto andare da Smithy e subirmi i suoi insulti.

Forse sarà meglio mettermi dei tappi alle orecchie.

Capitolo 45

Matthew

Lo stadio del ghiaccio è deserto, quando arrivo. I miei compagni sono di sicuro già andati a lezione. Osservo il campo da hockey e comincia a battermi il cuore così forte che ho paura possa fuoriuscirmi dal petto.

Il freddo che si leva sulla pista di ghiaccio è liberatorio. Il rumore dei pattini, l'odore del sudore e l'adrenalina sono la mia medicina.

L'hockey per me è una valvola di sfogo.

Anche se il mio sogno nel cassetto è diventare medico, a volte penso che forse sia destinato a diventare un giocatore professionista di hockey, proprio come mio padre. Il mio è un talento naturale che capita poche volte, magari dovrei accettare che sono nato per questo.

«Ma guarda un po' chi si rivede: Matthew cazzone Leblanc», la voce del coach Smithy mi fa sobbalzare. «Mancava poco che chiedessi a Trent di diventare capitano», sogghigna, sapendo quanto burrascoso è il mio rapporto con quel cretino.

«Ah ah ah, molto divertente», replico girandomi verso di lui.

«Allora? Vuoi continuare a comportarti come un bamboccio di cinque anni o vuoi pensare con quel cervello bacato?», mi rimprovera, duro.

«Quando si ricomincia?», domando in risposta.

«Così ti voglio, Leblanc!», la sua mano si scontra bruscamente con la mia spalla. «La partita contro i Lions sarà tosta, dopo le lezioni ti voglio qui e ti farò sudare tutto l'alcol che vi siete scolati venerdì sera».

Il coach mi lascia solo. Come sempre, le questioni con lui si risolvono in fretta. Smithy è un uomo che vede tutto bianco o nero.

Ridacchio sottovoce ed esco dallo stadio. In quel momento, vedo Olsen corrermi incontro.

«Il rettore ti lascia tornare?», domanda Olsen passandosi una mano tra i capelli.

Gli faccio un occhiolino. «Trent ci rimarrà male, secondo te?»

«Di sicuro, in questi giorni non ha fatto altro che gongolare sul fatto che sarebbe diventato il capitano», risponde.

Quello lì ha proprio un desiderio di morte.

«Olsen devi impegnarti di più», asserisco a denti stretti.

«Su cosa?», aggrotta la fronte lui.

«Sugli asini che volano. Secondo te su che cosa?», lo incalzo spazientito.

«Ce la sto mettendo tutta, Matt, ma te l'ho detto: qualsiasi cosa stia cercando di nascondere il rettore Cooper... direi che ci sta riuscendo a pieni voti», mi riferisce, deluso. Non l'ho mai visto così sconfitto. Olsen se ne va con la coda tra le gambe e io mi volto per andare verso il college.

Ed è allora che la vedo.

Kelsey.

Sta venendo verso di me.

Indossa dei jeans chiari e un maglioncino bianco a collo alto che le scopre la pancia. I capelli sono legati in una coda alta, disordinata, e sul naso porta i suoi soliti occhiali rotondi che la rendono ancora più affascinante di quanto già non sia.

«Leblanc», mi saluta Kelsey con un leggero cenno del capo.

«Cooper», replico mettendomi le mani in tasca.

«Non hai niente da dirmi?», domanda lei con un sopracciglio inarcato.

La guardo, sbatto un po' le palpebre e sogghigno. «Cioè?»

«Ad esempio: Grazie?». Scuote leggermente la testa.

«Ho già ringraziato tuo padre», mi limito a rispondere.

«E secondo te chi l'ha convinto?», replica.

«Cooper, sarò molto chiaro con te», mi avvicino a lei di un passo. La vedo irrigidirsi. «Non so perché tu abbia fatto una cosa del genere, visto che dici di odiarmi con tutta te stessa, ma non ti aspettare scambi di favore perché non ci saranno».

«Non l'ho fatto per avere qualcosa in cambio, Leblanc», afferma, sconvolta.

«E allora perché l'hai fatto, Cooper?», la rimbecco io.

La risposta non arriva, ovviamente, perché veniamo interrotti dai miei amici che si scagliano brutalmente contro di me.

«Cazzone, hai risolto!», urla Axel, mettendomi un braccio attorno al collo.

«Soltanto uno scemo cerca di liberarsi di un Leblanc», commenta Ryan e poi guarda verso Kelsey. «Senza offesa, K.».

«Nessuna offesa, ora io... io vado», borbotta Kelsey, rattristata. Sicuramente si aspettava un altro tipo di atteggiamento da parte mia.

Mi libero dei miei amici e la seguo. Le sfilo l'elastico, liberando finalmente i suoi meravigliosi capelli mossi, che le ricadono morbidi sulla schiena.

«Stai meglio con i capelli sciolti», sussurro nel suo orecchio.

«Grazie», mormora a voce bassa.

Kelsey se ne va in fretta, mentre io mi infilo il suo elastico nero malconcio al polso.

Ritorno dai miei amici che mi stanno guardando con un'espressione perplessa in volto.

«Che c'è?», domando, inarcando un sopracciglio.

«Niente, niente», borbottano, rassegnati al mio atteggiamento idiota.

«Trent si è dato da fare comunque: per poco non picchia Ryan, esce con

Kelsey domani sera e quasi è diventato capitano», commenta Axel, aggiornandomi sulla situazione.

«Scusa, che cosa hai detto?», domando.

«Che per poco non picchiava Ryan ieri agli allenamenti. E poi continuava a vantarsi che sarebbe diventato il capitano, visto che tu eri fuori dai giochi», ripete.

«Per fortuna che mi ha fermato Ax, sennò gli avrei tirato un calcio nelle parti basse», interviene Ryan seccato.

Ma non è questo che interessa a me e credo che anche i miei amici lo sappiano, a giudicare dal loro sorrisetto quando chiedo: «Kelsey esce con Trent domani sera?»

«Sì, me lo ha detto Janette», dice Ryan piano, studiandomi di sottecchi.

Fanculo anche alla Cooper.

Poteva uscire con chiunque. Perché proprio con Trent Davis?

Ora però non ho tempo di pensare anche a questo. Devo risolvere un'altra faccenda.

Ai miei amici non ho detto di Alison e del fatto che l'ho vista con Wells. Forse Janette ha detto qualcosa a Ryan, chissà.

«Avete visto Alison?», chiedo guardandomi intorno.

«Credo sia ancora a lezione», mi risponde Ryan.

Annuisco. «Ci vediamo agli allenamenti. La raggiungo».

Mi incammino sul vialetto di cemento ed entro nell'istituto. Non mi ci vuole molto per trovare Alison, anche se il Montréal College è una struttura imponente. Conosco a memoria i suoi orari.

Intravedo Alison da lontano, lei mi sorride e subito dopo viene verso di me buttandomi le braccia al collo.

Mi irrigidisco e la afferro dai fianchi per farle fare un passo indietro.

È arrivato il momento di affrontarla, prove concrete o meno. Non posso tollerare un tradimento.

«Amorino, ho saputo che il rettore ti ha riammesso», mi rivolge un sorriso dolce e premuroso.

«Già», rispondo secco.

«Che succede? Ti ho mandato tremila messaggi ieri e non hai mai risposto», mormora.

Sospiro e le afferro un polso trascinandola dentro la prima aula vuota che mi capita sottomano. Alison si mette di fronte a me e comincia a giocherellare con il colletto della mia felpa. Avvicina le labbra al mio collo lasciandoci un bacio casto e deciso.

Continua.

Continua.

E continua.

Io però non sono qui per questo, dannazione.

La sposto delicatamente e le afferro la mano, accarezzandone il dorso con le dita.
Alison sbatte le sue ciglia lunghe e colme di mascara. «Che succede, Matt?»
«Ti devo parlare», asserisco e le lascio la mano, che ricade lungo il suo corpo tremante.
Non è facile dover chiudere con una persona, ho sempre odiato farlo. Soprattutto se la persona in questione è Alison Grent, la fidanzata perfetta, la principessina del ballo e colei che è sempre stata al mio fianco in questi due anni.
«Matt?», mi dice, preoccupata.
«Ali, voglio essere sincero con te», dichiaro guardandola fissa negli occhi.
Non sono un codardo, devo farcela.
Mio padre si infurierà? Ovviamente sì.
Me ne frega qualcosa? Diamine, no.
«Anche io voglio essere sincera con te, Matt», ribatte a sua volta.
«So già tutto», la gelo.
«Cosa?», esclama lei, spalancando gli occhi.
«Voglio che sia tu a dirmi come stanno realmente le cose». Accenno un piccolo sorriso per rincuorarla.
«Matthew, io… È successo tutto così in fretta», rivela allontanandosi da me. «Ti ho tradito». Il colpo me lo aspettavo, non per questo fa meno male.
Alison non è l'amore della mia vita, forse un tempo la amavo ma ora non più. È più il mio orgoglio a essere ferito.
«Con chi, Ali?». Se devo farmi del male, tanto vale farlo fino in fondo.
«Non posso dirtelo. Ero ubriaca e…». La sua voce è un sussurro.
«Penso di meritare di saperlo», affermo, maligno.
«Non posso», scuote la testa.
«Tanto lo scoprirò da solo», ringhio e vado verso la porta.
Nel momento in cui sto per aprirla, però, Alison mi cinge la vita con entrambe le braccia cercando di tirarmi indietro.
«Ali, è finita», bofonchio a bassa voce.
«Non te ne è mai fregato niente di me, io ti ho sempre trattato con rispetto mentre tu stavi con me solo perché ti obbligava tuo padre», mi dice, un po' disperata, un po' ferita e un po' arrabbiata.
«Ci tengo a te, Alison, ma per me è chiusa qui», le dico in tono fermo, ma gentile.
Arrabbiarmi e farle una scenata non ha senso. *Mi ha tradito? Amen. Me ne farò una ragione.*
«Ho sbagliato, lo so, ma…», ritenta.
Mi volto verso di lei e le prendo il viso tra le mani. «Ali, smettila, è finita».
Apro la porta ed esco dall'aula. Alison appare con le lacrime agli occhi e mi urla qualcosa che non riesco a cogliere, dato che mi sto allontanando in fretta.

So solo che ora tutto il college sa che ci siamo lasciati.

Alison è stata una parte fondamentale di questi due anni, ma ora è il momento di voltare pagina.

Appena sono fuori dal college, mi guardo intorno un po' spaesato e mi avvio verso lo stadio. Mi ci vuole proprio un allenamento.

Il mio amor proprio è senz'altro ferito.

Mi ha tradito.

Matthew Leblanc tradito da Alison Grent.

Una notizia succulenta per il Montréal College. Non si parlerà d'altro per giorni.

Entro nello stadio e mi dirigo subito verso gli spogliatoi per dare la notizia ai miei migliori amici.

«Capitano, ben tornato!», urla tutta la squadra appena faccio il mio ingresso.

«Pensavate di esservi liberati di me, eh?», li prendo in giro e apro il mio armadietto, prendo il borsone e lo poggio sulla panca.

Trent, a qualche metro di distanza, mi guarda con un'espressione disgustata e minatoria.

Gli sorrido per sfotterlo. Poco dopo entrano anche Axel e Ryan.

«Eccolo qui, il vero capitano», urla Ax per farsi sentire da Trent lì vicino.

«Allora?», domanda Ryan e nel mentre si leva le scarpe.

«Ho lasciato Alison», lo dico così, con un tono secco e deciso.

Ax che aveva le mani nel borsone si ferma. «Cosa?»

«Io e Alison ci siamo lasciati», rispondo, mentre mi cambio.

«Puoi ripetere?», domanda con tono sconvolto Ryan.

«Ho lasciato Alison», dichiaro a voce un po' troppo alta, dato che tutta la squadra si gira a guardarmi. Sono tutti increduli.

«Che diavolo, Matt? Perché?», chiede Ryan con la fronte aggrottata.

Ma la mia risposta viene coperta da Axel. «Finalmente!», esclama a gran voce. «È questa la cosa giusta da dire», conclude infine.

«Ne parliamo dopo al George's», taglio corto.

Loro non fanno domande e capiscono che non ho voglia di parlarne.

Una volta che mi sono preparato, mi considero pronto per affrontare l'allenamento.

Dopo il tradimento di Alison, ho proprio bisogno di sfogarmi un po'.

Prendo i pattini, il bastone da gioco, il casco ed esco dallo spogliatoio, diretto a bordo campo.

E intanto continuo a pensare al ragazzo con cui mi ha tradito Alison.

È davvero Wells Harris?

Oppure è qualcun altro?

Non mi ha voluto dire chi è, perché sa che uscirei fuori di testa.

«Matt, ma che ti prende?», domanda Ryan che mi studia preoccupato.

«È per Alison?», mi chiede Axel.

Finisco di stringere come si deve i pattini e mi sgranchisco un po' le gambe. E Smithy mi risparmia la fatica di rispondere ai miei amici.

«Brutti facoceri in via d'estinzione!», urla chiudendo con un tonfo la porta del suo ufficio. «Vammi a prendere un cazzo di caffè, Bill, che devo rimanere bello sveglio durante questo allenamento, voglio proprio aprirvi come una cozza».

La matricola annuisce e sparisce dalla nostra vista per andare a prendere il caffè al coach.

«Allora. Mentre Will, o come cazzo si chiama, mi va a prendere un caffè, voglio parlarvi della partita di venerdì», asserisce il coach appoggiandosi con tutto il peso al plexiglass che circonda l'intero campo da hockey. «I Lions sono forti e molto veloci, il calendario del campionato ci mette davanti due partite molto difficili ma pensiamo positivo, cazzo, poi sarà una passeggiata».

Già, il coach ha ragione.

I Parks e i Lions sono le due squadre più forti del campionato, oltre a noi ovviamente.

Se i Parks sono un po' i ribelli, i Lions sono quelli un po' più pacati che giocano con l'astuzia in campo.

Questo non vuol dire che i Lions non siano violenti, l'anno scorso il capitano si è scagliato così velocemente addosso a un avversario che quest'ultimo cadendo si è rotto una gamba.

«Dobbiamo essere più veloci, dinamici, ma soprattutto dei cazzo di squali con le palle», bofonchia il coach sistemandosi la felpa che indossa sempre per gli allenamenti. «Ce le avete le palle o ve le siete perse chissà dove?».

Tutti quanti ci guardiamo, un po' intimoriti dalle parole di Smithy.

Come ho già detto, quest'uomo metterebbe paura persino a un serial killer.

«Ce le avete le palle?», urla il coach, battendo le mani così forte da farci sobbalzare dallo spavento.

«Sì, coach», gridiamo tutti in risposta.

«Cosa avete quindi?», ci sprona lui, alzando ancora di più il tono della voce.

«Le palle!», urliamo tutti quanti.

«Allora, andate a fanculo. Cominciate a pattinare!», esclama lui e con il braccio ci fa cenno di entrare in campo.

Mi infilo il casco, abbasso la visiera ed entro in pista con l'adrenalina alle stelle e una voglia irrefrenabile di spaccare la testa a Trent Davis.

Dopo aver trovato il giusto equilibrio, mi sbilancio in avanti e prendo velocità sul ghiaccio.

Ogni volta che i miei pattini si scontrano con la pista ghiacciata, sorrido sotto al casco. È difficile ammetterlo a me stesso, ma in questi giorni l'hockey mi è mancato.

Continuo a pattinare, senza fermarmi.

Faccio oscillare il bastone, tenendolo ben stretto tra i guanti, e con dei movimenti precisi calcolo la giusta traiettoria per centrare la porta. La manco, ma colpisco il puck con così tanta forza che va a sbattere brutalmente contro la parete provocando un boato assordante.

Sorrido soddisfatto e le mie gambe si muovono in direzione del centro campo dove ci sono Ryan e Axel fermi a chiacchierare di qualcosa, senza farsi vedere dal coach ovviamente.

«Di che parlate?», domando con un po' di affanno.

«Guarda il coglione, gli ci vuole proprio una bella lezione», risponde Ax e con un cenno del capo mi indica Trent che sta colpendo dei puck presenti sul campo.

«Un altro pugno in faccia, forse?», prova a chiedere Ryan e vedo il suo sorrisetto persino da sotto il casco.

«Poverino, domani deve uscire con Kelsey. Si presenta con dei lividi su entrambe le guance?», lo prende in giro Ax. Il segno sulla guancia destra è ancora ben visibile.

«Motivo in più per tirargli un pugno in faccia», puntualizzo io con una nota di sarcasmo nella voce.

«Fighette, che fate? Vi state raccontando i vostri cazzo di segreti?». Il coach ci fischia e sbatte entrambe le mani addosso al plexiglass. «Muovetevi!».

Ci facciamo una risata e ricominciamo con l'allenamento.

Pattino dall'altra parte del campo e do una spallata a Trent, quando gli passo accanto.

«Deve essere umiliante credere di diventare il capitano, ma alla fine arrivare sempre al secondo posto, eh?», lo sbeffeggio.

«Con Kelsey a quanto pare sono al primo posto, però. Non vedo l'ora che sia domani», replica lui con un tono così strafottente che mi viene voglia di chiudergli la bocca con dello scotch nero.

«Non per molto», rispondo con un ringhio e riprendo a pattinare.

«Simulazione, tre contro tre!», urla il coach con una voce talmente potente da rimbombare nell'intera palestra.

Annuisco in risposta e mi posiziono all'interno del cerchio centrale del campo. Trent mi fronteggia, siamo faccia a faccia.

Sembra quasi una sfida o forse… lo è davvero?

La squadra si posiziona da entrambi i lati, ovviamente Ryan e Ax sono con me mentre dall'altra parte ci sono Olsen e Wells.

«Face-off!», urla il coach.

Il contrasto tra me e Trent è brutale, lui sbraccia verso destra cercando di recuperare il dischetto mentre io prendo a far oscillare il bastone per distrarlo.

Dopo averlo depistato con una finta ben fatta, prendo possesso del dischetto passandolo direttamente a Ryan sulla mia sinistra. Il biondo pattina verso la zona di attacco ma viene placcato da Wells che gli ruba il puck da sotto gli occhi, consegnandolo velocemente a Trent.

Mi scaglio contro di lui e glielo soffio.

Con una velocità che neanche pensavo di avere, mi fiondo di nuovo verso la loro zona di attacco.

Appena arrivo davanti a Olsen, lo scarto e segno un goal perfetto e ingegnoso.

«Cazzo, Leblanc, così mi fai commuovere!», grida il coach, facendo persino finta di piangere.

«Grande giocata, amico!», esclama Olsen battendomi il cinque con il suo grosso guantone da portiere. L'allenamento prosegue su quest'onda ed è uno dei migliori di sempre.

«Basta così per oggi, tutti qui!». Il coach Smithy ci fa cenno di uscire dal campo.

Io, Axel e Ryan usciamo e ci andiamo a sedere sulle seggioline degli spalti, togliendoci il casco.

«Bill probabilmente si sarà perso o magari lo hanno rapito gli alieni, chissà. Non è più tornato…».

Il coach scrolla le spalle e si avvicina alla squadra tutta radunata sugli spalti. «Domani tutto il giorno in palestra, cose leggere ovviamente. Non voglio farvi crepare prima di fare il culo a strisce ai Lions».

Ridacchiamo tutti quanti e, in quel momento, dalla porta d'ingresso entra Bill con un caffè fumante in un bicchierone di plastica bianco.

«Un applauso a Will che è andato a prendere il caffè fino in Giamaica soltanto per il suo amato coach!». Smithy comincia ad applaudire così forte che per poco non spacca i timpani a tutti quanti.

«Mi chiamo Bill, signore», lo corregge il marmocchio.

«Okay, Film, vai a prepararti. Rimani qui con me a fare gli addominali», lo sbeffeggia il coach strappandogli dalle mani il suo dannato caffè.

«Voialtri andate in doccia. Leblanc, ti devo parlare. Devo dire che il giorno di ferie ti ha fatto bene. Ora magicamente sei diventato un cazzo di giocatore di hockey con le palle grosse quanto quelle di un toro», ridacchia il coach.

Quest'uomo è veramente incredibile.

La squadra si avvia verso gli spogliatoi con i pattini in mano, sparendo oltre la porta della palestra.

Mi tolgo i pattini e Smithy si siede di fianco a me, poggiandomi una mano sulla spalla. «Mi hai fatto morire di paura, Leblanc, devo ammetterlo, ma ora sei qui ed è questo l'importante», mi dice, sincero.

«Mi comporterò bene», rispondo in un sussurro.

«Sarà meglio. Non voglio perdere il mio capitano», commenta e mi dà una sonora pacca sulla schiena, indicandomi gli spogliatoi. I discorsetti di Smithy sono sempre inquietanti, ma stavolta mi è parso onestamente preoccupato per me.

In due anni che sono in questo college, non ero mai arrivato a questo punto.

Di solito Olsen ha sempre trovato qualcosa con cui ricattare i rettori: tradimenti, figli nascosti, segreti inconfessabili e altre cazzate varie.

Marcus Cooper? Zero.

A parte quegli articoli di giornale, ovviamente.

Mi dirigo verso gli spogliatoi, spalanco la porta e me la richiudo alle spalle.

Ripongo tutta l'attrezzatura nel borsone.

«Ti ha fatto il culo, Smithy?», domanda Ryan che è appena uscito dalla doccia con un asciugamano legato in vita.

«Neanche troppo», scrollo le spalle, poi vado a farmi una doccia anche io.

Dopo essermi assicurato di profumare come si deve, vado a rivestirmi.

«Cazzone, non ci scappi, dobbiamo andare al George's», borbotta Axel tirandomi un pugnetto giocoso sulla spalla.

«Ehi, Leblanc», mi chiama Trent da qualche panca di distanza.

Mi volto verso di lui con espressione truce.

«Che vuoi, Trent?», domando, incrociando le braccia al petto per sfidarlo.

«Domani esco con la Cooper, ma ho sentito dire che tu hai lasciato Alison per provarci con lei», mi punzecchia con un ghigno provocatorio stampato sulle labbra.

«Sai, Trent, ti chiarisco una cosa», gli dico, in tono mellifluo.

«Illuminami, Leblanc», mi incalza il cretino.

Le mie labbra si piegano in un sorrisetto malefico. «Kelsey Cooper non si tocca. E sai cosa sei tu?».

Trent serra la mascella, innervosito.

Mi avvicino a lui per intimidirlo. «Sei un ripiego, un passatempo. Non sei tu la persona che vuole, Davis. Fattene una ragione».

«E tu cosa ne sai che non sono io la persona che vuole?», ha il coraggio di dire.

«Tu non la meriti, Trent, e non sai tenere testa a una come la Cooper», faccio una pausa a effetto. «Ma puoi sempre provarci», aggiungo in tono scettico, come se fossi certo che lui non sia in grado.

«Questo è tutto da vedere, Leblanc, è tutto da vedere», cantilena Trent, sbattendo con rabbia il suo armadietto per poi sparire dagli spogliatoi seguito da Wells.

Sbuffo e chiudo la zip del borsone per poi riporlo dentro il mio armadietto.

«Quello lì ha proprio bisogno di una bella lezione», borbotta Ryan dietro di me.

«Ma parliamo di cose serie. Raccontaci di come sei tornato sulla piazza», interviene Axel con un sorrisetto, cambiando argomento.

«Al college non si parlerà di altro. Attenzione, ragazze: Matthew Leblanc è di nuovo single», rincara la dose Ryan, facendo una voce teatrale da presentatore televisivo.

«Non fare il melodrammatico», brontolo in risposta.

Il braccio di Axel si attorciglia attorno al mio collo. «Melodrammatico? Questo è un evento. Un evento!».

In due anni di college sono stato single soltanto per un mese; tuttavia, non mi è mai piaciuto passare da una ragazza all'altra.

Non mi scopo chiunque come fa Axel.

Posso sembrare un *bad boy* ma non mi porto a letto una diversa ogni sera.

Prima di mettermi con Alison, avevo un sacco di ragazze che mi ronzavano attorno, ma a me non importava, volevo soltanto diventare al più presto il capitano della squadra, così da non subirmi le pressioni di mio padre e intraprendere i miei studi di medicina in santa pace.

«Matthew Leblanc è di nuovo single!», urla Ryan, appena usciamo dallo stadio.

Alcune ragazze ridacchiano e mi lanciano occhiate maliziose.

«Sta' zitto», ammonisco il mio amico con una spallata che lo fa barcollare.

«Sbrighiamoci, J. ci sta aspettando al George's», replica Ryan mentre usciamo dal college.

«Ah ormai sei sposato», lo prendo in giro.

«Ci stiamo solo frequentando», ribatte lui improvvisamente reticente.

«Da quando in qua frequentare è sinonimo di scopare?», chiede Axel.

«Dai, Ax, si stanno frequentando», faccio le virgolette con le dita mentre pronuncio l'ultima parola per poi scoppiare in una risata.

«Smettetela, almeno io esco con una ragazza fantastica. E poi, tu, Ax, non esci con Lindsay?», ribatte Ryan, piccato.

«Io e Lindsay abbiamo chiuso, ora me ne andrò a rimorchiare con Leblanc. Cadranno tutte ai nostri piedi», esclama tutto contento.

«Ma falla finita, non voglio rimorchiare nessuna… mi godrò la mia vita da single senza rotture di cazzo del tipo "Perché non mi hai risposto al telefono?"», dico, pronunciando l'ultima parte di frase con una vocina acuta.

«Peccato, tutte proveranno a rimorchiarti però», dice Axel.

«Non mi importa», taglio corto.

Entriamo al George's e trovo Janette seduta al nostro solito posto insieme a Kelsey, che ha i capelli sciolti e mossi al naturale, proprio come piacciono a me. Quei dannati occhiali la rendono così… *attraente*.

Osservo l'elastico che porto ancora al polso, leggermente bagnato a causa della doccia. Non sono stato totalmente onesto con i miei amici. Non sono sicuro di volermi godere la vita da single.

Janette si alza, spostandosi sul divanetto di fronte, e Ryan ci mette due secondi a sedersi vicino a lei, avvinghiandosi come un polpo. Io, invece, vado a posizionarmi vicino a Kelsey e la spingo verso destra per lasciare un po' di spazio ad Axel.

«Sei enorme, Leblanc», sbotta Kelsey con uno sbuffo.
«Sei tu che sei troppo… *piccola*», soffio sulle sue labbra. Lei sbarra gli occhi e le sue guance all'improvviso si arrossano all'istante. Ridacchio e alzo una mano per chiamare la cameriera.
Oggi mia sorella aveva solo il turno mattutino, perciò ha già staccato.
«Che vi porto, ragazzi?», chiede con un block notes in mano e una penna nell'altra.
«Cinque frappuccini alla Kelsey», rispondo io per tutti.
La ragazza annuisce e se ne va verso il bancone con un sorriso.
«Ry, che avevi da dirmi di così tanto urgente?», domanda Janette spostandosi i capelli da un lato.
«Non io ma lui», risponde Ryan e fa un cenno verso di me.
«Che hai combinato ora, Leblanc?», chiede Kelsey sistemandosi meglio sul divanetto.
«Oddio, la state facendo tragica», sbotto alzando gli occhi al cielo, esausto.
«Che è successo, quindi?», ripete Janette confusa.
«Io e Alison ci siamo lasciati, e allora? Cosa c'è di strano?».
Silenzio.
Nessuno risponde.
«Be'?», li incalzo.
«Questo è…», comincia a dire Janette.
«Inaspettato?», prova a concludere Axel appoggiandosi con i gomiti al tavolo.
«No, è… lasciamo stare», si arrende la bionda.
«E perché?», chiede Kelsey in un sussurro.
Mi volto verso di lei. «Cosa?»
«Perché vi siete lasciati, Leblanc?»
«Mi ha tradito», rispondo senza tanti giri di parole.
Silenzio.
Ancora silenzio.
«Ragazzi, non è la fine del mondo, che sono queste facce?», cerco di smorzare la tensione.
«Davvero ti ha tradito?», domanda la biondina facendo la finta tonta.
«Janette, tu lo sapevi già del tradimento», la smaschero, e lei e Kelsey si scambiano un'occhiata.
Ryan si gira di scatto verso di lei. «Cosa?»
«Sei un cretino», sbuffa J., fulminandomi con lo sguardo.
«Dimmi qualcosa che già non so», rispondo con indifferenza. Se c'era un modo per distogliere l'attenzione da me, era questo.
«Tu lo sapevi, J.? E non mi hai detto niente?», le chiede lui, guardandola dispiaciuto.
«È colpa mia», si intromette Kelsey. «Ero con Leblanc quando abbiamo

visto Alison con Wells e ho chiesto a Janette di non dire nulla. Doveva essere Matthew a parlarvene».

«Fermi, fermi, fermi», dice Ax con la fronte aggrottata. «Voi tre sapevate tutto e ci avete tenuto all'oscuro?»

«Ascoltatemi», sospiro. «La sera dello Snowflakes io e Kelsey abbiamo visto Alison mentre discuteva con Wells».

«Wells? Ma che diavolo?», sbotta Ryan appoggiandosi con i gomiti al tavolo per seguire meglio la conversazione.

«Già, stavano solo parlando. Poi l'ho rivista l'altra sera, sempre con Wells», puntualizzo io.

«In realtà, era incappucciato, non abbiamo visto chiaramente se fosse Wells oppure no», mi corregge Kelsey scrollando le spalle. C'è qualcosa nella sua espressione che non mi convince.

«Mi sta scoppiando la testa», brontola Axel, stravaccandosi sul divanetto.

«Kels», la chiamo piano.

Lei però evita il mio sguardo, allora poso la mano sulla sua coscia.

«Kelsey», la richiamo, stringendole la coscia, quanto basta per non farle male.

«Che vuoi?», sussurra, schiaffeggiandomi via la mano.

«Cosa non mi stai dicendo?», le domanda sottovoce.

Lei sbarra gli occhi e si riposiziona meglio gli occhiali tondi sul naso. «Si può sapere come diavolo fai?»

«Ce lo domandiamo tutti, Cooper», risponde Axel.

«Allora?», la incalzo.

«Vi ricordate quando ero in infermeria dopo il pugno al capitano dei Parks?», domanda, senza guardarmi in faccia.

«E come dimenticarlo?», ridacchia Ryan.

«È stato epico», esclama J.

«Quindi?», la sprono a continuare.

Kels ha un'espressione colpevole e non riesce proprio a incrociare il mio sguardo.

«Guardami, tesoro», le dico dolcemente per poi farle sollevare il mento.

«Dall'infermeria, potrei aver visto Alison salire in macchina con qualcuno», sussurra, dispiaciuta.

«Con chi?», domando all'istante.

«Non lo so, ma quella macchina mi sembrava di averla già vista, magari mi sbaglio», mormora lei.

«Wells non ha la patente», borbotto dando voce ai miei pensieri. «Quindi vuol dire che non si tratta di lui», spiego infine guardando tutti i presenti. «Inoltre, non avrebbe senso mettersi un cappuccio per non farsi riconoscere quando, invece, la sera dello Snowflakes lui e Alison erano in bella vista», aggiungo.

Questa storia non mi torna.

«Se non è Wells, allora chi è?», domanda a quel punto Ryan.

«Non so più cosa pensare», scuoto la testa.

Finalmente i nostri frappuccini alla Kelsey arrivano e per un po' ci dedichiamo a quella prelibatezza.

«Oltre a lasciarla, le hai chiesto spiegazioni?», chiede Axel bevendo un sorso.

«Non proprio», replico tetro.

«Pensiamo positivo, Leblanc è di nuovo in pista», ironizza Axel, sbattendo una mano sul tavolino.

«Che culo», borbotta Kelsey con tono del tutto ironico. Le sue labbra si poggiano sulla cannuccia e io vorrei soltanto... *cazzo.*

«So che non vedevi l'ora», sussurro nel suo orecchio per non farmi sentire dai presenti, bevendo un sorso dal mio frappuccino.

Lei alza gli occhi al cielo.

Le stringo ancora la coscia, facendola sussultare. «Eppure l'altra sera...».

Kelsey sbarra gli occhi e mi fulmina con lo sguardo. «Non è successo niente».

«Sarebbe successo, se non ci avessero interrotti», puntualizzo con voce talmente bassa che Kelsey deve avvicinarsi per sentirmi.

«Ti avrei tirato uno schiaffo», mi rimbecca, fingendo di ascoltare la conversazione tra Ryan e Janette.

«Ah sì?», inarco un sopracciglio.

Lei annuisce appena, però non sposta la mia mano stavolta.

Respingimi, Kelsey.

«Mi odi ancora, Cooper?».

Kelsey annuisce. «Non ho mai smesso».

«Tutto questo odio prima o poi ci si ritorcerà contro, ne sei consapevole?», borbotto e sposto la mano.

Kelsey però mi afferra il polso, riposizionandola dov'era prima.

«Cooper», la ammonisco.

«Che c'è, Leblanc?», domanda lei voltandosi leggermente verso di me.

«Stai giocando con il fuoco», mormoro chiudendo gli occhi per un istante.

«Provocarti è diventato il mio passatempo preferito», mormora lei in risposta.

Le stringo ancora la coscia e lei trattiene il respiro. «Invece il mio passatempo preferito è... *toccarti*».

Mi sto eccitando, mi sta diventando così duro che temo si possa vedere il rigonfiamento nei pantaloni della tuta.

«Smettila», sibila a denti stretti.

«Tu smettila di provocarmi, Cooper», la rimbecco, accarezzandola.

«Andiamo via, ragazzi?», domanda Axel, finendo di bere il suo frappuccino.

Mi ricompongo e levo la mano dalla coscia di Kelsey. «Andiamo, sì».
Tutti quanti ci alziamo, uscendo dal George's.
«Venerdì partiamo alle otto e dovremmo essere a Québec City per le dieci», ci spiega Ryan illustrandoci il suo piano.
Venerdì ci sarà la partita contro i Lions, la seconda squadra più forte del campionato, e io già fremo dalla voglia di annientarli. Québec City si trova all'incirca a tre ore di macchina da Montréal e noi abbiamo deciso di passare il weekend lì, tornando poi domenica sera.
«Perfetto», dice Janette.
Cosa?
«Viene anche lei?», chiedo contrariato.
«Problemi?», mi rimbecca J., incrociando le braccia al petto.
«Non fraintendermi, biondina, ma le trasferte non sono per i deboli di cuore», le rimarco.
«E questo cosa vorrebbe dire?», si mette in mezzo Kelsey guardandomi con un sopracciglio inarcato.
«Vuol dire… che quello che avete visto contro i Parks non è niente in confronto a quello a cui assisterete venerdì», scrollo le spalle con nonchalance.
«Già perché venerdì è stato uno spettacolo per bambini», mi provoca Kelsey e la tensione tra noi ricomincia a salire.
Axel ridacchia. «Come dimenticarlo, è stato eccitante».
«Cosa c'è di eccitante nella violenza, coglione?», gli lancia un'occhiataccia Ryan.
Sto per ribattere, ma Janette decide di interromperci, mentre il suo sguardo passa da me a Kelsey. In effetti, siamo così vicini che ci sfioriamo, come se una forza magnetica ci legasse.
«Okay, noi dobbiamo andare. Ci vediamo», ci saluta Janette tirando per un braccio Ryan per portarlo via.
«J.», la ammonisce Kelsey, guardandola male, ma lei non ci bada.
«Vengo con voi», si offre Axel.
Axel, Ryan e Janette si allontanano, lanciandoci delle occhiate furtive e divertite.
Adesso anche i miei stessi amici tramano contro di me?
«Verrai in trasferta?», le domando così di punto in bianco.
«Non lo so, tu vuoi che venga?», controbatte.
Diamine, sì.
«Decidi tu, per me è uguale», dico per non darle soddisfazione.
«Allora non vengo». Si volta cominciando a camminare verso casa sua.
La rincorro, le prendo il polso, facendola girare verso di me. Però lei si sbilancia e le sue mani, piccole ed esili, si scontrano con il mio petto per sorreggersi.
«Verrai?», domando a un centimetro dalle sue labbra.

«Ripeto, vuoi che venga?»
«Forse», sussurro.
«Perché?».
Già… perché? Me lo chiedo anche io.
«L'ultima volta ho vinto grazie a te, quindi credo che tu sia il mio portafortuna personale», le faccio un occhiolino e mi allontano.
La sua vicinanza mi sta togliendo il respiro.
«Non è che comincio a piacerti, Leblanc?», chiede maliziosa.
«Ti odio, Cooper, ricordi?», domando riferendomi chiaramente alla nostra conversazione di sabato sera.
La stavo per baciare, dannazione.
«Ti odio anche io, addio e a mai più», sbuffa e mi saluta con un caloroso dito medio alzato.
Rimango fermo a osservarla mentre si allontana. Il vento soffia più forte del solito e ho proprio l'impressione che stia per piovere.
Meglio tornare a casa. Altrimenti potrei fare qualcosa di stupido come inseguire Kelsey e baciarla.
Improvvisamente però il cellulare prende a squillare. Estraggo l'iPhone dalla tasca dei jeans e il nome di Olsen lampeggia sul telefono.
Accetto la chiamata.
«Ho trovato qualcosa!», esclama con voce carica di eccitazione.
«Definisci qualcosa», borbotto e in automatico accelero il passo per arrivare il prima possibile in villa.
«Qualcosa di grosso, amico, non hai idea».
Mi bastano quelle parole. Riaggancio e mi metto a correre.
Ora sì che ragioniamo.
Caro Marcus Cooper, abbiamo scherzato, ma ora inizia la vera e propria guerra.
Unico vincitore? Matthew Leblanc.

Capitolo 46

Kelsey

Se dovessi elencare tutte le cose che sono successe in un mese, probabilmente verrebbe fuori un libro di cinquecento pagine.

Ancora non mi capacito di come sia possibile che ogni giorno ne succeda una.

Esempio? L'espulsione di Leblanc.

Per quanto possa sembrare incredibile, ho lottato pure contro mio padre per convincerlo a riammetterlo e alla fine lui, di sua spontanea volontà, ha deciso di ritirare la sua espulsione.

Ha anche aggiunto: «Lo sapevo che ti piaceva Leblanc, quella testa di…». E ha cominciato a insultarlo.

La mia vendetta contro di lui, ovviamente, arriverà molto presto. Farò qualcosa che farà sbellicare dalle risate tutto il college.

«Per oggi è tutto, ragazzi, ci vediamo la prossima settimana. Mi raccomando, studiate gli appunti che vi ho mandato per e-mail. Vi auguro un buon weekend», ci congeda il professor Leblanc.

Anche se è ancora mercoledì, il professor William Leblanc ci ha informato che purtroppo la sua lezione di venerdì è annullata. A quanto pare, deve recitare in un film.

Google lo ha descritto come l'uomo più affascinante di tutto il Canada. È apparso in diverse pellicole ed è molto apprezzato tra le ragazzine.

Comunque, devo ammettere che è un bell'uomo.

Il fascino è proprio una cosa di famiglia allora…

«Signorina Cooper», mi richiama il professore, appena arrivo davanti alla porta dell'aula.

Mi volto verso di lui, stringendomi la borsa in spalla.

«Volevo informarti che la A che hai preso al test di lunedì te la sei meritata», annuncia con un tono serio e autoritario, stringendosi la cravatta del suo costosissimo completo Armani.

Ecco perché lui e mio padre vanno d'accordo.

«Ne è sicuro?», domando incerta, mentre afferro il foglio del mio compito.

«Certo, ti sembro un uomo che si lascia minacciare da suo nipote?», mi dice con un sopracciglio inarcato.

Touché.

«Be'… no», replico con un sorrisetto divertito.

«Arrivederci, signorina Cooper», taglia corto per poi digitare qualcosa sul PC.

Annuisco ed esco dall'aula. Non riesco a crederci. Ho preso una A. È lì, scritta sul foglio. Faccio un saltello e mi dirigo verso il giardino. Appena arrivo fuori dal college, rimango per un istante a guardare il cielo sopra di me. In questo momento, c'è solo una persona a cui vorrei raccontare tutto e non è qui. Non tornerà mai più.

Mamma, mi manchi.

Quando mia madre morì, la mia vita precipitò. Mio padre entrò in depressione e io invece mi rifiutai di comunicare con il mondo esterno. Non proferii parola per settimane, rimanevo rinchiusa nella mia stanza ad ascoltare la nostra canzone preferita.

Soltanto dopo un anno, io e papà riuscimmo ad andare avanti.

Montréal per noi si è dimostrata un nuovo inizio.

Io e mio padre ci siamo fatti coraggio insieme, abbiamo accantonato il passato e ci siamo promessi di vivere la nostra vita.

«Kelsey!», urla una voce alla mia sinistra.

Mi volto e vedo Alison venire verso di me, con i capelli arruffati e il viso pallido.

Mentre la guardo, la realtà di quanto è accaduto mi piomba addosso. Alison tradiva Matthew.

Con Wells, forse? Non si sa.

Se Wells non ha la patente, quel giorno non poteva guidare la macchina che ho visto.

«Ali, ciao», la saluto con un cenno del capo, andandole incontro.

«Ti posso parlare?», mormora sistemandosi meglio il top scollato che le arriva fino a sopra l'ombelico.

No.

«Certo», dico invece.

Alison sorride e mi fa cenno di seguirla. Appena arriviamo abbastanza lontane da occhi indiscreti, si appoggia con la schiena a un albero e scoppia a piangere.

«Ali», sussurro facendo un passo verso di lei, timorosa.

«Sono patetica, vero? Piango per una cosa che ho causato io stessa», si sfoga mentre le lacrime le scendono sulle guance.

«Non sei patetica, Ali, siamo esseri umani e commettiamo errori costantemente», cerco di rincuorarla.

«Io non ho commesso nessun errore, sono una stupida», scoppia di nuovo a piangere.

Quando le persone piangono, sinceramente, non so mai come devo comportarmi.

Devo consolarla? No, magari è meglio di no.

Devo abbracciarla? Per carità.

Allora cosa diavolo devo fare? Meglio che rimanga immobile e aspetti quello che fa lei.

«Sono sempre stata al suo fianco, per due anni interi ci siamo supportati e forse anche… amati. Matt non mi ha mai fatto mancare nulla, i suoi occhi brillavano quando era con me. Matthew può sembrare il cattivo della storia, lo stronzo del college, ma è tutta una maschera», mi racconta Ali.

«Ali, ti posso fare una domanda?».

Lei annuisce.

«Hai… hai tradito Matthew?», chiedo titubante.

«Tu cosa pensi, Kels?», controbatte.

«Non lo so, avrei giurato che tu non fossi capace di fare una cosa del genere ma… ora non lo so», ammetto con sincerità.

«A quanto pare, ti sbagliavi», borbotta, socchiudendo gli occhi.

«Capisco», rispondo di fronte alla sua confessione. Consolare non è decisamente il mio forte.

«Sono sempre stata la ragazza perfetta, quella che tutti vorrebbero avere al loro fianco e ora, senza Matthew, non sono nulla. Sono diventata una delle tante ragazze carine a Montréal», continua asciugandosi le lacrime con il dorso della mano.

«Non dire così». Brava, Kels, in quanto a ovvietà stai andando forte.

Alison sta per aggiungere qualcosa ma viene interrotta da una voce familiare che mi sta chiamando da lontano.

«Kelsey!», urla Axel salutandomi a qualche metro di distanza.

«Devo andare, Ali», sussurro dispiaciuta. E anche un po' sollevata.

«Non preoccuparti», scuote la testa lei, sistemandosi i capelli.

«Ne riparliamo in questi giorni però, se ti va», aggiungo, voltandomi in direzione di Axel per allontanarmi.

«Kels», mi richiama lei.

Mi giro e la osservo in attesa.

«Trattalo bene», mormora piano prima di allontanarsi da me.

Ma a cosa si riferiva? A Matthew?

Rimango impalata per qualche secondo, incapace di metabolizzare le sue parole.

«Avevi proprio la faccia di una che voleva essere salvata», commenta divertito Axel quando lo raggiungo.

Sorrido e mi accarezzo il mento con il pollice, perplessa.

«Tranquilla, il tuo segreto è al sicuro con me», aggiunge lui, facendomi anche un occhiolino. Io, però, non sono in vena di battute. Le parole di Alison mi rimbombano in testa.

«Vieni a vedere gli allenamenti?», propone, quando non ribatto, e intanto si incammina verso la palestra.

«Vi picchierete?», chiedo, temendo la risposta. Axel, tuttavia, è una gradita distrazione.

«Non possiamo purtroppo, ordini del capitano supremo», scherza lui, mettendosi le mani in tasca.

«Allora no… dove sta il divertimento?», ironizzo.

«Se baci Trent come l'altra sera, è molto probabile che Matthew infrangerà le sue stesse regole», commenta divertito tirandomi una spallata.

«Non mi sfidare, Ax», lo guardo di sottecchi.

«Ti prego, fallo», mi esorta lui, probabilmente immaginandosi chissà quale scenario sanguinoso in mente.

«Quella sera ero ubriaca e arrabbiata, per questo ho baciato Trent», gli spiego alzando le spalle.

Ed è vero.

Non avrei mai baciato Trent, se non fosse stato per colpa di quell'omino Michelin di Matthew.

Volevo fargliela pagare e il modo migliore era baciare Trent Davis.

«Non importa, stammi a sentire». Axel ormai è partito per la tangente. «Tu vai da Trent, te lo sbaciucchi un pochino… lingua o non lingua, è uguale».

La mia smorfia di disprezzo vale più di qualsiasi parola. «Neanche morta».

«Allora, senza lingua», contratta, implorante.

«Non è una questione di lingua, Ax, non voglio baciare Trent. Punto e basta», sbuffo.

«Però ci esci stasera…», mi ricorda, come se non lo sapessi.

«E questo cosa c'entra?», ribatto.

«Se non lo vuoi baciare, perché ci esci allora?», mi domanda.

Non lo degno nemmeno di una risposta. Non ha senso. «Facciamo così», cambia strategia. «Scommetto cinquanta dollari che Matt tira un pugno a Trent, se lo baci».

Non so resistere a una scommessa…

«E se non glielo tira?», ribatto incrociando le braccia al petto.

«Ti prendi cinquanta dollari», scrolla le spalle.

«Affare fatto, tanto non succederà mai», gli stringo la mano ed entriamo insieme nello stadio.

«Se ne vedranno delle belle», mi dice Axel e sparisce verso gli spogliatoi.

Sbuffo e vado sugli spalti, dove c'è già seduta Janette. Appena si accorge della mia presenza, sventola una mano in aria facendomi cenno di raggiungerla. Oggi è più carina del solito, con i capelli raccolti in una coda che le ricade sulla spalla, e una t-shirt nera infilata nei pantaloni a zampa.

«Sei venuta ad assistere agli allenamenti del tuo fidanzatino?», la prendo in giro.

«E tu, invece?», mi rimbecca, senza rispondere.

«Mi annoiavo», scrollo le spalle.

«Certo, certo», alza gli occhi al cielo.

«Ho parlato con Alison», esordisco dopo qualche secondo di silenzio.

Janette si volta di scatto verso di me. «Cosa?»

«Mi è sembrata davvero dispiaciuta», ammetto a voce bassa.

«Lo ha tradito», sbotta di colpo, come se Alison avesse ucciso qualcuno.

«E se avesse mentito?», chiedo io incerta.

«Perché mentire su un tradimento? Non ha senso», scuote la testa.

In effetti, non ha tutti i torti.

Ci penso su, mentre osservo il campo da hockey alla ricerca di un briciolo di coraggio per vincere la scommessa che ho fatto con Axel.

«Oggi uscirai con Trent», dice lei, dopo un po'.

«A quanto pare», borbotto infastidita. La mia agenda se la ricordano proprio tutti.

«Non sembri molto contenta», mi fa notare.

Sto per rispondere, ma vengo interrotta dalla squadra di hockey che entra nello stadio. Sono tutti imbottiti di protezioni dalla testa ai piedi e con i soliti pattini in mano. Axel mi rivolge un occhiolino e io ridacchio.

«Che c'è da ridere?», domanda Janette perplessa.

«Aspetta e vedrai», le dico, poi prendo un respiro profondo e vado verso la squadra che si è tutta radunata sugli spalti sottostanti.

Trent è seduto in prima fila. Matt, Ryan e Axel invece sono posizionati a qualche seggiolina di distanza.

Mi fermo davanti a Trent. Non mi sfugge l'espressione carica di aspettativa di Axel, mentre Matt è troppo occupato ad allacciarsi i pattini.

«Trent», lo richiamo.

Lui alza la testa, guardandomi perplesso, e si alza dalla seggiolina rimanendo in bilico sui pattini. È altissimo così. La mia non è stata un'idea stellare.

«Ehm io...», borbotto impacciata, non sapendo cosa dire esattamente.

Nel momento in cui vedo gli occhi di Matthew saettare su di me, prendo coraggio e mi avvicino a Trent attirandolo a me dal colletto della maglia da gioco.

Mi alzo in punta di piedi e premo le mie labbra sulle sue. Stavolta, però, il bacio è ben diverso da quello della festa, le mani di Trent mi afferrano per le guance avvicinandomi ancora di più a lui. Nel momento in cui approfondisce il bacio, un brivido mi sale fino al collo facendomi sussultare dalla sorpresa.

Le nostre lingue si intrecciano, i nostri respiri si fanno sempre più affannosi e stranamente il bacio mi sta... piacendo.

Forse perché succede una magia. Immagino che al posto di Trent ci sia Matthew. Le sue labbra carnose che si muovono sulle mie, le sue mani che si infilano sotto le mie mutandine. Sento ancora il suo tocco esperto e provocatorio mentre mi stringeva la coscia da sotto il tavolo al George's.

Matthew è peccato, se mi dovesse toccare davvero, non so esattamente come potrei reagire…

Invece, sto baciando Trent, dannazione.

All'improvviso mi stacco e Trent mi sta fissando un po' perplesso.

«Buon… buon allenamento», balbetto. Mi volto e, mentre mi incammino di nuovo verso gli spalti, vengo tirata all'indietro.

«Che diavolo, Cooper?». Trent si passa una mano tra i capelli scompigliati.

Abbasso la testa, incapace di reggere il suo sguardo o spiegare il motivo del mio gesto.

«Non che mi dispiaccia, ovviamente, ma… che cazzo?», sbotta, confuso.

«Qualche problema qui?», tuona una voce dietro di noi.

Sgrano gli occhi e alzo la testa. Matthew è dietro Trent, le sopracciglia scure corrucciate e i capelli spettinati come se ci avesse passato le dita più volte.

«Leblanc, perché non ti fai gli affari tuoi per una volta?», lo rimbecca Trent voltandosi di scatto verso di lui.

«Ti sta infastidendo?», chiede Matthew, guardandomi dritta negli occhi.

Quando incrocio le sue iridi color smeraldo, dell'elettricità pura mi attraversa, lasciandomi senza parole.

«Dimentichi che è lei ad aver baciato me», lo provoca Trent.

«E tu hai dimenticato che ti avevo detto di non toccarla», ribatte Matthew con un ringhio.

«Okay, basta così», mi metto in mezzo appoggiando una mano sul petto di Matthew e una su quello di Trent per dividerli. «Non siamo nel Medioevo e non dovrete fare un duello con le spade per conquistarmi, quindi smettetela».

«Okay». Trent si allontana alzando le mani in segno di resa.

Matthew borbotta qualcosa e va verso Axel e Ryan.

Mi ci volevano proprio cinquanta dollari.

Inarco un sopracciglio e guardo Axel scuotere la testa afflitto. Salgo i primi scalini per tornare da Janette, ma mi blocco sul posto quando sento Trent riprendere la sfida.

«Deve essere umiliante per il povero Leblanc scoprire che la ragazza per cui ha una cotta ha preferito il difensore della squadra al capitano», lo canzona.

Trent, chiudi quella boccaccia.

Sbarro gli occhi e mi volto. Matthew in due secondi si avvicina a lui fronteggiandolo.

«Deve essere umiliante per il povero Trent arrivare sempre al secondo posto in tutto», lo prende in giro con un sorrisetto diabolico sul viso. «Hockey? Secondo posto. College? Secondo posto. La Cooper? Te la lascio volentieri, le bisbetiche non mi entusiasmano molto».

Matthew se ne va, non degnandolo di un ulteriore sguardo. Rimango impalata a fissarlo, Trent però sembra non avere la benché minima intenzione di lasciar stare.

«Leblanc», lo richiama. «Non sei tu a lasciarmela, è lei ad aver scelto me».
«Non sono un premio, razza di idiota, e nemmeno qualcosa su cui litigare», sbotto innervosita salendo gli scalini per tornare da Janette.
«Ma. Che. Diavolo?», sibila a denti stretti lei.
«Era una scommessa, J., rilassati», la rassicuro, sedendomi sulla seggiolina.
«Una scommessa?», si informa, perplessa.
«Ho scommesso cinquanta dollari con Axel che Matthew non avrebbe picchiato Trent se lo avessi baciato e, infatti, come volevasi dimostrare», sorrido soddisfatta, senza più guardare il campo.
«Ehm… Kels?»
«Ho fatto proprio bene a scommettere quei soldi, sapevo che…».
Janette mi interrompe bruscamente con una pacca sulla coscia. «Kels!».
«Che c'è?», sbotto. Le sto parlando, dovrebbe darmi retta…
«È meglio se ti giri», risponde con lo sguardo fisso sotto di noi.
Appena mi volto, rimango sbalordita.
Matthew è di fronte a Trent, di nuovo, con i pugni chiusi tesi di fronte a lui.
In due secondi mi precipito giù dalle scale.
«Smettetela di fare i bambini!», li rimprovero, battendo un piede a terra.
«Il tempo stringe, Trent, scegli», lo incalza Matt, con gli occhi smeraldo che fiammeggiano. «In uno di questi due pugni troverai una bella sorpresa».
Trent sorride e gli tira un leggero schiaffo al pugno destro.
«Be', ottima scelta». Matthew apre il pugno mostrando semplicemente la sua mano aperta.
«Leblanc, basta!», grido, ma è tutto inutile.
Matthew carica il colpo. A risparmiare Trent è l'intervento di Ryan che lo trascina via.
«Devi smetterla, Leblanc!», gli dico, tra il panico e la disperazione. «Non hai nessun diritto di comportarti così solo perché l'ho baciato».
«Credi davvero che lo abbia fatto per te?», chiede seccato. «Quel coglione si diverte a farmi infuriare di continuo. Tieni a mente queste parole, dolce Kelsey: io non sono il principe azzurro della tua fiaba».
Le sue parole sono crudeli, piene di rancore. Se la sta prendendo con me soltanto perché è arrabbiato con Trent.
«Vai all'inferno, Leblanc!», urlo e mi giro. Esco dallo stadio del ghiaccio e me ne vado.
Devo andare via da questo college.
Leblanc proprio non lo capisco. Prima mi tratta come se fossi il suo portafortuna e sembra tenere a me, poi mi umilia davanti a tutta la squadra.
«Kels!», urla Janette dietro di me.
Continuo a camminare, senza darle retta.
«Kels, fermati!», grida ancora.

Mi volto verso di lei con uno scatto. «Vuoi ancora giustificarlo oppure adesso lo vedi che è un grandissimo stronzo?».

«È un grandissimo stronzo, ma si è comportato così soltanto perché gli brucia che tu abbia baciato Trent», precisa.

«Certo, certo», alzo gli occhi al cielo. Mi pare evidente che non sia così, ma okay.

«Dai, andiamo al George's, così puoi sfogarti con l'unica persona che non ha paura di te», mi prende in giro, buttandomi un braccio attorno al collo giocosamente.

«Non vuoi vedere Ryan giocare?», chiedo.

«Tu sei più importante», mi sorride dolcemente.

Credo di essere una persona molto fortunata. In un college di perfetti idioti, sono riuscita a trovare l'unica persona che mi tratta con rispetto, dimostrandomi quanto mi vuole bene.

«Comunque la faccia di Leblanc mentre baciavi Trent è stata epica», aggiunge J., elettrizzata.

Gli sta bene a quel pallone gonfiato.

«La sua faccia è sempre la stessa: da schiaffi», ribatto innervosita.

«Una gran bella faccia da schiaffi», puntualizza, dandomi una spallata.

Ridacchio e poi la fulmino con lo sguardo. «Ehi, tu stai con Ryan».

«Ahia… sei anche gelosa?», mi prende in giro.

«Non sono gelosa», mi indispettisco, stringendomi la borsa in spalla.

«Kelsey Cooper è gelosa!», urla Janette saltellando verso l'uscita del college.

La rincorro, facendole cenno con la mano di abbassare la voce. «Sta' zitta, J.».

«Tranquilla, Matthew non è il mio tipo», ribatte come se non avessi parlato.

«Non mi interessa».

Lei finalmente molla l'osso e insieme ci incamminiamo verso il George's che oramai è diventato il nostro punto di ritrovo preferito.

In momenti come questi, però, la nostalgia mi assale.

Mi manca la mamma.

Mi manca casa.

Lei cosa mi direbbe di fare adesso?

«Pianeta Terra chiama Kelsey, ci sei?», mi prende in giro Janette sventolandomi una mano davanti al viso.

«Ci sono, sto pensando se è meglio rasare i capelli a Leblanc o tingerglieli di qualche colore strambo», borbotto pensierosa, toccandomi il mento con l'indice.

«Mmh… te lo immagini Leblanc con i capelli rosa?», ridacchia.

«Meglio il viola», suggerisco.

Entriamo al George's e mi fiondo subito al bancone del bar. Rosie è di spalle, i capelli legati in uno chignon disordinato ed è indaffarata con la macchina del caffè.

«Signorina Leblanc, suo fratello è uno stronzo», borbotto sedendomi sullo sgabello.

Janette sospira e si siede a fianco a me.

Rosie scoppia in una risata e si volta verso di noi. «Che cosa ha combinato, stavolta?».

Sto per rispondere ma qualcuno attira la sua attenzione.

«Aspettatemi al solito tavolo, stacco tra dieci minuti e poi potremo escogitare un piano di vendetta contro mio fratello», mi dice Rosie avviandosi verso dei tavoli con in mano due tazze fumanti di caffè.

Mi alzo dallo sgabello e vado a sedermi al nostro solito posto. Janette si lancia letteralmente sul divanetto di fronte.

«Comunque sto cercando di fumare di meno», esordisce, mettendosi seduta dritta, un po' a disagio.

«Ti vedo molto…», ci penso su.

«Nervosa?», mi interrompe lei. «Sono i primi effetti dell'astinenza».

In effetti, ora che ci faccio caso, si tocca più spesso i capelli e non riesce a stare ferma. «Non è il fumo, J.», asserisco con un tono serio.

«Ah no? E allora che cos'è?», mi rimbecca lei incrociando le braccia al petto.

«È *l'amour*!», scoppio in una risata.

«Vai al diavolo, Cooper, io e Ryan ci stiamo soltanto frequentando». Sempre la solita tiritera.

«Vi siete baciati?», chiedo.

«Certo, ma questo non vuol dire che stiamo insieme», puntualizza.

«Avete sco…».

Janette sbarra gli occhi e si allunga sul tavolo per tapparmi la bocca. «Assolutamente no».

«E che aspetti? La carrozza di Cenerentola?», le chiedo, appena mi libera.

«A volte mi fai paura, ragioni come la maggior parte dei ragazzi della nostra età», scuote la testa, ricadendo poi sul divanetto.

«Intendevo solo dire che se a te piace lui e viceversa, perché non…?».

Vengo interrotta da Rosie che si siede di fianco a Janette, slegandosi i capelli. «Di che parliamo?»

«Di scopate», sussurro.

«Oh interessante», replica lei, curiosa.

«Senders e J. non l'hanno ancora fatto», le spiego.

«Possiamo cambiare argomento?», chiede Janette sconcertata.

«Infatti, parliamo del mio appuntamento di stasera», la accontento, arricciando le labbra in una smorfia indecisa.

Io e Trent abbiamo deciso di andare allo Snowflakes per passare una serata tranquilla e per bere qualcosa.

«Trent è un cretino», sbuffa Rosie.

«Credo che Trent sia il meno cretino tra tutti gli studenti del college», chiarisco con una nota di sarcasmo nella voce.

«Che cosa indosserai?», mi domanda Janette.

«Vestitino nero, semplice. Del tipo guardami, ma non troppo».

Diciamo che non sono portata per gli appuntamenti. Tutti i ragazzi con cui sono uscita a Eureka sono finiti per scappare a gambe levate perché parlavo troppo. Quando sono nervosa tendo a blaterare.

«Vestitino nero vuol dire "Scopami Trent"», puntualizza Janette con un sopracciglio inarcato.

«Non voglio farmi Trent», chiarisco.

«E allora perché ci esci se neanche ti piace?», mi chiede Rosie.

«Perché...». Ci penso su ma non trovo una risposta esaustiva.

«Non lo sai neanche tu», mi canzona Janette.

«Che cos'è? Un complotto contro di me?», chiedo con gli occhi ridotti a due fessure.

«Stiamo solo cercando di capire perché diavolo vuoi uscire con Trent Davis», interviene Rosie.

«Perché è carino», rispondo con una scrollata di spalle.

«I cani sono carini, Kels, non un ragazzo con cui stai uscendo», sottolinea, scuotendo la testa.

«Fatto sta che uscirò con Trent, che vi piaccia oppure no», taglio corto.

«Ry!», urla all'improvviso Janette.

Io e Rosie sobbalziamo dallo spavento.

«Mi hai fatto quasi prendere un infarto, J.», la rimprovero.

Janette si alza, scavalca Rosie di fianco a lei e corre verso Ryan buttandogli le braccia attorno al collo.

Axel, dietro di lui, ha un sorrisetto malefico per la scommessa di questa mattina. Si siede accanto a me e mi guarda altezzoso. «Allora?»

«Dove sono i miei cinquanta dollari?», gli domando.

«Se Ryan non si fosse messo in mezzo, Trent un bel pugno se lo beccava», constata lui.

«Però alla fine non è successo. Prego, aspetto i miei cinquanta dollari». Allungo la mano, aprendola di fronte ai suoi occhi.

«Stronzetta», sbuffa lui, poggiandomi sul palmo una banconota da cinquanta.

Gli faccio un occhiolino e mi alzo dal divanetto. «Io vado che devo passare al supermercato per comprare da mangiare per Zeus».

«Buon appuntamento», ammicca Rosie.

«Uscirai davvero con quell'idiota, Kels?», mi domanda Ryan, sedendosi sul divanetto, seguito da Janette.

«Non le va neanche, chissà perché lo sta facendo», mi sbugiarda la mia cosiddetta amica.

«Addio», saluto tutti con una semplice sventolata di mano e mi dirigo a grandi falcate fuori dal bar.

Trent Davis forse non è esattamente il ragazzo giusto per me, ma si potrebbe rivelare una… *sorpresa*?

È tutto da vedere.

Entro nel supermercato e mi dirigo nel reparto del cibo per cani, ispeziono ogni singolo scaffale e alla fine decido di prendere una confezione di tutto.

Compro anche dei giochini, un guinzaglio nuovo e una pettorina. Pago tutto ed esco dal negozio con due buste piene zeppe di roba.

Appena arrivo a casa, mi guardo intorno alla ricerca di Zeus.

Sento abbaiare e mi affaccio subito in salotto. Mio padre è di fronte a Zeus: ha le braccia incrociate al petto e uno sguardo assassino.

«Papà?», domando.

«Questo cane è più testardo di te», sbuffa.

«Deve abituarsi a stare in casa», rispondo, avvicinandomi per accarezzarlo un po'.

«Tienilo lontano da me oggi, per favore», sospira lui, stravaccandosi subito dopo sul divano del salotto.

«Giornataccia?», chiedo.

«Da quando abbiamo messo piede a Montréal, è sempre una giornataccia», respira profondamente e abbandona la testa all'indietro per rilassarsi.

«Papà», cerco di rincuorarlo, sedendomi di fianco a lui e poggiando la testa sulla sua spalla.

Lui mi accarezza dolcemente i capelli. «Non è colpa tua, Kels».

«Possiamo sempre tornare a Eureka».

«No», risponde lui girandosi di scatto verso di me. «Tu ti trovi bene qui, Kels, e per la prima volta dopo anni ti vedo sorridere. Questo è quello che conta».

«Sì, ma se tu sei infelice…», replico pensierosa.

«Non importa, devo solo abituarmi a tutto questo», continua ad accarezzarmi i capelli con premura.

«Se vuoi, posso picchiare Leblanc», suggerisco, guardandolo di sottecchi.

«Cosa c'entra Leblanc? Ti ha detto qualcosa?», si informa, improvvisamente agitato.

«No, che diavolo dovrebbe dirmi quel pallone gonfiato?», lo interrogo, preoccupata.

«Va bene, ehm… io ho tanto lavoro da sbrigare, Kels». Mi prende la mano e ne bacia il dorso.

«Va bene, io tra un po' esco con Trent… ricordi?». Mi alzo dal divano e mi volto in attesa della sua reazione.

«Come potrei? Tronk… Che razza di nome è?». Mio padre scoppia in una fragorosa risata.

«Si chiama Trent, papà», lo correggo.
«È uguale… gioca a hockey e questo mi basta per odiarlo».
«Oh va bene, andiamo Zeus», taglio corto e salgo le scale per andare al piano di sopra.
Appena arrivo nella mia stanza, mi butto sul letto a braccia aperte, Zeus mi raggiunge e si accoccola di fianco a me.
Lo accarezzo un po' e intanto mi guardo intorno alla ricerca del coraggio per affrontare questo appuntamento con Trent Davis.

Capitolo 47

Kelsey

Dopo aver studiato e portato fuori Zeus, sono di fronte all'armadio per decidere cosa mettere per l'appuntamento con Trent. Dopo i commenti sul vestitino di oggi, sono un po' in confusione.

Decido che è arrivato il momento di farmi aiutare da Janette e Rosie.

Creo un gruppo per noi tre chiamandolo Superchicche e mando subito un messaggio.

SUPERCHICCHE
Kelsey: SOS.
Kelsey: Non ho la minima idea di cosa mettermi stasera.
Leblanc simpatica: Superchicche?
Biondina: Io sono quella bionda vestita di azzurro!
Kelsey: Ragazze, ho bisogno di aiuto.
Leblanc simpatica: Manda qualche foto, K. Qualcosa di sexy ma non troppo, capisci?
Biondina: Secondo me deve mettere uno di quei vestiti che urla "Strappamelo di dosso".
Kelsey: Non voglio farmi strappare il vestito da nessuno, razza di pervertita!
Biondina: Certo, certo…
Leblanc simpatica: Bugiarda…

Sbuffo e metto via il telefono. Indosso prima un grazioso tubino nero a maniche lunghe che arriva proprio sopra al ginocchio. Poi, provo un altro tubino, bianco, con del pizzo sulle bretelle, stretto sulla vita e che mi arriva fino alle ginocchia.

Scatto delle foto davanti allo specchio di entrambi gli outfit e le mando sul gruppo.

SUPERCHICCHE
Kelsey: Allora?
Kelsey: Quale dei due?
Leblanc simpatica: Il secondo urla proprio "Trent fai di me ciò che vuoi".
Kelsey: Trent non mi farà proprio un bel niente o si ritroverà senza mano!
Biondina: Il secondo ti sta divinamente.
Kelsey: Vado a prepararmi allora, addio.
Leblanc simpatica: Buon sbaciucchiamento.
Biondina: Vogliamo i dettagli.

Kelsey: Andate a quel paese!

Sbuffo e appoggio il telefono sul comodino.
Dopo essermi fatta una doccia fredda per schiarirmi le idee prima del fantomatico appuntamento con Trent, lascio i capelli mossi al naturale e torno in camera per vestirmi. Indosso il tubino bianco consigliato dalle mie amiche e mi dirigo di nuovo in bagno per truccarmi un po'.
Faccio partire *Poker Face* di Lady Gaga.
I ricordi di quella sera riaffiorano pian piano, Matthew che mi versa l'Ice in bocca…
Cambio canzone all'istante.
Metto le lenti a contatto e mi guardo allo specchio. Decido di aggiungere un po' di mascara alle ciglia, un po' di correttore sulle occhiaie e un rossetto rosso ciliegia sulle labbra.
Okay, ora sono pronta.
Torno in camera e mando subito una foto alle mie amiche.

SUPERCHICCHE
FOTO
Kelsey: Chi è la più figa di Montréal?
Biondina: Trent si mangerà le mani.
Leblanc simpatica: Le mani? Si mangerà qualcos'altro…
Kelsey: Ros!
Leblanc simpatica: Che c'è? Mica giocherete a carte, vero?
Biondina: Giocano a poker e Trent mette l'asso.
Kelsey: Questa conversazione finisce qua.
Kelsey: Addio.
Leblanc simpatica: Se sei in pericolo mandaci un messaggio.
Biondina: E noi veniamo a spaccargli la faccia.

Ridacchio leggendo gli strambi messaggi minatori delle mie amiche e poi metto il telefono dentro una borsetta nera a tracolla. Mi guardo allo specchio, contenta di aver scelto questo vestito. Sulla vita è stretto mentre sulla parte finale è molto più morbido, anche se forse è un po' troppo corto.
Per completare il look, metto delle scarpe classiche con dei tacchetti bianchi e scendo al piano di sotto facendo un gran baccano.
Mi affaccio in salotto e noto che mio padre si è addormentato davanti alla televisione proprio come un bambino.
Il mio telefono prende a squillare e mi sbrigo a silenziarlo per non svegliarlo.
Trent è qui.
«Zeus!», chiamo piano e lui in due secondi si precipita da me.
Gli lascio dell'acqua fresca e lo saluto con una carezza.
Dopodiché, esco di casa.
La macchina di Trent è proprio di fronte casa mia.

Prendo un gran respiro e percorro il vialetto di casa.

Appena sono davanti alla jeep nera di Trent, ho una strana sensazione.

Un flashback.

Non può essere.

È lei.

È la stessa macchina che ho visto quel giorno.

La stessa macchina su cui è salita Alison.

Sono la solita paranoica. Il modello è molto comune. Non vuole dire niente.

Mi sto comportando così soltanto perché sono nervosa. Devo smetterla e godermi la serata con Trent.

Salgo in macchina e, appena mi volto verso Trent per salutarlo, lui si avvicina lasciandomi un casto bacio sulle labbra. Sbatto le palpebre e mi allontano di scatto, allacciandomi la cintura di sicurezza.

«Andiamo?», domando guardando per un attimo fuori dal finestrino.

«Andiamo», conferma per poi sfrecciare via.

Silenzio.

Uno di quei silenzi imbarazzanti, da cui non sai come uscirne.

Lo guardo di sottecchi e ammiro il profilo perfetto del suo viso. Trent è attraente sotto ogni punto di vista: capelli castani, sopracciglia scure, labbra piene, naso all'insù e fisico snello. Indossa una semplice camicia bianca e un jeans nero. Sarà anche un cretino ma, diamine, è davvero bello.

«Venerdì, partita contro i Lions… è una squadra forte?», chiedo schiarendomi la voce.

Sul serio, Kelsey? Gli stai chiedendo qualcosa sull'hockey?

«Una delle più forti», risponde lui, imboccando la strada principale di Montréal. «I Parks in confronto erano una passeggiata».

Altro silenzio. Questo viaggio sta durando un'eternità.

«Vi picchierete anche stavolta?», lo interrogo.

«Molto probabile», risponde vago, parcheggiando poi la macchina dall'altro lato della strada rispetto allo Snowflakes.

«Canterai stasera?», mi domanda Trent uscendo dalla jeep.

Esco anche io, richiudendo lo sportello con troppa forza. «No, stasera…».

Non faccio in tempo a finire la frase che Trent si rivolge a qualcuno.

«Ehi, amico!». Trent va incontro a qualcuno fermo di fronte allo Snowflakes. Wells, il ragazzo che abbiamo visto quella sera con Alison.

Cominciamo bene.

Lo seguo e rimango in disparte, attendendo delle presentazioni che però… *non arrivano.*

«Andiamo, Kels, ci uniamo a questo mio amico. Ti dispiace?», mi chiede infine scrutando il mio abbigliamento dalla testa ai piedi.

Sì che mi dispiace.

«No, va bene», mento, cercando di risultare convincente.

Trent mi prende per mano e insieme seguiamo Wells all'interno del locale. Tutti e tre ci sediamo su un divanetto che è posizionato proprio di fronte al palco.

Imbarazzata e chiaramente a disagio, mi strofino i palmi delle mani sulle cosce.

«La famosa Kelsey Cooper, non ci siamo mai presentati. Sono Wells», mi sorride lui e allunga una mano verso di me.

Gliela stringo, titubante. «Sono Kelsey, ma questo lo sapevi già, quindi…». Non nascondo di essere scocciata.

«Ha proprio un bel caratterino», inarca un sopracciglio Wells guardando il suo amico di fianco a sé.

«Già, un caratteraccio, volevi dire», ridacchia Davis.

«Ti taglio la lingua, Trent», lo minaccio fulminandolo con lo sguardo.

Perché diavolo sono qui?

«Dicci di più, Cooper, di dove sei?», mi chiede Wells mentre con una mano cerca di richiamare l'attenzione del cameriere.

«Eureka», rispondo secca guardando ovunque tranne loro due.

Ma che cos'è? Un'uscita a tre?

«Mai sentito, dove si trova?», interviene Trent.

Mi volto verso di lui. «California».

«Noi siamo originari di Montréal, cresciuti a hockey e patatine fritte», scherza Wells.

«Ciao Kels, ciao ragazzi», saluta la cameriera, si chiama Lizzie e lavora qui ogni sera. Tiene in mano un taccuino e una penna. «Cosa vi posso portare?».

La saluto con un sorriso e sto per ordinare, ma Wells mi anticipa.

Mi prendo un minuto per osservarlo. Wells Harris ha il classico fascino del bello e dannato. Capelli castano scuro, più lunghi ai lati e ricci sul ciuffo. Occhi dorati, labbra sottili, naso grosso e sopracciglia folte. La t-shirt nera aderente mette in risalto il suo corpo muscoloso. Ha parecchia autostima dato che ci sta spudoratamente provando con Lizzie, ammiccando e sorridendo come un cretino.

«Tre Sex on the Beach?», chiede Wells, distogliendo l'attenzione da Lizzie.

Io e Trent annuiamo all'unisono. Wells sorride alla cameriera che però se ne va un po' disgustata.

Né lui, né Trent parlano. Io davvero non capisco che cosa ci faccio qui.

Sono in imbarazzo? Sì, dannazione.

All'improvviso il cellulare squilla.

Prendo il telefono e apro il messaggio.

Omino Michelin: Come sta Zeus?
Kelsey: Bene, grazie di averlo chiesto.

Sbuffo e poggio il telefono sul tavolo.

Mi ha davvero scritto soltanto per chiedermi come sta il mio cane? Che razza di imbecille. E pensare che sa che sono a un appuntamento con Trent.

I nostri Sex on the Beach arrivano molto prima del previsto. Ne prendo un gran sorso, arrivando praticamente alla metà, e sblocco il cellulare per vedere se l'idiota ha scritto altro.

Niente.

«Allora, Cooper, te la fai con Leblanc?», domanda Wells di punto in bianco, mentre io bevo un paio di sorsi.

Il drink mi va di traverso. Tossisco un po' e mi batto una mano sul petto per evitare di finire in ospedale.

«Che cazzo, Wells?», sbotta Trent.

«Che c'è? Ho fatto soltanto una domanda», scrolla le spalle lui.

«Domanda fuori luogo, coglione», ringhio a denti stretti, fulminandolo con lo sguardo.

«Quindi…è vero?», replica.

«Sì, è vero che adesso te la faccio vedere io». Mi alzo dal divanetto ma vengo fermata da Trent.

«Vatti a fare un giro», sbotta quest'ultimo, rivolto all'amico.

Wells sbuffa, afferra il suo cocktail e se ne va.

«Scusalo, Kelsey», sorride Trent risedendosi sul divanetto.

«Scuse non accettate», sospiro e mi riaccomodo anche io.

La mano di Trent si posa sulla mia coscia scoperta e io sussulto a quel contatto così improvviso. Gliela schiaffeggio e lui la toglie subito.

«Curioso… prima mi baci davanti a tutta la squadra, ora neanche ti posso sfiorare», mi fa notare.

«Sì be'…». La notifica di un messaggio mi fa distrarre.

«Chi è che ti scrive a quest'ora?», domanda Trent.

«Janette», mento.

Abbasso la luminosità del telefono e apro il messaggio.

Omino Michelin: Le mani.

Kelsey: Che vuoi, Leblanc?

Omino Michelin: Quella mano gliela taglio e la appendo in camera come trofeo.

Kelsey: Lasciami stare.

Kelsey: Aspetta, ma dove sei?

Omino Michelin: Più vicino di quanto credi.

Kelsey: Sei inquietante. Datti una calmata.

Omino Michelin: Non posso se tu continui ad agitarti su quel divanetto, chiaramente a disagio.

Kelsey: Non mi sto agitando.

Omino Michelin: Ah no?

Kelsey: No, addio, Leblanc.

Blocco il cellulare e lo poso nuovamente sul tavolo.
«Problemi d'amore con Ryan», faccio finta di niente e mi volto di nuovo verso Trent.
Distrattamente però vedo una persona molto familiare a qualche metro di distanza da noi. Matthew è stravaccato sul divanetto, con il mento poggiato sul palmo aperto della mano e lo sguardo inchiodato su di me.
Vicino a lui c'è una ragazza bionda che gli sta parlando di qualcosa. Mi mordo il labbro inferiore con nervosismo e lui inclina la testa da un lato con un fare strafottente e manipolatore.
«Kels?», mi richiama Trent perplesso.
«Oh… scusami», borbotto dispiaciuta, ricomponendomi.
«Verrai a vedermi venerdì?», domanda di punto in bianco, prendendomi una ciocca di capelli tra le dita.
«Accompagno J.», replico.
«Quindi verrai», conclude soddisfatto continuando a sorseggiare il suo cocktail.
Io finisco di bere il mio e poso il bicchiere vuoto sul tavolo. «Per te è così importante l'hockey?»
«È tutta la mia vita», risponde lui.
«Sin da piccolo?», lo interrogo.
«Sì. La prima volta che mio padre mi ha portato a giocare avevo soltanto cinque anni. Il bastone era così pesante che non riuscivo neppure a sostenerlo».
«Dev'essere molto fiero di te», commento, svogliata.
«Molto», conferma e poi, per la seconda volta, mi abbandona senza spiegazioni per salutare un suo amico.
I miei occhi cadono ancora su Matthew, di nuovo.
Mi guarda mentre ricopre di baci il collo della sua accompagnatrice. Schiude le labbra e ci passa la lingua sopra. Lecca, lecca e lecca ancora. Un calore improvviso si fa spazio sulle mie guance, ma in nessun modo riesco a distogliere lo sguardo da quella scena.
Trent per fortuna torna, risedendosi sul divanetto. «Che hai? Sei tutta rossa».
Effetto Leblanc, caro Trent.
«Fa caldo qui dentro», mi giustifico sventolandomi con la mano.
«Sei bellissima», sussurra lui e in pochi secondi me lo ritrovo col viso a pochi centimetri dal mio.
Oddio.
Vengo salvata, per fortuna, dallo squillo del cellulare.
Un altro messaggio.

Omino Michelin: Non farlo, Cooper.

Kelsey: Mi spieghi che vuoi?
Omino Michelin: Trent non fa per te.
Kelsey: E chi farebbe per me? Sentiamo.
Omino Michelin: Non lui.
Kelsey: Vaffanculo.
Omino Michelin: Tu hai bisogno di un ragazzo che ti faccia toccare il cielo con un dito.
Omino Michelin: Di un ragazzo che ti faccia provare emozioni indescrivibili.
Omino Michelin: Di un ragazzo che sappia toccare i punti giusti.
Kelsey: Vaffanculo, parte due.
Omino Michelin: Lui ti piace, Cooper?
Kelsey: Smettila di messaggiarmi.
Omino Michelin: Smetterò ma tu non baciare Trent.
Kelsey: Lasciami in pace.
Kelsey: Mi stai rovinando l'appuntamento.
Omino Michelin: Lo ha già rovinato lui.
Kelsey: Vaffanculo, parte tre.

Blocco il cellulare e lo appoggio furiosamente sul tavolo.

Trent mi guarda perplesso e mi scosta dal viso delle ciocche di capelli. «Altri problemi d'amore?»

«Qualcosa del genere», ribatto.

Lui sorride e si avvicina nuovamente a me. «Dov'eravamo rimasti?».

Nel momento in cui Trent sta per baciarmi, viene travolto da Wells che gli si butta addosso come una furia.

«Che cazzo, amico?», sbotta Trent alzandosi dal divanetto e cercando di scrollarselo di dosso.

«Stavo per fare una rissa», si giustifica Wells biascicando. È chiaramente brillo.

«Con chi?», chiede a quel punto il moro.

«Vieni». Wells gli fa cenno di seguirlo.

«Torno subito, quello lì tende a combinare sempre guai», sbuffa Trent e si allontana seguendo il suo amico.

Che bella serata.

Ormai esausta mi alzo dal divanetto e vado verso il bancone del bar. Saluto Mark, il mio barista preferito e gli chiedo di darmi qualcosa di forte.

Lui ridacchia e mi pone davanti agli occhi tre shottini di diverso colore. Uno giallo, uno rosso e uno blu.

«Scegli», mi incalza lui.

Scrollo le spalle e mi scolo prima quello blu, poi quello rosso e infine quello giallo.

Il barista mi applaude e torna poi a servire altre persone che c'erano in fila.

Un altro messaggio.

Ora lo ammazzo, e stavolta sul serio.

Apro la notifica e rimango paralizzata per qualche secondo.

Omino Michelin: Ti devo parlare.
Kelsey: Parla con questo 🖕
Omino Michelin: Vieni nel bagno del personale.
Kelsey: Non vado proprio da nessuna parte.
Omino Michelin: Ti aspetto qui.

Mi metto il telefono in tasca, andando alla ricerca di Trent ma di lui non si vede neanche l'ombra. Sbuffo e in quel momento la mia irrazionalità prende il sopravvento. Mi dirigo a grandi falcate verso i bagni del personale.

Imbocco il chilometrico corridoio dietro il palco, apro la porta del bagno e mi fiondo all'interno.

Mi guardo intorno e avanzo di un passo, alla ricerca di Matthew.

Lui però non c'è.

Improvvisamente una mano mi trascina con sé dentro uno dei cubicoli, richiudendo poi la porta con un tonfo.

«Che vuoi, Leblanc?», sbotto, rimanendo a debita distanza.

«Niente, sembravi annoiata prima», commenta, appoggiandosi con la schiena alla porta.

«Si può sapere per quale diavolo di motivo dobbiamo parlare chiusi qui dentro?», domando.

«Così il tuo fidanzatino non ci vede», ribatte, alzando un sopracciglio.

«Non c'è nessun fidanzatino», sbuffo.

«Certo che non è il tuo fidanzatino, direi più che è un… *rimpiazzo*», sibila l'ultima parola.

«Rimpiazzo?», chiedo sconcertata.

«Era abbastanza evidente che eri a disagio, Cooper». Si sistema intanto il colletto della camicia.

Perché deve indossare queste camicie bianche che lo rendono così sexy?

I jeans neri, di un tessuto morbido, gli calzano a pennello, evidenziando le sue gambe toniche da giocatore di hockey. I capelli sono pettinati e sparati verso destra con del gel, più corti ai lati e più lunghi sul ciuffo. Sta da Dio.

«Ah sì? E sentiamo, genio della lampada… perché ero a disagio?», continuo a sfidarlo tenendo il mento ben alzato.

«Perché con lui non provi neanche un'emozione, che sia odio o che sia amore… *Niente*», mi gela. Ha ragione, ma non posso ammetterlo con lui.

«Sì certo, ora vai al diavolo e fammi passare». Cerco di superarlo e di aprire la porta ma lui me lo impedisce.

Rimango per un po' a fissare il suo petto, poi il mio mento viene brutalmente catturato dalle sue dita che mi costringono a guardarlo dritto negli occhi. Le sue pupille, scure come la pece, si dilatano ogni volta che mi guardano con questa intensità.

Ho la pelle d'oca.
«Si può sapere che diavolo vuoi da me?», sibilo a denti stretti, sostenendo il suo sguardo.
«Trent non fa per te», ribadisce.
«Oddio… sei ripetitivo. Non evitare la mia domanda», rispondo determinata.
«Trent ti vuole soltanto usare per arrivare a me».
Forse gli devo dire che temo che Alison l'abbia tradito con Trent? No, stavolta mi faccio gli affari miei.
«Te l'ha detto lui?», lo incalzo.
«No, ma non è difficile capirlo, si diverte a tormentarmi e ci sta provando con te soltanto perché pensa di darmi fastidio».
«Lo sai che c'è, Leblanc?», sibilo, furiosa. Come osa sminuirmi così? «Sei solo un bambino frustrato che si nasconde dietro una maschera da stronzo. Ti credi superiore a tutti, ma non lo sei».
«Ah sì? E che altro?», mi sfida lui con un sorrisetto sghembo.
Socchiudo gli occhi e mi preparo all'assalto. «Che faccia farà il signor George Leblanc appena scoprirà che il suo figlio perfetto in realtà non vale niente?».
Le sue pupille si dilatano, le iridi si fanno sempre più scure. Sospira profondamente per poi avventarsi su di me. Finisco contro la porta. La sua mano si chiude attorno alla mia gola e le sue dita affusolate mi solleticano la pelle. Dei brividi pian piano si stanno facendo spazio su tutto il mio corpo. Non dovrebbe piacermi, questo contatto, eppure sta facendo accendere ogni singola terminazione nervosa. Serro gli occhi, cercando di combattere questa sensazione.
Lui continua a tenere la sua mano attorno alla mia gola però… non stringe. La tiene là, ferma, come se stesse cercando di capire se mi piaccia oppure no.
Riapro gli occhi. Lui mi fissa con quelle sue gemme smeraldo e un ghigno sulle labbra perfette.
«Porca puttana», mormora a voce bassa.
Sbatto più volte le palpebre. «Che vuoi? La verità ti brucia?»
«Non era per quello», si affretta a rispondere tenendomi ancora saldamente stretta.
«E allora per cos'era?», ribatto.
«Dimmi un po', tesoro». Il suo viso arriva a un soffio dal mio. «Sei una di quelle a cui piace la stretta attorno al collo?».
Il mio corpo è paralizzato. Fremo dalla voglia di avvicinarmi, di baciarlo.
«E anche se fosse?», lo provoco.
Matthew sorride e si avvicina al mio orecchio. «Preferisci così…». La sua mano non si muove.
«Oppure, così», mormora ancora e una scarica di brividi mi travolge all'im-

provviso, nel momento in cui mi stringe la gola, non troppo forte, ma quanto basta per farmi fremere. La avvolge in modo piacevole, eccitante e perverso.

«Matthew», sussurro con voce ovattata.

Non ci capisco niente.

«Rispondi», asserisce con voce decisa e intanto mi mordicchia il lobo dell'orecchio.

«Che… che cosa?», balbetto impacciata, buttando la testa all'indietro.

«Ti piace che stringa, oppure no?»

«Nessuna delle due», rispondo con decisione cercando di ricorrere alla poca razionalità che mi è rimasta.

«Bugiarda», ghigna e con la mano libera percorre il mio corpo, cingendomi la vita per attirarmi verso di lui.

Ora siamo praticamente appiccicati, pelle contro pelle. Respiro contro respiro.

È sbagliato, continuo a ripetermi, ma non riesco a fermarlo.

«Spostati», gli dico, ma dal mio tono sembra che voglia l'opposto. E forse persino di più.

«Perché dovrei?», domanda con un sorrisetto.

«Perché…».

Il suo sospiro mi distrae e per un attimo perdo il filo.

«Perché tu non mi piaci, incarni il prototipo di ragazzo che odio e da cui devo tenermi lontana», rispondo secca mentre la mia mano, in automatico, si posa sul suo petto per cercare di allontanarlo.

«Eppure questo ragazzo ti sta facendo… *eccitare*», commenta divertito.

«Non è vero», mento di fronte all'evidenza.

«Sei bagnata», afferma con decisione. Ha ragione, ma non lo ammetterò mai.

«E tu come fai a saperlo?», lo rimbecco alzando un sopracciglio.

«È un invito a farmi controllare, forse?», domanda.

«No, ti ho detto di spostarti», rispondo ma non sembro convincerlo. Non convinco nemmeno me stessa.

«Ti sei messa questo vestitino per lui, eh?», si informa incuriosito e la mano che prima mi stava cingendo la vita si sposta lentamente sull'orlo dell'abito.

«Problemi?», ribatto decisa.

«Nessun problema. Se tu fossi mia, ti farei mettere questi vestitini ogni giorno», sogghigna.

«Però non sono tua, quindi…», gli ricordo.

«E lo sai perché ti farei mettere questi dannati vestitini?», mi provoca, come se non avessi parlato.

«Leblanc, basta», lo imploro, ricorrendo all'ultimo briciolo di autocontrollo che mi è rimasto.

«Permetterei agli altri ragazzi di guardarti, di desiderarti, sapendo che l'unico che ha il permesso di toccarti sono proprio io», mormora infine con una voce talmente sexy che… *Dio santo.*

Qualcuno chiami un'ambulanza, sto per svenire.

«Non succederà mai. Tu non mi toccherai mai, Leblanc», stabilisco, senza crederci neanche un po'.

All'improvviso la sua mano mi stringe la coscia. «Ti sto già toccando, tesoro».

«Dettagli», taglio corto e distolgo lo sguardo.

«Anche questo rossetto rosso lo hai messo per lui, mmh?». La mano che prima mi stava accarezzando la coscia sale fino al viso. Si ferma sulle guance, accarezzandole, e poi va a finire proprio sulle mie labbra.

«Geloso?», lo canzono con un sorrisetto diabolico.

Borbotta qualcosa che non riesco a capire. Le sue dita mi accarezzano dolcemente le labbra, avanti e indietro.

«È sbagliato, Cooper, non dovrei», scuote la testa, ma sembra non riuscire a staccarsi da me. Le sue carezze lente e la sua presa mi mandano fuori di testa.

Piacere. Questo è quello che provo adesso.

«E chi lo dice? Tuo padre?», lo istigo e mi perdo nei suoi occhi pieni di desiderio.

«E tu che ne sai di quello che dice mio padre, eh?». Inclina la testa da un lato.

«Mi sbaglio?», lo rimbecco, strafottente.

«Sei soltanto una ragazzina insolente che si diverte a provocare la persona sbagliata».

Il suo pollice all'improvviso mi preme sul labbro inferiore.

«Apri», sussurra.

Scuoto la testa, ma lui non si ferma.

«Apri questa bellissima boccuccia, tesoro», mormora con un tono dolce.

Non so per quale motivo, mi ritrovo a schiudere le labbra.

«Succhia», sussurra, mettendomi il suo pollice in bocca. Le mie mutandine sono ancora più bagnate.

Che razza di problemi ho?

Però faccio quello che mi dice. I suoi occhi si chiudono per un istante, beandosi della mia insolenza.

Li riapre e mi fissa, togliendo il pollice dalla mia bocca per poi leccarlo a sua volta, come se mi stesse sfidando.

«Contento?», lo provoco.

«Quando torni di là da Trent, ripensa a questo momento, Cooper… alla mia mano stretta attorno alla gola, al mio pollice tra le tue labbra e a quanto ti sei eccitata», sussurra a pochi centimetri dal mio viso, poi si allontana con uno scatto ed esce dal bagno. Sento la serratura scattare.

«Leblanc, fanculo…», sbotto e tiro la maniglia, ma la porta non si apre.

Mi ha chiusa dentro.

«Leblanc, fammi uscire. Subito!», grido, battendo entrambe le mani sulla porta.

«Ti sto facendo un favore, Cooper, quel cretino di Trent non ti merita», replica.

«Fammi uscire, Leblanc, ti prego!», urlo picchiando più forte.

No. Non può essere.

«Qualcuno entrerà e ti farà uscire, tranquilla», ridacchia e poi lo sento uscire.

Sono rimasta da sola, sono chiusa in un bagno dopo che lui mi ha ingannata.

Lui però non poteva saperlo.

Non poteva sapere che il mio più grande incubo è cominciato proprio da un bagno e una porta chiusa.

I ricordi pian piano riaffiorano.

Le urla di mio padre e mia madre.

Poi il… nulla.

Non riesco a ricordare.

Perché?

Ero chiusa nel bagno e poi… niente.

Mi accascio a terra e mi prendo il viso tra le mani.

«Mamma», sussurro chiudendo gli occhi.

Ma lei non è qui.

Forse in due avremmo potuto salvarla e farla ragionare…

«*Kels… la mamma è morta*».

No. Victoria Cooper si è suicidata.

Capitolo 48

Matthew

Questa mattina mi sono svegliato con una voglia irrefrenabile di rompere le ossa a qualcuno.

C'è chi si sveglia con una voglia di caffè, pancake, waffle e invece io sono così.

I Lions Rebel sono tra le squadre più forti della lega del Québec, il nostro campionato. Hanno una buona difesa e una linea di attacco veloce e imprevedibile.

Tuttavia, è difficile battere gli Sharks.

Noi siamo una di quelle squadre scomode che non vorresti mai dover incontrare all'inizio del campionato.

Per darmi la carica giusta per la giornata, mi sono fatto una bella doccia fredda e mi sono preparato, indossando la tuta nera della squadra, abbinandoci le mie solite Jordan bianche.

Prendo il cellulare dal comodino e me lo infilo in tasca per poi uscire dalla mia stanza, stringendomi il borsone in spalla. Ci incontreremo tutti quanti di fronte al college, dove ci verrà a prendere un pullman che ci scorterà a Québec City, a quasi tre ore da qui.

Non so come abbia fatto, ma Ryan è riuscito a convincere il coach a far venire Janette, Kelsey e Rosie con noi. È difficile persuadere un uomo come Smithy, quindi suppongo che si sia beccato come minimo dieci insulti consecutivi.

«Ragazzi!», urlo a squarciagola mentre prendo a bussare alle stanze dei miei migliori amici.

Una porta si apre, ma non è nessuna delle loro. È quella di Olsen che appare con un borsone nero in spalla e i capelli arruffati e disordinati.

«Capitano», mi saluta lui con un cenno, prima di superarmi.

«Che diavolo vuoi, Matt?», brontola Axel dalla sua stanza con voce assonnata.

Sicuramente il biondo questa mattina si è svegliato, preparato e poi si è riaddormentato.

Lo fa ogni volta.

Axel dormirebbe sempre e ovunque.

Beato lui…

Io ormai non dormo come si deve da tanto tempo.

Per dargli un po' di fastidio, spalanco la porta di Axel e infatti lo trovo buttato sul letto, vestito di tutto punto.
«Dov'è Ryan?», gli chiedo.
«È già andato via, si vedeva con Janette», borbotta in risposta Axel.
«Ti aspetto giù, coglione», lo liquido, uscendo per poi dirigermi al piano di sotto insieme a Olsen.
Appena siamo fuori dalla villa, Olsen affronta il discorso di quello che abbiamo scoperto sul rettore.
«Allora?», mi domanda Olsen controllando in giro che non ci sia nessuno ad ascoltarci.
«Cosa?», ribatto.
«Hai parlato con Cooper?», indaga, mettendosi le mani nelle tasche della tuta.
«Quale dei due?», scherzo io.
Olsen incrocia le braccia al petto, fissandomi con un sopracciglio inarcato. Okay, lui non è in vena di battute.
«Ci ho parlato», rispondo.
«Quindi?», mi incalza lui.
«Quindi da lunedì potremo ricominciare a fare quello che vogliamo», affermo, con un sospiro di sollievo.
Un sorrisetto diabolico si fa spazio tra le sue labbra. «Be', facevamo in ogni caso quello che volevamo».
«Ora, però, non c'è più il rischio di essere espulsi», puntualizzo.
«Secondo te è vero?», domanda di getto Olsen.
«Non lo so, Ols», rispondo pensieroso.
Quello che ha trovato è stato inaspettato e anche molto inquietante. La domanda però che mi sta tormentando è: Kelsey ne sa qualcosa?
Di sicuro sì.
Come potrebbe non saperlo?
A ogni modo, ho usato quelle poche prove che avevamo sottomano per ricattare il rettore Cooper e piegarlo al nostro volere. Ci è cascato in pieno e mi ha anche supplicato di non dire niente in giro.
Patetico.
Insieme a Olsen abbiamo archiviato tutto in un file, decidendo di non dire nulla a nessuno.
Ci siamo fatti questa promessa.
«A che pensi, Matt?», mi chiede Olsen, chiaramente nervoso per la questione.
«Ne vale la pena?», ribatto.
«Che vuoi dire?», mi guarda un po' perplesso.
«Ne vale la pena far soffrire una persona per un capriccio?».
Olsen non ha neanche il tempo di rispondere che la porta della villa si spa-

lanca all'improvviso. Axel barcolla sui gradini, stringendosi la borsa in spalla e con degli occhiali da sole sulla fronte.

«Non una parola», sussurro a denti stretti.

Olsen annuisce in risposta mentre il biondo arriva di fronte a noi, posa il borsone a terra e comincia a massaggiarsi la spalla con una smorfia di dolore dipinta sulle labbra.

«Sembra che stia trasportando un cadavere, non l'attrezzatura per giocare a hockey», si lamenta.

«Non lagnarti e muoviamoci, altrimenti il coach ci lascia a piedi», ridacchio e mi incammino verso il college seguito dai miei amici.

«Vi ricordate quella volta che ha lasciato a piedi quel tipo al primo anno che poi si è dovuto fare un'ora di camminata per arrivare?», domanda Olsen divertito.

E come potrei dimenticarlo?

Era un ragazzo del primo anno. La partita si teneva a Brossard, da Montréal distava venti minuti di macchina. Il poveretto non arrivò in tempo per il ritrovo. Il pullman partì e lo lasciò lì, difatti fu costretto a farsela a piedi e arrivò dopo un'ora.

Il coach Smithy lo insultò chiamandolo Flash…

«E come dimenticarlo? Flash che fine ha fatto?», domanda Axel rimettendosi la borsa in spalla.

«Credo abbia cambiato college», replico.

Io, Olsen e Axel ci mettiamo in marcia verso il college e io non vedo l'ora di vedere Kelsey. Dopo quello che è successo allo Snowflakes, non abbiamo più parlato. Non so perché, ma ho come l'impressione che mi stia evitando.

Forse per lo scherzetto del bagno?

«Amico, rimani fino a domenica con noi, giusto?», chiedo a Olsen, tirandogli una spallata giocosa.

«Ols, ci devi essere, alloggiamo al Fairmont le Château Frontenac», gli dice Ax enfatizzando il nome con voce teatrale.

«Fairmont che?», chiede, scoppiando poi in una risata.

«È uno degli hotel più prestigiosi di tutto il Paese, c'è persino la spa», ribatto io.

Ovviamente, grazie all'aiuto di papà Leblanc, siamo riusciti a prenotare una suite imperiale dove staremo tutti insieme. Ci sono cinque camere da letto, tre bagni e persino una jacuzzi.

«E quanto ci verrà a costare?», domanda Olsen grattandosi la nuca con l'indice.

«Costare? È offerto dal padre di Matt», risponde Axel, come se fosse ovvio.

«Si dà il caso che il direttore dell'hotel dovesse un favore a mio padre, quindi…», scrollo le spalle e chiudo la questione. Ci avviciniamo alla squadra

di hockey radunata sul marciapiede davanti a un pullman blu scuro con la scritta SHARKS STRUTTMAN e il logo dello squalo.
«Che favore gli doveva?», indaga Olsen alzando un sopracciglio.
«Qualche cazzata sull'hockey», mi limito a rispondere.
«Non vedo l'ora, facciamo baldoria!», urla Axel saltellando verso la squadra.
Appena arrivo di fronte al pullman, Ryan viene verso di me seguito da Janette e Rosie.
«Pronto, capitano?», mi chiede Ryan appoggiando il borsone a terra.
Dov'è Kelsey?
«La Cooper?», domando.
«Ha la febbre», risponde Janette e mi incenerisce con lo sguardo.
«Febbre?», chiedo, un po' preoccupato.
«A quanto pare, a meno che... tu non le abbia fatto qualcosa ed è per questo che ha detto che non viene», insinua Rosie.
«Stavolta sono innocente», ribatto risoluto, mentendo.
«Forse Trent le ha fatto qualcosa all'appuntamento?», sussurra Ryan con un'occhiata a Trent che è a qualche metro di distanza da noi.
«Impossibile», replico.
Ryan aggrotta la fronte e mi guarda un po' perplesso. Ai miei amici non ho detto del mio incontro con Kelsey allo Snowflakes.
«E tu che ne sai?», si informa dubbioso Ryan.
«Lo so e basta», taglio corto.
«Tra venti minuti si parte!», urla il coach Smithy mentre, a grandi falcate, si dirige verso il college per sbrigare le ultime faccende per la trasferta.
«Torno subito», annuncio. Mollo il borsone e corro via.
«Ma dove stai andando, Matt?», mi urla dietro Ryan.
«A prendere la Cooper», grido in risposta e intravedo Trent con le labbra serrate in una perfetta linea retta e lo sguardo di chi vorrebbe rompermi il naso.
Ho esattamente venti minuti spaccati per prelevare Kelsey da casa sua e portarla su quel dannatissimo pullman prima che Smithy mi lasci a piedi.
Con il fiatone, arrivo di fronte alla casa dei Cooper e prendo il telefono dalla tasca per mandarle un messaggio.

Matthew: Esci.

Rimango con la chat aperta. Alzo la testa per guardare verso la stanza di Kelsey ma di lei non c'è nessuna traccia. All'improvviso, però, sento Zeus abbaiare e in quel momento la vedo affacciata alla finestra del salotto.
Le mando un altro messaggio.

Matthew: Cooper, esci.

Rompicoglioni: No.
Matthew: Perché?
Rompicoglioni: Ho la febbre.
Matthew: Bugiarda.
Rompicoglioni: Sto malissimo, ho preso uno di quei virus gravissimi e super contagiosi.
Matthew: Altra bugia.
Matthew: Vogliamo continuare con le cazzate o preferisci che entri in casa tua e ti porti via con la forza?
Rompicoglioni: Non lo faresti.
Matthew: Mi stai sfidando?
Rompicoglioni: Non voglio venire.
Matthew: Perché?
Rompicoglioni: Perché, perché e ancora perché.
Rompicoglioni: Ti rispondo una volta per tutte, Leblanc, sei un grandissimo stronzo.
Rompicoglioni: Ecco perché.
Matthew: E ora che diavolo ho fatto?
Rompicoglioni: Oh niente, buona partita e spero che i Lions vi facciano il culo.
Matthew: Se non esci entro trenta secondi, chiamo tuo padre e gli dico che ci siamo messi insieme.
Rompicoglioni: Arrivo.
Rompicoglioni: Ti odio, Leblanc.
Matthew: Non hai idea di quanto ti odi io, tesoro.

La sua risposta, ovviamente, non arriva. Dopo qualche minuto, però, la porta di casa si apre e, prima che Kelsey metta piede sul pianerottolo, Zeus la anticipa venendo verso di me.

Con le zampe sulla mia pancia, comincia a scodinzolare a più non posso. Gli accarezzo la testa, sorridendo come uno scemo.

Questo cane somiglia tantissimo al *mio* Zeus. Ha il pelo morbido e lucido, ed è stupendo.

«Zeus, giù!», urla Kelsey venendo verso di me.

Lui, però, non ha la benché minima intenzione di spostarsi. I suoi occhi azzurri continuano a fissarmi.

«Mi adora», commento soddisfatto.

Zeus inclina la testa da un lato, per poi voltarsi e correre in casa.

«Anche il cane è scappato per colpa della tua arroganza», afferma lei e poi incrocia le braccia al petto come se stesse aspettando qualcosa.

«Febbre, eh? A me non sembri poi così malata», la provoco con un sopracciglio inarcato.

«Che vuoi, Leblanc?», sospira, distogliendo lo sguardo. I suoi capelli mossi e lucenti sono disordinati a causa del vento, indossa una felpa bianca con i lacci e dei leggings neri di pelle.

Dannazione, come fa a essere così bella?

«Dobbiamo andare, ho esattamente…», prendo il telefono e guardo l'orario. «Quindici minuti, prima che Smithy mi lasci qui e parta senza di me».

«E a me dovrebbe fregare qualcosa?», ribatte risoluta, alzando il mento nella mia direzione.

«Cooper, si può sapere che problemi hai?», mi informo avvicinandomi a lei.

«Stammi lontano», mi intima, quando vede che sono a pochi passi.

«Che ti prende?», chiedo calmo.

«Secondo te?», mi rimbecca, mordendosi il labbro inferiore con rabbia, come se si stesse trattenendo dal dire qualcosa.

«È per l'altra sera?».

So per certo che è per l'altra sera. Ero così arrabbiato che fosse uscita con Trent che l'ho chiusa nel bagno per farle un dispetto.

Sono proprio un perfetto idiota, a volte.

Okay, forse lo sono quasi sempre, ma non è questo il punto.

«Mi hai rovinato l'appuntamento e poi mi hai chiuso dentro un bagno…», mi accusa, agitata.

«Io non ti ho rovinato proprio un bel niente, è stato Trent a comportarsi da idiota», la correggo.

«E tu ti sei comportato persino peggio di lui», mi interrompe con uno sbuffo, battendo un piede a terra.

«E poi mi sembrava che ti piacessero le mani al…».

Kelsey mi tappa la bocca. «Non è mai successo, capito?».

Le prendo la mano e la sposto delicatamente per poter parlare. «Tranquilla, Cooper, non dirò a nessuno che in realtà ti piaccio da impazzire».

«Come no».

«Quindi?», la incalzo stufo dei nostri soliti battibecchi.

«Vengo soltanto per dare tutto il mio sostegno a Janette», mi comunica per poi voltarsi tornando in casa.

Il telefono prende a squillare e lo sfilo dalla tasca per controllare i messaggi.

GANG HOCKEY
Ryan: Matt, dove sei?
Axel: Si starà sbaciucchiando con la Cooper.
Axel: ♥♥♥
Matthew: Sto arrivando.
Ryan: Da solo?
Matthew: No.
Axel: Cazzo, io te l'ho detto che quei due hanno una storia.
Matthew: Nessuna storia.
Ryan: Bugiardo patologico.
Matthew: Fanculo 🖕

Infilo il cellulare in tasca e Kelsey esce da casa sua trascinando una valigia nera molto grande con estrema difficoltà.

«Ma che ci hai messo lì dentro?», le chiedo, incredulo.

«Be', dobbiamo passare tre giorni fuori», replica come se fosse ovvio e continua a trascinare la valigia dal manico.

«Appunto, tre giorni. Non un mese», le faccio notare.

«Sì, ma non si sa mai cosa può succedere. Metti caso che ci si rompe il pullman e rimaniamo bloccati a Québec City?», spiega.

«Esagerata», sbuffo. «Ora muoviti».

Comincio a camminare velocemente in direzione del college ma la Cooper è troppo lenta. Di questo passo, arriveremo dopodomani.

«Sbrigati, lumaca», bofonchio, rallentando.

«Vai più piano, Leblanc», risponde con il respiro affannato.

Sospiro e mi volto di scatto, andando verso di lei.

Prendo la valigia, strappandogliela dalle mani, e comincio a trascinarla sul marciapiede.

«Ma cosa ci hai messo dentro?», le chiedo e aumento l'andatura.

«Un cadavere», risponde, seria in modo inquietante.

«Non mi sorprenderebbe affatto», commento passandomi una mano tra i capelli.

«Non sono un'assassina, Leblanc, stai tranquillo».

«Si può sapere perché avevi cambiato idea e non volevi più venire?», domando curioso.

Lei sbatte le palpebre e continua a guardare dritto di fronte a sé. «Non mi sentivo bene».

«Pensi di potermi raccontare cazzate? Io me ne accorgo quando menti», scuoto la testa.

«Ah quasi dimenticavo. Sei una sorta di indovino», mi ricorda.

La osservo di sottecchi, per un attimo distratto.

Non potrò mai scordare il modo in cui mi guardava l'altra sera, il modo in cui il suo corpo rispondeva a ogni mio singolo tocco. Quando mi ha succhiato il pollice, con audacia e determinazione, mentre i suoi occhi brillavano sotto la luce fioca del bagno…

Riprenditi, Matt.

«Perché non mi dici che cosa ti è preso e basta?», chiedo.

«Perché dovrei? Non te ne frega niente di me, giusto?», ribatte, risentita.

Sì che mi frega, dannazione.

«Giusto», rispondo seccato.

Kelsey rimane in silenzio.

Appena arriviamo di fronte al college, la squadra è già tutta sul pullman.

Lascio la valigia a Kelsey e salgo gli scalini, con lei alle calcagna.

Smithy mi accoglie con una pacca sulla spalla e fischiando richiama tutta la squadra che sussulta dallo spavento.

«Eccolo, il nostro Leblanc. Sei andato a salvare la principessa da un drago del cazzo? Fammi indovinare, era intrappolata nella sua torre?». Il coach ci fa cenno di accomodarci.

Olsen, Axel e Ryan mi salutano dagli ultimi posti. Gli altri miei compagni sono sparsi qua e là. In tutto, ci sono quindici giocatori, titolari più riserve.

Smithy non è uno di quei coach a cui piacciono i cambiamenti, per questo tende a lasciare la squadra così com'è senza mai effettuare delle sostituzioni se non è strettamente necessario. Tuttavia, avere un piano B è sempre importante.

Mi metto accanto a Olsen, che ha già sistemato il mio bagaglio. Osservo Kelsey sedersi a qualche sedile di distanza da me. Rosie e Janette sono vicine, mentre lei è da sola.

Dopo qualche minuto, il pullman parte e lascia il campus.

«Allora?». Olsen mi tira una spallata per richiamare la mia attenzione.

Axel, che invece si trova vicino a Ryan, si sporge con la testa per guardarmi. «Ols, ma non lo vedi? È cotto».

«Non sono cotto», sbuffo e mi passo una mano tra i capelli, mandandoli all'indietro.

«E allora come spieghi il fatto che sei andato fino a casa della Cooper per convincerla a venire con noi?», mi fa notare Ryan con un pizzico di sarcasmo nella voce.

Be'... in effetti, non ha proprio tutto i torti.

«Non le ho mica chiesto di sposarmi», alzo gli occhi al cielo.

«Però sei andato fino a casa sua per...».

Incenerisco Axel, stufo di sentirlo blaterare. «Possiamo parlare di altro? Ad esempio... della partita?».

I miei amici mi guardano e annuiscono. Sanno bene quando è meglio non tirare troppo la corda.

«I Lions hanno una linea di attacco veloce, dobbiamo stare attenti a Dumont. Quello lì potrebbe essere un problema», comincio a spiegare.

Ieri ho parlato con il coach, subito dopo gli allenamenti, e mi ha dato qualche informazione in più sui Lions.

«Per fortuna i difensori non sono veloci quanto noi, quindi dobbiamo contrattaccare e spazzare via il puck a tutti i costi, soltanto così potremo crearci un passaggio e segnare», continuo, ma sono distratto. Trent, a qualche sedile di distanza da noi, sta parlando animatamente con Wells mentre indica Kelsey.

«Senza fare *icing*, però», puntualizza Ryan.

«Ma va? Non ci sarei mai arrivato», ridacchia Axel beccandosi una forte spallata dall'altro.

Trent, all'improvviso, si alza dal suo posto, sorpassa Wells e si dirige verso Kelsey.

Si siede di fianco a lei.

«Capitano?». Olsen mi sventola la mano davanti al viso per riportarmi alla realtà.

«Mmh?», mi ricompongo, voltandomi verso di lui.

«Farò di tutto per parare quel maledetto dischetto», dichiara Ols, determinato più che mai.

«Sei un muro invalicabile, Queman», gli assicuro.

«Sentite tutti…». Axel per poco non cade addosso a Ryan per mettersi in piedi di fronte a noi. «Ho un programma per questo weekend».

Se Axel ha un programma, vuol dire in automatico che faremo qualche cazzata.

«Ols, mi dispiace», sussurro per non farmi sentire dal biondo di fronte a noi.

«Per cosa?», domanda lui.

«L'ultima volta che ha detto così, ci siamo ritrovati in una stazione di polizia», dico piano.

«Guarda che ti sento, Matt». Axel incrocia le braccia al petto. «Comunque è stato un incidente, ci siamo fatti prendere un po' troppo la mano quel giorno».

«È stato esilarante, però», si intromette Ryan.

Sbotto in una fragorosa risata. «Povera professoressa, com'è che si chiamava?».

«Chi se lo ricorda». Le labbra di Axel si piegano in un sorrisetto diabolico.

«Che avete combinato?», chiede a quel punto Olsen con un tono divertito.

«Eravamo ubriachi…», si giustifica Ax.

«Tu eri ubriaco, Ax», lo corregge Ryan.

«Vabbè, ero ubriaco e mi sono intrufolato in casa della professoressa super sexy di… Neanche me lo ricordo che materia insegnava». Ax si gratta la nuca.

«Oddio», lo esorto. «Continua».

«Mi sono intrufolato di nascosto in casa sua perché volevo… non so cosa volessi fare in realtà. Ryan e Matt sono venuti a recuperarmi, ma ormai era troppo tardi. La prof si era svegliata e aveva chiamato la polizia». Tutti quanti scoppiamo a ridere.

«Ve lo ricordate? Tuo padre ci è venuto a prendere e ci ha fatto pure i complimenti», dice Ryan con una risata. George Leblanc è stato epico.

«Come dimenticarlo?», ribatto. «Siete degli sprovveduti, infilarsi in casa di una professoressa per metterle paura? Come vi è saltato in mente? È stato geniale», imito la voce del Sergente Leblanc.

Diciamo che mio padre non è il genitore tipo. Ha sempre supportato tutte le mie marachelle scolastiche. Del resto, sostiene che l'unico modo per farsi rispettare sia incutere timore.

E io ho sposato la sua filosofia. Al Montréal College, infatti, tutti hanno paura degli Sharks Struttman.

Hanno paura dei nostri scherzi, della nostra rabbia e soprattutto di me.
Ma la mia è solo una farsa. In realtà, sono più gentile di quanto la gente creda. «Leblanc Senior è un pazzo scatenato», ridacchia Ryan.
«Ma lo volete sapere il programma o no?», interviene Ax offeso, poggiandosi una mano all'altezza del cuore. Giusto, torniamo al punto.
«Insomma. Che cazzata dobbiamo fare?», sospiro e mi stravacco comodo sul sedile.
«Mega festa nella suite con champagne, musica e magari anche qualche bella ragazza», propone Ax.
«Sì, certo, glielo spieghi tu a J.?», lo rimbecca Ryan scontento.
«La fumatrice accanita è gelosa?», sogghigno.
«Tu stai con J., Matthew con la Cooper… Io e Olsen, però, siamo single. Anche noi abbiamo bisogno di compagnia o mi sbaglio?». Il biondo punta il dito in direzione di Olsen.
«Con chi starei io, scusa?», domando, perplesso.
«Tutti seduti!», urla all'improvviso il coach Smithy dai primi posti del pullman.
Axel si lancia letteralmente sul sedile affianco a Ryan.
Smithy cammina lungo il corridoio del pullman e, arrivato a metà, osserva tutta la squadra.
«Se siete venuti per pettinarvi i capelli a vicenda, potevate rimanere a casa a dormire. Se invece siete venuti per vincere e per fare il culo a quei cazzo di Lions, allora… Forza Sharks!».
Ripetiamo in coro: «Forza, Sharks!».
«Gli squali se li mangiano a colazione i leoni!», urlo.
«Ben detto, capitano, però dobbiamo stare attenti a Dumont. È il più forte, alcuni lo hanno definito persino un fenomeno… Cazzate!», urla ancora e mi domando dove prenda tutta questa voce.
In due anni che conosco Smithy, non ho mai smesso di chiedermi come possa non essere sempre afono.
«Manca un'ora e mezza al nostro arrivo. Ci fermiamo a mangiare qualcosa in centro e poi dritti in campo». Il coach finisce di parlare e va di nuovo a sedersi.
Allungo il collo e vedo Trent ancora seduto di fianco a Kelsey.
«Stavamo dicendo?», riprende il filo Olsen, di fianco a me.
«Non possiamo fare una festa in camera, Ax», sentenzio secco.
«Perché no?», domanda, deluso.
«Forse perché il direttore del Fairmont è un amico di mio padre?», gli dico, come se fosse ovvio.
«Okay. E quindi?», insiste Axel.
«Cristo santo», sospira a quel punto Ryan voltandosi verso di lui. «Che figura ci fa il padre di Matt con il direttore se si viene a scoprire che ab-

biamo organizzato una festa in stile *Una notte da leoni* dentro la sua suite imperiale?».

Ryan mi ha tolto le parole di bocca, maledizione.

«Allora facciamo festa… altrove?», domanda a quel punto.

«Pensiamo prima a vincere, poi si vedrà», borbotto e abbandono la testa all'indietro per rilassarmi un po'.

Quando mi raddrizzo, Kelsey e Trent sono intenti a parlare… ancora.

«Come sarà andato l'appuntamento?», mi chiede Ryan.

«Suppongo bene, guarda come si divertono», ridacchia Axel.

«Trent ieri diceva che non vedeva l'ora di rivederla», mormora Olsen.

Mi volto di scatto verso di lui. «Trent è un idiota».

«E tu sei geloso», mi rimbecca Olsen.

«Ben detto, Queman!». Ryan batte il cinque a Olsen.

«Non sono mai stato geloso in tutta la mia vita, figuriamoci ora che si tratta della Cooper», sbuffo e decido che è arrivato il momento di dormire un po'.

Capitolo 49

Matthew

Vengo svegliato da un picchiettio insistente sulla spalla. Apro gli occhi e sbatto leggermente le palpebre, guardandomi attorno, spaesato.

«Siamo arrivati, amico», mi dice Olsen mentre si alza dal sedile.

«Di già?», domando, alzandomi a mia volta per sgranchirmi le gambe un po' intorpidite.

«Hai dormito per un'ora e mezza, Matt», mi informa Ryan.

«Tra meno di qualche ora abbiamo una delle partite più importanti del campionato e il nostro capitano pensa a dormire», scuote la testa Axel.

«Non ho chiuso occhio stanotte», replico dando il via libera a un grande sbadiglio che nascondo posandomi una mano davanti alla bocca.

«Come sempre, d'altronde», sussurra Ryan.

Lo guardo sconvolto. Non pensavo se ne fosse accorto. Per fortuna, il coach mette fine al discorso.

«Ci fermiamo a mangiare qualcosa, tra un'ora vi voglio tutti qui. Capito, brutti pesci palla?», urla per poi scendere dal pullman con le mani in tasca e una sigaretta tra le labbra.

Prima di ogni partita fuma un pacchetto di sigarette per il nervoso. Lui e Janette potrebbero essere amici.

Scendiamo tutti quanti dal pullman e io rimango incantato a guardare la bellezza di Québec City.

È una città molto pittoresca, piena di stradine acciottolate e aree verdi. Caffè e negozi rendono l'atmosfera vivace. Potrebbe essere un bel posto in cui vivere.

Dopo una rapida ricerca online, troviamo un ristorante poco distante che soddisfa i gusti di tutti. Io, Axel, Ryan, Rosie, Janette e Kelsey ci incamminiamo e arriviamo a destinazione in pochi minuti.

«Ho proprio voglia di un hamburger», dice Rosie con occhi sognanti.

«Giochi sporco, Ros, sai che noi non possiamo mangiare cibo spazzatura prima delle partite», si imbroncia Axel incrociando le braccia al petto.

«Con le patatine fritte poi… che buono», rincara la dose lei.

«Che fine ha fatto Olsen?», domando.

«È andato con Bill e Gary», risponde Axel.

Avrebbe potuto venire con noi, ma Olsen ci tiene a non far sentire escluse le matricole. Sarebbe un ottimo capitano, da quel punto di vista.

Scrollo le spalle. «Ho una fame da lupi, entriamo».

Aspetto che Axel, Ryan, Janette e Rosie ci abbiano preceduti, poi attiro l'attenzione di Kelsey. «Cooper», sussurro e le afferro il polso per fermarla.

Kelsey si volta verso di me, contrariata. «Che vuoi?»

«Sempre così scorbutica».

«Fatti due domande sul perché», mi rimbecca.

«Si può sapere che ti prende? È dall'altra sera che mi eviti costantemente».

«Non farmi credere che adesso, magicamente, ti dispiaccia che ti eviti», replica, con una nota di sarcasmo.

«Non me ne frega niente se mi eviti, ma voglio sapere il perché», la incalzo.

Kelsey sbatte le palpebre più volte. «Mi hai chiuso dentro il bagno dopo che ti sei preso gioco di me».

«E quindi? Era solo uno scherzo, non la fine del mondo».

Lei ringhia e mi viene vicino puntandomi un dito contro. «Per te forse era solo uno scherzo, ma per me no».

«Stai facendo la melodrammatica», sbuffo.

«Come ti pare, ma lasciami in pace», sibila a denti stretti, si volta e cammina verso il tavolo dove sono già tutti seduti.

Kelsey si mette di fianco a Janette e Rosie. Io invece tra Ryan e Axel. Il tavolo è rotondo, quindi nessuno può rifuggire lo sguardo di nessuno.

«Nervosi?», domanda a quel punto Janette.

«I Lions sono forti», risponde Ryan scrollando le spalle.

«Noi di più», interviene Axel.

«Se riusciamo a neutralizzare Dumont, il gioco è fatto», spiego io.

«Cosa vi posso portare, signori?», domanda un cameriere, che ha appena raggiunto il nostro tavolo. Ci guarda a uno a uno e si incanta su Kelsey come se avesse visto Beyoncé.

Cerco di nascondere il mio fastidio e lo distraggo.

«Tre insalate per noi», dico indicando i miei amici.

«E per le signore?», chiede il cameriere scrutando Kelsey, Janette e Rosie.

«Signore? Non abbiamo mica cinquant'anni», scherza Kelsey con un sorriso.

«E quanti anni avete allora?», ribatte lui con gli occhi scintillanti e un gran sorriso. La deve piantare di ammirarla in questo modo.

Kelsey apre la bocca per rispondere ma io non resisto e la anticipo. «Le serve sapere quanti anni ha per portarle da mangiare? Non credo».

Il cameriere sussulta e mia sorella si affretta a ordinare hamburger e patatine fritte, per smorzare la tensione.

«Ti sei comportato da idiota», mi rimbecca Kelsey, appena lui si allontana in fretta e furia.

«Ti stava mangiando con gli occhi, Cooper», le dico.

«E allora?».

Accenno un sorrisetto. «È inopportuno».

«Sembri nostro padre, Matt», mi riprende mia sorella.

«Basta litigare, dai! In questi due giorni ce la spasseremo, ragazzi», esclama Axel, stufo di noi.

Ora ricomincia a blaterare.

«Spasseremo?», domanda Janette un po' perplessa.

«Il tuo fidanzatino non te l'ha detto?». Axel ridacchia sottovoce. «Alloggeremo tutti quanti insieme appassionatamente, al Fairmont».

«Ma che cazzo…?». Rosie si gira verso di me.

«Non ce lo possiamo permettere», interviene Janette con una voce stridula.

«Per questo weekend sì», la corregge Axel.

«Ma come…?», comincia a dire J., ma le basta un'occhiata verso di me per interrompersi.

«Già», rispondo io con una scrollata di spalle.

«Scusate ma che diavolo è questo Fotmot?», domanda Kelsey.

«Fotmont?». Axel scoppia a ridere a crepapelle.

«È un hotel molto famoso», minimizzo, disinteressato.

«Famoso? Quell'hotel è un sogno… sembra tipo un castello», interviene Janette, ammirata.

«Io non ci vengo. Soprattutto se è lui a pagare», sibila a denti stretti Kelsey, lanciandomi uno sguardo pieno di disprezzo.

«Non è lui a pagare, ma il Sergente Leblanc», puntualizza Ryan.

Kelsey alza gli occhi al cielo. «Peggio ancora».

In quel momento, arriva il nostro pranzo. Noto con un certo piacere che a servirci non è il cameriere di prima.

«Non ho fame», annuncio versandomi un po' d'acqua dentro al bicchiere.

«In effetti, neanche io», dice Axel mentre divora la sua insalata.

«Già, si vede proprio che non hai fame», lo prende in giro Ryan.

«Vuoi?», domando a Kelsey con la bottiglia d'acqua ancora in mano.

Lei morde una patatina fritta e mi guarda accigliata. «Che ci hai messo? Veleno?»

«Ce l'hanno appena portata, Cooper», le faccio notare.

Kelsey a quel punto si convince e mi allunga il bicchiere. Dopo che le ho versato l'acqua, provo a mangiare qualcosa.

Quest'insalata è la fine del mondo, il problema è che sono così teso e nervoso che non mi va giù. All'improvviso, non riesco più neanche a stare seduto.

«Che hai, Matt?», mi domanda Ryan un po' perplesso.

«Vi aspetto fuori, ho bisogno di un po' d'aria». Bevo un sorso d'acqua, mi alzo dalla sedia e mi dirigo all'uscita.

Lascio al cameriere una banconota da cento dollari per pagare il conto del nostro tavolo e poi spalanco la porta.

Una volta in strada, mi rilasso un po', mentre osservo il viavai di persone che guarda le vetrine, ride e scherza. Prendo un gran respiro e, dopo qualche secondo, la porta del ristorante si spalanca. Rosie mi raggiunge e si posiziona di fianco a me.

«Tutto a posto, fratellone?», mi chiede, posandomi una mano sulla spalla.

«Avevo soltanto bisogno di uscire», rispondo.

Rosie appoggia la testa contro di me. «Sei nervoso per la partita o per papà?»

«Tutte e due le cose», sospiro e le accarezzo i capelli dolcemente.

«Non devi. Voi siete forti e vincerete questa partita», cerca di rincuorarmi Rosie.

«Sai cosa succederà se disgraziatamente dovessimo perdere?». La mia è una domanda retorica, sappiamo entrambi cosa succederà.

«Vincerete», replica con tono sicuro.

Vinceremo sul serio? Questa partita è piuttosto scomoda per noi. Non sono affatto sicuro di riuscire a spuntarla.

Rimaniamo per un po' a guardare la strada di fronte a noi. Non ci diciamo altro, ma lei sa perfettamente come mi sento. L'ha sempre saputo. Non credo ci sia mai stata una persona più vicina a me di lei.

La porta del ristorante si apre di nuovo e Axel e Ryan si avvicinano a me.

Rosie tira un pugno sulla spalla di Axel e se ne va borbottando qualcosa, raggiungendo Kelsey e Janette, appena apparse a loro volta sul marciapiede.

«Che faccia che hai», mi dice Axel scompigliandomi i capelli.

«Giù le mani», lo scanso.

«Andiamo prima che il coach ci sbrani vivi». Axel comincia ad avviarsi verso il pullman, e noi lo seguiamo.

«Matt», mi richiama Kelsey.

Mi fermo, voltandomi verso di lei, mentre gli altri proseguono, forse per lasciarci un po' di privacy.

«Che c'è?», domando un po' seccato.

«Che ti prende?»

«Niente», taglio corto.

«Eri bianco cadaverico prima», ribatte.

«Prima, ora sto bene», sbotto infastidito.

«Ragazzi, andiamo?», urla Axel da lontano.

«Muoviamoci», borbotto seccato e mi incammino verso il pullman.

«Idiota», sussurra Kelsey, dietro di me.

Mi giro di scatto verso di lei. «Senti, non ce l'ho con te, va bene? Sono soltanto nervoso per la partita, tutto qui».

«Va bene», sbuffa e mi sorpassa dandomi una spallata.

Sinceramente non comprendo il motivo di tutta questa rabbia nei miei confronti. L'ho soltanto chiusa in bagno per farle un bello scherzetto e non farla tornare da quel cretino di Trent. Non è stato niente di che. Potrebbe farla finita e perdonarmi. Non so proprio che fare con lei.

Mi comporto male? Si arrabbia.

Mi comporto bene? Si infuria ugualmente.

Salgo sul pullman e vado a sedermi negli ultimi posti dove sono già posizionati Ryan, Axel e Olsen.

«Si può sapere dove cazzo sono Wells e Trent? Si stanno pettinando i capelli a vicenda?», urla il coach.

«Eccoci, coach», risponde Trent ansante mentre sale gli scalini del pullman.

«Andatevi a sedere», ordina il coach, seccato per l'attesa, seppur minima.

Trent si mette le mani in tasca e va a sedersi di nuovo vicino a Kelsey. Dal suo sguardo si percepisce che lei è un po' restia a dargli attenzione ed è in imbarazzo.

Quale idiota sulla faccia della terra, al primo appuntamento con una ragazza, porta il suo amico?

Risposta: Trent Davis.

«Pronti per la partita?», domando guardando i miei amici seduti di fianco a me.

«Siamo nati pronti, dannazione», replica Ryan sbattendo una mano sulla sua coscia.

«Gli faremo il culo!», urla Axel alzandosi in piedi.

«Ax, siediti», sbuffa Ryan.

«Forza Sharks!», grida Axel ancora più forte obbligando Ryan a strattonarlo per farlo tornare al suo posto.

«Forza Sharks!», gli fanno eco Ryan e Olsen, un secondo dopo. Ryan cercherà anche di contenere Axel, ma è il primo a sostenerlo quando serve.

A quel punto mi alzo anche io e incoraggio tutta la squadra, levando il braccio al cielo. «Forza Sharks!».

In tutto il pullman parte un boato di esultanze e imprecazioni.

In questo sport non puoi aver paura. Ogni volta ti tocca pattinare alla velocità della luce come se non avessi alcun dubbio sulla tua possibilità di vincere.

L'hockey ti divora se tentenni anche solo un momento.

Dopo mezz'ora, il pullman arriva a destinazione e tutti quanti prendiamo i nostri rispettivi borsoni per dirigerci fuori.

«A dopo, cazzoni, vedete di vincere», ci saluta Rosie, una volta che siamo tutti scesi.

Axel le manda un bacetto da lontano.

Ryan, invece, stringe Janette tra le sue braccia lasciandole un delicato bacio sulle labbra.

«Buona fortuna», bofonchia Kelsey.

«Ho questo con me», sorrido mostrandole il suo elastico stretto al mio polso.

«Quello è mio», dice lei cercando di allungare la mano per riprenderselo.

«No, no», scuoto la testa e mi allontano. «Questo è il mio portafortuna».

«Andiamo, forza». Olsen mi trascina via, buttandomi un braccio attorno al collo.

Tutta la squadra si allontana in direzione dello stadio che si trova poco distante dal college.

«Capitano, hai qualche consiglio da darci?», domanda Wells, guardandomi di sottecchi.

«Nessun consiglio, giocate come se ne andasse della vostra vita», rispondo con una scrollata di spalle.

Wells annuisce in risposta e si allontana per andare a parlare con altri giocatori della squadra.

«Quel tipo non mi convince affatto», sussurra Ryan.

«Neanche a me, però lui e Trent sono i due difensori più forti che abbiamo. Vogliamo forse far giocare Bill?», domando con un sopracciglio inarcato.

«Per carità, quello lì non riesce neanche a pattinare come si deve», risponde Olsen.

Dopodiché, arriviamo di fronte allo stadio e il primo a entrare sono proprio io. Apro la porta e davanti a me si apre uno scenario mozzafiato.

Un campo da hockey circondato interamente da un plexiglass lucidato alla perfezione. Attorno alla pista, invece, ci sono gli spalti gremiti. La folla è già in delirio. Kelsey, Janette e Rosie si stanno andando a sedere in prima fila.

«Andiamo, dai», sbotto innervosito da tutta la gente presente nella palestra.

Entro nello spogliatoio e poso subito il borsone sulla panca. Mi spoglio di tutti gli indumenti e indosso la mia divisa da hockey.

«Quindi… attenzione a Dumont?», domanda Axel mentre si infila la sua maglia da gioco. Il cognome CROIX luccica di bianco sul retro della divisa con sopra stampato in grande il numero diciotto.

«A quanto pare», scrollo le spalle.

Appena siamo tutti pronti, con il casco sottobraccio, il bastone in una mano e i pattini nell'altra, ci raduniamo in cerchio.

«Cosa dobbiamo fare?», domando, alzando la voce.

Tutti quanti mi guardano concentrati.

«Vincere», mi rispondo con decisione e poi conduco i miei compagni fuori dagli spogliatoi.

Appena sono di fianco al campo da hockey, prendo un respiro profondo e mi siedo su una panca per allacciarmi i pattini.

«Guarda un po' chi si rivede», cantilena una voce alla mia destra.

Alzo la testa e mi ritrovo davanti il famoso Dumont. «Andrew», lo saluto.

Lui accenna un sorrisetto e si infila il casco. «Pronti a perdere?», mi sbeffeggia.

Il primo a scattare in piedi alla sua provocazione è Axel, che però viene fermato dal braccio di Ryan che lo fa risedere sulla panca.

«Perché non giri al largo, Dumont?», lo liquido.

«È la resa dei conti, Leblanc». Mi rivolge un cenno del capo per poi voltarsi ed entrare in campo, pattinando in direzione della panchina della sua squadra.

«Che intendeva?», bisbiglia Ryan.

«È una testa di cazzo, si diverte a provocare prima delle partite sperando in una rissa», rispondo seccato.

«Andiamo», borbotto e vado verso il campo. Pattino verso la panchina della nostra squadra e mi vado a sedere sulla panca seguito da tutti i miei compagni.

Il coach Smithy si leva la felpa rimanendo soltanto con una maglietta a maniche corte bianca. «Ho quasi tirato una testata all'allenatore dei Lions e sapete perché?», esordisce.

Cominciamo bene.

«Perché sono convinti di vincere quei quattro gattini, ovviamente noi gli faremo il culo… vero?», sbraita, incrociando le braccia al petto.

«Sì, coach», rispondiamo in coro.

«Non ho sentito!», sbotta Smithy facendo girare persino alcuni giocatori della squadra avversaria che si trovano a qualche metro di distanza da noi, seduti sulla loro panchina.

«Sì, coach», gridiamo in risposta, stavolta più forte.

«Bene, non voglio pressarvi troppo, ma sappiate che, se perderete questa partita, vi farò fare un bel giretto all'inferno», ci rivolge un sorrisetto diabolico. «Ora vado a litigare», conclude per poi girarsi per andare verso la panchina dei Lions.

Smithy è pur sempre… Smithy.

È unico e inimitabile.

«Guardalo…», sussurra Ryan, indicando Dumont, che sta parlando con il suo coach.

«Un pugno in faccia gli ci vorrebbe, magari così si toglie quel sorrisetto», sogghigna Axel.

Mi volto a guardare il nostro avversario.

Il famoso Andrew Dumont, capitano dei Lions e il ragazzo più strafottente del pianeta.

Persino più di me… già.

Si crede un fenomeno, ma lo rimetteremo in riga.

Osservo l'orologio appeso al muro della palestra.

La partita sta per cominciare.

Prendo un gran respiro e osservo l'elastico che porto al polso.

Il mio portafortuna.

Sorrido e istintivamente mi volto verso le prime file degli spalti. Kelsey è proprio lì insieme a Janette e Rosie. Ridacchiano e parlano di qualcosa. Io vedo solo lei. È bellissima.

Lei è il mio portafortuna.

L'arbitro fa il suo ingresso in panchina con la divisa a strisce bianche e nere. «Capitani!», grida.

Controlla l'orologio e ci fa segno di entrare in campo. È ufficiale.

Si inizia. «Buona fortuna, Leblanc… cercheremo di andarci piano». Dumont mi scocca un occhiolino e, con un sorrisetto stampato sulle labbra, pattina verso la zona centrale del campo.

Mi posiziono nel cerchio di ingaggio e mi fletto sulle ginocchia, tenendo ben stretto il bastone con entrambe le mani. Cerco di trovare la concentrazione giusta.

Sto già sudando.

Olsen si va a posizionare in porta e gli altri miei compagni si dispongono sul ghiaccio. I Lions fanno lo stesso.

Dumont si mette di fronte a me, con espressione provocatoria.

Ci fronteggiamo per un attimo come se dovessimo sbranarci da un momento all'altro. Poi, il puck viene messo in gioco nel cerchio centrale di ingaggio. Faccio oscillare il bastone cercando di prendere possesso del dischetto. Dumont però mi contrasta e con una spallata riesce a liberarsi del mio pressing.

Ah, vuole giocare sporco? Be', bastava dirlo, maledizione.

Sfreccia verso la nostra porta e Queman si prepara a parare qualsiasi tipo di tiro gli capiti. Trent per fortuna in qualche modo riesce a recuperare il possesso del puck, mandandolo in direzione di Axel.

Il biondo, che si trova nella zona neutra del campo, passa il dischetto a Ryan alla sua sinistra che pattina velocemente verso la porta avversaria.

Prova a segnare, ma un giocatore della squadra avversaria travolge Ry che per poco non cade a terra.

Mi mordo il labbro inferiore e stringo la presa sul bastone, poi pattino verso l'avversario e lo contrasto mentre il puck si trova praticamente appiccicato al muro. Destra, sinistra e subito destra.

Riesco a riprendere possesso del dischetto e vedo Dumont sfrecciare verso di me a una velocità anormale. Io mi fermo all'improvviso e, nel momento in cui lui mi sta per travolgere, mi sposto. Per poco non rischia di cadere a faccia in avanti.

Sorrido e passo il dischetto ad Axel che riprende a pattinare verso la porta avversaria.

«Fanculo», sbotta Dumont dietro di me.

«Mai giocare sporco con Matthew Leblanc, non te l'hanno mai detto?», lo provoco e, senza farmi distrarre, pattino verso Axel che intanto sta provando a tirare in porta.

Il portiere dei Lions però è più veloce e intuisce il suo tiro parandolo con i suoi guantoni.

Ora sono loro ad attaccare.
Dumont, con un colpo fulmineo e inaspettato, spara il dischetto con così tanta forza che ho paura persino che possa bucare la rete della porta.
Olsen non riesce a bloccarlo.
Goal.
I Lions Rebel sono in vantaggio.
Ormai i venti minuti del primo tempo sono terminati e il fischio dell'arbitro ne è la prova schiacciante.
Mi levo il casco e pattino verso la nostra panchina.
«Ma state dormendo in piedi, dannazione!», sbotta il coach incrociando le braccia al petto.
Osservo il tabellone sopra il campo.
LIONS REBEL 1 - 0 SHARKS STRUTTMAN.
Mi volto verso le prime file e noto mia sorella che mi guarda dispiaciuta. Kelsey, invece, mi accenna un sorriso e poi indica il suo polso.
Ridacchio e tiro su la manica della mia maglia. Il suo elastico.
Devo vincere. Per lei.
«Ci vogliamo svegliare?». Il coach apre la sua bottiglietta d'acqua e ce la lancia addosso.
Mi asciugo la fronte e respiro profondamente. Il problema principale di oggi è che sono troppo teso, a tal punto che ho il cervello completamente sconnesso.
Dopo la pausa, l'arbitro ci fa cenno di alzarci. Mi rinfilo il casco, stringo la presa sul bastone ed entro in campo.
«Povero Leblanc, sei nervoso perché c'è la tua ragazza lì a guardarti?», mi prende in giro Dumont.
Questo non doveva dirlo.
«Carina, però», sogghigna il coglione.
Scatto verso di lui e, nel momento in cui sto per tirargli una testata, vengo strattonato da Ryan. «Lascialo stare».
Annuisco e rientro in campo.
Ci posizioniamo tutti, in attesa dell'inizio del secondo tempo.
«Face-off!», urla l'arbitro mettendo in gioco il puck in mezzo a noi.
Prendo subito possesso del dischetto colpendolo poi in direzione di Axel alla mia sinistra.
Il biondo pattina verso la zona di attacco, esegue un passaggio preciso verso Ryan, che manda il puck nella mia direzione. Mi libero del difensore con una spallata e provo a fare goal. Il difensore dei Lions, però, blocca il tiro e fa ripartire il gioco. Spedisce il dischetto verso un attaccante, che però lo spara contro la parete.
«*Icing*!», urla l'arbitro, segnalando che il puck è andato oltre la linea di centro campo e oltre la linea di porta avversaria.

Si ritorna nel cerchio di ingaggio centrale e, con uno scatto fulmineo del bastone, riesco subito a prendere possesso del dischetto. Pattino in attacco, ma vengo placcato dal difensore dei Lions che cerca in tutti i modi di contrastarmi. Lo ignoro e passo il dischetto ad Axel che fa il giro della porta, temporeggiando un po'.

Sfreccio abbastanza vicino alla porta e faccio un cenno del capo ad Axel che capisce al volo quello che voglio. Punta su Ryan, che fa una giravolta su sé stesso per passarmi il puck. Viene, però, bloccato dal difensore dei Lions che gli lancia una spallata così brutale che lo fa cadere sul ghiaccio.

La palestra ha un sussulto che si espande nell'aria in un'eco assordante.

Ryan si rialza e va verso il difensore, ma io lo strattono via.

«30 Lions, Penalità minore, Charging», urla l'arbitro interrompendo il gioco.

Il Charging sussiste qualora un giocatore travolga l'avversario con violenza totalmente ingiustificata, e mi sembra che sia proprio questo il caso.

Il difensore dei Lions tira un urlo di disperazione ed esce dal campo andando in quella che io chiamo "Panchina delle punizioni".

Mi posiziono nella zona di ingaggio, guardo di sottecchi Dumont di fronte a me e, nel momento in cui il puck viene lanciato in mezzo a noi, ne conquisto subito il possesso.

Pattino nella zona di attacco, mi avvicino il più possibile alla porta, colpisco il puck con una velocità sovrumana e faccio goal.

«Sì, cazzo», esulto con le braccia in aria. Tutta la squadra viene ad abbracciarmi e mi alzano persino in aria sorreggendomi dalle gambe.

Mi rimettono giù e guardo in direzione di Kelsey che è in piedi ad applaudirmi. Sorrido e le mostro il suo elastico che tengo al polso.

Il mio portafortuna.

«Cosa dicevi prima, Dumont?», lo provoco mentre un sorrisetto diabolico mi si dipinge sulle labbra.

L'arbitro fischia la pausa. Ora siamo pari.

Pattino verso la nostra panchina e vado a sedermi.

«Cazzo, mi avete fatto sudare e ora puzzo persino più di voi», afferma il coach tirandomi una pacca sulla spalla. «Ora però dobbiamo mirare alla vittoria così potrò andare dal coach dei Lions e fargliela vedere…».

Il coach Smithy è fuori di testa.

Guardo il tabellone sopra il campo.

LIONS REBEL 1 - 1 SHARKS STRUTTMAN.

Mi mordo il labbro inferiore e mi avvicino a Ryan di fianco a me. «Ti ha fatto male quel coglione?»

«Mi ha fatto il solletico», replica Ryan rivolgendomi un occhiolino giocoso.

Ridacchio in risposta. «Giuro che se Dumont continua a guardarmi in quel modo, un pugno in faccia non glielo leva nessuno», dichiaro.

«Niente risse», mi ricorda il coach.

I quindici minuti di pausa terminano troppo in fretta e arriva il momento della resa dei conti.

Il terzo tempo.

L'arbitro ci fa cenno di rientrare in campo.

Pattino di nuovo verso la zona di ingaggio centrale, mi posiziono all'interno del cerchio mentre Dumont è di fronte a me. Non dice una parola.

«Face-off!», urla l'arbitro e mette in gioco il dischetto.

Axel prende il comando ma due giocatori dei Lions lo chiudono addosso al muro impedendogli il movimento. Uno dei due recupera il puck e pattina verso di noi.

Trent lo ferma subito, ma nel rinvio commette *icing*.

Mancano cinque minuti.

Respiro a fatica, ho i capelli appiccicati alla fronte e il sudore che mi bagna ogni parte del corpo.

Riesco a prendere possesso del puck, lo colpisco in direzione di Ryan che pattina nella zona di attacco, effettuando un passaggio perfetto ad Axel. Faccio il giro della porta e, nel momento in cui Axel sta cercando di liberarsi del difensore dei Lions, io gli passo a fianco e gli rubo il dischetto. Lo supero con una spallata e poi, senza pensarci due volte, colpisco il dischetto in direzione della porta.

Goal.

Dumont impreca a pieni polmoni.

«Leblanc mi hai fatto eccitare!», urla il coach Smithy con entrambe le braccia in aria mentre si sta asciugando il sudore dalla fronte.

Abbraccio tutti i miei compagni e insieme urliamo cose incomprensibili.

Il gioco viene fatto ripartire regolarmente, Dumont prende il possesso del dischetto e cerca di pattinare nella nostra zona di difesa. Però, il fischio dell'arbitro pone fine alla partita.

Guardo il tabellone e sorrido.

LIONS REBEL 1 - 2 SHARKS STRUTTMAN.

Ho l'adrenalina a mille.

Voglio fare soltanto una cosa in questo momento.

Devo farlo sennò domani me ne potrei pentire amaramente.

Esco dal campo, senza neanche passare per la panchina, mi levo i pattini e abbandono casco e bastone.

Sto andando da lei.

Arrivo da Kelsey e la guardo dritta negli occhi.

Lei mi sorride, mordendosi il labbro inferiore. «Hai vinto».

«Ho vinto», affermo. «Ho vinto a grazie a te, di nuovo», preciso inumidendomi le labbra.

«Grazie a me?», domanda con la fronte aggrottata.

«Il mio portafortuna», sussurro mostrandole l'elastico che tengo ancora stretto al polso.

Lei apre la bocca per dire qualcosa ma la richiude subito.

Mi avvicino e ora siamo fin troppo vicini. Vicinissimi.

«Ti meriti un ringraziamento… speciale», la informo sorridendo.

«Ti tirerò uno schiaffo se provi a ringraziarmi come penso», replica, incrociando le braccia al petto.

«Correrò questo rischio», sbuffo e mi avvicino ancora di più.

Soffio sulle sue labbra e sto per baciarla, ma una brusca spallata mi fa barcollare verso destra.

Mi volto di scatto e vedo Dumont di fronte a noi, con gli occhi sgranati e i guantoni chiusi in due pugni intimidatori.

«Che c'è, Dumont? Perdere fa schifo?», lo provoco inarcando un sopracciglio.

«È la tua nuova troietta? La biondina dell'anno scorso era passata di moda?».

Perdo totalmente il controllo.

C'è soltanto una cosa da fare in questo momento.

Mi tolgo di forza i guanti che cadono a terra, rimbalzando sul pavimento.

Dumont mi rivolge un sorrisetto provocatorio e getta via i guanti a sua volta, accettando la sfida che gli ho appena lanciato.

Nell'hockey il nostro gesto vuol dire soltanto una cosa: rissa.

Il pattino di Dumont all'improvviso si alza e sta per colpirmi in faccia.

Chiudo gli occhi pronto per l'impatto ma quello non arriva. Accanto a me, si leva un grido.

Ha colpito Kelsey.

«Meglio se scappi, Dumont, potrei non rispondere di me», tuono.

Kelsey è a terra e sta perdendo sangue.

Nello stadio si scatena il caos più totale.

Capitolo 50

Kelsey

5 anni prima…
Eureka, California

«Piccola Kelsey, devi cantare per te stessa e non per piacere agli altri», mi disse mia madre con un tono gentile e pacato.

Lei era sempre così tranquilla.

Riusciva sempre a tirarmi su di morale, anche nei momenti peggiori.

Sbuffai e scesi dal piccolo palcoscenico costruito da mio padre, una sorta di piattaforma in legno. Mi portai le braccia al petto, incrociandole e battendo un piede a terra, contrariata.

Odiavo la mia vita ma lei rendeva tutto… migliore.

«Però se non piaccio agli altri come faccio a diventare una cantante famosa?», mi imbronciai e andai a sedermi di fianco a lei, sul letto della mia cameretta.

«Non è importante piacere agli altri, piccola mia», sorrise e mi prese il viso tra le mani, osservandomi con quei suoi occhi color caramello, identici ai miei.

«Io non piaccio a nessuno, mamma, mi prendono tutti in giro…». I miei occhi si riempirono di lacrime.

A scuola e in città era un continuo di battutine sulla mia famiglia.

«Arriva la figlia della cantante», dicevano sempre in tono dispregiativo. Ero stanca di essere "la figlia di…", stanca che considerassero mia madre una persona altezzosa, tenendola a distanza.

Io ero fiera, camminavo a testa alta, fregandomene dei giudizi altrui ma in cuor mio… soffrivo.

«Non piangere, Kelsey, prima o poi qualcuno ti apprezzerà per quello che sei». Mi poggiò una mano sulla spalla per rincuorarmi.

Lei era così: spontanea, altruista, gentile.

«E quando arriverà questo qualcuno?», domandai speranzosa.

«Quando meno te lo aspetti», sussurrò scherzosa e mi tirò una leggera gomitata sulla spalla che mi fece ridere.

Quando meno te lo aspetti, cosa significava?

Sarebbe arrivato presto o dopo trent'anni? O forse… mai?

«Dovrò aspettare molto?», chiesi mentre una lacrima mi scivolava lungo la guancia.

Lei riusciva a darmi sempre speranza, ma a volte per me era dura trovare la motivazione.

«Fin quando non imparerai ad accettarti e ad amarti per quella che sei», affermò e si alzò in piedi.

«Ho paura», confessai con un tono timoroso giocherellando con le pellicine attorno alle dita.

Mia madre si inginocchiò di fronte a me e mi prese le mani, stringendole forte. «Di cosa?».

Le sue carezze riuscivano sempre a confortarmi, in un modo o nell'altro.

«Di non essere accettata e se… dovessi rimanere sola per il resto della vita? Qui non ho amici», mi disperai mentre altre lacrime continuavano a rigarmi le guance arrossate.

«Ascoltami, piccola». Mi prese il viso tra le mani e appoggiò la sua fronte alla mia. «Se qualcuno non ti accetta, è un idiota e sai perché?».

Scossi la testa, mordendomi il labbro inferiore.

«Perché sei una ragazzina fantastica, gentile e sempre disponibile. Non ti devi sentire sbagliata soltanto perché le persone non ti capiscono, va bene?».

Victoria Cooper sapeva sempre come consolare un cuore infranto.

Annuii, asciugandomi le lacrime con le maniche della felpa.

«Io sarò sempre qui con te, a sostenerti e a supportarti». Si rimise in piedi e mi tese la mano.

La afferrai e mi alzai anche io dal letto. «Sempre sempre?».

Mia madre a quel punto sorrise. «Sempre sempre, te lo prometto».

E sapevo che, almeno in quel momento, stava dicendo la verità.

Victoria Cooper manteneva sempre le sue promesse.

Avrei imparato in seguito che in realtà non sarebbe stato così.

Presente

Non andrò mai più a vedere una partita di hockey, dannazione.

Un pattino dritto in faccia. Solo io potevo beccarmelo.

Quando ho difeso Matt, non avevo previsto che sarebbe stato così rischioso.

Risultato? Ho un bel taglio sulla guancia e mi verrà un grosso livido.

Be', guardiamo il lato positivo, poteva andare peggio…

Per fortuna la lama del pattino mi ha presa giusto di striscio e il taglio non è chissà quanto grave.

Oddio, che mi invento con papà?

Uccide prima me e poi il coach Smithy che mi ha permesso di venire ad assistere alla partita.

«Kels!», urla Janette venendomi in soccorso. Sono ancora accovacciata per terra dopo il colpo, e ho appena finito di fare la conta dei danni.

Sembra che non finirò in ospedale, anche se ho un po' di sangue sulla mano.
Odio il sangue.
Credo sia una delle cose che odio di più a questo mondo.
Janette mi scrolla per le spalle e io finalmente mi rimetto in piedi. Ho la sensazione di essere un po' sotto shock, perché avverto tutto come da una grande distanza. La folla, i giocatori, le mie amiche, è come se fossero dentro una bolla. «Tutto bene?», domanda Rosie, raggiungendoci.
Mi rendo conto che mi manca un po' l'aria. Decisamente non mi sento benissimo.
E Matthew? Dov'è finito?
«Credo di sì», sussurro e con la mano mi tocco delicatamente la guancia.
«Non toccarti, andiamo fuori. Sei troppo pallida», mi esorta Janette e mi sostiene, visto che barcollo un po'.
Ma il mio unico pensiero in questo momento è lui.
«Matt», sussurro con un filo di voce e poi ... *lo vedo.*
A pochi metri di distanza da me, Matthew tiene per la maglietta Dumont, premuto contro il plexiglass.
E lo sta riempiendo di pugni con la mano libera. Ryan e Axel stanno cercando di strattonarlo via ma... *niente.*
Matthew si scaglia contro di lui con una brutalità in corpo che a tratti fa persino paura.
Non si ferma.
Continua, senza freni.
«Matt», lo chiamo.
Non mi ascolta.
Mi libero di Janette e, seppure con la testa che mi gira, vado verso di lui.
«Leblanc», urlo in preda al panico, quando sono a pochi passi da lui.
Matthew rimane con un pugno chiuso sospeso per aria e finalmente si allontana da Dumont che scappa via toccandosi il viso arrossato.
Il resto della palestra, in questo momento, sembra svanire inghiottito dall'oscurità.
Ci siamo solo io e lui.
Matthew si volta lentamente verso di me con il respiro affannato e delle ciocche di capelli castani che gli ricadono sulla fronte. Lo sguardo è cupo, come immagino sia quello di un mostro.
I suoi occhi sono calamitati dal taglio sulla mia guancia. «Sto bene», lo rassicuro abbozzando un sorriso
In realtà non sto bene per niente, mi viene da vomitare.
Vorrei solo andarmene via.
«Sto bene», affermo e spero di convincerlo.
Deve essere così perché lui tira un sospiro di sollievo. Ryan e Axel si assicurano che lui non si sia fatto male, ma a lui non pare importare.

Continua a tenere lo sguardo fisso su di me.
Io, però, ho bisogno d'aria e di spazio. Comincio a stare veramente male. Quando le lacrime cominciano a rigarmi le guance, fuggo verso l'uscita della palestra.
Fuori vengo travolta da un vento gelido, metto le mani nelle tasche della felpa e guardo il cielo grigiastro sopra di me.
Ho l'impressione di essere finita in un frullatore. Lo sapevo che dovevo restarmene a casa. Il rumore della porta che si apre e si chiude alle mie spalle mi segnala l'arrivo di qualcuno.
Non mi serve girarmi per capire di chi si tratta.
«Che cazzo ti è saltato in mente, Cooper?». La voce di Matthew è rauca, furibonda.
Mi volto verso di lui e la furia incisa sul suo volto lascia spazio a un'espressione più dolce.
«Ti stava per tirare un calcio in faccia, Leblanc», gli ricordo.
«Appunto, me lo dovevo prendere io, il calcio, Cooper, e non tu», ribatte, come se lo avessi offeso mortalmente.
«Sto ancora aspettando il mio grazie», lo rimbecco. Non mi sento bene, perché dobbiamo litigare?
«Non lo avrai». Scuote la testa e si passa una mano tra i capelli disordinati. «Se avesse preso me, non mi sarei fatto niente con tutte le protezioni che ho. Tu invece ti sei dovuta mettere in mezzo e se... ti avesse presa in un occhio? È stato imprudente», conclude con una nota di disperazione.
«Però, l'ho fatto. Ormai è andata così», rimarco.
Già... l'ho fatto.
«Perché?»
«Perché...». Le parole mi muoiono in gola e mi tocca deglutire più volte per levarmi uno strano sapore amaro dalla bocca.
Perché l'ho fatto? Bella domanda.
«È stata una mossa sconsiderata, Cooper», mi bacchetta ancora.
«Non mi è successo niente, però, è soltanto un graffio», cerco di sdrammatizzare scrollando le spalle.
«Soltanto un graffio, certo». Alza gli occhi al cielo e si avvicina.
Mi tocca la guancia delicatamente e per il dolore sono costretta a ritrarmi di colpo.
È tutto così... *assurdo.*
«Sei pazza», commenta e il suo viso arriva a un soffio dal mio. Poi, qualcosa nei suoi occhi cambia e ho come l'impressione che lui abbia deciso di trattenersi.
Se quel coglione tutto muscoli e niente cervello non ci avesse interrotti, probabilmente ci saremmo baciati davanti a tutti.
E ora lui che fa? Si trattiene?

Questo ragazzo non lo capirò mai.

«Di sicuro, visto che ti ho salvato», gli faccio notare.

«Non ti ho chiesto di farlo», puntualizza con una nota di sarcasmo nella voce. «Ho perso il controllo con Dumont, per colpa tua».

«Ti senti più figo adesso?», lo provoco.

«Nessuno dovrebbe permettersi di offendere una ragazza come ha fatto lui», afferma con un tono risoluto.

«Sapevo difendere il mio onore anche da sola», sbuffo.

«Lo avrei fatto per chiunque, Cooper».

Certo, la sua solita scusa. Lo avrebbe fatto per chiunque.

«Kelsey Cooper!», urla una voce così forte e potente che per poco non cado a terra per lo spavento.

Tutto mi sarei immaginata, tranne di vedere il coach Smithy con un kit di pronto soccorso in mano e un velo di preoccupazione sul volto.

«Signore», lo saluto con un cenno del capo mettendomi sull'attenti come un soldato.

Quest'uomo mi fa paura.

Il coach si ferma di fianco a noi e mi sorride. «Riposo, soldato».

Mi sta prendendo in giro?

«Stai bene?», domanda allarmato.

Annuisco. «È solo un taglio. È stata più la vista del sangue a farmi stare male».

«Se fosse successo a un giocatore della mia squadra, si sarebbe gettato a terra e avrebbe cominciato a piagnucolare», ridacchia e tira fuori dal kit di pronto soccorso del disinfettante e un paio di garze pulite. «Il mio capitano ti stava importunando?», domanda poi, mentre versa del disinfettante su una garza, cominciando a tamponarla sul taglio.

«Mi importuna sempre, coach», rispondo intimorita e una smorfia di dolore mi si dipinge sul volto ogni volta che Smithy sfiora la ferita.

Lui fa una risata. «Non è facile stare con un capitano di una squadra di hockey, soprattutto se la squadra in questione sono gli Sharks Struttman».

Oddio no.

No, no e ancora no.

«Non stiamo insieme», ribatto con voce stridula.

«Certo e io sono Brad Pitt», sghignazza il coach e, appena finisce di pulire la ferita, prende un bel cerotto da mettermi sulla guancia.

«Ha frainteso, coach, non stiamo insieme…», interviene anche Matt. Finalmente. Pensavo fosse evaporato.

«Ovvio», lo canzona Smithy, voltandosi verso di lui con le braccia conserte. «Dimmi, Leblanc, la mia ti sembra la faccia di un rincoglionito?».

Il mio idolo indiscusso.

«No, coach», risponde con voce scattante.

«Quando avevo la tua età, mi innamorai di una ragazza che però non ne voleva proprio sapere di me. Sapete com'è finita?», domanda Smithy guardando prima me e poi Matthew.

«Com'è finita?», lo incalzo a continuare.

«E io che ne so? Il giorno dopo si trasferì in un altro college».

Io e Matthew scoppiamo a ridere.

«Io torno a Montréal, dovrò spiegare al rettore Cooper che per sbaglio sua figlia si è presa un pattino in faccia». Il tono ironico del coach Smithy ci fa intuire che non ha per niente voglia di farlo.

«Ci parlo io», mi offro, ma lui scuote la testa.

«Fanculo a Cooper, senza offesa», replica. «E quanto a te, Leblanc, divertiti finché puoi perché, appena tornerai al college, ti farò sudare ogni tipo di alcolico che ti scolerai in questi giorni. Sono stato chiaro?». Il coach osserva Matthew con le sopracciglia corrucciate.

«Chiarissimo, coach», conferma Matthew.

«Buon divertimento», ci augura il coach ammiccando. Manda un bacetto a entrambi e rientra di corsa nella palestra, sbraitando un «Dove cazzo è l'allenatore dei Lions?»

«È il mio idolo quell'uomo», sorrido.

«Dici così perché non è il tuo coach», sbuffa Matt, alzando gli occhi al cielo.

«Cooper!», urla una voce.

Trent è appena uscito dalla palestra e si sta incamminando a grandi falcate verso di me, con il respiro affannato e con ancora la divisa da hockey addosso.

«Ci mancava solo lui», borbotta tra i denti Matthew.

«Stai bene?», mi chiede Trent. Appena arriva di fronte a me, comincia ad analizzare il cerotto che ho sulla guancia.

«Benissimo», replico. In effetti, l'aria fresca forse sta facendo effetto. Anche se ho ancora una nausea pazzesca.

«Non hai una bella cera», mi dice, prendendomi il mento tra le dita per osservarmi meglio.

«No, sto bene…». Non riesco a continuare la frase perché all'improvviso un conato di vomito mi travolge.

Non riesco a controllarlo. È troppo forte.

Sbarro gli occhi e faccio un cenno a Trent di spostarsi, ma ormai è tardi.

Mi fletto sulle gambe, appoggio i palmi delle mani sulle cosce e do di stomaco sulle scarpe di Trent.

«Porca puttana», sbraita Trent allontanandosi di scatto.

Matthew, intanto, si sta sbellicando dalle risate.

«Leblanc, che cazzo ridi?», lo rimbecca Trent.

Mi pulisco la bocca con la manica e mi sollevo barcollando. Ho il respiro un po' affannato e la testa che mi gira come se fossi su delle montagne russe.

«Evidentemente le tue scarpe erano talmente brutte che Cooper non ce l'ha fatta a trattenersi», lo canzona Matthew con un ghigno provocatorio stampato sulle labbra.

«Fanculo». Trent gli dà una spallata e torna dritto verso lo stadio. Probabilmente sta andando a ripulirsi.

Senza Trent nei paraggi, Matthew mi guarda preoccupato. Non devo avere un bell'aspetto. Vorrei andare a sdraiarmi un po'.

«Kels!», mi chiama urlando Janette.

Arriva da me seguita da Ryan, Rosie e Axel.

«Sto bene, ragazzi», li rassicuro con il pollice alzato.

In realtà, non sto bene per niente.

«Ha vomitato sulle scarpe di Trent», li informa Matthew con una risatina.

«Cosa?». Rosie si trattiene a fatica dal ridere.

«Perché queste cose succedono sempre quando non ci sono?», sbuffa Axel.

«Cooper, sei diventata ufficialmente una leggenda», si complimenta Ryan, facendomi un occhiolino.

«Andiamo a cambiarci, prima che vomiti di nuovo», interviene Matthew, simpatico come sempre.

«Se dovessi vomitare ancora, sarebbe soltanto a causa tua», sbotto rivolgendogli un'occhiataccia truce.

«Mmh, perché?», mi sfida.

«Perché la tua presenza mi fa venire il voltastomaco», ribatto all'istante.

Matthew si avvicina e sussurra in modo che possa sentirlo solo io: «Non sembrava avessi il voltastomaco quando mi hai succhiato il dito l'altra sera».

Arrossisco all'istante e mi scosto da lui facendo un passo indietro. Matthew mi rivolge un occhiolino e se ne va con i suoi amici, passandosi una mano tra i capelli sudati.

Sono rossa come un peperone e sull'orlo dell'infarto.

Questi tre giorni a Québec City saranno parecchio intensi.

Molto intensi.

«Ci devi dire qualcosa?», domanda Janette, sarcastica.

«Mmh, no», mi affretto a rispondere e intanto mi volto cominciando a camminare verso l'uscita del college.

Rosie e Janette mi raggiungono in due secondi e mi si affiancano cercando di tenere il mio stesso passo.

Sulla questione Matthew sono sempre stata molto riservata, infatti non ho raccontato alle mie amiche di quello che è successo allo Snowflakes durante l'appuntamento con Trent.

«Tu non ce la racconti giusta», mormora Rosie osservandomi di sottecchi.

«Già, c'è qualcosa che ci stai nascondendo», bisbiglia Janette.

«Perché state sussurrando?», ridacchio divertita.

«Mio fratello è un supereroe, legge nel pensiero e a volte ha delle orecchie bioniche», spiega Rosie con fare teatrale.
«Ecco, il problema è proprio tuo fratello», esplodo.
Mi volto di scatto verso le mie amiche che mi studiano con uno sguardo inquisitorio.
«Che ha combinato, stavolta? Lo devo picchiare?», mi chiede Rosie.
«No, lui è sempre il solito... Leblanc». Mi mordo l'interno della guancia per il nervoso. «Il problema forse sono io».
«Oddio». Gli occhi di Janette si sbarrano all'improvviso.
«Ssh, falla finire». Rosie le assesta una gomitata sulla spalla.
«Allora, vi ricordate del mio appuntamento disastroso con Trent?», domando.
«Forse volevi dire del tuo appuntamento con Wells e Trent», mi corregge Janette alzando gli occhi al cielo.
Prendo un respiro profondo. Non sono sicura sia un bene raccontare tutto, ma ho bisogno di sfogarmi. E loro due si sono dimostrate degne di fiducia.
«Quella sera c'era anche Matthew», confesso. «E ci siamo chiusi in bagno insieme». Bomba sganciata. In effetti, detta così appare peggio di quanto non sia in realtà.
«Lo sapevo!», urla Janette con voce stridula.
«Stai per diventare mia cognata? Ti prego dimmi di sì», esclama speranzosa Rosie con gli occhi che le brillano.
«No, per carità». Scuoto la testa più volte.
«Che avete fatto in bagno?», si informa Janette, che non sta più nella pelle.
«Be', mi ha... tipo messo una mano attorno al collo», comincio a raccontare. Sono un po' intontita.
Mi rendo conto soltanto dopo che può suonare strano.
«Ha cercato di strangolarti? Lo sapevo che tuo fratello era un assassino», afferma Janette, guardando male Rosie accanto a sé, come se fosse colpa sua.
«Mio fratello non è...», comincia a rispondere Ros.
«Ragazze!», le richiamo alzando la voce.
Loro mi fissano, sbattendo più volte le palpebre.
«Non mi ha strangolata, è stato un gesto piacevole...», mormoro abbassando la testa per l'imbarazzo. Mi sento le guance in fiamme.
«Oddio», commenta J. «Da quando ti conosco non ti ho mai vista arrossire così tanto».
Ed è vero.
Sono sempre stata una ragazza sicura di sé e con la risposta pronta in ogni tipo di momento. Ma ora, raccontare di una cosa così intima mi destabilizza completamente.
«Vi siete baciati?», domanda all'improvviso Rosie.

«No, niente di tutto ciò, ci siamo... stuzzicati», la correggo.

«Be', questo è... non posso dire inaspettato perché tanto sapevo che prima o poi sarebbe successo qualcosa. La parola giusta sarebbe... strano». Janette prende a giocherellare con delle ciocche dei suoi capelli.

«Sì, strano», annuisco pensierosa. «Però poi si è comportato da stronzo e mi ha chiusa nel bagno».

«Ti ha chiusa nel bagno?», esclama Rosie.

«Per fortuna che un cameriere mi ha sentita gridare ed è venuto ad aprirmi», ribatto.

Arriviamo al pullman degli Sharks, che è ancora parcheggiato di fronte all'entrata del college. La maggior parte della squadra è a bordo, pronta a tornare a Montréal.

«Cooper, posso parlarti?», domanda Trent, apparso accanto a me.

«Non volevo vomitarti sulle scarpe», mi scuso subito.

«Non preoccuparti», mi rassicura, grattandosi la nuca con l'indice. Secondo me, dopo questa, le chance che nasca qualcosa tra noi sono a zero.

«Rimani anche tu?», chiede chiaramente infastidito dalla faccenda. Non lo biasimo, però non stiamo insieme, quindi posso fare quello che mi pare. E vorrei passare del tempo con le mie amiche, lontano da Montréal.

«Sì, mi serve per staccare un po' la spina», dico in tono che non ammette repliche. Lui deve intuirlo, perché non insiste oltre sull'argomento. Con che diritto, poi?

«Ci vediamo lunedì allora». Trent si avvicina e le sue labbra si posano delicatamente sulla mia guancia. Abbozza un sorriso rattristato e lui e Wells se ne vanno.

Dopo aver recuperato le nostre valigie dal pullman, torniamo sul marciapiede.

«Partiamo!», urla Smithy e l'autista obbedisce al volo. Poco dopo, il mezzo è sparito dalla nostra vista.

Metto le mani all'interno delle tasche della felpa bianca e prendo a giocherellare con i piedi scalciando alcune foglie presenti sull'asfalto.

Devo dire che non sono al massimo della forma...

«Pollastrelle!», urla Axel, venendo verso di noi con una tuta nera e il borsone stretto in spalla.

«Pollastrelle? Ci stai paragonando a delle galline?», ribatto. Avrei voluto farlo già la prima sera che l'ho conosciuto alla festa degli Sharks, quando ci ha chiamate così.

«Be', hai un po' la faccia di una gallina quando ti arrabbi, Cooper», mi prende in giro Matt, che indossa una t-shirt bianca con sopra una felpa con la zip aperta. I suoi addominali si intravedono persino da sotto la maglietta e, appena nota che lo sto fissando, mi rivolge un sorrisetto beffardo.

Avvampo all'istante. «Fanculo, Leblanc».

«Sarà un weekend molto… divertente», dice Ryan circondando con un braccio la vita stretta di Janette per attirarla a sé.

«Sei pronto, Queman? Il divertimento con me è assicurato», afferma Axel toccandosi il petto con una mano.

«Olsen, scappa finché sei in tempo», bisbiglia Rosie facendogli un occhiolino.

«Rosie», la ammonisce Matthew.

«Non fare il fratellone geloso e lasciami divertire», sbuffa a quel punto Ros.

«Stiamo già litigando, come ci arriveremo vivi a domenica?», domando, scuotendo la testa.

«Non ho mai detto che sarebbe stato un weekend di tregua, tesoro». Matthew mi fa un sorriso giocoso.

Alzo gli occhi al cielo. «Facciamo così, Leblanc, quando io vado a destra, tu vai a sinistra. Intesi?»

«Certo, quando tu vai a destra, io vado a destra, tutto chiaro», annuisce serio, come se mi stesse dando ragione. «Ora andiamo a rilassarci in hotel, sono stanco morto».

Mi sembra una buona idea. Ho bisogno di darmi una ripulita e di stendermi un po', quindi evito di battibeccare con lui e stavolta gliela do vinta.

Matthew si volta e insieme a Olsen e ad Axel cominciano a camminare.

«Siete proprio cane e gatto voi due», mi dice Rosie, prendendomi a braccetto.

Dietro di noi, Janette cammina mano nella mano con Ryan che da vero galantuomo porta sia il suo borsone che la valigia della biondina.

«Basta parlare di quell'omino Michelin, questo weekend sarà epico», replico, sorridendo. E all'improvviso, non importa che ho preso un pattino in faccia, né che io e Leblanc non riusciamo a smettere di litigare.

Essere qui, insieme a delle persone che mi accettano per quella che sono, mentre trascorriamo un weekend fuori… mi fa quasi commuovere.

Non ho mai fatto parte di nessun gruppo.

Ero sempre da sola, contro tutti.

Invece ora ho trovato qualcuno che combatte al mio fianco.

Capitolo 51

Kelsey

Dopo una decina di minuti, davanti ai nostri occhi appare un vero e proprio castello.

Il Fairmont è un hotel da sogno, uno di quei posti in cui immagini di partecipare a un ballo, come Cenerentola. Lo guardo a bocca aperta, incredula.

Rosie mi posa una mano sulla spalla. «Omaggio di papà Leblanc».

Vorrei rispondere che non voglio niente da lui, ma ho perso le parole.

«Avete visto che roba?», domanda Janette.

Ryan, Olsen, Axel e Matthew intanto stanno entrando nell'edificio imponente. L'interno è ancora più lussuoso dell'esterno. La hall è immensa, con una doppia scala di marmo che conduce al piano superiore e un lampadario di cristallo che illumina l'ambiente. Ogni angolo emana ricchezza e opulenza.

A qualche metro da me, Matthew sta parlando con un signore in giacca e cravatta.

«Quello è il proprietario», sussurra Rosie. «L'ho incontrato solo una volta, Matthew invece lo conosce bene».

«Ragazzi, lui è Owen Fairmont», annuncia Matthew presentando l'uomo di fianco a sé.

Il signor Fairmont ci fa un sorriso e intanto si stringe la cravatta nera facendola aderire al colletto della camicia bianca. «Buonasera, signori. Voglio darvi personalmente il benvenuto nel mio hotel. Ho saputo della vostra vittoria e ne sono molto scontento sinceramente, speravo che vincessero i nostri Lions, ma a quanto pare, mi sbagliavo», ci dice, ironico. Questo tipo mi piace.

«È stata una partita piuttosto… difficile», commenta Matthew, lanciandomi un'occhiataccia.

«Vi faccio fare un giro. Lasciate pure i bagagli, ve li faremo trovare in camera», continua il signor Fairmont e ci invita a seguirlo nei meandri dell'hotel.

Dopo mezz'ora, sono talmente stanca che sto sbadigliando come se non dormissi da anni. Ancora non sono al top della forma, devo dire. Il direttore ci ha mostrato tutto quanto: ristorante, bar, hall, camere e infine una magnifica piscina al coperto munita di spa.

«Spero che vi troverete bene da noi», conclude il signor Fairmont, soddisfatto.

«Finalmente», sussurro a Janette, alzando gli occhi al cielo.

«Che ne pensa invece della leggenda della camera 303?», domanda elettrizzato Axel.

Leggenda?

«Sono vere le voci che girano?», domanda Olsen.

Owen si schiarisce la voce, un po' a disagio.

«Non credo che il signor Fairmont ne voglia parlare», li fulmina con lo sguardo Ryan.

«Owen, li deve scusare, ma i miei amici sono sempre molto curiosi», sospira Matthew scuotendo più volte la testa.

«No, va bene», rassicura lui e prima di cominciare a parlare prende un gran respiro. «La camera 303 al momento è chiusa e inagibile».

«Da quel giorno non è entrato più nessuno?», domanda ancora Axel con gli occhi che brillano.

Il signor Fairmont freme, scontento. «Mi dispiace, signori, ma adesso devo proprio andare. È stato un piacere conoscervi. Ho un volo per Los Angeles tra qualche ora e devo...».

Matthew gli stringe la mano, poi Owen rivolge a tutti un leggero cenno del capo e se ne va sparendo lungo il corridoio.

«Okay, è stato molto inquietante», afferma Ryan con un tono divertito.

«Inquietante? Avete visto che faccia ha fatto? Secondo me è stato lui», commenta Axel sospettoso.

«Possiamo smettere di parlarne? Ho i brividi, guardate», dice J. mostrando a tutti la pelle d'oca che ha sulle braccia.

«Scusate, ma di che diavolo state parlando?», domando a quel punto con la fronte aggrottata.

«La leggenda della camera 303 del Fairmont», risponde Olsen.

«Non sai della leggenda? Oddio, ma dove vivi?», mi chiede Ax scuotendo la testa.

«Dimentichi che non sono di qua», gli rammento, seccata.

«Allora domani faremo una bella serata horror e ti aggiorniamo, che dite?», propone elettrizzato.

«Come ti pare, ora andiamo?», sbuffa Ryan. Matthew prende le redini della situazione e prosegue nel corridoio, in direzione opposta rispetto a quella in cui è andato Fairmont.

Arriviamo davanti a una porta intarsiata, che trasuda eleganza. Lui la sblocca con la chiave e apre la porta.

«Vi do il benvenuto nella suite imperiale», annuncia Matthew con voce teatrale, poi ci invita a entrare con un cenno del capo.

Chiamarla camera è un errore, sembra un appartamento per quanto è grande. Davanti a noi c'è un salottino, sul quale si aprono diverse stanze. Camere e bagni. Plurale. E c'è persino una cucina. L'arredamento è elegante, ho quasi timore a sedermi sui divanetti e sulle poltrone per paura di sporcarli.

Rimango a bocca aperta di nuovo. Matthew, Ryan e Rosie sono abituati al lusso, quindi non si meravigliano più di tanto, ma io, Janette, Olsen e Axel siamo davvero colpiti. Qualcuno ha già portato le nostre valigie, che sono in un angolino, fuori posto in quell'ambiente opulento.

«Io mi prendo la camera più grande!», urla Axel e corre a cercarla, sbraitando cose incomprensibili. Lo seguo, esplorando le stanze.

«Cooper, vuoi dormire qui con me? C'è posto, eh», ammicca Ax, stravaccandosi sul letto di una delle stanze. Se è davvero la più grande, non lo so. Mi sembra tutto così enorme.

«Sta' zitto, coglione», lo fulmina con lo sguardo Matthew.

«Cooper dormirà con me», interviene Rosie.

«Voi due cercate di non fare troppo casino stanotte, sennò non mi fate dormire», dico a Ryan e Janette, che ci stanno guardando con un sorriso.

La biondina arrossisce e si allontana insieme a Ryan verso un'altra stanza.

«Andiamo», sussurra Rosie prendendomi per un braccio per condurmi nella nostra camera. Rimango a bocca aperta quando la vedo. È enorme, con un grande letto al centro, una televisione a parete di fronte, un armadio grande come la cucina di casa mia a Montréal e un bagno gigantesco annesso.

«Sarà un weekend da urlo», annuncia Rosie buttandosi di peso sul letto.

Io non ne sarei così sicura.

Incrocio il mio riflesso in uno specchio e sussulto. Sono uno straccio: pallidissima, con un cerottone sulla guancia e i capelli spettinati.

Corro in bagno e cerco di sistemarmi. «Mi avete fatto andare in giro così?», domando, un po' sconcertata.

Rosie fa capolino. «Hai l'aria da dura così, del tipo che hai fatto a botte con qualcuno».

«Io me lo levo», sbotto, togliendo il cerotto dalla guancia.

Pessima idea. Il taglio è di un rosso vivido e sta apparendo un livido violaceo.

«Oddio. Devo medicarmi di nuovo». Per fortuna trovo un kit di pronto soccorso in un mobiletto, così posso provvedere. La vista del taglio, però, mi fa girare la testa di nuovo. «Credo che non mangerò questa sera, mi farò una doccia e mi metterò a dormire».

«Va bene, allora vado ad avvertire gli altri». Rosie esce dal bagno e si dirige verso il salotto dove tutti si sono riuniti a chiacchierare.

Sospiro e decido che è arrivato il momento di chiamare papà. Spero che il coach non l'abbia già informato, altrimenti sono guai.

Mi butto sul letto nella speranza di farmi passare le vertigini. Dopo tre squilli, finalmente risponde.

«Kels», mi saluta.

«Papà, come va?», domando cauta.

«Il tuo cane sta facendo più danni che altro, ha rotto altri tre vasi e ha stracciato tutti i giornali che è riuscito a trovare in giro», brontola con un tono serio.

«Si deve abituare e poi chissà che paura che deve avere, con te che lo sgridi tutto il tempo», ridacchio.

«Io non lo sgrido… Vabbè lasciamo stare, lì da te come va? La partita?», chiede, cambiando argomento. Okay, Smithy ancora non l'ha chiamato.

«Gli Sharks hanno vinto!», esclamo entusiasta.

«Menomale, non avrei sopportato le urla di quel pazzo dell'allenatore, se avessero perso», commenta lui con una risatina.

«Però mi sono presa un pattino in faccia», dico d'un fiato.

«Aspetta… cosa?»

«È stato un incidente, non è successo niente di grave. Ti racconto domenica quando torno», taglio corto.

«Kelsey Cooper, non ti azzardare a riattaccare…», mi minaccia lui. Ma non ho proprio voglia di starlo a sentire. Quando si agita, è davvero insopportabile. Lo interrompo. «Non ti sento, papà!».

«Non fare finta, so che mi senti… chi cazzo…».

Lo interrompo di nuovo. «Papà, prende male qui, la linea è disturbata. Ci sentiamo domani!».

Chiudo la comunicazione e mi pare di vedere papà che impreca, camminando per il nostro salotto. Appoggio il cellulare sul letto e mi prendo il viso tra le mani.

È come un fulmine improvviso.

Ripenso a lei…

A quella sera. Leblanc non poteva sapere che chiudendomi nel bagno avrebbe riaperto una vecchia ferita.

Qualcuno bussa alla porta della stanza. Non mi ero nemmeno resa conto che Rosie l'avesse chiusa.

«Kels, siamo noi», dice Janette oltre la porta.

«Noi chi?», le prendo in giro con un tono scherzoso.

«Due fantasmi», risponde Ros con voce cavernosa.

«Entrate allora», ribatto con una risata, mettendomi seduta contro la testiera del letto.

Le mie amiche entrano e si vengono a sedere accanto a me. «Sicura che non vuoi venire? Possiamo rimanere con te, se vuoi», si offre Janette.

«Tranquille, voi andate… io rimarrò qui a riposare. Domani sarò in forma», cerco di rassicurarle.

«E va bene, ma domani non ci scappi. Axel sta organizzando una festa strepitosa», mi informa Ros scuotendo la testa.

«Una festa… qui?», aggrotto la fronte guardandomi intorno.

«Dice che è una suite imperiale e dobbiamo divertirci come si deve». Janette imita la voce di Axel alla perfezione.

«Io non mi fido neanche un po' di lui», commento.
«Neanche noi, finirà come quel film… *Una notte da leoni*?». Ridiamo tutte e tre, poi, dopo qualche altra chiacchiera, le mie amiche se ne vanno a prepararsi per uscire. Rimango definitivamente da sola insieme ai miei pensieri.
Troppi ricordi.
Troppe malinconie.
Forse mi serve soltanto una bella dormita.
Mi faccio una doccia, mi infilo solo l'intimo e mi metto a letto.

Capitolo 52

Kelsey

Due colpi alla porta mi fanno svegliare di scatto.

Mi guardo intorno spaesata e, dopo un attimo di smarrimento, mi ricordo di essere a Québec City.

Ma che ore sono?

Prendo il cellulare sul letto e leggo l'orario.

Sono le dieci di sera.

Ho dormito più di quanto mi aspettassi.

«Chi è?», domando.

«Non costringermi a rispondere in modo volgare, Cooper». La voce di Matthew è rauca e graffiata.

«Sono in reggiseno e mutandine, non puoi entrare», replico con decisione.

«Sì, certo», bofonchia lui e apre la porta.

Rimane per un attimo incantato a guardarmi e avvampo all'istante, poi gli lancio un cuscino addosso che però rimbalza sul suo petto e cade a terra.

«Ti avevo detto che non potevi entrare», lo rimbecco coprendomi con il lenzuolo.

«Credevo che scherzassi», scrolla le spalle.

«Mi hai svegliata», lo accuso.

«Ti senti meglio, a quanto pare», scherza avvicinandosi di un passo.

«Dove sono gli altri?». Cambio discorso, sperando di evitare un battibecco.

«Torneranno a momenti», risponde sbrigativo e intanto si guarda intorno come se stesse cercando il coraggio di dirmi qualcosa.

«Che cosa vuoi, Leblanc?»

«Devo sapere una cosa o finirò per impazzire», confessa e a quel punto si siede di peso sul letto, facendomi sussultare dalla sorpresa.

Mi inumidisco le labbra. «Cosa vuoi sapere?»

«Perché ce l'hai con me?».

I suoi occhi verdi mi fissano con una tale intensità da far tremare ogni singola particella del mio corpo.

«Perché sei un idiota», borbotto tra i denti.

«Bugiarda, dimmi perché. Voglio la verità».

«Perché mi hai chiusa dentro il bagno», rivelo, alzandomi dal letto con uno scatto.

Sono in reggiseno e mutandine. Davanti a lui.

Vabbè che sarà mai, è come se mi vedesse in costume da bagno. Giusto?

«E allora? Era soltanto uno stupido scherzo, Cooper». Matthew si passa nervosamente una mano tra i capelli e si alza a sua volta.

«Per te, lo era», gli dico, con voce tremante. «Per me non era affatto uno scherzo».

I miei occhi si riempiono di lacrime. Non vorrei perdere il controllo, non davanti a lui.

«Che cosa nascondi, Cooper?», domanda con un filo di voce.

«Devo per forza nascondere qualcosa?»

«È evidente che nascondi qualcosa, ogni volta che ti guardo negli occhi vedo soltanto ricordi, dolore e un passato che non riesci a dimenticare», mormora accarezzando dolcemente la mia mano.

Sbarro gli occhi dallo stupore. Quando ci siamo avvicinati così tanto?

Ma soprattutto... Come diavolo fa a sapere tutte queste cose?

«Come fai a saperlo?», domando cauta, con le guance ormai bagnate.

Matthew stacca la sua mano dalla mia per catturare una lacrima con le dita. «Te l'ho detto, sei un libro aperto per me».

Sbuffo e distolgo lo sguardo. Matthew me lo impedisce, mi cattura il mento tra l'indice e il pollice, costringendomi a guardarlo dritto negli occhi.

«Riguarda la morte di tua madre?», domanda di getto.

Mi ritraggo da lui, facendo un passo indietro. «Basta così, qualsiasi cosa tu stia facendo... smettila!».

«Non sto facendo niente», mi risponde Matthew avanzando verso di me.

Gli poso una mano sul petto, allontanandolo. «Smettila di farmi credere che ti freghi qualcosa della mia vita o di me».

«Non hai pensato che, forse, mi frega realmente qualcosa?», mi rimbecca, inarcando un sopracciglio.

«No, la tua è soltanto una sceneggiata», ribatto.

«Cooper». La voce di Matt è un tuono assordante «Mi stai fottendo il cervello».

Prendo un respiro profondo prima di rispondere. «Allora lasciami in pace e basta».

«Non ci riesco», sospira passandosi una mano tra i capelli per portarli all'indietro.

«Dovrai riuscirci», rispondo seccata.

«Bene, è questo quello che vuoi?», chiede. Il suo sguardo smeraldo brilla nella semioscurità, ammaliandomi.

Ora non sono così tanto sicura di volerlo lontano da me.

«È quello che voglio», confermo.

«Va bene. Mettiti qualcosa addosso, per favore», borbotta e mi lancia una maglietta che ha raccolto da terra.

Poi se ne va senza aggiungere altro.
Cristo santo, sono un'idiota.

Il giorno seguente è catastrofico.
Sto finalmente bene, ma Matthew mi ignora per tutta la giornata, neanche uno sguardo, un saluto, una chiacchierata.
Niente di niente.
So di avergli detto di lasciarmi stare, ma ora che lo sta facendo non sono più così tanto sicura di volerlo.
«Kels?». Janette mi sventola una mano davanti al viso per riportarmi alla realtà.
Scuoto la testa e mi volto verso di lei. «Ci sono, giuro. Sono solo ancora un po' sottosopra», mento.
Abbiamo passato l'intera mattinata a passeggiare per le strade caotiche di Québec City.
Abbiamo visitato la città vecchia. Le strade, gli edifici, l'atmosfera sono un vero e proprio tuffo nel passato.
Siamo stati alla Place Royal, una piazza in stile francese e da togliere il fiato, e poi ci siamo diretti alla Place D'Armes, dove abbiamo ammirato la statua di Samuel De Champlain, il fondatore della città. Infine siamo stati nella cattedrale di Notre-Dame de Québec che, con il suo stile gotico, ci ha lasciati a bocca aperta.
Abbiamo pranzato in un ristorantino poco distante dal nostro hotel, dove ho assaggiato per la prima volta in vita mia la "poutine", che sarebbero delle patatine fritte ricoperte interamente di formaggio fuso e salsa di carne di manzo.
Non è diventato il mio nuovo piatto preferito, ma sono pur sempre patatine fritte e a quelle io non riesco mai a dire di no.
Nel pomeriggio, noi ragazze abbiamo passeggiato ancora un po' per il centro e adesso ci troviamo sulla terrazza del nostro hotel, che offre una vista mozzafiato della città.
Stasera abbiamo deciso di rientrare e cenare in camera dato che subito dopo ci sarà la stramba festicciola organizzata da quella testa calda di Axel.
«È per Matthew?», chiede Rosie.
«Abbiamo litigato sul serio. Non mi rivolge più la parola», confesso.
«E ti dispiace?», domanda Janette.
«Per niente», mento.
In quel momento, Ryan appare sulla porta e fa un cenno a Janette, che lo raggiunge.
Rimango da sola con Rosie che mi sta guardando in modo strano come se volesse dirmi qualcosa.
«Ti dispiace, eh?», osserva dopo un po'.

«No, invece», sbuffo, evitando i suoi occhi.

«Certo, come no», commenta. Prima che possa ribattere, però, Axel appare sulla terrazza.

«Andiamo, pollastrelle?», ci chiama Axel.

«Ancora con questo "pollastrelle"?», sbotta Rosie, esasperata.

«Vuoi che ti chiami... dolcezza?», la provoca lui con un sorrisetto sghembo.

«Andiamo, coglione». Olsen, per fortuna, se lo porta via trascinandolo per un braccio.

Io e Rosie decidiamo di tornare in camera. Nemmeno lei mi sembra di ottimo umore adesso. «Allora è tutto pronto?», domanda Rosie, quando rientriamo nella suite.

«Tutto pronto», conferma Axel, orgoglioso.

«Alcol?», si informa J.

«Ce l'abbiamo», risponde Olsen.

«Musica?», chiede Ros.

«Per chi ci hai presi? Per dei rammolliti?», la canzona Ax.

«Giochi?», intervengo io.

Matthew, che fino a quel momento non aveva detto una parola, si volta e mi guarda di sottecchi.

«Giochi?», ripete perplesso Axel, girandosi di scatto verso di me.

«Be', a ogni festa ci sono quelle stronzate alla obbligo o verità, no?», constato, come se fosse ovvio.

«Io non ci gioco più con la Cooper, l'ultima volta mi ha stracciato a biliardo», interviene Ryan.

Axel scoppia in una risata. «E come dimenticarlo. Datemi un attimo che vi illustro il programmino della serata», aggiunge, elettrizzato, sparendo in camera sua.

«Quello lì ha qualche rotella fuori posto», bisbiglia Rosie.

«Qualche? Ha tutte le rotelle fuori posto», la correggo.

Ci sediamo tutti quanti nel salottino della suite. Janette si accomoda in braccio a Ryan, Olsen si tuffa letteralmente su una poltrona e Matthew è costretto a prendere posto accanto a me. La tensione tra noi si taglia con un coltello. Vorrei dirgli qualcosa, parlargli, ma Axel torna, più carico che mai. «Allora». Axel si schiarisce la voce e va a posizionarsi in piedi di fronte al caminetto. «Eccomi qui! Abbiamo ordinato giapponese in camera e, mentre ceniamo, ci guardiamo *Non aprite quella porta* per poi bere champagne fino a svenire, ballare fino a romperci le gambe e giocare a qualsiasi cosa vogliate. Che ne dite?», annuncia, come se avesse spiegato il piano più innovativo di sempre. In realtà, è banalissimo, ma alcuni dei miei amici iniziano subito a protestare.

«Non guarderò quel film, Ax!», urla Rosie incrociando le braccia al petto.

«Hai paura?», la stuzzica lui, inarcando un sopracciglio.

«Non ho paura», replica lei categorica.

«Io sì invece, quel film è spaventoso», si intromette Olsen.
«Che film è?», domando io a quel punto.
Tutti quanti si voltano verso di me, straniti.
«Che c'è?», chiedo, a disagio.
Matthew ridacchia sottovoce. «Come fai a non conoscere *Non aprite quella porta*?»
«Ah... adesso mi rivolgi la parola?», lo punzecchio voltandomi verso di lui.
Mi rivolge un'occhiataccia truce. «Non eri tu a volere che ti lasciassi in pace?»
«Basta litigare!». Ryan si alza di scatto dalla poltroncina, Janette barcolla in avanti e per poco non finisce a terra. Lui la acchiappa al volo, con aria colpevole.
«Mi stavi facendo cadere», lo rimprovera J., offesa.
«Scusa, piccola», risponde Ry, lasciandole un delicato bacio sulla nuca. «Stavo dicendo. Smettetela voi due!», sbraita, rivolto verso me e Matthew.
Ammutolisco e sento Matthew sbuffare sonoramente di fianco a me.
«Se vi sento litigare un'altra volta, giuro che vi appendo al lampadario!», ci sgrida Axel, che viene in soccorso dell'amico.
Qualcuno all'improvviso bussa alla porta della nostra suite. Axel, eccitato, va ad aprire e subito all'interno della stanza entrano due camerieri con un carrello colmo di cibo. Il loro arrivo distoglie l'attenzione da noi due, per fortuna. Sia ringraziato il cibo.
Matthew si allontana da me senza degnarmi di un'occhiata.
Sospiro. Essere ignorata da Matthew Leblanc è molto peggio di quello che mi sarei mai immaginata.
«Aiutatemi a spostare il divano», dice Axel, dal corridoio, appena i camerieri se ne vanno. Sta spingendo con entrambe le mani un divanetto basso.
«I giocatori di hockey non sanno spostare un divano?», lo prendo in giro.
«Sanno fare questo e molto altro, Cooper», borbotta in risposta Matthew.
Ryan, Matthew e Axel cominciano a muoverlo ma all'improvviso Olsen ci si fionda sopra rendendo le cose più difficili.
«Queman, togliti!», lo sgrida Axel.
«E perché mai? È così comodo», ridacchia l'altro, prendendosi gli insulti dei compagni di squadra.
«Tutto bene, Kels?», bisbiglia J.
«Perché non dovrebbe?», scrollo le spalle.
«Be', perché è da questa mattina che sei strana», risponde Rosie in un sussurro appena udibile.
«E di chi sarà la colpa?», alzo gli occhi al cielo.
«Possiamo scegliere un altro film?», domanda all'improvviso Janette per coprire la nostra conversazione, appena ci rendiamo conto che i ragazzi sono in ascolto.

«Perché?», ribatte Axel e finalmente sistema il divano davanti alla televisione.

«Me la sto facendo sotto dalla paura», ammette a voce bassa la biondina.

«Vedi? Cambiamo genere, guardiamoci tipo una commedia romantica», propone Rosie.

«Mettiamola ai voti!», ribatte Axel levandosi le scarpe per poi stravaccarsi sul divanetto.

Io lo considero a malapena, sono concentrata su Matthew.

Mi continua a ignorare.

Neanche uno sguardo.

Niente di niente.

Tutti quanti ci posizioniamo nel salottino, sui divanetti attorno a un tavolino basso. Ryan con l'aiuto di Matthew prende dal carrello all'ingresso dei piatti colmi di sushi, posandoli poi sul tavolino.

«Chi vota per il film horror, alzi la mano!», grida Axel soddisfatto, alzando subito una mano al cielo.

Olsen, Ryan e Matthew lo imitano.

Sogghigno e li seguo. «Che sarà mai? È soltanto un film».

«Certo», ridacchia Olsen.

«Prova a dire che è soltanto un film soltanto dopo che avremo finito di guardarlo». Ax mi rivolge un occhiolino giocoso.

«Guardare un film horror in questo hotel. Non credo sia una buona idea», sussurra J., terrorizzata.

«Si può sapere che diavolo è successo in questo hotel che siete tutti così spaventati?», domando, incrociando le braccia al petto.

Silenzio.

Tutti i presenti si guardano tra loro scambiandosi delle occhiate furtive.

Mi schiarisco un po' la voce. «Allora?», li incalzo.

«Davvero non hai mai sentito parlare della leggenda?», domanda Olsen.

Scuoto la testa.

«Per tua fortuna ci siamo noi, Cooper», interviene Axel, che si avvicina a me e mi circonda il collo con un braccio.

«Levati di dosso», sbuffo e lo spingo via poggiandogli entrambe le mani sul petto.

«Mi sta toccando lei, Matt, io non sto facendo niente», si giustifica Axel, allontanandosi da me.

«Sei un idiota», ridacchia Matt in risposta, ma non sembra scocciato.

«Quindi? Cos'è questa leggenda di cui parlate tanto?», chiedo con insistenza.

«Ci voleva proprio una storia horror prima di *Non aprite quella porta*», sogghigna Olsen.

«Sushi e racconti del terrore? Sono così eccitato che mi potrei mettere a urlare». Axel comincia a saltellare come un bambino.

«Se ti metti a urlare, ti tiro un calcio», lo punzecchia Ryan.

«Provaci, se hai il coraggio», lo provoca Axel andando verso di lui.

«Okay, basta così. Serviamoci da mangiare, poi le raccontiamo questa benedetta storia». Janette si mette in mezzo tra i due allontanandoli.

Riempiamo tutti i piatti e Matthew apre lo champagne di colpo. Quando il tappo vola per il salotto, ne versa un po' nei calici. Me ne porge uno, con espressione completamente indifferente.

Infine, Olsen va a spegnere tutte le luci e lasciamo acceso soltanto il candelabro appeso al muro, rendendo l'atmosfera nel salotto cupa e tetra.

Prendiamo tutti posto, con il cibo e lo champagne. «Era una notte buia e tempestosa…», comincia a dire Axel con voce inquietante mentre mangia.

«Axel!», urla Rosie indispettita muovendosi nervosa sul divanetto.

«Che c'è?», chiede allargando le braccia.

«Smettila di fare l'idiota e racconta questa maledetta storia come si deve», sbuffa Ryan avvolgendo un braccio attorno ai fianchi di Janette che si è seduta sulle sue cosce.

«Okay, okay», cede lui, poi prende un sorso di champagne dal suo calice prima di cominciare a raccontare.

«Un anno fa, precisamente il 3 febbraio del 2022, nella camera 303 alloggiava una ragazza di nome Scarlett Dumont», racconta Axel con gli occhi sbarrati.

Il nigiri che stavo mangiando, appena sento quel cognome, mi va di traverso e per poco non mi strozzo.

Mi schiarisco la voce. «Dumont?»

«Esatto», sussurra Rosie di fianco a me.

«Lo stesso Dumont che stavi ammazzando alla partita?», chiedo a Leblanc.

«Proprio lui», annuisce Matthew in tono sempre distaccato.

«Posso continuare?», sbotta Axel.

Tutti quanti ammutoliamo e lui si schiarisce la voce, con uno sguardo che sembra allucinato.

«Perché hai questa espressione?», domanda Olsen sporgendosi un po' per osservarlo meglio.

«Hai la faccia da folle», ridacchia Ryan accarezzando la coscia di Janette.

«Non ho nessuna faccia, le storie dell'orrore come dovrei raccontarle? Come se stessi parlando di unicorni e fate?», domanda lui scuotendo la testa.

Be', in effetti, nella sua stupidità non ha tutti i torti…

«Potresti non fare più quella faccia? Sei inquietante», sbuffa Ros.

«Zitti!», esplode all'improvviso Axel, facendo sobbalzare tutti dallo spavento.

Scoppio in una risatina silenziosa e guardo Matthew di sottecchi, stando attenta a non farmi vedere. Lui però sembra percepire i miei occhi su di lui e si gira subito verso di me. Mi ricompongo e mi sistemo a braccia conserte mentre Ros sta letteralmente stritolando il mio braccio per la paura.

«Posso continuare?», interviene Ax.

Silenzio.

«Scarlett Dumont aveva diciotto anni e frequentava il primo anno di college, era all'apparenza perfetta... insomma, massimo dei voti e una fila di ragazzi che le facevano la corte. Fin quando un sabato sera decise di punto in bianco di prenotare una camera, proprio in questo hotel». Axel beve un sorso di champagne per rinfrescarsi mentre noi abbiamo tutti gli occhi puntati su di lui. «Le venne assegnata la camera 303. Perché ci è andata?».

Mi si sta gelando il sangue, dannazione.

«Perché?», lo sprono a continuare.

«Mica sono un poliziotto, Cooper», mi fulmina con lo sguardo lui.

«Continua», dice Janette muovendosi agitata sulle gambe di Ryan.

«Scarlett Dumont passò la notte nella camera 303 e poi... scomparve nel nulla». La voce bassa di Axel rende il tutto ancora più cupo.

«Scomparve?», domando io con la fronte aggrottata.

«Già, senza lasciare alcuna traccia», annuisce Olsen.

«La camera non mostrava nessun segno di effrazione», aggiunge Ryan.

«Basta, basta!», urla Rosie alzandosi dal divano, lasciando sul tavolino di vetro il piatto vuoto.

Finisco di mangiare il mio ultimo nigiri e mi schiarisco la voce. «Quindi che fine ha fatto?»

«Nessuno lo sa», spiega Olsen.

«Nella camera non hanno trovato nulla?», chiedo ancora.

«Il nulla cosmico», risponde Matthew sorseggiando dello champagne in un modo talmente sensuale da farmi rabbrividire.

«Non ha senso», scuoto la testa appoggiandomi allo schienale morbido del divano.

«È come se non se ne fosse mai andata da quella stanza», borbotta pensieroso Axel.

«Mi state facendo venire i brividi, cazzo», si lamenta Rosie, in piedi davanti al divanetto.

«Che vuoi dire, Ax?», domanda J. incuriosita.

«Voglio dire che... non c'era nessun segno di effrazione, giusto?». Axel mangia un sashimi, posa il piatto vuoto sul tavolo e si alza in piedi.

«E con questo?», replica Ryan.

«Be', nessun segno di effrazione, nessun segno di aggressione... niente di niente», spiega lui e ci guarda come se non capissimo nulla.

«E quindi?», sbotto a quel punto.

«Axel sta cercando di dire che è ancora in quella stanza», mi risponde Matthew con un filo di voce.

«Oddio, vi prego, basta, mi sto sentendo male», borbotta Rosie posandosi una mano sul petto, proprio all'altezza del cuore.

«Ho le palpitazioni», dice Janette con voce nervosa.

«Ci sono io con te, piccola», sussurra Ryan.

«Come siete sdolcinati», commento il loro scambio e Janette mi rivolge un delicato dito medio.

«Possiamo dare inizio alla festa, che ne dite?», domanda Axel alzando al cielo la bottiglia di champagne.

«Cazzo sì, tutta questa storia della camera e di Scarlett mi sta facendo venire l'angoscia», bofonchia Olsen andando in cucina a prendere altro champagne.

«Non mi spiego ancora come abbia fatto a sparire senza lasciare alcuna traccia», rifletto ad alta voce, toccandomi il mento con l'indice e il pollice.

«Be', se lo sta chiedendo tutto il Canada, cara Cooper», risponde Matthew.

«Ora beviamo e poi ci guardiamo il film, da ubriachi sarà sicuramente molto più divertente», propone Ryan beccandosi un pugnetto giocoso da Janette.

All'improvviso però succede qualcosa.

Un cigolio inquietante.

Come se qualcuno al piano di sopra stesse facendo avanti e indietro per la stanza.

Subito dopo, una porta che sbatte.

Sussulto dalla sorpresa e mi guardo intorno spaesata.

Tutte le luci della camera si spengono e improvvisamente ci ritroviamo al buio.

D'istinto mi aggrappo alla prima cosa che mi capita sottomano. Un petto solido e caldo.

Delle labbra si avvicinano caute al mio orecchio, soffiandoci sopra pesantemente.

«Mi dici di starti lontano ma ogni volta che ti sono vicino tremi come una foglia, tesoro», sussurra Matthew con una voce talmente rauca che mi manca il respiro per qualche istante.

Sarà una serata molto lunga.

Capitolo 53

Matthew

Il mio autocontrollo è letteralmente finito. Terminato. Esaurito.
Qual è il modo migliore per dirlo?
Quando si sono spente le luci, mi sono alzato dal divano andando a sbattere contro qualcuno.
L'ho riconosciuta all'istante, grazie a quel suo profumo di vaniglia così insistente...
Le mani di Kelsey si sono aggrappate come due arpioni al mio petto, stritolandolo così tanto da farmi formicolare la pelle. Il mio respiro è sempre più affannoso e il cuore mi sta battendo all'impazzata, soltanto per lei. Mi agguanta il braccio con forza.
Dannazione, vorrei prenderla per i polsi e sbatterla contro ogni superficie possibile di questa camera.
Però... non posso.
Che cos'ho che non va?
«Ragazzi, basta!», urla mia sorella con voce stridula da qualche parte nella stanza.
«Sto morendo di paura», sussurra Janette, a poca distanza.
Di nuovo silenzio.
«Hai paura?», sussurro contro i capelli di Kelsey.
«No», mormora con un velo di preoccupazione nella voce.
«Mi stai stritolando il braccio», la rimbecco.
Questa ragazzina insolente...
Prima mi dice di starle lontana e poi? Vuole tutto il contrario.
Dopo le ultime scoperte di Olsen, capisco da cosa deriva tutto il dolore che si ostina a portarsi dentro senza parlarne con nessuno. Se dovesse venire a sapere che ho minacciato suo padre con quegli articoli di giornale che siamo riusciti a scovare, allora avrebbe davvero un valido motivo per odiarmi. Non me lo perdonerebbe mai.
Ma ormai il danno è fatto.
«Sta' zitto», dice lei con voce tremante.
«Ragazzi, ci siete?», domanda Ryan.
«Sì, ci siamo», rispondo io e cerco di mettere a fuoco qualcosa nella stanza a cui aggrapparmi per raggiungere l'uscita.

«Olsen?», chiamo.
Niente.
«Dai, amico, non fare scherzi!», urla Ryan.
«Olsen?», lo richiama Rosie.
«Axel?», grido, un po' preoccupato.
Niente. Non risponde nessuno.
Intanto il cigolio si fa sempre più forte, come se qualcuno stesse camminando nella stanza.
Subito dopo una porta sbatte così forte da farmi sobbalzare dallo spavento. Kelsey istintivamente avvolge le braccia attorno al mio collo, aggrappandosi a me come un koala.
«Cristo santo, Cooper», sussurro e intanto prendo un respiro profondo, cercando di calmarmi.
Le sue mani iniziano ad accarezzarmi il collo, avanti e indietro.
«Stronzetta che non sei altro…», mugolo contro il suo orecchio.
Kelsey ridacchia piano. «Qualcosa non va, Leblanc?»
«Curioso», borbotto tra i denti cercando di impedirmi di fare qualcosa di stupido.
Questa ragazzina mi sta facendo impazzire.
«Cosa?», mi chiede.
«Prima mi dici di starti lontano e poi mi provochi», la sfido.
Vuole giocare? Detto fatto.
Le mie braccia, che fino a quel momento erano rimaste dritte lungo i fianchi, si spostano sulla sua vita e con un gesto fulmineo la attiro a me. Lei sussulta dalla sorpresa mentre i miei polpastrelli si intrufolano sotto la sua felpa per accarezzarle delicatamente la schiena. Il mio petto è premuto contro il suo, affondo le unghie nella pelle dei suoi fianchi stretti, preso da un impeto di pura follia.
La voglio, a tutti i costi.
Sono egoista a volere una ragazza a cui molto probabilmente farò del male? Sì, lo sono. Ma ora non mi importa.
«Matt», la sua voce è talmente bassa che stento a sentirla persino io.
Sta ansimando.
Le piace come la tocco.
Le piace come le parlo.
Le piacciono le mani al collo.
La piccoletta vuole scoprire cosa sa fare il capitano di una squadra di hockey?
Be'… glielo dimostrerò.
«Mmh? Ora sei tu che non parli più?», la provoco mordendole il lobo dell'orecchio.
Kelsey grugnisce dal piacere. «Smettila».

«Ora dimmi, tesoro… devo starti lontano oppure no?», la punzecchio leccandole l'orecchio con avidità.

Siamo completamente appiccicati.

«Rispondi», la incalzo continuando a leccarle l'orecchio, per poi scendere fino al collo. Sento una vena pulsare all'impazzata mentre delle goccioline di sudore le stanno scivolando lungo tutta la schiena che sto ancora accarezzando dolcemente.

«No», risponde secca.

«No, cosa?», la sprono a dire quello che voglio realmente sentire.

«Non…», borbotta ma non le lascio nemmeno il tempo di parlare che la mia lingua riprende a leccarle il collo, stavolta con più bramosia.

«Rispondi», mugolo contro di lei.

All'improvviso, però, le luci si riaccendono e tutta la magia scompare. Dal corridoio d'ingresso spuntano due tipi con delle lenzuola addosso che si avvicinano a noi.

Kelsey, intanto, si è staccata da me appena le luci si sono riaccese, ha i capelli arruffati e appiccicati al collo. Studia la scena abbastanza ridicola davanti a lei.

«Bu!», urlano tutti e due.

Janette e Rosie gridano dalla paura e sobbalzano all'indietro con una mano poggiata all'altezza del cuore. Io e Ryan ci scambiamo un'occhiata esausta. Figurarsi se Axel non metteva in scena una roba del genere.

«Chi ci sarà mai sotto quelle lenzuola?», cantileno io.

«Non saprei, forse Scarlett?», commenta divertito Ryan.

«Che palle, amico, te lo avevo detto che non avrebbe funzionato», sbuffa Axel togliendosi finalmente il lenzuolo dalla testa.

Kelsey scuote la testa più volte. «Siete due idioti».

«Ha funzionato, loro si sono spaventate», borbotta Olsen levandosi anche lui il lenzuolo di dosso.

«Fanculo, Queman!», urla Rosie andando verso di lui con aria minacciosa.

Olsen indietreggia e alza le mani al cielo. «È stata un'idea di Axel».

«Che dici?», sbotta il biondo guardandolo male.

«Avete finito?», sospiro incrociando le braccia al petto.

«Be', era tutta una scusa per fare…». La frase di Axel rimane in sospeso perché, con uno scatto felino, si avvicina alla televisione, la accende con il telecomando e, dopo qualche secondo, nella camera parte una musica assordante.

«Mi ha messo più paura la musica che voi travestiti da fantasmi con due lenzuola addosso», urlo cercando di farmi sentire.

«Cosa?», grida Axel toccandosi le orecchie, facendomi cenno di non aver sentito.

«Abbassa la musica, razza di idiota», sbotta Kelsey.

Axel stoppa la canzone e posa poi il telecomando sopra lo scaffale vicino alla televisione. «Che razza di festa è se la musica è bassa?»

«Scusate». Rosie sventola entrambe le braccia in aria. «Possiamo parlare un attimo dello scherzo che hanno architettato questi due?»

«Infatti, mi sono venuti i capelli neri dallo spavento», sbuffa Janette con un sopracciglio inarcato.

Capelli neri? Questa faceva ridere.

«Poverina, avevi paura?», la prende in giro Ryan scompigliandole i capelli e Janette gli tira un pugnetto giocoso sulla spalla.

«Era soltanto uno scherzo, non fate i melodrammatici», sbuffa Olsen prendendo una bottiglia di champagne dal frigobar.

«Soltanto uno scherzo, certo», alza gli occhi al cielo Rosie.

«Ti sei spaventata, piccola Rosie?», la punzecchia Axel.

Rosie sta per scagliarsi contro il biondo ma per fortuna viene fermata da Kelsey che la tira indietro per un braccio.

«Delle lenzuola? Sul serio? Almeno potevate essere un po' più originali», commenta Ryan.

«Vogliamo cominciare la festa oppure volete continuare a lamentarvi?», domanda Axel prendendo nuovamente il telecomando.

«E festa sia», sogghigno guardando in direzione di Kelsey.

Perché deve fare così? Prima mi respinge, poi prende e comincia a stuzzicarmi in quel modo. Un attimo fa, se le luci non si fossero accese…

«Sì, cazzo», urla Axel e alza nuovamente il volume della televisione.

«Fammi scegliere una canzone», sbuffa Rosie avvicinandosi.

«Per carità, non sia mai che metti *Barbie girl*», ridacchia Ax beccandosi uno schiaffo sul braccio da mia sorella.

«Tua sorella mi picchia, Matt», si lagna.

«Te lo meriti», scrollo le spalle.

Rosie gli strappa il telecomando dalle mani.

Dopo qualche secondo, capisco perfettamente che canzone ha intenzione di mettere.

«Dai, Ros, ma fai sul serio?», alzo gli occhi al cielo abbassando la zip della felpa che sto indossando, appena vedo il brano che ha selezionato.

È tutta colpa di quella ragazzina insolente se ora sto sudando…

«È la nostra canzone», mi dice lei stranita e poggia una mano sul fianco.

«Quando avevo dieci anni», puntualizzo con una nota di sarcasmo nella voce.

«Che ha che non va questa canzone?», domanda a quel punto Olsen.

«La ballavamo a dieci anni, completamente nudi sotto la neve», risponde Rosie con nonchalance.

«Rosie…», la ammonisco.

«Nudi sotto la neve?», domanda Axel per poi scoppiare in una fragorosa risata lanciandosi letteralmente sul divano.

«Avevamo dieci anni», sbuffo.

«Perché? Ora quanti anni hai?», ribatte Kelsey divertita con un sorrisetto sghembo sulle labbra.

«Cazzo, Cooper, ti adoro», urla Axel facendole il cuoricino con le mani.

«Ma ve lo immaginate Matthew Leblanc che balla nudo sotto la neve?», chiede Ryan e poi si butta sul divano accanto ad Axel. Entrambi cominciano a ridere a crepapelle.

«Molto divertente, sarà ancora più spassoso stare per tutto il campionato in panchina. Che ne dite?», li minaccio.

I miei amici smettono di ridere all'improvviso e subito dopo Rosie preme play e in tutta la stanza risuona *Fireball* di Pitbull.

Purtroppo, Rosie non ha mentito. Quando io avevo dieci anni e lei sette, ogni qualvolta c'era la neve tendevamo a spogliarci e a ballare nudi in mezzo al nostro giardino con questa ridicola canzone di sottofondo.

«Dai, Matt!», urla Rosie avvicinandosi a me.

Scuoto la testa ma ormai mia sorella mi ha catturato. Vuole farmi ballare.

«Non mi dire che non ti ricordi», sogghigna Ros e poi comincia a muoversi sul posto.

Non mi umilierò in questo modo. È fuori discussione.

«Dai, Matt, facci vedere», urla Ryan in preda alle risate.

«Muovi quel bel culetto, capitano», scoppia a ridere Ax mentre si tiene una mano sulla pancia.

«Dai, amico, quello che succede a Québec City rimane a Québec City», grida Olsen cercando di sovrastare la musica altissima.

Sbuffo e finalmente mi sciolgo un po', comincio a seguire Rosie ed entrambi saltelliamo prima verso destra e poi verso sinistra scuotendo il petto e le natiche.

«Che ballerino», ridacchia Janette.

«Dai, Leblanc, facci vedere», urla Kelsey.

Le lancio un'occhiataccia truce e lei ammutolisce distogliendo lo sguardo.

Quando la canzone finisce, Rosie mi prende la mano e insieme facciamo un grande inchino di fronte a tutti.

«È il nostro turno!», urla Axel prendendo brutalmente Olsen per un braccio portandolo davanti alla televisione.

Io e Rosie ci andiamo a sedere sui divanetti pronti ad assistere a qualsiasi ballo si inventerà quel pazzo di Axel.

«Pronto?», domanda Ax eccitato.

«Non so neanche la canzone», sbuffa Olsen.

Axel ridacchia e prende il telecomando dalle mani di Rosie. Capisco subito che canzone sta per mettere e so già che morirò dalle risate.

«Non mi dire che è quello che penso», sussurra Ryan di fianco a me posandosi una mano sulla fronte.

«Credo proprio di sì», mormoro divertito, poi mi preparo a godermi lo spettacolo pietoso che stanno per mettere in scena.

La canzone che parte è *You Can Leave Your Hat on* di Joe Cocker.

Sì, la canzone dello "spogliarello".

Le ragazze non sanno se essere divertite o un po' sconvolte da quello che sta per succedere.

Axel comincia a sfilarsi lentamente la felpa per poi lanciarla in faccia a Ryan, che la manda chissà dove nella stanza. Olsen scuote la testa, poi decide anche lui di spogliarsi, levandosi direttamente la t-shirt. I suoi addominali scolpiti saltano subito all'occhio.

«Ah, però», commenta Rosie.

Mi volto di scatto verso di lei e socchiudo gli occhi minacciandola con un solo sguardo.

«Be'… niente male», commenta Janette soltanto per dar fastidio a Ryan che le lancia una di quelle sue occhiatacce truci.

«No!», urla Axel stoppando la musica.

«Che c'è?», domanda Olsen allargando le braccia.

«È uno spogliarello, non puoi mica denudarti così velocemente», borbotta tra i denti il biondo.

«Okay, basta così», sbotto io alzandomi dal divano e strappando il telecomando dalle mani di Axel che protesta con un sonoro: «Che diavolo fai?»

«Cominciamo la vera festa?», domando a tutti i presenti e poi cerco la canzone giusta per dar finalmente via al divertimento che si rispetti.

Dopo qualche secondo, *Die Young* esce dalle casse mentre io vado a recuperare della tequila.

Olsen, intanto, ha aperto altro champagne e sta riempiendo i calici di tutti. Per fortuna, la suite imperiale è insonorizzata sennò a quest'ora già ci avrebbero cacciati.

«Ry, facciamo vedere alle ragazze come si diverte un vero Shark», sorrido maligno, levando il tappo dalla bottiglia di tequila.

Gli occhi di Ryan si illuminano e alla velocità della luce va in cucina, prende una bottiglia di vodka e torna in salotto.

«Pronto?», urla lui.

Ci avviciniamo e, mentre io gli verso in bocca della tequila, lui mi versa tra le labbra della vodka. L'alcol mi scende lungo la gola e me la fa bruciare. «Ora vi sentite più uomini?», domanda Kelsey con un sopracciglio inarcato.

«Vediamo cosa sai fare tu, allora», la provoca Axel e nel mentre allunga una mano per rubarmi la bottiglia di tequila.

«J., sei pronta?», domanda all'amica.

Janette sorride e annuisce. «Facciamogli vedere cosa sappiamo fare».

Kelsey corre letteralmente verso il frigo, lo apre e tira fuori una bottiglia di Ice.

L'Ice è in grado di stenderti con soltanto due sorsi, credi di star bevendo un alcolico dolce ma dopo qualche secondo ti gira la testa e cominci a sentire il vero effetto.

Insomma, è una vera e propria bomba.
«Pronta?», domanda Kels per poi levare il tappo dalla bottiglia e cominciare a bere.
Beve, beve e beve ancora.
Dopo che ha finito, fa una smorfia e passa la bottiglia alla biondina che fa la stessa cosa barcollando verso destra.
Ryan la sorregge e le strappa dalle mani l'Ice. «Vacci piano, piccola».
«Cristo santo, non vi hanno mai detto che l'Ice va bevuto a piccoli sorsi?», domanda Axel scuotendo la testa più volte in segno di disapprovazione.
«Ma io sto bene», protesta Kels.
«Dammene un po'», sbuffa Ros strappando la bottiglia dalle mani di Ryan.
La osservo preoccupato e intanto mi scolo un altro po' di tequila con noncuranza.
«Non mi sono mai divertito tanto!», urla Olsen che, ancora senza maglietta, se ne sta in piedi sopra il divano con una bottiglia di champagne in mano.
«Siete degli idioti», mormora divertita Rosie mentre continua a guardare Olsen come se avesse visto un miraggio.
«Ros», le sventolo una mano davanti al viso.
Lei sbuffa in risposta e la musica che parte rende tutto più… eccitante.
Tití Me Preguntó di Bad Bunny.
Sorrido e mi scolo un altro po' di tequila, poi la passo a Ryan. Lui beve e va verso Janette, prendendola per mano e facendole fare un giro su sé stessa.
Rosie invece sta cantando a squarciagola in compagnia di Kelsey, sono tutte e due in piedi sul divano: saltellano e ridono come due pazze.
Axel viene verso di me e mi butta un braccio attorno al collo.
«Facciamo un gioco prima di guardare il film», propone Axel alzando al cielo una bottiglia di champagne come se stesse festeggiando qualcosa.
«Che gioco?», domanda Rosie guardandolo dall'alto del divanetto.
«Vi prego, non obbligo o verità», si lamenta Kelsey.
«Allora direi di metterci del nostro, che ne dite di obbligo o obbligo?», domanda Axel passandosi una mano tra i capelli sudati.
«Obbligo o obbligo?», ripete Olsen aggrottando la fronte.
Okay, Axel è uno di quegli idioti geniali.
«Che razza di gioco è obbligo o obbligo?», domanda Rosie strabuzzando gli occhi.
«Be', avete chiesto un gioco originale, no?», scuote la testa.
«Che senso ha intitolarlo obbligo o obbligo? Se la scelta rimane soltanto una?», la voce di Ryan è una presa in giro evidente.
«Okay, cominciamo allora». Ignorando i commenti di tutti, Axel batte le mani e sale sul divano, chiudendo la mano a pugno a mo' di microfono.
Lo sposta davanti a Rosie. «Leblanc Junior, obbligo o obbligo?»
«Mmh vediamo. Obbligo?», alza gli occhi al cielo Rosie.

«Ti obbligo a… scolarti questa bottiglia di champagne», sorride beffardo il biondo per poi passarle la bottiglia.

«Idiota», brontola Ros, che gliela strappa dalle mani e ne prende una grande sorsata.

No, in realtà si sta davvero scolando tutta la bottiglia, dannazione.

Dopo aver finito, rimane per qualche secondo con le guance gonfie di champagne e poi manda giù tutto alzando la bottiglia vuota per aria, in segno di vittoria.

«Hai capito la piccola Leblanc?», sogghigna Axel saltando giù dal divano.

«Ros, tocca a te», sorride Ryan.

«Olsen», dice. «Obbligo o obbligo?».

Olsen, che fino a quel momento se ne stava in disparte a bere, la fissa sbattendo più volte le palpebre. «Obbligo».

«Ma non mi dire», alza gli occhi al cielo Kelsey, continuando a sorseggiare quel dannato Ice.

«Ti obbligo a ballare», lo sfida Ros che prende il telecomando e sceglie una canzone.

In Da Club di 50 Cent pompa a tutto volume dalle casse e il moro deve attenersi all'obbligo di Rosie per non fare la figura del vigliacco. Olsen comincia così a ballare con movimenti strani, che forse vorrebbero essere sensuali. A me sembra solo molto scoordinato.

Kelsey incita Olsen con le braccia al cielo, mentre Ryan se la ride assieme ad Axel, beandosi della scena imbarazzante davanti a noi.

Olsen si avvicina a mia sorella e le fa fare un giro su sé stessa. Rosie ridacchia e appoggia entrambe le mani sul suo petto sorridendo come una cretina.

«Okay, basta così», sbotto, stoppando la canzone.

«Mi devi sempre rovinare il divertimento», sbuffa mia sorella, incrociando entrambe le braccia al petto.

«Divertimento equivale a provarci con un mio amico?», chiedo e inarco un sopracciglio.

Non davanti ai miei occhi.

È pur sempre mia sorella.

«Tocca a te, Ols», lo incita Ros.

«Senders, obbligo o obbligo?», domanda Olsen.

Ryan si passa una mano tra i capelli. «Obbligo».

«Be', ti obbligo a… fare cinquanta piegamenti», dice in fretta.

«Che razza di obbligo è?», lo rimbecca Ax.

Olsen scrolla le spalle. «Non mi veniva in mente niente».

«Un gioco da ragazzi», sbuffa Ryan chinandosi a terra e mettendosi in posizione per fare i piegamenti.

«Tre, due, uno… via!», urla Axel.

Ryan si flette sulle braccia e le gambe, cominciando con i piegamenti.

Mi inginocchio a terra e lo distraggo scompigliandogli i capelli. «Forza!».
«Senders, sei un brutto facocero!», urla Janette ripetendo gli stessi insulti del coach Smithy.
Io continuo a contare battendo una mano sul pavimento.
«Sei una femminuccia», lo prende in giro Ros, aggrappandosi saldamente a Kelsey per non cadere.
Ryan trattiene le risate, ma continua a fare piegamenti come nulla fosse.
«Trentacinque, trentasei», conto, attento.
«Sto morendo», sibila a denti stretti Ryan.
«Forza!», urla ancora Axel.
«Quarantanove, cinquanta!», grido e sbatto una mano sul pavimento.
«Cristo santo», biascica Ryan rialzandosi da terra. Gli passo la bottiglia di tequila e lui ne prende un gran sorso facendo poi una smorfia di disgusto.
«Ryan, tocca a te», dice Olsen.
«J., obbligo o obbligo?», domanda Ry passandosi una mano tra i capelli prima di ridarmi la bottiglia di tequila.
«Ehm… obbligo?», ridacchia Janette.
«Ti obbligo a baciarmi», sogghigna il biondo.
Janette arrossisce d'istinto e poi si avvicina cauta a Ryan. Gli butta le braccia attorno al collo e lo bacia. Non è un bacio innocente, tutt'altro.
«Prendetevi una stanza», protesta Axel lanciandogli un cuscinetto.
Ma Ryan e Janette non smettono di baciarsi, anzi. «Sto per vomitare», brontola Kelsey.
«Attenta, Cooper, non sia mai che vomiti sulle scarpe di qualcun altro», la stuzzico, con un sopracciglio inarcato.
«Sì, sulle tue», mi rivolge un occhiolino giocoso.
«Basta voi due», sbuffa Axel.
Janette e Ryan finalmente si staccano, tutti e due con il respiro affannato e i capelli scompigliati.
«J., tocca a te», interviene Olsen.
«Kels, obbligo o obbligo?», domanda alla Cooper che è in piedi sopra il divanetto che sorseggia l'Ice.
«Non che abbia tanta scelta», commenta lei, sarcastica.
«Ti obbligo a… trascorrere dieci minuti chiusa in quell'enorme cabina armadio con… Matthew», sorride in un modo beffardo e provocatorio, indicando la stanza che si trova nel corridoio.
«Stronza», sbuffa lei saltando giù dal divano.
Lancio uno sguardo minaccioso a Janette che non pare affatto intimidita.
«Non posso prometterti che non proverò a ucciderlo», le dice Kelsey.
La situazione è già quella che è tra noi e ora sono persino costretto a rimanere con lei in una stanza angusta per dieci minuti? Dannazione, non so se questa volta riuscirò a resistere.

«Andate, su», ci incita Axel mentre mi posa una mano dietro la schiena.

«Mettiamo la musica alta così potete fare tutto quello che volete», ci promette Janette.

«Fanculo», risponde Kels dedicandole un eloquente dito medio alzato.

Apro la porta della cabina e aspetto che la Cooper entri dentro prima di richiuderla. Ci troviamo in uno spazio spoglio. Le grucce sono vuote, così come i cassetti. L'illuminazione è fioca.

Janette fa partire una canzone, ma qui dentro arriva attutita. Kelsey si morde il labbro inferiore e incrocia le gambe appoggiandosi alla parete dell'armadio. I capelli castani e mossi le ricadono delicati sulle spalle e gli occhi guardano un punto fisso sul pavimento.

«Ti preferisco con gli occhiali», dico.

Kelsey alza lentamente la testa per guardarmi. «Mmh, sai quanto me ne può fregare di come mi preferisci tu?»

«Sempre molto gentile», alzo gli occhi al cielo bevendo un sorso di tequila che mi sono portato dietro.

«Be', i patti erano questi, no? Dovevamo tenerci lontani l'una dall'altro», scrolla le spalle.

«Credo che i patti tu li abbia infranti, poco fa», le faccio notare e sulle mie labbra si fa spazio un ghigno provocatorio.

«Non credo», scuote la testa lei.

«Perché non ammetti per una volta che non riesci a starmi lontana?», le domando.

Kelsey digrigna i denti dal nervoso. «Perché è una bugia».

«Certo e allora prima?», sbotto esasperato.

«Avevo paura», risponde sicura di sé.

«Ah sì?», la sfido facendo un passo verso di lei.

«Smettila di comportarti in questo modo», sbuffa.

«Quale modo?», domando, a un soffio da lei.

«In questo», esclama esausta. «Credi davvero di riuscire ad ammaliarmi con quest'atteggiamento?»

«Mmh... penso di sì», annuisco soddisfatto prendendo un altro piccolo sorso di tequila.

«Be', notizia flash, Leblanc». Incrocia le braccia al petto. «Non cadrò di certo ai tuoi piedi come tutte le ragazze del college».

«Oh ma lo so...», mi passo una mano tra i capelli. «Ed è proprio per questo che mi fai impazzire».

Nella stanza cala un attimo di silenzio. Le mie parole aleggiano nell'aria.

«Credi che cadrò ai tuoi piedi così?», chiede e si passa una mano tra i capelli, imitandomi.

«Sei una palla al piede, Cooper».

«E tu sei uno stronzo, a ognuno il suo».

«Hai sempre la risposta pronta, non è vero?», trattengo una risatina e appoggio entrambe le mani sulla parete dell'armadio, proprio ai lati della sua testa. La bottiglia di tequila sbatte contro il legno.

Kelsey sbatte le palpebre. «Sempre».

«Facciamo un gioco», propongo con un gran sorriso.

«Non ci voglio giocare con te», sbuffa, abbassando la testa.

Le catturo subito il mento tra le dita, obbligandola a mantenere il suo sguardo rovente soltanto su di me. «Che bambina che sei».

«Che gioco sarebbe? Spero sia un po' più originale di quello di Axel», rotea gli occhi al cielo.

Sorrido e prendo a giocherellare con alcune ciocche dei suoi capelli ondulati. «Dimmi un segreto».

«Che vuol dire? Che c'è dentro quella tequila?», scherza e con un cenno della testa indica la bottiglia che tengo ancora in mano.

«È il gioco, stupida», sbuffo scuotendo la testa.

«Che razza di gioco è "Dimmi un segreto"?», scoppia a ridere. Tutto l'Ice che ha bevuto deve averle fatto effetto, perché barcolla.

«Attenta», ridacchio e la sostengo.

«Che palle che sei», ribatte, ma poi si arrende.

«Okay, giocherò a questo stupido gioco». Batte un piede a terra come una bambina.

«Dimmi un segreto, allora», scrollo le spalle.

«Non devi dirlo a nessuno, però…», biascica lei barcollando per un attimo verso destra per poi rimettersi dritta.

«Si chiama segreto apposta no?», la sbeffeggio.

«Non riesco più a cantare con gli occhi aperti, io…».

La interrompo. «Lo avevo intuito, Cooper».

«Fammi finire», mi fulmina con lo sguardo socchiudendo gli occhi.

Alzo le mani al cielo in segno di resa, sollevando la tequila.

«Da quando mia madre è morta, ogni qualvolta canto in pubblico non riesco ad aprire gli occhi».

La guardo e rifletto sul fatto che mi ha appena detto qualcosa di fin troppo intimo.

Perché?

«Non apri più gli occhi?», ripeto le sue parole, un po' confuso e sconcertato.

«Da quattro anni, ormai», tira un sospiro rassegnato. «Tenere gli occhi chiusi è l'unico modo che ho per cantare ancora e non farmi sopraffare dal passato».

«Perché me lo stai raccontando?», domando.

«È il gioco, no?», replica con una scrollata di spalle.

Vedo che pian piano i suoi occhi si rattristano. Lo sguardo perso, come se il dolore pian piano stia prendendo il sopravvento su di lei.

«Tutto bene?», le chiedo preoccupato.
Kelsey si schiarisce la voce. «Sì, certo…».
Ma il suo tono non è per nulla convinto, anzi, temo che si possa mettere a piangere da un momento all'altro.
«Cooper…», la ammonisco con voce dura.
Batte le ciglia e mi guarda in cagnesco. «Non fare quella faccia, Leblanc. Non ho bisogno della tua pietà».
«Non mi fai pena», sostengo secco.
I suoi occhi vagano per la cabina armadio, persi. Si prende un momento per incanalare quel dolore dentro di sé, rinchiudendolo nei meandri del suo cuore e poi, finalmente, si riprende.
«Tocca a te, dimmi un segreto». Si inumidisce le labbra e tira su con il naso.
«L'hockey non è la mia priorità», scrollo le spalle e osservo le mie mani colme di graffi e le nocche ancora un po' arrossate per via dello scontro di ieri con Andrew Dumont.
«In che senso?», aggrotta la fronte.
«Nel senso che non è quello che voglio fare nella vita, Cooper», borbotto.
«E cosa vuoi fare nella vita?», mi incalza con gli occhi fissi su di me.
È interessata, sul serio?
Per la prima volta nella mia vita, a qualcuno importa di me e di quello che voglio fare?
«Il medico», rispondo e guardo ovunque tranne che verso di lei. «Ho sempre sognato di poter aiutare le persone che ne hanno più bisogno, di assisterle e persino di salvarle».
«È… è…», balbetta.
«Ridicolo, lo so, il capitano della squadra di hockey più forte di tutto il Canada vuole diventare medico».
«No, intendevo dire che è bello», sussurra.
La fisso, stupito. «Mi prendi in giro?»
«No», ribatte lei con un tono stridulo. «Dicevo sul serio… allora perché?».
La domanda che mi ha fatto è ben chiara.
Perché gioco a hockey se il mio sogno è un altro?
C'è un'unica risposta: George Leblanc.
«Il grande George Leblanc non approverebbe mai che suo figlio diventi medico. Mi allena da quando ero piccolo e lui punta al successo, punta alla NHL».
«NHL?», domanda lei aggrottando la fronte.
«National Hockey League», rispondo.
Lei continua a fissarmi come se le stessi parlando in un'altra lingua.
«È il campionato dei professionisti», spiego.
«E tu digli che non ci vuoi giocare», dice, come se fosse ovvio.
«Oh… ma certo», replico con sarcasmo. «Perché non ci ho pensato prima?»

«Se tuo padre ti vuole bene allora dovrebbe capire che la tua strada è un'altra», mi rimbecca.

«Il problema è proprio quello, Cooper, mio padre vuole bene al capitano degli Sharks Struttman, non a suo figlio», abbozzo un sorriso.

«Poverino, hai paura di tuo padre, Leblanc?», mi prende in giro, per sdrammatizzare. Ma io mi incendio.

«Non ho paura», puntualizzo.

Kelsey sorride e si arrotola una ciocca di capelli attorno all'indice, con gli occhi puntati su di me. «Hai paura che tuo padre possa infrangere il tuo sogno più grande?», domanda, seria.

«Smettila», la ammonisco inclinando la testa di lato.

«Allora reagisci, Leblanc», sbotta. «Se vuoi diventare medico, abbi coraggio e parlane con tuo padre».

«Tu non lo conosci», scuoto la testa.

«Questo è vero, ma conosco te», sussurra.

Silenzio.

«Tu non mi conosci affatto, Cooper», mormoro.

«Ma...», prova a smentirmi.

«Niente ma, Cooper. Non impicciarti, dannazione», dico a denti stretti.

Kelsey mi strappa dalle mani la bottiglia di tequila. «Vai a quel paese Leblanc e rimanici!».

Non aggiunge altro, spalanca la porta ed esce andando verso il salotto.

Sospiro profondamente e rimango per qualche secondo impalato come un perfetto idiota.

Quando mi sono calmato, torno in salotto. Il primo a venirmi incontro è Ryan con i capelli arruffati e l'espressione preoccupata.

«Che è successo?», domanda.

Mi passo una mano sulla fronte. «Niente».

«Niente? Kelsey è tornata con una faccia...», sottolinea.

«Che musone che sei, capitano», urla Olsen alzando entrambe le braccia al cielo mentre continua a ballare.

Per la prima volta mi sono aperto con qualcuno che non siano mia madre e mia sorella... e poi che faccio? Il coglione.

Bravo, Matthew.

Non dovevo trattare così Kelsey, non quando stava provando a incoraggiarmi.

«Ora tocca a noi, voi tutti seduti!», esclama Rosie.

Scuoto la testa mentre Ryan mi trascina per un braccio verso il divanetto, dove ci sediamo. Janette, Rosie e Kelsey si sono raggruppate davanti alla televisione a confabulare.

«Che diavolo vi state dicendo?», domanda Ryan.

«Pronti?», ribatte Janette inarcando un sopracciglio.

Ma che diavolo hanno in mente?

Kelsey accenna un sorrisetto beffardo nella mia direzione, prende il telecomando e preme play.

Beautiful Liar di Beyoncé e Shakira.

Cazzo.

Appena la canzone parte, Janette si avvicina a Ryan muovendosi in un modo piuttosto sensuale. Rosie invece fa ondeggiare i fianchi in direzione di Kelsey che, con movimenti fluidi e precisi, scende con le braccia fino alle sue cosce per poi risalire.

Mi sta uccidendo.

Si volta verso di me spostandosi i capelli dietro la schiena. Si morde il labbro inferiore e avanza lentamente, passo dopo passo.

I suoi occhi color caramello sono inchiodati ai miei. Alcune ciocche le coprono il viso rendendola ancora più sexy di quanto già non sia.

Ancora un passo e me la ritrovo praticamente di fronte. La guardo dal basso e deglutisco cercando di mantenere i nervi saldi ma dannazione, con lei è... *impossibile.*

È imprevedibile.

Si china verso di me e, con uno scatto fulmineo, si siede a cavalcioni sulle mie cosce. Continua comunque a ballare, muovendo i fianchi sul cavallo dei miei pantaloni.

La afferro per fermarla e poi avvicino le mie labbra al suo orecchio. «Attenta, tesoro, se continui così mando a fanculo quel poco di autocontrollo che mi è rimasto».

Lei mi ignora e continua a ballare.

Ho l'erezione che mi preme contro i pantaloni e delle goccioline di sudore invece mi stanno bagnando la fronte, la schiena e il petto.

«Qualche problema, Leblanc?», mi canzona continuando a muoversi sulle note della canzone con fare provocatorio. Be', al momento la situazione non è delle migliori. Janette sta stuzzicando Ryan con movimenti molto sensuali mentre Rosie balla di fronte ad Axel e Olsen che la guardano ammaliati.

Le stringo i fianchi, affondando le unghie nella sua pelle. «Sì, tu sei un cazzo di problema, Cooper».

«Mi spiace», mi sbeffeggia e intanto continua a torturarmi.

E per un secondo soltanto, il resto della suite sembra sparire.

Come se ci fossimo soltanto io e lei.

Kelsey mi morde la guancia e poi si sposta verso il mio collo, leccandolo con audacia e sensualità. Poi muove la mano, mi strappa con forza la bottiglia di tequila che ancora reggo e me la versa tutta in testa.

Porca di quella puttana.

«Cooper!», sbraito e la attiro a me.

Kelsey ridacchia, si alza di colpo, molla la bottiglia e barcolla all'indietro. È pronta alla fuga.
«Ti do cinque secondi per scappare, tesoro», sussurro e mi pulisco la faccia con la manica della felpa.
«E se mi prendi che succede?», mi sfida.
«Fidati», le assicuro. «Non vuoi scoprirlo».
Lei mi guarda per qualche secondo e poi si volta scappando verso il corridoio dove si trovano le camere da letto.
Sorrido e mi guardo intorno, tutti quanti sono troppo occupati a ballare e a ubriacarsi per badare a noi.
Lascio passare i cinque secondi e poi parto all'attacco.
Mi tolgo la felpa e la lancio sul divano, rimanendo soltanto con addosso una t-shirt bianca.
Afferro la bottiglia di Ice dallo scaffale in cui l'aveva posata quella ragazzina insolente e avanzo a grandi falcate verso le camere.
Apro la porta della prima stanza ma dentro non c'è nessuno.
«Tesoro, spero per te che ti sia nascosta bene perché, se ti prendo, stavolta non mi fermo», mormoro sapendo benissimo che lei è da qualche parte ad ascoltarmi.
Apro la porta della seconda camera e mi ci fiondo dentro alla velocità della luce sentendo il suo profumo di vaniglia nell'aria. Passo dopo passo, perlustro la zona.
Arrivo in bagno e mi guardo intorno. Intravedo la sua ombra sul muro. Si è nascosta nella doccia ed è coperta da una misera tendina trasparente di un materiale che sembra seta. Sorrido e mi avvicino cauto, poi, con un gesto fulmineo, sposto la tenda. Allungo il braccio e, senza che lei possa fare niente, giro la manopola e l'acqua la colpisce dritta in viso bagnandola dalla testa ai piedi.
«Leblanc!», urla strizzando gli occhi e passandosi le mani ripetutamente sul viso.
«Troppo fredda?», ridacchio e apro l'acqua calda.
«Leblanc!», urla cercando di spostarsi.
«Chiedimi scusa, Cooper», le ordino e intanto mi godo la scena.
«Basta!», urla.
Sorrido e con la mano chiudo l'acqua lasciandole finalmente un po' di respiro.
«Allora?», alzo un sopracciglio nella sua direzione.
«Cosa?»
«Ricordi cosa avevo detto prima?», domando, entrando nel box doccia con lei.
«Che sei uno stronzo?», prova a chiedere con un sorrisetto provocatorio.
«No», faccio schioccare la lingua sul palato. «Hai appena superato il limite, Cooper».

«Smettila, Leblanc, e lasciami in pace per una buona volta», sbuffa e intanto si strizza i capelli con le mani per togliere un po' d'acqua.

«Certo, facile dirmi di lasciarti in pace quando poco fa ti stavi strusciando sul mio cazzo», commento e mi appoggio con una spalla alla parete.

«Che eleganza, comunque non farti strane idee... l'ho fatto soltanto per distrarti e poi versarti la tequila addosso», alza gli occhi al cielo e per un attimo barcolla all'indietro.

«Sei ubriaca», le dico, affermando l'ovvio.

Lei biascica qualcosa che non riesco a capire.

Kelsey sbatte le palpebre con uno sguardo da cerbiatta indifesa.

«Che hai detto?», le chiedo ormai esausto.

«Voglio bere, ancora», sbuffa come una bambina e allunga un braccio cercando di fregarmi la bottiglia dalla mano.

Mi mordo l'interno guancia e indietreggio di un passo impedendole di prenderla.

Quanto è bella.

Bagnata è dannatamente bella.

Quando sono al limite dell'eccitazione sopportabile, tendo a comportarmi in modi che non tutti approverebbero. Tipo ora, so che non dovrei permetterle di ingurgitare altro alcol, ma non riesco a ragionare.

«Vuoi bere ancora, quindi?», le chiedo.

Lei annuisce e sposta tutti i capelli bagnati su una spalla.

«Allora... dovrai seguire le mie regole», sussurro accarezzandomi il mento con il pollice e l'indice.

«Fanculo le regole», brontola avanzando verso di me per rubarmi la bottiglia, ma sono più veloce di lei. Le afferro i polsi e le faccio fare una giravolta in modo che il suo viso sia appoggiato al muro della doccia.

La sento mugolare qualcosa. Le stringo i polsi con una mano e con l'altra tengo ben salda la bottiglia di Ice.

«Quindi?», le sussurro all'orecchio.

Lei rabbrividisce. «Seguo le regole, ora fammi bere».

Ha i polsi bloccati dietro la schiena, il viso premuto delicatamente contro la parete del box doccia e le sue gambe tremano dal desiderio.

«Farai la brava, Cooper?», domando con un filo di voce.

«No», scuote la testa ridacchiando.

«No? Ho sentito bene?», inarco un sopracciglio e le libero i polsi soltanto per stringerle i capelli in un pugno. Inclina la testa all'indietro a causa della mia presa e i suoi occhi mi fissano con intensità, bramosia.

E quando la toccherò, come reagirà?

«Kelsey, Kelsey, Kelsey... in che guaio ti sei andata a cacciare?», mormoro dolcemente mantenendo la presa ben salda.

«Tu saresti il guaio? Ma fammi il favore», mi sbeffeggia.

«Apri la bocca», ordino.
«Cosa?», domanda, stupita.
«Volevi bere, no?», prendo un altro respiro, stavolta più profondo.
«Posso bere anche da sola, non credi?», mi punzecchia.
Continuo a tenerle i capelli stretti in un pugno e lei non accenna a spostarsi.
«No», le ricordo. «Devi seguire le mie regole».
«Che palle che sei», sbuffa e poi mi fissa per qualche secondo, schiudendo le labbra.
Sembra pronta per accogliere la mia erezione in questo modo.
Sveglia, Matthew.
Ignoro la mia vocina interiore e decido di andare avanti.
«Di più…», sorrido beffardo.
Kelsey alza gli occhi al cielo e apre la bocca rimanendo a fissarmi con uno sguardo che… *Cristo santo.* Sorrido e bevo un po' di Ice, gonfiando le guance. D'un tratto, si accorge di quello che voglio fare.
Annuisco e aspetto soltanto che lei mi dia il via libera.
Con un cenno del capo mi dà il permesso.
Mi avvicino alle sue labbra e l'Ice passa dalla mia bocca alla sua. Kelsey rimane per una manciata di secondi con gli occhi sbarrati ma poi con mia grande sorpresa manda giù tutto.
Silenzio.
Kelsey non proferisce parola.
L'ho sconvolta così tanto? E cosa farà quando finalmente sarà mia?
«Voglio bere, ancora», biascica.
«Ah sì?». I miei occhi si illuminano a quell'affermazione.
Lei annuisce lievemente e io le tiro i capelli facendole inclinare il più possibile la testa all'indietro per guardarla come si deve. Kelsey non ha neanche un briciolo di paura, anzi, mi fa un sorrisetto di sfida, chiaro segnale che si sta eccitando e che vuole che vada avanti.
Stringo la bottiglia tra le mani e prendo un gran sorso di Ice, mantenendo il contatto visivo con lei. Di nuovo, il liquore passa dalle mie labbra alle sue. Lei chiude gli occhi per un secondo, poi li riapre e deglutisce, fissandomi.
«Cooper», sussurro e il mio tono tradisce tutta la mia, di eccitazione.
Kelsey si libera dalla mia stretta e si toglie la maglietta rimanendo soltanto con un semplice top bianco corto. Osservo i suoi capezzoli turgidi e gonfi mentre delle goccioline di acqua continuano a scenderle lungo le clavicole e sul seno.
«Parlami», sussurro e le prendo i fianchi, avvicinandola a me.
«Leblanc», mormora come per ammonirmi.
«Mi mandi al manicomio, tesoro», confesso mentre le mie dita continuano ad accarezzarle i fianchi scoperti.

Faccio un respiro profondo ma ce ne vorrebbero almeno cinquecento per calmarmi.

«Però non posso… sei ubriaca, dannazione», sbuffo ed esco dal box doccia.

«Ubriaca?», sbotta.

«Sì, ubriaca, Cooper, non ti reggi neanche in piedi», la prendo in giro e abbozzo un sorrisetto malefico.

«Non è vero», sbuffa e barcolla in avanti, uscendo dal box doccia.

«Guardati, sei un disastro».

Lei appoggia entrambe le mani sul mio petto, spingendomi all'indietro.

«Disastro? E allora perché ti comporti… così?», domanda, un po' arrabbiata.

«Perché mi fai impazzire, Cooper», replico con voce graffiata, arretrando ancora di un passo.

«Appunto, prima ti avvicini. Fai cose e poi? Ti allontani come un codardo», mi rivela con tutto il suo disprezzo.

«Non sono un codardo», scuoto la testa.

«E allora perché?», domanda ancora e poggia nuovamente entrambe le mani sul mio petto spingendomi all'indietro. «Perché?»

«Perché mi fai impazzire, ma allo stesso tempo finirò per farti del male, Cooper. Per quanto stronzo io possa essere, non voglio vederti soffrire», mormoro con voce bassa.

«Perché sei così convinto che mi ferirai?», chiede affannata.

«Perché… accadrà», scrollo le spalle.

«Ascoltami bene», si avvicina a me puntandomi un dito contro. «Nella vita si soffre, che sia per un ragazzo o per altro… quindi perché invece di provocarmi non prendi una decisione per una volta?»

«Mmh, che decisione dovrei prendere?», aggrotto la fronte e sposto il suo dito dal mio petto.

«Mi vuoi?», mi domanda così, di punto in bianco.

Io per poco non mi strozzo con la mia stessa saliva. «Sei ubriaca, Cooper, perché dobbiamo parlarne adesso?»

«Sai che c'è? Mi sono stufata, io me ne vado», urla e si volta in fretta e furia uscendo dal bagno.

Sospiro e istintivamente mi prendo il viso tra le mani, esasperato. Esco dalla stanza e a grandi falcate mi dirigo verso il salottino.

Kelsey sta parlando animatamente con Rosie e Janette.

Io mi stravacco sul divanetto di fianco a Ryan, poso la bottiglia di Ice sul tavolino di vetro e abbandono la testa all'indietro immergendomi nei miei pensieri.

Sono un coglione.

Ma non uno qualsiasi. Il re in assoluto.

«Sono un idiota», sbotto all'improvviso ritornando dritto con la testa.

Ryan si volta verso di me. «Questo già lo sapevo, Matt, che è successo stavolta?»

«Rovino sempre tutto», sbuffo passandomi una mano tra i capelli.

«Vuoi spiegarmi meglio?», mi incalza lui con una nota di sarcasmo nella voce.

«Il problema è uno: non succede niente perché io sono un codardo».

Kelsey ha ragione.

Sono un codardo ma se soltanto sapesse il motivo del mio rifiuto nei suoi confronti forse capirebbe…

«Ols e Ax?», domando dopo qualche minuto di silenzio.

«Eccoli. Sono in cucina».

Mi sporgo in avanti e li vedo mentre stanno preparando qualcosa.

«Perché saresti un codardo?», domanda Ryan incuriosito.

«Perché sono disposto a perderla, purché non soffra», ammetto.

«Okay, l'alcol ti sta dando alla testa».

Mi volto verso di lui e alzo le sopracciglia. «No, ricordi la questione del ricatto al rettore?».

Lui annuisce e si avvicina a me. «E quindi?»

«Olsen ha trovato qualcosa», sussurro per non farmi sentire.

Ai miei amici non avevo detto niente degli articoli e di tutto il resto.

«Qualcosa?», chiede il biondo.

«Qualcosa, Ry, qualcosa di grosso», mormoro.

«Lo hai minacciato», constata contrariato.

«Già, l'ho fatto», annuisco.

«Pensavo che tra te e la Cooper ci fosse qualcosa che va oltre i tuoi soliti stupidi ricatti», borbotta Ryan guardando Kelsey di sottecchi.

«Non ci potrà mai essere niente tra me e la Cooper, devo pensare prima al bene della squadra e del college… nella mia vita incasinata non c'è spazio per lei».

«Lo pensi tu o lo pensa tuo padre?».

Bella domanda, Ryan… bella domanda.

Non voglio vederla soffrire a causa mia.

Quindi la scelta giusta è lasciarla andare.

Axel e Olsen piombano in salotto con quattro ciotole di popcorn e delle Red Bull in mano.

«Pronti per il film?», urla Axel stoppando finalmente la musica che stava per rompermi i timpani.

«Si può sapere dove diavolo li hai presi quelli?», ridacchia Rosie indicando i popcorn che tengono in mano.

«Dalla dispensa, ci abbiamo messo mezz'ora per capire come si facessero», risponde Olsen tirando una spallata ad Axel.

«Non possiamo vedere *Barbie*?», prova a chiedere Janette con un tono dolce.

«Sì, certo, come no. E magari dopo mi metto anche a cantare la canzone degli Aqua, no?», alzo gli occhi al cielo.
«Ma ce lo vedete il capitano degli Sharks che la canta?», chiede Ryan per poi scoppiare a ridere seguito da tutti i presenti.
«Fanculo», sbotto tirandogli un pugnetto sulla spalla.
Ryan si tocca il braccio, facendo finta di essersi fatto male. «Mi hai rotto una spalla».
«Vuoi che ti rompa anche l'altra?», sorrido prendendolo in giro.
«Pronti a tremare per Leatherface?». Axel usa un tono abbastanza inquietante e all'improvviso si gira mettendo paura alle ragazze.
Rosie comincia a schiaffeggiarlo. Axel riesce a mettersi in salvo sedendosi accanto a me sul divanetto. Ryan a quel punto si alza e si sposta per andare a sedersi vicino a Janette che è insieme a Kelsey sull'altro divano. Mia sorella si accomoda vicino a Kelsey. Axel distribuisce le ciotole di popcorn per ogni coppia mentre Olsen lancia le lattine di Red Bull a tutti quanti.
«Che è Leatherface?», domanda la Cooper in un momento di silenzio.
Tutti ci voltiamo verso di lei, guardandola sconcertati.
«Ma dove vivi, Cooper?», sbotto a quel punto.
«Non sono una patita di film horror, Leblanc, ma se vuoi posso rimediare strozz...». La frase rimane in sospeso perché Janette caccia un urletto esasperato.
«Mi avete stancato voi due, Ax metti play e vediamoci questo film, dannazione», sbraita Janette mentre Ryan ridacchia sottovoce.
Axel sgranocchia un po' di popcorn e poi preme play.
Il film inizia e il silenzio incombe attorno a noi.
Dopo un'ora, del film non ci ho capito niente, ho sentito soltanto le urla di Janette e Rosie che per poco non hanno rotto un timpano a tutti.
Kelsey si è coperta gli occhi per tutto il tempo, sia nelle scene più soft che in quelle più crude.
«Basta, mi terrorizza!», urla Rosie appoggiandosi alla spalla di Kels per non guardare.
«Sssshh!», le intima Axel posandosi un dito sulle labbra.
«No, spegni, spegni!», urla Janette avvinghiandosi come un koala a Ryan.
«Non mi fate sentire niente, zitte», sbuffa Olsen.
Scuoto la testa. *Non aprite quella porta* non è stata una grande idea. «È tutto finto, come diavolo fate ad aver paura?»
«Oh scusaci signor "non ho paura di niente"», mi canzona Kelsey, bevendo un sorso di Red Bull.
«Che c'è, Cooper? Ti stai lamentando come tuo solito? Non ce la fai proprio a chiudere il becco», inarco un sopracciglio continuando a guardare il film.
«Senti, Leblanc...», ringhia a denti stretti.

«Basta voi due!», urla Axel scattando in piedi e stoppando il film con il telecomando.

«Hai ragione, me ne vado a dormire». Kelsey si alza in fretta e furia dal divano e si dirige verso la sua camera.

Perché devo sempre litigare con lei? Che cos'ho che non va?

«Non mi guardare così», cantileno dato che Janette mi sta disintegrando con lo sguardo.

Lei si porta le braccia al petto. «Non mi fare la predica, J., per favore, non è serata», scuoto la testa.

«Il minimo che tu possa fare è andare a vedere come sta», si mette in mezzo Rosie.

«Ah, quindi siete tutti contro di me?», sbotto.

«Muoviti, Leblanc, o ti ci mando a calci nel didietro», mi sbeffeggia la biondina.

Sbuffo e mi alzo. Dopodiché mi avvio verso la camera di Kelsey. Lei è davanti alla finestra e sta guardando il panorama.

Si è cambiata, e ora indossa dei pantaloncini corti del pigiama rosa e una canottierina del medesimo colore.

«Cooper», la chiamo rimanendo appoggiato allo stipite della porta.

Silenzio.

«Cooper, dannazione», ringhio e vado verso di lei.

Lei si volta solo quando le sono vicinissimo. La guardo negli occhi e mi perdo nel suo sguardo. «Insultami, picchiami, ma… dimmi qualcosa», sussurro.

Kelsey sospira. «Ti odio».

«Anche io, tesoro, anche io».

Improvvisamente il rumore di una porta che si chiude fa sobbalzare entrambi. Mi avvicino, cerco di aprirla ma… *niente.*

Ci hanno chiuso dentro, quei maledetti.

«Aprite questa cazzo di porta, ragazzi!», urlo sbattendoci una mano sopra.

Kelsey mi affianca e cerca di girare la maniglia, ma ovviamente non succede nulla. «J.? Rosie? Aprite».

«Ci state rovinando la serata con i vostri battibecchi», grida in risposta Rosie.

Mi mordo il labbro inferiore. «Ros, se non apri, giuro che chiamo papà e gli dico di quella volta che sei sgattaiolata fuori di casa per incontrarti con il figlio della sua amante numero dieci».

«Non oseresti», ringhia.

«Mettimi alla prova», la sfido.

«J., apri subito questa porta!», urla Kelsey sbattendoci sopra entrambe le mani.

«Quale modo migliore per farvi fare pace se non chiudervi nella stessa camera?», dice Ryan con una risata.

«Ryan», lo ammonisco.

«Hai proprio ragione, Ry, per una volta siamo d'accordo», ridacchia Axel.

«Vi faccio stare in panchina per il resto del campionato», alzo la voce.

«E chi fai giocare al nostro posto? Gary? Bill?», sghignazza Ryan.

«Brutti coglioni, aprite!», urlo in preda a un attacco di rabbia.

«Buonanotte, ragazzi», canticchia Rosie.

Due cose sono certe in questo momento.

La prima è che sono così tanto arrabbiato con loro che domani mattina potrei persino ucciderli con le mie stesse mani. La seconda invece è che c'è un solo letto nella stanza, ovviamente, e indovinate con chi dovrò condividerlo? Con Kelsey Cooper.

Piuttosto dormo sul pavimento.

Capitolo 54

Kelsey

«Kelsey, stai seguendo la lezione?», mi chiese la professoressa di matematica sistemandosi i suoi enormi occhiali tondi sul naso.

La guardai un po' interdetta, sbattendo le palpebre. «No».

La classe cominciò a ridere e a prendersi gioco di me, ma ormai ci ero abituata, succedeva molto spesso.

«Starà pensando a che canzone cantarci oggi», sussurrò Kenny, il bulletto che si divertiva a tormentarmi.

Era una sorta di routine ormai: ai miei compagni di classe piaceva prendermi in giro, sia per via di mia madre che per la mia passione per il canto.

«Silenzio!», urlò la maestra.

Sussultai dallo spavento.

Dopodiché, la maestra mi studiò a fondo e si voltò verso la lavagna con un sospiro.

«Dite che canta davvero?», chiese Minnie, un'altra che non si faceva scrupoli a prendermi in giro.

«Per carità, finirà per romperci un timpano!», intervenne Lisa.

«Con quella voce dove crede di andare», gridò Kenny.

Tutta la classe cominciò a ridere di me. Quando mi accorsi che persino la maestra sorrideva, qualcosa dentro di me si spezzò.

Gli occhi mi si riempirono pian piano di lacrime e mi alzai dalla sedia con uno scatto, facendola cadere all'indietro.

Corsi via dall'aula.

Corsi, corsi e corsi ancora fin quando non mi ritrovai di fronte all'uscita della scuola.

Presi un respiro profondo e mi asciugai le lacrime che mi avevano bagnato le guance.

Gli abitanti di Eureka erano soliti prendersi gioco della mia famiglia, soprattutto di mia madre.

Io, però, prima o poi avrei realizzato tutti i miei sogni.

Prima o poi…

Avrei mai trovato qualcuno che mi avrebbe apprezzato per quella che ero?

Non mi importava.

Con mia madre accanto, avrei superato tutti gli ostacoli che mi si paravano davanti.

Saremmo state io e lei.

Sempre, sempre.

Mi sveglio di soprassalto stringendomi le lenzuola al petto e guardandomi intorno spaesata.

Non mi capitava da tempo di avere degli incubi. Sbatto le palpebre più volte mettendo bene a fuoco il posto in cui mi trovo.

Okay, sono al Fairmont.

Precisamente, sono nella stanza in cui i nostri amici ieri sera hanno avuto la brillante idea di rinchiudere me e quel pallone gonfiato di Leblanc.

La porta del bagno, di fronte al letto, si apre di scatto e davanti a me appare proprio Matthew. Capelli scompigliati, sopracciglia corrucciate e occhi sgranati.

È senza maglietta.

Allarme rosso.

Matthew Leblanc a petto nudo.

Allarme rossissimo.

Indossa soltanto un paio di boxer Calvin Klein.

«Tutto bene? Ti ho sentita urlare», chiede, mandando i capelli all'indietro, anche se delle ciocche gli ricadono comunque sulla fronte.

Lo guardo perplessa. «Ho urlato?».

Che diavolo ho sognato? Non me lo ricordo.

«Già, abbastanza forte», replica appoggiandosi con la spalla allo stipite della porta.

Noto in quel momento che lo spazio accanto a me nel letto matrimoniale è intatto, le lenzuola non sono state quasi spostate.

Lui non ha dormito qui con me?

Certo, ora ricordo. Ieri sera dopo che ci hanno chiusi in camera, abbiamo litigato per quasi venti minuti sulla questione "dormire insieme" e alla fine Matthew ha ceduto e se ne è andato a dormire nella jacuzzi.

Non credevo lo avrebbe fatto davvero ma a quanto pare… mi sbagliavo.

«Tutto bene, Cooper?», domanda ancora.

«Credo di… sì», rispondo lentamente.

Sto bene davvero?

Assolutamente no, ma non voglio mostrarmi debole davanti a lui.

«Ti succede spesso di avere degli incubi?», insiste.

«Non mi succedeva da due anni in realtà», ammetto.

«Be', e che cosa hai sognato per essere così sconvolta?», si informa come se fosse davvero interessato.

«Non me lo ricordo», scuoto la testa, mentendo.

Non vorrei, ma mio malgrado mi ritrovo a fissarlo. I suoi addominali scolpiti sono difficili da ignorare. Le pieghe della sua tartaruga sono marcate e ben definite, sembra una di quelle statue greche esposte nei musei.

Una parte di me, neanche troppo piccola, vorrebbe davvero che lui cedesse all'attrazione tra noi.

Invece, appena torneremo a Montréal, io vivrò la mia vita e lui la sua.

Non so perché si comporti così, ma lui sostiene che vuole tenermi lontana per non farmi soffrire.

Tutte stronzate.

Se un ragazzo mi vuole, deve essere disposto a tutto pur di conquistarmi.

«Allora io vado». Matthew mi rivolge un cenno del capo e si volta per tornare nella sua jacuzzi-letto.

«Leblanc», lo richiamo.

Lui si volta verso di me, con aria interrogativa. «Che c'è?»

«Stai davvero dormendo in una jacuzzi?», domando.

«Be', sei stata chiara», ribatte. «Se ti azzardi a dormire con me, giuro che domani mattina ti svegli con i capelli rasati a zero», cerca di imitare la mia voce con una tonalità stridula e femminile.

«Ti ci vedo proprio rasato a zero», gli dico con un sorrisetto sghembo sulle labbra.

«Fanculo», sbuffa e sparisce nel bagno, senza chiudere la porta.

Mi mordo il labbro inferiore e mi rimbocco le coperte coprendomi fino al collo. Sistemo il cuscino in modo da avere la testa sollevata e mi ci appoggio così da riuscire a osservare Matthew.

Appena Leblanc entra nella vasca, mi rendo conto che non era vuota. L'acqua sciaborda mentre lui ci si immerge.

Poggia entrambe le braccia sul bordo e abbandona la testa all'indietro, chiudendo gli occhi.

«Strano modo di dormire, Leblanc», cantileno io.

Matthew solleva la testa di scatto. «In realtà non stavo dormendo».

Aggrotto la fronte e guardo subito l'orologio appeso alla parete di fronte a me.

È l'una di notte.

«Perché? Non mi dire che hai gli incubi anche tu», sogghigno muovendomi agitata sotto le coperte.

«No, semplicemente non riesco a dormire», scrolla le spalle, facendo ondeggiare l'acqua.

«E ti succede spesso?», domando presa dalla curiosità.

Matthew respira profondamente e guarda il soffitto. «Quasi ogni notte».

«Non dormi?»

«Dormo qualche ora, quel che basta per non impazzire», risponde seccato.

Come fa una persona a sopravvivere così?

Sbuffo e guardo fuori dalla finestra, è notte fonda e si intravedono le luci della città. Di là la musica è cessata e non si sentono più voci quindi suppongo che siano andati tutti a dormire.

E io sono chiusa in camera con Matthew, mezzo nudo, in una vasca idromassaggio.

Cristo santo, qualcuno mi aiuti.

«Leblanc», lo richiamo.

Matthew sospira profondamente. «Che altro vuoi, Cooper?»

«C'è spazio per me lì dentro?», domando presa da un impeto di follia.

I suoi occhi si illuminano. «Cosa?».

Evito di guardarlo, presa da un imbarazzo travolgente.

Perché gliel'ho chiesto?

«Niente», rispondo in un sussurro.

«Non credo sia una buona idea, Cooper», mormora con voce strozzata.

«Perché?», domando, sempre evitandolo.

«Perché finirei per fare qualcosa di stupido», borbotta tra i denti.

«Direi che è un po' tardi per questo, no?», lo sbeffeggio divertita.

Matthew non risponde e il silenzio ci avvolge.

Rimango con gli occhi sbarrati a guardare la finestra, con l'amaro in bocca per quello che non è successo e con il magone perché Matthew Leblanc mi ha appena rifiutata.

Mi ha rifiutata.

Non posso crederci.

«Hai proprio una gran bella faccia tosta, Leblanc», sbotto innervosita e scatto a sedere, lanciandogli una delle mie peggiori occhiatacce.

«Mmh», mugola, infastidito.

«Ricapitoliamo per evidenziare la tua incoerenza», mi metto a braccia conserte e lo guardo con un sopracciglio inarcato. «Picchi Trent perché mi ha infastidita, rovini il mio appuntamento con Trent perché lui non è il ragazzo giusto per me. Arrivi quasi a baciarmi per ben due volte. Mi stuzzichi in ogni modo possibile e immaginabile. E poi dici che dobbiamo stare lontani».

Le labbra di Matthew si piegano verso l'alto in un ghigno provocatorio. «E con questo?»

«E con questo? Sei veramente incredibile», ribatto, un po' arrabbiata perché lui finge di non capire.

«Non c'è nulla di incoerente in quello che faccio», sostiene.

«Ah no, quindi non mi stavi per baciare alla partita dei Lions, giusto? Me lo sono immaginata?», lo incalzo.

«Cooper», mi ammonisce con uno sguardo talmente glaciale da farmi paralizzare.

«Davvero non ti capisco! Se mi vuoi, agisci di conseguenza!», ringhio a denti stretti e incrocio le braccia al petto, stendendomi nuovamente sul letto e guardando il soffitto.

«Tesoro», dice con dolcezza facendo svolazzare in automatico mille farfalle nel mio stomaco.

«Che vuoi?»
«Vieni, dai», sussurra con voce sottile e leggera.
Matthew cambia umore così all'improvviso che a stento riesco a stargli dietro ma per me è una sorta di calamita vivente.
«No», rispondo secca.
«Muoviti, imbranata», mormora divertito.
Sbuffo e, nonostante tutto, mi alzo dal letto e mi incammino verso di lui. Devo ammettere che Leblanc nella vasca, visto da vicino, è davvero uno spettacolo. Quando si aggrappa ai bordi per farmi spazio, i muscoli delle sue braccia si gonfiano.
«Ci hai ripensato?», domanda prendendosi gioco di me.
Ora non sono così tanto convinta di voler entrare con lui mezzo nudo.
Sospiro e mi sposto i capelli all'indietro, facendoli ricadere sulla schiena. Senza togliermi il pigiama rosa di raso, alzo una gamba ed entro nella jacuzzi, rimanendo in piedi.
«Non ci credo, stai davvero entrando in pigiama?», ridacchia. Si sposta il ciuffo dalla guancia e alcune goccioline d'acqua gli solcano la pelle.
«Non mi vedrai nuda, Leblanc, è inutile». Mi immergo fino alla pancia mettendomi a sedere.
Che caldo.
«È anti igienico entrare con i vestiti nell'acqua», puntualizza con un sopracciglio inarcato.
«È anti igienico entrare con i vestiti nell'acqua», gli faccio il verso, imitandolo.
«Che incubo hai fatto, Cooper?», mi chiede ancora, puntando i suoi occhi magnetici nei miei. Sa che ho mentito. Adesso che siamo così vicini, mi riesce difficile fare la sostenuta. Non posso negare a me stessa l'effetto che mi fa.
«Un incubo stupido», sussurro, cercando di ambientarmi nella vasca.
«Se era così stupido allora perché… hai urlato?», continua.
«Perché ti interessa, Leblanc? Non ero un… come mi hai definita… ah, sì, un disastro?», domando ricordandogli le sue parole.
«Non intendevo offenderti, Cooper».
«Disastro nella mia lingua equivale a un insulto», puntualizzo, acida.
Matthew si passa una mano tra i capelli e inclina la testa all'indietro, guardando verso il soffitto. «Non sempre».
«Che vuoi dire?», domando.
«Se non fossi un totale disastro, Cooper, non mi sarei neanche avvicinato a te».
Sta continuando a insultarmi?
«Stai peggiorando la tua situazione, ti conviene startene zitto e basta», sbuffo e incrocio le braccia al petto.
Gli occhi di Matthew scattano nella mia direzione, precisamente sulla mia

canottiera di raso rosa. Guardo verso il basso e soltanto in quel momento mi rendo conto che ho i capezzoli turgidi.

«Non guardarmi», ordino, coprendomi il più possibile con le braccia.

Matthew sospira. «Come faccio a non guardarti? Sei una tentazione vivente».

«Tentazione?», chiedo, schiudendo le labbra.

Oddio.

«Sì, te ne stai lì senza reggiseno... sai quanto è difficile per me restare lucido? Lo sai?». Mi lancia un'occhiata e si muove a disagio nella vasca.

«Oh, ma fammi il favore, il grandissimo Matthew Leblanc non ha mai visto dei capezzoli in vita sua?», lo sbeffeggio anche se dentro sto morendo dall'imbarazzo.

«È diverso, qui si sta parlando di te». Mi fissa dritto negli occhi, facendomi tremare.

«Sei sempre così criptico. Stai facendo il puritano quando qualche ora fa invece... lasciamo stare», sbotto alla fine, esausta, cercando di dimenticare quello che è successo qualche ora prima.

«Che c'è?», si morde il labbro inferiore, provocandomi. «Mi vorresti dire che... non ti è piaciuto, tesoro?»

«Lo avrai fatto ad altre cento ragazze», alzo gli occhi al cielo.

«Sappi che quello che faccio con te, non l'ho mai fatto con nessun'altra. Non hai motivo di essere gelosa».

Le sue parole sembrano sincere ma ormai ho imparato che, quando si tratta di Matthew Leblanc, non c'è da fidarsi... Mai.

«Non sono gelosa», ribatto.

«Sì come no», mi provoca.

Okay, devo uscire da qui.

Non vorrei mai fare qualcosa di cui potrei pentirmi. «Fa troppo caldo qua dentro, torno a letto». Tuttavia, mi alzo troppo in fretta e, goffa come pochi, scivolo all'indietro. Le mani di Leblanc mi afferrano prontamente per i fianchi per attutire la caduta, ma mi ritrovo lo stesso seduta sopra di lui.

Le mie natiche premono contro i suoi boxer, mentre le sue mani sono ancora strette in una presa ferrea sui fianchi. Avverto il suo respiro caldo sul collo.

Arrossisco e mi muovo a disagio cercando di rialzarmi, ma Matthew me lo impedisce.

«Sta' buona», sussurra tra i miei capelli con voce roca e seducente.

Io così non ce la faccio però.

«Voglio uscire», gli dico, ma non mi muovo di un millimetro.

«Cooper, Cristo santo», ansima e il mio cuore comincia a battere all'impazzata.

Improvvisamente sento la sua erezione premere contro di me con prepotenza e desiderio. Avvampo all'istante e l'eccitazione mi travolge.

«Matt», mormoro con voce confusa e sottile.

«Che cosa devo fare con te, mmh?», bisbiglia e la sua mano destra percorre lentamente la mia canottiera verso l'alto per arrivare al mio collo, che stringe con audacia. Abbandono la testa sulla sua spalla, chiudendo gli occhi.

«È sbagliato», cinguetto con voce impastata.

Matthew stringe ancora di più, ma io non avverto dolore, solo piacere. «Voglio continuare a sbagliare allora».

«Hai detto che… che dovevamo stare lontani l'uno dall'altra», balbetto socchiudendo gli occhi, presa da un'estasi improvvisa.

«E lo penso ancora», puntualizza, infilando il naso tra i miei capelli. «Sei appena entrata nella tana di uno squalo… cosa credi che accadrà adesso?».

Non ci capisco niente.

«Dimmelo tu». Mi beo del suo tocco e mi muovo sulla sua erezione.

«Ferma o giuro che non rispondo delle mie azioni stavolta», mugola, mentre una scia di brividi si fa spazio lungo tutto il mio corpo accaldato.

Non rispondo, sono così sopraffatta che non trovo una risposta compiuta da rifilargli.

«Mi fa impazzire il modo in cui il tuo corpo reagisce al mio».

«Matt», bisbiglio.

«Dimmelo, Cooper, cosa vuoi?», domanda con voce cauta e dannatamente sensuale.

Non rispondo, di nuovo.

«Dimmelo», insiste.

«Non posso», riesco a rispondere con un filo di voce.

«Non puoi… eppure ogni volta ti lasci toccare, Cooper. È incoerente. Non credi?», mi canzona mordicchiandomi l'orecchio.

«Perché mi piace come mi tocchi…», rispondo in modo confuso.

«Ah sì? Come ti starei toccando?», continua a prendersi gioco di me.

Rimango in silenzio, in balia delle sensazioni che mi provoca.

«Ti piace la mia mano stretta attorno al collo, vero, tesoro?», mi chiede e la sua mano libera mi sposta i capelli sulla schiena.

Dopodiché, Matthew mi posa le labbra sul collo. Ansimante, comincio a ondeggiare sulla sua erezione che ogni secondo sembra crescere di più.

Tremo, tremo e tremo, nonostante non mi abbia ancora toccata come si deve.

E cazzo… vorrei che lo facesse.

Quando provo a chiederglielo, però, le parole mi rimangono incastrate in gola. D'un tratto, sento la lingua di Matthew lambire esperta il mio collo scoperto. Mugolo dal piacere.

Sarà anche sbagliato, ma se questo è l'inferno, lasciatemi qui.

Se l'inferno è stare sopra Matthew Leblanc, mezzo nudo, io non mi lamento.

La sua stretta attorno al collo aumenta di una frazione e non ci capisco più niente.

Dalla bocca mi esce un gemito. Matthew si ferma all'improvviso e interrompe la dolce tortura delle sue labbra sulla mia pelle.

Mi fa voltare con decisione verso di lui.

«Era un gemito quello che ho appena sentito, tesoro?».

Sbatto le palpebre e annuisco lievemente.

«Cazzo, gemi anche meglio di come me lo ero immaginato», dichiara.

«Dovremmo fermarci», bisbiglio.

«Forse hai ragione».

Matthew sospira e mi solleva, facendomi sedere di fronte a lui.

Lo guardo un po' intontita e molto delusa. Avrei voluto che non mi desse retta e che continuasse.

«Non ci ripensare troppo, Cooper», dice, come se non fosse successo nulla di che.

«Non ci penserò affatto, Leblanc», ribatto, ma nel profondo sono ferita da come sta liquidando quanto appena accaduto tra noi.

«Ora mi vuoi negare che ti sia piaciuto come ti ho toccata?».

Gli rivolgo uno sguardo truce, lui inarca un sopracciglio in segno di sfida.

«Smettila di parlarne, Leblanc», lo rimbecco.

«A me sembra di aver sentito un gemito poco fa, magari però… mi sono sbagliato», scrolla le spalle con disinvoltura.

«Ecco, ti sei sbagliato», concordo con una smorfia.

«Certo, certo», Matthew alza gli occhi al cielo mentre passa entrambe le mani sull'acqua della vasca causando delle onde appena accennate.

«E poi neanche mi hai toccata come si deve. È tuo solito lasciare una donna così? Insoddisfatta?», lo canzono.

Gli occhi di Matthew si illuminano di una scintilla di desiderio.

«Dimmi un po', Cooper… ti hanno mai toccata prima d'ora?», domanda con strafottenza.

Lo fisso intensamente. «Sì, Leblanc».

«Non come si deve, però», aggiunge con espressione neutra.

Questo ragazzo riesce a leggermi nel pensiero oppure mi conosce davvero così tanto?

«E tu come lo sai?», domando.

Matthew osserva ogni mio singolo movimento e ridacchia per poi riprendere ad accarezzare l'acqua. «Come ti hanno toccata?»

«Che c'è? Fai il terapeuta nel tempo libero?», lo schernisco, scuotendo la testa.

«No, l'hockey mi assorbe, ma so perfettamente come appagare una donna», replica, passandosi il pollice sul labbro inferiore.

Lo osservo un po' titubante. Sono certa che Matthew sappia appagare una donna, ma come potrei chiedergli di farlo con me? La verità è che ci siamo detti di stare lontani, eppure vorrei che mi toccasse *ovunque*.

«Bla bla bla, sei soltanto un chiacchierone», alzo gli occhi al cielo.

«Non provocarmi, Cooper», sibila a denti stretti distendendo le braccia sui bordi della vasca.

«Bla bla bla», ripeto.

«Cooper», mi ammonisce di nuovo.

«Tranquillo, Leblanc, non dirò a nessuno che in realtà sei soltanto uno che parla troppo e che non passa mai ai fatti», gli faccio un occhiolino e mi alzo, pronta a uscire dalla jacuzzi.

«Ora mi hai proprio stancato», dichiara esasperato, alzandosi a sua volta.

Siamo l'uno di fronte all'altra e il tempo sembra fermarsi.

Sto ansimando.

«Riuscirei a farti venire senza nemmeno toccarti, Cooper», scandisce, a poca distanza dal mio viso.

«Mmh… credo tu l'abbia detta grossa stavolta», commento, per stemperare la tensione.

«Provare per credere», mi sfida.

«Avevamo detto di no, incoerente che non sei altro», sbotto infastidita dai suoi continui cambi d'umore.

«Infatti, non ti toccherò, tesoro. Conosco cento modi diversi per appagare una donna senza nemmeno sfiorarla», sogghigna divertito scostandomi delle ciocche di capelli che mi erano ricadute sul viso.

«Hai dei superpoteri?»

«Ti do cinque secondi di tempo per andartene da questa cazzo di vasca, poi non si torna più indietro», dice sicuro, rimanendo con gli occhi incollati nei miei.

Dovrei scappare. Fuggire il più lontano possibile.

Invece, rimango immobile mentre il vapore si innalza attorno a noi creando un'atmosfera magnetica.

Dopo un attimo, mi siedo con gli occhi puntati nei suoi.

Lui sospira e mi imita.

«Non si torna più indietro, tesoro», sussurra con un filo di voce.

«Lo so», annuisco lievemente, un po' impaurita.

«Quindi adesso… farai tutto quello che ti dico, è chiaro?», domanda, trafiggendomi con un solo sguardo.

«E se non faccio quello che mi dici?», lo provoco.

Lui mi rivolge un ghigno beffardo, poi mi imprigiona col suo corpo contro il bordo della vasca, mettendo le mani ai lati della mia testa. Dopodiché, mi accarezza dolcemente il collo per poi spostarsi sulle mie labbra socchiuse.

«Ci saranno delle conseguenze», bisbiglia.

«Ah sì? Che paura», replico, fingendo un coraggio che non ho.

I suoi occhi si spalancano per un secondo e poi mi afferra il mento tra l'indice e il pollice per avvicinarmi al suo volto. Ho come l'impressione che le sue labbra stiano per avventarsi sulle mie ma poi… non accade.

Perché? Perché?
«Farai la brava, Cooper?», mi chiede con voce rauca.
Annuisco inumidendomi le labbra.
Lui sorride e poi torna dal suo lato della vasca, lasciandomi spazio.
«Toccati», ordina.
«Cosa?», chiedo con voce stridula.
«Ho detto...», si passa il pollice sul labbro inferiore, «toccati», ripete.
Che diavolo sto facendo?
Perché sono qui? Perché Matthew mi deve fare quest'effetto?
Ma soprattutto perché voglio accontentarlo?
«Ci hai ripensato, Cooper?», domanda.
«Mi sono stancata dei tuoi giochetti, Leblanc», sbotto infastidita e forse un po' impaurita da quello che mi sta chiedendo di fare.
«Poi sono io l'incoerente», brontola, alzando gli occhi al cielo.
«Perché? Vuoi umiliarmi?»
«No», scuote la testa.
«E allora fai una cosa, Leblanc, lasciami in pace se non...».
Lui mi interrompe. «Non voglio umiliarti, Cooper, quello che succede a Québec City rimane a Québec City». Fa una pausa e mi studia. «Poi se hai paura è un altro conto», conclude.
«Domani tornerà tutto come prima?», domando dubbiosa.
«Tutto come prima», conferma.
«Tutto come prima», ripeto, anche se in realtà non ci credo nemmeno un po'.
Lo guardo intensamente e poi in me pian piano nasce qualcosa.
L'irrazionalità prevale sulla mia razionalità.
Mi mordo il labbro inferiore e, mantenendo il contatto visivo, scivolo con le dita sulla clavicola e mi abbasso una spallina della canottiera. Scendo giù, fino ai pantaloncini e alzo l'elastico per permettere alla mia mano di intrufolarsi al suo interno. Sento le mutandine tremendamente fradicie, e non solo per l'acqua calda ma anche per come mi sta guardando Matthew in questo momento.
È una vista paradisiaca.
Ha le guance arrossate e il respiro accelerato. È eccitato quanto me.
Sposto le mutandine da un lato e sono sul punto di procurarmi piacere quando la voce di Matthew mi fa sobbalzare dallo spavento.
«Ti ho detto che potevi cominciare a toccarti?», mi chiede serio.
Abbasso la testa, incapace di incrociare il suo sguardo.
Cosa diavolo sto facendo?
«Guardami, tesoro», mi intima.
Obbedisco, con la mano ferma immobile sulla mia intimità.
«Brava, ora toccati per me».
Le mie dita prendono a muoversi caute sul mio clitoride pulsante. Ho la

fronte sudata e i capelli completamente appiccicati alla schiena mentre il vapore si leva attorno a noi.

Matthew non distoglie gli occhi da me neanche per un istante e io schiudo le labbra, affannata.

«Porca puttana, sei proprio una brava ragazza, non è vero?», domanda con il fiato corto. «Cosa direbbe il paparino se ti vedesse in questo momento? Ti stai toccando davanti al ragazzo che odi...», si interrompe e si morde il labbro inferiore per un attimo. «Più veloce, tesoro, muovi quelle dita come se fosse l'ultima cosa che fai», sussurra con voce sensuale.

«Matt, oddio», ansimo presa da un impeto di eccitazione. I miei polpastrelli scorrono più velocemente sul clitoride che pulsa sempre di più. Ho la gola secca e mi sento come se stessi per esplodere.

«Cristo santo, Kelsey», sospira.

«Toccati anche tu», mormoro e le mie gambe per un secondo sfiorano le sue sotto l'acqua.

«Cazzo, sì». Non se lo fa ripetere due volte: pian piano si abbassa i boxer, liberando la sua erezione dura e spessa.

Be'... non mi aspettavo che fosse così dotato.

Gli occhi di Matthew si illuminano quando si accorge del mio stupore per le sue dimensioni. Continuando a mantenere il contatto visivo con me, comincia a muovere la mano.

«Ho il cazzo talmente duro, tesoro», bisbiglia.

Qualcuno mi aiuti, quello che sto provando in questo momento è qualcosa che va oltre l'eccitazione.

Smetto di darmi piacere per un secondo e mi prendo un attimo per ammirare lo spettacolo di Matthew Leblanc che si dà piacere.

«Ti ho detto che potevi fermarti?», mi rimprovera.

«Tanto è inutile», sussurro in imbarazzo. Non avrei mai voluto confessare una cosa del genere, tantomeno a lui.

«Che vuoi dire?», domanda, rallentando il ritmo della mano.

«Non sono mai venuta, nel senso che non ci sono mai riuscita», bisbiglio con voce talmente bassa che a stento riesco a sentirmi.

Ed è vero.

«Mai?».

Annuisco.

«Rilassati, ricomincia a toccarti e ascolta ogni singola parola che ti dirò», mi esorta con voce dolce.

Decido di fidarmi di lui e annuisco.

Riprendo a muovere le dita sul mio clitoride, pronta a tutto quello che Matthew ha in serbo per me.

«Non ti azzardare a far entrare le dita in quella fighetta che ti ritrovi, chiaro?», dice inarcando un sopracciglio.

Una scossa di piacere improvvisa mi attraversa. Forse è questo ciò di cui ho sempre avuto bisogno e nessuno, tranne lui, l'ha mai capito.

«Brava, sollevati un po', tesoro, voglio guardarti come si deve», continua, con gli occhi accesi di desiderio.

Dio, Matthew Leblanc, cosa devo fare con te?

Appoggio i gomiti sui bordi della vasca e mi sollevo lentamente per permettere a Matthew di vedermi meglio.

«Guardati, sembra proprio che la tua fighetta stretta stia aspettando il mio cazzo», mormora con voce sexy. Oramai le mie dita hanno volontà propria e sto letteralmente tremando dal piacere.

«Ora concentrati, pensa a me, tesoro. Le mie dita si muovono dentro di te, avanti e indietro, le mie labbra succhiano il tuo clitoride», prosegue in tono sensuale.

Una scarica di eccitazione si fa largo dentro di me che, avvolta dal calore della vasca, muovo le dita sulla mia intimità.

«Brava, così», mormora lui e all'improvviso smette di toccarsi.

Presa dal desiderio, inarco la schiena mostrando a Matthew l'effetto che mi sta facendo.

«Oddio», ansimo, senza smettere di guardarlo.

Ci sono quasi.

«Il mio nome, tesoro», sussurra, sistemandosi l'erezione nei boxer.

«Trent?», lo provoco.

Matthew scatta verso di me, stringendomi la mano attorno alla gola. «Cosa? Credo di aver capito male…».

«Mmh… no», sussurro.

«Se ti azzardi a nominare quel coglione un'altra volta, non ti faccio venire, stronzetta. Capito?», ribatte, stringendo la presa sul mio collo.

«Dio, Matt», gemo.

«Forza, tesoro, pensa a quanto sarebbe bello se al posto delle tue dita ci fossero le mie… avanti e indietro, a ripetizione. Te lo immagini?».

E su quella domanda, esplodo. Il piacere mi travolge come un'onda devastante, come non mi è mai accaduto prima.

«Matt!», urlo e lui lascia la presa sulla mia gola, mentre io raggiungo il primo orgasmo di tutta la mia vita con un ragazzo.

Arriva così, di punto in bianco. Dopo che l'ho rincorso per anni, è bastato Matthew Leblanc a compiere la magia.

Respiro a fatica. Ho le gambe tremanti, la gola secca, il viso stravolto.

È così che ci si sente?

«È stato… bello», sussurro, togliendo la mano dalle mie mutandine.

Sul serio, Kelsey? È stato bello?

«Già, forse ora è meglio andare a dormire», sussurra passandosi una mano tra i capelli, senza raggiungere a sua volta il piacere.

Un po' in imbarazzo, esco dalla vasca e mi posiziono davanti allo specchio. Sono stravolta, questi tre giorni sono stati così tanto intensi che mi ci vorrà una settimana per riprendermi del tutto.

Mi servirà un mese per guardare di nuovo in faccia Matthew dopo quello che è successo.

«Non ci pensare troppo, Cooper», mi dice con un tono strafottente.

Lo stronzo è tornato.

«Non ci sto pensando, mi devo soltanto dare una sciacquata», rispondo secca.

«Come vuoi, allora vado di là», mi informa.

Lo osservo nello specchio mentre esce dalla vasca.

Lui sorride e si avvicina. «Te lo avevo detto che ti avrei fatta venire senza neppure sfiorarti, tesoro».

Arrossisco e mi volto di scatto spintonandolo. Lui ridacchia ed esce dal bagno, richiudendosi la porta alle spalle.

Rimango impalata davanti allo specchio con un'espressione stralunata, i capelli bagnati e gli occhi lucidi.

Mi tolgo tutti i vestiti bagnati e li ripongo all'interno di una sacca di tela. Entro in doccia e giro la manopola, lasciandomi cullare dall'acqua calda.

Vengo sopraffatta dalle emozioni, perché io dovrei detestarlo per tutto quello che mi ha fatto passare in questi mesi ma, tutto sommato, ciò che è appena capitato è quello che desideravo da quando l'ho incontrato la prima volta. Non voglio starmene qui a logorarmi per quello che abbiamo fatto ma devo cominciare ad accettare che sono attratta da lui.

Sì, dannazione, Matthew Leblanc mi eccita. È riuscito a farmi venire, cosa che non mi era mai capitata con nessuno.

Qualcosa vorrà pur dire, no?

Però, in un secondo, la magia è finita. Avrei voluto baciarlo ma so che, se l'avessi fatto, la situazione si sarebbe complicata ulteriormente.

Mentre il getto d'acqua calda continua a scendere su tutto il mio corpo, un fremito improvviso mi travolge. Brividi di freddo mischiati al rossore che ho sulle guance per quello che abbiamo fatto.

Non è sbagliato.

Io volevo farlo.

E anche lui, questo è l'importante.

Dopo essermi asciugata, apro la porta del bagno ed esco avvolta da un misero asciugamano che mi copre a malapena il didietro.

Matthew è davanti alla finestra e sta guardando fuori. Si è messo un paio di boxer di Calvin Klein asciutti arrivati da chissà dove che gli mettono in risalto i glutei tondi e perfetti. Rimango imbambolata a fissarlo come se avessi appena visto un'opera d'arte.

«Smettila di guardarmi il culo, Cooper», brontola con un tono divertito.

Sbarro gli occhi e mi volto di scatto, andando verso la mia valigia per prendere qualcosa di pulito con cui dormire.

«Buonanotte, tesoro», mormora a voce bassa alle mie spalle come se non volesse farsi sentire. Mi volto subito nella sua direzione. Non so quando si è avvicinato, ma ora siamo a un passo di distanza.

Gli prendo delicatamente un braccio e lo osservo dal basso verso l'alto.

«Puoi sempre dormire qui».

«Vuoi che dorma con te?», domanda, con gli occhi puntati sulla mia mano stretta attorno al suo braccio.

«Non mi va che dormi nella vasca», sussurro.

«Che carina, ora ti preoccupi per me, Cooper?», dice in tono vagamente di scherno, ma poi mi scosta con dolcezza alcune ciocche di capelli che mi erano ricadute sul viso. «Ti ci voleva proprio un orgasmo, magari sarai meno bisbetica d'ora in poi».

«Fanculo», sbuffo, lasciandogli il braccio e aggrappandomi all'asciugamano.

«Arrivo», dice come se non l'avessi appena insultato. Mi fa un occhiolino e sparisce nel bagno.

Sospiro e vado a vestirmi. Indosso una maglietta larga bianca che mi arriva alle cosce e delle mutandine pulite.

Dopo mi fiondo sotto le coperte e fisso un punto indefinito sul soffitto.

Matthew riappare poco dopo.

«Potresti indossare una maglietta?», domando e mi giro su un fianco guardando verso la finestra.

Matthew ridacchia e, un secondo dopo, sento il materasso abbassarsi. «Non indosserò una maglietta, Cooper, soprattutto dopo quello che abbiamo fatto».

«Questa cosa rimarrà tra noi, Leblanc, nessuno deve venirlo a sapere», borbotto.

«Tranquilla, neanche io ci tengo a farlo sapere in giro», scherza. Eppure un po' mi dispiace sentirgli dire certe parole.

«Buonanotte, stronzo», lo liquido, cercando di addormentarmi.

«Buonanotte», sussurra nel mio orecchio.

Ma quand'è che si è avvicinato?

«Non ho sonno», bofonchio.

«Dormi e basta, Cooper», ribatte, secco.

«Che bello, è tornato il solito Leblanc».

«Hai due possibilità, Cooper, o dormi oppure ti faccio venire per altre dieci volte fin quando non mi pregherai di smetterla», replica piano.

Be', la proposta è allettante…

Ora vorrei rimanere sveglia per tutta la notte.

Però non ci riesco e il sonno pian piano ha la meglio su di me.

Mi addormento con tante domande.
Perché Matthew ha smesso di toccarsi?
Perché si comporta in questo modo?
Sono in grossi guai.
Guai enormi.

Capitolo 55

Kelsey

La mattina seguente mi sveglio con un gran mal di testa.

Vorrei continuare a dormire, ma purtroppo dobbiamo lasciare la camera e tornare a Montréal.

Mi stiracchio e mi strofino le nocche sugli occhi cercando di svegliarmi. Mi volto verso l'altro lato del letto, ma Matthew non c'è.

Dove diavolo è?

Mi alzo un po' frastornata e vado verso il bagno. Metto una mano sulla maniglia, ma la porta si apre di scatto prendendomi dritta in faccia. Scivolo all'indietro. Finisco dritta sdraiata sul letto, con una mano premuta sul naso. «Fanculo, Leblanc, volevi uccidermi per caso?»

«Esagerata, io stavo solo uscendo dal bagno», risponde.

«Mi hai rotto il naso!», urlo.

«Fammi vedere», ordina lui, sedendosi accanto a me.

Tolgo la mano e mi metto a sedere, fulminandolo con lo sguardo.

«È peggio il taglio che hai sulla guancia, posso garantirtelo», commenta, sfiorandomi per un secondo la ferita da pattino.

«Non toccarmi», mi scosto.

«Ah giusto, tutto come prima, no?», mi chiede.

Lo guardo di sottecchi. «Avevamo stabilito così, no?»

«Allora ti conviene guardarti le spalle, Cooper», sussurra con un sorrisetto diabolico stampato sulle labbra. Indossa una t-shirt bianca e dei pantaloni della tuta neri con le sue solite Jordan abbinate. Si passa una mano tra i capelli e apre il cassetto del suo comodino prendendo una sorta di… chiave.

Cosa?

Non. Ci. Credo.

Non. È. Possibile.

«Che cos'è quella?», chiedo alzandomi di scatto dal letto.

«Una chiave?», mi sbeffeggia sventolandomela davanti agli occhi.

«E quando ti saresti accorto di avere la chiave che apre la stanza in cui ci hanno rinchiusi?», chiedo, con la fronte aggrottata.

«Mmh, fammici pensare», si tocca il mento con l'indice e il pollice. «Dopo dieci minuti circa che eravamo qui, l'ho trovata nel comodino».

«Quindi tu per tutto questo tempo avevi la chiave per uscire e non… ma che problemi hai?», mi arrabbio. Però poi, un altro pensiero, più lusinghiero, si fa strada dentro di me: aveva la chiave ma è rimasto comunque tutta la notte con me?

«Oh ma dai, Cooper, adesso non mi dire che ti è dispiaciuto. Non sei credibile», sussurra avvicinando il suo viso al mio.

«Fanculo, Leblanc».

«Muoviti, tra poco dobbiamo lasciare la suite».

Non dice altro.

Esce dalla stanza, urlando per la suite con voce talmente forte che sono sicura abbia svegliato praticamente tutto l'hotel.

Grugnisco dal fastidio e mi infilo in bagno per prepararmi sia mentalmente che psicologicamente per tornare a Montréal.

Indosso un vestitino nero di lana che mi arriva fino alle cosce. Lego i capelli in una coda alta e mi metto i miei occhiali sul naso.

Esco dal bagno, calzo degli stivali neri, infilo un giubbotto nero e chiudo la valigia.

Mi guardo intorno e sorrido come un'idiota perché, nonostante tutto, questi tre giorni sono stati indimenticabili.

Per una volta nella vita forse ho trovato delle persone che mi apprezzano per quella che sono.

Mia madre sarebbe orgogliosa di me, di quello che sono diventata.

Montréal si è rivelata una sorpresa.

Qui oltre ad aver conosciuto persone che mi vogliono bene, ho imparato ad accettarmi, ho cantato su un palco una canzone di Adele e infine ho preso persino un cane.

Il problema è soltanto uno: Matthew Leblanc.

Torneremo a odiarci.

Torneremo a tormentarci.

Torneremo a detestarci.

E succederà appena rimetteremo piede nella nostra città.

Con un sospiro, esco dalla stanza, recuperando il telefonino dal comodino e trascinandomi la valigia alle spalle.

«Ti ho detto che russi come un cazzo di elefante», la voce è quella di Axel.

Arrivo in salotto e mollo la presa dalla valigia che ricade a terra con un tonfo.

Tutti si voltano a guardarmi e il primo a parlare è Axel in tono divertito: «Ehi, Bella Addormentata, dormito bene nelle fauci dello squalo?»

«Fanculo a tutti quanti, non è stato divertente», sbotto incrociando le braccia al petto.

«Dobbiamo andare», interviene Matthew, che beve dell'acqua e fa di tutto per non incrociare il mio sguardo. «Muovetevi», ordina, fulminando tutti quanti.

Sbuffo e, senza guardare in faccia nessuno, mi fiondo fuori dalla stanza trascinando la valigia con me fino all'ascensore in fondo al corridoio, per evitare di stare con gli altri.

«Kels!», mi chiama Janette, ma non le do retta.

«Kels, ci stai ignorando?», domanda Rosie affiancandomi.

Comincio a fischiettare, senza rispondere.

«Dai, K.». Janette mi tira una spallata.

Finalmente l'ascensore arriva, ci entro e aspetto che le mie amiche facciano il loro ingresso prima di premere il pulsante per scendere.

L'ascensore parte nel silenzio più totale.

«Siete due stronze!», urlo facendole sobbalzare.

«Noi credevamo che…», prova a giustificarsi Rosie.

«Cosa? Che io e Matthew avremmo finalmente superato le nostre divergenze con una scopata?», esplodo, furiosa.

«Be'… è successo?», domanda Rosie ammiccando.

«No!», urlo.

«Credo che abbiano litigato, di nuovo», commenta J.

«Che novità», ironizza Ros.

«Sono qui eh», ricordo, sbracciandomi.

Per fortuna, in quel momento l'ascensore arriva al piano terra. Usciamo e ci ritroviamo nella hall dove ci stanno già aspettando Ryan, Olsen e Axel. Matthew, a qualche metro di distanza, invece sta parlando con il receptionist.

«Com'è andata, Kels?», domanda Ax, che proprio non ne vuole sapere di mollare l'osso.

«Vi aspetto fuori», sbuffo e trascino la valigia fino all'uscita.

Appena sono all'esterno, il vento gelido mi travolge facendomi rabbrividire. All'improvviso le porte dell'hotel si spalancano e vengo raggiunta da Ryan.

«Che vuoi, Ry?», sospiro posizionandomi i capelli dietro le orecchie.

«Tutto bene?», domanda guardando dritto di fronte a sé.

«Definisci bene», ribatto.

«Avete litigato? Di nuovo?», chiede esasperato.

«Avevi dubbi? Litighiamo sempre», scrollo le spalle.

«Forse è meglio così», borbotta come se non volesse farsi sentire.

«Che vuoi dire?», domando, curiosa.

«Matthew è particolare», risponde Ry.

«Ha detto che mi farà soffrire, perché?», mi volto verso di lui osservando la sua espressione un po' preoccupata.

Lui sa qualcosa.

«Non credo che io sia la persona giusta per rispondere a questa domanda, Kelsey», dice, evitando i miei occhi.

«Sì, ma…».

Ryan si gira di scatto verso di me, interrompendomi. «Kelsey, non posso, Matthew mi ammazzerebbe».

«È solo che vorrei capire...», replico, quasi implorandolo.

«Ti posso dare un consiglio da amico?», dice d'un tratto.

«Certo», asserisco.

«Qualunque cosa ti abbia detto Matthew è la verità, quindi dagli retta».

Be', grazie dell'incoraggiamento, Ryan.

Non ho tempo di replicare, poiché dall'entrata dell'hotel escono tutti quanti ponendo fine alla nostra conversazione.

«Andiamo? Ho bisogno di una sana dormita, Olsen russava come un elefante», sbuffa Axel.

Olsen gli tira una pacca sulla schiena. «Sta' zitto, cretino, non è vero».

«Invece sì, ti ho sentito persino io», si intromette Rosie.

«Vogliamo andare?», domanda Matthew che fino a quel momento era rimasto in silenzio.

«Andiamo prima che il capitano ci prenda a calci», scherza Axel.

«Ho prenotato due macchine, per l'una dovremmo essere a Montréal», sentenzia Matthew con un tono glaciale.

«Bene, femmine da una parte e maschi dall'altra?», domanda Ryan.

«Ti sei stancato di me?», chiede dispiaciuta J.

«E come potrei?», ribatte il biondo avvicinandosi a lei per lasciarle un delicato bacio sulle labbra.

«Bleah, sto per vomitare», borbotto simulando un conato di vomito.

«Ci vediamo a Montréal», taglia corto Matthew ma, prima di allontanarsi, mi rivolge uno sguardo indecifrabile: i suoi occhi scendono in perlustrazione del mio corpo soffermandosi sul mio vestitino stretto. Si morde il labbro inferiore, scuote il capo per poi voltarsi e dirigersi verso le due auto che ci stanno aspettando.

«Andiamo?», mi chiede Rosie, prendendomi a braccetto.

Io, Rosie e Janette saliamo a bordo: io al centro, le mie amiche ai due lati. L'auto parte e comincia ufficialmente il nostro viaggio di ritorno verso Montréal.

Prendo il cellulare e chiamo papà.

«Kelsey Cooper», risponde quasi urlando, dopo tre squilli.

«Rettore Cooper, sto tornando», lo rassicuro.

«Sarà meglio», ringhia.

«Ahia... sento puzza di ramanzina», borbotto tra me e me con tono divertito.

«Sbrigati a tornare, ti aspetto a casa con quel pazzo del tuo cane», mi liquida, e sono certa che abbia sentito il mio commento.

Sbuffo e poggio il telefono sulle cosce, dopo aver chiuso la chiamata.

«Cosa ha combinato Matt, stavolta?», esordisce Rosie, curiosa.

«Possiamo evitare di parlare di tuo fratello, per favore?», sospiro abbandonando la testa all'indietro.

«Allora parliamo di altro, per esempio del mio bacio con Olsen?», ridacchia Ros.

Mi volto di scatto verso di lei con gli occhi sbarrati.

«Cosa?», chiediamo io e Janette all'unisono.

«In realtà, non volevo baciarlo ma lui era lì, appoggiato al frigorifero, e io dovevo prendere una bottiglietta d'acqua. È stato un colpo di fulmine, avete presente?», ci informa, come se nulla fosse.

Sbatto le palpebre, più volte. «Colpo di fulmine oppure colpo di pettorali?».

Ros sbotta a ridere e mi tira un pugnetto giocoso sulla spalla. «Non è stato nessun colpo di pettorali».

«Ah no?», la prendo in giro con un sopracciglio inarcato.

«A noi in effetti sembrava il contrario. Quando Olsen si è tolto la maglia, avevi un'espressione che era tutto un programma», la canzona Janette.

«Non è affatto vero, e poi è stato soltanto un bacio», scrolla le spalle.

«Quindi non vuoi uscirci?», domando con un tono inquisitorio.

«Non lo so, mi sono appena svegliata e voi fate troppe domande», si lamenta.

«Cosa dirà Matt?», chiede J.

«Per carità, Matt non deve saperlo, quindi, vi prego, non dite nulla», ci implora Ros.

«Non diremo nulla», le assicuro.

«Promettetemelo», insiste lei.

«Promesso», le garantisco, posandomi una mano sul cuore.

«Promesso», ripete Janette di fianco a me.

«Bene, Ros ha baciato Olsen, io ho rischiato di uccidere Matt e invece tu, J.? Ci devi dire qualcosa?».

Janette si inumidisce le labbra. «Io e Ryan potremmo essere passati alla fase successiva».

«Vi sposate?», chiedo con gli occhi sbarrati.

«Sei incinta?», ribatte Ros.

«Ferme, ferme». J. scuote più volte la testa. «Nel senso che facciamo sul serio».

«Vi siete messi insieme?», esclamo, sprizzando felicità.

«Qualcosa del genere», annuisce.

«Almeno una di noi ce l'ha fatta», commento.

«Il ritorno al college sarà grandioso», afferma Ros.

«Non proprio», mi limito a rispondere.

Le mie amiche non fanno domande ma in cuor loro sanno che c'è qualcosa che non va in tutta questa storia. Quello che è successo in quella camera di hotel tra me e Leblanc devo dimenticarlo.

Ma come faccio?

Lui è stato l'unico ragazzo che è riuscito a farmi provare emozioni così forti e travolgenti.

Basta, Kelsey, basta.

Dimenticalo.

Il viaggio in macchina trascorre piuttosto lento: scherziamo, guardiamo dei video su TikTok e spettegoliamo.

Arriviamo di fronte al Montréal College all'una in punto.

La nostra auto parcheggia dietro quella dei ragazzi.

Scendo e afferro la valigia, che trascino, pur con qualche difficoltà, fino al marciapiede. Janette e Rosie mi raggiungono con i loro bagagli mentre i ragazzi si avvicinano a noi con i borsoni stretti in spalla.

«È stato divertente», afferma Olsen guardando altrove.

«Non userei l'aggettivo divertente, piuttosto è stato epico!», urla Axel saltellando sul posto.

«Devo andare, ci vediamo domani a scuola», saluto tutti sventolando una mano al cielo e poi mi avvio verso casa.

Matthew neanche mi ha guardata.

Si è pentito di quello che abbiamo fatto ieri? Io no, lo rifarei altre mille volte.

Non sono una che si pente delle sue azioni.

Persa nei miei pensieri, arrivo davanti a casa mia.

Suono il campanello e Zeus subito si mette ad abbaiare.

Mio padre spalanca la porta e assottiglia lo sguardo. «Ma buongiorno», mi saluta.

«È l'una. Ormai è quasi pomeriggio», replico, sarcastica.

«Non ci provare, oddio!», esclama di colpo analizzando la ferita che ho sulla guancia.

«Papà, è solo un graffio», sbuffo ed entro in casa con la valigia.

«Solo un graffio? Ora mi spieghi come diavolo hai fatto a prenderti un pattino in faccia», pretende con un tono autoritario.

In quel momento, Zeus mi salta addosso, poggiandosi con le zampe su di me.

Mi è mancato questo mascalzone.

«Allora?», mi incalza mio padre, mentre io riempio il mio cane di coccole.

«Be', si stavano per picchiare e io…».

Mio padre mi interrompe, scuotendo la testa e allungando una mano nella mia direzione per bloccarmi. «Chi si stava per picchiare?»

«Leblanc e…».

«È sempre colpa di quel tipo, sempre», sbotta.

«Fammi finire di parlare», protesto offesa.

Mio padre alza le mani in segno di resa e va a sedersi sul divano in salotto, accavallando le gambe. «Sono tutto orecchie».

«Mi sono intromessa nella lite. Tutto qui», concludo con una scrollata di spalle.

«Perché diavolo ti saresti messa in mezzo?», domanda con una chiara nota di fastidio nella voce.

«Sono molto stanca, papà, meglio che vada a riposare», taglio corto, evitando di rispondere.

Mio padre si alza dal divano e viene verso di me, ma io mi sono già avviata per andare in camera mia al piano di sopra.

«Torna subito qui, Kels!», urla lui.

«Sono proprio stanca», brontolo sollevando la valigia con fatica per portarla di sopra.

«Lo sapevo, mia figlia sta con un giocatore di hockey, dannazione», si lamenta.

«Non sto con nessun giocatore di hockey!», urlo di rimando e volo in camera mia, per quanto me lo permetta la valigia.

Zeus mi segue a rotta di collo e, appena entra anche lui, chiudo definitivamente la porta.

Abbandono il bagaglio sul pavimento, mi sistemo gli occhiali sul naso e mi lancio sul letto.

Stanotte non ho dormito granché bene e mi sono svegliata spesso per controllare Matthew.

Lui dormiva beato con un braccio dietro la nuca e l'altro poggiato sulla pancia. Per una manciata di secondi l'ho osservato, o meglio… mi sono incantata a fissarlo mentre dormiva.

Scaccio via quei pensieri, lui mi ha detto chiaramente di andare avanti ed è quello che farò.

Non posso rimanere ancorata al ricordo di me e Matthew nella vasca idromassaggio.

Com'era quel detto?

Chiodo scaccia chiodo.

Prendo il telefono e, presa da un impeto di coraggio improvviso, mando un messaggio all'unica persona che non mi sarei mai aspettata di contattare: Trent.

Kelsey: Mi dispiace di averti vomitato sulle scarpe.
Kelsey: Sono appena tornata a Montréal comunque.

Dopo aver scritto a Trent, blocco il cellulare e lo poggio accanto a me, guardando il soffitto.

Perché diavolo gli ho scritto? Per dimenticare Matthew?

Sono una stupida.
La risposta però arriva neanche dopo un minuto.

Trent: Non fa niente, Kelsey, comunque vomito a parte… com'è andata?
Kelsey: Benissimo, l'hotel era magnifico.
Trent: Immagino, il Fairmont è uno dei più lussuosi e costosi di tutto il Canada.
Kelsey: E tu che ne sai che ho alloggiato lì?
Trent: Voci di corridoio.
Kelsey: Mmh, queste voci di corridoio sarebbero?
Trent: È un segreto.
Trent: Comunque ho una proposta ma sicuramente mi dirai di no.
Kelsey: Ovvero?
Trent: Non so se il tuo ragazzo è d'accordo ma domani vorrei venirti a prendere e andare al college insieme.
Kelsey: Ragazzo?
Kelsey: Che diavolo ti sei fumato? ☺
Trent: Be', Leblanc mi è sembrato piuttosto alterato alla partita.
Kelsey: Senti, Trent, se dobbiamo parlare di Leblanc allora puoi anche smettere di scrivermi.
Trent: Non intendevo questo.
Kelsey: Allora vienimi a prendere domani mattina.
Trent: Alle nove?
Kelsey: Perfetto.
Kelsey: Aspetta, tu non hai gli allenamenti ogni mattina?
Trent: Per te posso fare un'eccezione.
Kelsey: Addirittura?
Kelsey: Ti sei innamorato di me, Davis?
Trent: A domani, Kelsey.

La mattina seguente, mi sveglio di soprassalto, frastornata dalla sveglia.
Mi cambio al volo e, dopo aver preso qualcosa per colazione, porto Zeus a fare una passeggiata. Quando rientro, dopo essermi data una lavata visto che quel cane mi fa sudare ogni volta sette camicie, indosso un vestitino sportivo che mi arriva fino alle ginocchia, stretto in vita e a maniche lunghe.
Ci abbino un giubbotto di pelle nero e degli anfibi. Mi posiziono gli occhiali sul naso e mi lego i capelli in una coda alta.
Da quando sono arrivata a Montréal, non mi sono mai vestita così e un po' me ne pento.
Sono una figa pazzesca.
Esco dal bagno, salutando Zeus che stava piagnucolando fuori dalla porta. Torno in camera e prendo la mia borsa nera, riempiendola con tutto il necessario per ricominciare le lezioni.
Oggi ci sarà storia del cinema con il professore Leblanc e subito dopo discipline storico-artistiche.
Noia mortale.
«Kelsey!», urla mio padre come un ossesso.

Sbuffo e soltanto in quel momento mi ricordo di non avergli detto che non sarei andata al college con lui stamattina.

«Tu vai, papà!», grido e comincio a gettare nella borsa penne e quaderni.

«E tu?», domanda alzando la voce.

«Mi viene a prendere Trent», rispondo con voce più bassa sperando che non mi senta.

Mio padre fa capolino in camera mia. «Sul serio?»

«Sì, papà», ribatto scocciata.

«Ci vediamo dopo, buona fortuna con Trent allora», mi dice, prima di dirigersi al piano di sotto e uscire. Nessuna battutina o altro, che strano.

Zeus viene verso di me girandomi intorno alla ricerca di coccole, gli faccio due carezze veloci e infine prendo la borsa, le chiavi di casa e il telefono, prima di scendere al piano di sotto.

Prendo dei croccantini dal cassetto della cucina e, aiutandomi con un bicchierino, gli riempio la ciotola.

Appena la poso a terra, Zeus arriva scodinzolando come un pazzo, sorrido e mi allontano per lasciarlo mangiare in pace.

In quel momento, la notifica di un messaggio mi fa sobbalzare.

Controllo ed è Trent.

È arrivato.

Cercando di mantenere la calma, saluto Zeus e mi incammino verso la jeep nera parcheggiata vicino al marciapiede.

Entro nell'auto e chiudo lo sportello. «Ehi», dico a Trent.

Lui si volta verso di me con un sorrisetto stampato sulle labbra. Ha i capelli castano scuro pettinati da un lato e indossa una felpa bianca abbinata a dei pantaloni della tuta neri.

«Sai a cosa pensavo mentre ti aspettavo, Cooper?», domanda.

«Mmh… a cosa?». Mi sposto delle ciocche di capelli dietro le orecchie e poggio la borsa sulle cosce.

«Che mi merito un secondo appuntamento», risponde.

«Ci sarà anche il tuo amico o stavolta sarà un appuntamento tra noi due?», chiedo con strafottenza.

«Scusami per quella sera, Wells non sta passando un bel periodo, ecco… comunque prometto che ci saremo solo noi due», sorride e poi si volta verso la strada, gira la chiave nel quadro e mette in moto la jeep.

«Spero non sia niente di grave per Wells», affermo. Sono sicura al cento per cento che c'entri qualcosa Alison.

«Problemi d'amore, anche noi uomini abbiamo un cuore, eh», mi guarda di sottecchi.

Decido di cambiare argomento. «Ti chiedo ancora scusa per averti vomitato sulle scarpe».

«Oh ma non preoccuparti, Kels, erano vecchie e per tua fortuna dovevo buttarle, sennò non ti avrei mica chiesto un secondo appuntamento», commenta con un sorriso.

D'un tratto, il mio telefono comincia a trillare a più non posso.

Lo sfilo dalla tasca e apro la chat con Janette che mi ha letteralmente bombardata di messaggi.

Biondina: Allora.
Biondina: Dove sei?
Biondina: Dove diamine sei?
Biondina: Perché tuo padre è arrivato e tu no?
Biondina: Qui sta succedendo un casino.
Biondina: Devi sbrigarti.
Biondina: Ma dove sei?
Kelsey: Sto arrivando, ma che cazzo è successo?
Kelsey: J.?
Kelsey: Janette?

Però Janette non risponde più.

«Puoi andare più veloce?», domando un po' nervosa, tirando il vestitino verso il basso.

«Successo qualcosa?», ribatte Trent stringendo la presa sul volante e accelerando all'improvviso.

«Non lo so», mi limito a rispondere.

Trent continua a guidare sulla strada principale di Montréal e per fortuna arriviamo al college in un battibaleno.

«Credo sia successo qualcosa, Kelsey», mormora lui, parcheggiando la macchina e notando alcuni studenti che stanno correndo verso l'entrata, ridendo.

Scendo dalla macchina e vado al portone d'ingresso con Trent accanto a me.

«Ehi, amico», urla Wells, correndo verso di noi.

Oddio di nuovo questo tipo.

Ma sta sempre in mezzo?

«Ma che succede, Wells?», domanda Trent confuso.

Wells scrolla le spalle. «L'ennesima stronzata», replica, scartando una caramella alla menta.

Non aggiunge altro, ci supera e sparisce oltre l'entrata principale del college.

Certo che quel tizio è proprio strano.

«Ignoralo», sussurra Trent. Ne avevo tutta l'intenzione, a dire il vero.

Io e Trent entriamo nell'edificio e mi sento gli occhi di tutti puntati addosso, con gli studenti che non fanno altro che parlottare tra di loro.

A qualche metro di distanza da noi ci sono Matthew, Axel e Olsen che se ne stanno appoggiati al muro a ridere e a scherzare.

«Fanculo, me ne vado. Ha capito? Io mi sono stancata!», urla una professoressa che ho intravisto qualche volta nei corridoi. Con i capelli scompigliati

e il viso sconvolto, si dirige a grandi falcate verso l'uscita per poi chiudersi la porta alle spalle con un gran tonfo.
Aggrotto la fronte e mi volto nuovamente verso Matthew. Lui mi sta fissando intensamente.
I suoi occhi sono scuri e cupi. Si passa una mano tra i capelli e mi rivolge un ghigno diabolico.
Afferro la mano di Trent che prima mi lancia un'occhiata perplessa, poi si rilassa incrociando le dita alle mie.
Non sto usando Trent, sto andando avanti con la mia vita come mi ha detto di fare Matthew, tanto che lo supero senza degnarlo di uno sguardo.
«Kels, hai sentito? Tuo padre è diventato il clown del college», ridacchia uno studente mentre ci passa a fianco.
«Che hai detto?», domando, mentre Trent mi trattiene dall'avventarmi sul ragazzo.
La rabbia dura un istante e lascia il posto alla preoccupazione.
Ecco il perché del messaggio di Janette.
Ecco perché mi stanno guardando tutti.
È successo qualcosa.
Lascio la mano di Trent e corro via, incurante del fatto che lui continui a chiamarmi. Arrivo di fronte all'ufficio di mio padre con il fiato corto e i capelli scompigliati. Mi sistemo il vestitino tirandolo verso il basso e busso una volta alla porta, dato che la sua segretaria non c'è.
Nessuna risposta. Molto strano.
E senza pensarci due volte, giro la maniglia ed entro.
Mi poggio una mano sulla bocca, sconvolta e arrabbiata allo stesso tempo.
L'ufficio di mio padre è completamente devastato. La scrivania è rotta, i quadri sono tutti a terra frantumati in mille pezzi di vetro e ogni singola cosa è distrutta.
Questo vuol dire soltanto una cosa: la partita è ricominciata.
Se ieri ero convinta di aver visto del buono in lui, ora non vedo l'ora di fargliela pagare.
Chiodo scaccia chiodo, caro Leblanc.

Capitolo 56

Matthew

6 anni prima…
Montréal

Era un giorno afoso, uno dei più caldi in assoluto nella storia del Canada.
E io, come ogni giorno della mia santissima vita, mi trovavo in uno spogliatoio per l'ennesimo allenamento.
Presi le ultime cose dal mio borsone nero e indossai tutto il necessario per cominciare. Mio padre aveva speso più di mille dollari per farmi avere l'attrezzatura migliore per l'hockey, delle marche più costose.
La mia vita si alternava tra studio, scuola, allenamenti, partite.
Hockey, hockey e… ancora hockey.
Non c'era spazio per altro.
Uscii dagli spogliatoi della palestra.
«Muoviti, Matthew!», urlò a squarciagola mio padre.
«Papà, fa troppo caldo», mi lamentai asciugandomi il sudore sulla fronte. Ancora non avevo messo il casco… dopo sarebbe stato molto peggio.
«Allenati come si deve e non piagnucolare come una cazzo di femminuccia», mi rimbeccò mio padre.
Le parolacce nel vocabolario di George Leblanc erano all'ordine del giorno.
Mi domandai se crescendo sarei diventato come lui o sarei riuscito a cambiare la mia vita.
L'unica soluzione per liberarmi di George era scappare da Montréal, ma come potevo fare?
Lo osservai accigliato e avanzai verso di lui che era appoggiato alla balaustra di legno che circondava tutto il campo da hockey. «Papà, senti. Non credo che l'hockey faccia per me», rivelai.
Gelo.
Persino il campo da hockey si ghiacciò per una seconda volta.
«Matthew, sei un Leblanc. Non vorrai mica deludere il tuo vecchio, vero?».
Ovviamente doveva usare la tattica del ricatto emotivo.
Ci pensai su, a fondo. Molto a fondo.
Volevo deluderlo? No.
«Vero?», domandò ancora, stavolta con voce più alta.

Capii di non avere scampo, ma forse valeva la pena fare un tentativo. «No, ma…».

«Niente "ma", tu sei nato per questo, figliolo… entrerai nella NHL, è questo quello che vuoi, no?».

Non era quello che volevo io, ma lui.

«Ho solo quindici anni, papà, devo ancora fare le mie esperienze e capire…».

La voce di mio padre echeggiò per tutta la palestra. «Non devi capire un bel niente, mi hai sempre detto che per te l'hockey è tutto e ora vuoi abbandonare il tuo sogno per cosa? Per paura, forse?»

«Hai ragione, papà. Posso farcela», annuii.

«Così ti voglio, Matt, ora fila in campo… oggi proverai ad aumentare la tua velocità sui pattini. Intesi?».

Annuii ancora, incapace di aggiungere altro.

Feci come mi aveva detto.

Mi infilai i pattini, il casco, presi il bastone da gioco ed entrai in campo.

L'hockey mi rilassava, questo è vero, ma non era di certo il mio sogno.

Cosa volevo fare? Ancora non lo sapevo con certezza ma di certo da lì a cinque anni non mi vedevo come il capitano di una squadra di hockey.

Tuttavia, non volevo deluderlo, non potevo.

Però così facendo la mia vita si stava pian piano sgretolando in mille pezzi.

Sarei mai riuscito a trovare il coraggio per mollare tutto?

Forse no, ma almeno dovevo provarci.

Presente

Io, di cazzate, nella mia vita ne ho fatte.

Ma da quando Kelsey Cooper ha messo piede in questo college posso definirmi il re assoluto delle cazzate.

Mi sto auto insultando, lo so, ma è la realtà dei fatti.

Non riesco a smettere di pensare al suo orgasmo, alla sua espressione di piacere.

Eppure, non posso proprio cedere alla tentazione che rappresenta.

Ho minacciato suo padre.

Per questo motivo devo tenermi alla larga da lei.

Il mio scherzetto nell'ufficio del rettore è stato un piccolo assaggio. Mi è dispiaciuto vederla sconvolta, mentre osservava il caos.

Ma ormai ho preso la mia decisione. Nonostante ciò, la presenza di Trent Davis al suo fianco come se fosse il suo ragazzo mi ha dato molto fastidio.

So che lo sta frequentando soltanto per darmi fastidio e farmi infuriare.

Ci sta riuscendo? Cazzo, sì.

Con un sospiro, mi focalizzo sulla professoressa di microbiologia e sulla sua spiegazione.
Basta pensare a Kelsey.
Devo concentrarmi sui miei studi di medicina, sull'hockey, sul mio futuro.
Non posso permettere a una ragazzina di rovinarmi la vita.
«L'accertamento eziologico di un'infezione è il risultato di un percorso diagnostico che si articola in più fasi. Sapete dirmi in che ordine e quali sono?», domanda ancora la professoressa, mettendosi a braccia conserte davanti a tutta la classe.
«Fase analitica», borbotta un ragazzo nelle prime file.
Sì certo, come no.
«Sbagliato… prima c'è la fase pre-analitica che comprende ulteriori accortezze. Qualcuno mi sa dire quali sono?», chiede ancora la professoressa, ispezionando la classe da cima a fondo.
«Prima bisogna fare una richiesta di indagine, poi il prelievo del campione che viene conservato correttamente, successivamente c'è il trasporto del campione e infine l'accettazione di esso da parte del laboratorio», rispondo io, piuttosto annoiato.
«Bene, Leblanc, la seconda fase invece mi sai dire qual è?». La professoressa mi punta i suoi occhi marroni e affilati addosso, in attesa della mia risposta.
«La fase analitica dove avverrà l'esecuzione dell'esame e la validazione del risultato», rispondo mentre mi passo una mano tra i capelli.
Tutti si sono girati a guardarmi.
I ragazzi mi osservano con ammirazione e gelosia mentre le ragazze, be'… sembrano delle sirene ammaliatrici.
Io, però, non mi lascio incantare. Non sono uno che se la fa con tutte.
«E invece…», comincia la professoressa.
La interrompo, già sapendo cosa vuole chiedermi. «E infine c'è la fase post-analitica dove ci sarà la refertazione del risultato e l'elaborazione statistica».
«Credo che Leblanc abbia detto tutto, preparatevi su questo argomento che prossimamente dovrete affrontare l'esame», dice lei con un gran sorriso per poi cominciare a spiegare in modo più dettagliato le varie fasi eziologiche.
La lezione per fortuna passa abbastanza in fretta, dopodiché mi tocca la palestra.
Quel tipo di allenamento mi annoia, infatti io, Axel e Ryan lo usiamo principalmente per fare gossip. L'argomento clou sarà senz'altro la festa di Halloween che ogni anno il comitato del college organizza nella palestra della squadra di basket, quindi possiamo darci alla pazza gioia.
«Leblanc», mi richiama la professoressa di microbiologia mentre sono in procinto di uscire dall'aula.
«Posso fare qualcosa per lei?»
«Hai già scelto dove svolgere il tuo tirocinio e in che ambito?», domanda,

prendendo intanto dei fogli sulla cattedra per riporli dentro la sua borsa di tela.

«In realtà ancora no, ho tempo fino a gennaio, mi sembra», borbotto in risposta.

«Sì, se ti interessa, una mia cara amica cerca dei tirocinanti per la sua clinica privata proprio qua a Montréal vicino a Ville-Marie», mi informa con un sorriso.

Clinica privata, proprio quello che cercavo.

«Che compito avrei?», chiedo incuriosito.

«Non un compito fisso, dove serve», scrolla le spalle la professoressa.

«Ci penserò, grazie», replico e, dopo averla salutata, me ne vado.

Esco dal college e percorro il vialetto che mi porterà dritto in palestra. Mi guardo intorno e noto con piacere che di Kelsey Cooper non c'è alcuna traccia.

Non so se esserne felice oppure no.

Forse sta tramando la sua vendetta contro di me? Molto probabile.

«Capitano», mi chiama Olsen.

Faccio un cenno nella sua direzione. «Sai che mi puoi chiamare anche Matt e non capitano, vero?», scherzo.

«Sì, cap… volevo dire Matt, il rettore ti sta cercando per tutto il college», bisbiglia Olsen come per non farsi sentire.

«Ci sono gli allenamenti, ci andrò dopo», scrollo le spalle.

«No, Matt, ha detto esplicitamente che doveva parlarti. Adesso», scandisce bene l'ultima parola.

«Che palle, avvisi tu Smithy?», domando rassegnato.

«Ci penso io, credi che sia per quello che ho scoperto? Mi espellerà?», si agita Olsen passandosi una mano tra i capelli chiaramente nervoso.

«Come fa a espellerti se non sa neanche che sei stato tu?», ribatto.

«Be', magari ha parlato con la polizia», farnetica.

«Olsen, secondo me vedi troppi film, ci penso io», poso una mano sulla spalla del mio amico per rassicurarlo.

Abbozzo un sorrisetto maligno e torno verso l'entrata del college. Mi aggiusto il colletto della felpa e continuo a guardare dritto di fronte a me, ignorando le occhiatacce delle persone che incontro.

Dove diavolo è Kelsey?

Arrivo di fronte all'ufficio del rettore e la segretaria mi fa cenno di procedere. Busso per ben due volte, poi la voce di Marcus risuona dall'altra parte invitandomi a entrare.

Una volta dentro, osservo la devastazione attorno a me. Qualcuno ha cercato di ripulire, ma il caos regna ancora sovrano. Il rettore Cooper è di spalle e sta guardando fuori dalla finestra.

«Voleva vedermi, signor Cooper?», domando avanzando di qualche passo nella sua direzione.

Il rettore sospira e si volta. «Avevamo un patto, Leblanc», mi dice.
«E allora?», replico, con tono da sbruffone.
«I patti erano che io ti facevo fare quello che volevi e tu...».
Lo interrompo. «Me lo ricordo il patto signor Cooper, vada avanti».
Il rettore mi fulmina. «Era necessario devastarmi l'ufficio?»
«Sì, c'è altro?», domando annoiato alzando un sopracciglio.
Il rettore si allenta la cravatta con un po' di nervosismo. «So cosa stai facendo, Leblanc, e per me puoi continuare quanto vuoi ma, per favore, mia figlia deve rimanere fuori da questa storia».
«Cosa intende?», chiedo sospettoso.
«Kelsey non deve sapere niente di quegli articoli».
«Kelsey non sa... niente?», mi informo, incredulo.
«E non deve sapere niente», puntualizza lui.
«Non dirò niente, signor Cooper, non spetta a me», dichiaro convinto.
«Bene, puoi andare, Leblanc», mi liquida, facendo per voltarsi.
«Mi aiuti a capire, signor Cooper, com'è possibile che Kelsey non ne sappia nulla?», domando incuriosito.
Marcus si volta e mi rivolge un'occhiata truce. «Leblanc, ho detto che puoi andare».
Sostengo per qualche secondo il suo sguardo di fuoco per poi voltarmi e uscire. Mi richiudo la porta alle spalle e rimango per un po' a fissare il vuoto più totale davanti a me, sotto lo sguardo stranito della segretaria.
A quanto pare avevo sottovalutato il rettore, se è riuscito a nascondere quei dannatissimi articoli così bene vuol dire che qualcosa di vero in questa storia c'è.
Scuoto la testa e vado verso la palestra, sperando di non incontrare ulteriori ostacoli per strada.
Una volta lì, mi dirigo a grandi falcate verso gli spogliatoi. Mi spoglio e indosso un abbigliamento comodo: pantaloncini neri, canotta bianca e scarpe da ginnastica.
Non appena apro la porta della palestra, per poco non mi prende un colpo.
«Un applauso a Leblanc che anche oggi ha deciso di degnarci della sua presenza neanche fosse il cazzo di presidente degli Stati Uniti d'America!». Il coach Smithy comincia ad applaudire seguito da tutta la squadra.
Ridacchio e vado verso il coach rivolgendogli un sorrisetto sghembo. «Sempre molto simpatico, coach».
«Sei andato a farti le unghie oppure ti sei andato a confessare in chiesa?», domanda sistemandosi il suo berretto con visiera.
«Mi ci vede ad andare in chiesa, coach?», replico, scettico.
«In effetti, no. Menomale che sei arrivato, comunque. Se stavi cercando la tua principessa perduta, credo abbia trovato un cavaliere migliore di te, Leblanc». Il coach mi strizza l'occhio e, con un cenno del capo, indica qualcosa alla sua sinistra.

Mi volto e socchiudo gli occhi perché la scena che sto vedendo sembra un film horror.

Kelsey è a pochi metri di distanza da me, intenta a parlare animatamente con Trent che invece se la sta spassando dalle risate.

Gliela tolgo io la voglia di ridere a quell'idiota.

«Geloso, Leblanc?», bisbiglia Smithy.

Gli lancio una delle mie peggiori occhiatacce, ma lui non è per nulla intimidito. Si allontana ridacchiando.

Con gli occhi incollati a Kelsey e Trent, mi dirigo verso i miei amici che sono davanti allo specchio della palestra a sollevare dei pesi.

«Hai saputo la novità?», mi domanda Ryan, con la fronte madida per lo sforzo dell'allenamento.

«Cioè?», mi informo e intanto comincio a riscaldarmi sgranchendomi un po' le gambe e le braccia.

Axel fa un cenno verso Kelsey e Trent.

«Non me ne frega niente di quei due», sbotto infastidito e rubo dalle mani di Ryan i due pesi che stava usando.

«Certo, certo, non ci credi neanche tu», mi stuzzica Axel tirandomi una spallata.

«Possiamo smetterla di parlare di Kelsey Cooper?», sbotto e comincio a sollevare i pesi guardandomi allo specchio per assicurarmi di eseguire l'esercizio in modo corretto.

«Qualcuno è nervosetto oggi», borbotta Ryan studiandomi con la coda dell'occhio.

«Dopo quello che abbiamo fatto all'ufficio del rettore e alla professoressa di fisica, ci credo», lo rimbecca Axel che intanto si sdraia a terra su un tappetino per fare qualche addominale.

«A proposito… perché lo avete fatto?», ci domanda Ryan inarcando un sopracciglio.

«Perché no? Lo abbiamo sempre fatto o te lo sei scordato?», rispondo con nonchalance.

«Sì, ma credevo che d'ora in poi non avremmo più fatto cazzate così grosse», dice Ryan in tono di rimprovero.

«Questo prima che Olsen scoprisse degli articoli», bisbiglio in risposta.

«Che significa?», si informa Axel, alzandosi da terra con un balzo.

«Matt», mi incalza Ryan. E io a quel punto vuoto il sacco anche con Axel.

«Ho usato quegli articoli che Olsen è riuscito a trovare per minacciare il rettore Cooper», concludo.

«Ci metteremo nei guai, Matt», dichiara Ryan asciugandosi del sudore dalla fronte.

«Quando mai non ci mettiamo nei guai noi?», interviene Axel con una nota di sarcasmo nella voce.

«Okay, basta parlarne. Ma si può sapere che cazzo hanno da dirsi quei due?», ringhio.

Nello specchio vedo infatti Kelsey e Trent che parlano, parlano e ancora… parlano.

Dannazione.

«Qualcuno qui forse è… geloso?», insinua Axel, ripetendo di fatto le parole del coach.

«Ma chi? Matt? Ma ti pare», ridacchia Ryan.

«Non sono geloso, Trent dovrebbe pensare ad allenarsi e non a flirtare con la Cooper», mi mordo il labbro inferiore dal nervoso e distolgo lo sguardo.

Sono arrabbiato? Sì.

Con Kelsey.

Le è bastato soltanto un giorno per dimenticare quello che abbiamo fatto dentro la jacuzzi? Un solo giorno?

Lo sta facendo apposta per provocarmi, ci posso giurare.

«Certo, quindi non ti dà fastidio che adesso Trent stia baciando Kelsey», mi provoca soddisfatto Axel.

Dovrei rimanere impassibile e invece non ci riesco. Li osservo attraverso lo specchio. Ed è vero.

Trent sta baciando Kelsey.

«Che cazzo, Trent? Dove siamo? In un episodio di *Geordie Shore*?», sbotta il coach Smithy con una voce talmente alta da far tremare tutta la palestra.

Bravo, coach.

Trent ridacchia e accenna un sorrisetto in direzione di Kelsey, che invece si gira e se ne va sculettando in quel misero vestitino stretto che indossa.

«Torno subito», sibilo a denti stretti, poi mollo i due pesi che stavo usando nella mano di Ryan e, a grandi falcate, mi dirigo fuori dalla palestra.

Ignoro le occhiatacce di quel fallito di Trent e sbatto la porta.

Mi guardo intorno alla ricerca di una chioma castana e lucente. Appena la individuo, corro nella sua direzione. Non è ancora arrivata all'uscita. Senza che possa fare obiezioni, prendo Kelsey per un braccio, delicatamente, e la trascino lungo il corridoio.

«Leblanc, lasciami subito!», urla Kelsey, cercando di liberarsi dalla mia presa.

Non andrai da nessuna parte, Kelsey, fin quando non mi spiegherai che succede.

«Sta' zitta e seguimi», sbuffo continuando a camminare.

«Zitta a me? Come ti permetti, razza di idiota che…».

Non fa in tempo a concludere perché ci chiudo entrambi dentro uno sgabuzzino. Appena la porta si richiude, accendo la luce e i suoi occhi color caramello si scontrano con i miei in una lotta all'ultimo sangue.

Tensione, adrenalina, odio. O forse qualcos'altro?

«A che gioco stai giocando, ragazzina?», domando inclinando la testa da un lato.

«Punto uno, stammi lontano», mi posa una mano sul petto allontanandomi di colpo. «Punto due, mi spieghi che cosa diavolo vuoi da me, Leblanc?».

Cosa voglio? Non lo so neanche io.

«Ripeto la domanda», sussurro avvicinandomi a lei. «A. Che. Gioco. Stai. Giocando?»

«Al mio gioco, che c'è? Non ti piace?», mi stuzzica.

«No, non mi piace affatto, Cooper», faccio schioccare la lingua sul palato. «Quindi, smettila».

«Ascoltami bene, Leblanc, apri quelle orecchie. Lasciami in pace per una buona volta», mi intima.

«Ti devo lasciare in pace con… Trent?», strabuzzo gli occhi e mi esce persino una risatina nervosa appena pronuncio quel nome.

«E allora? Almeno Trent è carino e gentile», scrolla le spalle.

Ma fa sul serio?

«I cani sono gentili e carini, Cooper, non il ragazzo con cui ti stai frequentando», la rimbecco ironico.

«Vaffanculo, Leblanc, a te cosa frega, eh?»

«Infatti, non me ne frega niente», puntualizzo passandomi una mano tra i capelli.

«E allora perché mi hai trascinata qui dentro?», ribatte, allargando le braccia esausta.

«Perché…», provo a spiegare ma Kelsey mi interrompe.

«Perché niente», si avvicina a me fin quando non si ritrova a pochi centimetri dal mio viso. «Te lo ripeto per l'ultima volta, devi lasciarmi in pace».

Mio malgrado, la sua vicinanza mi fa parecchio effetto, soprattutto quando sfoggia un vestitino che le calza a pennello ed esalta tutte le sue forme.

«Ti sei incantato, tesoro?», mi schernisce con un sorrisetto provocatorio.

Mi inumidisco le labbra e la guardo dritta negli occhi. «Mi raccomando, Cooper, quando sarai con Trent, tieni bene a mente che l'unico ragazzo che è stato in grado di farti venire sono stato proprio io».

Kelsey sbarra gli occhi e grugnisce dal fastidio. «Hai una gran faccia tosta, Leblanc, non dovevamo dimenticarci di quello che è successo?»

«Io me lo sono già dimenticato, tesoro», scrollo le spalle.

Lei sbatte le palpebre più volte. «Bene».

«Non è stato niente di che, comunque», sminuisco.

«Sei proprio uno stronzo, ecco cosa sei. Ti credi migliore degli altri soltanto perché sei un Leblanc ma in realtà non vali niente, sei soltanto un burattino di tuo padre».

Mi avvicino di un passo. «Non ci provare, Cooper».

«Sennò?», mi provoca.

«Sono in grado di renderti la vita un inferno, con tuo padre già ci sono riuscito a quanto pare… L'ho visto abbastanza provato, quindi…».

Lei scatta verso di me alla velocità della luce e fa per tirarmi uno schiaffo che sarebbe stato più che meritato ma io le blocco il polso, attirandola a me.

«Non ci provare», la ammonisco a denti stretti.

Lei si libera dalla mia presa e mi tira uno spintone che mi fa vacillare all'indietro. «Lasciami in pace, non te lo ripeto più».

«Guardati le spalle, Cooper», le faccio un occhiolino e nel momento in cui mi giro per andarmene, lei mi supera e mi blocca la strada mettendosi davanti alla porta.

Kelsey incrocia le braccia al petto e alza un sopracciglio. «È guerra».

Non dice altro, si volta e si dirige verso l'uscita.

Sbuffo e d'istinto tiro un pugno alla porta, avanzando poi a grandi falcate verso gli spogliatoi.

Mi è persino passata la voglia di allenarmi, dannazione.

Lei non capisce. Come potrebbe?

Lo faccio per lei, la allontano soltanto perché la farò soffrire prima o poi.

E non lo dico tanto per dire, ma perché è la realtà.

Quindi d'ora in poi farò il bravo, se vorrà uscire con Trent io… *cazzo*.

Sono geloso? Forse sì.

Non dovrei esserlo? Ovviamente no.

Sono nei guai? Ci sto navigando, letteralmente, nei guai.

Appena arrivo all'interno degli spogliatoi, mi stupisco di trovare Axel e Ryan che hanno un asciugamano legato in vita e i capelli gocciolanti.

«Matt, ti sei perso una scena», dice Axel, sorridendo.

«Cioè?», aggrotto la fronte.

«Wells e Trent se le stavano per dare di santa ragione», mi spiega Ryan.

«Da quando quei due sanno fare a botte?», scuoto la testa, spogliandomi e rimanendo soltanto in boxer. Non mi sono allenato, ma l'incontro ravvicinato con Kelsey mi ha fatto sudare più di una sessione di pesi.

«Infatti, in realtà sembravano due ragazzine che si tiravano i capelli», commenta Ryan.

«Scusate, posso continuare?», dice Axel sventolando entrambe le mani al cielo.

Mi volto verso di lui, in attesa.

«Stavano litigando per una ragazza», bisbiglia Ax per non farsi sentire, anche se al momento siamo soli.

«Non è una cosa certa, Ax», lo corregge Ry.

«Sì invece, l'ho sentito con le mie orecchie», risponde Axel, scocciato.

«Appunto, il tuo udito non è il massimo». Ryan mi lancia un'occhiata complice.

«Do ragione a Ryan», abbozzo un sorrisetto e considero chiusa la questione.

Dopo essere rimasto per ben dieci minuti sotto il getto d'acqua calda, posso considerarmi pulito e profumato al cento per cento.

Torno dai miei amici con un asciugamano legato in vita, ripongo il kit per la doccia dentro il borsone che avevo poggiato sulla panca e comincio a vestirmi.

«Comunque io ho sentito bene, stavano litigando per una ragazza», rimarca Axel, alzando un indice.

«Ancora con questa storia?», alzo gli occhi al cielo, infilandomi i jeans.

«Non la smette più, Matt, io ormai ci ho rinunciato», scrolla le spalle Ryan per poi cercare qualcosa nel suo borsone.

«Stavano dicendo qualcosa su una ragazza, ve lo giuro», ripete Ax poggiandosi entrambe le mani sul petto.

«Va bene, Croix, come ti pare», lo liquido e mi infilo una t-shirt bianca e subito dopo la felpa della nostra squadra.

«Ma avete visto Olsen?», domanda Ryan.

«Non c'era agli allenamenti?», chiedo io pensieroso.

«In effetti no», risponde Ax.

Molto strano.

Ho visto Olsen prima di andare dal rettore Cooper, era abbastanza spaventato ma non credo abbia saltato gli allenamenti per questo motivo.

«Molto strano, non trovate?», chiede Ryan sospettoso, toccandosi il mento con l'indice.

«Se ne sarà andato a scopare da qualche parte, quel tipo rimorchia più di noi tre messi insieme», ridacchia Ax.

«Parla per te», lo rimbecco.

«Parla quello che per due anni ha avuto soltanto Alison e che ora non vuole neanche farmi compagnia per rimorchiare qualche pollastrella». Sbuffa, mi lancia un'occhiataccia e va verso il suo armadietto per posare il suo borsone.

«Se usi la parola pollastrella, le fai scappare le ragazze», scuoto la testa.

«Andiamo al George's?», domanda poi Ax, tornando da noi.

Ryan si sistema il colletto della felpa. «Devo vedermi con J.».

«Ryan è sposato oramai, non ha più tempo per i suoi amici del cuore», commento tirando una spallata ad Axel che sogghigna sotto i baffi.

«Ci vediamo dopo a casa». Ryan ci fa un caloroso dito medio e, appena siamo fuori dalla palestra, si allontana sparendo oltre il giardino del college.

«Lo abbiamo perso», scuote la testa Ax.

«Perso? Quella pazza di Janette gli avrà fatto qualche stregoneria», dichiaro convinto e mi metto le mani nelle tasche dei jeans per ripararle dal freddo.

«Dopo questo weekend non so chi sia più matta delle tre. Se Janette, Kelsey o Rosie», borbotta pensieroso Ax.

«La Cooper, senza ombra di dubbio». Appena arriviamo all'entrata del college, svoltiamo a destra in direzione del George's.

«Ma tu ce li vedi bene la Cooper e Trent insieme?», domanda d'un tratto, tra l'inorridito e lo scettico.

«Per niente, Trent è un idiota, però se sta bene a lei...», replico, facendo finta che la cosa non mi tocchi affatto.

«Ma tu te li immagini mentre scopano poi? Del tipo che Trent magari le dice: "Vai, Kelsey, più..."».

Mi volto di scatto verso di lui e serro la mascella.

Il biondo ammutolisce, mi fissa e poi scoppia a ridere. «Lo sapevo, sei geloso».

«Non sono geloso, semplicemente mi fa schifo pensare a due persone mentre lo fanno», lo correggo.

«O ti dà fastidio pensare a Kelsey che lo fa con Trent?».

Ora lo picchio.

«Ax?», lo richiamo.

«Mmh?», mi guarda con la coda dell'occhio.

«Taci», ringhio a denti stretti.

Per tutta risposta, lui scoppia a ridere.

Il mio cellulare senza preavviso prende a squillare, lo tiro fuori dalla tasca dei jeans e, appena leggo il nome di mio padre, alzo gli occhi al cielo per una manciata di secondi.

«Il Sergente?», domanda, un po' preoccupato.

«Da cosa lo hai capito?», replico ironico, poi sospiro e rifiuto la chiamata per prendere tempo prima di affrontarlo.

Arriviamo di fronte al George's, guardo l'insegna sopra la porta d'ingresso.

Quando mio padre ha aperto questo bar tre anni fa, nessuno si sarebbe aspettato tutto questo successo.

Ovviamente il cognome Leblanc ha fatto il suo lavoro, ma la verità è che gli abitanti di Montréal si sono affezionati al locale e passano i loro pomeriggi a bere caffè e a spettegolare qui dentro.

«Tu entra, richiamo al volo il Sergente», brontolo e Axel si limita ad annuire e obbedirmi.

Sblocco il cellulare e chiamo mio padre che risponde neanche dopo due squilli.

«Papà», lo saluto annoiato.

«Com'è andata la partita?», domanda lui frenetico.

«Sto bene, papà, grazie, comunque so che sai che abbiamo vinto», sospiro.

«Bene bene, Smithy mi ha detto che avete spaccato. Comunque ti ho chiamato perché per il fine settimana pensavo di organizzare una cena di famiglia e ovviamente è invitata anche Alison».

Ah già, quasi dimenticavo.

Ora come spiego a mio padre che tra me e Alison è finita?

Coraggio, Matt, diglielo.

«Be', papà in realtà...», provo a parlare ma vengo interrotto, ovviamente.

«Ah mi sono permesso di invitare anche il signor Cooper e sua figlia se per te non è un problema, vorrei conoscerli meglio per fargli capire un po' come funzionano le cose qui a Montréal».

Non. Ci. Credo.

Più tento di tenere lontana da me quella ragazzina e più il destino si mette in mezzo per farla riavvicinare.

«Quando?», sospiro avvilito.

«Pensavo a sabato sera, che ne dici?»

«Va bene», mi limito a rispondere.

«Devo andare, Matt, il dovere mi chiama», mi liquida e sento delle urla.

«Ma dove sei?», domando allontanando per un attimo il telefono ormai rassegnato. «Pronto?».

Niente.

Mio padre ha già riattaccato.

Impreco tra me e me, rimetto il telefono nella tasca dei jeans ed entro nel George's.

Ho due problemi da risolvere.

Primo problema: Alison.

Come faccio a dire a mio padre che ho lasciato la ragazza perfetta e ricca che tanto amava? Facile, non glielo dico.

Secondo problema: il rettore Cooper e sua figlia.

Ho paura che mio padre possa dire qualcosa di troppo, rovinando così la serata a me e al resto del tavolo.

Mi guardo intorno alla ricerca di Rosie ma evidentemente non è di turno oggi, così mi incammino verso Axel che è seduto al nostro solito tavolino.

«Che dice il Sergente Leblanc?», domanda Ax grattandosi la nuca.

«Ha organizzato una cena di famiglia sabato sera», alzo gli occhi al cielo, mi siedo e appoggio i palmi delle mani sulle cosce, strofinandoli sui jeans preso da un attacco di nervosismo.

«Bene», commenta.

«E con Alison», aggiungo ironico.

«Cosa?». Le sue labbra si schiudono dallo stupore.

«E con i Cooper», aggiungo ancora.

«Padre e figlia?», domanda strabuzzando gli occhi.

Annuisco e sospiro, cercando di richiamare l'attenzione della cameriera con una mano alzata.

«Questa è bella, gli hai detto che tu e Alison vi siete lasciati?»

«Ovviamente no, ho già tanti problemi, ci manca solo la ramanzina di mio padre», borbotto in risposta continuando ad agitare una mano al cielo.

«E come pensi di fare?», chiede Ax.

Smetto di agitare la mano e mi volto di nuovo a guardare il biondo. «Chiederò ad Alison di fingere di essere ancora la mia ragazza».

«Che stronzata», mi rimprovera.

«È l'unico modo, Ax, si tratta solo di una sera», scrollo le spalle.

«E con la Cooper che pensi di fare?».

Bella domanda.

Voglio proprio vedere la sua faccia appena mi vedrà con Alison sabato sera.

Vuole farmi penare mettendosi con Trent? La ripagherò con la stessa moneta.

«Pensi che me ne freghi qualcosa?», ribatto con un sopracciglio inarcato.

«Sinceramente? Sì», risponde fiero.

«Be', ti sbagli», lo rimbecco.

Axel apre la bocca per parlare ma viene interrotto dalla cameriera che è appena arrivata per prendere le nostre ordinazioni.

«Cosa vi posso portare, signori?», chiede con penna e taccuino in mano.

«Ti sembro un signore, dolcezza?», domanda Ax con un pizzico di sarcasmo nella voce.

«No, ehm… io…», comincia a blaterare la ragazza.

«Lascialo perdere, è un coglione. Comunque puoi portarci due caffè lunghi», sorrido e la cameriera si limita ad annuire e sparire.

«Stavamo dicendo…». Axel finge di non ricordare l'argomento, invece se lo ricorda benissimo. «Ah sì, della Cooper».

«Non c'è niente da dire, Ax, può fare quello che vuole e con chi vuole. Non mi interessa», scuoto la testa.

Mi sto auto convincendo?

«Quindi se ti dicessi che lei e Trent sono qui e stanno…».

Non lo lascio finire di parlare e mi volto.

Kelsey e Trent sono seduti a qualche tavolo di distanza da noi, l'uno di fronte all'altra, mentre parlottano di qualcosa ridendo e scherzando come due al primo appuntamento.

«Mi sta seguendo secondo te? È ovunque quella ragazzina».

«Dimentichi che il George's è il bar che frequentano tutti gli studenti del college?», domanda Ax, ironico.

«Andiamocene, non sopporto neanche di stare con lei nello stesso posto». Il labbro mi sta tremando dal nervoso mentre Axel se la sta spassando dalle risate.

«Matt», mi richiama.

Io mi sono già alzato e sono pronto a fuggire il prima possibile da questo posto. «Eh?»

«Sei geloso marcio», dichiara.

«Ma che diamine dici?», sbotto.

«La verità», scrolla le spalle.

«Sta' zitto e andiamocene prima che bruci il locale con Trent dentro», bofonchio.

«Però non sei geloso, eh?».

Mi metto le mani nelle tasche dei jeans e con disinvoltura mi avvio verso l'uscita.

«Leblanc».

Trent.

I miei piedi si incollano magicamente al pavimento. Mi volto lentamente verso Axel che è confuso quanto me, poi insieme ci avviciniamo verso il loro tavolo.

«Trent». Axel lo saluta con un cenno del capo.

Io invece non proferisco parola, mi limito a fissarlo con gli occhi socchiusi.

«Stavamo parlando con Kelsey della festa di Halloween, il comitato ha già deciso dove farla?», domanda Trent sorridendo come un idiota.

«Credo nella palestra della squadra di basket», rispondo seccato.

«Lo scorso anno è stato epico!», esclama Axel, cercando di far scendere la tensione.

«Con Kelsey stavamo parlando del vostro weekend a Québec City. Mi diceva che l'hotel era stupendo».

Cosa sta cercando di fare?

«Be', è un cinque stelle», si intromette Ax.

«Mi stavo chiedendo se fosse possibile…».

Lo interrompo bruscamente. «Vuoi che ti rimedi una camera?».

Non ci credo.

Sta succedendo davvero?

Lui annuisce con un sorrisetto beffardo sulle labbra mentre Kelsey si limita a bere il suo frappuccino al caramello con doppia panna.

«Mmh e dimmi una cosa, Trent. Preferisci una camera con jacuzzi o senza?». Le mie labbra si incurvano in un ghigno provocatorio.

Kelsey, che fino a quel momento stava bevendo, sputacchia un po' di frappuccino per poi mettersi la mano davanti alla bocca, cominciando a tossire come una pazza. Trent aggrotta la fronte e la osserva confuso.

«Ci si vede agli allenamenti, Trent», ridacchio soddisfatto e mi volto andando verso l'uscita del George's, seguito da Axel.

La cameriera ci blocca la strada con un vassoio in mano su cui ci sono i nostri due caffè lunghi. «Le vostre ordinazioni».

«Non rimaniamo», rispondo e sfilo dalla tasca dei jeans una banconota da venti dollari posandola sul vassoio per poi sorpassarla e uscire definitivamente dal bar.

«Che cos'è appena successo?», mi domanda il biondo appena siamo fuori dal locale.

«Quei due se la vorranno spassare», scrollo le spalle e comincio a camminare in direzione della nostra villa.

«Era solo per darti fastidio, genio, ti pare che la Cooper se ne va in hotel con lui?», ribatte scuotendo la testa.
«Può fare quello che vuole», commento.
«Fatto sta che Trent ha farneticato sull'hotel soltanto per darti fastidio».
«Falla finita con questa storia», alzo gli occhi al cielo.
«Va bene, capitano, agli ordini».
La conversazione per fortuna finisce là poiché arriviamo nella villa degli Sharks. Io vorrei soltanto farmi una dormita.
Ieri notte non ho chiuso occhio, ovviamente, per non parlare di sabato sera.
Dopo la jacuzzi, Kelsey si è addormentata subito e io invece mi sono ritrovato per ore a guardare il soffitto ripensando a quello che non avevo fatto ma che avrei potuto fare.
Volevo baciarla.
Volevo toccarla.
Volevo farla mia.
Ma non l'ho fatto perché… già, perché?
«Vado a farmi una dormita Ax, sono stanco morto», borbotto, mentre lui armeggia con la maniglia.
«Tu non me la racconti giusta, Matt», sussurra per non farsi sentire da nessuno.
Alzo gli occhi al cielo e finalmente Axel apre la porta dopo aver provato almeno dieci chiavi che aveva attaccate al suo mazzo.
«Ma quante chiavi hai?», aggrotto la fronte.
«Ogni chiave apre qualcosa», puntualizza lui sventolandomi il suo mazzo davanti agli occhi.
«Sì, certo, la chiave per la Camera dei Segreti ce l'hai?», ridacchio, mentre lo seguo dentro.
Alcuni giocatori della squadra, tra cui Gary e Bill, sono in salotto e stanno giocando alla Play mentre altri se ne stanno semplicemente seduti a guardarli.
«Mmh forse, vogliamo controllare?», scherza.
«Chiudi il becco, Harry Potter», sbuffo e comincio a salire le scale diretto in camera mia.
«Matt!», urla Olsen e mi fa sussultare.
«Ma che cazzo, Ols? Oggi vuoi proprio farmi morire, eh?», lo rimbecco ironico.
«Possiamo parlare?», domanda nervoso passandosi una mano tra i capelli per mandarli all'indietro.
«Possiamo parlare più tardi? Sono stanco morto».
«Sì certo, se proprio vuoi», dice in fretta, superandomi e fuggendo in camera sua.
«Non ti è sembrato…», comincio a dire.
«Strano? Parecchio», conclude Axel.

Io e Axel rimaniamo un attimo perplessi.
«Vado a studiare, domani ho un test. Che palle», dice poi Axel.
«Tu che studi? Da quando?», aggrotto la fronte guardandolo di sottecchi.
«Infatti farò finta di studiare e domani copierò da qualcuno, buona non-dormita, capitano». Mi rivolge un veloce cenno del capo e se ne va nella sua stanza.
Cazzo, ho un disperato bisogno di dormire e l'unica persona che può aiutarmi in questo momento è Wells.
Sì, proprio lui.
Non che abbia molta voglia di chiedergli un favore dato che molto probabilmente è l'amante della mia ex ragazza, ma ho bisogno di lui.
Arrivo davanti alla sua stanza e busso più volte sulla sua porta.
Wells urla qualcosa ma dopo qualche secondo viene ad aprire osservandomi con le sopracciglia corrucciate. «Capitano?»
«Mi serve un favore», asserisco secco.
«Di che si tratta?», domanda poggiandosi con la spalla allo stipite della porta.
«Mi serve qualcosa per dormire», replico secco.
Wells sbarra gli occhi e si gratta la nuca. «E allora?».
Ma dai, pensa che sono così tanto scemo?
«Wells, Wells, Wells... lo sai che non mi sfugge niente di quello che accade all'interno del college, vero?», dico, sibillino.
«Be'... in realtà...», si affretta a rispondere.
«Dammi qualche merdata per dormire e basta», sentenzio annoiato.
Gli effetti collaterali di chi dorme poco sono irascibilità, aggressività e molto altro ancora. Per rimanere lucido mi serve assolutamente qualcosa che mi faccia riposare.
Wells è l'unico che può aiutarmi.
Perché? Lui riesce a rimediarti qualsiasi tipo di droga, farmaco, antidolorifico... di tutto e di più.
«Aspetta un secondo», sussurra guardandosi intorno per controllare che non ci sia nessuno in giro.
Wells si volta, rientra in camera e si accovaccia ai piedi del letto. Tira fuori un recipiente di plastica bianco da cui prende una scatola. Poi torna da me. «Una sola dovrebbe bastare, non abusarne».
«Non ti pagherò», decreto e prendo la scatolina.
Non dico altro, non lo ringrazio nemmeno.
Mi allontano e mi dirigo verso la mia camera.
Mi butto sul letto prendendomi il viso tra le mani e guardo verso il soffitto.
Kelsey, Kelsey e ancora Kelsey.
Possibile che non riesca a non pensare a lei?
Con un sospiro, mi metto seduto sul letto, apro la scatolina e scarto una pasticca.

Il cellulare però all'improvviso fa tre squilli consecutivi.
Lo sfilo dalla tasca e, appena leggo il suo nome, sorrido.

Rompicoglioni: Ti odio.
Rompicoglioni: Che cazzo ti è saltato in mente?
Rompicoglioni: Mi hai messo in imbarazzo, non ne avevi nessun diritto.
Matthew: C'è dell'altro?
Rompicoglioni: Sei un pallone gonfiato, smettila di intrometterti nella mia cazzo di vita.
Matthew: Non mi sono intromesso, Trent ha chiesto e io ho risposto.
Rompicoglioni: Certo, ritirando fuori la storia della jacuzzi.
Matthew: Smettila di fare la melodrammatica, Cooper.
Matthew: Puoi anche scopartelo Trent per quanto mi riguarda.
Rompicoglioni: E tu smettila di fare la parte di quello geloso, cazzo.
Rompicoglioni: Sei fastidioso.
Rompicoglioni: PS: io mi scopo chi mi pare.
Matthew: Non è una parte, tesoro.
Rompicoglioni: Smettila.
Matthew: Non hai pensato che forse sono geloso per davvero?
Rompicoglioni: Ti ho detto di smetterla, ti piace soltanto prendermi in giro.
Matthew: In realtà, mi piace sentirti gemere.
Rompicoglioni: Ti sto per bloccare.
Matthew: Fallo, nessuno te lo impedisce.
Rompicoglioni: Guardati le spalle, Leblanc, la mia vendetta è dietro l'angolo.
Matthew: Puoi fare quello che vuoi.
Rompicoglioni: Bene.
Rompicoglioni: Sei uno stronzo, Leblanc.
Rompicoglioni: Ma questo lo sapevi già.
Matthew: C'è dell'altro?
Rompicoglioni: No, addio e già che ci sei… vai a quel paese e porta con te la tua arroganza del cazzo.

Sorrido come uno scemo e poggio il telefono sul comodino. Prendo una bottiglietta d'acqua, ne bevo un gran sorso e poi osservo la pasticca che tengo sul palmo della mano.
La metto in bocca e deglutisco.
E finalmente… dormo.
Cado in un sonno così profondo da farmi smettere di pensare a tutto il resto.
Kelsey Cooper, però, nonostante la pasticca, rimane nella mia mente.

Questa mattina per fortuna Ryan è venuto a svegliarmi. Non avevo sentito la sveglia.
Prima di andare ad allenarmi, faccio una breve tappa al parcheggio privato del rettore per lasciargli un bellissimo regalo che lo farà infuriare come si deve.

«Stamattina per svegliarti ho dovuto quasi sfondarti la porta, finalmente sei riuscito a dormire?», mi chiede Ryan, quando siamo sul campo da gioco.

Ho il fiato corto, lo osservo da sotto il casco e mi fletto sulle gambe appoggiando i palmi delle mani sulle cosce.

Smithy è distratto quindi posso tranquillamente farmi una chiacchierata con il mio migliore amico senza essere insultato brutalmente.

Gli allenamenti mattutini sono sempre i più tosti. Ho sonno, le articolazioni delle gambe mi fanno male a ogni pattinata e vorrei soltanto fuggire dal campo per tornarmene a dormire.

«Ho preso un sonnifero», ammetto sotto voce.

«Pensavo non ti piacesse prendere quella merda», ribatte confuso.

«Dovevo dormire, Ry, e l'unico modo era prendere qualcosa», scrollo le spalle.

«Che cazzo state facendo voi due? Se volevate confessarvi, vi bastava andare in chiesa! Muovetevi, brutti scorfani!», urla il coach Smithy agitando entrambe le braccia al cielo come un pazzo.

Ridacchio e riprendo a pattinare, facendo dei giri del campo e provando qualche tiro. Il bastone da gioco che tengo ben stretto tra i guanti colpisce brutalmente uno dei tanti puck presenti sul campo.

«Tutti qui, branco di squaletti addomesticati!», urla il coach richiamando la nostra attenzione.

Squaletti addomesticati? Ma come gli vengono certe cose?

Pattino verso l'uscita del campo, poi mi sfilo casco e guanti.

Cammino verso gli spalti e mi siedo su una seggiolina, slacciandomi i pattini. Axel e Ryan mi seguono accomodandosi ai miei lati.

«Tra una settimana ci sarà la partita contro i Freaks Montréal, sono scarsi, cazzo… non riescono neanche a fare un passaggio senza sbarellare come degli ubriaconi, quindi pretendo molto. Mi aspetto un sei a zero come minimo, capito?», urla l'ultima parola così forte da farci sobbalzare tutti quanti.

«Sì, coach», replichiamo in coro.

«Bene e ora andate prima che ci ripensi e vi faccia sudare anche l'acqua che non avete nel vostro misero corpo». Il coach ci congeda e poi si volta sparendo oltre la porta d'ingresso.

Tengo i pattini per i lacci e mi incammino verso gli spogliatoi, ancora con il bastone da gioco in mano e il casco sottobraccio.

Dopo aver preso il borsone e averlo posato sulla solita panca, ripongo tutta l'attrezzatura al suo interno e faccio per dirigermi verso le docce, ignorando i miei amici che mi guardano strano.

«Ma che ha?», sussurra Ax.

«Ha dormito», bisbiglia in risposta Ryan.

«Cazzo, sembra che abbia preso qualche droga».

«Perché è così», mormora a denti stretti il biondo per non farsi sentire.

«Guardate che vi sento», brontolo prima di avviarmi verso le docce.
«Come ha fatto a sentirci? Non me lo spiego».
Non rispondo e mi infilo sotto la doccia per svegliarmi un po'. Dopo mi aspetta l'ennesima lezione di patologia generale e farmacologia, e voglio essere presente a me stesso.
Dopo aver fatto la doccia, torno dai miei amici con un asciugamano legato in vita e i capelli bagnati e gocciolanti.
«Matt, hai rivelato la grande novità a Ry?», dice Axel divertito.
«Cioè?», chiede curioso il biondo scrollando il capo per togliere l'acqua in eccesso dai capelli.
«Niente di che», scrollo le spalle e mi infilo dei pantaloni della tuta grigi e i calzini.
«Cosa?», urla Ryan all'improvviso, dopo che Axel gli ha sussurrato qualcosa all'orecchio.
Mi volto di scatto verso di loro.
«Ma sei impazzito?», domanda Ryan avvicinandosi a me.
«Axel te l'ha detto insomma», affermo, mentre indosso una maglietta e la felpa grigia abbinata ai pantaloni.
«Una cena con i Cooper, tuo padre e Alison?», domanda esterrefatto.
«Ry, non mi fare la predica, non avevo altra scelta e lo sai», lo liquido e poi chiudo la zip del borsone per andarlo a riporre nell'armadietto.
«E con Alison che pensi di fare?», domanda ancora a raffica.
«È quello che gli ho detto anche io, senti che grandissima soluzione del cazzo che ha trovato il genio della lampada», mi precede Axel guardandomi storto.
«Mi avete stancato tutti e due, ne possiamo parlare dopo?», domando esausto.
«Come vuoi», ribatte Ryan piccato sparendo oltre la porta degli spogliatoi seguito da Axel.
Ora anche i miei amici tramano contro di me? Roba da non credere.
Esco dalla palestra e passo in rassegna tutto il giardino del college alla ricerca di Alison.
Di lei, però, nessuna traccia.
Mi dirigo verso l'entrata principale e in quel momento l'auto del rettore Cooper si ferma nel suo solito posto privato. Sorrido compiaciuto quando si sente un sonoro botto che proviene da sotto la macchina.
Kelsey esce in fretta e furia e si accovaccia a terra per controllare.
Poi si volta, mi nota e mi lancia un'occhiataccia.
Il mio scherzetto non le è piaciuto?
Un bel petardo che si attiva soltanto nell'esatto momento in cui ci si posa sopra qualcosa è sempre divertente.
Il rettore Cooper esce dalla macchina a sua volta e controlla che non si sia rotto niente.

Accenno un sorrisetto beffardo e mi volto entrando nel college con tutta la tranquillità del mondo.

Ovviamente Kelsey parte diretta verso di me.

Io continuo a camminare spedito lungo il corridoio come se nulla fosse.

«Leblanc, razza di idiota, fermati. Subito!», urla la piccoletta dietro di me.

Sbuffo e continuo a camminare salendo al piano superiore.

«Fermati!», urla ancora mentre a stento riesce a stare al mio passo.

«Ti ho detto di fermarti!», grida, stavolta più forte.

Mi blocco sulle scale e la guardo storto.

Kelsey si sta tenendo al corrimano e respira a fatica. «Sei… sei…».

«Uno stronzo? Lo so già». Incrocio le braccia al petto e la osservo con un sopracciglio alzato.

«Ma non ti vergogni neanche un po'? Torturare in questo modo una persona, per cosa? Per il gusto di farlo?», sbraita e sale di un gradino per fronteggiarmi.

«Cooper», la ammonisco inclinando la testa da un lato.

«Perché lo fai?», urla ancora più forte.

«Abbassa la voce», sibilo chiudendo un attimo gli occhi per calmarmi.

«Io urlo quanto mi pare e piace, voglio sapere perché, Leblanc», ringhia tra i denti.

«Non c'è un perché, sono fatto così», scrollo le spalle.

«Io credevo che… il nostro rapporto fosse cambiato». Guarda per un attimo altrove e poi ripunta i suoi occhi color caramello su di me. «Credevo che… e ora? Ricominci a fare lo stronzo. Voglio una spiegazione e non mi muoverò da qui fin quando non l'avrò».

Sospiro e mi avvicino a lei scendendo due gradini. «Cooper…».

«Voglio una spiegazione», pretende.

«Era solo uno scherzo, ho fatto di peggio», dico come se bastasse a giustificarmi.

«Spiegazione. Ora», mi intima.

Non batto ciglio, mi giro e salgo le scale.

Kelsey mi sorpassa e mi si para davanti con le braccia lungo i fianchi e i pugni chiusi. «Non mi muoverò da qui fin quando non avrò una cazzo di spiegazione».

«Sei una bambina», scuoto la testa.

«Spiegazione», ringhia a denti stretti.

«Non c'è nessuna spiegazione, Cooper. Ero stato chiaro, tutto come prima. Quella notte non conta».

«Forse non…».

Mi avvicino al suo orecchio per sussurrarle: «Niente "forse", Cooper, ora dovrei proprio andare a lezione».

«E allora smettila di tormentarmi», sbotta, seccata.

«Ma se a te piace quando ti tormento», la prendo in giro in tono mellifluo, poi le scosto una ciocca di capelli dietro l'orecchio.

«No, ti sbagli», replica scuotendo la testa.

«Bene», soffio sulle sue labbra: «Ti levi dai coglioni?».

Non replica, mi tira una spallata e se ne va.

Mi devo tenere alla larga da lei.

Ma so per certo che non ci riuscirò.

Le lezioni di patologia generale e farmacologia per fortuna passano in fretta. Più che altro, rivediamo gli argomenti per il test di dopodomani.

In realtà, sono abbastanza nervoso ma la professoressa mi adora, quindi suppongo andrà tutto bene.

Il mio problema, invece, sarà giustificare a mio padre l'assenza di Alison alla cena.

Esco dal college diretto all'allenamento. E poi avviene il miracolo.

«Matt!», mi chiama Alison.

Mi volto e lei è lì, a qualche centimetro di distanza da me, con i capelli biondi legati in una coda alta, il trucco perfetto e una tutina stretta di colore nero che fa risaltare perfettamente le sue forme.

«Ali», la saluto. Abbozzo un sorrisetto nervoso e mi avvicino a lei, un po' titubante.

Alison si sistema la coda di cavallo su una spalla e sbatte più volte le ciglia. «Come stai? Ho saputo che avete vinto», mi dice, per rompere il ghiaccio.

«È stata una partita un po'…», lascio la frase in sospeso.

«Ho saputo anche quello, tu e Dumont non vi siete mai sopportati», ridacchia.

«Ali, mi devi dire qualcosa?», sospiro e incrocio le braccia al petto.

«In realtà no, volevo solo assicurarmi che stessi bene», ammette guardandosi intorno spaesata.

«Senti, Ali, ti devo chiedere un favore…», bisbiglio per non farmi sentire dagli studenti che ci passano a fianco.

«Certo, dimmi», annuisce, come sempre gentile.

Nonostante tutto, voglio bene ad Alison. Ho trascorso due anni con lei quindi sarebbe incoerente dire che sia tutto finito. Mi ha pur sempre tradito, questo è vero, ma in ogni caso è stata la persona che mi è rimasta accanto in ogni circostanza, anche quando mi sono ritrovato in mezzo ai casini.

«Mio padre ha organizzato una cena sabato sera e ti ha invitata», mormoro passandomi una mano tra i capelli.

«Non hai detto a tuo padre che noi insomma… non…», balbetta impacciata.

«No e il motivo lo sai, Ali. Verresti con me sabato fingendo di essere ancora la mia ragazza?», domando secco e diretto.

«Certo, lo sai che nonostante tutto ci sarò sempre per te, Matt», sussurra e improvvisamente i suoi occhi si fanno sempre più lucidi e colmi di lacrime.

«Lo so». Inaspettatamente Alison mi butta entrambe le braccia al collo attirandomi in un caloroso abbraccio.

La stringo dai fianchi perché, nonostante tutto, lei sarà sempre una persona importante.

D'un tratto, vedo Janette e Kelsey che si stanno avviando verso la loro panchina.

Sorrido sulla spalla di Alison e mi stacco dall'abbraccio, prendendole il viso tra le mani per poi poggiare la fronte sulla sua. Con la coda dell'occhio, mi accorgo dello sguardo ostile di Kelsey.

Poi però fa una cosa inaspettata: sorride.

Mi sta sfidando, forse?

«Ora devo andare, Ali, ci vediamo in giro», dico, staccandomi da lei.

«Mi chiami per sabato?», domanda.

Annuisco e mi volto, andando verso la palestra.

Arrivo negli spogliatoi in anticipo. Ci siamo soltanto io e alcuni membri della squadra che si stanno preparando per l'allenamento. Mi comincio a cambiare e in quell'esatto momento entrano Ryan e Axel che mi salutano con una sonora pacca sulla spalla.

«Che si dice?», domanda Ryan come se stamattina non avessimo discusso, sfilandosi la felpa.

«Alison ha accettato», rivelo subito.

«Alison è più scema di te allora», mi rimbecca Axel con un pizzico di ironia.

«Tuo padre se la berrà? Lui è onnipresente in questa città, credi che non sappia che vi siete lasciati?». Ryan si volta verso di me e inarca un sopracciglio.

«Molto probabilmente lo sa e ha organizzato questa ridicola cena soltanto per prendersi gioco di me, sapete com'è fatto», scrollo le spalle e mi preparo per l'allenamento.

«Appunto perché lo sappiamo, Matt, forse è meglio dirgli la verità stavolta», borbotta Axel.

«Andrà tutto bene», li liquido e frugo dentro il borsone per prendere il mio bastone da gioco, i pattini e il casco.

Però, non ci sono.

Non c'è… niente.

«Che cazzo… dove diavolo sono le mie cose?», urlo guardandomi intorno. «Allora? Chi di voi mi ha preso i pattini e tutto il resto?», grido più forte.

La squadra ammutolisce, perplessa. Ryan e Axel scrollano le spalle e non dicono nulla. Guardo meglio ma dentro il borsone non c'è altro se non le protezioni e la divisa che ho già indossato.

«Leblanc!», urla il coach oltre la porta dello spogliatoio.

«Ma che succede?», domanda Axel infilandosi la sua maglietta da gioco.
«Leblanc, esci subito da quel cazzo di spogliatoio sennò ti ci trascino con la forza!».
Arrabbiato, esco seguito da Axel e Ryan.
Appena entro nello stadio, mi trovo davanti uno spettacolo raccapricciante.
«Che. Cazzo. È. Quello?», sibilo a denti stretti, strabuzzando gli occhi.
C'è un maledettissimo manichino, sdraiato in mezzo al campo.
Ha il mio casco in testa, i pattini ai piedi, i guanti alle mani e il bastone da gioco posato di lato.
Accanto, c'è una scritta: LEBLANC MANICHINO.
«Matt», sussurra Ryan.
Prendo un respiro profondo. Due respiri.
Cerco di calmarmi ma non ci riesco e in quel momento… la vedo.
Kelsey sta sbirciando dalla porta del campo.
Sta sorridendo, dannazione.
È stata lei.
Assottiglio lo sguardo e i miei occhi diventano due coltelli affilati pronti per trafiggerla.
La guardo intensamente e mimo con le labbra: «Scappa».
Ora si fa sul serio.

Capitolo 57

Kelsey

6 anni prima…
Eureka, California

Era un mercoledì. Io come al solito me ne stavo seduta sul divano con il libro di matematica in mano e trecento numeri diversi che mi svolazzavano nel cervello.

Odiavo la matematica ma ancora di più detestavo la maestra che non faceva altro che prendermi in giro davanti a tutta la classe con mille dispregiativi diversi: stupida, cretina, stramba…

«Kels!», urlò mio padre dalla cucina.

Chiusi il libro di scatto e andai da lui. «Papà?»

«Sto facendo i pancake», mi informò sorridente e mi mostrò la padella fumante con dell'impasto sopra che stava cuocendo.

C'era soltanto un problema: mio padre non sapeva cucinare.

«Li stai bruciando», lo avvisai divertita.

Mio padre scattò sul posto e, appena vide la padella, spalancò gli occhi, la lasciò e la fece cadere dritta sul pavimento, imprecando a bassa voce per non farsi sentire.

Cominciai a ridere a crepapelle posandomi una mano sulla pancia.

«Stai ridendo di me, signorina?», mi bacchettò.

Mio padre si accovacciò a terra e raccolse con un panno i rimasugli dell'impasto bruciato per poi buttare la padella nel lavandino.

«Non era meglio farli fare alla mamma? A proposito…», mi guardai intorno spaesata. «Dov'è?»

«Mamma tornerà presto, Kels», sorrise.

Qualcosa non tornava però…

Mia madre non usciva mai senza avvisarmi e mi portava sempre con sé.

«Dov'è andata? Al locale con il nome strano?», domandai.

Non ricordavo mai il nome di quel posto, era troppo complicato e troppo lungo.

«No, tesoro, è andata a fare una passeggiata», mi rassicurò mentre cominciava freneticamente a pulire la padella sporca con dell'acqua e del sapone.

Mi avvicinai titubante e poggiai una mano sulla sua spalla mettendomi in punta di piedi. «Avete litigato?»

«Oh no, tesoro, stai tranquilla che la mamma torna presto». Mi lasciò un delicato bacio sulla fronte e ricominciò a pulire con forza la padella.

«Ma dov'è andata?», insistetti.

Mio padre si aggrappò con le mani ai bordi del lavandino e sospirò. «Kels, ti ho detto che la mamma torna presto».

«Sì ma dov'è?».

Mio padre mi interruppe, girandosi di scatto verso di me con gli occhi socchiusi. «Torna presto».

Il suo tono di voce brusco mi fece indietreggiare di scatto.

Marcus Cooper non si arrabbiava, mai.

Lui mi sorrise dolcemente e si abbassò alla mia altezza. «Scusa, amore mio, la mamma è un po' stressata in questo periodo e automaticamente lo sono anche io. Lo capisci, vero?»

«Ma sta bene? La mamma… sta bene?», chiesi preoccupata.

«Sì, amore, sta bene», rispose semplicemente.

«Scusa se ti ho fatto arrabbiare», mormorai.

«Non preoccuparti, sono io a dovermi scusare con te».

«No, papà, tu sei sempre fantastico», annuii sorridente.

«Prepariamo un altro impasto e aspettiamo la mamma per cucinarlo, che ne dici?», mi chiese.

Annuii ancora.

Nonostante il sorriso stampato sulle labbra, mio padre era preoccupato per qualcosa.

Lo percepii dal modo in cui guardava fuori dalla finestra, come se stesse aspettando l'arrivo di qualcuno.

Quel qualcuno però non tornò quella sera, e nemmeno quella dopo…

Presente

Scappa.

Sei lettere, e un'unica avvertenza.

E io, presa da un impeto di paura, ero scappata.

Questo accadeva due giorni fa.

La storia del manichino aveva fatto il giro di tutto il college e tantissimi studenti si erano avvicinati a me per congratularsi per il mio coraggio.

In effetti, sono ancora compiaciuta dalla mia impresa. Ho dovuto pregare una commessa affinché me lo regalasse. Poi, l'ho portato a scuola, senza farmi beccare da mio padre e dagli altri studenti.

Già pensano che sia stramba, figuriamoci se fossi andata al college con un manichino sottobraccio.

Quindi mi sono introdotta al college di notte, con un cappuccio nero sulla testa, e ho nascosto il manichino in una rimessa per gli attrezzi accanto allo stadio.

In teoria, il mio piano malvagio era programmato per un altro giorno, ma cause di forza maggiore – l'ennesimo scherzo di Leblanc a mio padre – hanno fatto sì che lo anticipassi. Così, mentre tutti erano a lezione, mi sono intrufolata negli spogliatoi e ho frugato in cerca del suo borsone. La sua faccia quando ha visto la mia opera d'arte è stata impagabile.

Dopo il fatto del manichino, mi ha trattato malissimo. Per fortuna è venerdì e la lezione del professore Leblanc terminerà tra poco, così avrò un paio di giorni di tregua da questa scuola. Sinceramente non so neanche di cosa stia parlando.

Sono in allerta come un fuggitivo che aspetta la polizia dato che so perfettamente che la vendetta di Matthew è dietro l'angolo, e voglio tenermi pronta quando arriverà.

«Prima di terminare la lezione, volevo introdurvi una nuova iniziativa che il rettore sostiene», annuncia William Leblanc mentre cammina da una parte all'altra dell'aula.

Lo studio cercando di capire di cosa si tratti.

«Il 31 dicembre faremo un piccolo spettacolo di fine anno, non siete contenti?», chiede elettrizzato il professore.

Cosa?

No, ripeto, cosa? Dovrei sacrificare la serata dell'ultimo dell'anno per una festa?

«Spettacolo? Di che tipo?», chiede una ragazza ai primi banchi.

Leblanc si sistema la cravatta blu, stringendola. «Niente di troppo impegnativo non preoccupatevi, sarà una sorta di show dove ognuno di voi potrà mostrare un suo talento artistico».

Neanche morta.

«Prof, è concesso cantare?», chiede un ragazzo a qualche banco di distanza da me.

«Sì, certo», risponde il professore.

«È obbligatorio partecipare?», domando io annoiata.

Il professore mi lancia un'occhiataccia. «No, però fa punteggio, signorina Cooper».

Dopo aver risposto a qualche altra domanda, il professor Leblanc ci congeda.

Sbuffo e prendo la borsa che avevo poggiato a terra, stringendomela in spalla e dirigendomi frettolosamente fuori dall'aula.

«Cooper», mi richiama il professore.

Alzo gli occhi al cielo e mi volto verso di lui. «Sì?»

«La professoressa Petrova mi ha parlato di te e mi ha detto che sei un prodigio del canto, è vero?», domanda mentre continua a sfogliare dei fogli posati sulla cattedra, non degnandomi neanche di uno sguardo.

«Prodigio? La prof esagera», replico, cauta.

Il professore alza la testa e lentamente si volta a fissarmi. «Non credo. La Petrova posso garantirti che non esagera. Mai…», rimarca l'ultima parola.

«Non parteciperò, mi scusi», borbotto tra i denti.

«Bene, e perché?», domanda incuriosito.

«Perché non posso», scuoto la testa.

«Non puoi», ripete pensieroso, ma non continua.

Rimango per un po' a fissarlo e capisco che forse le studentesse avevano ragione. È un gran figo.

«Signorina Cooper?», mi sollecita e so che mi sta guardando con la coda dell'occhio.

«Mmh?»

«Puoi andare, allora», mi dice, come se fosse ovvio.

Che figura.

Annuisco e goffamente esco dall'aula con il pensiero di quel dannato spettacolo nella testa.

Dovrei partecipare? Non saprei.

Come faccio a cantare davanti a tutto il college con gli occhi chiusi?

Allo Snowflakes è un conto ma davanti a tutto l'istituto… no, non posso.

Spalanco le porte d'ingresso del college, respiro un po' di aria fresca e scendo gli scalini per poi dirigermi verso la solita panchina dove ogni giorno mi incontro con Janette.

Lei è lì in piedi che si fuma beatamente la sua sigaretta, guardandosi intorno come se stesse controllando qualcosa.

Aggrotto la fronte e cammino nella sua direzione. È girata di spalle e sta guardando verso la palestra perciò decido di metterle paura.

«Janette!», urlo, toccandole la spalla con forza.

Sobbalza e butta la sigaretta a terra. «Porca puttana».

«Oddio, hai fatto una faccia…», comincio a ridere.

«Non è divertente, Kels», mi rimbecca lei tossendo un po' per il fumo che le è andato di traverso.

«Oh invece sì che lo è, ma che hai? Sembra…».

Mi interrompe con un sonoro «Shh», e mi fa cenno di abbassare la voce. «Mi sto nascondendo, Ryan non sa che fumo ancora».

«Fammi capire, ti ha proibito di fumare?», domando sedendomi sulla panchina.

«No, in realtà voglio smettere di fumare… ho paura che mi possa puzzare l'alito», sbuffa e si siede di fianco a me accavallando le gambe.

«Davvero?», indago e mi sistemo gli occhiali sul naso.

«Ho letto su Google che, se fumi troppe sigarette al giorno, automaticamente ti puzza l'alito», puntualizza tirando fuori dalla sua borsa il telefono per digitare qualcosa.

«Sì, certo, e sempre secondo Google, se hai un leggero mal di testa allora stai morendo. Ma smettere di fumare non può che farti bene», la rimbecco ironica.

Prendo dalla borsa la pezzuola per pulire gli occhiali e comincio a strofinarla sopra le lenti. «Comunque… vuoi sapere l'ultima novità?»

«Ti sei messa con Trent? Ti prego, dimmi di no, lo odio profondamente quel tipo e lo sai», mormora.

«Non mi sono messa con Trent, ma ti ho già detto che ci stiamo provando», mi rimetto gli occhiali sul naso dopo averli puliti come si deve.

«Provando? Non è mica una macchina che la provi», sghignazza Janette.

«J., lasciami finire», sbuffo.

«Va bene, va bene, continua». Alla faccia dei suoi buoni propositi, si porta una sigaretta tra le labbra per poi accendersela con nonchalance.

«Allora… stavo dicendo, il professore Leblanc…».

«Forse volevi dire: il professore William sonounfigodapaura Leblanc», mi corregge.

«Come ti pare, insomma lui… ha annunciato che a fine anno ci sarà uno spettacolo e mi ha proposto di esibirmi perché la Petrova gli ha detto che sono un prodigio del canto o qualcosa del genere», faccio una voce teatrale e altalenante.

«Ma è fantastico!», esclama.

«È una tragedia!», rispondo con voce stridula.

«Una catastrofe, sì», concorda lei per compiacermi.

«A stento riesco a cantare allo Snowflakes senza scoppiare a piangere dopo un'esibizione, come posso salire su un palco dove sarà presente tutto il college?», domando strabuzzando gli occhi.

«Però pensaci, Kels, è un'opportunità per superare la tua paura», prova a dire con voce un po' titubante.

«Lo so e forse mamma lo avrebbe voluto ma… ancora non sono pronta», sussurro.

«Tranquilla, Kels, allora quando sarai pronta…».

La interrompo con un lungo sospiro. «Tra un po' è l'anniversario della sua morte, sai?»

«Oh, Kels…», mormora lei posandomi una mano sulla spalla.

«Il 15 novembre», bisbiglio con un filo di voce.

«Kels», sussurra J.

«Okay, basta tristezza, piuttosto parliamo della cena di sabato sera», cambio discorso e mi alzo dalla panchina posandomi entrambe le mani sui fianchi.

«Conoscerai i tuoi futuri suoceri, non sei contenta?», ammicca lei.

«Che schifo», faccio una smorfia di disprezzo.

«George Leblanc e signora sono davvero così spaventosi come si dice in giro?», domanda alzandosi anche lei.

«Li ho visti soltanto una volta ma il signor Leblanc sembra una sorta di serial killer», ammetto con una risatina.

«E la moglie invece?», chiede.

«Mmh… strana».

«Benissimo direi», ridacchia J. gettando poi la sigaretta a terra schiacciandola con il suo stivale di pelle.

«Lasciamo stare, io, mio padre, Matt e famiglia Leblanc al completo…».

«E Alison», puntualizza lei.

Strabuzzo gli occhi. «Chi?»

«Chi?», ripete Janette.

«Hai detto Alison», indago.

«L'ho detto?», replica vaga.

«Janette», la ammonisco.

«Okay, okay», alza le mani in alto in segno di resa. «Ryan mi ha detto che alla cena ci sarà anche Alison».

Rabbia.

Lei e Matt si sono rimessi insieme?

Lui l'ha perdonata dopo che lei lo ha tradito?

«Kels, tutto okay?», mi chiede Janette.

«Perché non dovrebbe? Scusa ma non si erano lasciati?», chiedo, come se non mi importasse.

«Non saprei, Ryan si è solo fatto scappare che ci sarebbe stata anche lei. Non ha aggiunto altro», scrolla le spalle.

«Non mi importa, Matthew può fare quello che vuole e con chi vuole».

Quello che penso rispecchia la realtà. Non sarei gelosa se Matt dovesse rimettersi con Alison.

Per niente. Zero.

«Se lo dici tu», commenta Janette.

«Sul serio, non me ne importa nulla», scandisco bene l'ultima parola.

Janette sta per rispondere ma poi noto Trent che è appena uscito dalla palestra. «Trent a ore due», la avviso.

«Sta sorridendo come un cretino», mi dice, con un sorriso.

«Smettila», sibilo a denti stretti.

Dalla palestra esce anche Matthew con i suoi amici. Ridono di qualcosa e si incamminano nella nostra direzione.

Trent mi raggiunge. Indossa una tuta nera e ha ancora i capelli umidi. «Kels, hai da fare?», mi chiede.

«Adesso?», domando un po' perplessa.

Rimango con la bocca semiaperta e guardo di sottecchi Janette che scuote leggermente la testa.

«Allora? Hai da fare?», domanda ancora.

«Sì, ha da fare con me».

Matthew.
Ha proprio una bella faccia tosta questo tipo.
Mi trema il labbro dal nervoso. Fulmino Leblanc che è proprio dietro Trent con le braccia incrociate al petto e uno sguardo colmo di sfida.
«Con te? Questa è bella», ridacchia Trent voltandosi.
«Andiamo, Cooper?», mi incalza Matthew.
Tutti mi stanno fissando.
«Trent», chiamo.
Lui mi dedica tutta la sua attenzione, come se stesse valutando la mia prossima mossa.
«Ti va di accompagnarmi a casa? Devo far uscire Zeus».
Trent sorride e annuisce in risposta. «Certo, ti aspetto in macchina».
Mi sorpassa e si avvia verso la sua jeep senza aggiungere altro.
Quella macchina… Sembra la stessa su cui è salita Alison dopo la partita contro i Parks… forse… mi sbaglio? Sono la solita paranoica.
«Povero Trent», cantilena Matt.
«Che vorresti dire, Leblanc?», mi informo, in tono piccato.
«Poverino che ti deve sopportare, gli farai venire i capelli bianchi», commenta con una risata.
«Fammi capire, perché volevi che venissi con te?», ribatto, con uno sguardo di fuoco.
«Dovevo parlarti della cena di domani», ammette.
«Non so che cosa avete in mente tu e tuo padre ma sappi che non mi lascerò intimidire da qualche minaccia», rispondo stringendo i pugni.
«Oh ma questo io lo so, il problema però è farlo capire a mio padre», ridacchia, mentre i suoi amici sorridono sotto i baffi.
«Dopo la cena lo capirà, puoi starne certo. È tutto oppure ti sei messo in mezzo soltanto perché stai morendo di gelosia?», lo schernisco con un ghigno.
Ryan e Axel non riescono a nascondere le espressioni divertite.
«Geloso? Oh, Cooper, non conosco quella parola».
Io e Matthew continuiamo a provocarci, nessuno osa mettersi in mezzo.
«Ah no? Eppure nei messaggi mi è sembrato il contrario», lo sfido, ancora.
Matthew mi fissa per qualche secondo e poi fa un passo verso di me, così lungo da raggiungermi seduta stante. «Questo era prima del tuo scherzetto in palestra».
«Povero Leblanc, non è stato di tuo gradimento?»
«Senti, ragazzina», mi guarda dall'alto in basso. «Fai una bella cosa, sali in macchina con il tuo rimpiazzo e levati dai coglioni. La tua presenza mi fa venire il voltastomaco e ho quasi paura che possa vomitare sui tuoi bellissimi stivali di Prada».
Touché.

Mi guardo attorno e noto che i nostri amici si stanno godendo lo spettacolo.
«Hai davvero ritirato fuori la storia del vomito? Sei veramente pessimo ma d'altronde da un codardo come te c'era da aspettarselo».
Lui mi rivolge un sorrisetto sghembo. «Almeno io non ho bisogno di frequentare altre ragazze soltanto per una cazzo di ripicca».
«Trent non è una ripicca», ribatto alzando la voce.
«Ah no? Lo frequenti soltanto per darmi fastidio e vuoi sapere una cosa? Fallo, Cooper, ma quando ti accorgerai che non è lui la persona che vuoi, sarà troppo tardi», sibila.
Digrigno i denti e serro le labbra. «Notizia del giorno, Leblanc, frequento Trent perché, a differenza tua, lui ha le palle di prendersi ciò che vuole».
Matthew sbatte le palpebre più volte e poi scoppia a ridere.
«A differenza mia? Oh tesoro, se solo volessi, potrei prendermi quello che voglio quando mi pare e piace, ma evidentemente, se non lo faccio, è perché per me vali meno di zero».
Una pugnalata, profonda, al cuore.
Dritta e precisa.
Forse dovrei controllare di non stare sanguinando.
«Matthew!», lo sgrida Ryan.
«No tranquillo, Ry, ho capito perfettamente quello che intende questo pallone gonfiato. Leblanc, se non mi vuoi e valgo meno di zero, allora perché nella jacuzzi mi sembrava tutto il contrario? Tanto per sapere, eh».
Silenzio.
Ryan e Axel si guardano sconvolti mentre Janette mi sta fissando come se non mi riconoscesse.
«Se continui a pensarci, Cooper, allora vuol dire che ho lasciato proprio il segno, è un vero peccato però… mi sembravi così disponibile nella jacuzzi che…».
Lo interrompo afferrandolo brutalmente dal colletto della felpa. «Non ci provare, Leblanc».
«Toglimi le mani di dosso», sibila minaccioso.
Sostengo il suo sguardo e non mi sposto, finché Janette arriva di fianco a me e mi allontana da Matthew.
«Basta così, Kels», sussurra J.
«Vado da Trent, mi sta aspettando».
Non dico altro.
Lancio un'ultima occhiataccia a Matthew e prendo la mia borsa dalla panchina.
Mi dirigo verso la jeep di Trent senza guardarmi indietro neanche per una volta mentre gli occhi di Leblanc continuano a bruciare nella mia schiena. Li sento ardere, eppure non mi volto.
Arrivata al parcheggio degli studenti, spalanco la portiera della macchina

di Trent e mi ci fiondo dentro, posando la borsa sulle cosce e allacciandomi frettolosamente la cintura di sicurezza.

«Fanculo!», sbotto senza pensarci.

«Signorina Cooper?».

Spalanco gli occhi e mi volto di scatto.

Non sono nella macchina di Trent.

Vicino a me c'è William Leblanc.

Che grandissima figuraccia.

«Oddio!», urlo in preda al panico slacciandomi subito la cintura di sicurezza. «Mi scusi veramente tanto, il vaffanculo non era per lei… ha la macchina praticamente uguale a quella di uno studente e io… insomma, mi sono confusa, ecco…», comincio a blaterare e afferro subito la maniglia, pronta a scendere, ma la voce di William mi fa sobbalzare.

«Non ti preoccupare, può capitare», ridacchia divertito.

«Me ne vado subito, mi scusi ancora», ripeto e scendo dalla macchina chiudendo poi la portiera.

«Signorina Cooper», mi richiama William.

«Sì?», chiedo affacciandomi al finestrino aperto.

«Suppongo che ci vedremo domani», mi sorride.

«Domani?», aggrotto la fronte.

«La cena», risponde.

«Ah già, la cena». Certo, lui fa parte della famiglia Leblanc. Che idiota sono stata a non pensarci.

«Arrivederci», borbotta e se ne va sfrecciando. Lo guardo allontanarsi con le guance rosse dall'imbarazzo.

Dopo essermi ripresa, mi volto e comincio a ispezionare il parcheggio.

Da lontano intravedo Trent e tiro un sospiro di sollievo.

Appena mi avvicino, però, noto che non è solo.

Istintivamente mi accovaccio a terra e, senza farmi beccare, mi metto in ascolto. Per fortuna, Trent ha il finestrino abbassato, quindi riesco a origliare alla grande.

«Stai scherzando, Ali? Cazzo, non è possibile», sta bisbigliando Trent con un tono di voce preoccupato.

«Te lo giuro, non credevo che…», sussurra lei che è in procinto di scoppiare a piangere.

«Non credevi cosa? Stiamo parlando di Wells», mormora lui.

«Wells è un idiota, è colpa sua se ora sto così… ti prego».

Ma di che cosa stanno parlando?

«No, Ali, l'ho promesso a Wells», ribatte Trent.

Pian piano cambio posizione, cercando di vedere nell'abitacolo.

Li fisso dal finestrino, stando attenta a non farmi beccare e noto che sono molto vicini.

Vicinissimi.
«Ti prego, soltanto un'ultima volta», lo prega Ali prendendogli il viso tra le mani.
Oddio, ora si baciano.
«Non posso, Ali», scuote la testa Trent.
«Wells è tuo amico lo so ma… ti prego», bisbiglia.
Trent sospira. «E va bene, è l'ultima volta però, Ali… se Wells lo scopre…».
«Non lo scoprirà», lo rassicura Ali.
Ho ascoltato abbastanza.
Mi accovaccio a terra nuovamente e mi allontano gattonando tra le macchine. Appena sono abbastanza lontana, mi alzo in piedi e comincio a camminare velocemente verso l'uscita del college.
«Kels!», urla Trent a squarciagola.
Ormai, però, sono già lontana.
Comincio a correre, correre e correre.
Non so esattamente dove stia andando ma una cosa è certa: ho bisogno di tranquillità. E non la troverò di certo al college.
Mi ritrovo sulla strada principale di Montréal e comincio a riflettere sulla scena a cui ho appena assistito.
Che cosa intendevano quei due? Trent e Alison hanno una storia e Wells non lo deve sapere, forse? È tutto così confuso. Chissà se Matthew sa qualcosa. Sospetto di no. Altro che triangolo amoroso, qui c'è un cazzo di quadrato.
Mi fermo e tiro fuori il telefono dalla borsa, leggendo i messaggi che mi sono appena arrivati.

Trent: Kels, perché sei scappata in quel modo?
Trent: Dove sei?
Trent: Kels?
Trent: Non è come sembra, io e Alison stavamo soltanto parlando.
Kelsey: Non preoccuparti, Trent, non mi devi spiegare niente.
Kelsey: È tutto molto chiaro.
Kelsey: Anzi, limpido.
Trent: Kels, dove sei? Voglio spiegarti.

Smetto di rispondere, non ho proprio voglia in questo momento di stare a sentire le bugie che ha da rifilarmi Trent.
Decido piuttosto di mandare un messaggio di SOS alle mie amiche.

SUPERCHICCHE
Kelsey: SOS.
Kelsey: URGENTE.
Leblanc simpatica: Sono al lavoro cazzo, quanto è grave?
Kelsey: Gravissimo.

Biondina: Che diavolo è successo? Ti ho lasciata da sola per mezz'ora, che cosa hai combinato?
Kelsey: Ragazze, non avete idea… Vediamoci al George's, ORA.
Leblanc simpatica: Dimentichi che io ci lavoro? Genio.
Biondina: Sto arrivando stronzetta che non sei altro.

Appena arrivo di fronte al George's, entro spalancando entrambe le porte.

Rosie abbozza un sorriso nella mia direzione ma è impegnata con dei clienti.

Mi siedo al nostro solito divanetto e attendo.

Non sono sconvolta, direi più che sono… *arrabbiata.*

Anche se tra me e Trent non c'è stato nulla di concreto, mi sento comunque presa in giro.

Questa storia sta diventando peggio di una telenovela…

Janette entra all'improvviso spalancando le porte del George's come una furia, facendo sobbalzare tutto il bar.

«Scusate!», urla a tutti quanti, alzando le mani al cielo.

Con le guance rosse, viene verso di me, sedendosi sul divanetto di fronte.

«Che succede?», domanda.

«Non hai idea», scuoto la testa.

«Momento gossip, mi è mancato», sorride appoggiando i gomiti sul tavolo, in attesa.

«Aspettiamo Rosie sennò devo raccontare la storia due volte e ho paura che mi possa venire da vomitare», rispondo, nauseata.

«Allora è proprio grave», commenta.

Rosie viene verso di noi slacciandosi la sua coda di cavallo per poi sedersi di fianco di Janette. «Ho dieci minuti, che succede?»

«Pronte?», domando alle mie amiche.

Loro annuiscono e io comincio a raccontare tutto quello che è successo.

Spiego che ho sentito Trent e Alison parlare di qualcosa che riguardava Wells e che alla fine stavano per baciarsi.

Finito il mio racconto, Janette e Rosie mi fissano interdette.

«Allora?», chiedo mordendomi il labbro inferiore.

«Trent e Alison?», esclama Janette.

«Abbassa la voce», la riprendo.

«Ma non è che hai visto male, Kels?», mi chiede Rosie.

«Porto questi apposta», rispondo levandomi gli occhiali dal naso per mostrarglieli.

«Mi sembra assurdo, poi che cosa non doveva venire a sapere Wells?», mormora Rosie avvicinandosi un po' per non farsi sentire.

«Che hanno una storia», concludo.

«Non ha senso», scuote la testa J.

«Certo che ce l'ha, Trent e Ali avevano una storia e l'hanno interrotta per Wells», comincio a dire.

«Per Wells? Roba da non credere», interviene Rosie, scettica.
Rimango in silenzio, rimuginando su quanto è accaduto.
«Quindi prima ha tradito Matt con Wells», riassume Rosie. «E poi ha tradito Wells con Trent?»
«Non mi sembra molto credibile», ci penso su.
«È assurdo», esclama Janette.
«Devo tornare al lavoro, dannazione. Kels, ci vediamo domani alla cena, giusto? Ti mando l'indirizzo», mi fa un occhiolino.
«Non così in fretta, Leblanc, con Olsen?», domanda a quel punto Janette.
«Infatti, Rosie, che ci dici?», do manforte a J.
«Ci stiamo vedendo», sussurra.
«Tutto qua?», chiedo io.
«Tutto qua, ci vediamo domani». Rosie si alza dal divanetto e torna al bancone del bar.
«Ehi, che cos'è quella storia della jacuzzi che hai rinfacciato a Matthew poco fa?», chiede J. e mi guarda in cagnesco.
«Oh, devo andare, si è fatto tardissimo», mi alzo dal divanetto anche io.
«Non ci provare, Kels», mi ammonisce lei.
«Ci sentiamo domani? Dopo la cena ti chiamo», le rivolgo un occhiolino giocoso.
«Stronza», sbuffa lei in risposta.
Saluto Janette e mi dirigo verso casa, osservando il paesaggio che mi circonda. L'autunno è ormai inoltrato.
Martedì sarà il 31 di ottobre e verrà organizzata una festa di Halloween nella palestra della squadra di basket.
Amavo Halloween ma oramai da quattro anni a questa parte ogni volta che inizia il mese di novembre non faccio che deprimermi ripensando a mamma.
Ricordo ancora quando facevamo dolcetto o scherzetto per le case.
Rientro intontita dalla stanchezza, Zeus viene verso di me scodinzolando come un pazzo e saltandomi addosso per reclamare delle coccole.
«Bene, bene, bene», esordisce mio padre apparendo in corridoio. «Riassumiamo quello che hai combinato in due mesi che siamo a Montréal: hai quasi dato fuoco alla scuola, hai imbrattato lo stadio con una dannata bomboletta spray, sei tornata ubriaca a casa e infine… rullo di tamburi», mio padre comincia a muovere i pugni chiusi prima verso il basso e poi verso l'alto come se stesse suonando un tamburo, «hai preso un manichino e l'hai usato per prendere in giro Matthew Leblanc».
«Be', detta così sembro una criminale, papà», mi rendo conto.
«Tu e quel tipo non mi piacete, ah a proposito… come sta Trent?», domanda mio padre minaccioso.
Accarezzo il dorso di Zeus e lo fulmino con lo sguardo.
«Credo che sia un bugiardo e non sia il ragazzo giusto per me», ammetto.

«Finalmente!», sbotta mio padre.

Lo guardo di nuovo male, lanciandogli una delle mie peggiori occhiatacce.

«Dobbiamo festeggiare allora», propone mio padre andando in cucina.

Aggrotto la fronte e lo seguo rimanendo sulla soglia a osservarlo.

«Sul serio, papà?», domando.

«Champagne?», ribatte, tirandone fuori dalla dispensa una bottiglia.

«Questa conversazione finisce qua, andiamo, Zeus. La vecchiaia fa brutti scherzi», scuoto la testa e mi volto.

«Mi hai appena dato del vecchio?», urla mio padre.

Ridacchio e prendo il guinzaglio per infilarlo a Zeus.

Dopo aver lottato per cinque minuti, finalmente esco di casa vittoriosa.

Passeggio con Zeus e, dopo un po', sembra abituarsi alla mia andatura.

Mentre il vento mi scompiglia i capelli, ripenso a questi due mesi passati a Montréal.

Ho conosciuto delle persone che mi vogliono bene e che sono diventate come una seconda famiglia per me, eppure sento che manca qualcosa a completare la mia vita.

Prima o poi troverai delle persone che ti accetteranno per quello che sei davvero.

Le parole di mia madre mi rimbombano in testa.

Guardo il cielo e sorrido.

«Ce l'ho fatta, mamma, le ho trovate».

E so che lei mi sta ascoltando ed è fiera di me.

Capitolo 58

Kelsey

Il mattino seguente mi sveglio con l'argento vivo addosso.

Dannazione, farei di tutto pur di non andare alla cena di stasera.

Passo la giornata con Zeus, sperando di distrarmi, ma non succede. Studio, rifletto sulla proposta di William Leblanc, ma niente, non riesco a placarmi.

Alle sei di pomeriggio, mancano esattamente due ore alla cena a casa dei Leblanc e io non ho trovato una scusa per defilarmi, quindi mi sto preparando.

Mi guardo allo specchio, provando ogni singolo vestito presente nel mio armadio.

Non ho niente da mettere, nonostante sia piena di vestiti. La coerenza di noi ragazze.

Mi guardo allo specchio e penso a come fare trucco e capelli.

C'è molto da impegnarsi, se voglio essere al massimo della bellezza.

«Kels!», urla mio padre dal piano di sotto.

«Papà!», grido di rimando.

Nessuna risposta.

Che rabbia quando fa così.

Prima mi chiama e poi quando rispondo? Non dice niente.

«Papà, che c'è?», urlo a squarciagola.

«Il mio udito funziona ancora perfettamente, Kels», borbotta mio padre entrando nella mia camera.

«Ah, pensavo di no», alzo gli occhi al cielo.

«Sto uscendo con questo mascalzone», sorride indicando Zeus che è proprio di fianco a lui e sta scodinzolando come un pazzo.

«Io comincio a prepararmi», rispondo fissando l'armadio aperto.

«Mancano due ore», mi fa notare.

«Appunto, è tardi!», esclamo.

«Donne», bofonchia lui lasciandomi sola.

Dopo essermi fatta una doccia ed essermi cosparsa di crema e acqua profumata, ritorno davanti al mio armadio con un asciugamano a fasciarmi il corpo e i capelli raccolti.

Ancora nessuna illuminazione sull'abito.

Torno in bagno e mi asciugo i capelli.
Li raccolgo in uno chignon e comincio a truccarmi con un po' di correttore, della terra sugli zigomi per scolpirli e del blush sulle guance. Sugli occhi, invece, sfumo un ombretto marrone e aggiungo un po' di mascara. Infine, sulle labbra applico un rossetto nude.
Ritorno davanti all'armadio e ho persino più dubbi di prima.
Prendo il cellulare dal letto e decido di provarmi qualche vestito inviando delle foto alle mie amiche.
Per fortuna la loro risposta arriva dopo qualche minuto.

SUPERCHICCHE
Leblanc simpatica: Il terzo urla "Sono una bomba sexy ma so essere anche seria".
Biondina: Sono d'accordo con Ros, stendili tutti.
Leblanc simpatica: Kels, muoviti però, tra un'ora dovete essere qui!
Kelsey: Mi sto muovendo!
Leblanc simpatica: Mio padre odia il ritardo.
Kelsey: Che paura… mi sbrigo!

Decido di non perdere altro tempo, mi infilo il vestito scelto dalle mie amiche. È un tubino nero che arriva fino alle ginocchia, stretto e con uno spacco sulla gamba destra. È scollato sul davanti e mostra leggermente il seno. Ci abbino delle décolleté classiche non troppo alte.
Dopo aver piastrato i capelli, torno in camera e guardo allo specchio il risultato finale.
La mia self-confidence è alle stelle.
Mio padre fa la sua apparizione in camera guardandomi con la bocca semi aperta e gli occhi spalancati.
«Sembra che tu abbia appena visto un fantasma, papà, non mi dici niente?». Faccio un giro su me stessa, mostrando anche il retro del vestito che è aperto sulla schiena.
«Sei favolosa, somigli tanto a lei», sussurra guardandomi con gli occhi che gli brillano.
«Papà», sussurro e vado verso di lui, stringendolo in un abbraccio.
«Kels», sussurra a sua volta, prendendomi per le spalle.
«Rettore?», lo prendo in giro.
«Facciamogli il culo stasera», mi rivolge un occhiolino.
«Stanno arrivando i Cooper», sorrido.
Dopo aver dato da mangiare a Zeus, usciamo di casa e sfrecciamo verso casa Leblanc.
L'indirizzo che mi ha mandato Rosie è sperduto in mezzo al nulla.
Quando arriviamo alla villa dei Leblanc, rimango a bocca aperta.
«Guarda che casa!».
Un cancello di acciaio si apre di scatto appena la nostra auto ci si ferma da-

vanti. Ci addentriamo in un lungo viale di ciottoli, costeggiato da un giardino immenso che circonda l'abitazione.

Davanti alla porta d'ingresso c'è persino una fontana illuminata. Mio padre parcheggia la macchina in uno spazio libero accanto alla jeep nera del professor Leblanc. Scendiamo e a braccetto ci dirigiamo verso l'entrata della villa.

Ma quale villa, è un castello.

Suoniamo il campanello e ad aprirci è un signore in giacca e cravatta. «Salve, signora e signor Cooper», ci dice quello che credo sia... un maggiordomo?

«Mi ha chiamato signora?», sussurro a mio padre.

«Siate così gentili da lasciare i cappotti a me», ci esorta con espressione seria.

«Ferdinand, ci penso io».

Rosie viene verso di noi e congeda il tizio inquietante che annuisce e sparisce chissà dove.

«Andiamo, sono tutti di là. I cappotti potete metterli lì», ci indica un attaccapanni accanto alla porta d'ingresso.

Ci leviamo i giubbotti e li appendiamo, mentre l'ansia continua a insidiarsi dentro di me.

«Sei troppo nervosa, Kels», sussurra Rosie.

«Eh?», mi giro verso di lei.

«Rilassati, andrà tutto bene», mi rassicura lei.

«Se lo dici tu», ribatto e insieme a mio padre la seguo lungo un immenso corridoio che sembra non avere mai fine.

Ci sono diversi quadri moderni appesi alla parete e dei piccoli lampioncini che pendono dal soffitto, illuminando soltanto alcuni punti. Il pavimento è di marmo bianco con delle sfumature grigiastre, che rendono l'atmosfera surreale. Appena arriviamo nel salotto, rimaniamo incantati dall'arredamento perfetto. È un mix di antico e moderno. I mobili scuri e d'epoca sono posti lungo il perimetro della stanza, al centro, invece, vi è un tavolo di vetro abbinato a delle sedie trasparenti. Dietro il tavolo, c'è un grande quadro che raffigura tutta la famiglia Leblanc.

«Signor Cooper... Kelsey, prego, prego accomodatevi».

George Leblanc viene verso di noi con indosso un completo nero super costoso e stirato alla perfezione.

In un angolo appartato, noto un divano bianco in pelle e lì c'è Matthew. Sulle sue cosce c'è Alison che sta ridendo per qualcosa. Ovviamente è stupendo: sfoggia una camicia nera aderente infilata dentro i pantaloni eleganti, sorretti da una fantastica cintura di Hermès. Ai piedi, ha le sue solite Jordan.

Alison non è da meno. Sempre impeccabile, con i capelli biondi mossi, sta indossando un vestito bianco lungo fino alle caviglie e tacchi a spillo.

«Ci stavamo proprio per mettere seduti per cenare, spero che le ostriche vadano bene. Che sbadato, non mi sono presentato ufficialmente, George Leblanc», allunga una mano in direzione di mio padre.

Lui gliela stringe. «Marcus Cooper».

«Bene, vogliamo accomodarci?», domanda il signor Leblanc e ci fa cenno di sederci.

Prendo posto su una sedia proprio al centro del tavolo.

Mio padre sta per sedersi di fianco a me ma la voce di George lo ferma. «Lasciamo quello spazio ai giovani, venga a sedersi qui, Cooper».

Titubante, mio padre annuisce e va verso il signor Leblanc che si è posizionato a capo tavola.

Che situazione…

Rosie si siede vicino a me.

«Piccioncini, venite», sogghigna George, rivolto a Matthew e Alison.

Sto per vomitare.

Distolgo lo sguardo e lancio un'occhiata a Rosie. Prego che Matthew si sieda lontano da me, ma nessuno mi ascolta. Si accomoda proprio accanto a me seguito da Alison che gli sta accarezzando i capelli con audacia.

«Scusate il ritardo, signori, mi stavo rifacendo il trucco», esclama una voce.

Margaret Leblanc entra in salotto con un magnifico vestito turchese stretto che le arriva fino alle caviglie. La cosa che salta di più all'occhio è la collana tempestata di diamanti che brilla quasi più del mio futuro.

«Oh ciao cara, sei sempre più bella». Margaret sorride e viene verso di me, lasciandomi un delicato bacio sulla guancia.

Spalanco gli occhi e le sorrido. «Salve, signora Leblanc».

«Signora?», aggrotta la fronte. «Chiamami Margaret, mi fa sentire vecchia quella parola».

«Non hai più vent'anni, mamma», la rimbecca Matthew.

E in quel momento faccio un errore: mi giro a guardarlo.

Quando gli occhi verde smeraldo di Matthew si scontrano con i miei, per un attimo mi manca il respiro. Lui mi rivolge uno dei suoi soliti sorrisetti provocatori mentre Alison continua ad accarezzargli i capelli.

«Sei il solito antipatico», lo riprende Margaret per poi fare il giro del tavolo per sedersi proprio di fronte a me.

Silenzio.

«Scusate, ero al telefono con l'ennesimo regista rompiscatole. Buonasera a tutti», borbotta un'altra voce rompendo il silenzio inquietante che era sceso tra noi.

«William», lo saluta George rivolgendogli un cenno del capo.

«George», ribatte l'altro e si siede di fianco a Margaret.

«Che la cena cominci allora», annuncia il signor Leblanc battendo le mani.

Matthew scuote la testa mentre Rosie continua a guardare suo padre come se volesse ucciderlo.
Nel salotto appaiono due uomini in giacca e cravatta con in mano dei vassoi colmi di ostriche e di calici di champagne super costoso.
«Mi dica, signor Cooper, come mai ha scelto proprio Montréal?», domanda George.
I due uomini intanto cominciano a servirci.
«Mi hanno chiamato e chiesto di venire, ho colto l'occasione», scrolla le spalle papà.
«Be', è stata una grande opportunità per lei, il Montréal College è uno dei più prestigiosi di tutto il Canada», dice fiero George.
I camerieri intanto cominciano a girare per il tavolo.
«Sarà anche uno dei college più prestigiosi, ma la condotta degli studenti è da rivedere», risponde serio mio padre.
«Oh suvvia!», ride George, prendendo un'ostrica. «Sono ragazzi, signor Cooper, devono divertirsi».
Alzo gli occhi al cielo e bevo un po' di champagne così in fretta che lo finisco tutto in un sorso. Non potrei bere, e non mi sfugge l'occhiataccia di papà, ma non credo che in casa Leblanc si rispettino le regole.
«Non sei d'accordo, Kelsey?», mi interpella George.
Cazzo, ha notato la mia espressione scocciata.
Silenzio.
«Divertirsi è un conto, rompere le palle… un altro», replico con nonchalance.
La signora Leblanc di fronte a me si strozza con lo champagne e comincia a tossire.
«Kels!», mi riprende mio padre.
«Non ti preoccupare, Marcus, posso darti del tu, giusto?», chiede George rimanendo sempre composto.
«Certo, George», sorride.
Prendo anche io un'ostrica e la osservo un po' interdetta.
Non l'ho mai mangiata ma già so che non mi piacerà.
«Non ti va?», mi sussurra Rosie mentre mio padre e il signor Leblanc sono distratti a parlare.
«Non le ho mai mangiate», bisbiglio.
«Hai presente il paradiso?», domanda lei.
Annuisco un po' confusa.
«Ecco, le ostriche sono un inferno… fanno schifo, ma siamo obbligati a mangiarle perché sennò papà si incazza di brutto».
Che assurdità.
Aggrotto la fronte e continuo a guardare l'ostrica, poi prendo la forchetta e decido di darle un'opportunità.

Appena deglutisco, però, il sapore amaro mi fa fare una smorfia disgustata. Margaret ridacchia e mi mima con le labbra «Sono terribili».

Abbasso la testa e sorrido senza farmi vedere.

Dopo aver finito la portata, i camerieri sparecchiano e si dileguano.

«E tu, fratello? Come ti stai trovando al college?», chiede George rompendo il silenzio che è calato sui commensali.

«Molto bene, devo dire, una buona parte degli studenti ha tanta voglia di imparare. Con il signor Cooper abbiamo anche organizzato uno spettacolo di fine anno dove gli studenti potranno esibirsi davanti a tutto l'istituto», risponde William sorridendo.

Oddio, no.

Sento Matthew che mi sta fissando.

Lo sento. Lo percepisco.

«Dovresti partecipare, Kels», cinguetta Rosie.

La fulmino con lo sguardo e il sorriso che mi stava rivolgendo improvvisamente scompare.

«Oppure… no», scrolla le spalle cercando di riparare al danno fatto.

«Le ho già chiesto di partecipare ma la signorina Cooper non ne vuole sapere», risponde William.

«Perché non vuoi partecipare, Kels? Hai una voce incredibile», interviene Alison.

Neanche la guardo, rimango a fissare il mio riflesso sul tavolo di vetro.

«Ho saputo che sei la cantante dello Snowflakes, tutti dicono che hai una voce meravigliosa», si intromette George.

«Altro che meravigliosa, sembra un angelo», rincara mio padre con fierezza.

«Allora dovresti partecipare allo spettacolo». George Leblanc ha uno di quegli sguardi imperscrutabili che però ti fanno venire i brividi.

«Non parteciperò», rispondo secca.

Ancora silenzio.

«Chi vuole altro champagne?», domanda allegra Margaret, alzando la bottiglia appena apparsa in aria per cambiare discorso.

Le allungo subito il mio bicchiere e, dopo averlo riempito, me lo scolo tutto in un sorso.

Per sopravvivere a questa serata mi ci vorrebbero come minimo altre cinque bottiglie.

«Marcus, ti piace l'hockey? Spero di sì perché è un'istituzione qui in Canada». George sorride e intanto sorseggia un altro po' di champagne.

Matthew ancora non ha proferito parola dall'inizio della cena.

Se ne sta lì, seduto sulla sua sedia, a fissarmi mentre io lo sto ignorando totalmente.

Ben ti sta, Leblanc.

«In realtà no, non sono un amante dell'hockey, preferisco di gran lunga il football», ammette mio padre.

Altro silenzio.

«Ahia, questo non doveva proprio dirlo, signor Cooper… George odia qualunque tipo di sport che non sia l'hockey», ridacchia William.

Nel salotto rientrano i camerieri e stavolta trascinano un carrello con sopra altre pietanze, che cominciano a distribuire.

«Non è affatto vero, l'hockey non è per tutti e può non piacere», sibila risoluto il signor Leblanc slacciandosi due bottoni della camicia.

Il cameriere mi mette davanti un piatto con tre involtini e dell'insalata come contorno.

«Però devi ammettere, caro Marcus, che sei capitato proprio nel college sbagliato, gli Sharks Struttman sono i campioni in carica e per ora hanno vinto ben due partite con le squadre più forti del campionato», borbotta fiero.

Mi sa che questo è un po' ossessionato…

«Sì, se ne parla parecchio al college», risponde mio padre.

Assaggio un involtino e almeno questo è buono.

«Ros, che cosa c'è dentro?», domando curiosa.

«Involtini di aragosta della Nuova Scozia», risponde Margaret.

«Come va?», bisbiglia Rosie.

«Meglio di prima», mormoro.

«Muoviti a mangiare così possiamo fare un salto allo Snowflakes», sussurra Ros rivolgendomi un occhiolino.

Stasera ho dovuto dire al locale che non mi sarei esibita. Per fortuna Johnny, il proprietario, non ha fatto troppe storie e mi ha lasciato la serata libera.

«Sì, sono molto fiero del mio Matthew, è il capitano della squadra e in più sono sicuro che entrerà presto a far parte della NHL… è sempre stato il suo sogno, lo sai?», sta dicendo George a voce altissima.

In quel momento, mi volto a guardare proprio Matthew.

Sta fissando il piatto vuoto e beve un bicchiere di champagne dopo l'altro.

«Matt, basta», sussurra a denti stretti William.

Lui in risposta alza la testa di scatto e fulmina con lo sguardo suo zio.

«Ti sembrerò un po' invadente, caro Marcus, ma la domanda mi sorge spontanea, ti sei trasferito da…?».

Il sangue mi si gela nelle vene senza preavviso. L'espressione di George è feroce e non preannuncia nulla di buono.

Una gocciolina di sudore mi scende lenta lungo la schiena e uno strano formicolio si espande in ogni fibra del mio corpo.

Guardo mio padre che sta mangiando il suo ultimo involtino di aragosta.

«Papà», lo ammonisce Matthew.

Mi volto di scatto verso di lui, i suoi occhi sono come delle lame taglienti.

«Dalla California», risponde sbrigativo mio padre, aggiungendo una scrollata di spalle.
«E tua moglie?», chiede Leblanc curioso, appoggiando la guancia sul palmo aperto della mano.
«Papà», lo ammonisce nuovamente Matthew, stavolta a voce piuttosto alta.
«Che ho detto? È una curiosità lecita, figliolo», gli risponde George con un pizzico di sarcasmo nella voce.
«Mia moglie è…».
Non finisce neanche la frase, non avrebbe la forza di pronunciare quella parola.
Tutti ammutoliscono all'istante.
Sto per piangere e faccio tre respiri profondi per calmarmi.
Continuo a tenere la testa bassa per scacciare via il dolore che sto provando in questo momento.
«Oh», sussulta Margaret.
All'improvviso una mano si posa cauta sulla mia coscia destra rimasta scoperta dallo spacco.
Non ho bisogno neanche di alzare la testa per vedere di chi si tratta.
Calda e premurosa, la mano di Matthew comincia ad accarezzarmi. Il suo pollice va avanti e indietro, più volte.
Dovrei calmarmi beandomi del tocco di Matthew, ma invece mi sto… eccitando.
Non va bene.
Altro sudore scende dalle clavicole per andare a depositarsi in mezzo ai seni.
«E se posso chiedere, com'è morta?».
Ma non può stare zitto?
«George, non mi sembra il caso», borbotta William.
Grazie, professore, almeno lei ha un cervello funzionante.
Matthew continua ad accarezzarmi la coscia come se nulla fosse. La sua sedia, essendo distanziata di qualche centimetro, riesce a nascondere quello che sta facendo.
Serro le labbra e osservo mio padre che è in uno stato confusionario per la domanda fuori luogo del signor Leblanc.
«Noi non parliamo di lei», mi intrometto seccata.
«Di lei? Tua madre non ha un nome?», chiede senza un minimo di tatto.
Papà, ti prego, tiragli un pugno in faccia prima che lo faccia io.
Socchiudo gli occhi e lo incenerisco. «Signor Leblanc, con tutto il rispetto, ma non credo siano cazzi suoi».
«Kelsey!», sbotta mio padre spalancando gli occhi.
«Non ti preoccupare, Marcus, la capisco», annuisce George.
«Altro champagne, cara?», mi chiede Margaret con la bottiglia stretta in mano come se volesse salvarmi da quell'assurda situazione.

Annuisco e sposto il calice nella sua direzione. La signora Leblanc ne versa così tanto che il liquido trabocca dal bicchiere cadendo un po' sul tavolo di vetro. Le dita di Matthew, intanto, continuano ad accarezzarmi la coscia salendo fino alle mutandine di pizzo. Improvvisamente delle farfalle cominciano a svolazzare nel mio stomaco.

Furiosa, sfilo il telefono dalla tasca e mando un messaggio a Matthew.

Mi sono stancata di questo pallone gonfiato.

Kelsey: Se non togli subito quella mano, giuro che te la taglio e la metto nel piatto del paparino.
Kelsey: A proposito, molto simpatico.
Kelsey: Sicuramente più di te.

Poggio il cellulare a faccia in giù sul tavolo mentre Matthew tira fuori il suo dalla tasca controllando il messaggio che gli è appena arrivato. Sposta la mano dalla mia coscia e digita qualcosa in risposta, rimanendo con gli occhi incollati allo schermo per aspettare la mia mossa.

Omino Michelin: Mi era mancato toccarti, stronzetta.
Omino Michelin: Questo vestitino te lo sei messo per me o per la cena?
Kelsey: Per la cena. Sì certo.
Omino Michelin: Eppure ti stai bagnando, tesoro.
Omino Michelin: Ti lasci accarezzare davanti a tutti.
Omino Michelin: Che cattiva ragazza che sei.
Kelsey: Smettila subito.
Kelsey: Ci sono i nostri genitori, cazzo.
Omino Michelin: E allora?
Omino Michelin: Riuscirai a fare la brava ragazza mentre ti tocco da sotto al tavolo o gemerai davanti a tutti?
Omino Michelin: Credo che ti piaccia proprio che ti parli in questo modo, non è vero?
Omino Michelin: Quando ti dico le cose sporche.
Kelsey: Vai a quel paese, Matthew.

Sbuffo sonoramente e rinfilo il telefono nella borsetta.

Lo odio.

Lo odio.

Lo odio.

Devo ripeterlo almeno tre volte nella mia testa per ricordare a me stessa quello che mi sta facendo passare.

Riesco a resistere per le altre portate, fino all'arrivo della torta. È una Chiffon cake al limone, la riconosco perché la mangiavamo sempre insieme a mamma.

«Questo dolce è il mio preferito», borbotta George Leblanc.

Guardo la fetta di dolce come se avessi appena visto un fantasma.

«Non è di tuo gradimento, cara?», mi chiede Margaret.

«No… insomma sì, va benissimo», annuisco impacciata e con la forchetta ne taglio un pezzettino.

«Mio figlio ti sta creando tanti problemi, Marcus?», rompe nuovamente il silenzio George.

Dio, dammi la forza.

Un bel nastro di scotch sulla bocca, ecco cosa ci vorrebbe per farlo tacere.

«Come tutto il college, d'altronde», ridacchia mio padre.

«Sì, ma vedi, mio figlio è la nuova promessa dell'hockey canadese e i problemi per lui sono all'ordine del giorno. Mi capisci?».

A dire il vero, no. Ma che sta dicendo?

Mio padre sbatte le palpebre, confuso quanto me. «Sinceramente? No».

«Sarò onesto allora, mio figlio può fare il cazzo che vuole in quel college». George scrolla le spalle sorseggiando un altro po' di champagne.

Ho sentito bene?

«George!», lo sgrida Margaret alzandosi dalla sedia.

«Margaret, siediti», sibila a denti stretti.

Lei fa come dice e si risiede, arrossendo.

«Mi stai minacciando?», domanda mio padre senza farsi intimorire.

«Vedila come vuoi, Marcus», scrolla le spalle George.

«Ti dico una cosa, George, tuo figlio potrà anche fare quello che gli pare ma finché ci sarò io dentro quel college dovrà seguire le mie regole».

Touché.

Bravo, papà!

«Oh, caro Marcus, credi davvero di poter comandare lì dentro? Non hai capito un bel niente», ribatte George, mellifluo.

Parla proprio come il figlio…

«Ora capisco tuo figlio da chi ha preso, è tutto chiaro», replica mio padre.

«Cosa stai insinuando, Marcus?», chiede George, per nulla contento dell'atteggiamento di papà.

«Che sei uno stronzo proprio come tuo figlio», risponde mio padre con un sorriso.

«Papà!», spalanco gli occhi e mi alzo di scatto dalla sedia.

«La cena è finita», si intromette William alzandosi anche lui.

«Mio figlio sarà anche stronzo ma almeno non è un fallito, entrerà a far parte di una delle squadre della NHL, diventando uno dei migliori giocatori di hockey di tutto il mondo. Invece tu, Marcus? Te ne ritornerai da dove sei venuto e mi assicurerò che tua figlia non abbia un lavoro per il resto della sua vita. Vogliamo davvero arrivare a questo?»

«Ora basta!», urla Matthew alzandosi dalla sedia e poggiando entrambi i palmi delle mani sul tavolo.

«Vabbè, allora mi alzo anche io già che ci siamo», interviene George, divertito.
«George, stai esagerando», si intromette ancora William.
«Noi ce ne andiamo, Kels». Mio padre mi rivolge un cenno del capo indicandomi l'uscita.
«Non così in fretta Marcus, la festa è appena cominciata». George allarga le braccia e apre un altro bottone della camicia.
Mi volto verso Matthew che è ancora in piedi, ma ha perso tutto il suo spirito battagliero. Alison accanto a lui è ancora seduta e si sta torturando le pellicine delle mani dal nervoso, Rosie invece sembra voler strozzare suo padre.
Ed è allora che lo capisco. Questa cena è un'imboscata. George Leblanc non ha esteso un invito gentile a due persone appena arrivate in città, ma ha voluto solamente assicurarsi che non creassimo problemi.
Non so cosa mi prende ma sento il dovere di fare una cosa.
Se non la facessi, potrei pentirmene.
Piano piano avvicino la mano a quella di Matthew per poi stringerla forte. Lui sussulta e alza il capo per guardarmi, incrociando le nostre dita.
«George, credo proprio che sia arrivato il momento di andare, mi pare di capire che mi hai invitato qui soltanto per minacciarmi e per mettermi in guardia da te e tuo figlio». Mio padre, ora in piedi, continua a fissare il signor Leblanc come se volesse ucciderlo.
«Ah allora sei una persona intelligente, Marcus», commenta George battendo le mani ironico. «Ma vorrei tornare su un punto. Mio figlio non è uno stronzo. Ha una carriera sportiva brillante davanti a sé, una ragazza bellissima…».
«Stai zitto!», sbotta Matthew con voce tonante.
«Matt!», lo sgrida suo zio preoccupato.
«No, William». George fa schioccare la lingua sul palato. «Lascialo parlare».
«Mi sono stufato, papà, questa sceneggiata del figlio perfetto non regge più e vuoi sapere perché?». Matthew sostiene il suo sguardo con il mento alto. «Prima cosa: io e Alison ci siamo lasciati, le ho chiesto di venire qui soltanto per non dovermi subire le tue lamentele».
Il signor Leblanc avanza lento verso di noi. «Questa è bella».
«Non ho finito». Matthew non ha mai avuto un tono così mordace. Qui si mette male…
George alza le mani al cielo in segno di resa, fermandosi accanto a Rosie. Margaret versa altro champagne sia nel mio bicchiere che nel suo.
Come fa questa donna a sopportare un tale stronzo? Mi pare di avere la risposta: ubriacandosi.
«Seconda cosa: io finirò i miei studi di medicina ed entrerò in una delle migliori cliniche di tutto il Canada». L'espressione nervosa di Matthew mi fa capire che sta per scoppiare una guerra.

Il signor Leblanc arriva a un passo da noi.

«Tu un medico? Non se ne parla, dovrai passare prima sul mio cadavere», sibila l'ultima parola in modo velenoso.

«Terza cosa: l'hockey non è il mio sogno».

Silenzio.

Matthew e suo padre continuano a guardarsi in cagnesco e io ho come l'impressione che stia per accadere qualcosa di brutto.

«Finalmente Matthew ha tirato fuori le palle», ironizza Margaret visibilmente brilla.

George prima fulmina con lo sguardo sua moglie e poi torna a fissare il figlio. In quel momento, nota che ci stiamo tenendo per mano e il suo viso diviene ancora più cattivo.

«Stanno così le cose, quindi?». Avanza di un altro passo verso il figlio.

Istintivamente mi metto in mezzo, bloccandogli il passaggio. Mi libero dalla stretta di Matt e poso la mano sul petto di suo padre.

Lui la osserva e poi inchioda i suoi occhi di fuoco su di me. «Spostati».

«No», ringhio a denti stretti.

«Papà!», lo ammonisce Rosie alzandosi dalla sedia.

«George», lo richiama William.

«Spostati», sibila a denti stretti il signor Leblanc.

Tengo ancora la mano premuta sul suo petto e rispondo con assoluta decisione: «No».

«Kelsey», la voce di mio padre mi fa per un attimo vacillare e lo intravedo avvicinarsi.

«È la serata delle verità quindi, giusto?», domanda George guardando tutti i presenti.

Sposto la mano dal suo petto facendola ricadere lungo i fianchi.

«Papà, non ci provare», ringhia Matthew dietro di me.

«Tu stai zitto, hai già detto abbastanza». George si inumidisce le labbra e fa un passo indietro.

«Che grande serata, spettacolare», borbotta ironica Margaret scolandosi l'ennesimo calice di champagne.

«Matthew», lo richiama suo padre. «Sei in vena di verità oggi, giusto?»

«Papà, no», lo implora Matt. E lui non implora mai. E questo mi fa agitare tantissimo.

«Bene, figliolo, allora dato che oggi sei così tanto sincero», dice con un ghigno provocatorio sulle labbra. «Diciamo a Kelsey la verità?».

Che verità? Ma di che sta parlando?

Il troppo champagne deve avergli dato alla testa.

«La verità su...».

Però il signor Leblanc non fa in tempo a finire la frase che mio padre si avventa su di lui prendendolo dal colletto della camicia.

«Kelsey, tuo padre ha qualcosa da dirti. Non è vero, Marcus? Forza».

Nei secondi successivi si scatena il delirio.

Tutti si scagliano contro tutti, ma io sono come ferma in mezzo alla tempesta. Nella mia mente c'è il viso spaventato di mio padre come non l'ho mai visto.

Non ci capisco niente… Mio padre mi sta davvero nascondendo qualcosa?

Adesso ho un'unica missione: scoprire la verità.

Capitolo extra

Matthew

Ho sempre pensato che ci fossero due tipologie di persone: chi vince e chi perde. E io sono uno che vince.

Da quando ho appreso il significato della parola vittoria, il mio destino è stato segnato.

La mia vita è sempre stata una continua vittoria: ottimi voti, un cognome conosciuto in tutto il Paese, una splendida ragazza al mio fianco, un college che mi considera un re e il titolo di campioni per la lega del Québec. In questi due anni ho agito indisturbato, facendo sempre ciò che volevo senza mai subire nessuna conseguenza.

Io non so neanche cosa voglia dire perdere.

D'altronde, come potrei saperlo?

Sono pur sempre Matthew Leblanc, la scommessa dell'hockey canadese e colui che vince ogni scontro, che sia sul ghiaccio o non.

Tuttavia, ho imparato con il tempo che il destino a volte può essere davvero crudele, mettendoti di fronte delle sfide a cui è possibile sottrarsi.

«Amorino». Alison mi tocca il braccio, stringendo con forza il muscolo teso.

Non mi giro. Rimango con lo sguardo fisso sul vialetto del nostro college. Io e la mia ragazza ci troviamo al primo piano dell'istituto, davanti a una finestra che affaccia sul cortile.

«Sei sicuro di quello che stai facendo, Matt?», chiede timorosa e con la sua solita voce dolce.

«Piccola, sai come funziona, non hai niente di cui preoccuparti», la rassicuro a voce bassa.

Dal viale sbuca una macchina all'improvviso, sfrecciando sulla via ciottolata. Sorrido beffardo quando la vedo fermarsi nel posteggio che in tanti bramano. Il nuovo rettore non ha idea di dov'è appena capitato ma… glielo farò capire molto presto.

«Matt!», urla Axel correndo verso di noi con il fiato corto, seguito da Ryan.

Mi volto e incrocio le braccia al petto, in attesa che dicano quello che voglio sentire.

«È tutto pronto», sorride maligno.

Annuisco. «Che lo spettacolo abbia inizio».

Axel corre via come un pazzo.

«Matt, non stiamo esagerando?», chiede Ryan.

«È un po' tardi per pensarci, non credi?», lo rimbecco e il biondo non ribatte, sparendo oltre il corridoio.

Rimango da solo con Alison che invece è più inquieta del solito.

«Stai tranquilla, piccola», le prendo le mani tra le mie. «Andrà tutto secondo i piani».

Alison mi conosce bene ormai e sa che non sono un perdente che si lascia intimorire facilmente.

Mi rigiro verso la finestra e i miei occhi si socchiudono in automatico, diventando due piccole fessure.

«C'è qualcuno in macchina con il nuovo rettore», mi avverte a bassa voce.

Ho notato.

Cazzo, se l'ho notato.

«E tu chi sei?», sussurro tra me e me.

Dalla macchina scende una ragazza con lunghi capelli castani, occhiali sul naso e con indosso la nostra vecchia divisa. Gli studenti erano costretti a indossarla prima che arrivassi io.

Ha l'aria di una che si sta preparando per entrare in battaglia.

E in quel momento, il tempo sembra fermarsi: è la ragazza più bella che io abbia mai visto.

Alison mi pizzica il braccio per riportarmi alla realtà. «Dovremmo andare prima che le cose si complichino e il nuovo rettore ci scopra».

Annuisco e, dopo aver ammirato la ragazza misteriosa per un'ultima volta, mi faccio trasportare da Alison fino al nostro posto segreto. Un'aula vecchia con qualche strumento musicale arrugginito e roba vecchia buttata qua e là.

Ci addentriamo nello sgabuzzino e mi accorgo sin da subito che c'è un problema.

Sì, perché mentre la mia ragazza mi sta infilando la lingua in bocca, ripenso a quella fottuta nuova arrivata.

Dopo un bel po' di sesso sfrenato, mi rinfilo la tuta della mia squadra mentre Alison fa lo stesso con i suoi vestiti.

«Sarà finito il discorso del nuovo rettore?», domanda e nel mentre si allaccia i jeans, piegandosi per recuperare la borsa da terra.

«Credo di sì ma la vera domanda è: gli sarà piaciuto il nostro caloroso benvenuto?».

Alison ridacchia ma veniamo interrotti perché qualcuno fuori comincia a cantare.

Sembra la voce di un angelo.

Rimango pietrificato mentre la persona nell'aula intona il ritornello di *Rolling in the Deep* di Adele. I miei occhi automaticamente diventano lucidi, come se avessi captato qualcosa dalla sua voce. Non sta solo cantando, bensì, sta raccontando le strofe.

Somiglia così tanto… *non è possibile.*

«Matt…», sussurra Alison e prova ad avvicinarsi a me, così facendo però, inciampa in un mobile buttato in mezzo allo sgabuzzino e fa un rumore acuto.

La voce non c'è più. Solo in questo momento mi rendo conto che per tutta la durata della canzone non ho fatto altro che rimanere incantato ad ascoltarla, ignorando completamente Alison di fianco a me.

Una cosa è certa.

Chiunque ci sia fuori da questo sgabuzzino, sarà la mia condanna, perché nessuno mi ha mai fatto questo effetto col canto.

«Chiunque tu sia, non ti hanno mai insegnato che è maleducazione spiare la gente?».

Prendo coraggio e giro la maniglia della porta, uscendo allo scoperto.

È lei. La guerriera pronta ad affilare la sua spada e trafiggere chiunque avrebbe avuto il coraggio di intralciare il suo cammino.

Ha i capelli bagnati e indossa una tuta che la rende ancora più attraente. Gli occhi sono del colore del caramello, le labbra carnose e gli occhiali posati su un bellissimo naso all'insù.

Ora che ce l'ho davanti, posso ammirarla come si deve. Nonostante ci sia Alison di fianco a me, questa ragazza riuscirebbe a eclissare chiunque con la sua bellezza.

E dal modo in cui ci guardiamo, sappiamo entrambi che sta per cominciare una vera e propria guerra. Ne ho la certezza proprio quando proferisce parola.

Farà tutto quello che è in suo potere per vincere.

Caro Matthew Leblanc, sei letteralmente e decisamente fottuto.

Playlist

Skyfall, Adele
Don't Start Now, Dua Lipa
Set Fire to the Rain, Adele
Summertime Sadness, Lana Del Rey
Formidable, Stromae
Wonderwall, Oasis
Poker Face, Lady Gaga
Slow Down, Chase Atlantic
Meddle About, Chase Atlantic
Eyes Don't Lie, Isabel LaRosa
Into It, Chase Atlantic
Shameless, Camila Cabello
jealousy jealousy, Olivia Rodrigo
Collide, Justine Skye ft. Tyga
Houdini, Dua Lipa
Is It Over Now?, Taylor Swift
I'm Yours, Isabel LaRosa
Sweater Weather, The Neighbourhood
Softcore, The Neighbourhood
Doubt, Twenty One Pilots
Atlantis, Seafret
Someone Like You, Adele
Rolling in the Deep, Adele
I Feel Like I'm Drowning, Two Feet
hostage, Billie Eilish
Starboy, The Weeknd
Rockstar, Post Malone ft. 21Savage
Rude Boy, Rihanna
New Rules, Dua Lipa
Cheap Thrills, Sia ft. Sean Paul
Unstoppable, Sia
Cake by the Ocean, DNCE
Edamame, bbno$ ft. Rich Brian

Wildest Dreams, Taylor Swift
Company, Justin Bieber
Don't Blame Me, Taylor Swift

Ringraziamenti

Quando ho cominciato a scrivere su Wattpad, tutto mi sarei aspettata tranne di finire in libreria insieme ai miei romanzi del cuore.

Era novembre e quel giorno pioveva a dirotto, ancora me lo ricordo. Lavoravo in un negozio quaranta ore alla settimana, staccando a mezzanotte il più delle volte. Nei momenti morti, mi ritagliavo un po' di tempo per immergermi nel mio mondo.

Non sapevo che sarebbe stato così difficile. Mi sono ritrovata a eliminare capitoli interi di trame che avevo sviluppato per giorni ma che non mi convincevano mai al cento per cento.

Era il 7 novembre quando su TikTok mi capitò il video di un giocatore di hockey ed è lì che nel mio cervello si accese qualcosa. Io l'ho chiamato "segno del destino" perché era proprio quello che era successo.

Ho pensato "È lei, è la storia giusta", e avevo ragione.

Sempre quel giorno, presa da un impeto di coraggio e aiutata dal mio fidanzato, ho pubblicato i primi capitoli che avevo scritto durante la pausa dal lavoro. Senza nessuna aspettativa e senza pretese.

E grazie anche all'aiuto di TikTok, la mia storia pian piano è arrivata sotto i radar di sempre più persone.

Fino ad arrivare qui, al traguardo finale, alla destinazione che ho sempre sognato.

Ho sempre creduto in me stessa e nelle mie capacità. Non sono una persona che si fa abbattere dalle critiche, anche perché ce ne sono state tante ma ho continuato dritta per la mia strada, fregandomene del giudizio altrui e continuando a coltivare la mia passione.

Scrivere per me è stato un modo per evadere dalla realtà, da tutto quello che mi stava succedendo e soprattutto dal lavoro che cominciava a opprimermi. Ho trovato conforto nei personaggi che mi hanno compresa meglio di chiunque altro.

Il mio motto è: "Mai dire mai, qualsiasi cosa è possibile".

Ringrazio in primis Alice, cioè me stessa, perché nonostante tutto quello che ti è capitato nel mondo dei social, hai continuato a camminare a testa alta e non ti sei fatta abbattere da niente e da nessuno. Tu sei la prova vivente che si può ricominciare da zero.

Voglio ringraziare in particolar modo la casa editrice, la Newton Compton editori, per aver dato una possibilità al mio libro di emergere in tutte le librerie, con un nuovo aspetto, e per aver avuto fiducia in me.

Voglio ringraziare Elena, la mia editor, il mio mentore, la mia mental coach. Colei che sin da subito ha creduto nelle potenzialità della mia storia, anche quando ero solo alle prime letture su Wattpad. Senza di te, tutto questo non sarebbe stato possibile.

Grazie a mia madre che mi ha sempre sostenuta in ogni traguardo, ogni sconfitta e ogni vittoria. Grazie per avermi ascoltata durante questo percorso infinito, restando per ore sul divano a sentirmi parlare di hockey e schemi di gioco, anche se non capivi niente. Hai già letto questo libro quando ero ancora su Wattpad quindi saprai che dovrai stare lontana da quel capitolo, anche se so che lo hai già letto e non mi vedrai più con gli stessi occhi. Sarò comunque sempre la tua bambina, in fondo… ma molto in fondo.

Grazie a mio padre che mi ha spiegato tutto quello che sa sull'hockey, facendomi persino vedere le partite sul suo prezioso televisore. Grazie per essere il padre migliore del mondo, ti prometto che quest'inverno ti porto a vedere i New York Rangers.

Grazie a mia sorella, la mia altra metà, la mia guida che, nonostante tutte le litigate che ci siamo fatte durante la nostra vita, è sempre pronta a tirarmi su di morale con la sua spontaneità e un caloroso abbraccio. Anche se sei lontana lontana in questo momento, sono sicura che appena andrai in libreria a comprare questo libro, griderai: «È di mia sorella!».

Grazie ad Andrea, l'amore della mia vita, la stella che ha illuminato il mio cammino quando tutto sembrava remarmi contro. Grazie per avermi spinta a pubblicare su Wattpad ed essere stato il primo ad aver creduto in me. Mi hai sempre detto che se volevo, potevo fare qualsiasi cosa e io ti ho preso in parola dato che ti ho montato persino una scrivania (al contrario). Grazie perché mi hai sopportata durante questo percorso, anche quando scrivevo e non ti degnavo di uno sguardo, tu eri accanto a me.

Grazie ai miei suoceri, Enrico e Anna, che con i loro preziosi consigli mi hanno fatto sentire tutto il loro affetto. Però vi suggerisco ugualmente di non leggere questo libro per nessuna ragione al mondo.

Grazie ai miei nonni, Vilma, Angelo e Saverio: sono sicura che, anche da lassù, mi stanno guardando e sono fieri di me. Grazie per avermi aiutata, sono sicura che tutto questo è anche opera vostra.

Grazie ad Antonietta, la mia sorella acquisita, così simile in me in tutto e per tutto. Mi hai sentito parlare per ore e ore di questo libro e mi hai dissuasa dal prendere scelte sbagliate che mi avrebbero fatto ghigliottinare dai lettori.

Grazie alle mie amichette scrittrici, Eva e Martina, per avermi supportata in ogni momento, dandomi la carica giusta per continuare e andare avanti. Grazie per le risate, le chiamate infinite alle sei del pomeriggio, gli audio chilometrici di Eva che superavano i cinque minuti, le chiacchierate con Martina davanti a un Vodka Lemon, i brainstorming al sushi e soprattutto, grazie per il vostro aiuto quando ero sul punto di impazzire. Grazie perché siete delle amiche vere, senza di voi non so cosa avrei fatto.

Grazie ad Arianna e a Sara, le mie lettrici, le mie superchicche. Siete state le prime che sui social hanno spinto ogni singola persona che conoscevano a leggere *Be Unstoppable*. Ci avete creduto più di me a volte, ci siete sempre state e non avete mai smesso di sperare che prima o poi sarei approdata in libreria. PS: ce l'abbiamo fatta, ragazze.

Grazie a tutta la mia community su Wattpad, per aver letto la mia storia e fatto spargere la voce fino a questo momento. Grazie per i commenti divertenti che mi avete lasciato sotto i capitoli, rimango ore a leggerli e riuscite a strapparmi un sorriso anche nei momenti più brutti.

Infine, un ringraziamento speciale va a te, che hai comprato questo libro nella speranza di trovare un mondo in cui rifugiarti e che invece hai trovato giocatori di hockey che non perdono tempo a togliersi i guantoni per gonfiare qualcuno. Spero che questa storia e i suoi personaggi ti abbiano tenuto compagnia. Se così fosse, preparati per il secondo volume.

Qualcuno ha detto che l'hockey deve sempre avere un vincitore da proclamare a fine partita, nonostante le difficoltà, le intemperie e gli ostacoli.

Ed è davvero così.

Per questo la storia di Matthew e Kelsey continua…

Indice